BASTEI
LÜBBE
TASCHENBUCH

Über den Autor:

Hendrik Lambertus, 1979 geboren, lebt mit seiner Familie in Norddeutschland. Er studierte in Tübingen Skandinavistik, ältere Germanistik und Indologie und widmete sich danach seiner Doktorarbeit zur spätmittelalterlichen Literatur Islands. Noch heute dient im die Auseinandersetzung mit alten Texten aus den unterschiedlichsten Kulturräumen als Inspiration für das eigenen Schreiben. Mit ZWILLINGSBLUT - DER KAMPF DER ZWERGE legt er sein Debüt vor.

HENDRIK LAMBERTUS

ZWILLINGSBLUT

DER KAMPF DER ZWERGE

BAND 1

BASTEI
LÜBBE
TASCHENBUCH

BASTEI LÜBBE TASCHENBUCH

Band 20910

Dieser Titel ist auch als E-Book erschienen

MIX
Papier aus verantwortungsvollen Quellen
FSC® C083411

Originalausgabe

Textredaktion: Sabine Biskup, Köln
Titelillustration: © Jupiterimages/thinkstock; RichardALock/thinkstock; will_iredale/thinkstock; DuxX/thinkstock; Lawkeeper/thinkstock; rustamank/thinkstock; MikeyGen73/thinkstock; sv-time/thinkstock; Jana Kopilova/thinkstock; venimo/thinkstock
Umschlaggestaltung: Guter Punkt, München | www.guter-punkt.de
Satz: two-up, Düsseldorf
Gesetzt aus der Caslon
Druck und Verarbeitung: CPI books GmbH, Leck - Germany

ISBN 978-3-404-20910-1

3 5 7 6 4

Sie finden uns im Internet unter www.luebbe.de
Bitte beachten Sie auch: www.lesejury.de

Für meine Familie

PROLOG

Der Gott fühlte Schmerz. Zum ersten Mal in seiner ewigen, unsterblichen Existenz fühlte er beißenden, verzehrenden Schmerz. Alles tat ihm weh. Vom stechenden Pochen hinter seiner Stirn bis zu dem wütenden Brennen seiner Fußsohlen.

Erst im nächsten Augenblick wurde dem Gott die schreckliche Konsequenz dieses Gefühls bewusst: Er hatte einen *Körper*. Einen festen Körper aus Fleisch und Blut. Einen Körper, der sterblich war!

Er betrachtete seine Hände und bewegte die Finger. Sie waren zum Greifen da. Hektisch betastete er seine Arme, den Bauch, den Brustkorb. Er befühlte seine Gesichtszüge und fuhr sich durch die Haare.

Bloße Materie. Vergängliches Fleisch. Er spürte, wie sein Körper zerfiel. Jeder Atemzug brachte ihn dem Ende näher, das nur noch wenige Jahrzehnte entfernt lag.

Weitere neue Gefühle stiegen in ihm auf: Hilflosigkeit. Verletzlichkeit. Angst.

Kraftlos lehnte sich der Gott an eine Hauswand. Neben ihm huschten Ratten um eine Regentonne, Unrat lag auf dem schlammigen Boden der Gasse. Der Gestank ließ ihn würgen.

Mit einem Stöhnen schloss er die Augenlider, und Bilder flammten wie Lichtblitze vor seinem geistigen Auge auf. Er sah einen schrecklichen Speer mit vier Spitzen, der auf seine Brust gerichtet war, und hörte das Klirren von schweren Ketten, geschmiedet, um ewig zu halten.

Der Blick seines Widersachers ruhte triumphierend auf ihm. Der Widersacher, der ihn gestürzt hatte. Der sterbliche Widersacher, der jetzt auf seinem ewigen Thron saß.

Voller Wut brüllte der Gefallene auf. Sein ganzer begrenzter Atem floss in diesen Schrei. Es war ein hässlicher, unartikulierter

Laut, würdig eines Sterblichen. Er ballte die Fäuste und bündelte seine Willenskraft, konzentrierte sich darauf, diesen Körper abzustreifen und wieder in seinem Thronsaal zu erscheinen, an seinem angestammten Platz. Nichts geschah. Er stand immer noch als Ansammlung von Fleisch, Blut und Krankheitskeimen in einer schmutzigen Gasse zwischen abgewrackten Hauswänden.

Der Gefallene riss die Augen weit auf und versuchte, mit seinem Blick die Welten zu durchdringen, durch die Schöpfung hindurchzuschauen und überall zugleich zu sein, losgelöst von allem. Doch er sah nichts außer dem abbröckelnden Putz an der Wand gegenüber. Die Grenzen seines Körpers waren die Grenzen seiner selbst. Diesmal war es kein Spiel.

Er war schon öfter in die Lande der Sterblichen hinabgestiegen und hatte sich einen Körper wie eine Verkleidung um sein göttliches Selbst gelegt. Es war stets ein makelloser Körper gewesen, dessen Perfektion seine wahre Natur angedeutet hatte. Die begrenzten Möglichkeiten der Sterblichen waren für ihn eine nette Abwechslung gewesen im Vergleich zum Ernst seiner ewigwährenden Aufgaben.

In einem solchen Körper hatte er *sie* getroffen.

Ihr Bild schob sich wie von selbst in seine Erinnerung. Er hatte ihre Sterblichkeit genossen. Sie hatte der Schönheit ihrer klarblauen Augen den besonderen Reiz verliehen: wie der Duft einer Blume, die bald verwelken würde. Solch hübsche Torheiten hatte er ihr zugeflüstert, wenn er ihr erschienen war, gekleidet in einen besonders anziehenden Körper. Jetzt war er so wie sie. Genauso machtlos. Genauso endlich.

Sie war der Grund für seinen Sturz geworden.

Der Gefallene gab einen schrecklichen Laut von sich, der vielleicht ein Lachen, vielleicht ein Stöhnen und vielleicht etwas ganz Anderes war. Er sank auf die Knie nieder.

»He, wen ha-haben wir denn hier?«

Eine raue Stimme drang zu ihm durch. Ein Mensch bewegte sich durch die Gasse auf ihn zu. Er war schmutzig und roch nach Schweiß und anderen Dingen. In seinem bärtigen Gesicht klaffte ein breites Grinsen. Sein linker Arm endete am Ellenbogen in einem Stumpf, in der Rechten trug er einen Trinkschlauch aus Leder. Mit unsicheren Schritten schwankte er auf den Gefallenen zu. Dieser konnte seinen Blick nicht von dem Armstumpf abwenden. Sterbliche waren so zerbrechlich. Der Mann musste seinen Arm in einem ihrer unzähligen Kriege verloren haben.

Dunkle Vorahnungen stiegen in ihm auf. Stahl kracht auf Stahl, Klingen schneiden in Fleisch, Städte brennen brüllend nieder. Die Ordnung der Welt würde in Krieg untergehen, weil die Ordnung der Götter untergegangen war. Weil ein Sterblicher nun auf dem Thron eines Gottes saß.

Ein Sterblicher, der alles wollte.

»Du siehst ja noch fertiger aus als ich«, lallte der bärtige Mann mit schwerer Zunge, und es verwirrte den Gefallenen, seine Stimme bloß mit den Ohren zu hören. Er war es gewohnt, dass die Herzen der Sterblichen zu ihm sprachen, während er direkt in ihre Seele blickte. Diesem Mann konnte er nur in sein Gesicht schauen. War er ein Freund? War er ein Feind?

»Hier, nimm einen Schluck«, brummte der Bärtige. »Du kannst es brauchen.«

Mechanisch nahm der Gefallene den Trinkschlauch entgegen und führte sich die Öffnung an den Mund. Ein scharfes Brennen ergoss sich in seinen Rachen und raubte ihm für einen Moment den Atem. Er musste husten. Dann folgten angenehm weiche Nebel, die den Schrecken der Bilder trübten. Er nahm noch einen Schluck, während der Fremde ihn grinsend beobachtete.

»Na also«, sagte der und nahm den Schlauch wieder an sich.

Der Gefallene horchte in sich hinein. Sein begrenzter Körper gierte nach Vergessen, nach der Flucht in den Augenblick, ins Hier und Jetzt. Es machte seine Vergänglichkeit etwas weniger unerträglich. Er spürte, wie seine Erinnerung schwächer wurde. Der Rostrote Thron, die ewigen Ketten, sein göttlicher Blick, der weit über die Schöpfung hinausging – das alles wurde zu einem Traum, aus dem er nun langsam erwachte.

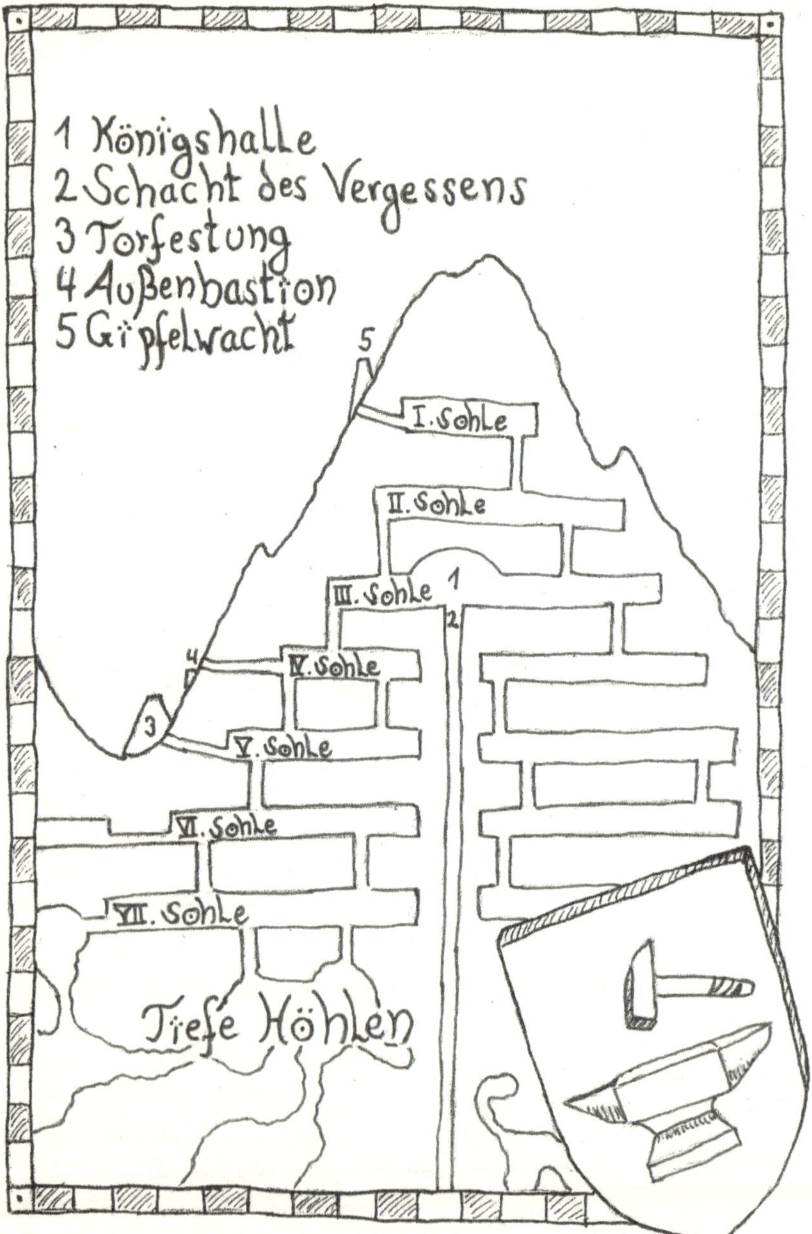
1 Königshalle
2 Schacht des Vergessens
3 Torfestung
4 Außenbastion
5 Gipfelwacht
5
I. Sohle
II. Sohle
1
III. Sohle
2
4
IV. Sohle
3
V. Sohle
VI. Sohle
VII. Sohle
Tiefe Höhlen

ERSTES KAPITEL

TOKROND, DAS FESTUNGSREICH DER EISENZWERGE
DIE ÄUSSEREN HÖHLEN

DIE KÖNIGREICHE DER ZWERGE waren tief in die Herzen der Berge gegraben. Generationen von Baumeistern hatten immer neue Stollen und Hallen angelegt, Schächte und Treppen, die in die Tiefe führten, Verteidigungswerke und gewundene Passagen. Zahllose Steinmetze hatten die Stollenwände mit Runentafeln geschmückt, die Hallen mit grimmigen Wächterstatuen versehen und jede einzelne Säule zu einem Kunstwerk gemacht, in dessen Details man sich stundenlang verlieren konnte.

Doch zwergische Kunstfertigkeit war nichts gegen die Pracht, mit der Dwaldarin, der göttliche Schmied, die natürlich gewachsenen Höhlen im Fels bedacht hatte. Hier gab es ganze Wälder von Tropfsteinen, Wände aus Sintergestein, die wie weiß erstarrte Wasserfälle schimmerten, und zwergengroße Kristallgebilde, in denen alle Farben des Regenbogens spielten. Manchmal weiteten die Höhlen sich wie die Kuppel eines Doms, manchmal musste man sich durch einen engen Durchgang zwängen, um plötzlich am Ufer eines Höhlensees zu stehen, in dem sich bleiche Wassergeschöpfe tummelten.

Gorin schaute sich prüfend um, während er zusammen mit den anderen Zwergen des Wachtrupps durch die äußeren Höhlen von Tokrond marschierte. Gelegentlich blieb er kurz stehen, um einen besonders schönen Tropfstein genauer zu betrachten, während er sich andächtig über den geflochtenen Bart strich. Doch sie befanden sich nicht auf einem Vergnügungsausflug, und so zwang er sich immer wieder, zu den anderen aufzuschließen.

Die Kettenmäntel der Zwerge rasselten im Takt ihrer schweren Schritte, gelegentlich durchsetzt von einem Klirren, wenn eine Streitaxt oder ein Kriegshammer beim Gehen gegen eine Rüstung stieß. Sie waren viel zu laut, fand Gorin, für den in den Höhlen einzig heilige Stille angemessen war.

Es war etwas Besonderes für ihn, in den äußeren Höhlen unterwegs zu sein. Seine Arbeit als Runenschmied band ihn für gewöhnlich an die inneren Hallen, weshalb er nur selten hierherkam, in die Welt der Tropfsteine und Kristalle. Doch es oblag allen Zwergen von Tokrond gleichermaßen, die Grenzen des Königreichs zu bewachen, und heute war die Gilde der Runenschmiede an der Reihe, einen Teil des Wachtrupps zu stellen.

Wie alle Zwerge war auch Gorin geübt im Kampf mit der Streitaxt und an das Tragen einer schweren Kettenrüstung gewöhnt, wenn auch beides nicht gerade seine Stärke war. Für den Wachrundgang hatte er sich extra Eisenringe in seinen blonden Bart geflochten, um kriegerischer zu wirken. Seine Schwester Galdra hatte breit gegrinst, als er so zum Dienst erschienen war.

Gorin warf ihr beim Marschieren einen Seitenblick zu. Sie gehörte der Gilde der Höhlengänger an, deren Angehörige die Wachtrupps stets anführten. Mit dem kompakten Rucksack, den sie über dem Kettenpanzer trug, konnte sie zur Not für Wochen in den Höhlen überleben. Zudem war sie mit Streitäxten und Wurfbeilen von unterschiedlicher Form und Größe behängt, die jeweils perfekt an die Schwachstellen verschiedener Höhlen-Ungeheuer angepasst waren. Ihre dunkelblonden Haare hatte sie zu dicken, praktischen Zöpfen gebunden, ihre Wangen waren von feinem Bartflaum bedeckt. Lediglich am Kinn trug sie den Frauenbart länger und zu zwei neckischen Zöpfchen geflochten. Als sie Gorins Blick spürte, lächelte sie ihm aufmunternd zu. Obwohl er nur eine leichte Armbrust und eine Handaxt am Gürtel mit sich führte, setzte ihm der Fußmarsch deutlich stärker zu als seiner voll ausgerüsteten Schwester.

Der Trupp durchquerte im Gänsemarsch einen engen, besonders steil ansteigenden Gang und betrat nun das Gebiet der

Irrlichtgrotten. Hier wuchsen spiegelglatte, vielarmig verzweigte Kristalle aus Boden, Wänden und Höhlendecke, zwischen denen blassviolette Lichter umherhuschten. Manche sagten, dass diese Lichter die Seelen armer Zwerge seien, die sich einst in den Höhlen verirrt hatten. Gorin glaubte eher an die Erklärung, dass es sich um verspielte Naturgeister der Berge handelte, die zwischen den Kristallen zu Hause waren. Ihr Anblick war jedenfalls erfreulich schön, ganz im Gegensatz zu dem brennenden Gefühl in seinen Fußsohlen.

»Halt machen zur Essensrast!«, kommandierte schließlich Naribran, der Obmann der Höhlengängergilde. Ein glatzköpfiger Veteran mit langem grauen Bart, dessen Augenklappe stolz von einem vergangenen Kampf gegen einen Häuptling der Höhlentrolle kündete.

Mit einem erleichterten Schnaufen setzte sich Gorin auf einen Felsabsatz und legte seine Armbrust neben sich ab. Die anderen Zwerge des Trupps, insgesamt zwölf an der Zahl, ließen sich ringsum ebenfalls niedersacken. Sie befanden sich in einer größeren Höhle der Irrlichtgrotten, in deren Zentrum eine mächtige Kristallformation von besonders vielen Lichtern umtanzt wurde. Ihr Flackern war die einzige Lichtquelle. Die Augen der Zwerge sahen im Dunkel unter den Bergen so gut wie im hellen Sonnenlicht, sodass sie keine Laternen mit sich zu führen brauchten.

»Wurde auch Zeit«, brummte Gorin, während er seine Fladen aus gebackenen Höhlenpilzen auspackte.

»Du brauchst mehr Übung, kleiner Bruder«, sagte Galdra grinsend. »Jeder Zwerg sollte sein eigenes Gewicht an Waffen und Ausrüstung in die Schlacht tragen können!«

Gorin zog eine Grimasse. Er war am selben Tag wie seine Schwester zur Welt gekommen, doch da sie vorwitzig den Anfang gemacht hatte, betrachtete sie ihn seit jeher als ihren kleinen Bruder.

»Gorin ist mit dem Schmiedehammer genauso ausdauernd wie du mit der Streitaxt, Galdra«, warf Onkel Barudrin ein, der sich zu ihnen gesellte. Der rundliche Zwerg trug seinen Bart zu zahllosen schwarzen Zöpfen geflochten, über denen fröhlich eine dicke rote Nase leuchtete. Gorin nickte ihm dankbar zu. Onkel Barudrins beste Eigenschaft war es gewiss, dass er jeden so nahm, wie er war. Er hatte sich sichtlich gefreut, als Gorin sich für das Handwerk des Runenschmieds entschieden hatte und bei ihm in die Lehre gegangen war. Doch er freute sich genauso über Galdra, die schon als Mädchen begeistert hundsgroße Grottenspinnen gejagt hatte und schließlich der Kriegergemeinschaft der Höhlengänger beigetreten war.

»Sie hat ja recht, Duroscha«, meinte Gorin, während er sich den Bart glattstrich und die Bartspitze ordentlich in seinen Gürtel steckte. So nannten die Zwillinge Barudrin von Kindheit an: Duroscha. Onkelchen. »Man sollte in Übung bleiben. Wer weiß, welche Aufgaben einen noch erwarten.«

Galdra schaute auf und nickte ihm kaum merklich zu. Sie hatte verstanden.

»Die äußeren Höhlen zu sichern ist ganz gewiss eine wichtige Aufgabe!«, polterte Nurdrin, der Sohn von Obmann Naribran. Er war ein stattlicher Zwerg mit mächtigem Lockenbart, der immer etwas zu laut sprach. »Nach außen hin ist Tokrond durch den undurchdringlichen Fels der Berge geschützt, aber nach innen, in die Tiefen der Höhlen hinein, müssen wir wachsam bleiben! Schon mehr als einmal hat die Bergbau-Gilde zu tief gegraben und alte Schrecken im Berg geweckt.« Er wiederholte sehr gerne die langen Monologe seines Vaters über die Wichtigkeit der Höhlengänger.

»Den Schutz der Berge werden wir brauchen«, warf Pordra ein, eine junge Runenschmiedin, die im letzten Jahr zusammen mit Gorin die Gildenprüfung abgelegt hatte. Sie trug die Wangen nach der neumodischen Art der Menschenfrauen glattrasiert, doch ihr Kinn zierte ein einzelner roter Bartzopf. »Mein Vetter hat mir erzählt, dass am Nordtor wieder Flüchtlinge eingetroffen sind: Kristallzwerge, diesmal einige hundert. Die Truppen des Kettenfürsten rücken immer schneller vor. Sie haben nun auch das Herzogtum Swertengund und Teile des nördlichen Menschenreichs Skovrik überrannt und belagern seit Neuestem die Tore von Kurrond, dem Reich des Kristallvolks. Bald werden wir vom Eisenvolk die letzten freien Zwerge sein.«

Gorin bemerkte, wie Galdra unwillkürlich die Fäuste ballte. Sein Magen fühlte sich plötzlich wie ein Klumpen kalter Schlacke an. Seit vielen Jahren überzog der Kettenfürst die freien Länder mit Krieg. Seine Söldner und dunklen Geschöpfe hatten fast die gesamte bekannte Welt eingenommen. Gorins und Galdras Eltern waren im Kampf gegen ihre Übermacht gefallen und hatten nur schmerzliche Erinnerungen zurückgelassen. Glücklicherweise hatte sich Onkel Barudrin der Zwillinge angenommen.

»Tokrond wird der Kettenfürst jedenfalls nicht kleinkriegen!«, bellte Turidran, ein altersgebeugter Runenschmied mit bodenlangem Bart, der den Wachtrupp nur begleitete, weil er vehement darauf bestand, weiterhin seine Pflicht zu tun. »Wir können die Tore unbegrenzt geschlossen halten und uns von dem ernähren, was die Gilde der Pilzhüter in ihren Farm-Höhlen anbaut!«

»Wenn nur der Gilde der Bierbrauer nicht der Hopfen aus den Menschenlanden ausgeht«, setzte Galdra mit gezwungener Leichtigkeit nach. Erschrockenes Gemurmel kam unter den Zwergen auf.

»Dann brauen wir eben Stollenbier aus Höhlenpilz-Sporen wie unsere Vorfahren«, entgegnete Onkel Barudrin, der in allem etwas Gutes finden konnte. Gorin erschauderte bei dem Gedanken an das bittere Zeug, das zuweilen bei feierlichen Anlässen in mächtigen Zinnhörnern ausgeschenkt wurde. Die zwergische Bierbraukunst war in der Tat auf das Getreide der Oberflächenbewohner angewiesen.

»Stollenbier verleiht den Kriegern Stärke«, brummte der einäugige Obmann Naribran, wozu sein Sohn Nurdrin heftig nickte. »Es heißt, dass die Zwergenheere der alten Tage immer große Kessel voll Stollenbier auf gepanzerten Wagen mit sich führten. Es wurde mitten im Schlachtgetümmel ausgeschenkt, und die Bierwagen wurden heftiger verteidigt als die Standarte des Königs, man sagt …«

Ein mächtiges Knirschen und Poltern hallte durch die Höhle und unterbrach ihn. Selbst die Lichter zwischen den Kristallen schienen innezuhalten.

»Was war das?«, hörte Gorin sich selbst fragen und ärgerte sich, dass seine Stimme ängstlich klang.

»Der Fels arbeitet«, entgegnete Galdra leichthin. Es gefiel ihr sichtlich, die erfahrene Höhlengängerin zu geben. »Hier draußen in den äußeren Höhlen merkt man das deutlicher als in unseren gemauerten Hallen. Einmal habe ich …«

Wieder ertönte ein Poltern, diesmal so laut, dass die ganze Höhle bebte. Einige kleinere Brocken lösten sich von der Decke und zerbarsten auf dem Felsboden. Die tanzenden Lichter flackerten auf und huschten zwischen den Kristallen davon.

»Waffen bereitmachen!«, bellte Obmann Naribran, sprang auf die Füße und befreite seine mächtige Doppelaxt aus dem Rückengurt.

Gorin brauchte einen Moment, um den Befehl zu realisieren, während die Höhlengänger sich schon für den Kampf rüsteten. Dann ließ er seinen halb gegessenen Fladen fallen und nahm hastig seine Armbrust auf.

Mit einem erderschütternden Krachen brach eine der Höhlenwände ein. Riesige Felsbrocken rumpelten durch die Halle und zerschmetterten beiläufig jahrtausendealte Kristalle. Hinter einer Wolke aus Gesteinsstaub konnte Gorin einen gewaltigen Kopf erkennen, der aus einem neu entstandenen Gang in die Höhle schaute. Der Kopf war mit bleichen Panzerplatten bedeckt. Zwei winzige schwarze Augen glänzten hinter schützenden Wulsten. Als Maul dienten der Kreatur gleich drei Paare insektenartiger Kieferzangen, die gierig klackerten und Gesteinsbrocken in sich hineinschaufelten. Ihr walzenförmiger Leib war dicker als das mächtigste Fass in den Hallen der Bierbrauer und verlor sich in der Dunkelheit des Ganges, den sie fast ganz ausfüllte. Lange Fühler tasteten suchend in der Luft umher.

»Ein Felsenwyrm!«, keuchte Galdra, die ihre Stabaxt fest umklammert hielt.

»Zu groß für einen Felsenwyrm«, knurrte Obmann Naribran neben ihr.

Gorin musste ihnen beiden recht geben. Die Kreatur sah eindeutig aus wie einer jener blassen Wühlwürmer, die sich auf chaotischen Bahnen durch den Fels der Berge fraßen und vor allem für die Gilde der Bergleute eine rechte Plage waren, deren Stollen sie gelegentlich zum Einsturz brachten. Allerdings waren ausgewachsene Felsenwyrmer zwei, bestenfalls drei Meter lang und ließen sich problemlos mit einigen Axthieben erledigen. Die Kreatur, die sich da gerade vor ihnen in die Höhle gefressen hatte, war mehr als zehnmal so groß. Es musste die Urmutter aller Felsenwyrmer sein!

Und sie trug Zügel. Gorin konnte stählerne Haken erkennen, die direkt an den Gelenken ihrer empfindlichen Fresskiefer angebracht waren. Von ihnen führten lange Ketten nach hinten in die Dunkelheit des Ganges. Noch ehe Gorin seine Beobachtung mitteilen konnte, hob der riesige Felsenwyrm den Kopf, schien fragend mit den kleinen Augen zu blinzeln und schob sich rückwärts in den Gang. Schon wenige Herzschläge später war er nicht mehr zu sehen.

»Er zieht sich zurück!«, brüllte Nurdrin so stolz, als hätte er den Wyrm höchstpersönlich in die Flucht geschlagen. Er ging einige Schritte vor und ließ seinen Stahlsturm kreisen, eine leichte Handaxt an einer Kette, die man in weiten Schwüngen herumwirbeln konnte. Tödlich für die Gegner, wenn man die traditionelle Zwergenwaffe beherrschte – und tödlich für die Gefährten, wenn man sich beim Führen der Waffe ungeschickt anstellte.

»Warte!« Obmann Naribran hielt seinen Sohn von der Gangmündung zurück. »Es ist noch nicht vorbei! Hört ihr nicht …«

Noch ehe er ausreden konnte, ergossen sich Dutzende bleicher Gestalten aus dem Gang. Sie liefen völlig lautlos über den Höhlenboden, nur ihre Rüstungen aus dunklem Leder knarrten leise. Die Gestalten waren nicht viel größer als Zwerge, aber deutlich schlanker und feingliedriger. Sie bewegten sich leicht gebückt vorwärts, sodass ihre dünnen, überlangen Arme fast den Boden berührten. Ihre Haut war so blass, dass bläuliche Adern darunter hervorschimmerten, doch am verstörendsten fand Gorin den Anblick ihrer haarlosen Köpfe, die gedrungen zwischen den Schultern saßen. Sie hatten keine Augen, nur glatte Haut, wo man die Augen vermutet hätte. Dafür wiesen sie ausgeprägte spiralförmige Ohröffnungen auf, und an ihren Wangen prangten lange Barteln, die eifrig umhertasteten, wie bei einem Wels. Ihr Mund war so breit, dass er den Kopf regelrecht in zwei Hälften zu teilen schien, und besetzt mit Reihen von dünnen, nadelspitzen Zähnen.

Es waren Lichtlose, uralte Bewohner der Tiefen Höhlen, die zuweilen in abgelegene Hallen der Zwerge einfielen, um sie zu plündern. Gorin hatte noch nie einen Lichtlosen mit eigenen Augen gesehen, aber er kannte die Geschichten um sie. Er wusste, dass sie sich trotz ihrer Blindheit hervorragend mit Gehör- und Tastsinn zu orientieren vermochten. Sie galten als gnadenlose Jäger, die alles als Nahrung ansahen, was ihre scharfen Zähne zerteilen konnten.

»Zum Angriff!«, brüllte Obmann Naribran. »Barukh kara Dwaldarin! Barukh kara Tokrond!«

»Barukh kara Tokrond!«, fielen die übrigen Zwerge in den Schlachtruf ein und warfen sich der Übermacht der bleichen Lichtlosen entgegen.

Gorin realisierte besorgt, dass Galdra ganz vorne lief und als Erste ihre Stabaxt in den Körper eines Lichtlosen versenkte. Sofort war sie von bleichen Gestalten umringt. Sie trugen merkwürdige Waffen aus verholzten Pilz-Stämmen, die vorne wie Speere zugespitzt und hinten zu einer Keule verdickt waren.

Dann verlor Gorin seine Schwester aus den Augen. Rasch legte er die Armbrust auf einen der heranstürmenden Lichtlosen an. Mit einem scharfen Klacken löste sich der Bolzen von der Waffe. Und prallte von einem Tropfstein neben dem Ziel ab. Er musste besser zielen, durfte nicht hektisch werden … Gorin griff einen weiteren Bolzen aus dem Seitenköcher und spannte die Armbrust mithilfe des Schnellspannhebels erneut. Seine leichte Waffe hatte nicht die gewaltige Durchschlagskraft der Windenarmbrüste, mit denen die Zwerge ihre Bastionen zu verteidigen pflegten, doch dafür ließ sie sich dank der genialen Konstruktion der Mechaniker-Gilde so schnell nachladen, dass sie auch im offenen Kampf etwas taugte.

Gorin legte auf einen Lichtlosen an, der gerade Nurdrin von der Seite attackieren wollte. Er ließ sich Zeit, bedachte die Bewegungen des Ziels – und drückte ab. Die Armbrust klackte, und der Bolzen schlug ins weiche Fleisch des Lichtlosen ein. Die Kreatur wand sich mit zuckenden Barteln am Höhlenboden, ehe sie ganz erschlaffte. Gorin hatte seinen ersten Gegner im Kampf besiegt! Sein Herz pochte wie ein Dampfhammer, seine bärtigen Wangen glühten in einer seltsamen Mischung aus Stolz und Abscheu.

»Barukh kara Tokrond!«, brüllte er, um sich selbst Mut zu machen.

Sein Schlachtruf zeigte sofort Wirkung. Zwei der Lichtlosen fuhren herum und kamen nun mit angelegten Speeren direkt auf ihn zugestürmt. Ihre Barteln peitschten gierig umher, ihre breiten Münder waren klaffend geöffnet.

Mit zitternden Fingern legte Gorin einen neuen Bolzen ein und zog den Hebel durch, während die Lichtlosen immer näher kamen. Er schoss auf den vorderen Angreifer, und der Bolzen bohrte sich in dessen bleichen Schädel. Bläuliches Blut spritzte hervor, als die Kreatur zusammenbrach. Der zweite Gegner stürmte ungerührt weiter vorwärts. Panisch realisierte Gorin, dass er keine Zeit mehr hatte, die Armbrust noch einmal nachzuladen. Er ließ die Waffe fallen und zog seine Handaxt aus der Gürtelhalterung. Leider war der Nahkampf mit der Axt alles andere als seine Stärke.

Schon stand der Lichtlose direkt vor ihm und stieß mit dem Speer zu. Gorin versuchte auszuweichen, wobei ihn die Spitze an der Seite erwischte. Die Glieder des Kettenpanzers hielten stand, aber der Stoß in die Rippen ließ Gorin taumeln. Er hob die Axt und schlug grimmig in Richtung des Angreifers zu. Mit einem dumpfen Geräusch blieb das Axtblatt in einer der ledernen Schulterplatten stecken. Der Lichtlose stieß ein zischendes Fauchen aus, wirbelte den Speer herum und riss Gorin mit dem Keulenende von den Füßen.

Gorin sah plötzlich die Höhlendecke über sich und spürte den harten Boden unter seinem Rücken. Er tastete hektisch nach der Handaxt, die er beim Sturz verloren hatte. Schmerz zuckte durch seinen Körper, als der Lichtlose mit beiden Füßen auf seinem Brustkorb landete. Jetzt ragte er über ihm auf, wirkte auf einmal riesig groß, schien die ganze Welt einzunehmen. Eine dicke blaue Zunge fuhr zufrieden an den klingenscharfen Zahnreihen entlang. Dann hob der Lichtlose mit beiden Händen den Speer, um die Spitze direkt in Gorins ungeschütztes Gesicht zu stoßen. Gorin versuchte verzweifelt, sich aufzurichten, doch das Gewicht des Lichtlosen presste ihn an den Boden. Er zischte triumphierend – und kippte plötzlich mit einem leisen Stöhnen zur Seite. Aus seinem geborstenen Schädel ragte der Schaft einer Wurfaxt.

Gorin atmete aus und kämpfte sich auf die Beine. Diese Wurfaxt kam ihm bekannt vor.

»Du brauchst mehr Übung, kleiner Bruder!«, rief ihm Galdra über den Kampflärm hinweg zu, ehe sie sich wieder ihren Gegnern zuwandte.

Gorin schloss kurz die Augen und zwang sich, ruhig zu werden. Er wäre eben beinahe umgekommen. So etwas konnte passieren in einem Kampf. Er musste weitermachen, durfte nicht nachdenken, musste die anderen unterstützen …

Er bückte sich, um seine Waffen wiederaufzunehmen. Dabei fiel sein Blick auf den Lederpanzer des toten Lichtlosen vor ihm. Auf Brusthöhe war in die Rüstung ein Emblem eingeprägt.

Es zeigte eine schwere, gewundene Eisenkette auf rostrotem Grund – das Feldzeichen des Kettenfürsten. Gorin schnaubte. Diese Lichtlosen waren keine einfachen Plünderer. Es waren Tunnelkämpfer der Kettenheere! Plötzlich fielen ihm wieder die Zügel des Felsenwyrms ein. Umso wichtiger, dass sie zurückgeschlagen wurden!

Obwohl die Lichtlosen in der Überzahl waren, hielt die Reihe der Zwergenkrieger ihnen stand, wie kleine stählerne Klippen, an denen sich ein bleiches Meer brach. Ihre Meisteräxte und festen Rüstungen waren den primitiven Waffen der Angreifer überlegen. Obmann Naribran schmetterte gerade zwei Angreifer zugleich mit seiner Doppelaxt zu Boden. Nurdrin trieb eine ganze Gruppe der bleichen Gestalten mit seiner Stahlsturm-Kettenaxt vor sich her, ohne dabei in die Reichweite ihrer Speere zu geraten.

Galdra wütete mit ihrer Stabaxt unter ihnen, ganz dicht an der Gangmündung. Gerade stürmten sechs weitere Lichtlose daraus hervor und hielten auf sie zu. Galdra, die mit zwei Gegnern zugleich beschäftigt war, bemerkte sie nicht. Und niemand war dazwischen, um sie aufzuhalten. Mit so vielen Gegnern auf einmal dürfte selbst seine wilde Schwester Probleme bekommen.

Ohne nachzudenken griff Gorin in den Köcher und suchte mit den Fingern das Seitenfach mit den besonderen Bolzen. Es waren Runenbolzen, die er selbst unter Onkel Barudrins Anleitung mit Zauberzeichen versehen hatte. Wofür war er ein Runenschmied! Er wählte einen Bolzen, der die Zeichen *Adrakh* und *Nuraz* trug. *Stahl* und *Zerstörung*. Dann spannte er die Armbrust, legte auf einen der Lichtlosen in der Sechsergruppe an und rief seiner Schwester eine Warnung zu. Galdra wandte den Kopf ab und duckte sich. Die Spannvorrichtung klackte, und der Bolzen fand sein Ziel. Als er in der Brust des Lichtlosen einschlug, explodierte er in einer Wolke aus Stahlsplittern, die in alle Richtungen flogen. Vier von sechs Angreifern gingen zu Boden. Die zwei Verbleibenden humpelten angeschlagen auf Galdra zu, die sie mit ihrer Axt schon erwartete.

»Guter Schuss!«, brüllte Nurdrin Gorin zu. Der grinste erleichtert. Nurdrin war einer der stärksten Kämpfer von Tokrond in seiner Generation, einer jener Zwerge, die mit der Streitaxt umgehen konnten wie die Helden der alten Lieder, die fässerweise Bier vertrugen und sich in den Höhlen auskannten wie in ihrer eigenen Werkzeugkiste. Und er hatte Gorin im Kampf gelobt! Er hatte …

Die Lichtlosen sprangen plötzlich zur Seite. Ein Schneesturm ergoss sich heulend aus der Gangmündung und beharkte die Zwergenkrieger in der Nähe mit fingerlangen Eissplittern. Galdra ging unter seiner Wucht in die Knie. Der Sturm endete so plötzlich, wie er gekommen war, und ließ die Zwerge mit hässlichen Schnittwunden im Gesicht, Raureif in den Bärten und klammen, steifen Gliedern zurück. Auch Galdra schien verletzt zu sein, war aber schon dabei, sich wieder aufzurappeln.

»Hexerei!«, schnaufte Nurdrin empört.

»Das kam aus dem Gang«, ergänzte Gorin.

»Den greifen wir uns! Komm mit, Runenschmied!«

Er stürmte voran und bahnte sich einen Weg durch die Lichtlosen. Gorin blieb mit seiner Armbrust dicht hinter ihm. Sie rannten an Galdra und den anderen vorbei, die schon wieder in Nahkämpfe mit den bleichen Geschöpfen verwickelt waren, und hielten auf die Gangmündung zu. Drei weitere Lichtlose kamen ihnen entgegen. Zwei fielen der Kettenaxt zum Opfer, einer ging mit einem Bolzen im Schädel zu Boden.

Dann drangen Nurdrin und Gorin direkt in den Gang ein. Er war rund und einigermaßen röhrenförmig, so wie die Körpermaße des Felsenwyrms, der ihn gefressen hatte. Vom Wyrm selber war vor ihnen nichts zu sehen, auch tauchten keine Lichtlosen aus dem Dunkel auf. Vielleicht war der schlimmste Ansturm schon vorbei?

In dem Moment sahen sie die beiden Gestalten im Gang vor sich. Beide waren hochgewachsen. Die eine war eine blasse Frau, die eine benietete Lederrüstung unter einem purpurfarbenen Umhang trug. Ihre langen brünetten Haare wurden von einem

Silberreif bekränzt, der aus filigranen Kettengliedern geformt war. Sie hatte feine, aber scharf geschnittene Gesichtszüge und große amethystfarbene Augen. Die spitzen Ohrmuscheln zeigten, dass sie zum Elbenvolk gehörte, die arkanen Symbole auf ihrem Umhang wiesen sie als Zauberin aus.

Die Gestalt neben ihr war ein leibhaftiger Ork. Er trug eine Rüstung, die aus Plattenteilen und Kettenzeug zusammengesetzt war, allesamt lackiert in blau-grünen Mustern. Seine Haut war grau und lederartig, die wettergegerbten Gesichtszüge wurden dominiert von zwei mächtigen Hauern, die aus seinem Mund ragten. Die schwarzen Haare trug er zu einem Kriegerzopf gebunden, und in jeder Hand führte er einen gekrümmten Säbel aus einem merkwürdigen gelblichen Material.

Gorin erinnerte sich, dass Orks Knochenschmiede waren. Sie vermochten mit geheimen Ritualen die Knochen ihrer gefallenen Gegner zu Waffen von erstaunlicher Härte zu formen. Zudem galten ihre Horden als die gefürchtetsten Elite-Truppen des Kettenfürsten. Und dass man Elben nicht trauen durfte, war ja allgemein bekannt.

»Barukh kara Tokrond!«, brüllte Nurdrin und stürzte sich direkt auf den Ork-Krieger.

»Az rârg Kettanfuurst!«, bellte der Ork und sprang mit erschreckender Behändigkeit vor. Der Säbel in seiner Linken parierte die heransausende Axtklinge des Stahlsturms, der rechte Säbel schlug die Kette der Waffe beiseite. Dann stand er auch schon ganz dicht vor Nurdrin, der dem Ork mit seinem Panzerstiefel gegen die Beine trat. Dieser stöhnte auf und schlug nach dem Zwerg. Nurdrin ließ den Stahlsturm fallen, zog einen Handhammer mit langer Dornenspitze aus dem Gürtel und attackierte damit die Brustplatte des Orks. Die beiden verschmolzen zu einem Gewirr aus Klingen und Hieben.

Gorin wandte sich der Elbin zu, die immer noch auf der Stelle stand und ihre Amethystaugen halb geschlossen hatte. Ihre Lippen bewegten sich tonlos, mit den Fingerspitzen zeichnete sie Muster in die Luft. Offensichtlich bereitete sie erneut irgendeine Hexerei vor. Doch Gorin ließ ihr keine Zeit für weitere Untaten und feuerte seine Armbrust auf sie ab. Der Bolzen traf die Elbin am Oberkörper – und prallte von ihrem purpurfarbenen Umhang ab, als wäre es ein massiver Stahlharnisch. Ein verdammter Schutzzauber, elbische Hinterlist!

Die Elbin schlug die Augen auf und schaute Gorin direkt an, die Mundwinkel zu einem spöttischen Lächeln verzogen. Gorin griff hastig nach dem Seitenköcher mit den Runenbolzen, während seine Gegnerin mit spitzen Fingern eine Art Schneeflocke aus Kristallglas aus einer ihrer Gürteltaschen zog. Sie warf die Flocke sanft, fast nachlässig, in Gorins Richtung.

Eine Woge aus Kälte traf ihn, als sich seine Finger gerade um einen Bolzen schlossen. Von einem Herzschlag auf den anderen fror er wie im tiefsten Winter. Sein Körper zitterte, seine Knochen schienen zu Eis zu erstarren. Die Finger wurden so steif, dass er sie kaum noch bewegen konnte – genauso wenig wie seine Arme, seine Beine, den Kopf … Gorin war ein hilfloser Gefangener im eigenen Körper, umhüllt von Winterstarre.

Nurdrin hatte inzwischen den Ork-Krieger zu Boden gezwungen. Sein Hammer sauste immer wieder auf den blau-grün lackierten Panzer des Gegners nieder, schlug Dellen hinein, durchstieß ihn schließlich. Ein Knochensäbel klapperte auf den Boden. Der Arm des Orks erschlaffte.

Nurdrin ließ von seinem Gegner ab und rannte brüllend auf die Elbenzauberin zu. Diese zog mit einem müden Lächeln eine weitere Schneeflocke hervor und warf sie nach ihm. Entsetzt musste Gorin mit ansehen, wie auch sein Kampfgefährte immer langsamer wurde und schließlich mitten im Laufen erstarrte. Die Elbin trat an ihn heran.

Verzweifelt befahl Gorin seinen Fingern, sich um den Armbrustbolzen zu schließen. Langsam, ganz langsam kamen sie dem Geschoss näher, berührten schließlich seinen Schaft. Er spürte den Umriss einer Rune unter den Fingerkuppen. *Indraz. Feuer*. Leider war er viel zu steif, um den Bolzen aus dem Köcher zu ziehen, geschweige denn die Armbrust durchzuladen.

Aber vielleicht gab es noch eine andere Möglichkeit … Gorin konzentrierte sich.

Die Elbin hatte inzwischen Nurdrin erreicht. Sie kniete sich hin, sodass sie auf Augenhöhe mit dem Zwerg war, dann fasste sie sich an den Hals und hantierte mit den Fingern. Plötzlich hielt sie eine Kette in den Händen, eine wuchtige Kette mit dicken Gliedern, wie auf dem Wappen des Kettenfürsten, aber geformt aus reiner schwarzer Dunkelheit. Sie wand sich zwischen den Fingern der Elbin wie eine Schlange aus Schatten. Die Zauberin legte Nurdrin die schwarze Kette um den Hals, behutsam, fast liebevoll.

»Gnarrh!«, stöhnte Gorin, als es ihm endlich gelang, die Feuer-Rune auf dem Bolzen zu aktivieren. Hitze schoss ihm durch die Finger, seinen Arm hinauf, bis in die Schulter und den Oberkörper hinein. Sie vertrieb den Fluch der Kälte aus seinen Knochen. Seine Finger schmerzten infernalisch. Die Entladung hatte ihm gewiss ein paar Brandblasen verpasst, aber das war jetzt egal!

Gorin ignorierte den Schmerz und zog den Bolzen mit den mächtigsten Runen hervor. Es hatte ihn Tage an Arbeit gekostet, das Geschoss zu fertigen. Auf seinem Schaft war dreimal die Rune *Gorkh* eingraviert. *Stein.*

Während Gorin die Armbrust spannte, zog sich die schattenhafte Kette immer enger um Nurdrins Hals zusammen; als er die Waffe hob, lagen die wuchtigen Glieder hauteng an dessen Kehle. In dem Moment, als er den Abzug drückte, verschwammen die Umrisse der Kette und schienen mit Nurdrins Hals zu verschmelzen.

Gorins Bolzen traf wieder den Oberkörper der Elbin, die sich gerade aufrichtete. Seine Spitze scheiterte am Schutzbann ihrer Gewänder, aber der Zauber seiner Runen tat dennoch seine Wirkung. Die Elbin verfärbte sich plötzlich grau. Ihre Haut, ihre Haare, ihre Kleidung, ihre Amethystaugen: Alles nahm die Farbe von Gestein an. Ihre Bewegungen wurden langsamer, als sich ihre Glieder nach und nach zu Fels verhärteten. Mit steifen Fingern berührte sie einen Ring an ihrer linken Hand und drehte ihn einmal herum – eine Woge aus grünlichem Licht flutete über ihren Körper und verblasste wieder. Jede Spur von Grau war verschwunden.

Die Zauberin stand wieder aus Fleisch und Blut vor Gorin. Sie nickte ihm spöttisch zu. Dann verschwammen ihre Umrisse, verdichteten sich und formten schließlich die Gestalt einer mächtigen Libelle von der Länge eines Unterarms. Ihr dicker Leib schillerte purpurfarben. Das riesige Insekt schwebte für einen Moment auf der Stelle und verschwand dann surrend in der Dunkelheit des Ganges.

Stöhnend sackte Nurdrin zusammen, als der Kältezauber von ihm abfiel. Gorin eilte an seine Seite. Von der schwarzen Kette war nichts mehr zu sehen.

»Alles in Ordnung?«

»Denke schon«, brummte Nurdrin grimmig, doch seine Gesichtsfarbe verriet etwas anderes.

»Was war das für eine Kette?«, hakte Gorin nach. »Was hat sie mit dir gemacht?«

Nurdrin schüttelte unwillig den Kopf. »Weiß nicht. Irgendeine Hexerei. Hat aber nicht geklappt. Wir Zwerge haben eben einen dicken Schädel, auch gegenüber Magie. Komm jetzt, zurück zu den anderen!«

Sie verließen den Gang im Laufschritt. Draußen in der Höhle stand inzwischen keiner der Lichtlosen mehr auf den Beinen. Ihre blassen Körper waren auf dem Felsboden verstreut. Doch auch viele der Zwerge waren verletzt und atmeten schwer. Sie hatten sich um etwas versammelt, das auf dem Boden lag. Als Gorin und Nurdrin zu ihnen stießen, sahen sie, dass es ein Körper im Kettenmantel war.

Der alte Turidran sah auch im Tod noch grimmig und entschlossen aus. Das Bild des gestandenen Zwergenkriegers wurde nur von dem Keulenspeer eines Lichtlosen gestört, der in seinem Hals steckte, weshalb der graue Bart mit Blut durchtränkt war.

»Barudrin?«, fragte Obmann Naribran gerade auffordernd.

Als ältester anwesender Runenschmied oblag es Gorins Onkel, die Sterbestrophe für seinen Gildenbruder zu sprechen.

Er räusperte sich unbehaglich und rieb sich den linken Arm, der offenbar einen Keulenhieb abbekommen hatte. Seine Stimme klang rau:

»Des Schicksals Hammerschlag hat dich geformt,
verlieh dir Kanten und Gestalt.
Nun wird geschmolzen, was einst war.
Der Schmied gibt neue Form dir bald.
Tandrakh Dar-Dwaldarin.«

»Tandrakh Dar-Dwaldarin«, murmelten alle Zwerge bestätigend. Es folgte beklommenes Schweigen.

Als Nurdrin schließlich zu reden ansetzte, klang es wie üblich viel zu laut: »Wir haben im Gang einen Ork-Krieger ausgeschaltet und eine Kriegszauberin vertrieben! Das waren keine Plünderer aus den Tiefen Höhlen. Das war ein Stoßtrupp der Kettenheere!«

Grimmiges Nicken in der Runde. Es gab wohl keinen Zwerg, dem die Abzeichen der lichtlosen Tunnelkämpfer nicht aufgefallen wären.

»Und habt ihr gesehen, dass der Felsenwyrm Zügel trug?«, setzte Gorin leiser nach. »Er hat ihnen den Weg durch den Fels freigemacht.«

»Vielleicht ist der Schutz der Berge nicht so mächtig, wie wir gedacht haben«, murmelte Pordra.

»Unsinn!«, widersprach Galdra hitzig. Ihre Wangen trugen mehrere rote Striemen von den messerscharfen Eissplittern des Schneesturm-Zaubers. »Mit solchen Nadelstichen kriegen sie Tokrond nicht klein! Soll der Kettenfürst nur seine Stoßtrupps schicken, wir empfangen jeden einzelnen mit Hammer und Axt!«

Gorin kannte seine Schwester gut genug, um die Unsicherheit aus ihrer Stimme herauszuhören.

»Das war ein Jungtier«, stellte Obmann Naribran fest.

»Wie?« Galdra fiel zur Abwechslung keine Erwiderung ein.

»Ausgewachsene Felsenwyrmer haben sechs Grabkiefer«, erklärte Naribran. »Dieser hatte nur drei. Er wächst noch. Felsenwyrmer werden nur sehr langsam größer. Aber wenn dieses Monstrum seine volle Größe erreicht hat, wird es Tunnel fressen, durch die ganze Heere marschieren können.«

»Und die Hexer des Kettenfürsten haben bestimmt mehr als einen Felsenwyrm zu solcher Größe herangezüchtet«, ergänzte Pordra.

»Aber wir wissen jetzt Bescheid!«, warf Onkel Barudrin ein, in dem Versuch, etwas Positives beizutragen. »Jetzt kennen wir die Bedrohung und können uns darauf einstellen! Die Baumeister-Gilde findet gewiss irgendeine Möglichkeit, Felsenwyrm-Sperren durch den Felsen zu ziehen.«

»Gut, dass wir gerade hier waren, als sie durchbrachen«, murmelte Nurdrin.

»Das war kein Zufall.« Obmann Naribran schaute düster drein. »Sie haben uns aufgelauert, warum auch immer. Wahrscheinlich wollten sie Gefangene machen.«

Gorin dachte an die merkwürdige Kette aus Schatten, die die Elben-Zauberin Nurdrin um den Hals gelegt hatte. Gut, dass das Ding verschwunden war! Er schaute Nurdrin an und erwartete, dass dieser etwas erwähnen würde. Doch der Höhlengänger schwieg und starrte vor sich hin.

»Genug Zeit verloren!«, grollte Naribran schließlich. »Galdra, du führst die Runenschmiede zurück in unsere Hallen. Ihr nehmt auch Turidrans Körper mit euch und überbringt ihn seiner Gilde. Gebt in den Höhlengänger-Hallen Bescheid, dass wir hier draußen Verstärkung brauchen, und informiert die Baumeister, dass es einen Gang zu verschließen gilt.«

Aus Galdras Blick sprach Protest, doch offenbar hatte sie gelernt, die Befehle des Obmanns nicht in Frage zu stellen. Gorin war beeindruckt.

»Die anderen Höhlengänger bleiben hier, bewachen den

Gang und beginnen mit seiner Erkundung«, kommandierte Naribran weiter. »Wenn alle ihre Aufgabe erfüllen, kann uns niemand etwas anhaben. Barukh kara Tokrond!«

Es war ein trauriger Zug, der schließlich den Rückweg durch die Höhlen antrat. Sie führten Turidran auf einer improvisierten Bahre mit sich. Galdra marschierte schweigend neben Gorin her. Als sie seinen Blick spürte, schaute sie ihn fragend an.

»Wir müssen reden, Schwester«, sagte Gorin leise.

»Über unsere Aufgabe«, erwiderte Galdra. Es war eine Feststellung, keine Frage.

»Ja«, bestätigte Gorin. »Es ist bald an der Zeit.«

Elben-
siedlung
Schloss
der
Träumenden
Eichen-
hütte
Dornen-
hügel
Wald
der
Alten
Silbersang
Holunder-
Lichtung
Schwarzglas-
klippen

ZWEITES KAPITEL

LIRÁYA, DAS WALDLANDREICH DER GRÜN-ELBEN
IN EINEM ULMENHAIN

ETWAS SELTSAMES LAG im Gesang der Wälder. Elyami konnte nicht benennen, was es genau war. Die Baumwipfel rauschten wie immer, das Holz der Stämme arbeitete gemächlich vor sich hin, die Bäche murmelten stetig ihr Reiselied. Unterholz strebte ehrgeizig dem Licht entgegen, Farne und Pilze gediehen im Schatten. Wälle von Brennnesseln beschirmten die Verstecke, wo Tierkinder heranwuchsen, und Käfer und Würmer am Waldboden verdauten das, was gestorben war, um neues Leben hervorzubringen.

Es war das immer gleiche Lied vom ewigen Kreislauf, das die junge Elbin von Kindheit an kannte. Und doch stimmte etwas nicht damit. Man bemerkte es nur in der Stille, wenn man ganz bei sich war, sich Zeit ließ und lauschte.

Elyami hockte in einer Astgabel hoch oben in der Krone einer Ulme und ließ die Beine baumeln. Um sie herum erstreckten sich die Wälder von Liráya, ein Muster aus grünen Blättern und Sonnenlicht, und leisteten ihr beim Zeitlassen Gesellschaft.

Eigentlich hätte sie jetzt Fechtunterricht, danach Unterweisungen in der Geschichte der Elbenvölker und schließlich Kalligraphie. Das war das Albernste von allem. Wofür sollte man einen schönen Tag dazu verschwenden, tote Tinte in affektierten Schnörkeln auf Papier zu schmieren? Elyami tauchte lieber in den lebendigen Gesang der Wälder ein. Und was sie wollte, das machte sie auch. Also war sie jetzt hier, auf der Ulme, und nicht auf der Klingentänzer-Lichtung. Das würde natürlich Konsequenzen haben, aber nicht hier und nicht jetzt.

Auf ihrem Schoß balancierte Elyami den Schallkörper ihrer Inyura, einer elbischen Streichlaute. Neben dem kleinen, runden Holzkasten bestand das Instrument vor allem aus einem schlanken Hals, dessen Kopf zu einer kunstvollen Spirale gedrechselt war. Nur zwei Saiten führten vom Kopf über den Hals zum Schallkörper hinab, doch eine erfahrene Musikerin konnte ihnen ganze Welten von sanften, klagenden Tönen entlocken, wenn sie mit dem Bogen darüberstrich. Und Elyami war erfahren. Sie war eine Grünsängerin, die es gelernt hatte, ihre Musik mit dem Lied der Wälder zu verschmelzen, daraus Kraft zu ziehen und die Töne zu Magie zu verweben. Vorsichtig führte sie den Bogen in einem bestimmten Winkel über die Saiten und lauschte auf das Echo der Wälder. Das Rauschen der Bäume antwortete auf ihr Saitenspiel, erzeugte eine Harmonie. Und doch fühlte es sich nicht richtig an. Was war nur los?

Ungeduldig warf Elyami den Kopf zurück. Früher hatte sie mit dieser Geste ihr Haar nach hinten geworfen, wenn es sie beim Spielen gestört hatte. Doch seit ihre Kalligraphie-Meisterin sich begeistert darüber ausgelassen hatte, wie standesgemäß und angemessen ihre schönen langen Haare doch für eine junge Elbin waren, trug Elyami einen kurzen Pagenschnitt. Lediglich eine einzelne Strähne ihrer kupferroten Mähne hatte sie als Erinnerung behalten und sie zu einem langen Schläfenzopf geflochten, in dem sie all jene Blätter, Blüten, Tierknochen und Stöckchen einband, die sie im Laufe eines Waldtages in die Finger bekam.

Elyami ließ den Bogen sinken und brachte ihre Inyura zum Schweigen. Sie schloss die Augen und summte leise vor sich hin, um ganz genau auf den Widerhall im Lied der Wälder zu lauschen. Hier irgendwo musste der Fehler liegen, die Dissonanz, die sie beunruhigte, das Stottern in der Harmonie.

»Elyami!« Die Stimme ihres Bruders riss sie aus der Konzentration. Sie wusste, dass es Elyamur war, noch bevor sie den Klang seiner Stimme richtig zuordnen konnte. Jedes Mal, wenn sie sich von ihren Pflichten zurückzog, ging sie einfach drauflos in den Wald hinein und wählte aus dem Bauch heraus einen beliebigen Baum als Versteck. Und jedes Mal gelang es ihrem Bruder, sie aufzutreiben, wenn er es wirklich darauf anlegte.

»Elyami!«

Seine Stimme kam näher.

»Hat es irgendeinen Zweck, wenn ich dir sage, dass ich tot bin und meine Ruhe haben will?«, rief sie nach unten.

»Nein!«, erwiderte Elyamur leichthin. Einige Herzschläge später tauchte er vor ihr auf. Er ersparte sich die Mühe, den Baumstamm zu erklettern, und lief einfach durch die freie Luft, als würde er eine unsichtbare Treppe besteigen. Elyami wusste natürlich, dass ihr Bruder die leichtfüßige Kampfkunst des Wolkentanzes erlernte, aber es war doch immer wieder beeindruckend, wie seine Füße mitten im Nichts Halt fanden.

Sie bemerkte, dass Elyamur seine Rüstung aus Adamantglas angelegt hatte. Das leichte Material aus elbischer Fertigung war milchig-durchsichtig und schützte mindestens so gut wie eine menschliche Rüstung aus schwerem Stahl. Elyamur besaß einen Brustharnisch, Armschienen und Beinschienen aus Adamantglas, die er mit einem tiefgrünen Umhang zu kombinieren pflegte. Sein kupferrotes Haar hatte er zu drei Zöpfen geflochten, die darauf ausgelegt waren, im Kampf nicht zu stören. Seine Waffe war ein schlankes elbisches Langschwert mit säbelartig gebogener Klinge. Er pflegte es einhändig zu führen, um seine linke Hand für die diversen Wurfsterne freizuhalten, die an seinem Gürtel glitzerten. Entwaffnender als seine Klingen aber waren sein breites Lächeln und die strahlend grünen Augen.

Er kam auf einem Ast in Elyamis Nähe zum Stehen und verbeugte sich beiläufig.

»Schwester, wir müssen los!«

»Hat Meister Lindramur dich geschickt? Du kannst ihm gerne sagen, wo er sich seinen Fechtunterricht hinstecken kann: genau dahin, wo Geschichte und Kalligraphie auch hingehören!« Elyami war ungehalten über die Störung. Sie stand so kurz davor, die Quelle der Dissonanz zu entdecken.

»Wo hast du nur diese menschliche Ausdrucksweise her?«, fragte Elyamur mit hochgezogenen Augenbrauen. Er hatte schon immer mehr Wert auf kultiviertes Betragen gelegt als seine ungestüme Zwillingsschwester. »Ich komme nicht wegen des Fechtens, Elyami. Ich wollte dir nur sagen, dass *sie* kommt.«

»Du meinst …?«, fragte Elyami mit plötzlicher Erregung.

»Ja. *Sie* kommt.«

»Ist sie schon da?«

Elyamur schüttelte den Kopf. »Die Grenzwächter haben gemeldet, dass sie sich nähert. Wenn wir uns beeilen, sind wir noch vor ihr am Versammlungsplatz.«

Elyami hatte den Impuls, sofort aufzuspringen und loszustürmen. Sie unterdrückte ihn erfolgreich und zuckte beiläufig mit den Schultern.

»Dann müssen wir wohl los.«

Sie schulterte ihre Inyura samt Bogen mit einem Trageriemen. Dabei war sie sich gar nicht sicher, wie glücklich sie über die Nachricht sein sollte.

»Willst du wirklich *so* zum Versammlungsplatz?«, fragte Elyamur stirnrunzelnd.

Elyami schaute an sich hinab. Sie trug eine kurze tannengrüne Tunika mit maigrünem Besatz, dazu braune Beinkleider aus weichem Leder. Die Sachen waren vielleicht schon ein bisschen zerschlissen von ihren Streifzügen durchs Unterholz und wiesen ein paar Matschflecken und den einen oder anderen Riss auf. Aber sonst …

»Ja, will ich«, entgegnete sie mit einer Bestimmtheit in der Stimme, die ihr Bruder nicht überhören konnte.

Doch Elyamur blieb hartnäckig: »Findest du nicht, dass gerade für eine Grünsängerin ein Kleid aus Spinnwebseide für den Anlass angemessener …«

Elyami gab ihm einen kräftigen Stoß gegen den Brustpanzer, und der überraschte Elyamur kippte hintenüber vom Ast und aus ihrem Sichtfeld.

»Das bedeutet nein!«, rief sie ihm lachend hinterher. Als nach einigen Herzschlägen aber keine Antwort von ihrem Bruder kam, beugte sie sich besorgt vor. Vielleicht hatte sie seine Fähigkeiten doch überschätzt?

»Danke. Das hätte ich auch so verstanden«, sagte Elyamur und balancierte einige Meter unter ihr auf einem Ast, der kaum halb so dick wie sein Arm war. »Kommst du dann?«

Er sprang vom Ast, stieß sich vom Baum gegenüber ab und landete mit einer Luftrolle auf dem Waldboden.

»Angeber«, murmelte Elyami und machte sich an den Abstieg.

Die beiden Geschwister streiften schweigend durch die Wälder von Liráya in Richtung Versammlungsplatz. Beide waren mit ihren eigenen Gedanken beschäftigt, was *ihre* Ankunft bedeuten mochte. Elyami bemerkte, dass es ihr guttat, neben ihrem Bruder herzugehen. In den letzten Jahren waren die beiden so sehr mit ihrer Ausbildung beschäftigt gewesen, dass für Gemeinsames kaum Zeit geblieben war. Sie hatte sich ganz auf die Kunst des Grüngesangs gestürzt und sich eisern gegen alle Albernheiten gewehrt, die sie davon ablenken könnten. Elyamur dagegen war nicht nur ein Wolkentänzer geworden, sondern hatte auch den Unterricht in allen anderen Fertigkeiten wahrgenommen, die für ein Kind des Elbenvolks standesgemäß waren, offenbar mit Erfolg. Vielleicht war er wirklich weiser als sie. Oder einfach nur angepasster.

Als sie sich dem Versammlungsplatz näherten, trafen sie auf andere Elben, die in dieselbe Richtung unterwegs waren. Lindramur, der Fechtmeister, warf Elyami einen langen Blick mit hochgezogenen Augenbrauen zu, sagte aber nichts. Elyami summte ungerührt vor sich hin und knuffte Elyamur in die Seite, als er sich entschuldigend in Lindramurs Richtung verbeugte.

Der Versammlungsplatz war eine große, annähernd kreisförmige Lichtung, die mit einem Meer bunter Blumen bewachsen war. Am hinteren Rand der Lichtung hatte man eine Holzplattform aus lebendigen Bäumen errichtet, durch alte Grün-Elben-Magie miteinander verflochten. Sie zog sich halbmondförmig am Waldrand entlang und wurde von einer pavillonartigen Laube aus üppigen Wildrosenhecken beschattet. Hier standen im Halbkreis die Throne der vier Jahreszeiten-Könige, die im Namen der Träumenden Königin über die Geschicke des Grün-Elbenreiches wachten.

Die eintreffenden Elben sammelten sich an den Rändern der Lichtung und ließen den Platz um die große Feuerstelle in der Mitte frei. Es waren Vertreter aller Sippen gekommen. Die meisten hatten ihre edelsten Gewänder angelegt.

Elyami und Elyamur gesellten sich zu ihren Angehörigen, den Birkenkindern. Es waren zumeist schlanke und etwas blasshäutige Elben, darunter auch ihre Lehrmeister. Jeder Grün-Elb wuchs als Spross der gesamten Sippe auf, er war ein Kind von allen und wurde von allen unterrichtet. Elyami spürte zahlreiche Blicke auf sich. Waren sie missbilligend, wegen ihrer Kleidung oder wegen ihres Fehlens vom Unterricht? Waren sie neugierig, weil sie wussten, dass *ihr* Kommen etwas mit Elyami zu tun hatte? Ehrfürchtig? Besorgt? Sie entschied sich, es zu ignorieren und sich lieber auf der Lichtung umzuschauen.

Den Birkenkindern gegenüber hatten sich die Eichenkinder versammelt: große und kräftige Elben, die mit beiden Beinen fest auf dem Boden standen. Daneben tummelten sich rotwangig und fröhlich die Apfelkinder, weiter hinten standen die Tannenkinder mit ihren ernsten Mienen, gewandet in dunkelgrüne Umhänge. Die Holunderkinder rochen bis hierher würzig nach ihren Heilkräutern und Tinkturen, die Weidenkinder schienen sich selbst stehend im Tanz hin und her zu wiegen.

Elyami ließ den Blick zur Plattform mit den Thronsesseln wandern, wo der Rat der Jahreszeiten schon Platz genommen hatte. Ganz links saß Yurami, die Frühlingskönigin, auf einem blütengeschmückten Thron. Sie war eine kleine, feingliedrige Wildrosentochter in einem regenbogenfarbenen Seidenkleid und schien beständig vor sich hin zu lächeln. Ihre Aufgabe im Rat bestand darin, offen für neue Ideen zu sein und den Kontakt zu den Völkern außerhalb der Wälder zu pflegen.

Daneben saß Undramur, der Sommerkönig, auf seinem grünen Laubthron. Er war ein stattlicher Eichensohn mit sonnengebräunter Haut in einem reich verzierten Adamantglas-Harnisch. Es war seine Pflicht, das Bestehende zu bewahren und die Wälder zu verteidigen.

Rayamur, der Herbstkönig, stammte von den Ahornkindern, sein Thron war mit bunten Blättern und Beeren geschmückt. Der nachdenkliche Elb mit kantigem Kinn war dafür zuständig, die Fülle des Lebens über sein Volk auszuschütten und dafür zu sorgen, dass es mit Nahrung und allem Notwendigem versorgt war.

Ganz rechts saß Siyandri, die Winterkönigin, auf ihrem schwarzen Thron, an dessen Lehne Eiszapfen glitzerten. Die Tannentochter in schlichten weißen Seidengewändern war selbst für eine Elbin alt. In ihren hellen, gleichmütigen Augen schimmerten die Erinnerungen vieler hundert Winter. Ihr oblag es, offen für Visionen und Eingebungen zu sein und gute Beziehungen zu den zahlreichen Geistern der Wälder zu unterhalten. Vor ihr hatte Elyami am meisten Respekt. Sie sprach nur, wenn es etwas zu sagen gab, und verzichtete auf umständliche Blumigkeit.

»Ob Siyandri es schon bemerkt hat?«, murmelte Elyami.

»Was meinst du?«, flüsterte Elyamur.

»Mir ist heute Morgen etwas aufgefallen, als ich im Wald allein war. Mit der Harmonie stimmt etwas nicht.« Elyamur verstand nicht wirklich etwas von solchen Dingen, aber es tat Elyami gut, mit ihm darüber zu reden. »Es gibt da einen Missklang im Gesang der Bäume, der …«

»Sie kommt! Sie kommt!« Ein kleines Mädchen von den Apfelkindern lief aufgeregt im Kreis herum und deutete nach oben. Nun schauten auch die anderen hinauf.

Ein einzelner Schwan näherte sich der Lichtung im Flug, sein weißer Körper glänzte wie frischer Schnee in der Sommersonne. Lediglich an seinen Schläfen konnte Elyami mit ihren scharfen Augen graue Federn ausmachen, die sich als keilförmiges Muster um seinen Kopf zogen. Sie kannte dieses Muster gut.

Der Schwan landete auf dem freien Platz bei der Feuerstelle inmitten der wartenden Elben. Er reckte den Hals und schlug mehrmals mit den Flügeln, als müsste er sich nach der Ankunft erst ordnen. Dann verschwammen seine Umrisse, dehnten sich aus und zogen sich in die Länge. Drei Herzschläge später stand eine alte Menschenfrau an seiner Stelle auf dem Versammlungsplatz.

Obwohl der Tag warm war, trug sie einen schweren Mantel, der mit weißem Pelz besetzt war. Auch ihr Haar, das mit drei Silbernadeln zu einem Knoten aufgesteckt war, schimmerte weiß. Die knöchrigen Finger ihrer linken Hand umfassten einen mächtigen Knotenstab, der größer war als sie selbst. Elyami hatte nie ergründen können, von welchem Baum das dunkle, fast schwarze Holz eigentlich stammte. In die Furchen waren zahllose Edelsteine eingelassen, die wie bläuliche Sterne funkelten. Ansonsten war die Frau frei von jeglichem Schmuck. Unter dem Mantel trug sie einen einfachen grauen Kittel, an der Hüfte von einem Gürtel zusammengehalten, an dem allerlei Beutel und praktische Utensilien befestigt waren. Ihre klaren Züge waren faltenzerfurcht und wurden dominiert von großen tiefblauen Augen über einer steilen Nase.

Elyami schien es, als seien die Falten der Frau seit ihrem letzten Besuch noch tiefer geworden. Es hatte sie schon immer fasziniert und erschreckt zugleich, wie schnell die Menschen dahinwelkten. Wie es wohl war, in einem Körper zu stecken, der solchen Veränderungen ausgesetzt war? Die Vorstellung machte Elyami Angst, aber sie empfand absurderweise auch Neid. Sie mochte Veränderungen.

Yurami, die Frühlingskönigin, erhob sich vom Thron und begann zu sprechen, denn ihr oblag es, das Wort an Gäste zu richten.

»Yà Murián lao'yasá, Winterseherin. Der Rat der Jahreszeiten begrüßt Euch im Namen der Träumenden Königin, die über die Wälder wacht.«

»Yà Murián lao'yasá, Yurami-suya«, erwiderte die Alte die Begrüßung. »Ich danke dem Rat für seine Gastfreundschaft und erweise der Träumenden Königin meinen Respekt.«

Ihr Grünwort war tadellos, wenn auch ihre Menschenstimme nicht alle Obertöne der Elbensprache zu formen vermochte. Sie wandte sich nacheinander auch an die anderen Jahreszeiten-Könige und erbrachte knapp, fast ungeduldig ihren Gruß. Nur mit der Winterkönigin tauschte sie einen langen Blick.

Winterseherin und Winterkönigin. Man hatte Elyami erklärt, dass die Alte bei den Menschen Winterseherin genannt wurde, weil sie das ganze Jahr über rastlos durch die Lande zog und sich nur für den Winter in irgendeiner Stadt, einem Dorf oder an einem Königshof niederließ, um den Leuten mit ihrem Rat beizustehen. Die Winterkönigin hingegen hatte ihren Titel, weil sie in Liráya über diese Jahreszeit herrschte, die man bei den Elben traditionell mit der Gabe der Magie in Verbindung brachte. Trotzdem fragte sich Elyami, ob eine geheimnisvolle Verbindung zwischen den beiden Frauen bestand.

Schließlich wandte sich die Alte vom Rat der Jahreszeiten ab und ließ den Blick unruhig über die versammelten Elben schweifen. Als sie Elyami und Elyamur inmitten der Birkenkinder entdeckte, nickte sie zufrieden. Sie ging ein paar Schritte auf sie zu, wobei sie sich auf ihren Stab stützte. Die Zwillinge traten vor und verbeugten sich stumm.

»Elyamur Birkensohn«, sagte die Seherin. »Vor drei Sommern hast du geübt, beim Wolkentanz höher als die Schultern deiner Gegner zu laufen. Beherrschst du inzwischen diese Kunst?« Sie redete mit ihm, als wären sie nicht von Dutzenden Zuhörern umgeben. Elyamur nickte bescheiden.

»Inzwischen erreiche ich die Baumwipfel, Winterseherin.«

»Gut.« Sie wandte sich Elyami zu. »Elyami Birkentochter, du hast dich darin versucht, die Waldgeister mit deinem Grüngesang herbeizurufen. Folgen sie dir?«

»Das tun sie, Winterseherin.« Elyami zwang sich, der Alten in die großen, klaren Augen zu blicken. Ihr wurde schwindelig, aber sie hielt ihrem Blick tapfer stand.

»Gut. Und hast *du* inzwischen gelernt zu folgen, Elyami?«

»Was?« Nun musste sie doch blinzeln. Sie spürte, wie ihre Wangen rot und warm wurden. »Nein, Winterseherin«, antwortete sie schließlich verdattert.

Die Alte nickte. »Gut.«

»Was kann das Grünvolk von Liráya für Euch tun, Alte mit den Schwanenfedern?«, fragte nun Frühlingskönigin Yurami, um die Winterseherin daran zu erinnern, dass sie vor dem Rat sprach. Klang ihre Stimme nur amüsiert oder lag auch ein Vorwurf darin?

Mit einem ungeduldigen Knurren wandte sich die Seherin von den Zwillingen ab und dem Rat zu. »Ich bin gekommen, um wieder einmal die Gastfreundschaft der Elbenlande zu erbitten, Yurami-suya. Ich möchte mir einige Tage lang ein Bild davon machen, wie die Zwillingsseelen des Orakelspruchs heranwachsen.«

Elyami verzog das Gesicht. Sie hasste es, so genannt zu werden! Elyamur hingegen lächelte stolz vor sich hin.

»Die Bitte sei Euch gerne gewährt, Winterseherin«, antwortete Yurami. »Seid unser Gast, so lange Ihr es wünscht. Die Eichenhütte am Forellenfall soll wieder Euch gehören.«

»Habt dank, Yurami-suya.« Die Winterseherin verbeugte sich höflich, aber knapp. »Außerdem habe ich ein weiteres Anliegen. Wenn ich diesmal von Euch aufbreche, werde ich wandern und nicht fliegen, denn die Zwillinge werden mich begleiten. Es ist an der Zeit, dass ich sie der Aufgabe zuführe, für die sie ausersehen sind.«

Schlagartig wurde es so still auf dem Versammlungsplatz, dass man in der Ferne das Pochen eines Spechts hören konnte. Dann brach ringsum lebhaftes Gemurmel unter allen Elbensippen aus. Elyami tauschte einen Blick mit Elyamur, der seinen Schwertgriff fest umklammerte.

»Dieses Ansinnen kann der Jahreszeiten-Rat nicht gewähren, Winterseherin!« Nun sprach Undramur, der Sommerkönig. Seine Stimme war so fest wie das Adamantglas seiner Prunkrüstung. »Elyami und Elyamur von den Birkenkindern haben noch nicht genug Sommer gesehen. Sie haben viel zu lernen, bis sie für große Taten bereit sind. Solange werden sie im Schutz der Wälder von Liráya verbleiben.«

Auch Rayamur, der Herbstkönig, ergriff das Wort. Er sprach mit einem sanften Bariton: »Das Grünvolk braucht die Zwillingsseelen des Orakelspruchs. Sie geben den Sippen Hoffnung und Zuversicht in dunklen Tagen. Auf diesen Segen sind wir angewiesen, denn die Bande, die der Kettenfürst um die Welt legt, werden immer erdrückender. Die meisten Reiche der Menschen sind bereits gefallen, andere werden folgen. Niemand weiß das besser als Ihr, Winterseherin.«

Elyami schaute zwischen Undramur und Rayamur hin und her und wusste nicht, was sie davon halten sollte. Durften die Könige einfach so über sie bestimmen? Und tat die Winterseherin denn etwas anderes? Was wollte sie selbst? Sie warf Elyamur einen Seitenblick zu. Die Augen ihres Bruders funkelten mit einem seltsamen, stählernen Glanz, wie sie ihn noch nie gesehen hatte.

»Gerade, weil die Kettenheere immer weiter vorrücken, ist es für die Zwillinge an der Zeit, auszuziehen«, erwiderte die Winterseherin. »Der Kettenfürst muss aufgehalten werden, ehe er absolute Macht erlangt hat.«

»Zwei junge, halb ausgebildete Elben gegen den Kettenfürsten und seine endlosen Heere?«, fragte die Frühlingskönigin Yurami.

Die Winterseherin schnaubte ungeduldig: »Ja, aber keine zwei gewöhnlichen jungen Elben. Die Zwillingsseelen des Orakelspruchs!«

Sie stieß ihren Stab auf den Boden. Ein mächtiger, dumpfer Glockenton hallte durch den Wald und brachte jedes Gemurmel zum Verstimmen. In die Stille hinein sprach die Winterseherin mit klarer, kraftvoller Stimme:

»In mondloser Nacht, unter glühenden Schwingen des Phönix,
soll'n Zwillingsseelen kommen auf widrige Pfade des Lebens,
sich finden in Liebe und Streit vereint.
Die stählernen Bande vermögen sie kühn zu zersprengen,
den Fürsten vom Rostroten Thronsitz zu trennen,
und Freiheit zu bringen von der Ketten Gewalt.

Dies sind die Worte des Orakelspruchs, Volk und Könige von Liráya. Und ihr wisst, sie treffen auf die Birkenkinder Elyami und Elyamur zu: Sie wurden als Zwillingsseelen in einer Neumondnacht geboren, als der Phönixkomet über den Horizont zog. Sie werden auch den Rest der Weissagung erfüllen. Doch dafür müssen sie mit mir kommen und die Sicherheit ihrer Wälder verlassen.«

Elyami bemerkte aus dem Augenwinkel, dass Elyamur heftig nickte. Das Gemurmel der anderen Birkenkinder um sie herum klang jedoch ängstlich und besorgt.

»Im Orakelspruch heißt es, dass die Zwillingsseelen all diese Dinge zu tun *vermögen.*« Nun sprach Siyandri, die Winterkönigin, zum ersten Mal mit leiser Stimme. »Es heißt nicht, dass sie es tun *werden* und dabei zwangsläufig erfolgreich sind. Dieser Unterschied ist Euch sehr wohl bewusst, Winterseherin. Ihr wisst, wie wandelbar die Zukunft ist. Die göttliche Weberin Iyanuri, die Mutter der Träumenden Königin, wirkt am Großen Webstuhl die Fäden immer weiter. Nichts ist festgelegt. Die Zwillingsseelen können Erfolg haben. Oder sie können scheitern und vernichtet werden.«

»Und genau darum werde ich sie begleiten!«, erwiderte die Winterseherin verärgert.

»Alte mit dem klingenden Stab«, sagte Sommerkönig Undramur, »wir Elben haben großen Respekt vor den Orakelsprüchen der Götter. Darum respektieren wir auch Euch als Seherin und bieten Euch die Gastfreundschaft der Wälder an. Wir haben Elyami und Elyamur mit all unserer Kunst erzogen und ausgebildet, um sie auf ihre große Aufgabe vorzubereiten, auch wenn sie unsere Mühen unterschiedlich angenommen haben.« Sein Blick streifte Elyami. »Aber gerade, weil wir den Orakelspruch respektieren, dürfen wir die Zwillingsseelen nicht vorschnell opfern! Sie müssen noch reifen, an Stärke gewinnen und sich in Taten beweisen. Wenn der Spruch sich nicht irrt, werden sie zu Helden unseres Volkes heranwachsen. Und wenn sie erst einmal ihr volles Potential erreicht haben, können sie der größten aller Aufgaben entgegenziehen. Und sie werden es selbstverständlich nicht allein tun: Ich selbst werde mit den Kriegsscharen von Liráya an ihrer Seite stehen!«

Die Alte trommelte mit den Fingern auf ihrem Stab.

»Ihr Elben denkt zu langfristig!«, setzte sie wieder an. »Die Welt wird *jetzt* von den Kettenheeren überrannt, nicht erst in ein paar Jahrzehnten oder Jahrhunderten! Wenn wir den Kettenfürsten nicht bald aufhalten, wird es zu spät sein!«

Sie starrte Undramur herausfordernd an. Der Sommerkönig schwieg würdevoll.

»Warum hören wir nicht die Zwillingsseelen selbst in dieser Sache an?«, fragte Frühlingskönigin Yurami in das unbehagliche Schweigen hinein. »Elyami? Elyamur?«

Noch ehe Elyami ihre durcheinanderwirbelnden Gedanken ordnen konnte, war ihr Bruder schon in die Mitte getreten und stand nun bei der Winterseherin an der Feuerstelle.

»Ich werde der Alten mit den Schwanenfedern folgen und meiner Bestimmung entgegentreten!«, sagte er mit fester Stimme, in der Elyami jedoch ein Zittern zu hören glaubte. »Ich habe ein Leben lang hart gearbeitet und die Künste des Wolkentanzes erlernt, um genau das zu tun. Die göttliche Weberin will es so. Also werde ich mich auf den Weg machen, auch wenn der Rat der Jahreszeiten etwas anderes gebietet.«

Er ließ den Blick über die Könige schweifen. Elyami staunte. Für gewöhnlich war es ihre Spezialität, Widerworte zu geben und sich dafür strenge Verweise einzufangen. Elyamur hatte schon mehr als einmal über ihre Sturheit den Kopf geschüttelt und sie zu mehr Respekt ermahnt. Heute allerdings …

»Wir nehmen deine Meinung in dieser Angelegenheit zur Kenntnis, Elyamur Birkensohn«, sagte der Sommerkönig kühl. »Dennoch bleibt es bei unserem Entschluss.«

»Aber es ist die Weisung der Götter!«, erregte sich Elyamur.

»Mehr gibt es dazu nicht zu sagen.« Der Sommerkönig hob mahnend die Augenbrauen.

»Doch!«

Elyami hatte ihren Bruder noch nie so trotzig erlebt. Plötzlich zog er sein Schwert, die Klinge leuchtete im Sonnenlicht.

Fassungslos verfolgte Elyami, wie ihr Bruder weiterredete: »Ich, Elyamur Birkensohn vom Grünvolk, Nachfahre der Träumenden Königin, leiste den Seelenschwur, dass ich umgehend ausziehen werde, um den Orakelspruch zu erfüllen und den Kettenfürsten zu stürzen. Mögen es die Weberin und alle Götter hören, mögen es die heiligen Wälder bezeugen.«

Er streckte den linken Arm vor und versetzte sich selbst einen entschlossenen Schnitt in die Handfläche. Blut quoll hervor und tropfte auf den Waldboden des Versammlungsplatzes. Elyami konnte hören, wie das Rauschen der Bäume sich plötzlich veränderte, als sie den Schwur vernahmen und seine Zeugen wurden. Ihr Bruder hatte seine Seelenkraft an seine Aufgabe gebunden.

Die Winterkönigin schüttelte seufzend den Kopf. Der Herbstkönig rieb sich entnervt die Schläfen. Der Blick des Sommerkönigs aber ruhte streng auf Elyamur. »Dein Seelenschwur spricht für deinen Edelmut, aber nicht für deine Weisheit. Kein Elb sollte sein Schicksal leichtfertig binden.«

»Ein Leben der Vorbereitung kann man kaum leichtfertig nennen«, erwiderte Elyamur.

»Dann wirst du deinen Schwur auch einlösen, Birkensohn. Zu einem späteren Zeitpunkt, wenn du bereit dazu bist.«

Elyamur schüttelte energisch den Kopf. »Ich habe das Wort

umgehend gebraucht, und ich meinte es so. Ich vertraue dem Urteil der Alten mit den Schwanenfedern und werde ihr folgen.«

»Elyamur Birkensohn!« Die Stimme des Sommerkönigs donnerte über die Lichtung. »Liráya kann es sich nicht leisten, die Zwillingsseelen wegen deines vorschnellen Handelns zu verlieren. Darum verhänge ich folgenden Bann: Alle Schutzgeister der Bäume und Bäche, von Gesträuch und Getier mögen die Grenzen der Elbenlande bewahren und verhindern, dass die Birkenkinder Elyami und Elyamur sie verlassen! Ihre Schritte mögen sie stets zurück ins Herz der Wälder führen, wenn sie ihren Rand zu erreichen versuchen. Die Barrieren, die unsere Feinde abhalten, sollen auch die Zwillingsseelen in unserer Mitte halten. Oà yámu. So sei es.«

»Damit beende ich die Zusammenkunft des Rats«, erklärte Yurami, und ihre Stimme klang müde. »Die Winterseherin ist nach wie vor eingeladen, die Eichenhütte als unser Gast zu beziehen, wenn sie es wünscht. Der Segen der Weberin sei mit Euch.«

Die vier Jahreszeitenkönige erhoben sich. Die anderen Elben traten sofort in Gruppen zusammen, um hitzig zu diskutieren. Einige der Birkenkinder kamen auf Elyami zu, doch sie wich ihnen unwillig aus und lief zu ihrem Bruder, der regungslos neben der Winterseherin stand.

»Was sollte das denn?«, fragte sie ihn fassungslos.

»Ich habe eine Entscheidung getroffen«, erwiderte Elyamur, ohne sie anzusehen. Der Schnitt in seiner Hand blutete immer noch.

»Das habe ich gehört! Und dann gleich einen Seelenschwur? Wenn du mir je wieder vorwirfst, dass ich zu impulsiv sei …«

»Ein ganzes Leben für den Orakelspruch, Elyami«, erwiderte ihr Bruder und ließ es zu, dass die Winterseherin seinen Schnitt mit einem Stoffstreifen verband. »Unser Weg steht doch schon lange fest.«

»Und du?«, fragte die Alte, während sie den Verband anlegte, und schaute Elyami direkt mit ihrem alles durchdringenden Blick in die Augen.

»Was ist mit mir?«

»Wie entscheidest du dich? Der Rat der Jahreszeiten hat dich nicht einmal mehr angehört. Aber ich möchte wissen, wie du zu der Sache stehst.«

Das stimmte, in der Aufregung um Elyamurs Seelenschwur hatte sich niemand mehr um Elyami gekümmert. Als wenn sie gar nichts zu sagen hätte. Dabei hatte sie eigentlich von der seltsamen Disharmonie erzählen wollen, die ihr vorhin im Gesang der Wälder aufgefallen war. Doch niemand hatte sie gefragt.

»Ich entscheide mich, frei zu sein und meinen eigenen Weg zu gehen!«, entgegnete sie trotzig.

»Und wohin führt der dich? Der Bann des Sommerkönigs betrifft auch dich.«

Das hatte Elyami noch nicht bedacht. Auch für sie war es nun unmöglich, die Wälder von Liráya nach Belieben zu verlassen. Man hatte ihr die Freiheit genommen. Wut kochte in ihr hoch.

»Jedenfalls führt mich der Weg nicht dorthin, wo der Rat mich haben will!«

»Führt er dich dorthin, wohin dein Bruder geht?«, fragte Elyamur und schaute sie an. In seinen grünen Augen lag eine seltsame Mischung aus Trotz, Schmerz – und Größe.

Elyami berührte ihn an der Schulter, dann drückte sie ihn spontan an sich. Es war lange her, seit sie ihn das letzte Mal so festgehalten hatte.

»Ja«, flüsterte sie schließlich. »Die Zwillingsseelen bleiben zusammen. Weil *wir* es so wollen.«

»So sei es«, sagte die Winterseherin zufrieden.

DRITTES KAPITEL

TOKROND
IN DEN HALLEN DER RUNENSCHMIEDE, ERSTE EBENE DER FÜNFTEN SOHLE

»EINE WEITERE *Eraz*-Rune für mehr Leichtigkeit beim Tragen wäre schon möglich«, überlegte Gorin und strich sich über den geflochtenen Bart, während er die Stabaxt betrachtete, die vor ihm auf der Werkbank lag. »Es wäre aber auch noch genug Raum für etwas Interessantes. Zum Beispiel eine *Indraz*-Rune, die dir gelegentlich Flammenschläge erlaubt. Die Höhlenbestien fürchten das Feuer.«

Vorsichtig fuhr er mit dem Daumen über die Schneide der Axt. Ihr Blatt war aus weiß schimmerndem Aidios-Kristall geformt, wie ihn die Kristallzwerge des Nordens in den Gletscherminen abzubauen pflegten, ein hervorragender und teurer Werkstoff. Er war nicht nur leicht, sondern auch annähernd unzerbrechlich. Der verlängerte, leicht geschwungene Schaft bestand aus poliertem Stahlbaumholz aus dem fernen Süden. Die herrliche Waffe war ein Geschenk von Onkel Barudrin zu Galdras bestandener Gildenprüfung im letzten Jahr gewesen und seitdem ihr besonderer Schatz.

»Keine Hexerei, kleiner Bruder!«, wehrte seine Schwester nun ab, die es sich mit einem Krug Dunkelbier auf seiner Werkzeugtruhe bequem gemacht hatte. »Du darfst sie gerne verbessern, aber du sollst ihr nicht das Zaubern beibringen.«

Unwillig legte Gorin die Axt wieder zurück. »Letztendlich geht beides auf die Macht der Runen zurück, Galdra, ob ich sie nun leichter mache oder Feuer speien lasse. Was macht das für einen Unterschied?«

»Einen großen, auch wenn sich das ein Runenschmied vielleicht nicht vorstellen kann. Eine besonders leichte Streitaxt schwinge ich immer noch mit meiner eigenen Muskelkraft. Auf Feuerschläge habe ich keinen Einfluss, die passieren eben irgendwie. Das verträgt sich nicht mit einem guten, ehrlichen Kampf. Also, keine Hexerei.«

Sie verschränkte die Arme vor der Brust, und Gorin wusste sehr gut, dass es spätestens jetzt sinnlos war, weiter zu diskutieren.

Die beiden Zwillinge befanden sich in Gorins Werkstatt, die er nach seiner bestandenen Gildenprüfung in den Hallen der Runenschmiede bezogen hatte. Neben dem eigentlichen Arbeitsraum umfasste sie ein kleines Lager und eine noch kleinere Schlafkammer, mehr als genug für einen alleinstehenden Zwerg. Seine älteren Gildenbrüder und -schwestern hatten dafür gesorgt, dass ihm alles zur Verfügung stand, was ein Runenschmied benötigte, von Amboss und Esse bis hin zu den feinen Werkzeugen, die er für Runengravuren auf verschiedenen Materialien brauchte. Seine Gerätschaften waren stets sauber und nach Größe und Funktion sortiert in der Werkstatt aufgereiht.

Es machte Gorin immer nervös, wenn Galdra einen Gegenstand aus seiner Ordnung herausgriff, um ihn sich näher anzusehen. Auch sie verfügte natürlich über eine eigene Kammer, drüben in den Hallen der Höhlengänger auf der dritten Ebene der fünften Sohle, doch die Zwillinge trafen sich meist bei Gorin, weil sie hier nebenbei an diversen Verbesserungen für Galdras Waffen basteln konnten.

»Vielleicht könntest du auch einfach die Durchschlagskraft erhöhen«, schlug Galdra vor.

»Möglich«, murmelte Gorin und spielte mit einem seiner Bartzöpfe, »aber dann muss ich aufpassen, dass die Stärke-Runen nicht die Wirkung der Runen für Leichtigkeit aufheben. Das müsste ich mir in Ruhe ansehen, vielleicht nächste Woche …«

Als Mitglied der Gilde der Runenschmiede war es seine Aufgabe, runenbewehrte Dinge verschiedenster Art je nach Bedarf der anderen Gilden herzustellen. Die Obleute sorgten dafür, dass der Austausch zwischen den Gilden funktionierte und alle die Waren erhielten, die sie benötigten. Zuweilen blieb Gorin aber auch Zeit, seine eigenen Pläne zu verfolgen und mit neuen Wirkungen der Runen zu experimentieren. Diese Versuche führte er meist an den Waffen seiner Schwester durch, aber heute wollte ihm einfach nichts Rechtes einfallen. Es hing zu deutlich in der Luft, dass Galdra ihn eigentlich aus einem ganz anderen Grund besucht hatte.

»Du musst auch ständig daran denken, oder?«, fragte sie unvermittelt, sprang von der Werkzeugtruhe und stellte ihren leeren Bierkrug beiseite.

»Ja.« Gorin gab ihr die Stabaxt zurück. »Der Überfall der Tunnelkämpfer gestern hat mir klargemacht, dass wir nicht mehr lange warten können. Wir müssen etwas tun, bevor der Kettenfürst nach Tokrond greift.«

»Aber was bitte?« Galdra klang eher gereizt als hilflos. Sie mochte es nicht, die Kontrolle aufzugeben.

»Ich denke, wir müssen die Alte aufsuchen. Sie wird uns sagen können, wie die Aufgabe zu erfüllen ist.«

»Dann müssen wir endlich mit Onkel Barudrin reden! Er hatte Kontakt zu ihr. Er weiß bestimmt, wo wir sie finden können.«

Gorin schnaubte: »Und er hat jahrelang alles getan, um zu verhindern, dass wir Kontakt zu ihr aufnehmen. Warum sollte er das jetzt ändern?«

»Weil wir erwachsene Zwerge mit bestandener Gildenprüfung sind!«, insistierte Galdra und warf ihre dicken Zöpfe zurück. »Weil es unser Recht ist, alles zu erfahren! Wir müssen einfach darauf bestehen!«

»Du preschst immer einfach vor, oder?«, fragte Gorin leicht verärgert. »So wie gestern bei den Lichtlosen, als du ganz vorne an der Gangmündung gekämpft hast. Sie hätten dich fast in Stücke gehackt.«

»Haben sie aber nicht! Ich bin eine Höhlengängerin, und Kämpfen gehört zu meinen Gildenpflichten. Da darf ich mich nicht schonen, erst recht nicht wegen der Aufgabe.«

Gorin schüttelte energisch den Kopf: »Gerade wegen der Aufgabe solltest du auf dich aufpassen! Es nützt niemandem etwas, wenn du auf dem Schlachtfeld fällst, dabei ein halbes Dutzend Lichtloser mitnimmst, doch dein Tod die Aufgabe unerfüllbar macht! Ganz abgesehen davon, dass ich dich lieber lebendig sehe.«

»Du denkst ständig darüber nach, was man bei der Aufgabe falsch machen kann. Irgendwann traust du dich gar nicht mehr, überhaupt etwas zu tun.«

»Ich denke vor allem daran, was zu tun *das Richtige* ist! Jeden Tag, seit damals im Kohlenlager.«

Darauf erwiderte Galdra nichts und starrte einfach nur vor sich hin.

Sie waren Heranwachsende gewesen und hatten mitten in der Gildenreise gesteckt; jener Phase im Leben eines jungen Zwergs, in der er nacheinander für einige Monate in den Hallen jeder Gilde arbeitete, um sich später für sein Handwerk entscheiden zu können. Galdra war gerade bei den Bierbrauern beschäftigt gewesen und wusste schon nach wenigen Tagen, dass Bier nur im Krug etwas für sie war. Gorin hatte einen Meistermechaniker begleitet und im Nachhinein lange darüber nachgedacht, ob in dieser Gilde seine Zukunft lag. Seine Vorliebe für Armbrüste stammte aus dieser Zeit.

»Kinder, geht doch rauf ins Lager auf der ersten Ebene und helft dem alten Turidran mit der Eisenbarren-Lieferung«, hatte Onkel Barudrin an jenem Abend gesagt. Da wussten sie schon, dass irgendeine Sache anstand, bei der er sie nicht dabeihaben wollte. Barudrin war selbst für Zwergenverhältnisse ein miserabler Lügner. Widerstrebend hatten sie sich auf den Weg gemacht.

»Bestimmt kommt wieder die Menschenfrau«, flüsterte Galdra, als sie in die Nordost-Passage hinter Barudrins Werkstatt eingebogen waren.

»Was die wohl zu besprechen haben?«, erwiderte Gorin. »Die Obfrau mag es gar nicht, wenn die Alte da ist. Sie schaut Duroscha dann hinterher immer ganz böse an.«

»Turidran und Rurdrin haben letztens erst darüber getuschelt und gedacht, ich merke es nicht«, fügte Galdra hinzu und grinste.

Da bog aus dem Torbogen, der ins Stiegenhaus Vier führte, plötzlich eine Gestalt in die Passage ein. Es war die Menschenfrau, die Alte mit dem pelzbesetzten Mantel und dem schneeweißen Haar. Es klackerte jedes Mal, wenn sie beim Gehen ihren schweren Knotenstab auf dem steingefliesten Boden aufsetzte. Sie kam gemäßigten Schrittes auf die Zwillinge zu, die ihr entgegenstarrten und nicht wussten, was sie davon halten sollten. Wenn sie vom östlichen Tor kam und zu Onkel Barudrin wollte, hätte sie eigentlich gar nicht hier entlangkommen dürfen …

Die Alte ging an den Zwillingen vorbei und warf ihnen einen prüfenden Seitenblick zu. Sie nickte vor sich hin und ging ohne ein Wort weiter die Passage hinunter. An der metallbeschlagenen Tür, die zu Duroschas Kohlenlager führte, blieb sie kurz stehen und trommelte mit den Knöcheln ihrer rechten Hand auf die Beschläge. Dann ging sie weiter und bog um die Ecke, in die Richtung des Haupteingangs der Werkstatt. Die Tür zum Kohlenlager aber, die eben noch fest verschlossen gewesen war, stand plötzlich einen Spalt breit offen.

»Hast du das gesehen?«, flüsterte Galdra.

»Ja«, erwiderte Gorin. »Ich frage mich, wie sie …«

»Komm!«

Galdra packte ihn bei der Hand und zog ihn durch den Türspalt ins Lager: ein kahler Raum, in dem es außer einem riesigen Haufen schwarzer Kohle nichts zu entdecken gab.

»Was soll das?«, schimpfte Gorin.

»Hast du nicht gesagt, du willst wissen, was sie zu besprechen haben? Schau! Die Kohlenluke ist nur angelehnt.«

Sie deutete auf eine Klappe in der Wand, hinter der Barudrins Werkstatt lag. Wenn der Runenschmied sein Feuer beheizte, konnte er die Kohle durch diese Luke direkt aus dem Lager schaufeln.

»Das merkt Duroscha doch«, protestierte Gorin. »Schau dir mal deinen Bart an! Wir sind jetzt schon voller Kohlenstaub.«

»Dir fällt bestimmt etwas ein.«

Gorin seufzte. Sein Pflichtbewusstsein raunte ihm zu, dass alles, was er hier machte, völlig falsch war. Aber seine Neugier war eine der wenigen Eigenschaften, die zuweilen stärker war als sein Pflichtbewusstsein. Außerdem schmeichelte es ihm, dass Galdra auf seinen Einfallsreichtum vertraute.

»Gut, dann haben wir eben Turidran mit einer Kohlenlieferung geholfen«, sagte er zögerlich.

»Pscht!« Galdra hatte das Ohr schon vorsichtig an die angelehnte Luke gedrückt. Gorin drängte sich neben sie. Auf der anderen Seite konnten sie die kräftige Stimme der Alten hören.

»Ihr müsst Euch langsam der Wahrheit stellen, Runenschmied!«, sagte sie. »Ihr könnt die Kinder nicht vor der ganzen Welt beschützen. Sie wurden in einer Neumondnacht geboren, als der Phönixkomet über den Himmel zog. Sie sind die Zwillingsseelen des Orakelspruchs. Ihr kennt die Worte doch noch?«

Und sie deklamierte eine Strophe über Ketten, einen Thron und Freiheit, von denen Gorin nicht die Hälfte verstand.

»Ich weiß nichts von solchen Dingen«, erwiderte Duroscha unwirsch. Gorin hatte ihn selten so verärgert gehört. »Aber ich weiß, dass ich für die beiden verantwortlich bin! Sie sollen ein normales Leben als Eisenzwerge in der Gildengemeinschaft von Tokrond führen können, ohne Menschen-Intrigen und Hexerei.«

»Das wird kaum möglich sein, wenn die Heere des Kettenfürsten erst einmal vor den Toren Eures Reiches stehen! Bergfestungen werden sie nicht ewig aufhalten. Der Kettenfürst muss besiegt werden, bevor es zu spät ist. Nur die Zwillingsseelen vermögen das. Sie schauen mir wie prächtige junge Zwerge aus, und bald werden sie zu großer Stärke herangewachsen sein.

Doch sie müssen Gelegenheit haben, sich auf ihre Aufgabe vorzubereiten!«

Gorin und Galdra schauten sich an. Sprach die Menschenfrau wirklich über sie?

»Niemand kann den Kettenfürsten besiegen!«, rief Onkel Barudrin wütend. »Ich habe auf den Feldern von Dvegura gekämpft. Die vereinigten Heere dreier Menschenreiche haben sich dort dem Kettenfürsten entgegengestellt, unterstützt von Hilfstruppen anderer Völker – Eisenzwerge, Kristallzwerge, Diamantzwerge, sogar Elben, Gnome und Minotauren! Es war alles zwecklos. Endlose Horden orkischer Wolfsreiter sind wie ein Steppensturm über uns hinweggefegt. Untote Kreaturen haben sich aus dem Boden gewühlt, um nach uns zu greifen. Geflügelte Schrecken stürzten sich aus der Luft auf unsere Reihen und trugen schreiende Krieger einfach davon, um sie aus der Höhe fallen zu lassen. Dann haben auch noch die verräterischen Purpur-Elben die Seite gewechselt und ihre Todeszauber gegen uns gerichtet. Wir konnten nicht mehr tun als fliehen.«

Gebannt hörte Gorin zu. Duroscha sprach sonst niemals über solche Dinge. Er machte höchstens dunkle Andeutungen, wenn er mal auf einer Gildenfeier einen Krug Bier zu viel getrunken hatte.

»Ich habe viele Freunde bei Dvegura verloren«, fuhr Barudrin fort, »Freunde und einen Bruder. Er fiel an der Seite seiner Frau im Flammensturm einer Elbenhexe. Darum sind die Kinder jetzt bei mir. Der Kettenfürst hat ihnen die Eltern geraubt, aber ich werde nicht zulassen, dass er sie auch noch bekommt!«

»Der Kettenfürst wird noch vielen die Eltern rauben, wenn ihn niemand aufhält«, entgegnete die Alte ungerührt. »Die Zwillinge werden einmal dazu in der Lage sein. Wenn Ihr zulasst, dass sie zu den Zwergen heranwachsen, die sie sein können!«

»Der letzte ernsthafte Widerstand gegen die Kettenheere ist bei Dvegura gestorben«, beharrte Barudrin. »Wenn sie näher rücken, werden die Eisenzwerge von Tokrond die Tore schließen und sich von der Welt der Oberfläche zurückziehen. Der göttliche Schmied wird sein Reich zu schützen wissen. Tandrakh Dar-Dwaldarin.«

»Die Götter sprechen zu uns durch ihre Orakelsprüche«, erwiderte die Alte. »Wir sind ihre Hände in dieser Welt. Ohne uns sind sie machtlos. Wenn Ihr ihren Schutz wünscht, müsst Ihr tätig werden, damit sie Gelegenheit haben, Euch beizustehen.«

»Ja, ich werde tätig werden! Ich muss noch einen Hammerkopf für das Hammerwerk mit Stärke-Runen versehen. Es ist schon spät, das werdet Ihr gewiss verstehen.«

Gorin hörte, wie Duroscha aufstand und zur Tür ging. Die Schritte der Seherin mit dem klackernden Stab aber näherten sich plötzlich der Kohlenklappe.

»Denkt daran, dass die Kinder die Zwillingsseelen sind«, sagte sie laut. »Denkt an den Orakelspruch!«

Und sie rezitierte ihn trotz Barudrins ungeduldigem Schnauben noch einmal, langsam und deutlich, Wort für Wort:

»In mondloser Nacht, unter glühenden Schwingen des Phönix,
soll'n Zwillingsseelen kommen auf widrige Pfade des Lebens,
sich finden in Liebe und Streit vereint.
Die stählernen Bande vermögen sie kühn zu zersprengen,
den Fürsten vom Rostroten Thronsitz zu trennen,
und Freiheit zu bringen von der Ketten Gewalt.«

Diesmal brannte sich jede Silbe in Gorins Seele ein.

»Die Zwillinge haben eine Aufgabe, und ich bin sicher, dass sie sie erfüllen werden. Gehabt Euch wohl.«

Ihre Schritte entfernten sich, dann klappte die Werkstatt-Tür zu. Kurz darauf hörte man Duroscha grimmig scheppern und werkeln. Er brummte noch nicht einmal ein Schmiedelied vor sich hin.

Gorin wandte sich Galdra zu. Schmutzige Tränenbäche liefen durch den Kohlenstaub über ihre Wangen. Er bemerkte, dass auch er weinte.

»Was nun?«, fragte er hilflos.

»Nun haben wir eine Aufgabe, kleiner Bruder.«

»Ja«, erwiderte er und klammerte sich dankbar an diesen Gedanken. »Wir müssen sie so gut wie möglich erfüllen …«

Seit diesem Tag war ihr beider Leben eine einzige lange Vorbereitung gewesen. Sie hatten Duroscha nichts davon erzählt, dass sie von dem Orakelspruch wussten, und sich stattdessen immer wieder im Stillen abgesprochen. Ursprünglich wollten sie beide Krieger werden, um für den Kampf gegen den Kettenfürsten gerüstet zu sein. Doch während seiner Gildenreise bei den Höhlengängern musste Gorin feststellen, dass er dafür kaum geeignet war. Bald darauf hatte er seine Leidenschaft für die Runenmeisterschaft entdeckt und sich damit getröstet, dass Grundwissen in den Strukturen der Magie auch eine nützliche Fertigkeit war. Außerdem hatte er mit der Armbrust geübt und Galdra dabei unterstützt, eine furchtlose Höhlengängerin zu werden.

»Ich gehe jetzt zu Duroscha!«, sagte seine Schwester nun und steckte entschlossen ihre Kristallaxt in den Schulter-Tragriemen. »Wir müssen die Sache endlich klären, bevor der Kettenfürst an unsere Tür klopft. Kommst du mit, Bruder?«

Gorin betrachtete seine schwieligen Hände. Galdra hatte recht. Alles war besser als Untätigkeit. Sie konnten ihre Aufgabe nicht durch Nichtstun bewältigen.

»Ich komme.« Er nahm seine Handaxt aus der Wandhalterung und steckte sie sich an den Gürtel.

Es galt in Tokrond als schicklich, in den öffentlichen Gängen des Zwergenreichs stets eine Kampfaxt, einen Streithammer oder eine andere traditionelle Waffe mit sich zu führen. Ein Eisenzwerg wäre eher nackt aufgebrochen, als ohne ein angemessenes Zeichen der Wehrhaftigkeit seine privaten Kammern zu verlassen.

Die beiden Zwillinge suchten sich ihren Weg durch das Ganggeflecht, das die Behausungen der Runenschmiede miteinander verband. Sie durchquerten die Gemeinschaftshalle, wo so früh am Tag noch wenig los war, und folgten einer Galerie, durch deren offene Fensterbögen man in eine natürliche Höhle mit glitzernden Kristallen hinunterblickte. Dann ging es ins Stiegenhaus Drei. Die Treppe nach oben war vermauert, denn die dritte Ebene der vierten Sohle galt als verflucht. Alle Wege dorthin waren deshalb versiegelt. Die Stufen nach unten jedoch führten sie auf die zweite Ebene der fünften Sohle, wo die geräumigeren Kammern der Runenschmiede mit Familie lagen.

Duroscha war alleinstehend, wie so viele Zwerge, da es dem göttlichen Dwaldarin aus irgendeinem Grund gefiel, deutlich mehr Zwergenmänner als Zwergenfrauen zu schmieden. Doch nachdem er die beiden Zwillinge bei sich aufgenommen hatte, war ihm von der Gilde eine der Behausungen mit einer zusätzlichen Schlafkammer zur Verfügung gestellt worden. Auch nach Gorins und Galdras Auszug hatte er die Kammern behalten und das Extrazimmer für einen Anbau der Werkstatt umgestaltet.

»Duroscha wird vielleicht bald umziehen«, erwähnte Gorin beiläufig, als sie sich der Werkstatt über eine Passage näherten, in deren Wände Runentafeln mit den Namen aller Runenschmiede eingelassen waren, die in den letzten Jahrhunderten hier gelebt hatten. »Die Gilden suchen Platz für die Kristallzwerge aus dem Norden, die vor dem Kettenfürsten geflüchtet sind. Und Duroscha ist ja jetzt alleine.«

Galdra nickte. »Urbra von den Baumeistern hat mir erzählt, dass sie eine achte Sohle für die Flüchtlinge planen und alle Hände damit voll zu tun haben.«

»Das dürfte diverse Jahre dauern, so diskussionsfreudig, wie die Baumeister sind … Warte mal, hörst du das?«

Sie blieben auf dem Gang stehen. Vor ihnen lag die Tür zu Onkel Barudrins Werkstatt, in deren Holzbohlen dieselbe persönliche Rune eingelassen war, die auch Duroschas Werkstücke schmückte. Hinter der Tür waren Stimmen zu hören. Mindestens zwei Zwerge sprachen lautstark und erregt miteinander. Der eine war unverkennbar Barudrin, die andere Stimme kam Gorin vage vertraut vor.

»Wir kommen wohl ungünstig«, murmelte Gorin.

»Scheint so. Wir können ja in der Schankstube auf der ersten Ebene warten und …«

Ein schrilles Scheppern unterbrach sie, als wären in der Werkstatt mehrere Metallgeräte zu Boden gegangen. Duroschas Stimme wurde noch lauter und klang dann plötzlich merkwürdig erstickt.

»Komm!« Galdra riss mit der einen Hand die Tür auf und griff sich mit der anderen ihre Stabaxt. Gorin folgte ihr dichtauf.

Ihnen bot sich ein alarmierender Anblick. Onkel Barudrin lag rücklings auf seiner Werkbank ausgestreckt, die Werkzeuge hatte jemand zur Seite gefegt. Er musste bis vor Kurzem noch gearbeitet haben, denn ein glühendes Stück Eisen wartete noch in der Esse auf ihn.

Über ihn gebeugt stand ein stämmiger Zwerg mit breitem Rücken und war gerade dabei, ihm mit beiden Händen eine Eisenstange auf die Kehle zu drücken. Barudrin wehrte sich verbissen, doch der Angreifer schien ihm an Kraft deutlich überlegen zu sein.

»Noch einmal! Wo ist der Talisman?«, zischte er. »Ich rate dir, nützlich für mich zu sein, alter Mann!«

»Hey!«, brüllte Galdra, und der Zwerg fuhr herum.

Es war Nurdrin, der Sohn von Obmann Naribran, der gestern noch an Gorins Seite gegen den Ork und die Elbenhexe gekämpft hatte! Er stand greifbar vor ihnen, und doch konnte Gorin nicht glauben, was er sah. In Nurdrins dunklen Augen lag ein gefährliches Funkeln. Seine Mundwinkel verzogen sich zu einem verächtlichen Lächeln, als er die Neuankömmlinge erkannte.

»Sieh an, ihr seid bestimmt die Zwillingsseelen, geboren in mondloser Nacht, nicht wahr?«, fragte er, als ob er Gorin und Galdra zum ersten Mal sehen würde.

Gorin blieb fast das Herz stehen. Woher kannte Nurdrin den Wortlaut des Orakelspruchs?

»Gut. Dann kann ich das auch gleich erledigen.«

Er warf die Eisenstange zur Seite und zog seine Stahlsturm-Axt aus dem Gürtel.

»Vorsicht!«, krächzte Onkel Barudrin, der sich aufzurichten versuchte. »Er ist nicht …«

Der Rest ging in Nurdrins Kampfschrei unter. Mit seiner wirbelnden Kettenaxt stürzte er sich auf Galdra; die wehrte die Axtklinge zwar mit ihrer eigenen Waffe ab, doch der Schaft ihrer Axt verfing sich dabei in der Kette. Nurdrin zog ruckartig daran und riss Galdra damit die Waffe aus der Hand.

Sie griff sich ihren breiten Dolch aus dem Gürtel und stürmte auf Nurdrin los, ehe er erneut mit der Kette ausholen konnte.

»Nurdrin! Hör auf!«, brüllte Gorin und griff nach seiner Waffe. Doch Nurdrin dachte nicht daran und gab Galdra einen Tritt, sodass sie das Gleichgewicht verlor und gegen eine Wand stieß. Eine Lawine von Schmiedezangen und Hämmern, die an einer Stange aufgehängt waren, ergoss sich über sie.

Ihr Angreifer erhob seine Kettenaxt zum Schlag. »Irgendwie passend, dass ich dich mit einer Kette töte, nicht wahr?«

In dem Augenblick stürmte Gorin voran und schwang seine Axt gegen Nurdrins ungeschützten Kopf. Der erfahrene Krieger wirbelte herum. Gorin sah den Stahlsturm durch die Luft auf sich zu sausen, dann schoss auch schon ein brennender Schmerz durch seinen rechten Arm. Er ließ die Waffe fallen und musste sich an der Wand abstützen. Durch einen Riss in seiner dicken ledernen Arbeitskleidung quoll Blut hervor.

»Barukh kara Tokrond!«, brüllte Galdra, die die Ablenkung genutzt hatte, um sich ihre Axt zu greifen und wieder auf die Füße zu springen. Mit einigen wuchtigen Hieben verschaffte sie sich Raum.

Nurdrin wich zur Werkbank zurück, wo sich Onkel Barudrin inzwischen den schweren Streithammer gegriffen hatte – seine bevorzugte Waffe. Brüllend stürzte er sich von der anderen Seite auf Nurdrin. Dieser hielt Galdra und Barudrin auf Abstand, indem er seinen Stahlsturm an der Kette um sich kreisen ließ.

Er machte einen Ausfallschritt in Galdras Richtung. Barudrin drängte aus der Flanke in die Lücke seiner Deckung. Doch im letzten Moment riss Nurdrin die Kette plötzlich herum zu Barudrin, der gerade seinen Hammer erhoben hatte. Die Axtklinge fraß sich ungebremst durch Duroschas schwarzen Bart und trennte mehrere Zöpfe ab. Blut sprudelte hervor, und röchelnd sank Barudrin zu Boden.

Nurdrin schenkte dem Runenschmied keinen zweiten Blick und wandte sich wieder seiner eigentlichen Gegnerin zu.

»Nein!«, brüllten Gorin und Galdra gleichzeitig.

Mit zornigen Axthieben ging Galdra nun auf Nurdrin los, der ihre Angriffe verbissen abwehrte. Gorin stemmte sich von der Wand weg, ignorierte den Schmerz in seinem Arm und stolperte zur Esse. Mit seiner linken Hand griff er sich eine lange Zange und packte damit das glühende Eisenstück, an dem Duroscha zuletzt gearbeitet hatte. Er nahm all seine Kraft zusammen und schleuderte es nach Nurdrin.

Der Stahlsturm fegte das Geschoss zur Seite. Doch die Ablenkung genügte Galdra: Mit grimmigen Hieben drang sie auf Nurdrin ein. Er blockte zwei ihrer Schläge mit dem Schaft seiner Axt ab, der dritte Hieb streifte seine Schulter. Nurdrin geriet ins Stolpern. Galdra setzte ohne zu zögern nach und ließ ihre Kristallaxt noch einmal auf ihn niederfahren. Ihr Blatt durchstieß seine Lederkluft und drang tief in seine Seite ein. Nurdrins Beine knickten weg, seine Waffe klapperte zu Boden.

Mit einem wütenden Brüllen riss Galdra die Axt wieder heraus und holte zum finalen Schlag aus.

»Halt!«, stöhnte Gorin und griff nach ihrer Schulter. »Nicht! Hier stimmt etwas nicht!«

Es kam ihm unsäglich banal vor, so etwas zu sagen, während Duroscha tot in seinem Blut lag, den erstarrten Blick zur Decke gerichtet. Doch Galdra hörte auf ihn. Mit zitternden Armen ließ sie die Axt sinken.

Draußen auf dem Gang eilten Schritte heran.

»Warum so zurückhaltend?«, zischte Nurdrin, der vor ihnen kauerte. »Weißt du nicht, wie man mit Feinden umgeht, kleiner Zwilling? Ich werde es dir zeigen.«

Mit erschreckender Zähigkeit sprang er ungeachtet seiner Wunde wieder auf die Füße, trat schwankend einen Schritt auf Galdra zu und riss ihr die Streitaxt aus den Händen. Er hatte zum Schlag ausgeholt, noch ehe Gorin sich auch nur bewegen konnte. Die Waffe zuckte vor. Galdra sprang zurück und riss Gorin mit sich. An ihrem schützend erhobenen Unterarm blieb ein rötlicher Schnitt zurück.

Nurdrin sackte stöhnend auf die Knie. Sein Mund verzog sich zu einem grauenhaften Grinsen. »Hilfe!«, schrie er plötzlich. »Zu Hilfe, ihr Zwerge von Tokrond! Feinde in den Hallen!«

Dann hob er Galdras Kristallaxt erneut.

»So geht man mit Feinden um!«, brüllte er – und trieb sich die Axt mit voller Kraft in den eigenen Leib.

Gorin konnte nicht glauben, was er da sah.

»Was geht hier vor?«, rief eine Stimme von hinten, als mehrere Runenschmiede aus den umliegenden Werkstätten hereingepoltert kamen. Es waren Unter-Obmann Rurdrin, seine Tochter Pordra und der graubärtige Olidran.

»Sie haben mich überfallen!«, rief Nurdrin gepresst mit letzter Kraft. »Sie sind Agenten des Kettenfürsten ... ihr Onkel auch. Denkt an die Menschenhexe, die bei ihm war! Wollte ihn zur Rede stellen ... Sie sind auf mich losgegangen! Sie ...«

Stöhnend sank er zurück, als hätten die Worte seinen Lebensfunken endgültig ausgelöscht. Sein Blick wurde starr.

Rurdrin wandte sich Galdra zu. »Ist das deine Axt?«, fragte er streng.

»Ja ...«, antwortete sie kraftlos und ließ die Arme hängen. »Aber ...«

»Er ist tot«, unterbrach sie Pordra, die sich über Barudrins Körper beugte.

»Und Nurdrin auch«, ergänzte ihr Vater mit einem kurzen Blick auf den zweiten Körper.

»Tandrakh Dar-Dwaldarin«, murmelte der alte Olidran.

»Es war nicht so, wie er gesagt hat!«, hörte Gorin sich selber sprechen. »Er hat Onkel Barudrin zu irgendetwas zwingen wollen. Wir sind dazugekommen und haben ihn überrascht. Er hat sich auf uns gestürzt. Er hat Onkel Barudrin getötet, er …« Die Stimme versagte ihm.

Grimmig und ratlos sahen sich die herbeigeeilten Runenschmiede an.

»Der König«, sagte Olidran schließlich. »Der Fall muss vor den König gebracht werden. Und vor den Hohen Gildenrat.«

»So sei es«, schnaubte Rurdrin. »Gebt der Obfrau Bescheid, dass in unseren Hallen Blut vergossen wurde. Und schickt jemanden zu Obmann Naribran. Nurdrin war sein Sohn.«

Dann wandte er sich an Galdra und Gorin. »Und ihr werdet in den Eisenkammern der Gildenhallen bleiben, bis über alles entschieden wurde. Kommt ihr freiwillig mit?«

Gorin ließ sich wortlos abführen, ebenso wie seine Schwester. Die Aussicht, entehrt im Gildenverlies einzusitzen, erschien ihm nicht besonders erschreckend gegenüber der Tatsache, dass Duroscha tot war und nie mehr wiederkommen würde. Die Welt war aus den Fugen geraten. Zwerge hatten gegen Zwerge gekämpft. Aus Freunden konnten plötzlich Feinde werden. Wie sollte ihre Aufgabe da zu erfüllen sein?

VIERTES KAPITEL

LIRÁYA
DIE EICHENHÜTTE AM FORELLENFALL

WENN DER JAHRESZEITEN-RAT Gäste hatte – was nur selten vorkam –, wurden sie in einer Hütte am Rande einer Lichtung untergebracht. Ein kleiner Wasserfall ergoss sich dort in ein Felsenbecken, und zahllose Wildblumen genossen die Zuwendung der Sommersonne. Die Hütte selbst war aus den Stämmen dreier Eichen geformt: Die Zauberlieder der elbischen Grünsänger hatten bewirkt, dass die Bäume aufeinander zugewachsen waren und sich zu einer Art Pavillon verflochten hatten, der mit weichem grünen Moos gepolstert war. Tücher und Decken aus Spinnwebseide in allen Regenbogenfarben sorgten dafür, dass man es sich im Inneren gemütlich machen konnte.

Elyami mochte die Eichenhütte insbesondere, weil man hier seine Ruhe hatte. Die Birkenkinder lebten wie alle Elbensippen eng beieinander und teilten sich ein Geflecht von Baumhütten. Nur Gäste hatten das Privileg, sich in eine eigene Hütte zurückziehen zu können. Elyami wusste natürlich, dass dieses Privileg mit einem Hintergedanken gewährt wurde. Denn der Rat brachte Besucher von außerhalb auch deshalb etwas abgelegen unter, damit sie mit ihren Erzählungen aus der weiten Welt die jungen Elben nicht auf gefährliche Gedanken bringen konnten.

Elyami betrat die Lichtung am Forellenfall nun an Elyamurs Seite. Beide Geschwister waren voll ausgerüstet: Sie trug ihre Inyura in einer Lederhülle über der Schulter, dazu einen vollgepackten Reiserucksack, an dem eine kleine Öllampe baumelte, und einen Dolch an der Seite. Elyamur hatte wieder seine

Adamantglas-Rüstung angelegt und war wie üblich mit seinem Langschwert und einem Gürtel voller Wurfklingen bewaffnet. Auch er trug einen Rucksack mit dem Nötigsten für die Wanderschaft. Beide Elben hatten zudem leichte Kurzbögen geschultert, die Sehne nur locker eingehängt.

Die Winterseherin erwartete sie schon. Sie hockte auf den Holzstufen, die zur Eichenhütte führten, und ließ den Blick rastlos umherwandern. Als die Geschwister sich näherten, sprang sie auf die Füße und griff nach ihrem Knotenstab.

»Ihr kommt spät, aber immerhin kommt ihr«, brummte die Alte zur Begrüßung.

»Es war nicht ganz einfach, sich ungesehen in voller Reisekluft davonzumachen«, erklärte Elyamur.

»Meint ihr, man hätte euch aufgehalten?«, fragte die Seherin. »Wo doch alle wissen, dass ihr die heiligen Wälder von Liráya nicht verlassen könnt?« Sie musterte ihn so eindringlich, dass er betreten den Kopf senkte.

»Spätestens jetzt dürfte das eh egal sein«, warf Elyami missmutig ein. »Es war nicht klug, uns hierherzurufen, Alte mit den Schwanenfedern. Wenn Gäste in der Eichenhütte sind, positioniert der Sommerkönig immer einen seiner Grünhüter in der Nähe, besonders bei gefährlichen Gästen wie Euch. Ihr könnt ihn nicht sehen, weil Grünhüter mit den Schatten der Bäume verschmelzen können, aber er streift hier irgendwo herum und bekommt gerade mit, dass wir Euch aufbruchsfertig treffen.«

Die Winterseherin lächelte schmallippig: »Oh, der Grünhüter ist eine Sie, und sie hockt dort drüben im Geäst der großen Buche. Allerdings beobachtet sie gar nichts, weil sie gerade tief und fest ihren Vormittagsschlaf hält. Keine schlechte Idee an einem warmen Tag wie heute. Können wir dann los?«

»Ja, schon …«, begann Elyamur. »Aber geht das denn, ich meine …«

»Du meinst, dass die Geister der Wälder euch an der Grenze aufhalten werden, weil jemand mit seinem Trotzanfall den Rat der Jahreszeiten verärgert hat?«, fragte die Alte.

»Ein elbischer Seelenschwur ist kein Trotzanfall!«

»Das kommt aufs Gleiche raus«, schnappte die Seherin. »Vielleicht hätte ich den Rat in den nächsten Tagen noch überzeugen können. Die Frühlingskönigin war skeptisch, aber nicht ganz abgeneigt.«

»Und wenn nicht?«

»Dann hätte ich eine andere Möglichkeit gefunden, diskret und ohne Seelenschwüre! Das geht jetzt nicht mehr. Ich vermag manches, aber gegen die geballte Macht aller Geister dieser Wälder kommt niemand auf ihrem eigenen Gebiet an. Also werden wir nicht zur Grenze wandern, sondern tiefer in die Wälder hinein. Nun kommt endlich!«

Ohne ein weiteres Wort wandte sie sich um und ging zielstrebig auf den Rand der Lichtung zu. Elyami und Elyamur sahen sich fragend an. Dann beeilten sie sich, der erstaunlich rüstigen Seherin zu folgen.

Mehrere Stunden gingen sie nebeneinander her, fort von jenem Bereich der Wälder, wo die Siedlungen der Grün-Elbensippen verstreut lagen. Elyamis vorsichtige Fragen, wohin sie eigentlich unterwegs waren, wurden stets nur mit unwilligem Schnauben beantwortet. Irgendwann gab sie es auf.

Sie überquerten den Silbersang-Fluss an einer Furt und ließen schon bald auch die von dichtem Brombeergesträuch bewachsenen Dornenhügel hinter sich. Selbst hier, im unwegsamen Gelände, strebte die alte Seherin mit unerschütterlicher Ausdauer voran. Sie erreichten eine Gegend mit alten, würdevollen Bäumen, zwischen deren glatten Stämmen kaum Unterholz war.

Hier war Elyami auf ihren Streifzügen nur selten gewesen. Plötzlich erinnerte sie sich an den Grund dafür: »Wir gehen in den Wald der Alten!«

Die Seherin nickte nur, ohne innezuhalten.

»Das sollten wir nicht tun.« Elyamur blieb stehen.

Die Menschenfrau wandte sich zu ihm um. »Ist es verboten, den Wald der Alten zu betreten?«, fragte sie mit kaum verborgener Ungeduld.

»Das nicht direkt …«, gab er zu. »Aber der Respekt den Alten gegenüber gebietet …«

»Oh, wir werden sehr respektvoll sein. Kommt jetzt, wir haben zu tun.«

Sie ging weiter, ohne sich nach Elyamur umzublicken.

»Elyami, meinst du nicht …«, setzte dieser zu reden an.

»Du hast sie gehört.« Sie packte ihren Bruder am Arm und zog ihn mit sanfter Gewalt weiter.

»Warum ist sie eigentlich die Einzige, der du gehorchst?«, fragte Elyamur säuerlich.

»Tue ich gar nicht!« Jetzt wäre es fast an Elyami gewesen, einfach stehen zu bleiben. »Aber sie ist die Einzige, die mich aus diesen Wäldern bringen kann, nachdem du uns hier eingesperrt hast.«

Das beendete vorerst das Gespräch.

Nachdem sie eine Weile schweigend marschiert waren, entdeckte Elyami in einiger Entfernung vor sich den mächtigen Stumpf einer Buche mit ausladendem Wurzelwerk, der nach oben hin nicht etwa in einen Stamm überging, sondern in den Oberkörper einer Elbin. Ihre Haut war borkig-grau, ihr blondes Haar teilweise grünlich verfärbt. Sie hatte die Hände gefaltet und schien mit geschlossenen Augen zu meditieren. Der Hauch eines Lächelns lag auf ihren Lippen. Elyami musste sich zusammennehmen, um sie nicht zu aufdringlich anzustarren. Sie umgingen die Buchen-Ahnin in weitem Bogen.

Auf einer Lichtung fiel Elyami eine schlanke Birke auf, die an die Körperformen einer im Tanz erstarrten Elbin erinnerte. Weiter oben am Stamm war ein Kopf mit wehenden hellgrünen Haaren zu erahnen. Diese Ahnin gehörte zur Birkenkinder-Sippe, doch Elyami war viel zu jung, um sie noch zu kennen. Etwas weiter kniete ein Eichen-Ahn auf dem Waldboden, der die heilige Transformation erst vor Kurzem begonnen haben musste. Seine Beine gingen bereits in Wurzeln über, die fest mit der Erde verwachsen waren, doch der Rest seines nackten Körpers war noch elbisch, wenn man einmal von der rissigen

Eichenborke absah, in die seine Haut sich verwandelt hatte. Seine Augen waren weit geöffnet und schienen in die Ewigkeit zu schauen.

Immer mehr Alte begegneten ihnen auf dem Weg, manche frisch verwurzelt, andere schon nahezu komplett in einen Baum verwandelt, sodass ihre elbischen Züge kaum noch zu erahnen waren.

Elyamur schaute ernst und senkte immer wieder demütig den Kopf, wenn sie einen Alten zwischen den Bäumen ausmachen konnten. Auch Elyami war nachdenklich zumute. Elben vergingen nicht wie Menschen und die anderen sterblichen Völker nach wenigen Jahrzehnten, sondern lebten ewig, sofern sie nicht gewaltsam zu Tode kamen, gebunden an die Lebenskraft der Schöpfung. Wenn jedoch ein Grün-Elb spürte, dass die Jahreszyklen sich in grauer Eintönigkeit wiederholten und die Last vieler Jahrhunderte ihn zu quälen begann, konnte er sich in den Wald der Alten zurückziehen. Hier wurde er durch lange Meditation nach und nach zum Baum seiner Sippe und verschmolz so wieder ganz mit den Wäldern, die ihn einst hervorgebracht hatten. Das war die elbische Art, am großen Kreislauf teilzunehmen. Elyami wusste das, aber es bereitete ihr ein mulmiges Gefühl. Es gab so viel zu sehen und zu entdecken, dass es für Jahrtausende reichen musste. Wie konnte da jemand freiwillig in den Wald der Alten gehen und herumsitzen, bis ihm Wurzeln wuchsen?

Sie war so mit ihren Gedanken beschäftigt, dass sie zusammenzuckte, als Elyamur sie an der Schulter berührte.

»Da«, flüsterte er mit belegter Stimme. »Schau, wo wir hingehen.«

Zwischen den Baumwipfeln vor ihnen konnte Elyami die Spitze eines runden Turmes aufragen sehen. Er bestand aus milchig-weißem Gestein, das wie Marmor wirkte, aber leicht durchsichtig zu sein schien und von innen heraus silbrig leuchtete. Mondquarz, eines der seltensten Baumaterialien der bekannten Welt. Es gab nur ein Gebäude, das ganz aus Mondquarz errichtet war.

»Wir gehen zum Schloss der Träumenden Königin?«, fragte Elyami die Winterseherin ungläubig.

»Ja.« Die Alte nickte.

»Aber …«

»Kommt. Wir sind fast da.«

Sie traten aus dem Schatten der Bäume heraus. Das Schloss der Träumenden Königin lag auf einer ausgedehnten Lichtung. Seine Mondquarz-Mauern leuchteten silbrig-weiß, sieben schlanke Türme umgaben den Bau wie spielerische Tänzerinnen. Hohe Spitzbogen-Fenster schienen sich sehnsüchtig dem Himmel entgegenzurecken, bauchige Kuppeln ruhten auf den Dächern.

Langsam näherten sie sich dem Schloss. Mit jedem Schritt konnte man mehr Anzeichen von Vergänglichkeit an dem filigranen Bauwerk entdecken: Risse durchzogen hier und dort die milchweißen Mauern. Eine Zierstatue an der Gebäudeecke hatte einen Teil des ausgestreckten Arms verloren. Die Kuppel eines Türmchens war eingebrochen und beherbergte nun ein großes Vogelnest. Löwenzahn wuchs zwischen den weißen Bodenkacheln am Portal. Das Schloss zerfiel allmählich zur Ruine, sich selbst und der verrinnenden Zeit überlassen.

»Warum sind wir hier?«, fragte Elyamur halblaut.

Die Winterseherin warf ihm einen strengen Blick zu.

»Wir sind hier, weil der Sommerkönig den Waldgeistern geboten hat, euch innerhalb der Grenzen der Wälder zu halten. Und die Waldgeister werden dem Sommerkönig gehorchen. Es steht nicht in meiner Macht, den Bann aufzuheben. Das kann nur jemand, dessen Wort für die Waldgeister noch mehr gilt als das des Sommerkönigs.«

»Die Träumende Königin«, flüsterte Elyami.

»Ja. Der Rat der Jahreszeiten herrscht bekanntlich in ihrem Namen«, bestätigte die Winterseherin. »Und nun kommt!«

Entschlossen schritt sie auf das hohe, spitz zulaufende Eingangsportal des mondlichtweißen Schlosses zu. Die Zwillinge mussten sich beeilen, um mit ihr Schritt zu halten.

»Das wird nicht funktionieren«, protestierte Elyami. »Ihr wisst, dass die Träumende Königin seit Tausenden von Jahren im ewigen Zauberschlaf liegt. Sie hat ihr waches Bewusstsein für uns Elben geopfert und lebt ganz in der Welt der Nacht. Niemand kann mit ihr sprechen.«

»Korrekt«, knurrte die Alte ohne anzuhalten. »Aber sie spricht zu euch, nicht wahr? Sie erscheint den Elben in ihren Träumen.«

»Ja, schon …« Elyami war überrascht. Dabei hätte sie sich denken können, dass die Winterseherin auch von diesem Geheimnis wusste.

Jeder Elb hatte die Ewigschlafende schon mal in seinen Träumen gesehen. Sie zeigte einem dann Dinge, die man für sein Leben wissen musste. Meist vergingen viele Jahre, bis man wieder einen *Suya láo* hatte, einen Königstraum. Und manchmal erschien sie für eine Weile jede Nacht, ohne dass es einen Grund dafür zu geben schien. Große Weise der Elben, die über gewichtigen Rätseln brüteten, warteten oft vergeblich auf die Hilfe der Königin, während sie einfach so einem kleinen Mädchen erscheinen konnte, um ihm die beste Walderdbeerenstelle der Gegend zu zeigen. Das war bei Elyamis erster und einziger Begegnung mit der Träumenden Königin geschehen. Niemand kannte ihre Absichten, nicht einmal der Rat der Jahreszeiten, dessen Mitglieder von der Ewigschlafenden im Traum ernannt wurden.

Sie hatten das Portal erreicht. Schweigend durchquerten sie den Tordurchgang und traten in den Innenhof des Schlosses. Mondweiße Gebäude umgaben den Hof von allen Seiten. Steinbänke unter den umlaufenden Arkaden luden zum Sitzen ein, ein moosüberwucherter Brunnen ließ nur noch erahnen, wie das Plätschern seiner verstummten Wasserspiele einst geklungen haben musste. Zahllose Spitzbogenfenster, Galerien und Balkone blickten auf den Hof hinab. Doch alle Fenster waren schwarz, hinter keinem regte sich etwas. Hier lebte schon lange niemand mehr, wenn man einmal von den Gräsern und Disteln absah, die zwischen den Fugen des Pflasters wucherten.

Mitten auf dem Hof erhob sich ein kleiner kuppelförmiger Pavillon. Er war ganz aus Adamantglas geformt und spiegelte blendend die Strahlen der Nachmittagssonne. In seinen runden, umlaufenden Wänden waren keine Türen oder sonstige Öffnungen eingelassen. Hinter dem Glas war der Umriss eines divanartigen Bettes auszumachen, auf dem eine Gestalt zu liegen schien.

Elyami spürte ein flaues Kribbeln in ihrem Bauch. Sie war noch nie zuvor hier gewesen. Es war nicht direkt verboten – dann wäre sie wohl aus Trotz gekommen –, es erschien ihr einfach unpassend, uneingeladen einem Wesen gegenüberzutreten, das den ältesten Legenden der Elbenheit entstammte. Immerhin war die Träumende Königin in ihren Schlaf gefallen, bevor die ersten Königreiche der Menschen gegründet worden waren.

»Kommt«, sagte die Winterseherin, und ihre Stimme klang plötzlich ungewöhnlich sanft. »Kommt, wir müssen näher herantreten.«

Langsam und schweigend legten sie die letzten Schritte bis zum Pavillon zurück. Elyamur schaute so beklommen, wie Elyami sich fühlte. Zugleich lag ein seltsamer Glanz in seinen Augen; ein Blick, den er immer hatte, wenn er sich den alten Legenden nahe fühlte. Den großen Kriegern der Vergangenheit, deren ruhmvollen Reihen er sich anzuschließen gedachte.

Dann hatten sie die Glaswand des Pavillons erreicht. Elyami warf einen scheuen Blick hinein. Dort lag die Träumende Königin auf ihrem Lager, makellos schön wie eine Statue aus Meeresschaum und Morgentau. Ihre Gesichtszüge waren friedlich und entspannt, Augen und Mund geschlossen. Ihr Brustkorb hob und senkte sich leicht und bewegte die Falten ihres schlichten Gewandes aus silbriger Spinnwebseide. Silbern waren auch ihre offenen Haare, doch war es nicht das Silbergrau des Alters, sondern der feine Silberton flüssigen Mondlichts. Nur die hohen Silber-Elben waren mit dieser Haarfarbe gesegnet, das älteste Elbenvolk, aus dem alle anderen hervorgegangen waren. Die Träumende Königin war die erstgeborene Silber-Elbin, eine Tochter von Iyanuri, der göttlichen Weberin. Alle Elben stammten über viele Generationen von ihrem Mutterschoß ab.

Ein grauer Umriss kniete an ihrem Lager, laut den Legenden ihre Zofe, die vor Trauer über das ewige Schicksal ihrer Herrin zu Stein erstarrt war. Ansonsten lag die Träumende Königin ganz allein inmitten der Schlossruine, bewacht nur von den Geistern der Wälder und den Schatten der Vergangenheit.

Elyami starrte lange Zeit auf die Schlafende, während ihr zahllose Lieder und Legenden der alten Silber-Elben durch den Kopf gingen. Schließlich spürte sie eine Berührung am Arm.

»Als Seherin bin ich vertraut mit der nächtlichen Welt der Träume«, sprach die Alte. »Ich kann euch vor das Traum-Selbst der Ewigschlafenden bringen. Dann ist es an euch, sie von der Dringlichkeit eurer Mission zu überzeugen, damit sie den Bann der Waldgeister aufhebt. Einen anderen Weg sehe ich nicht.«

Elyami nickte stumm. Das flaue Gefühl in ihrem Bauch wurde noch stärker.

»Breitet eure Mäntel auf dem Boden aus und legt euch hin«, instruierte die Winterseherin. »Für alles Weitere trage ich Sorge.«

Die Zwillinge folgten ihren Anweisungen. Elyamur setzte dazu an, seine Rüstung abzulegen, doch die Winterseherin schüttelte knapp den Kopf.

»Nur zur Sicherheit«, meinte sie, während es sich Elyamur mit Harnisch rücklings bequem zu machen versuchte. Elyami lag neben ihm und blinzelte in die Nachmittagssonne. Tausend Geschichten über die Ewigschlafende wirbelten durch ihren Kopf. Ihr kam in den Sinn, wie die Götter einst über das Elbenvolk zu Gericht saßen, weil seine Lebensjahre unbegrenzt waren und am Ende nicht der Tod auf seine Kinder wartete wie bei allen anderen Völkern. Nur den Göttern käme die Unsterblichkeit zu, brachte Nidhanas, der Gott der Unterwelt, als Ankläger hervor. Die Träumende Königin, Mutter aller Elben, sollte sich darauf vorbereiten, den Urteilsspruch zu vernehmen und ihre Kinder dem unausweichlichen Schicksal des Todes zu überantworten.

Als die Königin die harten Worte hörte, sank sie matt und kraftlos nieder. Sie bat sich ein wenig Schlaf und Ruhe aus, ehe sie den Richtspruch entgegennahm. Gleich nach ihrem Erwachen würde sie sich dem Urteil beugen. Die Götter gewährten diese Bitte. Die Elbenkönigin legte sich zum Schlafen nieder – und wachte niemals wieder auf. Sie hatte den Bann ewigen Schlafes auf sich gelegt, um ihre Kinder vor den Fängen des Todes zu bewahren. Seither schlief sie im Schutz ihres Schlosses, und der Richtspruch der Götter blieb ungesprochen. Die Elben aber erfreuten sich weiterhin ihrer ewigen Jugend. Und jener Königin sollte Elyami nun begegnen – an Entspannung war nicht zu denken.

Dann hörte sie die Seherin singen. Die Alte hatte eine raue, leicht kratzige Stimme, die dennoch nicht ohne Weichheit war. Ihr Gesang schien wie aus einem tiefen Brunnen aus ihr aufzusteigen und alte, schlafende Kräfte ans Licht zu tragen. Sie sang Worte einer fremden Sprache, die Elyami noch nie zuvor gehört hatte, voller dunkler Töne und voller Kraft.

Noch während sie darüber nachdachte, spürte Elyami, wie ihr Geist langsam von den Worten fortgetragen wurde, das Fragen aufgab und einfach nur auf dem stetigen Fluss der Töne trieb. Ihre Augen fielen wie von selbst zu. Sie versank in warmer, samtiger Dunkelheit …

Elyami stand neben Elyamur im Mondschein. Sie waren immer noch an diesem Ort, im Innenhof des Schlosses der Träumenden Königin. Doch der Glaspavillon mit der Schlafenden war verschwunden, stattdessen beleuchteten hunderte von weißen Lampions den Hof. Auf einem Balkon standen Musiker und spielten auf Instrumenten aus purem Silber: Himmelsflöte und Inyura, elbische Handharfe und Schellenspiel. Silbrig leuchteten auch die Haare der zahllosen Elben, die auf dem Hof einen Reihentanz aufführten: Frauen, Männer und Kinder mit den feinen Zügen der Silber-Elben und kostbaren Gewändern aus Spinnwebseide. Wahrscheinlich gab es auf der ganzen Welt nicht mehr so viele Angehörige des hohen Silbervolks, wie da vor den Augen der Zwillinge im Tanz versunken waren. Sie glitten nicht nur auf den weißen Kacheln leichtfüßig aneinander vorbei, sondern erhoben sich auch immer wieder für einige Schritte in die Luft und drehten sich schwerelos umeinander, ehe sie wieder über den Boden tanzten. Selbst ihre Kinder beherrschten mühelos diese Kunst, für die die Wolkentänzer der Grün-Elben viele Jahre der Übung benötigten.

Erst als Elyamur sie ungeduldig anstupste, konnte Elyami sich vom Anblick dieses Tanzes losreißen. Er nickte zu einem steinernen Sockel am Rande des Hofs hinüber. Dort lagen einige mächtige, grobschlächtige Waffen ausgebreitet: Holzkeulen lang wie Fichtenstämme, Stangen aus gegossenem Stahl und ein steinerner Kriegshammer, der dreimal so groß war wie Elyami. Plötzlich begriff sie, dass sie hier Beutestücke aus den Riesenkriegen vor sich sah, die das Elbenvolk vor vielen tausend Jahren im Kampf gegen den Hochkönig der Gigantensöhne gewonnen hatte. Die Silber-Elben feierten diesen Sieg, der stattgefunden hatte, als die Vorfahren der kurzlebigen Menschen sich noch in den Schutz ihrer Höhlen duckten.

»Ob Tyramur der Riesenzähmer auch hier ist?«, fragte Elyamur aufgeregt.

»Niemand ist wirklich hier«, erwiderte Elyami nachdenklich. »Sie sind alle schon lange vergangen. Jedenfalls die meisten von ihnen. Das sind Traum-Schatten im Geist der Ewigschlafenden. Da, schau.«

Sie deutete zum hinteren Teil des Hofes hinüber, wo ein filigraner Thron unter einem Baldachin stand. Dort saß die Träumende Königin. Sie hatte die silbern schimmernden Augen geöffnet und beobachtete versonnen den Tanz ihres Hofstaats, das Kinn auf die Hand gestützt.

»*Sie* ist wirklich hier«, flüsterte Elyamur.

»Ja. Sie existiert nur noch in der Welt ihrer Träume. Oder der Träume anderer, wenn sie uns besucht.«

»Heute besuchen wir sie.«

Elyamur nahm Elyami bei der Hand. Gemeinsam bewegten

sie sich langsam über den Innenhof, wobei sie immer wieder den Tanzenden ausweichen mussten. Niemand nahm von ihnen Notiz. Die Träumende Königin schaute nicht auf, die Tänzer reagierten selbst dann nicht auf sie, wenn Elyamur mit seinem langen Schwert ihre Seidenschleier streifte.

An Elyami huschte ein kleiner Junge mit wehendem Silberhaar vorbei wie ein kichernder Komet. Er stieß sich vom Boden ab und beschrieb eine Drehung in der Luft. Plötzlich aber stockte er, verharrte für einige Herzschläge auf der Stelle und schien fast zu straucheln, ehe er sich weiter im Tanz drehte. Elyami kniff irritiert die Augen zusammen. Jetzt fiel ihr auf, dass auch mit der Musik der Spielleute auf dem Balkon etwas nicht stimmte. Sie war klar und rein wie Sternenlicht im perlenden Wasser eines Springbrunnens. Wenn da nicht ein gelegentliches Stottern gewesen wäre, ein hässlicher Bruch in der Harmonie. So, wie sie es gestern im Gesang der Wälder gehört hatte. Etwas stimmte nicht.

Einer der Tänzer drehte sich ruckartig zu ihr um. Doch er war nicht länger ein Elbenlord mit Silberhaar. Elyami blickte auf eine Kreatur mit grauer, borkenartig-rissiger Haut, bedeckt mit spitzen Dornen. Kleine blau glühende Augen funkelten sie an, als der Dornenelb einen langen Dolch mit schwarz glänzender Klinge aus seinem Mantel zog. Plötzlich stolperte er zurück. Einer von Elyamurs Wurfsternen steckte in seiner Brust. Der Dornenelb zerfiel zu grauem Staub. Elyami wirbelte herum.

Ihr Bruder hatte sein schlankes Schwert gezogen und stand einer weiteren der dornigen Kreaturen gegenüber. Gerade durchbohrte seine Klinge ihren Brustkorb, woraufhin auch dieser Angreifer sich in Nichts auflöste. Doch überall um sie herum grinsten sie nun graue Borkenfratzen an. Schwarze Klingen wurden gezogen.

»Elyami! Zu mir!«, rief Elyamur und streckte einen weiteren Dornenelb mit einem Wurfstern nieder. Von allen Seiten rückten Grauborkige heran, während gleichzeitig die Tänzer weiter über den Hof glitten, als würde nichts Außergewöhnliches geschehen. Die Musik spielte vor sich hin, und die Träumende Königin blickte nicht mal auf.

Elyami begriff, dass diese Dornenelben genauso wenig ein Teil des Traumes waren wie Elyamur und sie. Auch diese Geschöpfe kamen von außen, waren Eindringlinge. Rasch eilte sie an die Seite ihres Bruders, der gegen zwei Grauborkige zugleich kämpfte, während weitere mit gezückten Klingen heranstürmten.

Es waren zu viele. Elyamur würde sie nicht alle abwehren können, und ihre Künste mit dem Dolch waren nur begrenzt nützlich. Panisch blickte sie sich um. Die Träumende Königin saß gedankenverloren auf ihrem Thron, die Tänzer drehten sich, die Musik spielte weiter und weiter, immer wieder mit demselben Fehler in ihrem Gewebe.

Die Musik! Elyami hielt sich in der Deckung ihres verzweifelt fechtenden Bruders und riss ihre Inyura aus der Schulterhalterung. Sie zwang sich zur Ruhe und setzte den Bogen an. Sorgfältig folgte sie der Melodielinie der Musiker auf dem Balkon, doch wann immer die Musik aus der Harmonie geriet und zu stottern drohte, ergänzte sie rasch einige Töne, die die Dissonanz glätteten. Sie konzentrierte sich auf ihre Kunst des Grüngesangs und verschmolz mit der Melodie. Schon nach wenigen Herzschlägen spürte sie ein Band zu den Musikern auf dem Balkon, zum Fluss ihrer Musik. Sanft, aber bestimmt begann sie, an dem Band zu zupfen und das Spiel der Traum-Schemen mit ihren eigenen Tönen in Einklang zu bringen. Nun folgten die Musiker ihrer Leitung.

»Was immer du tust, mach weiter! Es funktioniert!«, rief Elyamur, als ein weiterer Dornenelb unter seiner Klinge zerfiel. Ohne in ihrem Spiel innezuhalten, schaute Elyami sich um. Die Angreifer waren noch da, doch sie hatten sich verändert. Sie sahen blass und unwirklich aus, fast durchsichtig und viel weniger real als die Tänzer und der Rest des Ortes. Der geheilte Fluss der Musik schien sie von ihrer Kraftquelle zu trennen. Sie bewegten sich langsam und unbeholfen, als wäre jeder Schritt eine

Anstrengung. Elyamur streckte den nächsten Grauborkigen nieder, bevor dieser auch nur seinen Dolch heben konnte. Auch dem Rest erging es nicht besser. Wenige Schwertstreiche später hatten sich alle Angreifer in Staub aufgelöst. Elyamurs Wangen waren gerötet, und er atmete schwer, sah aber zufrieden aus.

»Das war der Letzte«, sagte er unnötigerweise.

Elyami nickte und spielte noch ein wenig weiter. Dann setzte sie den Bogen ab und fühlte in die Melodie der Musiker auf dem Balkon hinein; sie floss nun ohne weitere Störungen fort.

Vorsichtig schulterte sie ihre Streichlaute wieder.

»Ich möchte wissen, wo die hergekommen sind«, überlegte Elyamur. »Ich kann mich an keine Geschichte erinnern, in der solche Wesen vorkommen. Du etwa, Schwester?«

Sie schüttelte den Kopf. »Ich bin mir ziemlich sicher, dass diese Dornenelben nicht aus den Träumen der Ewigschlafenden stammen. Sie sind aus unserer Wirklichkeit hier eingedrungen. Ich hatte dir doch von diesem merkwürdigen Fehler im Lied der Wälder erzählt? Offenbar stehen sie damit in Verbindung. Oder sie sind selbst der Bruch in der Harmonie.«

»Dann lass uns schnell ausnutzen, dass der Weg jetzt frei ist!«

Entschlossen schoben sich die Zwillinge durch die Reihen der gleichmütig Tanzenden voran, bis sie endlich vor dem Silberthron der Träumenden Königin standen. Beide verbeugten sich tief.

Langsam, ganz langsam hob die Träumende Königin den Blick und schaute Elyami und Elyamur ernst aus glänzenden Silberaugen an.

»Das Mädchen mit den Walderdbeeren und der Junge mit den Heldengeschichten«, sagte sie schließlich leise. Ihre Stimme klang wie ein helles Glöckchen, das sacht von einem Windhauch angeschlagen wurde. »So schnell seid ihr herangewachsen. So schnell sind eure Winter und Sommer vergangen. Und nun seid ihr stark genug, um die Schatten zu vertreiben, die sich in mein Schloss geschlichen haben.«

»Ewigschlafende Mutter aller Elben«, versuchte Elyami sie

anzusprechen – der Kloß in ihrem Hals machte es nicht einfacher. »Wir treten vor Euch, weil wir eine wichtige Aufgabe haben. Wir müssen …«

Die Träumende hob die Hand. »Ich weiß von dem Weg, der vor euch liegt. Viele Elben träumen von ihm. Er wird voller Gefahren sein. Die Schatten, die euch hier aufgelauert haben, sind noch nicht besiegt – ihr werdet ihnen bald wieder begegnen. Überlegt euch gut, wem ihr traut. Nicht einmal die Weberin weiß, welche Opfer nötig sein werden.« Sie wandte sich an Elyamur. »Dir ist bewusst, dass ihr diesem Weg nicht folgen müsst?«

Elyamur straffte sich: »Ich werde ihm folgen, Ewigschlafende! Ich habe einen Seelenschwur darauf geleistet.«

Die Träumende Königin schaute ihn ernst an. »Dann ist das dein Weg, Elyamur Birkensohn.«

»Und ich werde ihn begleiten, auch ohne Schwur und aus eigenem Willen!«, ergänzte Elyami. »Allerdings hat der Sommerkönig dafür gesorgt, dass uns die Geister der Wälder an der Grenze aufhalten werden.«

»Das werden sie nicht«, sagte die Träumende Königin und schaute nun Elyami an. »Sie werden euch nach meinem Willen passieren lassen, hinaus in die Welt, wo der Schutz von Liráya euch nicht mehr umhüllen wird. Dann wirst du tatsächlich frei sein, Elyami Birkentochter.«

Sie sprach sanft, aber es lag auch eine leise Drohung in ihren Worten. Elyami konnte nicht anders, als sich zu fragen, ob sie sich all die Jahre vielleicht das Falsche gewünscht hatte. Dann besann sie sich auf ihre Manieren.

»Habt Dank, Ewigschlafende Mutter.«

Elyamur verbeugte sich stumm.

»Es gibt Dinge, die ihr wissen müsst, wenn ihr Erfolg haben wollt«, fuhr die Träumende Königin fort. »Dinge, die euch eure Beschützerin möglicherweise nicht mitteilen wird.«

Ihre silbernen Augen schienen plötzlich größer zu werden und Elyami regelrecht in sich hineinzuziehen. Plötzlich sah sie zwei Umrisse vor sich: einen Mann und eine Frau. Sie verdichteten sich und wurden deutlicher. Der Mann war jung und stolz. Er hatte lange dunkle Locken und ebenso dunkle Augen, in denen stählerne Entschlossenheit glänzte. Die junge Frau an seiner Seite war hellhäutig und hatte glattes hellblondes Haar. Ihre Augen waren außerordentlich groß und schimmerten in einem klaren Blau. Sie hatte den Blick nachdenklich abgewendet, während der Mann sich ihr gerade zuwandte. Die Umrisse verschwammen wieder, noch ehe Elyami mehr erkennen konnte.

»Ich … verstehe nicht«, sagte sie. »Wer ist das? Und was sollten wir wissen?«

»Ihr müsst nun zurück in die Wachenden Lande«, erwiderte die Träumende Königin. »Doch wir werden uns in den nächsten Nächten wieder begegnen, Elyami Birkentochter. Dann wirst du mehr sehen. Mein Segen begleitet auch dich, Elyamur Birkensohn.«

Ihre Stimme klang so, als würde sie sich immer weiter entfernen. Die Umgebung verblasste rund um die Elbenzwillinge, und der festlich erleuchtete Innenhof versank in sanfter Dunkelheit.

Das Nächste, was Elyami spürte, war ihr schmerzender Rücken auf dem harten Steinboden. Dann hörte sie auch schon die ungeduldige Stimme der Winterseherin.

»Und? Wart ihr erfolgreich?«

Irgendwo neben ihr stöhnte Elyamur.

Langsam richtete Elyami sich auf. Eine sanfte Abendsonne beleuchtete die Ruine des Schlosses und tauchte den Glaspavillon der Ewigschlafenden in orangerotes Licht. Die Winterseherin stand vor ihnen und trommelte mit den Fingern auf ihren Knotenstab. Elyami tauschte einen Blick mit ihrem Bruder, der nickte knapp. Das genügte. Er hatte im Schlaf das Gleiche erlebt wie sie.

»Wir … haben es geschafft«, sagte Elyami zögerlich. Irgendwie fühlte es sich falsch an, über das zu sprechen, was ihr in der Gegenwart der Träumenden Königin wiederfahren war.

»Aber da waren noch andere!«, ergänzte Elyamur. »Elben wie

aus Dornengesträuch geformt. Sie haben uns am Hof der Ewigschlafenden aufgelauert.«

Die Winterseherin nickte grimmig: »Der Kettenfürst vergrößert seine Macht immer weiter. Seine Diener infiltrieren die verbleibenden freien Lande auf vielen Wegen, darum müssen wir nun los. Auf zum südwestlichen Waldrand!«

Elyami war erschöpft von dem Traum und hätte sich am liebsten gleich auf ihrem Mantel zusammengerollt, doch die Winterseherin schien nicht gewillt zu sein, auch nur eine halbe Stunde verbleibendes Tageslicht zu verschwenden.

Die beiden Elben packten schweigend ihre Sachen zusammen, während die Alte schon am Tordurchgang auf sie wartete. Verstohlen schaute Elyami sich auf dem Schlosshof um und griff sich schließlich einen kleinen Mondquarz-Splitter, der nahe dem Pavillon der Träumenden Königin auf dem Pflaster lag. Vorsichtig flocht sie ihn in ihren Schläfenzopf ein.

Gemeinsam warfen die Zwillinge einen letzten Blick zurück auf die Gestalt der Ewigschlafenden, die unberührbar unter ihrer Kuppel ruhte. Dann verließen sie zusammen mit der Alten das Schloss.

Fünftes Kapitel

DIE ZITADELLE VON SWERTENBURG IM MENSCHENREICH HUNDERTBÜRGEN, EINE PROVINZ DER KETTENLANDE

In trägen Mäandern glitt der Fluss Thuros durch die Hügel. Seine Quellen lagen in den Graugrimm-Bergen an der Grenze zu Skovrik im Norden, ins Meer mündete er bei Sorletta, der stolzen Hauptstadt des südlichen Reiches Lorvia. Sein Mittellauf im Königreich Hundertbürgen war geprägt von kleinen Städten zwischen Weinbergen, deren hohe Mauern von den Fehden und Kriegszügen der hundertbürgischen Adelshäuser kündeten.

Eine besonders steile Klippe überblickte den Lauf des Thuros an einer Furt, wo ein alter Handelsweg den Fluss kreuzte. Sie bot einen hervorragenden Aussichts- und Verteidigungspunkt, sodass die Menschen hier schon vor vielen hundert Jahren eine Stadt gegründet hatten: Swertenburg. Sie war heute die größte Ansiedlung am nördlichen Thuros.

Der älteste Teil der Stadt zog sich auf mehreren Terrassen über die Hügel rund um die Klippe. Hier drängten sich feste Steinhäuser Wand an Wand und versuchten mit der prunkvollen Höhe ihrer Giebel auszugleichen, dass die Terrassenviertel nur wenig Grundfläche boten. Ihre Fassaden waren mit opulenten Bildern aus der Geschichte ihrer Besitzerfamilien bemalt, die oft bis in die frühen Tage von Swertenburg zurückreichte. Daneben gab es noch eine Unterstadt im Tal, die sich auch auf das andere Flussufer ausgedehnt hatte.

Eine Steinbrücke führte hier inzwischen über den Thuros. Lastkähne fuhren täglich unter ihren Bögen hindurch, schwer beladene Ochsenkarren rumpelten über das Pflaster. Der rege

Handel hatte Swertenburg immer weiter wachsen lassen. Mittlerweile erstreckten sich die verwinkelten Gassen der Unterstadt in alle Richtungen bis über die Stadtmauern hinaus.

Ganz oben aber, auf dem steinernen Haupt der Klippe, thronte die Zitadelle von Swertenburg. Von den Fenstern ihrer grauen Türme konnte man weit über das Umland schauen, die massiven Mauern schienen direkt mit dem Fels verwachsen zu sein und sonnten sich in ihrer Unbezwingbarkeit. Bis vor Kurzem hatte sich noch jeder Angreifer an Swertenburg die Zähne ausgebissen.

»Bis die Kettenheere gekommen sind«, dachte Vylami zufrieden.

Die Purpur-Elbin näherte sich der Stadt auf dem Rücken einer Fledernatter und durchschnitt in eleganten Kurven die Lüfte. Sie zog an den Kettenzügeln und zwang die Flugschlange, noch einen weiten Bogen um die Stadt zu ziehen. Das buntgeschuppte Reptil flog nicht nur mit Hilfe seiner ledrigen Schwingen, sondern es dehnte zusätzlich seine Rippenbögen, sodass sein ganzer Körper zu einer einzigen Tragfläche wurde. Mit schlängelnden Bewegungen schien es regelrecht über die Winde zu gleiten.

Zahllose Menschengerüche drangen von den Straßen und Märkten herauf und beleidigten Vylamis feine Nase. Sie schnaubte angewidert und lenkte ihr Reittier direkt auf den wuchtigen Bergfried der Zitadelle zu.

Das rostrote Kettenbanner wehte über seinen Zinnen. Ein Hornstoß schmetterte durch die Luft und verkündete Vylamis Ankunft. Sie nahm sich zusammen und hielt den Kopf stolz erhoben, obwohl sie erschöpft von der zurückliegenden Mission war. Ganz zu schweigen von ihrem Opfer, das ein Gefühl der Leere in ihr zurückgelassen hatte …

Sie zwang die Fledernatter auf der Turmplattform zur Landung. Sofort eilten kleine, schwatzende Goblin-Stallknechte herbei und kümmerten sich um die Schlange, die ihre Lederflügel zusammenfaltete. Die Elbin würdigte die Grünhäute keines

Blickes und achtete darauf, dass ihre Purpur-Gewänder ja nicht mit den schmutzigen Kreaturen in Berührung kamen.

Außer ihrem Reittier befand sich lediglich die persönliche Fledernatter von Statthalter Darquato auf der Plattform. Sie hatte sich zum Schlafen zusammengerollt und den Kopf in den Schlingen ihres Körpers verborgen.

Fledernattern nisteten eigentlich auf den Dolchklippen im fernen Tar Uzar und dienten dort seit Jahrhunderten dem amtierenden Malik und anderen Mitgliedern der Herrscherfamilie als Reittiere. Doch seit das südöstliche Steppenreich eine Provinz der Kettenlande war, gehörte es zu den Privilegien auserwählter Diener des Kettenfürsten, auf dem Rücken einer Fledernatter zu reisen und seinen Willen windgeschwind in alle Himmelsrichtungen zu tragen.

Als Vylami auf die Luke zuging, die ins Treppenhaus des Turms führte, kam ihr von dort ein kleiner, rundlicher Menschenmann mit Halbglatze entgegen. Er trug eine Livree mit dem Kettenwappen und verbeugte sich hastig, als er Vylami sah. Die Purpur-Elbin konnte Angehörige niederer Völker nicht besonders gut auseinanderhalten, erinnerte sich aber an dieses Exemplar wegen seines besonders penetranten Geruchs nach Angstschweiß. Er war bis vor Kurzem ein Herold des Herzogs von Swertengund gewesen, als Swertenburg noch die freie Hauptstadt des Herzogtums gewesen war, und diente nun mit gleicher Unterwürfigkeit dem Kettenfürsten.

»Der Statthalter erwartet Euch und bittet um die Gnade Eurer sofortigen Anwesenheit, Kriegszauberin«, nuschelte er.

Vylami schritt wortlos an ihm vorbei. Ihr jüngeres Selbst hätte den Menschen vielleicht mit einer Blitzgeißel gestraft, für die Dreistigkeit, dass der Statthalter sie einfach so vor sich zitierte. Doch inzwischen hatte sie gelernt, was souveränes Auftreten war.

Sie stieg die Steintreppen des Bergfrieds hinab und richtete unterwegs ihre langen, windzerzausten Haare. Natürlich war sie weit davon entfernt, dem Statthalter gefallen zu wollen, aber vielleicht würde *er* heute zu ihr sprechen … Sie vermisste seine beständige Präsenz. Ärgerlich wischte sie diesen Anflug von Schwäche beiseite. Opfer gehörten nun mal dazu.

Vylami bog in den breiten Gang ein, der direkt zur Herzogshalle der Zitadelle führte. Vor den Flügeltüren hielten zwei Stumme Ritter Wache. Sie trugen Plattenrüstungen aus geschwärztem Stahl, die geschlossenen Helme geformt wie Dämonenfratzen. Vylami wusste, dass sie auch mit geöffnetem Visier keinen erfreulicheren Anblick geboten hätten, denn unter den Helmen verbargen sich blanke Totenschädel. Stumme Ritter waren Untote, beseelt vom Willen des Kettenfürsten und geformt aus den Überresten seiner Feinde. Die beiden Wachen hatten versucht, die herzogliche Familie von Swertengund mit ihrem Leben zu schützen – und es dabei verloren. Nun beschützten sie den Statthalter des Kettenfürsten, effizienter, als sie es als Lebende jemals gekonnt hätten.

Während Vylami sich näherte, streckten die Stummen Ritter mechanisch die gepanzerten Arme aus und stießen die Flügeltüren auf.

Die Pupur-Elbin betrat die Herzogshalle. Hohe Bogenfenster blickten von hier über die Stadt und das Thuros-Tal am Fuß der Klippe. Wo einst das Wappen von Swertengund mit den gekreuzten Schwertern die Wände geziert hatte, hing nun das Kettenbanner. Den herzoglichen Thron hatten die Ork-Krieger zu Brennholz zerhackt, an seiner Stelle stand einer jener schlichten rostroten Sitze, die den Statthaltern in allen Kettenlanden als Thron dienten. Eine Wand der Halle war ganz mit bunten Wappentafeln bedeckt, die den Stammbaum der Herzogsfamilie und ihre Verwandtschaft mit den anderen Adelsgeschlechtern des Königreichs Hundertbürgen darstellten. Goblin-Diener wuselten dort auf einem groben Holzgerüst herum und übertünchten die Wappen mit weißer Farbe.

»Ich dachte an ein großformatiges Gemälde, das die siegreiche Schlacht von Swertenburg darstellt«, erklärte Statthalter Darquato der Elbin statt einer Begrüßung und deutete auf die

Wand, wo ein jahrhundertealtes Wappen nach dem anderen unter der Tünche verschwand. »Natürlich mit dem Sturz des Herzogs von den Zinnen im Mittelpunkt.«

Vylami nickte nur knapp. Menschen waren nicht gerade mit einem Übermaß an gutem Geschmack gesegnet, aber Darquato schien selbst das zu unterbieten.

Der Menschenmann war erschreckend jung, nicht viel älter als dreißig Sommer, und stammte aus dem südlichen Königreich Lorvia. Er hatte einen dunklen Teint mit kräftigem schwarzen Haar, während die Menschen hier in Swertengund sich eher durch Blässe auszeichneten. Sein Körper war feingliedrig und drahtig wie eine gespannte Stahlfeder, die langen Haare trug er zu einem strengen Zopf gebunden und wie immer Hosen und Wams aus schwarzem Leder, besetzt mit schimmernden Silbernieten, dazu ein Wehrgehänge mit einem schlanken Schwert und einem Linkhand-Dolch. Nur ein Anhänger mit dem Kettenwappen wies auf seine Würde als Statthalter hin. Darquatos Gesichtszüge waren falkenhaft scharf geschnitten, mit dunklen, hellwachen Augen, deren Blick unstet umherwanderte. Um seinen schmalen Mund spielte stets ein ironisches Lächeln, als wäre die ganze Welt ein Witz, dessen Bedeutung nur er erfasste.

Vylami konnte nicht leugnen, dass Darquato für einen Menschen auf barbarische Weise anziehend war. Ein Grund mehr, ihn zu meiden.

»Wie war Eure Reise nach Tokrond, Kriegszauberin?«, fragte der Statthalter unschuldig lächelnd. »Lief bei den Zwergen alles zu Eurer Zufriedenheit?«

»Ich war erfolgreich«, erwiderte Vylami kurz angebunden.

»Das freut mich zu hören. Ihr trinkt doch einen Becher Wein mit mir?« Darquato schritt zu dem Tischchen neben seinem Thronsitz, auf dem eine Weinkaraffe und eine Kristallschale mit Obst bereitstanden. Mit eleganter Umständlichkeit machte er sich daran, zwei Kelche einzuschenken. »Ich wusste, dass Ihr heute oder morgen eintreffen würdet«, fuhr er im Plauderton fort. »*Er* hat es mir mitgeteilt. Ich stelle es mir eigenartig vor, seine Stimme nicht mehr hören zu können. Aber wie dem auch sei … Ich habe hier die Berichte über die Truppenbewegungen der letzten Tage, die Euch gewiss interessieren dürften, Kriegszauberin.«

Er reichte Vylami eine Schriftrolle zusammen mit ihrem Weinkelch. Sie überflog die lange Liste mit Zahlen darüber, wie viele menschliche Söldner die Städtchen weiter unten am Lauf des Thuros hielten, wie viele Ork-Wolfsreiter als Garnison in Swertenburg eingetroffen waren und wie viele Hügelriesen-Kämpfer zur Verstärkung ins umkämpfte Skovrik abgezogen worden waren.

»Danke«, murmelte sie, als sie die Liste schließlich beiseitelegte. Ihren Wein hatte sie noch nicht angerührt. Darquato lächelte sie liebenswürdig an: »Keine Ursache. *Er* wünscht Euch übrigens zu sprechen.«

Vylami hätte fast den Inhalt ihres Glases verschüttet. Sie bemerkte, dass Darquato ihre Reaktion mit amüsiertem Blick beobachtete.

»Dann sagt das doch bitte gleich!«, zischte sie ihn an und stellte ihren Kelch ab.

»Ich nehme an, Ihr wünscht die Unterredung umgehend zu führen, Kriegszauberin?«, fragte der Statthalter aufreizend freundlich, ohne sich vom Fleck zu rühren. Er genoss es sichtlich, die Sache hinauszuzögern.

»Ja, das tue ich.« Vylami bemühte sich, ruhig zu bleiben. Eine Kreatur wie einen Menschen um etwas zu bitten, überschritt für sie die Grenze zur Demütigung.

»Wie Ihr wünscht. Das tue ich gerne für Euch, da Ihr selbst ja bedauerlicherweise nicht mehr jederzeit zu ihm Kontakt aufnehmen könnt.«

Darquato ging zu seinem Thron und ließ sich darauf nieder, hoch aufgerichtet und die Arme auf die Lehnen gestützt.

»Ihr kennt das Protokoll, Kriegszauberin«, sagte er hoheitsvoll. Vylami trat zerknirscht vor ihn.

»Ich beuge mich nicht vor Euch, Statthalter Darquato. Nur vor *ihm*.«

Der Statthalter lächelte. Vylami ließ sich auf die Knie nieder und senkte den Blick zu Boden. So verharrte sie längere Zeit. Sie wusste, wie sich Darquato jetzt fühlen musste. Eine Woge der Macht würde über ihn kommen, ein vertrautes Bewusstsein würde ihn berühren, mit sanfter und doch fester Stimme zu ihm sprechen, ihn schließlich ganz erfüllen und zu etwas Größerem werden lassen, als ein Sterblicher jemals sein konnte.

»Vylami vom Dämmerturm«, sprach Darquato plötzlich mit einer Stimme, die nicht seine eigene war. Sie war zu kraftvoll und zu mächtig. »Erhebe dich und sieh mich an.«

Vylami gehorchte mit einem inneren Zittern. Es tat so gut, *ihm* wieder nahe zu sein. Sie schaute auf.

Darquato lächelte nicht, der Blick seiner dunklen Augen war starr auf sie gerichtet. In der Schwärze ihrer Pupillen lag eine Tiefe, die weiter reichte als jede sterbliche Seele. Der Kettenfürst hatte seine Aufmerksamkeit voll und ganz auf sie gerichtet.

»Herr, ich …«

»Berichte mir von deiner Mission.«

Es war vor allem diese stählerne Klarheit, frei von jedem Zweifel, die Vylami stets bis auf den Grund ihres Wesens berührt hatte. Hier musste sie nicht die Stärke einer Purpur-Zauberin aus dem edelsten der Elbenvölker demonstrieren, hier musste sie nur gehorchen.

»Ich war erfolgreich, Herr«, berichtete sie mit fester Stimme. »Ich bin mit meiner Kriegsmeute in die Höhlen von Tokrond eingedrungen und habe meine Seelenkette an einen Zwergenkrieger weitergegeben, wie Ihr es befohlen habt.«

Es schmerzte, darüber zu berichten. Mit ihrer Seelenkette hatte sie die direkte Verbindung zum Kettenfürsten aufgegeben. Ihre Augen waren nicht länger seine Augen, sein Geist war nicht länger ständig bei ihr. Wie sehr sie Darquato um die Gnade beneidete, seine Kette noch zu tragen und dem Herrn als Gefäß dienen zu dürfen!

»Ja, ich habe gesehen, was du getan hast, Vylami«, kommentierte der Kettenfürst ihren Bericht. »Bist du mit dem Ausgang deiner Mission zufrieden?«

Vylami zögerte. Sie wusste, dass der Kettenfürst seine Fragen stets absichtsvoll stellte.

»Ja«, sagte sie schließlich, »denn ich tat, was Ihr verlangt habt.«

»Als du die Kette übergeben hast … wer war noch dort zugegen?«

»Mein Ork-Leibwächter, er hat es nicht überlebt. Und noch ein Zwerg, ein Armbrustschütze mit Runenbolzen. Nicht so stattlich wie der neue Kettensklave.«

»Gewiss nicht so stattlich«, sprach der Kettenfürst mit Darquatos Lippen, »und doch hättest du *ihm* die Seelenkette umlegen müssen. Denn dieser Zwerg war eine der Zwillingsseelen, Vylami. Kannst du dir diese Gelegenheit vorstellen? Eine Zwillingsseele als Kettensklave. Du hast sie versäumt. Ich bin unzufrieden.«

»Herr …« Vylamis inneres Zittern erreichte nun auch ihren Körper. »Ich wusste nicht … konnte nicht wissen …«

»Nein, du wusstest es nicht. Du hast deine Kette zu Recht abgegeben, denn du bist ihrer nicht würdig.«

Vylami konnte seine Verachtung fast körperlich spüren. Schlimmer noch: seine Enttäuschung. Sie warf sich vor ihm auf den Stufen des Throns nieder. »Herr, wartet! Der andere, der Zwergenkrieger, den ich mit meiner Kette gebunden habe … Ist er denn nicht von Nutzen für Euch?«

Darquato schüttelte langsam den Kopf. »Er ist bereits tot, ohne die Zwillinge vernichtet oder die Seherin gefunden zu haben. Und seine Kette ist mit ihm verloschen. Immerhin konnte er noch den Samen für den möglichen Untergang der Zwillinge säen.«

Vylami schloss die Augen, um ihre Beherrschung zu wahren. Dann wagte sie alles: »Herr, wie kann ich mich würdig erweisen? Wie meine Kette wieder verdienen? Gibt es eine Mission, sei sie auch noch so gefahrvoll …«

»Dich würdig erweisen?«, wiederholte der Kettenfürst langsam. »Dafür müsstest du dein Versagen begleichen und beispielsweise jene zwei vernichten, die von den Wäldern Liráyas behütet werden. Die Dornengeister berichten, dass sie sich auf den Weg in Richtung Waldrand gemacht haben. Rüste eine Kriegsmeute aus, spüre sie auf und nimm dich ihrer an. Ich erlaube dir, ein machtvolles Geschöpf der Unterwelt als Unterstützung zu erheben. Dann magst du vielleicht wieder vor meinen Rostroten Thron treten und deine Kette als würdige Sklavin empfangen.«

»Danke«, flüsterte Vylami, ohne den Blick zu heben. Lange kauerte sie auf den Stufen, doch ihr Herr schenkte ihr kein weiteres Wort mehr. Stattdessen vernahm sie schließlich Darquatos Stimme.

»Das scheint nicht gut gelaufen zu sein, Kriegszauberin.«

Wütend fuhr sie hoch. Der Kettenfürst war fort, der Statthalter wieder ein einfacher, schmutziger Mensch, der auf dem Thron herumlümmelte und lächelnd seinen Weinkelch schwenkte.

»Ihr habt es gewusst!«, zischte Vylami.

»Oh, nicht die Details. Aber ich habe gemerkt, dass er nicht zufrieden ist.«

Und doch hatte er die Unterredung hinausgezögert und sie genüsslich zappeln lassen, wohl wissend, was auf sie zukam! Vylami war so aufgebracht, dass sie unwillkürlich die Finger zu einer Zaubergeste zusammenkrallte. Dann ließ sie die Hand langsam wieder sinken. Sie hatte Wichtigeres zu tun.

»Statthalter«, sagte sie so kalt und geschäftsmäßig wie möglich, »ich werde Swertenburg umgehend für eine weitere Mission verlassen. Stellt mir eine Meute der blutgierigsten Wolfsreiter zusammen. Bei Tagesanbruch müssen sie aufbruchsbereit sein.«

»Ganz wie Ihr wünscht, Kriegszauberin«, sagte Darquato lächelnd. »Bis dahin noch ein Krug Wein? Der Abend ist lang.«

»Nein. Ich habe noch in den Grabgewölben unter der Zitadelle zu tun. Es wird die ganze Nacht dauern.«

Damit wandte sie sich um und schritt aus der Halle.

Der Statthalter blieb auf seinem Thron zurück und ließ gelangweilt den schweren Rotwein aus Lorvia in seinem Kristallkelch kreisen. Als kurz darauf einer der Goblins, die immer noch geschäftig die Wappentafel übertünchten, vom Gerüst kletterte und durch eine Seitentür aus dem Raum schlüpfte, wandte er nicht einmal den Kopf nach ihm.

Sechstes Kapitel

Liráya
Unterwegs zum südwestlichen Waldrand

Wenn wir erst in den Menschenlanden sind, werden wir Freunde treffen, die wissen, wie man sich ungesehen im Machtbereich des Kettenfürsten bewegt«, erklärte die Winterseherin, während sie neben Elyami und Elyamur herging. »Das ist die erste Lektion, die ihr lernen sollt.«

Sie waren am Vorabend noch bis nach Anbruch der Dunkelheit Richtung Südwesten marschiert, ehe sie sich endlich ein Nachtlager bereitet hatten. Am nächsten Morgen trafen die Zwillinge die Alte bereits wach an. Sie hatte zum Aufbruch gedrängt, während die Geschwister sich noch rasch einen Gewürzkuchen geteilt hatten. Es war für Elyami unbegreiflich, woher die Seherin ihre Energie nahm.

»Elben sind in den Menschenlanden zwar selten, aber glücklicherweise nicht völlig ungewöhnlich«, führte die Alte weiter aus. »Vielleicht wäre es ratsam, wenn ihr euch als Angehörige des Purpur-Volkes ausgebt. Viele von ihnen dienen in den Kettenheeren.«

Elyamur verzog das Gesicht: »Darin liegt keine Ehre.«

Die Winterseherin schnaubte abfällig. »Noch weniger Ehre läge darin, bei der ersten zufälligen Begegnung mit den Häschern des Kettenfürsten getötet zu werden, ehe ihr mit eurer Mission überhaupt begonnen habt. Und genau das wird geschehen, wenn ihr euch nicht bedeckt haltet.«

Elyamur schaute gequält drein: »Die weisen Zauberer in Elyamis Geschichten sagen ihren Schützlingen immer ermutigende Worte über das verborgene Potential, das in ihnen steckt.«

»Fein für sie«, brummte die Alte. »Und ich sage euch die Wahrheit. Glaubt nicht, dass ihr mit dem, was eure Fechtmeister und Gesangslehrer euch beigebracht haben, da draußen überleben könnt. Ihr müsst noch so viel …«

Plötzlich hielt sie mitten im Satz inne und erstarrte. Sie schloss die Augen und klammerte sich mit beiden Händen an ihrem Stab fest, während ein Zittern wie Fieberschauer durch ihren Körper ging. Von einem Herzschlag auf den anderen sah sie plötzlich so gebrechlich aus, wie die hohe Zahl ihrer Menschenjahre es nahelegte.

»Was habt Ihr? Ist Euch nicht gut?«, fragte Elyami alarmiert.

Ihr Bruder eilte heran, um die Alte zu stützen. Unwirsch schob sie seinen Arm beiseite und schlug die Augen wieder auf.

»Es ist nichts«, brummte sie, während sie sich wieder aufrichtete und um Kraft rang. »Ich habe nur … etwas gesehen.«

»Was habt Ihr gesehen?«, fragte Elyami.

»Arbeit. Etwas, das an einem anderen Ort geschehen ist und bereinigt werden muss. Ich breche sofort auf. Meine Anwesenheit ist dort vonnöten.«

»Ja, aber …«, setzte Elyamur an, doch die Alte ließ ihn nicht ausreden.

»Hört mir gut zu: Der südwestliche Waldrand ist nur noch zwei oder drei Tagesreisen entfernt. Dahinter liegt die Ödnis der Schwarzglasklippen. Sucht dort nach dem Karrenpfad, der euch zur Menschenstadt Swertenburg führt. Seit knapp einem Jahr weht das Kettenbanner über der Stadt, aber manche leisten im Verborgenen Widerstand. Trogis, der Wirt vom *Singenden Riesen* bei den Ställen außerhalb der Mauern, weiß, wie man ungesehen in die Stadt kommt. Sagt ihm, dass ich euch schicke. Er wird euch zu einem Ort führen, wo ihr mit einer Gruppe in Kontakt kommt, die sich die Graue Ratte nennt. Ihr könnt ihnen vertrauen und vieles von ihnen lernen. Wartet dort, bis ich zu euch stoße. Wenn ihr keine Dummheiten macht, werdet ihr erfolgreich sein. Ansonsten wird euer Blut den Boden tränken. Oà yámu. So sei es.«

»Wartet!«, rief Elyami. »Ich habe noch nicht alles verstanden! Wo müsst Ihr denn so dringend hin, und wer ist …«

Doch die Winterseherin wandte sich bereits ab und breitete die Arme aus. Ihre Umrisse verschwammen, zogen sich zusammen, wurden in strahlendes Winterweiß getaucht. Wenige Herzschläge später stieß sich ein Schwan mit grauen Schläfenfedern vom Boden ab, flog noch einmal einen Kreis über den Zwillingen und verschwand dann mit eiligen Flügelschlägen jenseits der Baumwipfel in Richtung Westen. Die beiden konnten nicht mehr tun, als ihm nachzublicken.

»Hm«, machte Elyamur unbestimmt. »Was machen wir nun?«

»Nun gehen wir in die Menschenlande«, sagte Elyami so entschlossen wie möglich.

Für den Rest des Reisetages sprachen sie wenig. Obwohl die Winterseherin nicht mehr bei ihnen war und sie zur Eile antrieb, legten sie erst spät die Abendrast ein. Elyami hatte das Gefühl, dass sie es der Alten schuldig waren, sich nicht zu schonen, und Elyamur schien es ähnlich zu sehen.

Als Elyami sich schließlich in der Astgabel einer Eiche zum Schlafen zusammenrollte, konnte sie dennoch nicht sofort Ruhe finden. Die Vorstellung, was wohl jenseits des Waldrands liegen mochte, kitzelte ihre Neugier und weckte zugleich ihre Angst. Sie versuchte, sich die Menschenlande mit ihren überfüllten Städten vorzustellen, aber sie fand keine Bilder dafür. Schließlich fiel sie in den tiefen Schlaf der Erschöpfung.

Aus dem samtigen Dunkel der Nacht stiegen zwei silberne Augen auf und schauten Elyami an. Der Blick der Träumenden Königin ruhte freundlich und traurig zugleich auf ihr.

Die Silberaugen wurden größer und immer größer, bis sie schließlich ihr ganzes Gesichtsfeld einnahmen: zwei schimmernde Fenster, die sich in fremde Welten öffneten.

Elyami schwebte in einem *Suya láo*, einem Königstraum.

Sie sah eine weite Felsengrotte. Tageslicht fiel durch eine hohe Bogenöffnung in die Höhle, dahinter konnte Elyami einen tiefblauen Streifen erahnen: das Meer. Die Grotte lag direkt am

Meer. Ihr Herz machte einen Hüpfer – sie hatte noch nie zuvor das Meer gesehen. Aus irgendeinem Grund wusste sie, dass sich dieser Ort an der Plankenbrecherküste fern im Süden befand. Dann wurde ihr Blick vom hinteren Teil der Grotte angezogen.

Gold bedeckte hier den Felsenboden, abertausende von Goldmünzen, zu Hügeln und Haufen getürmt. Edelsteine glitzerten zwischen den Münzen, hier und da lugte auch ein Truhendeckel oder der Griff irgendeiner legendären Waffe aus dem Goldmeer hervor.

Auf dem Bett aus Schätzen ruhte ein Drache. Elyami sah seinen mächtigen Echsenkörper, bedeckt von rötlich grünen Schuppen, bekrönt von einem Rückenkamm aus Hornzacken. Sein peitschenartiger Schwanz umrundete einmal den Goldhaufen, mächtige Lederflügel waren auf dem Rücken der Kreatur gefaltet. Klauen mit säbelartigen Krallen schmiegten sich eng an den Leib, auf eine Art zusammengelegt, die Elyami an eine schlafende Katze erinnerte. Von den Schultern des Drachen gingen gleich drei lange, gebogene Hälse ab, um in drei schweren, hornumkränzten Köpfen zu münden.

Elyami spürte, dass der Drache eine Sie war. Kurangra. Und sie war nicht allein in ihrer Grotte. Vor jedem ihrer drei Köpfe hatte sich eine Gruppe kleiner Gestalten versammelt, es waren jeweils fünf oder sechs Personen. Die meisten waren Menschen, aber Elyami entdeckte unter ihnen auch Elben, Gnome und sogar einen Zentauren mit dem Unterkörper eines Pferdes. Die Gruppe rund um den linken Drachenkopf trug schlichte weiße Roben, die Gruppe in der Mitte war in Rot gewandet, die Gruppe beim Kopf ganz rechts trug Mitternachtsschwarz.

Die Drachin redete, alle drei Köpfe zugleich. Elyami konnte ihre Stimme hören, die grollend und zischend aus ihren mächtigen Rachen aufstieg. Jedes Wort wurde von einem schwefeligen Atemhauch begleitet.

»Um auf die Gedanken eines anderen Wesens Einfluss nehmen zu können, müsst ihr euren Zauber ganz an die Feinheiten seiner Aura anpassen. Euer tastender Geist muss ihm wie ein

Teil seiner eigenen Natur erscheinen. Das ist besonders schwierig bei Elben, bei Drachen selbstverständlich unmöglich. Ihr braucht Übung, viel Übung …«, so sprach der linke Kopf zu den Weißgewandeten.

»Wenn ihr euren Körper in einen Leib aus lebendigen Flammen verwandeln wollt, ist es wichtig, die Transformation sorgfältig auf alle Schichten eures Selbst auszuweiten. Nachlässigkeit führt dazu, dass ihr schlicht in Flammen aufgeht. Für jemanden ohne Panzerschuppen ein ernsthaftes Problem …«, erklärte der mittlere Kopf den Rotgewandeten.

»Nach Westen hin muss euer Beschwörungskreis siebenfach mit der Glyphe *Zar'grûl* versehen sein, um die Macht der Dämonen von Zakkhra zu bannen. Ihr wisst, welche Gefahren drohen, wenn die Glyphen falsch geschrieben sind. Wer weniger als drei Köpfe zum Denken besitzt, sollte sie darum besser doppelt prüfen …«, dozierte der rechte Kopf gegenüber den Schwarzgewandeten.

Alle folgten den Worten aufmerksam, einige schrieben eifrig auf Tafeln mit. Elyami begriff, dass die Drachin drei Gruppen von Schülern in drei verschiedenen magischen Künsten unterrichtete. Gleichzeitig.

»Und jetzt geht und übt, was ich euch gelehrt habe!«, grollten die drei Köpfe gemeinsam. »Denkt daran, dass ihr die Besten seid. Ich werde keine Liederlichkeit dulden! Die nächste Unterweisung erhaltet ihr in einer Woche. Wer bis dahin meinen Schlaf stört, stirbt einen unerfreulichen Tod.«

Und damit zog Kurangra ihre langen Hälse zurück und rollte sich mit einem zufriedenen Schnauben auf ihrem Goldbett zusammen. Die Schüler verließen die Grotte leisen Schrittes durch einen Seitengang.

Elyami wusste plötzlich, dass die Klippen der Steilküste rund um diese Drachengrotte von Gängen und Höhlen durchzogen waren. Hier lagen die Arbeitsplätze der Schüler und eine beachtliche Bibliothek. Ihre Schlafplätze waren kleine Hütten, die sich wie Nester von Seevögeln an die Klippen klammerten und über das Meer schauten. Ein Fischerdorf in der Nähe sicherte ihre Versorgung. Die Fischer verehrten Kurangra wie eine dreiköpfige Göttin.

Elyami folgte den Schülern nach draußen. Außerhalb der Drachengrotte wurden die Gespräche rasch lauter und lebhafter.

»Wozu sollen wir schon wieder siebenundsiebzig Herbeirufungsglyphen des fünften Grades lernen?«, ereiferte sich ein Elb in schwarzer Robe. Seine grün funkelnden Edelsteinaugen verrieten seine Abstammung vom Purpur-Volk. »Niemand braucht Glyphen des fünften Grades für die Beschwörungen, die man als Lehrling übt!«

»Ich brauche sie«, sagte ein Mensch neben ihm mit feinem Lächeln. Er hatte blasse Haut und tiefschwarze Locken. Seine ebenso dunklen Augen erreichte das Lächeln nicht. Elyami erkannte ihn als den jungen Mann wieder, den ihr die Träumende Königin bei ihrem Besuch gezeigt hatte. »Gerade erst gestern habe ich sie gebraucht.«

»Ach?« Der Elb hob fragend die Augenbrauen.

»Ich habe einen Höllenhund gerufen«, fuhr der Mensch mit beiläufiger Selbstverständlichkeit fort. Anerkennendes Gemurmel machte sich breit. Einige schauten ungläubig, doch niemand widersprach ihm.

»Aber warum, Dáman?«, fragte eine Gnomin in weißer Robe, die ihm kaum bis zur Hüfte reichte und eine Brille aus geschliffenen Kristallen trug.

»Um ihn an die Kette zu legen. Weil ich es so wollte. Der Wille ist die Macht des Beschwörers.«

Der Elb nickte mit widerwilliger Anerkennung. »Damit dürfte wohl klar sein, welche magische Profession den besten Schüler der Dreikopf-Akademie stellen wird.«

»Pah, Höllenhunde!«, entgegnete die Gnomin und rückte ihre Brille zurecht. »Odrana hat vor drei Nächten sieben Dorfbewohnern zugleich Träume von einem vergrabenen Schatz geschickt, der sich draußen beim Krabbensand befinden soll. Natürlich haben wir vorher einen Krug mit Kupfermünzen dort versteckt. Sie haben sich am nächsten Morgen verstohlen mit Schaufeln dorthin geschlichen und sich anschließend um den Krug geprügelt! Damit hat Odrana eine neue Sage geschaffen. Die Fischer werden noch ihren Enkeln vom Kampf um den Schatz der Traum-Fee erzählen.« Sie kicherte in sich hinein.

»Lass doch, Eldrakrik! Das war nur eine Spielerei.«

Odrana schien das Lob ein wenig peinlich zu sein. Sie war eine junge Frau mit hellblonden Haaren. Ihr Gesicht wurde ganz von ihren großen klarblauen Augen dominiert. Auch sie hatte Elyami schon beim letzten Traumbesuch gesehen, neben dem jungen Mann, der offenbar Dáman war.

»Höchst beeindruckend«, höhnte der Purpur-Elb. »Ihr Mentalisten herrscht über die Träume von Fischern. Wir Beschwörer nur über leibhaftige Dämonen.«

»Es ist töricht, die Macht der Gedanken zu unterschätzen«, erklärte die Gnomin, während sie ihre Brille eifrig mit dem Ärmel ihrer Robe putzte. »Sie formen unsere ganze Wirklichkeit und die Welt, die wir sehen.«

»Bis dir eine Dämonenklaue den Kopf mitsamt der Welt darin abreißt«, erwiderte der Elb.

»Käme das nicht auf einen Versuch an?«, mischte sich der Zentaur ins Gespräch ein, der eine rote Robe trug, die wie eine Decke über seinen Pferderücken gelegt war. Sein junges Gesicht wurde von einem lockigen Vollbart umrahmt.

»Wie meinst du das, Kaltos?«, fragte der Elb.

»Wie wäre es mit einem kleinen Zauberwettstreit? Odrana für die Mentalisten gegen Dáman für die Beschwörer«, erklärte der Zentaur. »Jeder vollführt nur einen Zauber, natürlich nichts Tödliches. Wir Elementaristen stellen den Kampfrichter. Beispielsweise meine Wenigkeit.«

»Oh ja! Zeig es ihnen, Odrana!«, grinste die Gnomin und stieß ihre Freundin in die Seite.

»Das ist doch albern«, wehrte Odrana ab, doch ihr Lächeln verriet, dass sie sich geschmeichelt fühlte.

»Dáman? Bist du dabei?«, fragte der Elb.

Der Angesprochene schüttelte den Kopf. »Nein. Magie ist keine müßige Spielerei. Wenn ein Zauber machtvoll werden soll, muss man seine Wirkung wirklich wollen, mit ganzer Kraft. Es darf dann nichts anderes geben.«

»Und du willst doch sicher mit ganzer Kraft den Mentalisten eine Abreibung verpassen, nicht wahr?«, insistierte der Elb und legte Dáman die Hand auf die Schulter. Dieser entzog sich ihm.

»Ich habe noch in der Bibliothek zu tun. Magie erlernt sich nicht von allein, Cysramur.«

Der Elb verdrehte die Augen. »Magie übt sich aber auch nicht von allein, wenn man sie nie anwendet! Na los, zeig den Mentalisten, was du kannst. Umso eher lassen wir dich für deine Studien in Ruhe.«

Dáman seufzte. »Meinetwegen.«

Auch Odrana zuckte mit den Schultern. Die anderen Schüler jubelten.

Gemeinsam ging es in eine Seitenhöhle, wobei Odrana sich ein wenig zurückfallen ließ. Der Boden der Höhle war mit Bastmatten ausgelegt, ansonsten war sie völlig kahl. An den Wänden waren Brandflecken und kleine Einschlagkrater zu sehen. Dáman nahm in der Mitte des Raumes Aufstellung, Odrana platzierte sich mit einigen Schritten Abstand ihm gegenüber.

Ihre Mitschüler bildeten einen Kreis um sie herum. Kaltos, der Zentaur, stellte sich auf halber Strecke zwischen sie. »Denkt daran!«, sagte er streng. »Jeder nur einen Zauber!« Dann trabte er aus dem Weg.

Odrana und Dáman konzentrierten sich, ihre Lippen formten tonlose Silben, ihre Finger beschrieben Muster in der Luft. Odrana griff in eine ihrer Gürteltaschen und zog eine weiße Daunenfeder hervor. Doch Dáman war schneller. Er schleuderte ihr ein Tontäfelchen entgegen, das mit fremdartigen Glyphen bedeckt war und zu ihren Füßen zerbarst. Sofort wanden sich an dieser Stelle fleischige, rötlich glühende Fangarme aus dem Felsgestein und schlangen sich gierig um die Mentalistin.

Die Feder schwebte zu Boden, Odrana selbst zappelte hilflos in einem Bündel schmatzender Tentakel.

»Eine Frage des Willens«, wiederholte Dáman selbstbewusst.

»Doch schiere Willenskraft ist nutzlos, wenn sie in die falsche Richtung ausschlägt. Kluge Vorausschau ist alles«, sagte Odrana, die plötzlich hinter ihm stand.

Die Gestalt in der Umklammerung der Tentakel löste sich in Nichts auf – nur ein Blendwerk, das Odrana an ihrer Stelle in den Kampf geschickt hatte. Die Mentalistin lächelte fein.

»Kaltos hat nichts davon gesagt, dass man den Zauber nicht im Vorfeld wirken darf. Und wenn ich noch einen zweiten Zauber zur Verfügung hätte, wären jetzt schon spannende Dinge mit deinem Geist geschehen, Beschwörer.« Sie zupfte spielerisch an einer seiner Locken.

Die Mentalisten klatschten Beifall. Dáman zog unwillig die Augenbrauen zusammen. »Und, Kaltos? Was sagst du?«

»Da ihr beide noch steht: unentschieden mit einem Extrapunkt wegen besonderer Eleganz für Odrana«, verkündete der Zentaur grinsend. »Und jetzt lasst uns etwas essen gehen!«

Die Schüler strömten schwatzend aus der Höhle.

»Kommst du, Odrana?«, fragte die Gnomin.

»Geh schon vor. Ich möchte noch etwas nachlesen«, wehrte ihre Freundin ab und verschwand in Richtung Bibliothek.

Auch Dáman blieb zurück. Er schaute Odrana nachdenklich hinterher. »Vorausschau und Wille«, flüsterte er, die blassen Wangen gerötet. Dann folgte er ihr mit schnellen Schritten.

Elyamis Sicht verschwamm, dann sah sie einen anderen Ort: Odrana und Dáman gingen nebeneinander her durch hohes Gras. Wind kam vom nahen Meer und fuhr durch ihre Haare. Dáman trug jetzt einen schmalen schwarzen Bart.

»Der Herzog von Tannenbingen sucht einen neuen Kriegszauberer«, erzählte er. »Wenn ich die Anstellung erst habe, werde ich demonstrieren, was ein Beschwörer in dieser Position auszurichten vermag. Die Machtverhältnisse in Hundertbürgen werden sich bald ein wenig verändern.«

Odrana schüttelte lächelnd den Kopf. »Dann hast du ein ganzes Königreich als Bühne, um zu zeigen, wie mächtig du bist. Mich musst du damit nicht beeindrucken, das weißt du.«

»Vielleicht mit etwas Einfacherem?«, fragte Dáman und verbeugte sich tief. Als er sich wieder aufrichtete, hielt er eine langstielige Blume in seiner rechten Hand. Ihre tiefroten Blütenblätter waren geformt wie Klauen mit winzigen Krallen. Odrana nahm sie lachend entgegen.

»Natürlich musstest du sie aus den Tiefen der Unterwelt rufen, statt einfach irgendwo eine Wiesenblume zu pflücken.«

»Natürlich«, sagte Dáman ernst. Dann grinste er ertappt. »Bleibt es dabei, dass du nach der Abschlussprüfung bei dieser Silber-Elbin in die Lehre gehen willst?«

»Ja«, sagte Odrana und spielte mit der Blume herum, deren Krallenblätter gierig nach ihren Fingern zu schnappen versuchten. »Nirgendwo sonst kann man so viel über die Künste der Traumweberei lernen wie bei ihr. Sie dient dem unterweltlichen Gott Nidhanas. Die alte Kurangra ist eine große Mentalistin, aber sie versteht einfach nicht genug von den Dingen, die uns Einköpfige bewegen.«

»Wenn ich mit dem herzoglichen Heer ziehe und du im Kloster bei deiner Elbin hockst, werden wir uns nicht mehr oft sehen«, wandte Dáman ein.

»Das stimmt. Erst, wenn wir irgendwann unsere gemeinsame Forschungsreise zu den Zaubertempeln von Mhongad antreten.« Dann knuffte sie ihn in die Schulter. »Es sei denn, du lernst endlich irgendeinen Zauber, der für schnelles Reisen taugt!«

Missmutig schüttelte er den Kopf. »Zu viel Anderes zu tun. Ernsthafte Magie, keine Spielereien.«

»So? Ich bin also eine Spielerei?«, fragte Odrana neckend und ließ die Krallenblume nach Dámans Nase schnappen.

»Natürlich nicht«, wehrte er ab, während er der Blume auswich. »Aber in drei Monden sind schon die Abschlussprüfungen, und ich bin erst zur Hälfte durch mit der dritten Wiederholung aller relevanten Beschwörungsglyphen!«

»Gib dir nicht zu viel Mühe«, zog Odrana ihn auf. »Du wirst eh nur als Zweitbester abschließen, egal, wie viele Nächte du noch durcharbeitest.«

Sie holte beiläufig eine Daunenfeder aus ihrer Robe hervor und pustete sie in Richtung der Unterweltsblume, woraufhin die Krallenblüten erschlafften und offenbar in tiefen Schlaf verfielen. Jedenfalls gaben sie ein leises Schnarchen von sich.

»Das bleibt abzuwarten«, entgegnete Dáman. »Ich plane jetzt nämlich auch vorausschauend!«

Er ließ sich einen Schritt zurückfallen, trat hinter Odrana und zupfte an einer ihrer blonden Haarsträhnen.

»He! Unterlass das, Kriegszauberer!« Sie schlug mit der Blume nach ihm.

»Ganz wie die Traumweberin wünscht«, erwiderte Dáman, ließ die Hand auf ihre Schulter sinken und zog Odrana an sich. Ihre Lippen trafen sich zu einem langen Kuss.

Die Vision verblasste. Elyami sah wieder die Silberaugen der Träumenden Königin vor sich – die Ewigschlafende lächelte ihr zu. Elyamis Kopf war voller Fragen, sie wollte den Mund öffnen, um sie zu stellen. Doch dann fiel sie auch schon in eine samtige Müdigkeit, die alles Denken davonspülte.

Siebtes Kapitel

Über den Schwarzglasklippen zwischen Tokrond und Liráya

Eisiger Wind schlug Vylami entgegen, als sie auf dem Rücken ihrer Fledernatter über den Schwarzglasklippen kreiste. Sie trug wieder ihre leichte Rüstung aus Lindwurm-Leder und einen purpurfarbenen Umhang um die Schultern, der wie ein Banner hinter ihr wehte. An ihrem Gürtel war mit einer Kette eine tiefschwarze Kugel befestigt, in der träge Nebelschwaden zu wabern schienen. Sie enthielt das Ergebnis von Vylamis Bemühungen der letzten Nacht in den Grabgewölben. Ein Ergebnis, mit dem sie mehr als zufrieden war.

Sie presste der Flugschlange ihre Knie in die Flanken und zwang sie, tiefer zu gehen. Mit ihrem leichten Gewicht auf dem Rücken glitt das Reptil schnell und geschmeidig dahin. Der zweite Sitz des Flugsattels, der eigentlich für einen Bordschützen mit schwerer Armbrust vorgesehen war, blieb heute frei. Vylami schätzte Geschwindigkeit mehr als Wehrhaftigkeit, über die sie selbst zur Genüge verfügte.

Der schlängelnde Schatten der Fledernatter fegte über das Labyrinth der Schwarzglasklippen hinweg: endlose Reihen von messerscharfen Graten aus dunklem Vulkanglas, zwischen denen nur schmale Schluchten und Einschnitte als unzugängliche Wege hindurchführten. Trotz des hellen Sonnenscheins krochen beständig graue Nebelfetzen wie lauernde Raubtiere zwischen den Klippen umher und machten das Gelände noch unübersichtlicher. Nur gelegentlich sah Vylami den gelbgrauen Umriss eines Plünderwolfs mit gepanzertem Reiter aus dem Nebel hervorschimmern. Ihre Kriegsmeute hatte sich weit zwischen den Klippen verteilt, um ihrer Beute kein Schlupfloch zu lassen.

Zum wiederholten Male stieß Vylami die Fledernatter hinab, sodass sie dicht über den Wolfsreitern dahinglitt. Sie hielt Ausschau, bis sie einen besonders großen Ork mit einer wuchtigen Knochenaxt an der Spitze der Meute ausgemacht hatte.

»Hordenführer Drakshai! Bericht!«, rief sie ihm zu.

Der Ork wandte sich um und grinste zu ihr hinauf. Zwei mächtige Hauer ragten aus seinen Mundwinkeln. »Noch keine Elben gesichtet, Kriegszauberin! Hier gibt es nur vereinzelte Klippen-Ghoule und Obsidianlinge.«

»Ich hoffe für Euch, dass sie Euch nicht entgehen, Hordenführer.«

Der Ork lachte grimmig. »Keine Sorge! Die Wölfe werden sie wittern. Sie lieben zartes Fleisch.«

»Gut für Euch.« Vylami zog die Kettenzügel an. Die Flügelnatter schlängelte sich wieder den Wolken entgegen.

Der Verstand der Kriegszauberin wusste, dass es noch viel zu früh war. Die beiden Grün-Elben waren sicher noch irgendwo in ihren Wäldern unterwegs. Und die waren weit entfernt. Außerdem setzte sich ihre Meute aus Kriegern und Wölfen des Reißzahn-Clans zusammen, die zu den besten Jägern der Steppenhorden gehörten. Die Beute konnte ihnen gar nicht entkommen. Und doch war Vylami nervös. Die Angst, *ihn* noch einmal zu enttäuschen, hatte sich tief in ihre Brust gegraben. Sie fühlte sich wieder wie damals, als Zauberschülerin des Dämmerturms auf Yamaaz, der Heimatinsel des Purpur-Volks. Brennend spürte sie die Blitzgeißeln ihrer Lehrmeister, die jeden noch so kleinen Fehler gnadenlos bestraften. Noch brennender spürte sie das Gefühl, nicht gut genug zu sein, eine Enttäuschung für ihre Sippe. Doch sie hatte sich nicht kleinkriegen lassen, sie war daran gewachsen. Und nun diente sie dem mächtigsten aller Herren. Sie musste auch für ihn gut genug sein!

Entschlossen trieb sie ihre Fledernatter zur Eile, dem dunkelgrünen Rand der Wälder von Liráya entgegen. Ihr Blick überflog die Landschaft, glitt über endlose Reihen schwarzer scharfkantiger Felsengrate, wanderte unstet am Horizont entlang.

In der Ferne bewegte sich etwas. Vylami kniff die Augen zusammen. Es war ein großer Vogel, offenbar ein einzelner Schwan, der eilig voranstrebte. Misstrauisch griff die Kriegszauberin nach dem Fernrohr, das am Flugsattel befestigt war. Tatsächlich ein Schwan. Deutlich konnte sie das graue Federmuster erkennen, das die Schläfen des schneeweißen Tieres zierte. Mit eiligen Flügelschlägen bewegte es sich fort von den Wäldern, auf die fernen Gletschergipfel von Tokrond zu.

Mit zitternden Fingern öffnete die Purpur-Elbin hastig eine ihrer Gürteltaschen und holte einen Brillanten hervor, der zu einer Linse geschliffen war. Sie setzte den Edelstein in die Fassung des Fernrohrs ein und schaute noch einmal hindurch: Eine Aura aus wabernder Magie umgab den Schwan. In ihr war vage ein menschlicher Umriss zu erkennen.

Sie war es! Die Seherin, nach der ihr Herr suchte. Dort flog sie, ganz allein.

Vylami biss sich auf die Lippen. Sie hatte einen eindeutigen Befehl erhalten. Aber wäre es nicht fast Verrat, eine solche Gelegenheit verstreichen zu lassen? Zwanzig voll gerüstete Ork-Krieger des Reißzahn-Clans samt Plünderwölfen mussten doch auch ohne sie mit zwei halbwüchsigen Grün-Elben fertig werden! Der Kettenfürst tolerierte keine Fehler. Aber er belohnte Stärke und Einfallsreichtum. Wenn es ihr gelang, ihm die Seherin zu bringen *und* die beiden Elben zu vernichten, wer sollte dann noch höher in seiner Gunst stehen als sie? Er würde sie vor sämtlichen anderen Kettendienern auszeichnen, vielleicht sogar zur Statthalterin aller Elbenlande erheben. Und Darquato wäre ein Nichts neben ihr.

Vylami traf ihre Entscheidung. Prompt zwang sie die Fledernatter zum Sturzflug.

»Hordenführer Drakshai!«, rief sie dem Anführer schon aus der Ferne zu. »Eine dringliche Mission erfordert, dass ich mich augenblicklich auf den Weg mache! Die Elbenjagd wird unter

Eurem Kommando fortgesetzt. Wagt es nicht, ohne ihre Köpfe nach Swertenburg zurückzukehren! Hetzt ihnen weiter entgegen und bringt sie zur Strecke. Dringt in den Saum ihrer Wälder ein, wenn es sein muss. Unsere dunkle Saat ist aufgegangen und wird Euch einlassen.«

»Verstanden!«, bellte der Ork und hob grüßend die Faust. »Az rârg Kettanfuurst!«

Vylami verzog das Gesicht und ließ die Fledernatter mit eiligen Flügelschlägen wieder aufsteigen. Die Worte einer so groben Sprache wie das Orkashu beleidigten ihre Ohren. Sie zog an den Kettenzügeln und bog scharf in Richtung Westen ab, den Bergen von Tokrond entgegen, wo sich der Schwan als weißer Punkt hinbewegte.

Diese Seherin galt als machtvolle Zauberin, jedenfalls für eine Menschenfrau. Es wäre töricht, sie direkt zu konfrontieren. Die Purpur-Elbin warf einen Blick auf die schwarze Kugel an ihrem Gürtel. Mit dem, was darin gebannt war, dürfte es gehen. Und natürlich wollte sie wissen, was die Alte nach Tokrond trieb. Vielleicht würde sie ihrem Herrn sogar noch mehr Geschenke machen können. Sie musste nur abwarten und im richtigen Moment zuschlagen.

Geduld und die Entschlossenheit, alles zu riskieren, mehr brauchte sie nicht für den Erfolg. Der Kettenfürst würde zufrieden sein.

Achtes Kapitel

TOKROND
DIE GROSSE KÖNIGSHALLE, ERSTE EBENE DER DRITTEN SOHLE

Zwölf hohe Gilden herrschten über die Geschicke des Festungskönigreichs Tokrond, je eine Gilde für jede Tätigkeit, die bei den Zwergen als ehrbarer Beruf galt. Natürlich waren mehr als zwölf Berufe nötig, um das Zwergenreich am Laufen zu halten, doch alle anderen Professionen wurden einer der hohen Gilden zugerechnet, sodass etwa ein Holzbearbeiter sich als Kunstschmied mit einem besonderen Material betrachtete.

Die zwölf Obleute der Gilden bildeten zusammen eine weitere Gilde, die als Kronengilde bekannt war. Aus ihren Reihen wählten sie den König von Tokrond auf Lebenszeit, der jedoch mehr ein Ratsvorsitzender als ein Alleinherrscher war. Wenn er nicht gerade im Krieg das Heer der Eisenzwerge anführte, bestand seine größte Macht darin, bei Gleichstand im Rat eine dreizehnte und entscheidende Stimme abzugeben.

Der amtierende König war Golibran der Gemächliche aus der einflussreichen Gilde der Waffenschmiede. Obwohl sein Beiname nicht gerade auf Entschlusskraft schließen ließ, galt der Zwerg in seinen besten Jahren als besonnener Anführer. In seine dicken roten Bartzöpfe waren zahllose Goldringe geflochten, und auf dem Kopf trug er heute seinen Kronenhelm, dessen zwölf Zacken die Gilden symbolisierten. In der Rechten führte Golibran einen goldenen Schmiedehammer mit sich, das Zeichen für das Handwerk, in der Linken eine goldene Streitaxt als Zeichen der Wehrhaftigkeit. Nur bei feierlichen und hochoffiziellen Anlässen zeigte sich der König mit diesen Insignien seiner Macht – Anlässen wie der heutigen Gerichtsverhandlung.

Sie fand in der großen Königshalle statt, einem kreisrunden Saal im Zentrum der ersten Ebene der dritten Sohle. Der Boden des Saales war praktisch nicht vorhanden. Er wurde fast komplett von einem schwarzen gähnenden Schacht eingenommen, der angeblich bis in die Abgründe der Unterwelt hinabreichte. Eine steinerne Brücke führte vom Eingangsportal zu einer runden Plattform mitten über diesem Schacht, die ein breiter Steg mit dem Königsthron an der gegenüberliegenden Wand des Saales verband.

Die Lehne des Throns ragte fast zwei Stockwerke hoch auf und machte den König zum unmissverständlichen Zentrum. Zwölf schmalere Brücken führten wie die Speichen eines Rades von der Mittelplattform zu den Hochsitzen der Gildenobleute. Wie die Konstruktion sich ohne Stützen über dem Schacht hielt, war ein vergessenes Geheimnis der Baumeister-Gilde.

Alle Obmänner und Obfrauen hatten bereits dort Platz genommen, wo jeweils die Rune ihrer Gilde in Gold an der Wand prangte. Stimmengemurmel erfüllte den Saal. Es kam aus dem oberen Bereich, wo sich mehrere Reihen steinerner Bänke für Zuschauer befanden, gestaffelt wie die Ränge eines Amphitheaters. Es stand jedem Zwerg von Tokrond frei, die Ratssitzungen der Kronengilde von hier zu verfolgen und Kommentare in den Saal zu brüllen.

Auch Gorin war zuweilen mit Onkel Barudrin hier gewesen. Damals waren die Ränge jedoch kaum zu einem Viertel besetzt gewesen, denn die meisten Zwerge hatten Wichtigeres zu tun, als der Kronengilde beim Regieren zuzusehen. Heute drängte sich halb Tokrond dort.

Gorin stand unten, auf der zentralen Plattform über dem Schacht, bewacht von zwei grimmigen Kriegern der Königsgarde. Er wurde dem König als Angeklagter vorgeführt, beschuldigt der schwersten Verbrechen, die Tokrond kannte: des Mordes an einem Eisenzwerg und des Verrats am Festungsreich.

Galdra stand neben ihm. Wie Gorin trug sie ihren Kettenmantel – die einzig angemessene Bekleidung, wenn man vor den

König trat –, ihre Waffen hatte man ihnen abgenommen. Die Zwillinge würden sie erst zurückbekommen, wenn sie als ehrbare Zwerge von Tokrond rehabilitiert waren.

Ein mächtiger Gong hallte durch den Saal und verkündete den Beginn der Verhandlung. Das Stimmengemurmel ebbte ab, König Golibran räusperte sich.

»Im Namen von Dwaldarin, dem Schmied der Schmiede, eröffne ich, Golibran der Gemächliche aus der hohen Gilde der Waffenschmiede, einunddreißigster König von Tokrond und Protektor der äußeren Höhlen …«

Der König rasselte eine endlose Abfolge von rituellen Eröffnungsformeln runter, und Gorin war viel zu aufgeregt, um ihnen allen zu folgen. Er konnte immer noch nicht glauben, dass sie nun hier standen. Dass Onkel Barudrin schon mehrere Tage tot war und in den Hallen der Ewigkeit für die Einbalsamierung vorbereitet wurde. Dass Nurdrin auf sie losgegangen war …

Gorin war, während sie in den Eisenkammern warteten, zunächst davon ausgegangen, dass er sich mit Galdra für eine Untersuchung dieser widernatürlichen Vorfälle bereithalten sollte, doch dann war Tukra, die alte Obfrau der Runenschmiede, mit ernstem Gesicht erschienen. Gorin hatte sie immer gemocht, ihre langen, traditionellen Frauenbart-Zöpfe strahlten zusammen mit den zahllosen Fältchen um ihre dunklen Augen eine gewisse Wärme aus. Sie hatte ihnen eröffnet, dass sie sich auf eine Anklage gefasst machen mussten.

»Nurdrin ist durch deine Waffe gestorben, Galdra«, hatte sie gesagt. »Und sein Ruf als Verteidiger Tokronds war tadellos, während es über Barudrin Gerüchte gab, seit diese alte Menschenzauberin ihn regelmäßig aufgesucht hat.« Sie seufzte. »Außerdem ist Obmann Naribran außer sich vor Schmerz und Zorn über den Tod seines Sohnes. Er wird alles daransetzen, einen Schuldigen bestrafen zu können. Naribran ist ein guter Zwerg. Aber Besonnenheit war nie seine Stärke …«

»Dann soll er den Kettenfürsten und seine dunklen Zauberer bestrafen!«, hatte Galdra hitzig erwidert. »Sie sind schuld, dass Nurdrin und Barudrin tot sind! Gorin hat doch von dieser schwarzen Kette berichtet …«

Die Obfrau hatte auf ihre Hände geschaut: »Ich werde sehen, was ich tun kann. Es mag so gewesen sein, wie ihr sagt, aber beweisen könnt ihr es nicht. Nurdrins Axtwunden sprechen leider eine sehr deutliche Sprache. Und ihr wisst ja, wie es mit uns Runenschmieden steht …«

Sie hatte den Satz nicht beendet, aber Gorin war klar, was sie sagen wollte. Runenschmiede waren die einzigen Eisenzwerge, die sich mit den Wegen der Magie beschäftigten. Sie waren geachtet, weil sie diese Magie durch ihre Zauberrunen für alle verfügbar machten, doch viele misstrauten ihnen auch. Denn die meisten Zwerge standen der Zauberei mehr als zwiespältig gegenüber. Selbst Galdra hatte stets die effektvolleren von Gorins Runen für ihre Waffen abgelehnt.

Die Gilde konnte es sich also nicht leisten, in einen Skandal mit dunkler Hexerei verwickelt zu werden. Die Obfrau würde ihre Hand nicht schützend über die Zwillinge halten können, wenn sie vermeiden wollte, dass man die Künste der Runenschmiede mit den Ereignissen in Verbindung brachte.

»… eröffne ich nun die Ratsverhandlung über das Schicksal der Höhlengängerin Galdra und des Runenschmieds Gorin, beide Eisenzwerge und gebürtige Kinder von Tokrond, geschmiedet auf Dwaldarins Amboss. Möge der göttliche Schmied uns Weisheit schenken«, schloss König Golibran seine Ansprache.

Stille senkte sich über die Königshalle. In den Tiefen des Schachtes hörte Gorin unterirdische Winde heulen, die ihn daran erinnerten, was mit Zwergen geschah, die man eines unverzeihlichen Verbrechens für schuldig befunden hatte.

»Der Ankläger möge nun vorbringen, was er zu sagen hat.«

Obmann Naribran erhob sich von seinem Hochsitz unter der Rune der Höhlengänger. Er sah viel älter aus als noch vor einer Woche, das Gesicht von Falten zerfurcht, der graue Bart nur nachlässig zu Zöpfen geflochten. In seinem einzelnen Auge jedoch flackerte ein Feuer, das Gorin erschaudern ließ. »Ich klage Gorin und Galdra an, den Höhlengänger Nurdrin ermordet zu haben!« Die dröhnende Stimme des Obmanns flutete durch die Halle. »Meinen Sohn.« Er musste kurz innehalten. »Des Weiteren klage ich sie an, zusammen mit dem Runenschmied Barudrin und einer Menschenhexe von der Oberfläche, die man die Winterseherin nennt, das Festungsreich Tokrond an den Kettenfürsten verraten zu haben. Nurdrin ist ihrem Komplott auf die Schliche gekommen, wollte sie zur Rede stellen und wurde von einer Übermacht ehrlos gemeuchelt.«

Galdra zuckte bei jedem neuen Satz zusammen, als würde sie geschlagen. Für sie musste die Anklage – vorgetragen vom eigenen Obmann – noch viel schlimmer sein.

»Mit dieser Tat haben sich die Angeklagten unwiderruflich von allem losgesagt, was einen Eisenzwerg ausmacht! Darum fordere ich, dass die Höhlengängerin Galdra und der Runenschmied Gorin für ihr Verbrechen in den Schacht des Vergessens gestürzt werden! Ihre Namen sollen auf ewig von allen Runentafeln Tokronds gelöscht werden.«

Gemurmel kam auf den Rängen auf. Die Höchststrafe wurde in Tokrond nur selten verhängt. Und auch wenn Gorin nicht wirklich überrascht war, fühlte sich sein Bauch plötzlich wie ein Eisenklumpen an.

»Das Böse kam in Gestalt einer alten Menschenhexe zu uns nach Tokrond«, fuhr Naribran unbeirrt fort. »Es hat sich gezeigt, dass wir in diesen schlimmen Tagen niemandem von der Oberfläche trauen dürfen. Darum fordere ich, dass alle Tore Tokronds von dieser Stunde an geschlossen und versiegelt werden, auf dass wir künftig vor den dunklen Mächten des Kettenfürsten bewahrt sein mögen. Tandrakh Dar-Dwaldarin.«

Die Obfrau der Harnischmacher und der Obmann der Goldschmiede nickten energisch. Sie verbündeten sich häufig mit den Höhlengängern, um dafür zu sorgen, dass in Tokrond alles so blieb, wie es schon immer gewesen war.

Auf den hinteren Rängen wurden hingegen empörte Rufe

laut. Dort konnte Gorin einige Kristallzwerge mit weiß-blau schimmernden Haaren und Bärten erkennen. Sie hatten das Festungsreich erst vor Kurzem als Flüchtlinge erreicht, und viele hatten Teile ihrer Familien im Norden zurückgelassen.

Der König musste mehrmals mit seinem goldenen Schmiedehammer auf die Thronlehne schlagen, bis es endlich wieder leiser im Saal wurde. »Nun möge der Verteidiger sprechen.«

Schnaufend stemmte sich Faldrin, der dicke Obmann der Bierbrauer, von seinem Hochsitz: »Hört mich an, Zwerge von Tokrond! Hört, was ich zu sagen habe.« Er machte das, was er für eine dramatische Pause hielt.

»Ja, wir hören, Obmann!«, brüllte jemand von oben.

»Gut, gut. Also, wir Zwerge wissen nicht viel über Zauberei. Das war nie unser Ding, und das ist auch gut so. Der göttliche Schmied hat unser Leben so eingerichtet, dass es gut so ist, wie es ist.«

Gorin unterdrückte ein Stöhnen. Faldrin war ein gutmütiger Zwerg und galt als exzellenter Bierbrauer, doch als Redner war er von so ausgesuchter Umständlichkeit, dass der Rat es in der Regel vermied, ihm öffentliche Aufgaben zu übertragen. Dass man ausgerechnet ihn zum Verteidiger bestimmt hatte, ging zweifellos auch auf die Höhlengänger und ihre Verbündeten zurück.

»Wir wissen also nicht viel über die Zauberei«, fuhr Faldrin fort, »und da wir nicht viel über die Zauberei wissen, sollten wir nicht vorschnell entscheiden. Vielleicht standen Gorin und Galdra unter einem bösen Zauber, als sie Nurdrin erschlugen. Vielleicht hat die alte Menschenfrau sie verhext. Vielleicht treibt irgendein unsichtbarer böser Geist in unseren Stollen sein Unwesen. Können wir das wissen?« Wieder eine Pause. »Nein, das können wir nicht. Vieles kann man nicht wissen. Also können wir die beiden jungen Zwerge nicht leichtfertig ins Vergessen stürzen. Es gibt eh viel zu wenige junge Zwerge in Tokrond, jedenfalls bis vor Kurzem, bevor die Kristallzwerge gekommen sind … Darum sollten wir übrigens auch die Tore offenhalten.

Darum und für den Hopfen aus den Menschenlanden, vor allem für den guten Edelhopfen aus Dreybrücken, der in unseren Berglagen nie gedeihen würde.« Faldrin schaute sich Beifall heischend um.

»Was also fordert Ihr, Obmann?«, hakte der König nach.

»Oh ... Natürlich! Ich fordere, dass Gorin und Galdra nicht in den Schacht gestürzt werden. Stattdessen sollten sie in den Eisenkammern verbleiben, bis sich die Sache aufgeklärt hat. Freilassen kann man sie dann immer noch – oder eben hinabstürzen, je nachdem. Und die Tore sollten, wie gesagt, offen bleiben, wenn Euch Euer Bier lieb ist.«

Gorin seufzte in seinen Bart.

»Ich habe ja mit der Forderung nach unbegrenzter Kerkerhaft gerechnet«, murmelte Galdra. »Aber nicht von unserem Verteidiger!«

Auf den Rängen wurden die Reden von Ankläger und Verteidiger lautstark diskutiert.

»Ruhe!«, donnerte Obmann Naribran. »Ihr Eisenzwerge! Ich kann belegen, dass Nurdrin nicht durch die dunkle Zauberei von irgendeiner geheimnisvollen Person gestorben ist, von der wir leider nichts wissen können. Ich kann belegen, dass vielmehr Barudrin ein Agent der Kettenlande war. Die Runenschmiede haben seine Werkstatt durchsucht und einen aufschlussreichen Fund gemacht. Obfrau Tukra?«

Überrascht schaute Gorin zum Hochsitz seiner Gildenleiterin. Tukra erwiderte kurz ernst seinen Blick, ehe sie in ihrer Gürteltasche herumkramte und einen kleinen Gegenstand hervorzog. Es war ein Silberanhänger an einer feinen Kette. Sie präsentierte ihn den Anwesenden mit ausgestrecktem Arm.

»Diesen Talisman fanden wir in einem Geheimfach unter Meister Barudrins Werkzeugschrank«, erklärte sie mit tonloser Stimme. »Er stellt einen silbernen Vogel dar, offenbar von der Art, die die Menschen der Oberfläche als Schwan kennen. Er ist von Zauberzeichen bedeckt. Weder der Vogel noch die Zeichen stammen von Zwergenhand.«

Erregtes Gemurmel kam auf.

»Ich habe den Talisman persönlich zusammen mit zwei meiner besten Runenmeister untersucht«, fuhr Tukra fort. »Die Zauberzeichen sind eindeutig elbischen Ursprungs, und die Magie scheint der Verständigung zu dienen. Offenbar kann der Träger des Talismans mit einer bestimmten Person sprechen, auch wenn diese sich viele hundert Meilen von ihm entfernt aufhält. Leider ist es uns nicht gelungen, seine Macht zu aktivieren. Sie ist an ein Schlüsselwort gebunden.«

»Ein Schlüsselwort, das Barudrin gewiss bekannt war!«, brüllte Naribran, ehe es im Saal wieder zu laut werden konnte. »Obfrau der Runenschmiede, wäre es Barudrin mit diesem Talisman möglich gewesen, Befehle von einer Person außerhalb Tokronds zu empfangen? Etwa von einer Agentin des Kettenfürsten?«

»Ja«, sagte Tukra leise und zupfte an ihren Bartzöpfen. »Das wäre möglich.«

»Und hätte er mit dem Talisman die Geheimnisse von Tokrond einem Außenstehenden verraten können? Etwa einer Agentin des Kettenfürsten? Zum Beispiel die Route der Wachtrupps in den äußeren Höhlen für einen gezielten Überfall durch lichtlose Tunnelkämpfer?«

»Möglich«, sagte Tukra noch leiser.

Ein Sturm der Entrüstung brach auf den Rängen los. Gorin wechselte einen Blick mit Galdra. Beide schienen sich dasselbe zu fragen: Was hatte es mit dem silbernen Schwan auf sich? Hatte die alte Seherin ihn für irgendeinen Zweck bei Barudrin zurückgelassen? War das der Talisman, den Nurdrin von Barudrin gefordert hatte?

König Golibran ließ energisch seinen Hammer sprechen, um das Wort ergreifen zu können: »Verteidiger! Habt Ihr dazu etwas zu sagen?«

Obmann Faldrin knetete hilflos seine Finger: »Vielleicht … hat die Menschenfrau den Talisman heimlich bei Barudrin versteckt, um ihn aus der Ferne zu behexen?«

Naribran schnaubte nur höhnisch und wechselte einen siegessicheren Blick mit der Obfrau der Harnischmacher.

»König Golibran!« Obfrau Tukras Stimme hallte laut und klar durch die Königshalle.

»Ja, Obfrau?«

»Ich ersuche Euch, die Angeklagten selbst zu dem Vorfall sprechen zu lassen. Der Runenschmied Gorin hat einige Beobachtungen gemacht, die Ihr bedenken solltet.«

Gorin warf Tukra einen dankbaren Blick zu, den sie nicht erwiderte. Obmann Naribran setzte dazu an, loszupoltern, doch der König hob drohend seine goldene Streitaxt.

»Gewährt, Obfrau. Gorin, Galdra, sagt, was ihr zu sagen habt.«

Gorin räusperte sich und strich seine blonden Bartzöpfe glatt. Er wollte gerade dazu ansetzen, von der Elbenzauberin und der schwarzen Kette zu berichten, als er Galdras Griff am Arm spürte.

»Erzähl ihnen alles«, flüsterte sie. »Auch von der Aufgabe.«

Er zögerte, doch dann nickte er und versuchte so etwas wie ein Lächeln. »Es ist schon viele Jahresläufe her«, begann er, »lange vor unserer Gildenprüfung, dass wir einmal ein Gespräch zwischen unserem Onkel Barudrin und der besagten alten Menschenfrau mitbekommen haben. Nach ihren eigenen Worten dient sie den Göttern als Seherin und hat einen Orakelspruch über den Kettenfürsten empfangen. Darin geht es um Zwillinge, die unter bestimmten Vorzeichen geboren sind und den Kettenfürsten zu stürzen vermögen. Die Alte war davon überzeugt, dass Galdra und ich diese Zwillinge sind. Darum hat sie Barudrin damals mehrmals aufgesucht.« Wieder kam Lärm auf den Rängen auf. Jemand lachte ungläubig. Gorin redete hastig weiter. »Ich weiß nicht, ob die Seherin mit ihrem Orakelspruch wirklich recht hat. Aber allein die Möglichkeit, dass der Kettenfürst besiegt werden könnte, hat Galdra und mich über all die Jahre angespornt. Unsere Eltern sind bei Dvegura gefallen. Wir müssen doch zumindest versuchen, sie zu rächen.« Er richtete seine Bartzöpfe, um zugleich seine Gedanken zu ordnen. »Dann war da der Rundgang mit dem Wachtrupp vor einer Woche und der Kampf gegen die Lichtlosen. Sie wurden von einer Elbenhexe angeführt. Ich konnte sie zusammen mit Nurdrin in einem Seitengang stellen. Die Hexe konnte fliehen, aber vorher hat sie Nurdrin eine Art Kette um den Hals gelegt … schwarz und substanzlos wie ein Schatten. Ich dachte, dass es wohl irgendeine misslungene Zauberei war, weil sich zunächst keinerlei Wirkung zeigte. Offenbar habe ich mich geirrt.« Er seufzte tief. »Ich glaube, dass Nurdrin unter dem Einfluss dunkler Magie stand, als er Barudrin und schließlich auch uns angriff. Der Kettenfürst hat irgendwie Macht über ihn gehabt. Es ging ihm um Galdra und mich. Wahrscheinlich wollte er uns wegen des Orakelspruchs vernichten. Niemals hätte Barudrin dem Mörder seines Bruders gedient. Und niemals würden wir dem Mörder unserer Eltern dienen!«

»Barukh kara Tokrond«, bekräftigte Galdra.

Stille legte sich über den Saal, nur durchbrochen vom fernen Toben der Höhlenwinde tief unten im Schacht. Gorin straffte sich und versuchte, dem König möglichst fest in die Augen zu schauen.

»Das ist doch erdentiefer Unsinn!«, brüllte schließlich Obmann Naribran los. »Nurdrin hätte sich niemals von einer Elbin behexen lassen! Einen beherzten Zwerg verzaubert man nicht so leicht! Ketten! Seherinnen! Orakelsprüche! Das ist alles Blendwerk!« Er rang schnaufend nach Luft. »Die Angeklagten versuchen mit dieser wilden Geschichte von sich abzulenken! Als wenn zwei Zwerge den Kettenfürsten bezwingen könnten, noch dazu Jungspunde wie diese.«

Er setzte dazu an, weiterzuschimpfen, doch König Golibran hob wieder seine Streitaxt. »Ich denke, Euer Standpunkt ist klar, Obmann. Obfrau Tukra? Wäre es möglich, dass Nurdrin unter einem Zauberbann stand?«

Die Obfrau zögerte, ehe sie antwortete: »Ja, es wäre möglich. Allerdings wäre sehr starke Magie dafür nötig, dass der Bann so lange und so umfassend wirkt.«

Obmann Faldrin wandte sich hoffnungsvoll an sie: »Könnte man so einen Bann irgendwie nachweisen? Ich meine, nachträglich? An Nurdrins Körper etwa?«

Die Antwort fiel denkbar knapp aus: »Nein. Tut mir leid.«

»Aber die Axtwunden an seinem Körper kann jeder sehen!«, setzte Naribran wütend nach. »Wunden, die Galdras Streitaxt geschlagen hat! Die Streitaxt, die Barudrin für sie geschaffen und Gorin mit Kampfrunen versehen hat!«

»Es ist gut!«, sagte König Golibran mit einer Schärfe in der Stimme, die der Gemächliche nicht oft zeigte. »Noch länger herumzustreiten wird nur die Zeit des hohen Gildenrats verschwenden. Wenn es keine weiteren Wortmeldungen gibt, kommen wir jetzt zur Abstimmung.«

Keiner der Obleute hatte etwas zu sagen. Gorin und Galdra sahen sich beklommen an.

»Wer unter den hohen Obfrauen und Obmännern folgt dem Ankläger darin, die Angeklagten schuldig zu sprechen?«, fragte der König in die Stille hinein.

Mehrere Zwergenhände zuckten vor und betätigten verborgene Schalter an den Armlehnen der Hochsitze. Daraufhin flammten hinter einigen der Hochsitze Feuerschalen auf, die in die Wand eingelassen waren. Gorin zählte bang durch. Natürlich die Höhlengänger, die Harnischmacher und die Waffenschmiede. Daneben auch die Goldschmiede und die Steinmetze. Und die Baumeister. Sechs von zwölf. Gorin blinzelte. Das Feuer der Bergleute leuchtete verzögert auf. Sieben. Er ließ die Schultern hängen. Naribrans Blick ruhte mit grimmiger Zufriedenheit auf den Zwillingen.

Die Stimmen der Runenschmiede, Kunstschmiede, Mechaniker, Pilzhüter und Bierbrauer zusammen würden nicht ausreichen, um den Schuldspruch zu verhindern. Der Schacht des Vergessens erwartete sie. Das Heulen der Höhlenwinde klang wie ein hämisches Lachen.

»Wer folgt dem Verteidiger darin, die Angeklagten von ihrer Schuld freizusprechen?«, fuhr der König unbeirrt fort. Natürlich.

Mit zwergischer Gründlichkeit musste alles bis zum Schluss seine Ordnung haben. Als wenn das noch irgendeinen Sinn …

»Ich folge Obmann Faldrins Worten.« Eine dunkle, etwas kratzige Frauenstimme hallte plötzlich durch den Saal. »Denn der Obmann der Bierbrauer sprach nicht ohne Weisheit: Vieles kann man nicht wissen. Und wer nicht alles weiß, sollte sich kein schnelles Urteil erlauben.«

Gorin und Galdra wandten sich um. Hinter ihnen, im Eingangsportal zur Königshalle, stand die alte Seherin mit dem pelzbesetzten Mantel. Ihre weißen Haare hatte sie mit Silbernadeln aufgesteckt, mit der Linken stützte sie sich auf einen mächtigen Knotenstab, der mit zahllosen Saphirsplittern gespickt war. Sie sah genauso aus wie damals, bei ihrem letzten Besuch bei Onkel Barudrin. Der Blick ihrer großen tiefblauen Augen ruhte auf den Zwillingen. Sie nickte ihnen ernst, aber nicht unfreundlich zu. Dann schritt sie langsam über die Brücke bis zur Mittelplattform, wobei ihr Stab immer wieder geräuschvoll auf den Boden stieß.

Die beiden Krieger der Königsgarde, die bei Gorin und Galdra Wache hielten, fuhren herum und hoben drohend ihre Streitäxte. König Golibran sprang von seinem Thron: »Wer seid Ihr, und wie seid Ihr hier hereingekommen?!«

»Man nennt mich die Winterseherin.« Die Alte hatte inzwischen die Mittelplattform erreicht und blieb bei den Zwillingen stehen. Sie redete Eisentung, die Sprache der Zwerge von Tokrond, mit einem eigentümlich weichen Klang, aber ansonsten fehlerlos. »Eure Wachen hatten die Freundlichkeit, mich angesichts der Dringlichkeit meines Besuchs vorzulassen. Ich erbitte die Gastfreundschaft von Tokrond und habe Euch einige wichtige Dinge mitzuteilen.«

Auch Naribran war aufgesprungen: »Das ist die Hexe, von der Barudrin seine Befehle empfing! Sie ist hier, um ihre Verbündeten zu befreien! Lasst sie nicht entkommen! Krieger von Tokrond, auf sie!«

»Halt!«, donnerte der König, noch ehe sich ein Zwerg in Bewegung setzen konnte. »Ich wünsche erst zu hören, was sie zu sagen hat.«

»Danke«, erwiderte die Winterseherin trocken. »Ihr könnt mich in Ruhe anhören und hinterher in Ketten legen, wenn Ihr es wünscht. Ich werde Euch schon nicht davonfliegen.«

»Was also wollt Ihr?«

»Zunächst einmal möchte ich mein Bedauern über den Tod zweier so trefflicher Zwerge wie Nurdrin und Barudrin zum Ausdruck bringen«, sagte sie leise.

»Wie kann diese Hexe es wagen …«, wetterte Naribran los. Der König warf ihm einen drohenden Seitenblick zu.

»Seherin, nicht Hexe«, brummte die Alte. »Hexen betreiben eine andere Form der Magie. Zufällig kenne ich einige von ihnen recht gut. Und als Seherin ist es meine Pflicht, Euch mitzuteilen, dass Gorin die Wahrheit gesprochen hat: Er und seine Schwester Galdra sind die Zwillingsseelen des Orakelspruchs, den ich einst empfangen habe. Sie erfüllen alle Bedingungen. Ihnen ist es möglich, den Kettenfürsten von seinem Thron zu stürzen – wenn wir ihnen unsere volle Unterstützung angedeihen lassen.«

König Golibran schüttelte unwillig den Kopf: »Wir Eisenzwerge glauben, dass der göttliche Schmied uns starke Arme und klare Köpfe geschenkt hat, damit wir unser Geschick selbst in die Hand nehmen. Wir glauben nicht an irgendwelche schicksalhaften Prophezeiungen, die uns unsere Entscheidungen abnehmen.«

»Und Ihr tut gut daran«, sagte die Winterseherin. »Doch noch besser tätet Ihr daran, Eure Augen zuweilen für die Botschaften der Götter zu öffnen. Sie nehmen uns unser Handeln nicht ab, aber sie zeigen Möglichkeiten auf. Gorin und Galdra haben die Möglichkeit, den Kettenfürsten vom Thron zu stürzen, wenn sich alles günstig fügt. Und darauf, wie es sich fügt, haben unsere starken Arme und klaren Köpfe großen Einfluss.«

»Das ist doch nur Gewäsch, das von unserer Verhandlung ablenkt!«, schaltete sich Naribran noch einmal ein. »Hier geht es nicht um irgendwelche Prophezeiungen, sondern um Mord und Verrat!«

»Richtig«, bestätigte die Winterseherin. »Lasst mich also ausführen, dass die beiden Angeklagten selbstverständlich *keine* Kettendiener sind, genauso wenig wie Barudrin einer war. Den Schwanen-Talisman habe ich ihm gegeben, damit er sich an mich wendet, wenn die Zwillinge meiner bedürfen. Er hat es nie getan, denn er teilte Eure Meinung über Orakelsprüche, König Golibran. Ich bin überrascht, dass er den Talisman nicht eingeschmolzen hat.«

»Und Nurdrins Tod?«, hakte der König nach.

»Hat sich so zugetragen, wie Gorin es berichtet hat«, fuhr die Winterseherin fort. »Die Purpur-Elbin hat Nurdrin eine Seelenkette umgelegt: einen abgespaltenen Teil von der Seele des Kettenfürsten selbst. Auf diese Weise wirkt er in der Welt durch seine Diener. Seine Gefolgsleute nehmen die Kette manchmal freiwillig als hohe Ehre entgegen. Manchmal zwingt er sie aber auch seinen Feinden auf, die dann zu seinen willenlosen Werkzeugen werden. Dieses Schicksal ist Nurdrin widerfahren, fürchte ich. Es ist davon auszugehen, dass der Kettenfürst auf diese Weise Zugriff auf die Zwillingsseelen haben wollte. Barudrin ist als Verteidiger Tokronds gestorben.«

»Es ist ungeheuerlich, wie diese Menschenfrau mit böswilliger Hinterlist alles verdreht und aus Tätern Opfer macht!«, empörte sich Obmann Naribran.

»Aber es kann so gewesen sein, wie sie sagt«, wandte Obmann Faldrin ein.

»Kann, muss aber nicht!«, brüllte die oberste Harnischmacherin.

»Das ist eh egal, da wir bereits abgestimmt haben! Der Beschluss des Rates gilt!«, insistierte Naribran.

»Aber er lässt sich durch einen erneuten Beschluss zurücknehmen«, meldete sich Obfrau Tukra zu Wort.

Der König ließ seinen Schmiedehammer sprechen. »Ihr Obleute der hohen Gilden von Tokrond! Hiermit verfüge ich, dass der Schuldspruch gegen Gorin und Galdra auf Beschluss des Gildenrats bestehen bleibt.«

Faldrin sackte in sich zusammen, während Naribran triumphierend lächelte.

»Der Sturz in den Schacht des Vergessens aber wird um eine Woche ausgesetzt!«, fuhr der König fort. »Bis dahin werden wir prüfen, was die Winterseherin gesagt hat. Dann wird ein erneuter Ratsbeschluss darüber entscheiden, ob der heutige Beschluss seine Gültigkeit behält.«

Gorin konnte hören, wie die Winterseherin tief in sich hineinseufzte. »König Golibran«, hob sie wieder zu sprechen an. »Wir haben nicht viel Zeit! Draußen, in den Menschenlanden, gibt es Ereignisse, die meine Anwesenheit dringend erforderlich machen. Ich ersuche Euch, noch in dieser Stunde eine Entscheidung zu treffen!«

»Abgelehnt«, erwiderte der König barsch. »Der hohe Rat wird zunächst noch einmal tagen. Bis dahin verbleiben die Angeklagten in den Eisenkammern. Ihr werdet ihnen dort Gesellschaft leisten, bis wir über Euch entschieden haben.«

Die Winterseherin murmelte resigniert etwas in einer Sprache, die Gorin nicht verstand. Als die Zwergenkrieger mit misstrauisch erhobenen Äxten anrückten, um sie in Gewahrsam zu nehmen, lächelte sie nur und breitete die Arme aus, um zu zeigen, dass sie unbewaffnet war.

»Was denkst du?«, fragte Galdra ihren Bruder leise.

»Dass es viel zu bedenken gibt«, erwiderte Gorin. »Gut, dass es nicht gleich ab in den Schacht geht. Aber dürfen wir der Alten trauen? Und was wird …«

Ein Gongschlag tönte durch die Königshalle, gefolgt vom Dröhnen mächtiger Hörner. Das waren Donnertuben, deren Klang alle Ebenen und Sohlen von Tokrond durchdringen konnte. Eigentlich wurden die mächtigen Instrumente nur eingesetzt, um Alarm zu geben.

Ein schwer gerüsteter Höhlengänger, der einen riesigen Streithammer geschultert trug, kam durch das Portal gestürzt.

»König Golibran! Hoher Rat!«, japste er atemlos. »Lichtlose sind in die Hallen der ersten Ebene der siebten Sohle eingedrungen! Überall Kämpfe auf den Gängen! Wir brauchen alle verfügbaren Äxte!«

»Die Sitzung ist beendet!«, brüllte der König. »Zwerge von Tokrond! Zu den Waffen!«

Plötzlich war die Königshalle vom Lärmen kampfbereiter Zwerge erfüllt. Die Zuschauer sprangen von ihren Bänken und strebten mit gezogenen Äxten, Hämmern und Streitkolben auf die Ausgänge zu. Auch die Obleute verließen ihre Hochsitze und stürmten durch die Nebenpforten aus der Halle, allen voran Naribran mit seiner mächtigen Doppelaxt. König Golibran selbst ließ achtlos den goldenen Schmiedehammer und die goldene Streitaxt fallen und zog seine persönliche Bartaxt unter dem Thron hervor. Sie war nicht aus Gold, aber mit tödlicher Präzision gearbeitet. An der Spitze seiner Königsgarde stapfte Golibran der Gemächliche aus der Halle.

Die Zwillinge blieben allein mit ihren beiden Bewachern und der Alten auf der Plattform zurück. Der Klang der Donnertuben hallte immer noch durch den Fels und ließ die Brücken über dem Schacht erzittern.

»Dann auf zu den Eisenkammern«, knurrte einer der Zwergenkrieger. »Wir haben jetzt Wichtigeres zu tun, als Verräter zu bewachen, bei Dwaldarins Bart!«

»Allerdings«, erwiderte die Winterseherin freundlich. »Ihr solltet mit den anderen gehen und Tokrond verteidigen. Wir finden schon von selbst unseren Weg. Bemüht euch nicht.«

Sie machte eine abwehrende Handbewegung. Der Zwergenkrieger blinzelte irritiert und nickte dann.

»Gut«, brummte er. »Danke.«

Ohne ein weiteres Wort wandten die Königsgardisten sich ab und eilten aus der Halle. Die beiden Zwillinge blieben verdattert mit der Winterseherin allein zurück.

»Gehen wir, Kinder.« Die Alte schob die beiden Zwerge über die Brücke auf das Portal zu.

»Was ist mit ihnen passiert?«, fragte Galdra und zeigte auf die Seitenpforte, durch die die Wachen verschwunden waren.

»Hast du Obmann Naribran nicht zugehört?«, bellte die Winterseherin ungeduldig. »Hexerei! Dunkle Magie! Aber keine Sorge, die kommen bald wieder zu Verstand. Wenn wir weit weg sind.«

Inzwischen hatten sie das Portal erreicht und blickten in die breite Zentralpassage der dritten Sohle, die sich dahinter erstreckte. Sie war völlig zwergenleer. Alle schienen den lichtlosen Angreifern entgegengeeilt zu sein, selbst die Wachen vor dem Portal der Königshalle.

»Wenn wir jetzt fortgehen, wird das jeder als Schuldeingeständnis werten«, sagte Gorin und blieb auf der Schwelle stehen.

»Mag sein«, brummte die Alte. »Aber wir haben keine Zeit für den offiziellen Zwergenweg über fünf Ratssitzungen mit ungewissem Ausgang.«

»Wo sollen wir denn hin?«, fragte Galdra.

»Fort aus Tokrond. Hier ist es nicht mehr sicher für euch. Kommt ihr?« Die Winterseherin eilte mit erstaunlicher Geschwindigkeit die Passage entlang. Die beiden Zwerge mussten sich beeilen, um mit ihr Schritt zu halten.

»Wir können hier nicht weg!«, wandte Gorin beim Laufen ein. »Alle Tore sind schwer bewacht. Es ist unmöglich, das Festungsreich ungesehen zu verlassen. Sie werden uns bald aufgespürt haben.«

»Noch sind sie beschäftigt«, erwiderte die Seherin ungerührt, während sie in einen Seitentunnel einbog. »Und ich kenne meine Wege.«

»Aber wir können nicht fortlaufen, wenn die Truppen des Kettenfürsten über Tokrond herfallen«, wandte nun Galdra ein. »Wir müssen unseren Brüdern und Schwestern helfen, das Königreich zu verteidigen!«

Die Alte schnaubte abfällig. »Das sind nicht die Truppen des Kettenfürsten. Das ist nur ein kleiner Stamm Lichtloser, dessen Häuptling sich etwas zu viel vorgenommen hat. Die Eisenzwerge werden sie bald zurückgeschlagen haben, auch ohne eure Hilfe.«

»Das könnt Ihr nicht wissen«, erwiderte Galdra trotzig, während sie das Stiegenhaus Zwei betraten.

»Ich bin eine Seherin.« Die Alte führte sie die Treppe hinunter.

»Dann habt Ihr vorausgesehen, dass der Angriff stattfinden würde?«, fragte Gorin.

»Nicht direkt«, sagte die Seherin ungerührt. »Ich habe dem Häuptling der Lichtlosen die Idee dazu im Traum eingegeben und sichergestellt, dass der Zeitpunkt günstig ist. Um ehrlich zu sein, habe ich damit gerechnet, dass ich mit Worten allein keinen Erfolg haben würde. Eisenzwerge stehen im Ruf einer gewissen Sturheit.«

»Ihr habt willentlich Feinde gegen Tokrond aufgehetzt?«, fragte Galdra entgeistert.

»Nein. Lediglich euren Kriegern ein wenig Ruhm und Übung verschafft. Dieser Stamm ist nicht besonders mächtig. Ich kenne die Lichtlosen. Vor diversen Jahren habe ich einige Zeit bei ihnen in den Tiefen Höhlen verbracht, als es eine vielversprechende Zwillingsgeburt gab. Letztlich waren es nicht die Richtigen.«

»Eine Zwillingsgeburt?«, fragte Gorin. »Ihr meint …?«

»Ja. Ich war lange auf der Suche nach den Zwillingsseelen des Orakelspruchs, bevor ich euch gefunden hatte. Und hör auf, so scheel zu gucken, Galdra. Ich würde auch fünf Stämme Lichtloser gegen das Festungsreich hetzen, um die Zwillingsseelen zu beschützen. Ihr müsst verstehen, dass ihr wichtig seid. All die Jahre, in denen ihr euch auf eure Aufgabe vorbereitet habt, ging es exakt um das, was wir jetzt tun. Also kommt einfach mit.«

»Es wird kein Zurück geben«, stellte Galdra widerstrebend fest. »Wenn wir gegen den Willen des Königs fliehen, werden sie uns zu Ausgestoßenen erklären.«

»Ja«, sagte die Alte. »Wir sind da.« Sie blieben vor einem vermauerten Durchgang stehen. Die Runen über dem Portal zeigten ihren Standort an: die dritte Ebene der vierten Sohle.

»Das sind die verfluchten Hallen«, sagte Gorin beklommen. »Wir Zwerge meiden sie.«

»Und das zu Recht«, sagte die Winterseherin. »Darum nutze ich diesen Weg, wenn ich unbehelligt nach Tokrond kommen will.« Sie drückte in rascher Abfolge auf einige Steine in der Wand. Knarrend schwang eine niedrige Geheimtür im Mauerwerk des Torbogens auf. »Ein kleines Geheimnis der Baumeister-Gilde«, erklärte die Alte. »Nachdem sie vorhin gegen euch gestimmt haben, ist es nur recht, wenn ich es euch verrate. Kommt.«

Sie betraten einen engen Raum mit abgestandener Luft. Mehrere Durchgänge führten von hier weiter. Gorin lief ein Schauer über den Rücken.

»Sind diese Hallen wirklich verflucht?«, fragte er leise.

»Aber ja. Darum werdet ihr das hier gewiss brauchen.«

Sie zeigte auf zwei Bündel, die in der Ecke bereitlagen. Es waren komplett gepackte Höhlengänger-Rucksäcke. Auf den einen waren eine leichte Armbrust und zwei Köcher voller Bolzen geschnallt, auf den anderen eine Stabaxt mit Kristallklinge und einige handlichere Waffen.

»Wie habt Ihr …?«, fragte Galdra mit großen Augen.

Die Winterseherin lächelte: »Ich verrate euch noch ein Geheimnis. Die größte Sehergabe ist nicht das Gespür für die Fäden des Schicksals, sondern ein vorausschauender Geist, der mit dem Wahrscheinlichsten rechnet.« Sie wandte sich um und zog die Geheimtür hinter ihnen zu. »Und jetzt nehmt eure Waffen auf und macht euch bereit, die dritte Ebene der vierten Sohle zu durchqueren. Draußen in den Menschenlanden werde ich euch an Orte führen, an denen ihr euch noch in diese verfluchten Hallen zurücksehnen werdet.«

Gorin glaubte ihr jedes Wort. Mit geschultertem Rucksack und eingelegter Armbrust folgte er der Winterseherin, wohin auch immer es gehen mochte.

Galdra ging neben ihm. Die Zwillingsseelen machten sich zusammen auf den Weg. Ihre Aufgabe hatte begonnen.

Neuntes Kapitel

Liráya
Am äusseren Waldrand

Sind dir sonst noch nützliche Details aufgefallen? Denk nochmal nach! Vielleicht irgendetwas an ihrer Sprache?«, fragte Elyamur, der neben Elyami herging.

Sie zuckte mit den Schultern. Während der letzten zwei Reisetage hatten sie immer wieder über die Vision der Träumenden Königin geredet, ohne zu einem Ergebnis zu kommen. »Die Zauberschüler kamen aus den verschiedensten Völkern und haben miteinander in der Hochsprache der Menschenreiche gesprochen. Dass es irgendwo im Süden war, habe ich ja schon gesagt. An der Plankenbrecherküste. Und es dürfte auch nicht schwer sein, mehr herauszubekommen. Eine dreiköpfige Drachin, die Zauberschüler unterrichtet, fällt wahrscheinlich auf. Die Frage ist nur: Was machen wir, wenn wir mehr wissen?«

Jetzt war es an Elyamur, fragend die Augenbrauen hochzuziehen. »Das weiß ich auch nicht. Aber die Träumende Königin wird dir das alles nicht ohne Grund gezeigt haben. Vielleicht müssen wir die Drachin aufsuchen. Vielleicht steht sie mit dem Kettenfürsten im Bunde.«

Er trommelte mit den Fingern beiläufig auf seinem Schwertknauf herum, während Elyami den Kopf schüttelte.

»Vielleicht habe ich dir die eine oder andere Heldensage zu viel erzählt. Du denkst nicht wirklich daran, dich als Drachentöter zu betätigen, oder?«

Elyamur wandte den Blick ab.

»Außerdem war die Drachin nicht das Wichtigste dabei«, fuhr Elyami fort. »Es ging um Dáman und Odrana.«

»Dann müssen wir uns eben nach ihnen erkundigen, wenn wir in den Menschenlanden sind«, entschied Elyamur.

Die Elbenzwillinge streiften durch die äußeren Ausläufer der Wälder von Liráya. Schon lange hatten sie bemerkt, dass die Bäume langsam jünger wurden und weniger dicht beieinanderstanden. Immer mehr Sonnenlicht drang durch ihre Wipfel und ließ dürres Unterholz sprießen. Auch das Lied des Waldes hatte sich verändert. Was für Elyami früher nur wie die ferne Verheißung anderer Länder jenseits des Wipfelmeeres geklungen hatte, war nun ganz nahe. Noch heute Abend würden sie den Waldrand erreicht haben.

Plötzlich blieb sie stehen. »Hörst du das?«

»Was denn?« Elyamur schaute sich misstrauisch um.

»Da war wieder dieser Bruch in der Harmonie. Stärker als zuvor. Viel stärker.«

»Spürst du eine Gefahr?«

»Ich weiß nicht. Lass mich etwas versuchen.«

Elyami zog sich auf den niedrigen Ast eines Baumes und nahm rittlings darauf Platz. Dann befreite sie ihre Inyura aus der Lederhülle und begann, leise und zart mit dem Bogen über die beiden Saiten zu streichen. Ihre Melodie war ein Lockruf, der sanft und doch unwiderstehlich durch die Wälder schwebte. Elyami webte ihn in das Rauschen der Baumwipfel und in das stumme Wachstum der Wurzeln hinein, in das lichte Grün der Blätter und in die schützende Stärke der Borke. Nur aus dem Augenwinkel bemerkte sie, dass Elyamur sein Langschwert gezogen und sich unter ihrem Ast positioniert hatte, während er den Blick aufmerksam über die Umgebung schweifen ließ. Sie konnte sich ganz auf ihr Spiel konzentrieren. Ihr Bruder würde sich um die Gefahren der körperlichen Welt kümmern.

Rasch spürte Elyami, dass ihr Lockruf gehört wurde. Eine Präsenz näherte sich ihr durch das Geflecht der Erdkraft-Linien unter den Wurzeln, dann manifestierte sie sich direkt vor ihr. Es war ein Holunderweiblein, ein gütiger Geist der Wälder, der vor allem für seine Heilkräfte und seine schützende Magie bekannt war. Er hatte die Gestalt einer kleinen, knorrigen Frau mit Borkenhaut, kaum halb so groß wie Elyami. In ihren Haaren glänzten tiefschwarze Dolden von Holunderbeeren, die kleinen Augen leuchteten in einem warmen Grün. Elyami hatte mit ihrem Grüngesang schon oft Holunderweiblein gerufen und kannte ihre Erscheinung. Sie sah sofort, dass dieses Holunderweiblein krank war. Ihre Borkenhaut war durchsetzt von grauen, kraftlosen Stellen, ihre grünen Haare ausgedünnt.

»Was ist mit dir geschehen, Alte vom heilenden Busch?«, fragte sie besorgt.

»Die Kraft der Erde fließt nur noch schwach im Grenzbereich der Wälder, Elbenkind«, erwiderte das Holunderweiblein mit warmer, aber leiser Stimme. »Eine schleichende Krankheit breitet sich aus. Wir Waldgeister sind die Ersten, die es zu spüren bekommen.«

Elyami nickte beklommen. »Ich habe im Herzen der Wälder eine Disharmonie in ihrem Lied wahrgenommen, die nun stärker wird, je näher ich der Grenze komme. Aber warum? Woher kommt diese Schwäche?«

»Eine dunkle Saat ist im Schoß der Erde aufgegangen«, sagte das Holunderweiblein. »Die Samen kamen von außen, schwarze Samen mit Schwingen scharf wie Stahl. Sie haben sich tief in die heilige Erde gegraben und geschlafen, von Schatten geschützt.« Sie erschauderte. »Wir haben sie zu spät bemerkt. Nun sind sie aufgegangen, und ihre Früchte haben sich aus dem Boden gewühlt.«

»Elben wie wandelndes Dornengesträuch?«, hakte Elyami nach, die an die Erscheinungen denken musste, die sie im Traumbesuch bei der Ewigschlafenden gesehen hatte.

»Ja. Du hast sie gesehen, Birkentochter. Und es werden mehr. Immer mehr Samen gehen auf. Sie ziehen die Kraft aus dem Boden und schwächen die Waldgeister, die die Grenzen der Wälder schützen. Schon bald werden wir nicht mehr in der Lage sein, Liráya vor der Welt abzuschirmen.«

Elyamur schwang sich auf einen Ast neben Elyami. »Dann

müssen wir sofort dem Jahreszeiten-Rat Bescheid geben«, sagte er alarmiert.

»Einige Windgeister sind schon unterwegs«, erwiderte das Holunderweiblein. »Schneller, als ihr je sein könntet. Sie berichten vom Aufgehen der dunklen Saat und davon, dass erste Eindringlinge in die Wälder eingebrochen sind. In der letzten Nacht.«

»Was für Eindringlinge?«, fragte Elyamur. Seine Finger umklammerten den Schwertgriff. »Gibt es hier denn keine Grünhüter als Grenzwächter in der Nähe?«

Das Holunderweiblein senkte betrübt den Kopf. »Drei Grün-Elben wachten über diesen Teil des Waldrands. Tüchtige Eichenkinder. Die Dornen-Kreaturen haben sie überfallen, als der Mond am höchsten stand. Nun wachen sie nicht mehr. Jede Hilfe ist fern.«

»Wo sind diese Eindringlinge jetzt? Wer sind sie genau, und wie viele sind es?«, hakte Elyamur nach. Elyami berührte ihn an der Schulter, damit er das Holunderweiblein nicht zu sehr bedrängte.

Doch der greise Waldgeist beachtete ihn gar nicht. Das Weiblein hatte die Augen geschlossen und schien in sich hineinzuhorchen. »Sie kommen«, wimmerte es plötzlich. »Merkt ihr es nicht? Sie sind schon ganz nah! Keine Zeit mehr für Worte. Bringt euch in Sicherheit, ihr Birkenkinder!« Ohne ein weiteres Wort verschwand das Holunderweiblein im Waldboden.

Elyami und Elyamur sahen sich alarmiert an. Sie hörten es gleichzeitig: ein Knacken im Unterholz. Das Schnaufen und Hecheln mächtiger Raubtiere. Raue Stimmen, die sich fremdartige Worte zuriefen. Und ein merkwürdiges, knarrendes Geräusch, das so falsch an diesem Ort klang, dass Elyami davon übel wurde.

»Hinauf!«, zischte Elyamur. Elyami nickte und verstaute rasch ihre Inyura. Mit geübten Griffen zogen sie sich in die Baumkrone hinauf, wo das Laub am dichtesten war. »Die Bögen«, kommandierte Elyamur und spannte die Sehne auf seinen

Kurzbogen. Elyami tat es ihrem Bruder gleich. Der Kampf war sein Fachgebiet.

»Kannst du uns tarnen?«, flüsterte er.

»Ich hoffe es«, gab Elyami zurück. Leise pfiff sie durch die Zähne, ein kaum hörbares Säuseln, das im Gemurmel der Bäume unterging. Ihre Melodie lockte die dämmrigen grünen Schatten des Blätterdaches herbei und sorgte dafür, dass sie sich rund um die beiden Elben besonders dicht zusammenzogen. Für fremde Blicke wurden sie zu einem Teil des Baums.

Das Hecheln und Schnaufen wurde lauter. Unten auf dem Waldboden zeichneten sich mächtige Umrisse ab: Plünderwölfe aus den südöstlichen Steppen. Ihr gelbgraues Fell fügte sich nicht in die Farben dieser Wälder. Jeder einzelne war gut doppelt so groß wie die Grauwölfe, denen man hier in Liráya zuweilen über den Weg lief. Ihre Mäuler waren bewehrt mit fingerlangen Reißzähnen, von denen Speichelfäden tropften, und auf ihren Rücken saßen grauhäutige Ork-Krieger mit tiefschwarzen Zöpfen. Die Rüstungen der Wolfsreiter waren aus verschiedensten Teilen zusammengefügt, die meisten offenbar Beutestücke: Lederlamellen und Kettenzeug, Felle und einzelne Panzerplatten, die blau und grün lackiert waren. Blau-grün war auch das Banner, das an jedem Sattel mit einer Stange befestigt war. Es zeigte einen blutigen Reißzahn. Auf einem kleineren Tuch darunter prangte das rostrote Kettenwappen.

Die Orks führten Lanzen, gezackte Säbel und zahllose Wurfdolche mit sich. Ihre Klingen leuchteten gelblich blass, denn sie bestanden aus den Knochen ihrer Feinde, in geheimen Ritualen zu Waffen von erschreckender Stärke geschmiedet. Einige trugen auch geschwungene Reiterbögen. Der zuvorderst reitende Ork war größer als die anderen, auf seinem Rücken hing eine mächtige Knochenaxt, deren Blatt zackig ausgefranst war. Seine hervorstehenden Hauer waren mit Stahlringen geschmückt, und an seinem Kriegssattel baumelten Totenschädel von verschiedener Größe. Der größte mochte zu einem Troll gehören, der kleinste zu einem Gnom. Immer wieder bellte der Axt-Träger den anderen Orks Befehle zu. Es waren viele, mehr als zehn, vielleicht zwei Dutzend.

An den Flanken der Ork-Meute bewegten sich gedrungene Gestalten und gaben bei jedem Schritt ein hölzernes Knarren von sich: wandelnde Dornengewächse mit grob elbischen Umrissen und stacheliger Borkenhaut. Ihre Augen leuchteten in kaltem Blau. Elyami erkannte in ihnen die Angreifer am Hofe der Träumenden Königin. Sie hatten eine Art Spalier gebildet und die Wolfsreiter in ihre Mitte genommen.

Nun begriff Elyami.

»Auch die Dornen-Elben sind in der Erde dieser Wälder gewachsen. Sie sind auf eine Art auch ihre Kinder«, flüsterte sie. »So konnten sie den Schutzbann umgehen und die Orks einlassen. Sie sind die Disharmonie, die ich gespürt habe.«

»Sie werden uns wittern«, gab Elyamur ebenso leise zurück und nickte zu den Plünderwölfen, die mit gierigem Jagdeifer die Luft einsogen.

»Unseren Geruch verdecken die Waldschatten nicht«, gab Elyami besorgt zurück.

»Ich weiß. Halt dich an mir fest und zieh die Schatten dicht zusammen.«

Elyamur schulterte seinen Bogen und schlang die Arme um Elyamis Hüften. Überrascht griff sie nach seinen Schultern. Dann stieß sich Elyamur auch schon vom Ast ab und lief mit Wolkentänzer-Schritten mitsamt seiner Schwester durch die Luft bis zur Krone des Nachbarbaumes. Hier hielt er sich nicht lange auf, sprang gleich wieder los und noch einen Baum weiter. So hatten sie vier oder fünf Bäume hinter sich gebracht, als Elyami zurückblickte. Die Plünderwölfe umtanzten inzwischen hechelnd den Baum, auf dem sie zuvor gesessen hatten, und sprangen an seinem Stamm hoch. Die Orks starrten nach oben. Einige hielten ihre Bögen bereit und zogen lange Kriegspfeile mit Widerhaken aus ihren Köchern. Die Dornenelben bildeten einen Kreis um den Baum wie eine wandelnde Hecke.

Der Ork mit dem Schädelsattel und der riesigen Schlachtaxt

brüllte einen Befehl. Daraufhin sprang ein dünner, sehniger Ork, dessen Rüstung fast nur aus Leder- und Fellteilen bestand, von seinem Wolf ab und zog ein langes Knochenmesser. Er steckte es sich zwischen die hervorstehenden Zähne und begann, sich zielstrebig zur Baumkrone hochzuziehen.

»Schaut euch nur alles in Ruhe an«, murmelte Elyamur, ohne auf seinem Weg von Baum zu Baum innezuhalten.

»Ich wusste nicht, dass du dabei jemanden tragen kannst«, flüsterte Elyami.

»Ich bis eben auch nicht«, gab Elyamur zu. »Ich habe noch nie versucht, meine Kampfkunst zur Flucht zu verwenden. Aber ich denke …«

Ein hässliches, knackendes Geräusch hallte durch den Wald, und Elyami brauchte einen Moment, um zu erkennen, dass es die Dornenelben waren. Sie sprachen miteinander. Ihre Sprache war wie eine Dissonanz im murmelnden Lied der Wälder, als würde jemand plötzlich einen Zweig durchbrechen.

Einer der Grauborkigen zeigte mit einem stacheligen Arm in ihre Richtung.

Der Ork-Anführer wandte den Kopf nach den Zwillingen um. »Gâz ruragh! Gâz ruragh Tzarusha Elbaragh!«, brüllte er und riss seine riesige Axt aus der Halterung.

Er führte sie offenbar einhändig, während er mit der anderen Hand den Plünderwolf lenkte. Dann preschte er los, dicht gefolgt von den anderen Orks – direkt in die Richtung der Zwillinge.

»Die Dornenelben haben uns erspürt«, keuchte Elyami. »Wir können uns nicht im Wald vor Waldgeistern verstecken!«

Elyamur erwiderte nichts. Er war verbissen darauf konzentriert, sich von Baumkrone zu Baumkrone durch die Luft zu kämpfen. Elyami hörte den Lärm der Orkhorde immer näher kommen. Dann zischte und fauchte es um sie herum, als lange Pfeile durch die Luft sausten und in die Borke einschlugen. Mit einem klirrenden Geräusch zerschellte einer von ihnen an Elyamurs Adamantglas-Rüstung. Er lief weiter voran. Die Wolfsreiter kamen näher. Gleich würden sie die Zwillinge erreicht haben, es gab keine …

»Hierher!« Elyami hörte plötzlich eine schwache Stimme im Rauschen der Wipfel, sie war leise und schien zu keinem Körper zu gehören, war eher wie ein neues Motiv im Lied der Wälder. »Hier entlang, ihr Birkenkinder!«

»Nach links!«, flüsterte sie Elyamur zu. »Zu der Lichtung da drüben.«

»Nein, dort haben wir keine Deckung!«

»Trotzdem, tu's einfach! Rasch!«

Elyamur zögerte, dann schlug er einen scharfen Haken zu einem weiter entfernten Baum zu ihrer Linken. Ork-Pfeile zischten vorbei. Elyami lauschte weiter darauf, woher die Stimme kommen mochte.

»Da vorne! Dorthin!« Sie zeigte auf einen prachtvollen Holunderbusch am anderen Ende der Lichtung.

Elyamur hielt direkt darauf zu. Sie verließen den Schutz der Bäume und setzten ihren Weg über die freie Fläche im hellen Sonnenlicht fort. Mit jedem Schritt sank Elyamur ein wenig tiefer. Ohne Äste zum Abstoßen verlor er rasch an Höhe.

»Hierher! Kommt herein, Kinder, schnell!«, hörte Elyami die Stimme rufen. Der Holunderbusch ragte groß und einladend jenseits der Lichtung auf.

In diesem Augenblick durchstieß ein Plünderwolf das Unterholz und brachte sich mit zwei schnellen Sprüngen zwischen die Zwillinge und den Busch. Er fletschte die Reißzähne und knurrte triumphierend. Sein Ork-Reiter trug blau lackierte Schulterstücke über einem Kettengeflecht. Er hob eine Lanze mit gezackter Knochenspitze und brachte seinen Rundschild in Position, dann stürzte er mit einem Schrei auf die Zwillinge los.

Elyami ließ die Schultern ihres Bruders los und kam sicher auf dem Boden auf. Auch Elyamurs Füße berührten inzwischen wieder die Erde. Er zog sein Langschwert und pflückte einen Wurfstern von seinem Gürtel, den er mit einer raschen Armbewegung dem Wolfsreiter entgegenschleuderte.

Der Ork hob seinen Rundschild, und der Stern schlug in die Lederbespannung ein. Elyamur nutzte die Ablenkung, um seitlich auszuweichen. Der Ork stieß im Vorbeireiten mit der Waffe nach ihm, doch ruckartig sprang Elyamur hoch, ließ die Lanzenspitze unter sich hinweggleiten – und stieß sich mit beiden Füßen vom Schaft der Lanze ab, auf den Ork zu. Das Langschwert surrte durch die Luft, dunkles Blut spritzte auf, und ein siegessicher grinsender Ork-Kopf rollte durch das hohe Gras.

Elyami lief weiter auf den Holunderbusch zu. Jetzt konnte sie seine Zweige fast berühren und wandte sich nach Elyamur um, der sich beeilte, zu ihr aufzuschließen, das blutige Schwert noch in der Hand.

Knurrend stürzte sich der reiterlose Plünderwolf auf ihn und schnappte nach Elyamurs Kehle. Der versuchte die Bestie mit dem Schwert abzuwehren, doch schon schlossen sich dessen Kiefer um seinen Unterarm. Mit einem grauenhaften Knacken bissen die Zähne in das feste Adamantglas. Der Angriff war so heftig, dass Elyamur zu Boden ging.

Es splitterte und raschelte am Waldrand, als zwischen den Bäumen die Umrisse weiterer Wolfsreiter auftauchten. Elyami konnte den Axt-Träger mit dem schädelverzierten Sattel unter ihnen erkennen. Hektisch löste sie ihren gespannten Kurzbogen von der Schulter und legte einen Pfeil ein. Sie durfte auf keinen Fall Elyamur erwischen. Aber es war kaum noch Zeit, und die Orks waren fast da. Vielleicht hätte sie doch öfter an den Lektionen …

Sie schob alle Gedanken beiseite und atmete tief durch, so als würde sie sich auf den Grüngesang der Wälder konzentrieren – dann ließ sie den Pfeil von der Sehne schnellen, und einen Wimpernschlag später schlug er in die Schulter des Plünderwolfs ein.

Die Kreatur winselte laut und ging zu Boden. Elyamur nutzte den Moment und rannte auf Elyami und den Busch zu. In seinem Rücken preschten die Wolfsreiter mit wehenden Bannern heran. Einer von ihnen zog einen langen Kriegspfeil aus seinem Köcher. Elyami tat es ihm gleich und schoss hastig einen schlecht gezielten Pfeil in Richtung des Orks. Er verschwand im Wald. Jetzt hatte Elyamur sie fast erreicht. Sie umfasste einen Zweig des Holunderbusches mit ihrer Linken und streckte ihrem Bruder die Rechte entgegen. Der Ork-Schütze hatte seinen Reiterbogen voll gespannt.

»Komm!« Ihre Finger ergriffen Elyamurs Hand. Der Ork-Pfeil flog von der Sehne. Elyami schloss die Augen.

»Rasch! Herein, nur herein!«, rief die Stimme. Dann war Elyami ganz umgeben von der sanften, beruhigenden Präsenz des Holunderbusches. Etwas fiel mit einem schweren Aufschlag in ihre Arme. Elyamur.

Sie riss die Augen wieder auf.

Plötzlich befanden sie sich in einer kleinen Erdhöhle mit Wänden aus schwarzem, bröckeligem Waldboden. Überall wuchsen Wurzeln aus der Decke und zogen sich wie Säulen durch den Raum. Es gab einen Tisch, ein Bettchen mit kariertem Kissen, sogar eine hübsch gehäkelte Tischdecke. Auf einer Anrichte standen Töpfe und Krüge mit Blumenmuster bereit, in einem Regal wurden Fläschchen und Tiegel mit Salben und Flüssigkeiten verwahrt. Elyamur lag stöhnend neben Elyami auf dem Bauch. Besorgt beugte sie sich über ihn. Der Ork-Pfeil war unterhalb seiner Schulter in seinen Rücken eingeschlagen, in der Spalte, wo der Brustharnisch an die gläsernen Schulterstücke stieß.

Elyami wusste, dass er gefährliche Widerhaken hatte.

»Elyamur?«, flüsterte sie und merkte, dass sie schluchzte. Die Antwort war nur ein weiteres Stöhnen.

»Sei unbesorgt«, hörte sie die leise Stimme nun ganz nah. Das Holunderweiblein stand plötzlich neben ihr; in seiner eigenen Stube sah es etwas wohliger aus als vorhin im Wald. »Der Pfeil wurde mit bösen Wünschen auf den Weg geschickt«, murmelte es und betastete mit seinen knotigen Fingern Elyamurs Haut rund um den Pfeilschaft. »Doch er hat das Herz deines Bruders verfehlt und ist an seinen Rippen abgeglitten.« Sie schaute zu

Elyami auf und lächelte aufmunternd. »Ich kümmere mich darum. Heilung ist die größte Gabe des Holunders.«

Elyami nickte beklommen. Das wusste sie, doch es war für sie vollkommen ungewohnt, Elyamur so vor sich zu sehen. Verwundet. Schutzlos.

Das Holunderweiblein lief geschäftig durch seine Stube zur Anrichte und nahm eine große irdene Kanne herunter. Dann wuselte es zum Regal, entkorkte ein Fläschchen und ließ eine dickflüssige grüne Flüssigkeit in die Kanne fließen. Zum Abschluss holte es einen Krug mit Schmetterlingsmuster, goss Wasser dazu und rührte alles mit einem großen Holzlöffel um. Elyami hatte inzwischen vorsichtig Elyamurs Schulterplatte gelockert.

»Alles wird gut«, raunte sie ihrem Bruder zu, weil sie nichts Besseres zu sagen wusste. Er stöhnte etwas, das wie »Ja« klang.

Die kleine Gestalt trat nun mit der Kanne heran und scheuchte Elyami zur Seite. Dann goss sie vorsichtig die dicke, tiefgrüne Flüssigkeit aus dem Krug auf die Stelle, wo der Ork-Pfeil in Elyamurs Körper eingedrungen war. Sie schloss die Augen, umfasste den Pfeilschaft mit der Faust und zog das Geschoss ohne Widerstand heraus. Mit einem gütigen, aber stolzen Lächeln hielt sie es hoch. Die Knochenspitze verjüngte sich nach hinten in spitze Haken. Der grünliche Sirup floss sofort in die Wunde, die der Pfeil hinterlassen hatte, und Elyamur schrie auf. Das Holunderweiblein legte ihm beruhigend die Hand auf die Schulter.

Elyami konnte zusehen, wie sich unter dem Flüssigkeitsfilm das Fleisch wieder zuammenfügte, bis sich wenige Augenblicke später eine glatte, narbenlose Hautschicht über der Wunde geschlossen hatte. Nur ein Loch in Elyamurs Unterzeug kündete davon, dass hier vor Kurzem ein Pfeil seine Rüstung durchdrungen hatte.

»Danke«, murmelte er und richtete sich langsam auf. Elyami fiel ihm wortlos um den Hals und warf ihn dabei fast wieder um.

Das Holunderweiblein räusperte sich taktvoll. »Ich habe euch ja gerne hier, Kinder, aber ihr könnt nicht bleiben. Die Dornenwesen suchen mit ihren Wurzeln im Boden nach eurer Spur. Bald werden sie euch gefunden haben.«

Elyami blickte auf: »Ich weiß nicht, wie ich dir danken soll, Alte vom Holunder. Ohne dich …«

Doch die Alte winkte ab. »Dankt mir, indem ihr das tut, wofür ihr aufgebrochen seid. Ihr müsst nun gehen. Folgt diesem Tunnel.« Sie nickte zu einem Durchgang, der aus dem Raum herausführte.

Erst jetzt fiel Elyami auf, dass das Weiblein auf einmal viel größer war. Nein – Elyamur und sie waren kleiner geworden! Sie hatten die Welt der Waldgeister im Geflecht der Erdenkraft betreten.

»Alle Holunder des Waldes sind durch ihre gemeinsame Mutter, die Erde, miteinander verbunden«, erklärte das Holunderweiblein. »Dieser Gang wird euch zu einem Busch führen, der draußen am äußersten Waldrand wächst. Weit fort von den Eindringlingen. Aber auch fort vom Schutz der Wälder. Passt auf euch auf, Birkenkinder. Geht nun!«

Erde rieselte von der Decke in die Kammer. Vor ihrem inneren Grünsänger-Auge sah Elyami dornige Wurzeln, die sich durch den Waldboden fraßen.

»Was ist mit dir?«, fragte sie besorgt.

»In meinem eigenen Busch bin ich stark. Geht nun!«

Sie schob die Zwillinge zum Gang. Elyami blieb nichts anderes übrig, als noch einmal einen Dank zu murmeln und zusammen mit Elyamur dem engen, gewundenen Gang zu folgen.

»Sind wir jetzt tatsächlich unter dem Waldboden?«, fragte er staunend.

»Ja und nein«, erwiderte Elyami. »Der Wald ist nicht wirklich von Gängen durchzogen. Wir folgen gerade einer Linie der Erdenkraft. Hier sind die Waldgeister zu Hause. Unter dem Holunder liegt natürlich auch keine Kammer mit Tisch und Bettchen. Unser Verstand ist nicht dazu in der Lage, die Welt der Waldgeister zu begreifen, und formt Bilder, die uns vertraut sind. Darum gehen wir jetzt aus unserer Sicht auch durch einen Gang, während wir in Wirklichkeit durch die Erdenkraft reisen. Versuch nicht, es zu verstehen. Sei froh, dass es möglich ist.«

Elyamur verzichtete auf weitere Nachfragen. Schweigend folgten die beiden Elben dem Gang, bis sich jedes Gefühl für Zeit und Raum verlor. Schließlich stieß Elyami an etwas Hartes.

»Hier ist eine Tür«, sagte sie überrascht. Ein bronzener Knauf glänzte einladend auf grün lackierten Holzbohlen.

»Der Weg nach draußen?«, fragte Elyamur.

»Scheint so. Lass es uns probieren.« Sie umfasste den Türknauf und drehte ihn. Der Gang verschwamm um sie herum, und einige Herzschläge lang schien die Welt nur aus bunten Wirbeln zu bestehen. Dann standen die beiden Elben an einem anderen Ort.

Der Holunder in ihren Rücken war viel kleiner, als der mächtige Busch auf der Lichtung es gewesen war. Das lag gewiss auch daran, dass er beständig zehrenden Winden ausgesetzt war, denn er stand direkt am Waldrand und blickte aufs freie Land hinaus. Vor den Geschwistern wölbten sich grasbewachsene Hügel, auf denen sich nur vereinzelte Krüppelkiefern hielten. Auf den Hügelkuppen erhoben sich schwarz glänzende Felsengrate, umflort von Nebelschwaden, und hinter den schwarzen Felsen ragten weitere Felsen auf und dann noch mehr Felsen, bis sich der Blick in den Nebeln verlor.

»Das müssen die Schwarzglasklippen sein«, murmelte Elyami und zog ihren Mantel fester um sich. Die weiten, freien Hügelflanken machten ihr Angst. Der Wind blies hier so eisig und unfreundlich. Alles in ihr schrie danach, sich umzudrehen und in den Gesang der Wälder mit ihrer trügerischen Sicherheit einzutauchen. Aber ihr Weg führte sie weiter vorwärts.

»Irgendwo dort muss es den Karrenpfad geben, der zur Menschenstadt Swertenburg führt«, ergänzte Elyamur und nickte zu den dunklen Klippen hinüber. »Meinst du, wir haben die Orks abgehängt?«

Sie schüttelte den Kopf. »Nein. Diese verfluchten Dornenwesen werden mit ihren Wurzeln nachspüren, wohin wir gegangen sind. Aber auf den Erdenpfaden können sie uns nicht folgen, zumindest diese Macht haben unsere Waldgeister noch. Wir haben einen Vorsprung gewonnen, mindestens einen halben Tag, vielleicht auch etwas mehr.«

»Dann lass ihn uns nutzen!«, sagte Elyamur so entschlossen wie möglich. Elyami wusste, dass er dankbar um einen Grund war, den Aufbruch schnell hinter sich zu bringen. Auch er trat zum ersten Mal ins freie Land jenseits der Wälder hinaus, und auch ihn machte der weite Himmel beklommen.

»Ja«, bestätigte Elyami. »Lass uns so schnell wie möglich zwischen den Klippen verschwinden. Das Gelände wirkt sehr unwegsam. Dort haben sie keine Dornengeister zu Hilfe. Vielleicht können wir uns vor ihnen verstecken.«

Sie verließen die Wälder von Liráya und machten sich auf den Weg, ohne sich umzublicken. Elyami musste die ganze Zeit an das denken, was sie eben nicht ausgesprochen hatte: Dort draußen gab es zwar keine Dornenelben, aber auch keine Waldgeister, die sie mit ihrem Grüngesang anlocken könnte. Die Geister der anderen Länder waren ihr unbekannt und ihre Lieder fremd. Eine ganz neue Welt lag vor ihnen, und langsam mischte sich Neugier in ihre Angst. Neugier und die Freiheit des ungestüm singenden Windes. Leise summend versuchte Elyami, in sein Lied einzustimmen. Es gab viel zu lernen.

ZEHNTES KAPITEL

TOKROND
DIE VERFLUCHTEN HALLEN, DRITTE EBENE DER VIERTEN SOHLE

Gorin hätte grabesstille vorgezogen. Eine solche wäre für einen verfluchten Ort wie diesen angemessen gewesen. Leider war es auf der dritten Ebene der vierten Sohle aber nicht still. Immer wieder hallten Schritte über die Gänge, mal knarrte irgendwo in der Nähe eine Tür, mal schlug in der Ferne ein Hammer auf einen Amboss. Eigentlich waren dies die gewöhnlichen Geräusche belebter Zwergenhallen, wie man sie überall in Tokrond vernehmen konnte, doch diese Ebene war seit Jahrhunderten verlassen und versiegelt. Bei jedem der geisterhaften Geräusche fuhr Gorin zusammen.

Noch unangenehmer waren ihm die schmatzenden Laute, die jeder seiner Schritte verursachte. Der gesamte Boden war hier von feuchtem pelzigen Schimmelflaum bedeckt, dessen Fäden hoch wie Grashalme wuchsen. Wo immer seine schweren Stiefel auch hintraten, entstand eine Kuhle aus matschiger weißgrauer Masse in dem Flaum. Auch die Wände waren von weißem Pelz bedeckt, und von den Decken hing der Schimmel in langen Flechten herunter, die man manchmal mit dem Kopf streifte. Ansonsten sahen die verfluchten Hallen so aus, wie Gorin es von den anderen Ebenen Tokronds kannte: gewundene Gänge und Wohnquartiere, Schankstuben und Gemeinschaftssäle, Werkstätten und hohe Wandelhallen. Doch alles war hier in schmutziges Weiß getaucht, als hätte ein Schneesturm gewütet. Schimmelweiß, das immer bläulich-grauer wurde, je näher man es betrachtete. Ein unangenehmer, trocken-süßlicher Geruch drang bei jedem Atemzug in die Nase.

Gorin hätte die Winterseherin gerne danach gefragt. Er wollte sie auch hundert andere Dinge fragen – eher tausend –, doch die Alte ging mit halb geschlossenen Augen neben den Zwillingen her, während ihre Lippen tonlos Silben formten und ihre Finger die Saphire an ihrem Knotenstab in wechselnder Reihenfolge berührten. Irgendetwas schien ihre gesamte Konzentration zu erfordern.

»Später«, hatte sie gesagt, als Galdra sie mit der ersten Frage nach ihrem Wohin bedrängt hatte. »Wenn wir draußen sind, reden wir über alles. Erwartet nur nicht zu viele Antworten, ich bin auf Fragen spezialisiert. Und zuerst muss ich dafür sorgen, dass wir sicher durch die verfluchten Hallen kommen. Stört mich besser nicht.«

Also folgten Gorin und Galdra ihr schweigend. Galdra hielt ihre Kristallaxt fest umklammert, Gorin trug seine gespannte Armbrust. Nach seinem Stollen-Orientierungssinn zu urteilen, mussten sie die Ebene schon gut zur Hälfte durchquert haben. Der Weg zu den Außenwänden der Bergflanken konnte also nicht mehr weit sein. Wahrscheinlich würden sie bald …

»Da!«, rief Galdra alarmiert und deutete auf eine offene Tür zu ihrer Rechten.

Gorin fuhr herum. Hinter der Tür lag eine Werkstatt, deren Regale und Arbeitstische ebenfalls von dichtem Schimmelpelz bedeckt waren. Dazwischen bewegte sich eine Gestalt. Sie war gerade dabei, eine schwere Zange von der Wand zu nehmen, um damit anschließend zur Werkbank hinüberzuschlurfen. Es war ein Skelett mit den kurzen, schweren Knochen eines Zwergs. Auch diese waren ganz von Schimmel überzogen, der sich wie eine neue Haut über die Rippen spannte. Von dem grinsenden Schädel hingen lange Flechten wie ein grotesker Bart herab. Als das Skelett die Werkbank erreicht hatte, hob es umständlich die Zange und begann, ungeschickt an einem kleinen Eisenbarren herumzukratzen.

»Was ist das?«, raunte Gorin der Winterseherin zu, während Galdra bereits alarmiert ihre Axt gehoben hatte.

Die Winterseherin seufzte tief. »Das ist ein Teil des Fluchs«, sagte sie und wandte den Blick ab. »Achtet nicht weiter darauf.«

»Aber wir können doch nicht zulassen, dass ein Zwerg aus seiner wohlverdienten Ruhe gerissen und zum Untoten gemacht wird!«, entgegnete Galdra empört.

»Das ist kein Untoter«, knurrte die Winterseherin ungeduldig, als würde sie mit einem begriffsstutzigen Kind sprechen. »Die Knochen sind so tot, wie sie sein sollen. Der Schimmel ist lebendig; er bewegt sie. Und offenbar hat er immer noch nicht herausgefunden, was er mit den toten Zwergen anfangen soll.«

»Der Schimmel?«, hakte Gorin nach. »Ich glaube, ich verstehe nicht.«

»Das ganze weiße Zeug ist ein einziger Organismus, und der ist intelligent. Mehr oder weniger jedenfalls. Nachdem irgendein Höhlengänger ein paar Sporen davon an seinen Stiefeln aus den Tiefen Höhlen mitgebracht hatte, breitete es sich schnell aus und hat schließlich die ganze Ebene übernommen. Euren Vorfahren blieb nichts anderes übrig, als alles zu versiegeln, um den Rest von Tokrond zu retten.«

»Aber warum haben sie nicht gekämpft?« Galdra gab sich nicht leicht zufrieden. »Sie hätten alles ausrotten müssen, das Zeug von den Wänden waschen, mit Brandöl niederbrennen …«

Die Winterseherin lachte freudlos auf. »Oh, das haben sie versucht. Es waren immerhin Eisenzwerge. Darum gibt es hier so viele Skelette. Doch der Schimmel ist nicht nur intelligent, er kann auch die Gedanken anderer Wesen beeinflussen und ihre Handlungen lenken. Die Zwerge haben sich gegenseitig niedergemacht, statt gegen den Schimmel vorzugehen.« Sie schnaubte ungnädig. »Das würdet ihr nun übrigens auch tun, wenn ich nicht die ganze Zeit dabei wäre, euch vor seinen Einflüsterungen abzuschirmen. Die Gelehrten nennen diese seltsame Lebensform Tyrannenflechte, aber viel weiß man nicht darüber. Der Befall hier ist so ziemlich das einzige bekannte Exemplar, und ihr Eisenzwerge schweigt ja gerne Probleme tot, die nicht in euer Weltbild passen. Statt die Sache magisch zu untersuchen und …«

Ein metallisches Klappern, das weiter vorne, gleich hinter der Gangbiegung erklang, unterbrach sie. Die Winterseherin murmelte ein Wort in einer fremden Sprache, das verdächtig nach einem Fluch klang.

»Jetzt hat er uns entdeckt. Unser kleines Gespräch war wohl eine Spur zu auffällig. Gorin – Flammenbolzen! Rasch!«

Gorin beeilte sich, ihrer Bitte so schnell wie möglich nachzukommen, und legte einen der Bolzen mit der *Indraz*-Rune ein. Als er wieder aufblickte, waren schon vier Gestalten um die Ecke gebogen.

Es waren weitere Zwergenskelette, deren Knochen von Schimmel überwuchert waren. Diese Exemplare trugen jedoch Reste von Ketten- und Plattenrüstungen, die sie sich ungeschickt irgendwie über die Knochen gestülpt hatten. In den Händen hielten sie schwere Kampfäxte und Streithämmer, deren Schäfte und Klingen ebenfalls weiß umsponnen waren. Mit mechanischer Entschlossenheit kamen sie klappernd näher.

»Los!«, zischte die Winterseherin.

Gorin feuerte seine Armbrust auf eines der Skelette ab. Als der Bolzen in die morschen Rippen des Brustkorbs einschlug, explodierte die *Indraz*-Rune in einem Flammenball. Die Schimmelflechten verschmorten mit hässlichem Zischen und ließen einen üblen, süßlichen Gestank zurück. Zwei der Skelette brachen sofort zusammen, zwei andere kamen noch drei Schritte weiter, ehe auch ihr Schimmelüberzug so sehr zusammengeschmort war, dass ihre Knochen zu Boden fielen.

»Weiter jetzt!« Die Winterseherin trieb die beiden Zwerge vor sich her.

Eilig durchquerten sie Hallen und Gänge, während die Geräusche um sie herum zunahmen. Schritte schienen sich aus allen Richtungen zu nähern, langsam, aber unaufhaltsam. Bildete Gorin sich das ein, oder ging von den Schimmelflechten ein leises Raunen aus, das fast wie das Flüstern einer Stimme klang?

»Dort hinein!«, rief die Alte und bog in eine Seitenpassage ab. »Jetzt haben wir es gleich geschafft. Dort vorne ist …«

Sie hielt inne. Vor ihnen, mitten auf dem Gang, war eine Mauer, krude aufgetürmt aus Gesteinsbrocken verschiedener Form und Größe. Drei Skelette waren gerade dabei, mit steifen Bewegungen einen weiteren Brocken hinaufzuwuchten; zwei von ihnen schoben von unten an, das dritte Skelett stand oben auf einem Felsen und zog ihn zu sich heran. In seinem Rücken war die Mauer bereits so hoch aufgetürmt, dass sie bis zur Gangdecke reichte und die Passage komplett blockierte.

»Daran müssen sie arbeiten, seit ich heute Morgen hier durchgekommen bin«, murmelte die Alte. »Die Tyrannenflechte wird langsam klüger.«

»Gibt es einen anderen Weg?«, fragte Gorin.

»Nein. Diese Blockade versperrt die Passage zum einzigen Ausgang. Wir müssen durchbrechen.«

»Na dann los«, rief Galdra. »Barukh kara Tokrond!«

Sie stürmte vor und riss beim Laufen eine ihrer Wurfäxte aus der Halterung. Surrend durchschnitt die Waffe die Luft, um hart in den Brustkorb des Skeletts oben auf der Mauer einzuschlagen. Die Kreatur kippte zur Seite. Plötzlich lastete das ganze Gewicht des Felsbrockens allein auf den beiden unteren Skeletten. Es knackte hässlich, als er zurückfiel und sie unter sich zermalmte.

»Komm, kleiner Bruder!«, rief Galdra, die der rasche Sieg offenbar berauschte. »Lass uns diesen Schutt beiseiteräumen!«

Gorin nickte und trat an ihre Seite. Gemeinsam machten sie sich daran, die ersten Brocken von der improvisierten Mauer herunterzuwuchten. Das Gebilde war planlos aufgeschichtet worden und eine Beleidigung zwergischer Baumeisterkunst. Dennoch waren die Felsen schwer und unhandlich. Es würde eine Weile dauern, hier einen Durchlass zu schaffen.

Während die Zwillinge sich abmühten, stand die Winterseherin mit einigen Schritten Abstand am Fuße der Mauer auf ihren Stab gestützt, die Augen geschlossen.

»Beeilt euch«, sagte sie leise. »Die Tyrannenflechte ist jetzt endgültig erwacht. Ich spüre, dass sich etwas regt.«

»Wonach sieht das hier denn aus?«, beschwerte sich Galdra und rollte einen weiteren Brocken zur Seite. Der freie Gang auf der anderen Seite der Mauer war bereits zu sehen. Noch zwei, drei Felsen mussten aus dem Weg, dann könnten sie sich vielleicht hindurchquetschen.

Gemeinsam griffen sie sich einen weiteren Brocken und wuchteten ihn Stück für Stück beiseite. Bis sie ein Scheppern hörten, das durch die Hallen und Gänge zu ihnen drang. Es kam rasch näher, ein metallisches Klirren und Poltern, als wäre eine ganze Kompanie schwer gerüsteter Krieger auf dem Weg zu ihnen.

Gorin warf einen alarmierten Blick über die Schulter.

»Macht weiter!«, zischte die Winterseherin.

Galdra setzte ihre unzerbrechliche Kristallaxt als Hebel an, um einen besonders widerspenstigen Felsen endlich zur Seite zu rollen. Sie hatte ihn fast ganz gelöst, als das laute Scheppern die Mündung ihres Ganges erreichte.

Plötzlich wälzte sich ihnen von dort ein großer Umriss entgegen, so breit, dass er den ganzen Gang einzunehmen schien. Es sah aus wie eine gewaltige Flutwelle aus weißgrauer Schimmelmasse, die wütend über sie hereinzubrechen drohte. Gorin konnte Umrisse darin ausmachen: Äxte und Speere, Helme und Panzer, Schädel und Knochen, allesamt umsponnen von weißem Geflecht. Ein Durcheinander aus Waffen, Rüstungsteilen und den Überresten unglücklicher Zwergenkrieger. All das wälzte sich wie eine einzige, massive Kreatur auf sie zu.

Gorin riss seine Armbrust hoch und feuerte einen weiteren Flammenbolzen in die Masse. Der Feuerball der *Indraz*-Rune loderte auf – und erstarb in einer stinkenden Stichflamme. Das Loch, das er in den Schimmel gerissen hatte, war kaum größer als eine Armlänge. Gorin schnaubte ungläubig. Dann bemerkte er, dass die Flut ölig schimmerte und sich merkwürdig zäh bewegte. Sie war nass. Die Tyrannenflechte musste ihre Geschöpfe irgendwie in Wasser getaucht haben, vielleicht in eine der alten Zisternen. Gar nicht gut. Klappernd und scheppernd wälzte sich die Masse aus Waffen, Knochen und Schimmel weiter heran, und schleimige Fangarme streckten sich ihnen entgegen.

»Nicht aufhören!«, brüllte die Winterseherin. »Ich übernehme das!«

Sie senkte ihren Knotenstab und trat einen Schritt auf die heranwogende Flechtenmasse zu. Grelles blaues Licht ergoss sich aus der Stabspitze und öffnete sich fächerförmig vor der Masse, die tatsächlich zu zögern schien und zuckend auf der Stelle stehen blieb.

Gorin und Galdra wandten sich eilig wieder den Felsen zu.

»*Töte die Hexe!*«, zischte es plötzlich hinter seiner Stirn. Eine leise Stimme, glatt und samtig. Er erstarrte in der Bewegung. »*Nimm deine Armbrust! Schieß ihr in den Rücken! Lösche das blaue Licht!*«, drängte die Stimme.

Gorin spürte, wie seine Finger sich wie von selbst bewegten, nach seiner Waffe tasteten … Dann durchzuckte ihn Schmerz, als Galdra sein Handgelenk eisern umklammerte.

»Kleiner Bruder!«, schrie sie ihn an und schüttelte seinen Arm. »Hör nicht hin! Komm her! Hilf mir lieber!«

Er nickte schwach. Galdra schaute ihn kurz prüfend an und wandte sich wieder den Felsen zu. Mit ihrem ganzen Gewicht hängte sie sich an den Schaft ihrer Axt, um den Felsbrocken endlich zur Seite zu rollen.

»*Töte die Hexe!*«, zischte es wieder hinter Gorins Stirn. Er schüttelte unwillig den Kopf und eilte an die Seite seiner Schwester.

Gemeinsam drückten sie den Hebel nieder. Der Brocken wälzte sich knirschend von der Stelle und gab einen Spalt in der Mauer frei. Dahinter war der offene Gang zu sehen. Vielleicht war die Öffnung schon groß genug, um sich mit viel gutem Willen hindurchzuzwängen … dann ging ein unheilvolles Rumpeln durch die Reste der Mauer, Felsen lösten sich und ergossen sich polternd in die Lücke, die eben noch dort gewesen war. Der Spalt war wieder dicht, verstopft von massivem Gestein. Das Ding war wirklich dilettantisch aufgeschichtet …

»Grakhu!«, entfuhr es Gorin. Er schaute zu seiner Schwester. Sie hatte eben ein Wurfbeil aus ihrem Gürtel gezogen und fixierte den Rücken der Winterseherin mit starrem Blick.

Langsam hob sie den Arm.

»Nein!« Gorin hängte sich schwer an ihren Arm und zog ihn nach unten. Seine Schwester war verflucht stark. Galdra verspannte sich zunächst unwillig, dann gab sie nach, ließ den Arm sinken und blinzelte benommen.

»Danke«, murmelte sie.

»Töte die Hexe! Schieß ihr in den Rücken!« Die zischelnde Stimme brüllte jetzt regelrecht. Alles in Gorin drängte dazu, ihr nachzugeben, und auch Galdra hatte die Stirn in Falten gelegt und schien mit sich zu ringen.

»Beeilt euch! Die Tyrannenflechte wird immer stärker!«, rief die Winterseherin den beiden Zwergen zu, ohne sich umzuwenden.

Sie schwenkte die Spitze ihres Stabs in weiten Bögen hin und her, um das gleißendblaue Licht gleichmäßig zu verteilen. Die weiße Masse wich immer wieder zurück und zuckte gierig vor, sobald der blaue Schein sie nicht mehr direkt berührte, sie rückte dichter und dichter an die Seherin heran.

Die Alte stand hoch aufgerichtet, doch zitterte leicht. Gorin konnte sich kaum vorstellen, welchen unsichtbaren Kampf sie im Geiste mit der allesumwuchernden Tyrannenflechte austragen mochte.

»Komm, pack mit an!«, sagte Galdra, und ihre Stimme klang gefährlich müde. Gorin zwang sich, zu ihr zu gehen und den nächsten Felsbrocken in Angriff zu nehmen. Es waren bestimmt fünf oder sechs Felsen, die in ihren frisch geschaffenen Durchgang gepoltert waren. Wenn nicht noch mehr nachrutschten.

»Erschieß die Hexe!«

Die Stimme klang nun so eindringlich, dass Gorin sich schmerzhaft die Fingernägel in die Handballen drücken musste, um nicht nach seiner Armbrust zu greifen. Sie würden es nicht schaffen. Plötzlich stand diese Erkenntnis klar wie ein Kristall vor ihm. Es waren zu viele Felsen, die Stimme zischte zu machtvoll hinter seiner Stirn, und die Schimmelwoge drängte zu wütend heran. Sie würden überwältigt werden, sobald sie ein oder zwei Felsen bewegt hatten …

»*Töte sie!*«

Gorin spürte, wie sein Arm zu seiner Waffe wanderte.

»Schau mal!«, rief Galdra plötzlich.

Gorin hob schwerfällig den Kopf. Sie zeigte nach oben, wo die grobe Felsenmauer an die Gangdecke stieß. Oder besser: bis vor Kurzem an die Gangdecke gestoßen *hatte*. Dort war nun ein Spalt frei, nicht besonders breit, aber vermutlich ausreichend zum Hindurchkriechen, wenn man den Rucksack abnahm. Er musste entstanden sein, als die Felsen nach unten gerutscht waren.

»Ja!«, rief Gorin, doch seine Stimme klang seltsam matt. »Lass es uns versuchen. Seherin! Wir kommen durch!«

»Gut«, knurrte die Alte und schwenkte weiter ihren Stab. Eine halbherzig gezielte Wurfaxt prallte neben ihr von der Wand ab und klapperte auf den Boden. Die Seherin warf Galdra einen tadelnden Schulterblick zu, die sich erschrocken die Bartzöpfe hielt.

»Komm jetzt!« Gorin packte seine Schwester an der Schulter, ehe es die Flechte noch einmal versuchen konnte.

»*Töte die Hexe!*«, zischte es hinter seiner Stirn.

Die Stimme war immer noch penetrant, doch Gorin drängte sie in seinen Hinterkopf zurück. Jetzt, da er einen Ausweg vor Augen hatte, spürte er wieder Kraft in sich.

Gemeinsam bestiegen die Geschwister den Geröllhaufen, während die Winterseherin langsam zu ihnen aufschloss. Sie quetschten sich durch den Spalt, indem sie ihre sperrige Ausrüstung vor sich herschoben. Die Winterseherin hielt unterdessen am Fuße der Mauer die Woge auf, dann kam sie als Letzte nach.

Mit erstaunlicher Behändigkeit kletterte sie über die Steine und wand sich durch den Spalt. Gorin wollte ihren langen Stab entgegennehmen, doch sie schüttelte unwirsch den Kopf und stieg mitsamt dem klobigen Ding auf der anderen Seite wieder herunter.

»*Töte sie! Töte sie!*«, kreischte es weiter hinter Gorins Stirn, doch jetzt klang es mehr wütend als überzeugend. Offenbar spürte die Tyrannenflechte, dass sie verloren hatte.

Rasch eilten sie weiter voran, während die Mauer die Woge zurückhielt. Schon nach kurzer Zeit stießen sie auf eine massive Steintür. Gorin kannte solche Portale. Sie bildeten die Seitenpforten des Festungsreiches.

Die Winterseherin zog an einem Hebel in der Wand, und knarrend schwang die Steintür auf. Dämmriges Abendlicht ergoss sich in den Gang und ließ Gorin blinzeln. Er war lange nicht mehr an der Oberfläche gewesen.

Sie huschten durch die Tür nach draußen, wo sie eine kleine Plattform direkt an einer steilen Bergflanke erwartete. Sie hatte nur wenige Meter Durchmesser, dahinter fiel die Felswand fast senkrecht ab. Die Plattform überblickte ein schmales Seitental der Berge, hinter deren Gletschergipfeln gerade die Sonne rötlich gelb verschwand. Irgendwo tief unter ihnen plätscherte ein Bach.

Gorin wusste, dass mehrere solcher Plattformen als Ausguck und Verteidigungsstellung entlang der äußeren Bergwände des Festungsreichs angelegt waren. Vom Tal aus war sie nicht zu erkennen und fügte sich perfekt in die Bergflanke ein, während man von hier aus das ganze Tal überblicken und notfalls auch den schmalen Pfad am Bachlauf mit Windenarmbrüsten beschießen oder gar einen Steinschlag auslösen konnte. Einen Weg ins Tal hinab gab es jedoch nicht, damit Angreifer nicht über den Ausguck nach Tokrond gelangen konnten. Gute fünfzig Meter freier Fall trennten die Plattform von einer Geröllhalde am Talboden.

Noch während Gorin sich orientierte, stemmte sich die Winterseherin gegen die Steintür und drückte sie zu. Knarrend rastete sie ein und verschmolz mit der umliegenden Felswand. Selbst wenn man wusste, dass sie da war, konnte man ihre feinen

Fugen kaum erkennen. Erschöpft atmete Gorin durch und ließ sich mit dem Rücken gegen die Felswand sinken. Auch Galdra und die Winterseherin schwiegen einen Moment. Alle drei atmeten schwer.

»Und jetzt?«, fragte Gorin schließlich. »Hier draußen kommen wir nicht weiter, und drinnen wütet diese dämonische Flechte!«

»Oh, da habe ich wohl in mangelnder Vorausschau etwas nicht bedacht«, erwiderte die Winterseherin mit hochgezogenen Augenbrauen.

Dann winkte sie die beiden Zwerge zu sich heran. Gorin und Galdra näherten sich ihr zögernd. Die Alte legte jedem von ihnen eine Hand auf die Schulter und schloss die Augen. Plötzlich peitschte brennender Schmerz durch Gorins Körper, als hätte man ihn mit kochendem Wasser übergossen. Für einige Herzschläge schienen blaue, blendend helle Flammen vor seinen Augen zu tanzen. Mit triumphierendem Brüllen verschlangen sie die ganze Welt. Einen Atemzug später waren sie wieder verschwunden, zusammen mit dem Schmerz, der wie eine dumpfe Erinnerung in seinen Knochen nachhallte.

»Und was sollte *das* jetzt?!«, fauchte Galdra, der es offenbar ähnlich ergangen war.

»Die reinigenden Flammen waren notwendig«, erklärte die Winterseherin ruhig. »Sonst würden wir die feinen Sporen der Tyrannenflechte in alle Welt tragen. Das ist übrigens noch ein Grund, warum der Kettenfürst Tokrond niemals erobern darf. Der Schimmel mit seinen faszinierenden Eigenschaften dürfte ihn mehr interessieren als all eure runenbedeckten Zwergenstahlwaffen zusammen.«

Dann lehnte sie ihren Knotenstab an die Felswand und zog sich den Mantel mit dem weißen Pelzbesatz von den Schultern, um ihn auf dem Boden der Plattform auszubreiten.

»Und jetzt streift bitte eure Stiefel am Felsen ab, bevor ihr auf meinen Mantel tretet, Kinder. Wir brechen so schnell wie möglich auf.«

Gorin starrte auf den Umhang vor ihm. Sie konnte doch unmöglich vorhaben …

»Nein«, sagte er plötzlich und war selber überrascht über seinen gereizten Tonfall. Die Alte hob eine Augenbraue, und auch Galdra schaute erstaunt. Um seine Verlegenheit zu überspielen, stopfte Gorin ordentlich seine Bartspitzen in den Gürtel, ehe er weitersprach. »Drinnen konnten wir Euch keine Fragen stellen, weil wir ehrlos vor einer Gerichtsverhandlung geflohen sind. In den verfluchten Hallen konnten wir Euch keine Fragen stellen, weil wir uns mit der Flechte herumschlagen mussten. Hier draußen können wir Euch keine Fragen stellen, weil wir schnell aufbrechen müssen. Das reicht mir jetzt.« In einer galdratypischen Geste verschränkte er die Arme vor der Brust. »Seit Jahren versuchen wir, uns auf unsere Aufgabe vorzubereiten und dabei keine Fehler zu machen. Nun brechen wir endlich auf und wissen nicht einmal, wo es hingeht. Genauer gesagt wissen wir überhaupt nichts. Das kann nicht Eure Vorstellung von guter Vorbereitung sein, Seherin.«

Galdra nickte zustimmend. Die Winterseherin verdrehte die Augen.

»Die Zeit drängt immer noch, Gorin«, sagte sie. »Eure zwergischen Freunde dürften gerade noch mit den Lichtlosen beschäftigt sein und anschließend eine Weile brauchen, um alle Winkel von Tokrond abzusuchen und festzustellen, dass wir nicht mehr da sind. Bis dahin müssen wir außerhalb ihrer Reichweite sein, je schneller desto besser.« Sie seufzte. »Aber da ihr beide gerade so eisenzwergisch guckt, gebe ich euch ein paar Antworten. Dieses Seitental mündet weiter unten in den Eisenweg-Pass, der zum Osttor von Tokrond hinaufführt. Wir werden dem Pass Richtung Tiefland folgen und dann in den Karrenpfad einbiegen, der die Ödnis der Schwarzglasklippen durchquert. Dieser Pfad wird uns zur Menschenstadt Swertenburg bringen, wo ich Freunde habe, die euch bei eurer Aufgabe helfen werden. Und dort werden wir auch Zeit zum Reden haben. Seid ihr jetzt zufrieden?«

Galdra schaute Gorin fragend an, der die Seherin misstrauisch musterte. »Und unterwegs erfahren wir, was wir wissen müssen?«

»Aber ja«, brummte sie.

»Na schön.«

Umständlich streifte er sich die Stiefel ab, ehe er mit einem unterdrückten Seufzen zu der Winterseherin auf den Mantel trat. Galdra blieb stocksteif stehen, wo sie war.

»Ihr wollt doch nicht etwa …?«, fragte sie und zeigte auf den Umhang, dessen Ränder schon ungeduldig flatterten.

»Oh doch«, erwiderte die Seherin. »Und ich will es heute noch. Irgendwie müssen wir ja ins Tal runterkommen. Oder bevorzugst du es zu springen?«

Galdra starrte wortlos vor sich hin.

»Wir Zwerge sind Kinder der Berge«, erklärte Gorin. »Wir brauchen festen Boden unter den Füßen. Selbst Boote oder Pferde sind den meisten von uns zuwider. Und dann Euer Mantel …«

»Ich weiß«, sagte die Winterseherin ungerührt. »In den Menschenlanden macht man Witze darüber. Wer geht schneller unter: ein nackter Elb oder ein Zwerg im Kettenmantel? Der Elb. Zwerge trauen sich nicht ans Wasser.«

»Was?!«, fragte Galdra und starrte die Alte mit zusammengekniffenen Augen an.

»Nun ja«, meinte die Winterseherin mit gekräuselten Lippen. »Ich nehme an, dass man es andernorts einfach seltsam findet, dass einem der angeblich tapfersten Kriegervölker der Mut wegbricht, sobald der Boden wackelig wird, und …«

Weiter kam sie nicht, denn ohne ein weiteres Wort trat Galdra zwei Schritte vor und stellte sich neben die Alte auf den Mantel, die Arme vor der Brust verschränkt.

»Macht schnell«, knurrte sie mit zusammengebissenen Zähnen.

Die Winterseherin umfasste ihren Stab mit beiden Händen und schloss die Augen. Kurz darauf ging ein Zittern durch den

Mantel. Langsam erhob er sich in die Luft, woraufhin Gorin und Galdra sich aneinander festhielten.

Der Mantel glitt sanft über die Kante der Felsplattform. Jetzt lagen viele Meter kühle Gebirgsluft zwischen den Gefährten und der Geröllhalde tief unter ihnen. Lediglich ein dünnes Stück Stoff trennte sie vom freien Fall.

Gemächlich glitt der Mantel abwärts, dem fernen Boden entgegen, während der Wind an Gorins Haaren zerrte. Die Winterseherin hielt immer noch konzentriert die Augen geschlossen und murmelte leise vor sich hin. Ihre Stimme klang matt, fand Gorin. Immerhin war sie heute schon nach Tokrond eingedrungen, hatte mit ihrer Kunst die königlichen Wachen überwunden und anschließend mit der Tyrannenflechte gerungen. Selbst wenn sie eine wirklich erfahrene Zauberin war, musste sie langsam an die Grenze ihrer Kräfte kommen. Gorin hatte zumindest noch nie erlebt, dass ein Runenschmied auch nur annähernd so viel Magie an einem Tag geschmiedet hatte. Er hoffte inständig, dass es für den schwebenden Mantel noch reichen würde. Galdra starrte krampfhaft auf ihre Fußspitzen.

Auch Gorin gab sich alle Mühe, nicht nach unten zu schauen. Stattdessen glitt sein Blick ziellos über die grauen Berghänge auf der anderen Seite des Tals. Wie strenge, stumme Riesen ragten die Gipfel der Tokrond-Berge auf. Dort der steile Himmelshammer mit dem Königsbartgletscher, daneben der breite Sattel des Wyrmbuckels. An eine Felsenspitze im Schatten des Buckels klammerte sich ein merkwürdiger Umriss. Es sah aus, als hätte eine riesige Schlange ihren Leib um den Felsen gewunden – eine Schlange mit Flügeln. Auf ihrem Rücken saß eine Gestalt mit einem purpurfarbenen Umhang. Noch während Gorin sie mit weit aufgerissenen Augen anstarrte, hob die Gestalt einen Arm und schleuderte ein kleines schwarzes Etwas in seine Richtung. Der schwarze Punkt wurde schnell größer und veränderte seine Form. Ihm wuchsen Flügel und Beine, Arme und Klauen.

Es war eine fliegende Kreatur, die quer über das Tal auf den schwebenden Mantel zuschoss. Sie hatte den nackten Körper einer Menschenfrau, mit gräulich bleicher Haut und war so ausgemergelt, dass jede einzelne Rippe zu sehen war. Ihre dürren Arme gingen in mächtige Schwingen mit nachtschwarzen Federn über. Auch ihr Kopf war gefiedert und sah aus wie das Haupt einer Eule mit riesigen starrenden Augen, in denen kaltes Feuer brannte. Ihr scharf gebogener Schnabel glänzte wie Stahl, genau wie die langen Vogelkrallen, in die ihre Beine ausliefen. Gorin spürte, dass sie nicht hierher ins Sonnenlicht gehörte. Etwas an ihr erinnerte ihn an das Heulen der Höhlenwinde tief unten im Schacht des Vergessens. Sie war eine Tochter der Unterwelt.

»Da!«, rief er alarmiert und deutete auf die heranschießende Kreatur. Die Winterseherin schlug die Augen auf und sog scharf die Luft ein.

»Eine Strix«, sagte sie tonlos und umfasste ihren Stab fester.

Das Eulenwesen stieß einen Schrei aus, schrill und unbarmherzig, der sich tief in Gorins Brust bohrte. Kälte breitete sich in ihm aus, und die Welt schien ihre Farben zu verlieren. Sie waren verloren. Nichts konnte die stählernen Klauen einer Strix aufhalten, schon gar nicht auf diesem dünnen Mantel mitten in der Luft mit einer alten Frau als einzigem Schutz.

Seltsam unbeteiligt verfolgte Gorin, wie die Strix ihre Klauen vorstreckte und raubvogelgleich auf den schwebenden Mantel niederstieß.

Die Winterseherin hob trotzig ihren Stab, ein grellblauer Blitz entsprang seiner Spitze und schoss auf die Strix zu. Doch der Körper der Eulenfrau löste sich in eine schwarze Wolke auf, noch bevor der Blitz sie erreicht hatte. Er zuckte durch sie hindurch und schlug in eine Felswand auf der anderen Talseite ein. Dann verdichtete sich die Wolke wieder zur Strix – und plötzlich war sie ganz nah. Ihre schwarzen Schwingen schienen die ganze Welt einzunehmen und alle Hoffnung zu ersticken.

Gorin sah mit an, wie sich die Eisenklauen der Strix in den Körper der Winterseherin gruben. Sie keuchte entsetzt auf, als ihr der Stab aus den Fingern glitt und dem Talboden entgegenstürzte. Die Strix schlug heftig mit den Schattenflügeln, riss die

Seherin von den Füßen und trug sie mit sich fort. Der Mantel sackte ab und trudelte dem Talboden entgegen. Gorin sank auf die Knie, seine Schwester schwankte, und er wusste, dass sie jeden Moment zerschmettert würden.

Doch dann stoppte der Mantel ebenso abrupt, wie er herabgestürzt war. Gorin spürte, dass er vom Stoff herunterrutschte. Tief in ihm kam der Gedanke auf, dass er sich festhalten könnte, um sich zu retten. Er gab ihm nicht nach. Wozu auch? Gorin fiel. Schon einen Herzschlag später kam er hart auf dem Boden auf. Über sich sah er den Mantel, der in gut zwei Metern Höhe schwebte. Hoch oben in der klaren Luft flog die Strix mit schlagenden Flügeln auf der Stelle. Sie hielt den Körper der Winterseherin umklammert, die verzweifelt einen Arm nach unten ausstreckte, in Richtung des Mantels, von dem nun auch Galdra herunterrollte.

Mit einem triumphierenden Kreischen warf die Strix den Kopf in den Nacken und schlug dann ihren stählernen Schnabel in den Hals der Seherin. Gorin konnte regelrecht spüren, wie sie gierig deren Lebenskraft in sich hineinsaugte. Alles Leben war vergänglich, sinnlos und vergänglich … Der Mantel flatterte erschlafft neben Galdra zu Boden.

Aus dem Augenwinkel bemerkte Gorin, dass nun auch die geflügelte Schlange über das Tal herangeglitten kam. Seine Schwester stöhnte. Irgendwo dort vorne lag der Stab der Seherin im Geröll. Er wandte den Kopf nicht um und starrte einfach nur weiter vor sich hin. Auch als die Umrisse der gefangenen Seherin verschwammen und sich ihr Körper in einen schlanken weißen Vogel verwandelte, der sich aus der Umklammerung der Strix löste, blieb Gorin auf dem Rücken liegen. Es war ja doch sinnlos, einer Fürstin der Unterwelt entkommen zu wollen …

Der weiße Vogel glitt im Sturzflug zum Talboden hinab, ging zwischen den Felsen nieder und wurde wieder zur Winterseherin. Sie griff nach ihrem Stab und stolperte auf Gorin zu. Grau sah sie aus der Nähe aus, grau und kraftlos, fast wie der bleiche Leib der Strix. Ihr weißes Haar war blutverschmiert.

»Gorin!«, keuchte sie. »Gorin! Galdra! Wacht auf!«

Sie berührte Gorins Brust mit ihrem Stab. Eine Welle der Wärme flutete durch seinen Körper, als hätte er heißes Glühbier getrunken, das überall zugleich seine Wirkung tat. Die Welt gewann ihre Farben zurück. Alarmiert sprang Gorin auf die Füße. Sie mussten etwas tun! Rasch, bevor dieses Ungeheuer erneut zuschlug.

Mit rauschenden Schwingen kam die Strix herangestürzt, die Eisenklauen vorgestreckt. Die Winterseherin griff in eine ihrer Gürteltaschen und zog eine kleine silberne Scheibe hervor, die sie der Kreatur entgegenschleuderte. In der Luft zersprang die Scheibe zu einer Welle brüllender Silberflammen. Die Strix verschwamm wieder zu einer Schattenwolke, doch die Flammen trafen auf die Schatten und fraßen sich zischend und fauchend hinein, dünnten die Dunkelheit mit ihrem grellen Licht aus – und wurden schließlich von den Schatten verschlungen. Als die Schattenwolke wieder zur Strix wurde, sah die Eulenfrau zerzaust aus, und einige geknickte schwarze Federn segelten zu Boden.

Die Winterseherin hatte die Zeit genutzt und Galdra mit ihrem Stab berührt. Erleichtert sah Gorin, wie auch seine Schwester sich aufrappelte und sofort ihre Stabaxt bereitmachte.

»Kinder, hört mir zu!«, keuchte die Seherin. »Lauft das Tal hinab zum Eisenweg-Pass und dann immer weiter Richtung Swertenburg! Haltet nicht an und blickt euch nicht um! Ich komme so schnell wie möglich nach.«

»Nein!« Galdra hob trotzig ihre Kristallaxt. »Wir lassen Euch nicht im Stich, Winterseherin.«

Die Alte schnaubte ungeduldig. »Gegen eine Strix könnt ihr nichts ausrichten! Und ich kann jetzt nicht auch noch auf euch aufpassen.«

»Das wollen wir mal sehen!«, knurrte Galdra und zog kampflustig ein Wurfbeil.

Die Winterseherin seufzte tief und schloss kurz die Augen. Als sie sie wieder öffnete, sah sie größer aus als zuvor. Größer und gebieterisch. »Lauft!«, befahl sie den Zwergen. »Lauft, so lange ihr könnt. Fort von mir! Haltet nur bei Gefahr an!«

Und Gorin lief. Ohne nachzudenken hetzte er das Tal entlang. Galdra lief mit verbissenem Gesichtsausdruck neben ihm her, die Äxte noch immer umklammert. Gorin warf einen Blick über die Schulter zurück, doch die Winterseherin war nicht mehr zu sehen. Stattdessen hielt ein großer weißer Vogel direkt auf die Strix zu. Diesmal allerdings wurde der weiße Vogel von einer Aura aus gleißenden Silberflammen umspielt. Mit entschlossenen Flügelschlägen näherte er sich dem schwarzen Umriss der Strix, die mit ausgestreckten Stahlklauen über ihm kreiste. Gorin schaute wieder nach vorne.

Die Zwillinge folgten dem Verlauf des Tals, immer an dem glucksenden Bach entlang. Irgendwo hinter ihnen ertönte noch einmal der schrille, kalte Schrei der Strix, und Gorin spürte, dass ein Schatten seine Seele streifte. Doch die Wärme, die ihm die Winterseherin geschenkt hatte, bewahrte ihn diesmal vor Schlimmerem. Er zwang sich, nicht noch einmal nach hinten zu schauen und einfach weiterzulaufen. Dann war da noch ein weiteres Geräusch. Ein Rauschen, das unaufhaltsam näher kam.

»Achtung!«, brüllte Galdra und deutete nach oben.

Gorin schaute auf.

Die Flügelschlange näherte sich ihnen, ihr regenbogenschillernder Körper durchschnitt mit schlängelnden Bewegungen die Luft, als gleite er durch Wasser. Ein Sattel war auf ihrem Rücken befestigt, auf dem eine Gestalt mit Purpur-Mantel saß und die Kettenzügel führte. Ihre von einem Silberreif nur mäßig gebändigten Haare wehten im Flugwind. Helle Amethystaugen funkelten triumphierend in ihrem schmalen Gesicht. Es war tatsächlich die Elbenhexe. Die Elbenhexe, die Nurdrin die Seelenkette umgelegt hatte! Die verantwortlich war für Duroschas Tod …

Sie lenkte die Schlange zu einem kühnen Sturzflug in Richtung der Zwillinge. Gorin spürte, wie der Drang zu laufen nachließ. Er wurde langsamer.

Seine Finger machten wie von selbst die Armbrust bereit, luden sie durch, griffen nach einem Runenbolzen. *Adrakh* und *Nuraz*. *Stahl* und *Zerstörung*.

»Das ist sie!«, zischte er Galdra zu. »Die Elbenhexe aus dem Tunnel! Sie hat Nurdrin verflucht!« Galdra hob entschlossen ihr Wurfbeil.

Die Elbin lenkte die Flugschlange in einem weiten Bogen über die Zwillinge. Sie griff an ihren Gürtel und zog einen weiß schimmernden Gegenstand hervor. Gorin erkannte eine Schneeflocke aus Kristall. Sie sah aus wie das Zauberding, mit dem sie damals im Tunnel den Kältebann über Gorin gelegt hatte. Allerdings war diese Kristallflocke gut doppelt so groß, sie hatte mehr als eine Handspanne Durchmesser. Vermutlich konnte sie einen wahren Kältesturm entfachen. Die Elbin preschte im Sturzflug heran, den Arm zum Wurf erhoben. Ihre Lippen formten tonlos Zauberformeln. Weiter hinten im Tal umkreisten sich die Strix und die Seherin als schwarzer Schatten und Silberschemen in der Luft.

Gorin konzentrierte sich ganz auf die herannahende Elbenhexe. Galdra schleuderte ein Wurfbeil nach ihr, doch es kam nicht hoch genug, um die fliegende Schlange zu treffen. Gorins Armbrust hingegen hatte eine größere Reichweite. Er legte auf die Zauberin an. Dann erinnerte er sich daran, wie sein Armbrustbolzen von ihren Gewändern abgeprallt war und wie sie seinen Steinfluch mit ihrem Schutzring abgewehrt hatte.

Er riss die Armbrust zur Seite und feuerte auf einen Lederflügel der Flugschlange. Sein Bolzen schoss fauchend durch die Luft und zersprang zu einer Wolke aus tödlichem Stahl-Schrapnell. Zahllose Metallsplitter schlugen in den Flügel ein und zerfetzten seine dünne Lederhaut.

Die Flugschlange schwenkte zur Seite und verlor rasch an Höhe, während ihr durchlöcherter Flügel nutzlos herumschlug. Mit grimmiger Befriedigung registrierte Gorin, dass die Elbenhexe die Kristallflocke verloren hatte und nun dabei war, hektisch an den Gurten herumzufingern, die sie im Sattel fixierten.

Dann verschwammen ihre Umrisse, und keine drei Herzschläge später löste sich eine purpurglänzende Libelle, lang wie ein Arm, von der Flugschlange.

»Sie entkommt!«, schrie Galdra und warf ein Beil nach der Libelle, die dem Geschoss elegant auswich.

Sie surrte den Bachlauf entlang und ließ sich schließlich auf einem Felsen etwas weiter unten im Tal nieder, wo sie wieder zu der Elbenhexe wurde, die den Zwergen hochaufgerichtet entgegenstarrte. Sie hob beschwörend die Arme und schrieb mit den Fingern ihrer Linken Muster in die Luft, während sie in der rechten Hand eine Art Metallscheibe hielt, die wie ein breit grinsendes Maul mit spitzen Zähnen geformt war. Nur aus dem Augenwinkel nahm Gorin wahr, dass sich die angeschlagene Flugschlange zwischen den Felsen der Bergflanke verkroch.

»Wir gehen sie getrennt an!«, rief ihm Galdra zu. »Dann kann ihr Zauber uns nicht beide erwischen. Los, kleiner Bruder!«

Sie stürmte vor und beschrieb dabei einen Bogen nach links. Gorin hielt sich rechter Hand und legte einen Bolzen ein. Die Elbin schien inzwischen kurz davorzustehen, ihren Zauber zu beenden. Zwischen ihren erhobenen Armen formte sich eine Art Kugel aus dunkelrotem Licht. Gorin schoss auf die Zauberin, doch der Bolzen prallte von ihrem Oberkörper ab.

Mit einem abfälligen Lachen schleuderte die Elbin die rote Kugel in Galdras Richtung. Während sie die Luft durchschnitt, wurde sie größer und fester, wirkte plötzlich massiv, wie aus Fleisch geformt. Dicke Tentakel sprossen aus ihr heraus und glitten auf Galdra zu, jeder einzelne so dick wie ein Zwergenbein und länger als ein erwachsener Mensch. Im Zentrum der Kugel klaffte nun ein kreisrundes Maul, eingefasst von einem Ring scharfer Zähne, das sich pulsierend zusammenzog und öffnete. Die seltsame Kreatur schien keine anderen Merkmale oder Sinnesorgane zu haben.

Gorin beeilte sich, seine Armbrust nachzuladen.

Ein langer Tentakel griff nach Galdra. Sie ließ ihre Kristallaxt in einem kühnen Bogen herumsausen. Ein abgeschlagener

Fangarm zuckte über den Boden, doch schon griffen zwei weitere nach ihr. Ihre Axt tanzte weiter und fraß sich in rotes Fleisch. Immer mehr Tentakel wogten heran. Mit Grauen bemerkte Gorin, dass aus den abgeschlagenen Stümpfen am Leib der Kreatur bereits neue Fangarme hervorwucherten. Dann hatte er endlich einen Bolzen eingelegt. Sein Blick wanderte unschlüssig hin und her: die Elbin oder das Kugel-Ding?

Die Zauberin nahm ihm die Entscheidung ab, denn auch sie war nicht untätig geblieben. Auf ihrer Handfläche ruhte inzwischen eine weitere Kristall-Schneeflocke, diesmal von normaler Größe. Zärtlich hauchte sie die Flocke an, woraufhin sie auf Gorin zu sauste. Er erinnerte sich nur zu gut daran, was dieser Zauber im Felsenwyrm-Tunnel mit ihm gemacht hatte. Er riss die Armbrust hoch und legte auf die Flocke an – klackend löste sich sein Bolzen von der Waffe. Er traf die Flocke in der Luft, und sie zerbrach in einer Explosion weißer Splitter.

»Ja!«, brüllte Gorin triumphierend.

Doch die Elbenhexe lächelte ihn nur schmallippig an, dann streckte sie beide Arme vor, die Handflächen nach oben gerichtet. Auf jeder Hand ruhte eine weitere Kristallflocke. Beide setzten sich gleichzeitig in Bewegung und sausten auf Gorin zu, die eine beschrieb einen leichten Bogen nach rechts, die andere nach links.

Verzweifelt blickte er sich nach Galdra um. Ein Tentakel hatte ihre Hüfte umschlungen und zog sie auf das Maul zu. Ihre Kristallaxt lag auf dem Boden, doch in jeder Faust hielt sie ein Wurfbeil. Grimmig schleuderte sie beide Geschosse nacheinander mitten in das Maul, das sich gierig geöffnet hatte. Der Tentakel ließ sie fallen.

Die beiden Kristallflocken hatten Gorin inzwischen fast erreicht. Er warf sich flach zu Boden, in Erwartung der eisigen Winterkälte, die gleich über ihm hereinbrechen würde …

Krachend zuckte ein grellblauer Blitz durch das Tal. Die Elbenhexe wurde von seiner Gewalt erfasst und geriet ins Wanken, die beiden Kristallflocken zerplatzten, als ein Ausläufer des Blitzes sie streifte. Und die Kugel-Kreatur lag nun schlaff am Boden, von Galdra in ihre Bestandteile zerhackt.

Gorin sprang wieder auf die Füße und blickte verwundert um sich. Um die Elbin hatten sich Fesselbande aus bläulich knisternder Energie gelegt und pressten sie zu Boden. Auf einem Vorsprung drüben an der Felswand stand die Winterseherin, den Stab auf die Elbenhexe gerichtet.

»Lauft!«, brüllte sie ihnen zu. »Lauft, solange sie …«

Wie ein nachtschwarzes Verhängnis kam die Strix herangestürzt.

»Lauft!«, donnerte die Alte noch einmal und wies gebieterisch talabwärts.

Die Unterweltliche packte die Seherin mit ihren stählernen Klauen und riss sie mit sich. Silberflammen schlugen aus dem Körper der Alten, während die Eulenfrau mit flatternden Schwingen einige ihrer Federn einbüßte. Mehr bekam Gorin nicht mit. Er rannte los. Rannte, so schnell er konnte, fort von hier, den Trampelpfad am Bach entlang, dem Tiefland entgegen.

»Verdammte Hexe!«, keifte Galdra, die neben ihm herlief. Gorin war sich nicht sicher, ob sie die Elbin oder die Seherin meinte, die sie mit ihrer Magie zur Flucht zwang. Er biss die Zähne zusammen. Die Elbenfrau hatte am Boden gelegen, vermutlich ohne ihren Schutzzauber … Und er rannte weg, anstatt ihr den Rest zu geben und damit Nurdrin und Barudrin zu rächen! Aber es ging eben nicht anders. Nicht nur wegen des unmissverständlichen Befehls der Seherin. Es war ihre Aufgabe, die nun vor ihnen lag und erfüllt werden musste.

Die Zwillinge liefen weiter, ließen die grellen Schreie der Strix und das Zischen magischer Entladungen hinter sich und wandten sich nicht um. Die Kampfgeräusche wurden leiser und verstummten schließlich ganz. Auch als sich das schmale Tal weitete und in einen Kessel inmitten majestätisch-träger Berge überging, liefen sie weiter. Nun ging es den Eisenweg-Pass entlang, eine schmale, ungepflasterte Karrenstraße hinunter. Gorin tat alles weh, aber er lief, setzte mechanisch einen Fuß vor den anderen und wandte nur einmal kurz den Kopf, als sich am Straßenrand eine Steinsäule als Wegweiser erhob.

»TOKROND« stand dort in Zwergenrunen und in den Buchstaben der Hochsprache. Sie liefen in die andere Richtung, dem Tiefland und der Welt entgegen. Erst als die Tokrond-Berge viele Meilen hinter ihnen lagen, wurde der Drang zu laufen schwächer, ihre Schritte langsamer. Erschöpft ließen sie sich schließlich unter eine dichte Hecke fallen und waren sofort eingeschlafen.

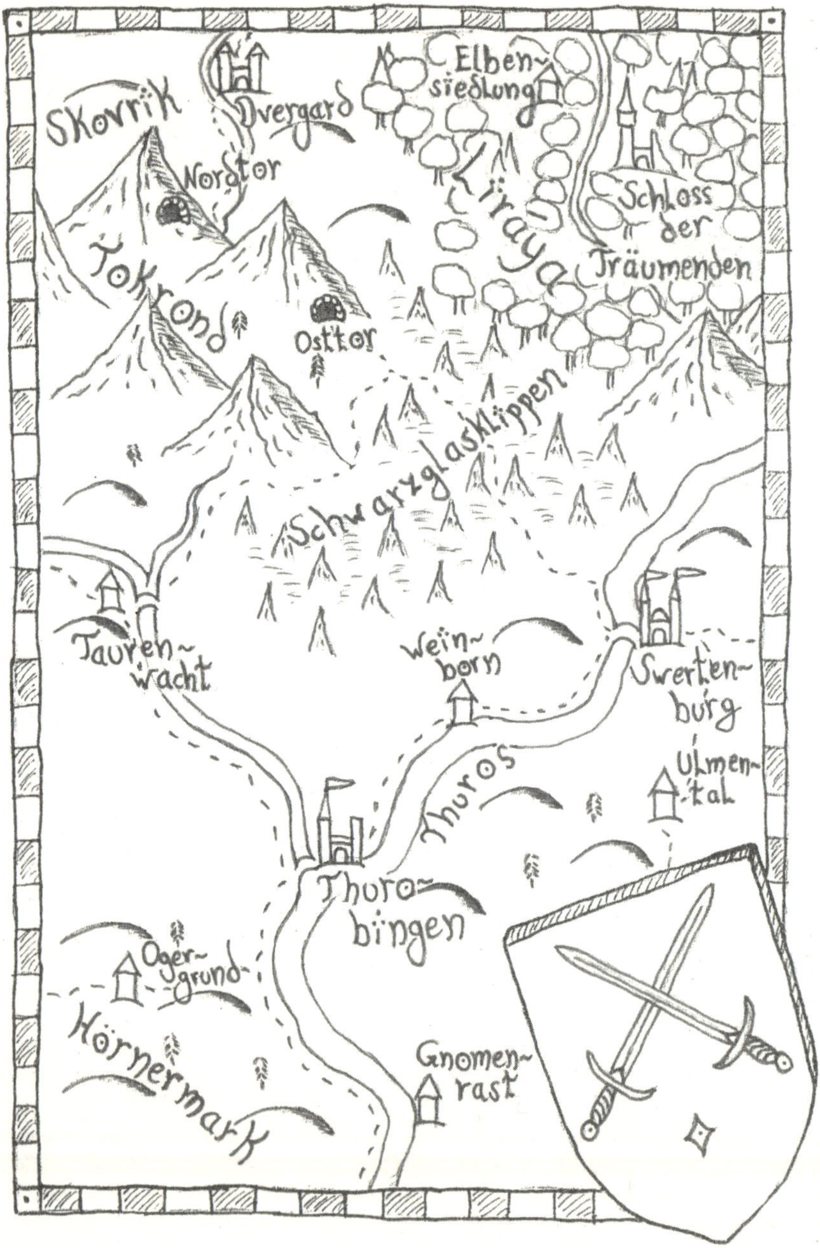
Skorrik
Overgard
Elben-
siedlung
Nordtor
Liraya
Schloss
der
Träumenden
Tokrond
Osttor
Schwarzglasklippen
Taurenwacht
Weinborn
Swertenburg
Ulmental
Thuros
Thurobingen
Ogergrund
Hörnermark
Gnomenrast

ELFTES KAPITEL

INMITTEN DER SCHWARZGLASKLIPPEN

DIE ALLGEGENWÄRTIGEN KLIPPEN waren glatt und scharfkantig und zeichneten sich klar vor dem Himmel ab. Hier gab es keine weichen Zwischentöne wie bei den zahllosen Grünschattierungen der Wipfel, dem Sonnenlicht zwischen den Blättern und den tausenden Grau-Rot-Braun-Nuancen des Waldbodens. Nur schwarze Felsen ringsum und schwarzes Geröll unter ihren Füßen, mit Bruchkanten scharf wie Dolchklingen.

Elyami hatte sich einen schmerzhaften Schnitt im Handballen zugezogen, als sie sich beim Aufstieg an einer der glatten Felsnasen abgestützt hatte. Mittlerweile achtete sie darauf, am besten gar nichts zu berühren. Lediglich der allgegenwärtige Nebel milderte die scharfen Formen der Glasfelsen, doch trugen seine dicken grauen Schwaden nicht dazu bei, Elyami zu beruhigen. Beständig kroch er zwischen den Felsen herum, obgleich hier kaum ein Luftzug zu spüren war. Schleichend und lauernd, fand Elyami.

Die einzigen Pflanzen, die sich in der Schwarzglas-Ödnis halten konnten, waren Büschel von spröden Gräsern, mehr gelblich als grün. Und auch ihre Halme waren spitz und schneidend. Sie dienten den Herden von struppigen Wildziegen als Nahrung, die die beiden Elben misstrauisch musterten, wenn sie an ihnen vorbeizogen. Der Pfad, dem die Zwillinge folgten, war auch für die Hufe von Ziegen gemacht. Er schlängelte sich bergauf und bergab zwischen den schwarzen Felswänden hindurch, und immer wieder rutschte Geröll unter ihren Füßen hinweg. Elyami erschrak jedes Mal. Vielleicht waren die Orks auf ihren Plünderwölfen weit weg, vielleicht warteten sie aber auch schon hinter der nächsten Biegung. Bislang waren sie ihnen jedenfalls entkommen.

Als die Abendsonne schon tief stand, bemerkte Elyami, dass sich in einiger Entfernung große, bullige Gestalten durch den Nebel bewegten. Sie gingen aufrecht, und ihre Köpfe reichten fast an die Grate der Klippen heran. Die säulenartigen Arme hingen bis zum Boden herab. Tief gebeugt marschierten sie, mit einem winzigen Kopf zwischen den Schultern von der Breite einer Tordurchfahrt. Die massigen Körper glänzten schwarz wie die Klippen, Gesichtszüge waren kaum zu erkennen. Sie glichen stampfenden Felsen.

»Obsidianlinge«, flüsterte Elyami fasziniert und legte die Hand auf Elyamurs Arm, der sein Schwert gezogen hatte. »Ich habe Geschichten über sie gehört.«

»Sind sie gefährlich?«, fragte ihr Bruder wachsam.

»Man weiß kaum etwas über sie. Es ist fast unmöglich, mit ihnen Kontakt aufzunehmen. Sie stapfen einfach nur zwischen den Klippen umher, und niemand versteht, was in ihnen vorgeht oder ob sie überhaupt denken. An anderen Geschöpfen scheinen sie jedenfalls kein Interesse zu haben.«

»Wir sollten ihnen trotzdem aus dem Weg gehen«, entschied Elyamur.

Die Zwillinge zogen sich in den Schutz einer Felswand zurück, während eine Reihe von fünf massigen Obsidianlingen an ihnen vorbeimarschierte, ohne Notiz von ihnen zu nehmen. Elyami war sich nicht sicher, ob die Kolosse angehalten hätten, wenn sich ihnen jemand in den Weg gestellt hätte. Vielleicht wären sie auch einfach gleichmütig über sie hinweggestampft. Nachdenklich schaute sie den breiten Rücken hinterher, die im Nebel verschwanden. Der Gang dieser Wesen hatte einen eigentümlichen Rhythmus, fast als würden sie sich nach einer geheimen Melodie bewegen. Widerwillig riss sie sich von ihrem Anblick los. Es gab so viel zu lernen. Doch alles, was sie jetzt tun konnten, war so schnell wie möglich weiter voranzuhetzen, fort von den Orks und fort von Liráya.

Sie nutzten die letzten Stunden des Tageslichts und suchten sich schließlich einen geschützten Ort für die Nacht. Am Fuße der Klippen gab es vielerorts Höhlen mit glatten Wänden wie aus geschmolzenem Glas, doch Elyami lehnte Elyamurs Vorschlag ab, in ihrem Schatten Schutz zu suchen. Sie spürte, dass dort unten Dinge umherkrochen, denen sie nicht begegnen wollte. Stattdessen schmiegten sie sich mit ihren Decken einfach unter einen Felsüberhang. Elyamur übernahm die erste Wache, während Elyami sich zusammenrollte.

Ihr Schlaf war unruhig. Orks auf blutgierigen Plünderwölfen hetzten durch ihre Träume, in die sich immer wieder die Realität des glasharten Untergrunds mischte. Als schließlich die sanften Augen der Träumenden Königin auf ihr ruhten, versank sie dankbar in ihrem Silberglanz. Ein *Suya láo* umfing sie. Elyami blickte auf einen fremden Ort zu einer anderen Zeit.

Sie sah eine Stadt, deren Häuser sich auf einer Insel in der Mitte eines breiten Flusses drängten. Sie lag genau an der Stelle, wo der Fluss in einen See mündete. In der Ferne erhoben sich gletscherbekrönte Berggipfel jenseits des Sees, die Hügel rings um seine Ufer waren üppig und grün, bewachsen mit Obstbäumen. Elyami wusste, dass sie auf Dreybrücken am Thursensee schaute, Hauptstadt des hundertbürgischen Herzogtums Grauhöhen im Schatten der Graugrimm-Berge. Jetzt konnte sie auch erkennen, dass die Stadt arg in Mitleidenschaft gezogen war. An einigen Stellen ragten nur noch geschwärzte Balken wie anklagende Gerippe auf, wo sich ehemals die stolzen Giebel ganzer Straßenzüge erhoben hatten. Eines der drei Stadttore, zu denen jeweils eine Steinbrücke führte, war niedergerissen. Die Wälle der gedrungenen Herzogsburg, die auf einer eigenen Insel vor der Stadt kauerte, wiesen Einschläge von mächtigen Katapultgeschossen auf. Über ihrem Hauptturm wehte ein Banner, das einen grünen Lindwurm auf gelbem Feld zeigte. Elyami wusste, dass es fremd war. Das Banner von Grauhöhen zeigte eigentlich eine weiße Bergspitze auf Blau, der Lindwurm hingegen gehörte zum Herzogtum Tannenbingen. Die Stadt musste erst vor Kurzem eingenommen worden sein. Die Heereszelte der Belagerer erstreckten sich am Seeufer auf beiden Seiten des Flusses. Von zahllosen Feuerstellen stiegen Rauchsäulen in den Himmel.

Elyamis Blick wurde von einem Rundzelt im Zentrum des Lagers angezogen. Die Planen erstrahlten in gelb-grünen Streifen, das Dach war mit Goldborten geschmückt. Auch das Innere war opulent mit Feldmöbeln ausgestattet. In der Mitte lag eine große Landkarte auf einem Tisch ausgebreitet. Sie zeigte die neun Herzogtümer von Hundertbürgen, Gruppen von Zinnfiguren repräsentierten die Heerhaufen der streitenden Adelshäuser, kleine Flaggen über den Städten und Burgen markierten die aktuellen Besitzer. Der Osten der Karte wurde dominiert vom Lindwurm Tannenbingens.

Ein hagerer Mann mit schwarzen Locken stand über die Karte gebeugt. Es war Dáman, der junge Beschwörer aus Elyamis letztem Traum. Er trug nun schwarze Roben mit Goldbesatz über einem leichten Kettenhemd und ein schlankes Schwert an seiner Seite. Seine Züge waren kantiger geworden. Mit gerunzelter Stirn brütete er über der Landkarte, verschob gelegentlich einige Zinnfiguren und stellte sie kopfschüttelnd wieder zurück. Aus seinen dunklen Augen sprach keine Sorge, sondern der Ehrgeiz, so glanzvoll wie möglich ein Spiel zu gewinnen.

»Lordfeldmarschall Kriegszauberer!«, bellte eine dunkle Stimme vom Zelteingang.

Dáman schaute ungeduldig auf. »Ja?«

Ein stämmiger Minotaur mit ausladenden Hörnern war hereingekommen. Er trug eine jener langstieligen Doppeläxte, die sein Volk als *Labrys* bezeichnete, der kostbarste Besitz eines gehörnten Kriegers. Auch auf seinem Plattenpanzer prangte das Symbol einer Doppelaxt, die einen Schädel zerteilte. Ein Offizier der *Schwarzen Labrys*, einer gefürchteten Söldner-Einheit.

»Da ist eine Frau, die Euch sprechen will«, grollte der Minotaur. »Sie ist mitten im Lager aufgetaucht. Meine Männer halten sie fest.«

»Kommt sie aus der Stadt? Hat sie gesagt, was sie wünscht?«

»Sie hat gesagt, dass ich Euch das hier zeigen soll, Lordfeldmarschall.«

Der Minotaur lehnte seine Labrys an einen Zeltpfosten, trat einen Schritt vor und breitete die Arme aus. Dann verbeugte er sich galant, machte einen kleinen Hüpfer und vollführte die elegante Sprungfolge eines Hoftanzes. Er beendete die Vorführung mit einer Pirouette. Dann blinzelte er perplex und kratzte verlegen eines seiner mit Goldringen geschmückten Kuhohren.

Dáman grinste breit. »Schickt sie so schnell wie möglich zu mir! Beeilt Euch!«

»Öhm … jawohl, Lordfeldmarschall«, stammelte der Minotaur, griff sich seine Labrys und stürzte aus dem Zelt.

Keine drei Herzschläge später kam eine junge Frau hereingestürmt und warf sich in Dámans Arme.

»Odrana!«, lachte er. »Ich dachte, meine Söldner hätten dich in Gewahrsam genommen?«

»Ja. Aber ich hatte keine Lust mehr, auf den vielbeschäftigten Lordfeldmarschall Kriegszauberer zu warten.«

Ihre großen, klaren blauen Augen blitzten schelmisch. Auch sie war älter geworden. Ihre blonden Haare waren jetzt zu einem Kranz hochgesteckt. Um den Hals trug sie ein Amulett, das ein rostrotes Stundenglas zeigte.

»Ich hatte nicht erwartet, dich so schnell wiederzusehen«, sagte Dáman und schob ihr einen zusammenklappbaren Feldstuhl hin. »Ich kann dir leider nur den Komfort meines Zeltes anbieten. Herzog Chlotimar ist schon auf seiner neuen Burg eingezogen. Ich räume hier draußen noch auf, bevor ich mein Quartier ins Rathaus verlege.«

»Als ich gehört habe, dass Dreybrücken gefallen ist, habe ich mich sofort auf den Weg gemacht«, sagte Odrana.

»Ich bin so froh, dass endlich alles vorbei ist.«

Dáman nickte stolz. »Nach fast fünfzig Jahren Fehde ist damit der Streit zwischen Tannenbingen und Grauhöhen endgültig beigelegt. Herzog Odilus geht auf all unsere Bedingungen ein. Er wird zugunsten seiner Tochter abdanken, die Chlotimars

Zweitgeborenen heiratet, und der Frieden im nordöstlichen Hundertbürgen ist gesichert.«

Odrana nickte nachdenklich. »Und du bist vorerst frei, zu tun, was du willst. Du kommst doch diesen Sommer für die Mysterienfeiern zu uns ins Silberkloster? Immerhin ist es das Hochfest des Gottes Nidhanas, ich bin es leid, es ohne dich zu feiern! Und du musst endlich Hierophantin Alyavi kennenlernen, meine Mentorin!«

Dáman zog tief die Luft ein. »Ich würde ja gerne, Odrana! Schon wegen der silberelbischen Bibliothek, von der du immer erzählst! Doch gerade geht es einfach nicht.«

»Aber warum?« Ihre Stimme klang enttäuscht.

»Schau hier.« Dáman zeigte auf die Karte. »Die Herzogtümer Mondenheim und Sommerau sind im Süden ganz mit ihren Kämpfen gegeneinander beschäftigt. Swertengund und Harpyienfels sind geschwächt von Überfällen der Bergriesen. König Karubin kann neben seinen Stammlanden auf der Ebene von Ährenfeldt nur auf das Herzogtum Fänggenberg und die Hörnermark als Unterstützung zurückgreifen. Wenn wir jetzt entschlossen nach Westen marschieren, um Harpyienfels und Swertengund einzunehmen, ist unsere Hausmacht größer als die des Königs!«

Odrana schaute Dáman fragend an. Seine Augen leuchteten.

»Herzog Chlotimar hat gewisse Ansprüche an den Thron von Hundertbürgen«, fuhr er fort. »Immerhin haben Karubin und er denselben Urgroßvater. Mit vier Herzogtümern als Rückhalt könnten wir in Ährenfeldt einmarschieren und seinen Anspruch durchsetzen. Dann ist in ein paar Jahren der Frieden auf ganz Hundertbürgen ausgeweitet, und die ewigen Kriegszüge haben ein Ende.«

Unwillig runzelte Odrana die Stirn. »Dieser Chlotimar ist nicht zufrieden damit, Grauhöhen geschluckt zu haben?«, fragte sie. »Soll ich mit dem Herzog reden? Du weißt, wie überzeugend ich sein kann. Dann bleibt Tannenbingen ein weiterer Kriegszug erspart, und du kannst zu den Mysterien kommen.«

Ungeduldig tigerte Dáman vor dem Tisch mit der Landkarte auf und ab. »Du verstehst nicht! Herzog Chlotimar ist nicht weitsichtig genug, um seine Chancen zu erkennen. Ich musste das Thema fast ein Dutzend Mal ansprechen, bis er die Möglichkeit endlich erwogen hat. Aber wir werden es schaffen. Ich kann ihn auf den Thron bringen. Der Herzog vertraut mir und wird mir auch als König vertrauen. Dann werde ich die Gelegenheit haben, ganz Hundertbürgen Ordnung und Sicherheit zu bringen.«

»Ach, Dáman …« Odrana sah ihn eindringlich an. »Du gehst diese ganze Sache als Kriegszauberer genauso verbissen an wie damals deine Studien an der Dreikopf-Akademie. Ist für dich wirklich alles nur eine Frage des Willens?«

»So ist es«, bestätigte Dáman. »Diesem Grundsatz verdanke ich es, als bester Absolvent der Akademie abgeschlossen zu haben.«

»Ja. Mit drei Punkten Vorsprung«, schmunzelte Odrana. Dann wurde sie ernst. »Aber diesmal geht es nicht um Punkte, Dáman. Es geht um Kriegszüge, die ganze Landstriche verwüsten würden. Ich frage mich, wohin dein Ehrgeiz dich noch führen wird.«

»Wie meinst du das?«

Sie seufzte. »Es liegt nur ein schmaler Grat zwischen Willenskraft und Besessenheit … Und ich bedauere es, dass du nicht zu den Nidhanas-Mysterien kommst.« Ihre Finger berührten das rostrote Stundenglas-Amulett.

»Da fällt mir etwas ein …« Dáman grinste plötzlich. »Ich habe noch ein Geschenk für dich. Komm mit. Es wird dir gefallen.«

Er führte sie aus dem Zelt, und Elyami beobachtete, wie zwei Pferde für Dáman und Odrana bereitgemacht wurden. Gemeinsam ritten sie in Richtung Stadt, begleitet von einer Eskorte aus vier Minotauren-Söldnern. Die Gehörnten ritten auf bulligen Panzertieren, die dicke Hörner auf der Nase trugen. Die Menschen von Dreybrücken, die ihnen auf der Brücke zum Stadttor begegneten, warfen Dáman ängstliche Blicke zu und murmelten etwas von einem Dämon, der während der Belagerung über die

Burg des Herzogs hergefallen sei. Dáman schaute stolz geradeaus, während Odrana den Blick nachdenklich über das Stadtvolk schweifen ließ.

Sie durchquerten das niedergerissene Stadttor und ritten durch die Straßen von Dreybrücken. Am zentralen Marktplatz stiegen sie ab und überließen ihre Pferde den Minotauren. Dáman führte Odrana am Rathaus vorbei, über dessen Portal das Lindwurm-Banner wehte. Sie bogen in eine Seitengasse ein. Hier stand ein klobiges Gebäude ohne Fenster mit schmuckloser Fassade. Zwei Minotaurenkrieger hielten vor seinen kupferbeschlagenen Flügeltoren Wache. Als Dáman und Odrana sich näherten, ließen sie die Tore aufschwingen.

Dahinter lag eine längliche Halle im Dämmerlicht. Große Becken, in denen Räucherwerk brannte, hingen an Ketten von der Decke und trübten die Sicht zusätzlich. Auf dem Boden lagen Matten und Sitzkissen verstreut, die jedoch unbesetzt waren. An der gegenüberliegenden Stirnseite der Halle erhob sich eine Marmorstatue in einer Nische. Sie zeigte einen jungen Mann mit feinen Zügen, der ein mächtiges Stundenglas aus Gold in der Armbeuge trug. Die Statue saß auf einem eisernen Thronsessel. Der Thron war filigran gearbeitet und komplett von einer rotbraunen Rostschicht bedeckt.

Ein umlaufendes Schriftband über der Nische verkündete:

»KÖNIG DER UNTERWELT * GELEITER DER SEELEN * TOR ZUM TOD * TOR ZUM LEBEN«

Dunkle Tuchgewänder bedeckten den Marmorleib des Jünglings. Auf einem Altartischchen vor der Statue waren Wein und Speisen für ihn bereitgestellt. Bei den Menschen gehörte es zum Brauchtum der Priester, die Verkörperung eines Gottes zu kleiden und zu nähren.

»Der Nidhanas-Tempel«, sagte Odrana leise, während Dáman sie tiefer in die Gebetshalle hineinführte. Die Flügeltore schlossen sich hinter ihnen. »Warum sind wir hier?«

»Das ist mein Geschenk für dich.« Dáman breitete die Arme aus.

»Ich verstehe nicht.«

»Auf meinen persönlichen Befehl hin wurde der Tempel bei allen Kämpfen verschont. Auch jede Plünderung war strengstens verboten. Vom Tempelschatz fehlt kein Kupferpfennig. Damit das so bleibt, wird er ständig von meinen Soldaten bewacht. Mehr noch: Der Herzog wird den Tempel sogar mit einer großzügigen Spende bedenken, sobald sich alles etwas normalisiert hat. Dann wird Nidhanas das prachtvollste Götterhaus von Dreybrücken haben. Immerhin ist er der Gott, dem meine Gefährtin folgt.«

Odrana befingerte unbehaglich ihr Stundenglas-Amulett, während sie sich in der Tempelhalle umsah. »Warum hat es überhaupt Plünderungen gegeben?«, fragte sie leise.

Dáman verzog das Gesicht. »Der Krieg gegen Grauhöhen war hart. Und wir hatten nicht nur tannenbingische Waffenknechte im Heer, sondern auch freie Söldnerhaufen. Da sind gewisse Ausschreitungen nach dem Sieg nicht zu vermeiden. Ich habe aber ein Auge darauf und konnte das Schlimmste verhindern. Bald wird so etwas nicht mehr nötig sein.«

Odrana antwortete nicht und schaute stumm zur Nidhanas-Statue hinauf. Schließlich holte sie tief Luft und wandte sich Dáman zu.

»Ich muss dir etwas sagen. Es ist mir wirklich wichtig, dass du zu den Nidhanas-Mysterien kommst. Für mich wird das nicht einfach nur irgendein Fest sein …« Sie hielt kurz inne. »Ich werde den Silberschleier nehmen, Dáman. Nidhanas ist mir mehr als einmal erschienen. Er ruft mich als Priesterin. Ich werde ihm folgen.«

Dáman schaute sie ein wenig ratlos an. »Das … ist doch eine gute Nachricht! Wie schön! Ich erinnere mich doch richtig, dass Nidhanas es zulässt, wenn seine Priester sterbliche Gefährten haben, oder?«

»Natürlich.«

»Wunderbar! Dann habe ich dir ja das perfekte Geschenk gemacht.« Tatendurstig schaute Dáman sich im Dämmerlicht der Tempelhalle um. »Ich werde mit dem Herzog sprechen. Er wird nichts dagegen haben, wenn du Hohepriesterin in einer seiner Städte wirst. Der Aufstieg zur Hofpriesterin und Hierophantin von Tannenbingen ist bei deinen Fähigkeiten nur eine Frage von Jahren. Wenn Chlotimar erst einmal König ist, wirst du Erzhierophantin von Hundertbürgen sein. Dann können wir zusammen bei Hof leben und gemeinsam dafür sorgen, dass das Land gedeiht. Wir könnten …«

»Dáman!« Odrana unterbrach ihn wütend. »Du merkst es wirklich nicht, oder?«

»Was?«

»Ich möchte mit dir über etwas sprechen, was mir etwas bedeutet. Der Weg der Priesterschaft, das Mysterienfest, zu dem du nicht kommen kannst – und du redest nach drei Sätzen schon wieder über Macht und Eroberungen! Du verleibst dir Länder genauso gierig ein, wie du früher Beschwörungsformeln aufgesaugt hast. Was ist los mit dir?«

Dáman ging ungehalten auf und ab. »Ich rede über Frieden und Stabilität, nicht über Macht! Du sagst, dass du keine Plünderungen magst. Verständlich. Es gibt aber seit Jahrhunderten in Hundertbürgen kaum ein Jahr ohne Kriegszüge und Adelsfehden. Ich werde das alles beenden, und du kannst mir dabei helfen, gerade auch als Priesterin.«

Odrana schüttelte den Kopf. »Für mich klingen deine Pläne nur nach weiteren Kriegen. Warum sollte es so einfach sein, den Thron einzunehmen? Jeder der neun Herzöge träumt doch davon. Und selbst wenn es dir gelingen sollte, hast du lediglich einen Machtwechsel in einem einzelnen Reich herbeigeführt. Der König von Lorvia liegt zurzeit im Krieg mit dem Malik von Tar Uzar um die Grenzland-Provinz Ravikra. Die Seekönigin der Ilis Ymran plündert derweilen mit ihren Korsaren die ungeschützten Küstenorte beider Reiche. Die Wolfreiter von Komashtu bedrohen die Südlande von Wâgant. Frostriesen sind in den Norden von Skovrik eingefallen. Wie willst du da Frieden schaffen? Das übersteigt die Kräfte eines Sterblichen.«

»Hundertbürgen wäre ein Anfang«, entgegnete Dáman trotzig. »All diese Kämpfe entstehen doch nur durch die Kurzsichtigkeit von Leuten, die in ihrer Gier die größeren Zusammenhänge übersehen. Frieden kann nur jemand mit Weitsicht stiften. Vorausschau, wie du es nennst. Vorausschau und Wille.«

»Und wer soll das sein?«, fragte Odrana ungläubig. »Du etwa?«

Dáman blieb stehen und schaute ihr fest in die Augen. »Warum nicht? Glaubt die Tochter einer Senatorin der edlen Republik Gnomara nicht, dass ein Gassenjunge aus Sorletta dazu fähig ist? Ich kenne vielleicht meinen Vater nicht, aber ich könnte die Ordnung besser halten als irgendein König mit einem Stammbaum bis zu den Riesenkriegen!« Er holte tief Luft und sammelte sich. Dann fuhr er sanfter fort. »Ich habe den Willen dazu, Odrana, die Macht und den Willen. Sei du meine Vorausschau.«

Sie schaute zur Seite. »Ich will nicht deine Vorausschau sein, sondern deine Odrana. Dáman und Odrana. Nicht der Lordfeldmarschall Kriegszauberer und die Allerheiligste Erzhierophantin.«

»Aber das widerspricht sich doch nicht!« Dáman wurde wieder laut. »Es wäre töricht, dieses Potential nicht zu nutzen! Das kannst du nicht wollen. Und Nidhanas ebenso wenig.«

»Was Nidhanas wünscht, kann ich nicht wissen. Aber ich wünsche mir, dass der Mann, den ich liebe, auch an etwas anderes denkt als an Eroberungen und Macht. Wir hatten so viele Pläne!«

Dáman schüttelte ungeduldig den Kopf. »Ich bin Lordfeldmarschall von Tannenbingen und kann es mir nicht leisten, meinen Launen nach Belieben zu folgen. Ich bin dem Herzog gegenüber Verpflichtungen eingegangen, die ich einhalten werde.«

»Launen?«, fragte Odrana gekränkt. Dann schüttelte sie den Kopf. »Du kannst dich vielleicht selbst belügen, aber nicht mich, Dáman! Du bist nicht dem Herzog gegenüber verpflichtet, sondern dir selbst. Du eroberst Hundertbürgen, weil du es kannst und das aus irgendeinem Grund allen zeigen musst. Chlotimar ist für dich doch nur Mittel zum Zweck, weil er zufällig ein Heer und die richtige Abstammung hat.«

»Ich erobere Hundertbürgen, um Frieden zu bringen!«

»Nein! Um zu zeigen, dass du Frieden bringen *kannst*. Du willst bewundert werden!«, gab Odrana zurück. »Andere sind dir herzlich egal.«

»Und du willst recht haben und anderen sagen, was sie tun sollen!«, fauchte Dáman. »Deine ganze Magie beruht doch darauf! Erst scheuchst du als verwöhnte Senatorentochter deine Diener herum, dann setzt du den Menschen als Mentalistin Befehle in den Kopf, und nun wirst du auch noch Priesterin, damit du im Namen eines Gottes sprechen und recht haben kannst!«

»Ich folge Nidhanas' Ruf aus Hingabe! Du stürzt Herzögtümer aus Selbstsucht in den Krieg!«

»Ich übernehme Verantwortung und tue, was getan werden muss – auch wenn es blutig ist. Du tust, was dir gerade in den Kram passt. Jetzt wirst du also Priesterin, weil es dir offenbar schmeichelt, dass ein Gott an dir interessiert ist. Selbst wenn es sich um den blassen Herrn der Vergänglichkeit auf seinem verrosteten Thron handelt. Nidhanas.« Er spuckte den Namen regelrecht aus. »Du kennst es nicht anders, als bewundert zu werden. Ich bin jedenfalls sicher, dass der Silberschleier dir ausgesprochen gut stehen wird.«

Odrana fixierte Dáman mit zusammengepressten Lippen.

»Du hast gewiss noch viel zu tun, Lordfeldmarschall Kriegszauberer«, flüsterte sie. »Ich werde dich nicht länger aufhalten.«

Sie wandte sich um und stürmte aus der Halle. Dáman setzte dazu an, ihr hinterherzueilen. Nach ein paar Schritten hielt er jedoch abrupt inne. Er warf der Nidhanas-Statue einen langen Blick zu. Dann verließ er den Tempel langsam und würdevoll …
Die Bilder verblassten. Elyami sah wieder die Silberaugen der Träumenden Königin vor sich, und diesmal war sie zu müde für Fragen. Sie ließ sich in die dunkle Umarmung des Schlafes fallen.

Ihrem Bruder erzählte Elyami erst von dem Königstraum,

als ihre Wache zu Ende war und sie ihn nach viel zu kurzen Stunden der Ruhe geweckt hatte. Sie berichtete, was sie gesehen hatte, während sie so schnell wie möglich durch das unwegsame Gelände voranstolperten.

Elyamur hörte zu, stellte aber nur wenige Rückfragen. Ebenso wie sie war er verbissen damit beschäftigt, einen Fuß vor den anderen zu setzen. Mit den Bildern des Suya láo wusste auch er wenig anzufangen. Wann immer sie in dem Gewirr aus Ziegenpfaden und schmalen Klüften zwischen den Glasklippen auf eine Abzweigung trafen, hielten sie sich nach Möglichkeit südlich oder westlich. Der Karrenweg Richtung Swertenburg konnte jetzt nicht mehr weit entfernt sein.

Gegen Mittag stupste Elyamur seine Schwester an und nickte zu einem Durchgang im Fels hinüber, der in eine Seitenkluft führte.

»Schau mal. Noch mehr von ihnen.«

Einige Obsidianlinge trotteten dort im Gänsemarsch vorüber, im gleichen Rhythmus wie die Gruppe, der sie gestern begegnet waren.

»Kommst du?«, drängte Elyamur, während Elyami die Obsidianlinge prüfend betrachtete.

»Ja. Ich will nur schnell etwas versuchen.«

Leise begann sie, vor sich hin zu summen. Sie versuchte, den Rhythmus des Dahintrottens zu treffen, die träge Melodie des endlosen Marsches der Obsidianlinge. Vorsichtig stimmte sie darin ein und führte die Melodielinie dann fort. Sie spürte eine Resonanz, so, als würde sie einen Waldgeist rufen. Viel langsamer, steifer und fremder, doch nicht völlig unähnlich. Die Obsidianlinge waren Kinder der Glasklippen, so wie ein Holunderweiblein ein Kind des Waldes war. Es war möglich, sich auf ihr Lied einzulassen. Schade, dass dafür keine Zeit war!

Missmutig beobachtete Elyami, wie die Steinkreaturen vorüberzogen. Gerade stapfte der Letzte in der Reihe der Obsidianlinge am Durchgang vorbei und gab den Blick auf die Seitenschlucht frei. Weiter hinten, im Schatten der Felsen, stand ein mächtiger Plünderwolf. Der Ork auf seinem Kriegssattel wirkte genauso überrascht wie die Elben. Er trug ein Flickwerk aus blau-grün lackierten Panzerplatten und führte eine Art Morgenstern als Waffe, an dessen Kette statt einer Stahlkugel ein dornenbesetzter Schädel baumelte.

Für einige Herzschläge starrten der Ork und die Elben einander stumm an. Dann griff der Wolfsreiter hastig an seinen Sattel und zog ein Signalhorn hervor. Elyamur nahm seinen Bogen von der Schulter, doch der schrille Klang des Hornes hallte bereits durch die Klüfte. Der Ork riss seinen Wolf herum und verschwand mit ihm im Nebel.

Nicht ohne Befriedigung registrierte Elyami, dass die Orks vorsichtiger geworden waren, seit ihr Bruder einem von ihnen den Kopf von den Schultern getrennt hatte, dann war kein Platz mehr für solche Gefühle. Sie mussten so schnell wie möglich fort. Schon bald würde die ganze Meute hier sein. Zwischen den Glasklippen erklangen bereits weitere Signalhörner.

Die beiden Elben liefen los. Sie hetzten die Schlucht entlang und achteten nicht mehr auf das Geröll, das sich lautstark unter ihren Schritten löste. Der Klang der Hörner kam näher.

»Dort hinein!« Elyamur zeigte auf eine enge Seitenschlucht, in der die Nebelschwaden sich dicht ballten. Sie tauchten in den Nebel ein.

Der Weg führte bergab. Elyami bemerkte, dass sich hier in den Klippen auf beiden Seiten besonders viele Höhlenöffnungen wölbten, als würden die Felsen sie mit großen schwarzen Augen anglotzen. Beim Laufen stieß sie mit dem Fuß einen großen Stein los. Er polterte in den Schlund der Höhle direkt neben ihr, und das Echo warf das Geräusch vielfach zurück. Aus dem Augenwinkel erahnte sie eine Bewegung im Schatten der Höhlenöffnung, doch sie hatte keine Zeit näher hinzuschauen und eilte weiter.

Noch immer hallten die Signalhörner der Orks zwischen den Klippen wider, sie kamen von links, von rechts, von vorne. Es klang bedrohlich nah.

Ein dunkler Schemen sprang in Elyamis Sichtfeld und kauerte plötzlich auf einem Felsen direkt vor ihr. Er hatte die groben Umrisse eines Menschen, war aber spindeldürr und kantig, mit ausgeprägten Rückenstacheln entlang der gekrümmten Wirbelsäule. Die Haut war dunkelgrau wie Asche, das Gesicht eingefallen wie ein Totenschädel. In den schwarzen Augenhöhlen glommen zwei fahl-weiße Lichtpunkte, und vom Kopf standen Strähnen borstigen, wirren Haares in alle Richtungen ab. Die Kreatur saß in der Hocke vor ihr, die klauenartigen Finger auf den Felsen aufgestützt, wie ein sprungbereites Raubtier. Elyami schoss eine Erinnerung an die Geschichten ihrer weitgereisten Lehrer durch den Kopf: ein Klippen-Ghoul.

Die Kreatur legte den Kopf schief und schien Elyami für einen Moment nachdenklich zu betrachten. Dann riss sie ihr Maul mit den schiefen, stiftartigen Zähnen auf. Eine absurd lange, schmutzig grüne Zunge schoss hervor, auf Elyamis Hals zu. Es ging so schnell, dass sie nicht reagieren konnte, und doch nahm sie alles wahr. Sie sah, dass die Zungenspitze scharf wie eine Dolchklinge war, bedeckt von zäher, eitrig schimmernder Flüssigkeit. Sie sah, dass die kräftigen Muskelstränge der Zunge lang genug waren, um sich tief in ihr Fleisch zu bohren und sie mit dem verfluchten Ghoul-Sekret zu infizieren, das jeden zu einer Kreatur der Schatten machte. Dann stand plötzlich Elyamur zwischen ihr und dem Ghoul. Der Untote wurde vom Felsen gefegt, als Elyamurs Schwert sich in seine Seite bohrte. Die Zunge zuckte dicht an Elyami vorbei, dann zog der Ghoul sie mit einem schlürfenden Geräusch in seinen Mund zurück. Er legte den Kopf in den Nacken, als würde er schmerzerfüllt aufschreien, doch kein Laut kam über seine grauen Lippen.

Elyamur drang auf den Ghoul ein, das Schwert zum nächsten Schlag erhoben. Doch plötzlich war die Kreatur verschwunden und hockte schon auf einem anderen Felsen hinter Elyamur, den Rücken sprungbereit gekrümmt.

Elyami zog ihren Dolch und kam sich mit der Waffe in der

Hand eher noch hilfloser vor. Ein Signalhorn hallte durch die Schlucht. Der Klippen-Ghoul sprang erneut, direkt auf Elyamur zu. Seine Fangzunge glitt an einer Unterarmschiene aus Adamantglas ab, sein Körper landete direkt auf Elyamurs Schwert. Die Klinge durchbohrte seinen Brustkorb und trat am Rücken wieder hervor. Kein Blut war zu sehen. Der Körper des Ghouls schien spröde und trocken zu sein. Obgleich ihn das Schwert glatt durchbohrt hatte, zuckte er mit den Gliedmaßen und versuchte, sich zu befreien.

Elyamur wirbelte herum und nutzte den Schwung der Drehung, um den Klippen-Ghoul von seiner Klinge zu streifen und in Richtung der Höhle zu schleudern.

»Da rüber!«

Er nahm Elyami bei der Hand und rannte mit ihr auf die Felswand gegenüber zu, weg von der Höhlenöffnung. Sie ließ es geschehen. Im Glasgestein der Klippe vor ihnen war so etwas wie ein schmaler Absatz zu erkennen, der schräg an der Felswand entlang verlief und offenbar bis hinauf zur Oberkante führte. Elyamur fasste Elyami bei den Hüften und sprang mit ihr auf den Absatz. Geschickt verlagerte er sein Gewicht, sodass sie nicht herunterfielen.

Elyami krallte sich instinktiv an einer Felsnase fest. Das scharfe Glasgestein schnitt in ihre Handfläche. Ihrem Körper fehlten Elyamurs feine Wolkentänzer-Sinne.

»Komm. Ich ertaste uns den Weg.«

Elyamur schob sich den Absatz entlang, der kaum breit genug für ihre Füße war, und sorgte dafür, dass Elyami ihm folgen konnte. Fest umklammerte sie seine Hand und bemühte sich, jede seiner Bewegungen zu imitieren.

Sie hatten die Oberkante der Klippe fast erreicht, als unter ihnen wieder ein Signalhorn ertönte, unangenehm laut und schrill. Ihre Verfolger mussten ganz nah sein. Elyami warf einen raschen Blick nach unten. Dort in der Kluft saß ein Ork im Kriegssattel seines Plünderwolfs und rief seine Gefährten mit durchdringenden Hornstößen herbei. Sein Blick war auf sie gerichtet. Im Nebel konnte man bereits die Umrisse eines weiteren Wolfsreiters erkennen.

Elyamur zog Elyami entschlossen hinter sich her, auf die Kante der Klippe zu, aber sie kam auf diesem schmalen Sims einfach nicht schneller voran. Nun war schon der zweite Ork herangekommen, ein bulliger Krieger mit Fellmantel und Kettenzeug. Während sein Gefährte ins Horn stieß, löste er seinen Reiterbogen von den Schultern und legte einen Kriegspfeil ein. Mit einem breiten Grinsen visierte er die Elben an, die sich noch immer an der Felswand entlangdrückten und sich auf dem schmalen Absatz noch nicht einmal ducken konnten.

Elyami setzte verbissen einen Fuß vor den anderen. Der Ork spannte seinen Bogen. Dann war plötzlich ein gurgelnder Aufschrei zu hören. Ein Wolf jaulte auf. Ein Pfeil schwirrte ins Nichts und zerbarst an einem Felsen. Als Elyami sich wieder umwandte, saß der zweite Ork nicht mehr im Sattel, sondern lag neben seinem Wolf am Boden. Auf ihm hockte eine knochendürre Gestalt, die gerade ihre Zunge in seinen Nacken bohrte.

»Und hinauf!«

Elyamur half Elyami dabei, sich über die Oberkante der Klippe zu ziehen. Hier waren sie von unten mit einem deutlich ungünstigeren Schusswinkel zu treffen.

»Wir müssen weiter«, keuchte Elyami.

Der Aufstieg saß ihr ebenso in den Knochen wie die Begegnung mit dem Klippen-Ghoul. Elyamur nickte nur stumm. Gemeinsam rafften sie sich auf und liefen am Rand der Klippe entlang.

Hier lag weniger Geröll auf dem Boden, doch dafür war der Fels unter ihren Füßen scharfkantig und uneben. Neben der abfallenden Klippenkante zu ihrer Rechten gab es einen knapp zwei Meter breiten Streifen, auf dem sie halbwegs ebenerdig laufen konnten, dann folgten zur Linken steile Felsformationen, die das Weiterkommen verhinderten. Sie liefen auf diesem Streifen an der Schlucht entlang: rechts der freie Fall, links massive Wände.

Von vorne kamen ihnen Geräusche entgegen. Unten, am Boden der Schlucht, schälten sich drei weitere Wolfsreiter aus dem Nebel.

»Gâz kuntrau Elbaragh trishak!«

Sie gestikulierten zu ihnen herauf und nahmen ihre Bögen von den Schultern. Einer von ihnen blies in sein Horn.

Die Zwillinge liefen geduckt weiter. Schlecht gezielte Pfeile surrten durch die Luft. Das Hecheln der Plünderwölfe begleitete sie. Die Wolfsreiter jagten unter ihnen die Schlucht entlang und ließen sie nicht aus den Augen. Gehetzt sah sich Elyami nach einer Möglichkeit um, ihnen auszuweichen, aber es ging immer nur vorwärts, den Grat an der Oberkante der Klippen entlang. Die Felsen zur Linken waren zu steil zum Erklettern, und unten tönten die rauen Stimmen der Orks.

Plötzlich blieb Elyamur abrupt stehen. Elyami brauchte einige Herzschläge, um den Grund dafür zu erkennen: Auch vor ihnen war der Weg zu Ende. Der Grat endete an einer steilen Felsenkante, die senkrecht nach unten abfiel. Sie blickten über ein Tal zwischen den Glasklippen, das breiteste, das sie bislang in der Schwarzglas-Ödnis gesehen hatten. Die Felswand auf der anderen Seite war weit von ihnen entfernt. Der Nebel verteilte sich hier auf eine größere Fläche und wirkte weniger dicht. Gegenüber von ihnen erhob sich eine mächtige Statue vor den Klippen. Sie war fast so hoch wie die Felswände und aus massivem schwarzen Glasgestein gearbeitet. Offenbar stellte sie einen stämmigen Krieger mit langen Bartzöpfen dar, der einen Kettenmantel trug und sich grimmig auf eine Streitaxt stützte. Direkt vor ihnen auf ihrer eigenen Seite, knapp unter ihren Füßen, stand eine Statue gleicher Art und starrte ihrem Zwilling auf der anderen Seite in die Augen. Sie flankierten das Tal wie die Pfeiler eines Tores ohne Bogen. Das Seitental, dem sie gefolgt waren, mündete direkt neben der Momumentalstatue auf den Hauptpfad.

»Das ist der Karrenweg nach Swertenburg«, begriff Elyami.

»Wie gut, dass wir ihn endlich gefunden haben«, erwiderte Elyamur trocken.

Elyami schaute sich verzweifelt nach einer Möglichkeit um, irgendwie weiterzukommen. Unten, im Tal der Karrenstraße, bewegten sich massige Umrisse durch den Nebel – eine Gruppe Obsidianlinge im gemächlichen Gänsemarsch. Offenbar stapften sie genauso selbstverständlich über die Straße wie durch die anderen Täler der Ödnis. Dann tauchten weitere Umrisse auf und preschten an den bulligen Gestalten vorbei. Drei Wolfsreiter hetzten von Süden den Pfad entlang, den Elben entgegen. Gleich würden sie sich mit ihren Kampfgefährten vereinen, die gerade aus der Seitenschlucht geschossen kamen. Die Übermacht ihrer Gegner wurde immer erdrückender. Und hier gab es keine Waldgeister, die sie retten konnten.

In nördlicher Richtung nahm Elyami weitere Bewegungen wahr. Resigniert wandte sie den Kopf und erwartete noch mehr Wolfsreiter. Ihre Augen weiteten sich überrascht, als sie stattdessen zwei gedrungene Gestalten auf der Straße sah. Sie berührte Elyamur an der Schulter.

»Ich glaube, da kommen zwei Zwerge.«

ZWÖLFTES KAPITEL

AUF DEM KARRENWEG DURCH DIE SCHWARZGLASKLIPPEN

»Ich habe noch vier Flammenbolzen, zweimal Stahlsplitter und zwei Rüstungsbrecher.« Gorin ging beim Marschieren die Runenbolzen in seinem Köcher durch. Anhand der unterschiedlich gefärbten Befiederung konnte er die Arten gut unterscheiden. »Der Rest sind ganz normale Kriegsbolzen.«

»Also nicht mehr viel«, brummte Galdra, die neben ihm herging. »Wenn wir wieder auf irgendeine magische Monstrosität stoßen, könnte das Probleme geben.«

»Naja«, sagte Gorin halb überzeugt. Er bezweifelte, dass er gegen ein Geschöpf wie eine Strix oder einen kompetenten Zauberer auch mit gut gefülltem Köcher eine Chance hätte. »Vielleicht kann ich in Swertenburg neue Runenbolzen herstellen. In der Stadt gibt es bestimmt Diamantzwerge, und ich könnte eine Werkstatt mieten. Wir müssen uns nur erstmal zurechtfinden …«

»Hoffen wir, dass die Winterseherin bis dahin wieder bei uns ist«, ergänzte Galdra und sprach Gorin damit aus dem Herzen.

Sie waren dem Eisenweg talwärts gefolgt, bis er sich nach Westen gewandt hatte, am Fuß der Tokrond-Berge entlang. Gorin wusste, dass er nach Kerâta führte, ins Königreich der Minotauren an der Westküste. Früher waren die Gehörnten wichtige Handelspartner der Eisenzwerge gewesen. Man teilte eine gewisse Begeisterung für stählerne Äxte und einen Hang zur Sturköpfigkeit. Doch mit dem Vorrücken der Kettenheere nach Westen hatte das Volk von Kerâta seine Grenzen geschlossen, und Karrenzüge auf dem Eisenweg waren selten geworden.

An der hohen Steinsäule, wo ein schmalerer Pfad vom Eisenweg nach Südosten in Richtung Swertenburg abbog, hatten sie kampiert und die ganze Nacht darauf gewartet, dass die Winterseherin sie endlich einholte. Sie war nicht gekommen.

Also hatten sie ihren Weg fortgesetzt und waren dem Pfad in die Ödnis der Schwarzglasklippen gefolgt. Am Anfang hatten sie sich immer wieder umgewandt und halb erwartet, die Alte auf irgendeine magische Art heranschweben zu sehen. Immer vergeblich. Nun waren schon drei Tage zwischen den Klippen vergangen, und die Zwillinge schauten sich immer seltener um. Weder Gorin noch Galdra sprach es aus: den Verdacht, dass sie es nicht geschafft hatte, im Kampf gegen die Strix unterlegen war, während die Zwerge einfach weggelaufen waren. Doch das konnte einfach nicht sein, bei ihrer Machtfülle und Erfahrung. Es durfte nicht sein. Sie würde noch kommen. Das musste sie.

Immer weiter stapften die beiden Zwerge voran, vertieft in ihre eigenen Gedanken. In regelmäßigen Abständen flankierten Monumentalstatuen von stolzen Zwergenkriegern den Weg und zeigten unmissverständlich, dass der König von Tokrond der Protektor dieser Region war. Doch in diesen schwierigen Zeiten verirrten sich nur selten Zwerge hierher, und der Pfad lag verlassen im Nebel, wenn man einmal von den Obsidianlingen absah, die gelegentlich in kleinen Gruppen über die Straße stapften.

»Wie funktioniert das eigentlich mit der Magie?«, fragte Galdra unvermittelt, als Gorin gerade seine Armbrustbolzen fertig gezählt hatte.

»Was?«

»Wie funktioniert Magie?«, hakte sie nach. »Du als Runenschmied musst das doch wissen, kleiner Bruder.«

»So ungefähr jedenfalls«, murmelte Gorin und strich sich über die Bartzöpfe. »Aber ich wusste nicht, dass dich das interessiert.«

»Tut es auch nicht.« Galdra trat einen Stein weg. »Ich wünschte, ich müsste so etwas nicht wissen. Aber ich will nicht noch einmal so aufgeschmissen sein wie beim Kampf gegen diese Elbenhexe. Also, wie kriege ich einen Zauberer klein?«

Gorin schnaubte belustigt. »Eine Axt im Kopf oder ein Bolzen in der Kehle stoppt einen Zauberer genauso zuverlässig wie jedes andere Wesen auch. Das Problem ist nur, dass es magische Wege gibt, sich dagegen zu schützen. Diese Elbin hatte zum Beispiel eine Art unsichtbaren Panzer um sich gelegt.«

»Dann gibt es keine Möglichkeit, sie zu verwunden?«, fragte Galdra ungläubig.

»Doch, schon. Auch eine magische Rüstung hält nicht ewig.« Er überlegte einen Moment, ehe er weitersprach. »Also, durch alle Dinge dieser Welt fließt unbegrenzte magische Energie – durch die Luft, durch die Berge, durch das Wasser, durch die Bäume und so weiter. Sie ist so etwas wie die Lebenskraft dieser Welt. Allerdings kann die Aura eines Zauberers nur einen gewissen Anteil davon zugleich aufnehmen und formen. Sie ist wie eine kleine Öffnung in einem großen Wassertank: Es kommt immer nur ein bisschen Wasser auf einmal durch. Ein Zauberer kann nicht unbegrenzt viele Zauber auf einmal wirken, und er kann sie nicht dauerhaft aufrechterhalten. Seine Aura greift immer nur auf einen kleinen Teil der Energie zu. Außerdem braucht sie gelegentlich Erholung, sonst besteht die Gefahr, dass sie ausbrennt und der Zauberer länger keine Magie mehr wirken kann.«

»Und wie macht man das? Diese Energie zu formen, meine ich?«

»Die Menschen nennen es Sympathetik.«

»Sümpa-was?«

»Sympathetik. Gleiches fügt sich zu Gleichem. Ich kann die urgewaltige Kraft des Feuers nicht direkt beeinflussen, dafür ist die Aura eines Sterblichen nicht mächtig genug. Das vermag nur Dwaldarin, der göttliche Schmied. Aber ich kann ein Symbol erschaffen, das für das Feuer steht und ihm in gewisser Hinsicht gleicht. Wenn ich dann dieses Symbol manipuliere, beherrsche ich zugleich das Feuer selbst, jedenfalls zum Teil.«

Galdra schaute ihn fragend an.

»Bei mir sind es die Runen. Ich graviere eine *Indraz*-Rune, die

›Feuer‹ bedeutet, in einen Bolzen, und beim Aufschlag erzeugt er wirkliche Flammen. Diese Elbenhexe wirft mit Schneeflocken aus Kristall, die zu echten Kältestürmen werden. Manche Zauberer sprechen Worte der Macht, andere tanzen ihre Symbole oder schnitzen zauberkräftige Masken. Es gibt zahllose Arten der Magie. Duroscha hat gerne davon erzählt, welche er auf seinen Reisen gesehen hat. Aber sie alle beeinflussen Gleiches mit Gleichem, indem sie irgendein Symbol für das erzeugen, was sie beeinflussen wollen.«

»Das hat die Winterseherin aber nicht immer gemacht, oder?«

»Nein. Prinzipiell genügt auch ein geistiges Abbild als Symbol, das man in seinen Gedanken formt. Aber das ist sehr schwierig und kostet viel Kraft. Nicht jeder Zauberer kann das, und auch die, die es können, nutzen lieber greifbare Symbole, wenn es möglich ist.«

»Und gibt es auch Symbole gegen Symbole?«, fragte Galdra mit erwachendem Interesse.

»Ja, man kann Magie mit einem Konterbann brechen, der den Energiefluss versperrt, gewissermaßen kurzfristig das Loch im Tank verstopft.«

»Kannst du so etwas auf eine Waffe gravieren? Zum Beispiel auf meine Axt?«

»Nun ja …« Gorin ordnete unbehaglich seine Bartzöpfe. »Es gibt Magiebrecher-Runen. Und sie lassen sich auch auf Waffen auftragen.«

»Aber?«

»Sie sind ziemlich anspruchsvoll, und ich habe mich noch nicht näher mit ihnen befasst«, gab Gorin zu. »Sie gehören zu den Gildengeheimnissen, in die Duroscha mich nach und nach einweihen wollte.«

Es tat immer noch weh, dass das nie geschehen würde.

»Verstehe.« Galdra trat einen weiteren Stein weg.

»Allerdings habe ich schon gesehen, wie die Magiebrecher-Runen aussehen«, fuhr Gorin rasch fort. »Wenn wir in Swertenburg jemanden finden, der sich ein wenig mit Zauberei auskennt, könnte ich möglicherweise etwas daraus herleiten und improvisieren. Vielleicht würde es nicht für eine dauerhafte Verzauberung deiner Axt reichen, aber zumindest für den einen oder anderen Magiebrecher-Bolzen. Oder ich könnte …«

»Hörst du das?«

Galdra war stehen geblieben und hob den Kopf. Gorin tat es ihr gleich. Jetzt vernahm er es auch: Schrille Hörner erklangen zwischen den Glasklippen. Sie kamen aus verschiedenen Richtungen.

»Jäger?«, fragte Gorin.

»Oder eine Kriegsmeute«, ergänzte Galdra grimmig. »Wer wilde Ziegen jagt, muss dafür nicht herumtuten. Halte deine Armbrust bereit, kleiner Bruder.«

Sie folgten der Straße mit gezogenen Waffen und behielten die schwarzen Klippen im Auge. Der verfluchte Nebel machte das nicht gerade einfacher. Immer wieder erklangen die Hörner, laut und in kurzen Abständen. Die Signale schienen sich der Straße zu nähern.

Weiter vorne, wo sich ein weiteres Paar der Monumentalstatuen erhob, bewegten sich mehrere Umrisse. Zuerst konnten sie nur eine Gruppe von vier klobigen Obsidianlingen ausmachen, die träge die Straße entlangstapften. Doch dann preschten drei Ork-Krieger auf Plünderwölfen an ihnen vorbei. Sie führten Reiterbögen und schossen lange Kriegspfeile zur Klippe hinter der linken Statue hinauf. Dort duckten sich zwei schlanke Gestalten mit kupferroten Haaren in den Schutz der Felsen.

»Ich glaube, das sind Elben«, knurrte Galdra.

Gorin schaute zwischen den Elben und den Orks hin und her. An den Sätteln der Plünderwölfe waren blau-grüne Banner mit einem Reißzahn-Wappen befestigt, das er noch nie zuvor gesehen hatte. Dann entdeckte er ein zweites Bannertuch, das sie zusätzlich führten: eine stählerne Kette auf rostrotem Grund.

»Die Orks sind Kettendiener«, sagte er.

»Na dann los!«, rief Galdra und hob ihre Kristallaxt. Gegen die Schergen des Kettenfürsten würde sie jedem beistehen.

Gorin legte mit der Armbrust an und feuerte auf den Wolfsreiter, der ihm am nächsten war. Der Bolzen durchschlug den Lederpanzer des Orks, und winselnd verschwand der Plünderwolf im Nebel, während sein Reiter leblos im Sattel hing.

Die anderen beiden Wolfsreiter wandten sich um und entdeckten die Zwerge. Sie hetzten ihnen wütend brüllend entgegen, einer mit eingelegter Lanze, der andere mit erhobenem Knochensäbel. Galdra erwartete sie und ließ ihre Stabaxt kreisen. Während Gorin seine Armbrust nachlud, warf er einen raschen Blick zu den Elben die Klippe hinauf. Sie hielten nun Kurzbögen in den Händen und legten Pfeile auf. Gut! Zu viert würden sie mit den beiden verbleibenden Orks fertig werden.

Der Gedanke war noch nicht zu Ende gedacht, als drei weitere Wolfsreiter aus einer Seitenschlucht herangeprescht kamen. Gorin fluchte. In der Ferne hallten Hörner durch den Nebel. Ihr Klang kam rasch näher. Der erste Wolfsreiter hatte inzwischen Galdra erreicht.

Mit gierigem Knurren stürzte sich der Plünderwolf auf die Zwergin. Ihre Kristallaxt zuckte vor und spaltete den schnappenden Kiefer der Bestie. Der Reiter stieß seinen Speer nach ihr, doch die Spitze glitt an ihrem Kettenmantel ab. Der Plünderwolf brach zusammen.

Der zweite Wolfsreiter riss sein Reittier herum und näherte sich Galdra von hinten. Hektisch machte Gorin seine Armbrust bereit – da brüllte der Ork auf, Und sein Säbel klapperte zu Boden. Ein Elbenpfeil hatte seinen erhobenen Arm durchbohrt.

Galdra wirbelte herum und versetzte auch dem zweiten Plünderwolf einen Hieb, der ihn zurückweichen ließ.

Inzwischen hatten die drei anderen Wolfsreiter den Kampfplatz fast erreicht. Einer von ihnen beharkte die Elben auf der Klippe mit seinem Kriegsbogen, die anderen beiden hielten mit erhobenen Klingen auf Galdra zu.

»Hier herüber!«, brüllte einer der Elben auf der Klippe in der Hochsprache der Menschenlande. Glücklicherweise war es Duroscha wichtig gewesen, dass die Zwillinge sie gut beherrschten, ganz im Gegensatz zu vielen anderen Eisenzwergen.

»Zur großen Figur!«

Offenbar meinte er die Statue. Gorin schaute nach Galdra. Sie hatte ihre Stabaxt weit unten am Schaft gepackt und ließ sie kreisen, um die beiden Wolfsreiter auf Abstand zu halten. Einer von ihnen wandte Gorin den Rücken zu. Er trug einen blau-grün lackierten Plattenpanzer. Gorin wählte diesmal einen Flammenbolzen und schoss. Der Bolzen blieb in der Rüstung stecken, doch seine Flammenexplosion setzte den Fellmantel des Orks in Brand. Panisch preschte sein Plünderwolf davon, während der Reiter ihn fluchend zu bändigen versuchte. Die zwei weiteren Wolfsreiter kamen immer näher.

»Hierher!«, rief der Elb noch einmal.

»Komm! Da rüber!«, brüllte Gorin seiner Schwester zu.

Gemeinsam rannten die Zwillinge zu der Statue eines Zwergenkriegers, während die Elben auf der Klippe Pfeile auf die Orks schossen. Die Obsidianlinge stapften inzwischen ganz nah an der Statue vorüber. Die Zwerge würden aufpassen müssen, nicht zwischen ihre Füße zu geraten. Ein Horn hallte durch die Schlucht, unangenehm laut. Fünf oder sechs Wolfsreiter schälten sich weiter hinten aus dem Nebel, der vorderste schwang eine mächtige Knochenaxt.

»Az rârg Kettanfuurst!«, hallte sein Kampfschrei durch die Schlucht.

Dann war da noch ein anderes Geräusch. Gorin hörte Gesang. Eine helle Frauenstimme kam von oben, von der Klippe. Sie sang ein eigentümliches Lied ohne Worte, irritierend langsam, schleppend und doch voller Kraft. Es erinnerte Gorin irgendwie an den stampfenden Gang der Obsidianlinge, die jetzt direkt vor ihnen aufragten. Das Lied wurde begleitet von den Tönen eines Saiteninstruments.

Ein ersticktes Röcheln, das von hinten kam, durchbrach die Melodie. Gorin schaute im Laufen zurück. Der Ork mit dem Speer war von seinem toten Wolf abgesprungen, um sie zu

Fuß zu verfolgen. Ein Pfeil in der Kehle hatte ihn zu Fall gebracht.

Plötzlich schrie Galdra auf. Alarmiert wandte sich Gorin ihr zu. Seine Schwester hing mit strampelnden Beinen fast drei Meter über dem Boden. Einer der Obsidianlinge hatte sie mit seiner schwarzen Pranke gepackt und hochgehoben. Sie hackte wütend mit ihrer Kristallaxt auf seinen Unterarm ein, doch er schien ihre Hiebe gar nicht zu spüren. Gleichmütig hob er sie höher und höher. Sie war schon ganz nah an seinem Kopf. Und seinem Maul!

Mit zitternden Fingern legte Gorin einen Bolzen nach. Er wusste, dass er es nicht rechtzeitig schaffen würde.

»Nicht schießen!«, brüllte der Elb von oben.

Was sollte das heißen? Sollte er zusehen, wie seine Schwester verspeist wurde?

Doch der Obsidianling hob Galdra am ausgestreckten Arm in die Höhe – und setzte sie auf der Schulter der Krieger-Statue ab. Überrascht kämpfte sie dort um ihr Gleichgewicht. Im Hintergrund ertönte immer noch der Gesang. Er kam von der Elbenfrau, wie Gorin nun erkannte.

Die Ork-Reiter um den Knochenaxt-Träger preschten immer weiter heran, und zwei Krieger näherten sich von hinten.

»Los, jetzt du, Zwerg!«, rief der Elb und feuerte einen Pfeil auf die Wolfsreiter ab.

Gorin verstand. Er lief auf den Obsidianling zu, der schon den Arm nach ihm ausstreckte. Steinerne Finger schlossen sich fest, aber sanft um seine Hüften. Der schwarz glänzende Koloss hob Gorin in die Höhe, während der Elb auf die Orks unten schoss. Die Elbenfrau half Galdra, sich über die Kante der Klippe zu ziehen, ohne in ihrem Gesang innezuhalten. Sie hatte ihr Instrument, eine Art Laute mit zwei Saiten, beiseitegelegt. Dann wurde auch schon Gorin auf der Schulter der Statue abgesetzt. Es knirschte gefährlich unter seinen Füßen. Die mächtigen Schritte der vorüberziehenden Obsidianlinge schienen in der Statue widerzuhallen. Er klammerte sich panisch an den steinernen Locken des Zwergenkriegers fest, wobei er fast seine Armbrust fallen ließ. Erst jetzt bemerkte er, dass unter ihm ein breiter Riss einmal quer durch den Oberkörper der Statue ging.

Ein Ork-Pfeil zerbrach neben ihm an der Nase des Steinzwergs, und Gorin drückte sich unwillkürlich enger an ihn. Es knirschte wieder bedrohlich. Gorin hatte das Gefühl, dass das Oberteil der Figur sich um eine gute Fingerbreite verschoben hatte.

»Komm!« Die Elbenfrau streckte ihm die Hände entgegen. Nun sang sie nicht mehr. Galdra kauerte neben ihr auf der Klippe.

Gorin reichte seiner Schwester die Armbrust und ließ sich dann von der Elbin hinaufziehen, während der Elb weiter einen Pfeil nach dem anderen verschoss, um die Orks auf Abstand zu halten.

Schnaufend erreichte Gorin den Felsenabsatz, und Galdra half ihm auf die Füße. Die Elbenfrau zog die Zwerge in eine Nische im höher gelegenen Teil der Klippe, wo die Pfeile der Orks sie nicht erreichen konnten. Der Elbenmann hockte daneben auf dem Boden und hielt seinen Kurzbogen bereit. Gorin musterte die beiden misstrauisch.

Elben waren hochgewachsener als Zwerge und erreichten ungefähr Menschengröße. Doch sie wirkten deutlich filigraner und feingliedriger als die menschlichen Kaufleute, die Gorin gelegentlich in Tokrond gesehen hatte. Auch ihre zugespitzten Ohrmuscheln und die großen, katzenhaft funkelnden Augen unterschieden sie vom Menschenvolk. Die Elbenfrau hatte kurze kupferrote Haare, wenn man einmal von einem langen Schläfenzopf absah, in den verschiedene Holzstücke, Steinsplitter und Knöchelchen geflochten waren. Ihre Augen waren wach, ihr Kinn trotzig vorgereckt. Der Mann war breiter als sie gebaut und trug eine Rüstung aus einem merkwürdigen, halbdurchsichtigen Material. Auch seine langen Haare, die er zu drei Zöpfen gebündelt trug, glänzten rötlich. Seine klaren Augen musterten die Zwerge eindringlich.

»Und nun?«, fragte Galdra in der Hochsprache, während Gorin noch durchatmete. »Wie kommen wir jetzt weiter?«

»Ich weiß es nicht«, erwiderte die Elbenfrau. »Es gibt nirgendwo einen Weg. Wir sitzen hier oben fest, und unten sind die Orks.«

»Und dafür habt ihr uns raufgeholt?«, fragte Galdra empört.

»Wir hätten euch auch bei den Orks lassen können!«, erwiderte der Elbenmann scharf.

Gorin fühlte sich schuldig. Für die beiden elbischen Reisenden waren die Orks wahrscheinlich irgendwelche Plünderer. Er hingegen wusste, dass es Häscher des Kettenfürsten waren, die wahrscheinlich ihn und Galdra suchten. Vermutlich waren die Orks bei ihrer Mission auf die Elben gestoßen und hatten sie in ihrer Beutegier attackiert. In gewisser Weise waren sie also dafür verantwortlich, dass die Elben jetzt hier auf dieser Klippe hockten. Er mochte das Elbenvolk zwar nicht besonders, aber er wünschte niemandem die Orks an den Hals.

»Das bringt doch nichts«, sagte er in versöhnlichem Ton, ehe Galdra den Elbenmann weiter angehen konnte. »Wie seid ihr denn hier heraufgekommen?«

»Es gibt einen schmalen Absatz, der bis runter in die Schlucht reicht«, sagte die Elbenfrau. »Aber wir konnten ihn nur besteigen, weil mein Bruder ein Wolkentänzer ist. Er hat die Fähigkeit, durch die Luft zu wandeln.«

Gorin zog grimmig die Augenbrauen zusammen. Schon wieder elbische Hexenkunst.

»Auf diesem Wege kommen wir aber nicht wieder hinunter«, ergänzte der Elbenmann. »Es ist zu gefährlich, wenn man dabei von einem halben Dutzend Orks beschossen wird.«

»Und für die andere Richtung gilt das Gleiche.« Die Elbenfrau sah skeptisch zu jenen scharfen Graten hinauf, zu denen sich die Klippen auftürmten.

»Warum können uns eure Freunde nicht helfen?«, fragte Galdra und wies zu den Obsidianlingen im Tal hinunter, die gerade trottend im Nebel verschwanden.

»Das sind nicht wirklich unsere Freunde«, sagte die Elbenfrau schuldbewusst. »Ich habe mich lediglich mit einem Zaubergesang auf ihren Rhythmus eingelassen und sie dazu gebracht, etwas in meinem Sinne zu tun. Zum Kämpfen könnte ich sie nicht bewegen. Das entspricht nicht ihrer Natur.«

Gorin nickte finster. Noch mehr Elbenzauber. Andere für sich arbeiten lassen. Das war etwas ganz anderes als eine ehrliche Rune!

Von unten hörte er das raue Gebrüll der Orks und das Hecheln der Wölfe. Offenbar suchten sie nach einer Möglichkeit, auf ihren Absatz zu kommen.

»Selbst, wenn wir herunterkämen …«, sagte der Elbenmann, der ebenfalls darauf lauschte. »Die Orks sind mit ihren Wölfen einfach zu beweglich! Sie werden diesen Felsengrat nicht mehr aus den Augen lassen und uns hinterherjagen und einholen, sobald wir uns unten zeigen.«

»Mit einigen von ihnen werde ich schon fertig!«, erwiderte Galdra. »Aber ich bräuchte verlässliche Zwergenkrieger an meiner Seite, um es mit dieser Übermacht aufzunehmen.«

Der Elbenmann wollte etwas entgegnen, doch die Frau stieß ihm ihren Ellenbogen in die Seite. Für so eine zarte Person ging sie erstaunlich robust mit ihm um.

»Unten scheint es Höhlen in den Klippen zu geben«, fuhr Galdra ruhiger fort. »Ich verwette meine Bartzöpfe, dass sie miteinander verbunden sind! Damit kenne ich mich aus. Wir könnten uns ins Höhlensystem zurückziehen und uns an enge Gänge halten, durch die uns die Orks mit ihren Plünderwölfen nicht folgen können.«

Die Elbenfrau erschauderte. »In diesen Höhlen kriechen Dinge durch die Dunkelheit, die nicht weniger unschön als Orks sind. Klippen-Ghoule. Wir sind einem begegnet, in der Schlucht unten, wo es besonders viele Höhlen gibt. In den Schatten habe ich noch mehr von ihnen gespürt. Sie scheinen tief in den Höhlen vor sich hin zu dämmern, aber sie sind tückisch schnell, wenn sie erst mal aufgeschreckt sind. Wer von ihrer Klingenzunge erwischt wird, verkommt selber zum Ghoul, heißt es.«

»Sie sind schnell, aber besiegbar. Mit einigen gewandten Elbenkriegern an meiner Seite würde ich mich ihnen stellen. Aber so …«, sagte der Elbenmann spitz.

»Wollt ihr damit sagen …«, setzte Galdra an, doch Gorin fasste sie beruhigend am Arm. Die Elbenfrau schaute ihren Begleiter tadelnd an.

Gorin schnaubte ratlos. Er wollte nicht wirklich glauben, dass sie in der Falle saßen. Immerhin hatten sie hier oben eigentlich keine schlechte Kampfposition. Die ganze Situation war wie eine Aufgabe, für die man eine möglichst effiziente Lösung mit den gegebenen Mitteln suchte. Als würde man passgenau eine Rune auf ein Werkstück auftragen.

»Du kannst wirklich durch die Luft laufen?«, fragte er schließlich den Elbenmann. Dieser nickte knapp, ohne Galdra aus den Augen zu lassen.

»Auch aufwärts?«

»Ja. Aber nicht für eine unbegrenzte Zeit.«

»Gut. Und du kannst dich in fremde Dinge … einfühlen?«, wandte er sich etwas widerwillig an die Elbin.

»Ich bin eine Grünsängerin. Mein Gesang kann die Kräfte verweben, die schon vorhanden sind, aber kein Geschöpf gegen seine Natur beeinflussen.«

»Hm«, brummte Gorin nachdenklich. »Galdra, hast du eben den Riss in der Statue bemerkt?«

»Natürlich. Sie ist völlig marode. Wir wären fast mit dem verdammten Ding in die Schlucht geschlittert.«

»Vielleicht gibt es da etwas, was wir tun könnten …«

Vor seinem geistigen Auge hatte sich ein Plan entfaltet. Wie Runen, die sich zu einem machtvollen Muster ordneten. Er erzählte den anderen von seinen Überlegungen. Galdra nickte nur hin und wieder knapp, der Elbenmann schaute skeptisch. Die Augen der Elbenfrau aber leuchteten, während auch sie das Vorhaben zu begreifen begann.

Schließlich hob der Elb abwehrend den Arm. »Das wird nicht funktionieren«, stellte er fest. »Dafür bräuchten wir Keile. Wirklich starke Keile.«

Galdra grinste ihn triumphierend an. Sie öffnete ihren Rucksack und zog wortlos ein Leder-Futteral hervor, in dem fünf schwere Keile aus runenverziertem Zwergenstahl steckten. Der Elb schüttelte fassungslos den Kopf. Gorin konnte sich ein Lächeln nicht verkneifen. Es war immer wieder erstaunlich, wie viel praktische Pionierausrüstung die Höhlengänger in ihren Rucksäcken unterbringen konnten. Er beendete rasch seine Ausführungen.

Die Elbenfrau sprang tatendurstig auf die Füße. »Lasst es uns versuchen!«

Der Elb nickte mit einem skeptischen Seufzen. Sie sprachen sich noch einmal ab und machten sich schließlich ans Werk.

Galdra und der Elbenmann liefen geduckt nach vorne, zum Ende des Absatzes über der Statue. Gorin und die Elbenfrau eilten in die andere Richtung. Gebellte Befehle in der Schlucht zeigten ihnen, dass die Orks ihre Bewegungen registriert hatten. Schließlich hielt Gorin an einer Stelle inne, wo die Felswände der Schlucht besonders eng zusammenstanden.

Unten wallte dichter Nebel und gab nur gelegentlich den Blick auf schwarze Höhlenöffnungen frei. Die Elbin reichte Gorin zwei Fläschchen mit Lampenöl aus ihrem Rucksack an. Er platzierte sie neben sich auf dem Felsen und legte einen Flammenbolzen in seine Armbrust ein. Dann ging er in einer günstigen Schussposition in die Knie und wartete. Fasziniert beobachtete er, wie die Elbenfrau ihr Musikinstrument bereitmachte. Noch während sie den Streichbogen zur Hand nahm, war drüben, an der Mündung der Schlucht zur Straße, Lärm zu hören. Eine ganze Horde Wolfsreiter hetzte mit wütendem Gebrüll in die Seitenschlucht.

Nun schälte sich der Umriss der Elbenmannes aus dem Nebel. Er lief auf dem Boden der Schlucht entlang, allein zwischen schwarzen Felsen. Er wirkte winzig und verwundbar. Direkt hinter ihm stürmten die Orks heran, ein Dutzend Krieger auf Plünderwölfen. Wahrscheinlich die ganze verdammte Horde, die dem vermeintlichen Fluchtversuch ein schnelles Ende setzen wollte. An der Spitze ritt der bullige Ork mit der mächtigen Knochenaxt. Sie machten solchen Lärm, dass sie das pochende Geräusch am Ende der Schlucht fast übertönten. Gorin hörte es nur, weil er wusste, dass es etwas zu hören gab – das schwere *Klung, Klung, Klung* von metallischem Hämmern.

Pfeile schwirrten durch die Schlucht. Der Elbenmann wich ihnen mit kühnen Sprüngen aus. Gorin konnte ihm eine gewisse Bewunderung nicht verwehren. Erst als es so aussah, als würden die Orks ihn in wenigen Herzschlägen erreichen, stieß sich der Elb plötzlich vom Boden ab und rannte in der Luft weiter, direkt auf die Felswand zu, wo Gorin und die Elbenfrau warteten. Einige Orks spannten ihre Bögen. Jetzt kam alles auf Galdra an!

Im Rücken der Orks krachte und rumpelte es. Eine Wolke schwarzen Gesteinsstaubs vermischte sich mit dem Nebel. Alarmiert wandten die Orks ihre Köpfe, während der Elbenmann sich die Felswand hinaufzog. Am Ende der Seitenschlucht konnte Gorin inmitten der Staubwolke einen schwarzen klobigen Umriss erahnen, der nun den Ausgang versperrte: Der Oberkörper der Statue war heruntergebrochen und lag wie ein Wall quer über der Schluchtmündung. Galdra hatte ihre Stahlkeile in den Riss getrieben und sie mit ihrer unzerbrechlichen Kristallaxt bearbeitet, bis der obere Statuenteil zur Seite geschlittert war. Sie selber blieb oben auf der Felskante zurück, sicher angeleint mit einem Seil um ihre Hüften. Gorin bewunderte ihr Gefühl für den richtigen Zeitpunkt. Höhlengänger kannten eben ihr Gestein.

Die Elbenfrau nickte Gorin aufmunternd zu. Dann setzte sie den Bogen an ihrem Instrument an. Gorin griff sich die beiden Ölflaschen und warf sie an der Engstelle auf den Boden der Schlucht. Die Tonflaschen zersprangen, das Öl verteilte sich zwischen den Steinen.

Unten brüllten die Orks wütend durcheinander, der Axt-

Träger donnerte Befehle. Dann begann die Elbenfrau zu spielen. Die Melodie war leise und dunkel. Sie schien lauernd herumzuschleichen und immer wieder mit einzelnen schrillen Tönen hervorzubrechen. Gorin erschauderte. Er hätte es nicht für möglich gehalten, dass dieses schlichte Instrument solche Klänge hervorbringen konnte. Die Melodie wurde schneller, drängender, fordernder. Die schrillen Töne mehrten sich.

Unten, im Schatten der Höhlenöffnungen, flammten plötzlich fahle weiße Leuchtpunkte auf. Erst waren es zwei, dann vier, dann viele. Das Wecklied der Elbenfrau hatte die Klippen-Ghoule aufgeschreckt. Dutzende von dunkelgrauen, gekrümmten Körpern mit langen Gliedmaßen ergossen sich plötzlich in die Schlucht wie wimmelnde Insekten und stürzten sich mit raubtierhaften Sprüngen auf die Orks. Wolfsreiter wurden aus dem Sattel gefegt, dunkelgrüne Klingenzungen zuckten gierig vor. Der Ork, der den Schädel-Morgenstern führte, schmetterte grimmig einen Angreifer von sich, doch drei weitere Ghoule rissen ihn einfach zu Boden.

Orks brüllten, Plünderwölfe winselten, und über allem lag das schreckliche Lied der Elbin. Nur die Ghoule waren völlig lautlos. Ohne ein Geräusch huschten sie wie Schemen umher. Ohne ein Geräusch gruben sie ihre scharfen Zungen in das Fleisch ihrer Opfer.

Der Hordenführer mit der Knochenaxt zerteilte zwei Ghoule zugleich mit einem mächtigen Hieb. Dann donnerte er einen Befehl und deutete mit seiner Waffe die Schlucht entlang, in die Richtung, wo keine Statue den Weg versperrte. Die Orks, die dazu noch in der Lage waren, trieben ihre Wölfe an und setzten sich in Bewegung. Gorin feuerte seine Armbrust ab. Als sein Flammenbolzen auf die Ölpfütze traf, loderte ein Feuerteppich in der Engstelle der Schlucht. Die Plünderwölfe sprangen winselnd zurück, den gierigen Klippen-Ghoulen entgegen. Das Brüllen der Flammen vermischte sich mit den Schreien der Orks.

Mit Grauen wandte Gorin sich ab und konzentrierte sich

darauf, seine Armbrust nachzuladen. Diese Ork-Krieger waren Kettendiener und hatten ihnen nach dem Leben getrachtet. Und doch bereitete es ihm Unbehagen, sie einer Horde Ghoule zu überlassen, zumal das Ganze sein Plan gewesen war.

Als er wieder in die Schlucht schaute, versuchte gerade ein besonders hagerer Ork, die Statuentrümmer an der Mündung der Schlucht zu erklimmen. Ein Elbenpfeil bohrte sich in seinen Hals und ließ ihn hintenüberkippen, zurück in die Arme der Ghoule.

Ein wütender Kriegsschrei gellte durch die Klamm. Der riesige Ork mit der Doppelaxt trieb seinen Plünderwolf an und lenkte ihn direkt den Flammen entgegen. Mit einem gewaltigen Sprung setzte der Wolf über das Feuer. Es ging so schnell, dass Gorin kaum seine Armbrust heben konnte. Er feuerte hastig einen Kriegsbolzen auf den Ork, doch das Geschoss zerschellte irgendwo an der Felswand. Dann waren Wolf und Reiter auch schon im Nebel verschwunden.

Gorin bemerkte, dass es merkwürdig still geworden war. Das Lied der Elbin war verstummt. Die Flammen knisterten leise vor sich hin. Es gab keine Orkschreie mehr. Auf dem Boden der Schlucht lagen die Körper von Orks und Wölfen verstreut, kaum zu erkennen unter dem Gewimmel dunkelgrauer Ghoul-Gliedmaßen. Um jede Leiche hatten sich drei oder vier der Kreaturen versammelt und ihre sehnigen Zungen in ihr Fleisch geschlagen, um ihre Lebenskraft in sich hineinzusaugen.

Ihre Verfolger existierten nicht mehr.

»Wir haben es wohl geschafft«, murmelte Gorin und ließ seine Armbrust sinken. Die Elbenfrau nickte stumm. Sie verpackte ihr Instrument wieder in der Lederhülle, während sie ernst in die Schlucht hinunterstarrte. Ihr schien es ähnlich zu gehen wie Gorin.

Schritte näherten sich. Galdra und der Elbenmann kamen zu ihnen heran.

»Scheint so, als hätte der Kettenfürst nun ein paar Diener weniger«, brummte Galdra.

»Mir wäre es lieber gewesen, mich ihnen nach elbischer Art im ehrlichen Kampf zu stellen«, erwiderte der Elbenmann.

»Unterstellst du damit etwa …«, setzte Galdra an.

»Das genügt!«, fauchte die Elbenfrau mit plötzlicher Schärfe. »Wer noch nicht genug von irgendwelchen Kämpfen hat, kann gerne runter zu den Ghoulen hüpfen! Alle anderen sollten jetzt verschwinden, solange die Geschöpfe noch beschäftigt sind.«

»Sie hat recht«, sagte Gorin. »Lasst uns schauen, ob wir über die Trümmer der Statue zum Karrenweg hinunterklettern können. Wir waren gerade auf dem Weg nach Süden Richtung Swertenburg.«

»Ja, wir auch.« Die Elbenfrau lächelte müde. »Vielleicht können wir als Gruppe reisen. In dieser götterverlassenen Gegend scheint das sehr angebracht zu sein.«

»Zumal der Anführer der Orks entkommen konnte«, brummte Gorin, den es wurmte, dass sein Schuss das Ziel verfehlt hatte.

»Allein wird er nicht gegen vier ankommen«, meinte der Elbenmann zuversichtlich. »Gehen wir.«

Sie folgten dem Felsenabsatz bis zu den Überresten der Statue und halfen sich gegenseitig hinunter ins Tal. Dann traten sie gemeinsam auf dem Karrenweg den Weg nach Süden, in Richtung Swertenburg an.

»Ich bin übrigens Elyami Birkentochter«, sagte die Elbenfrau schließlich. »Und das ist mein Bruder Elyamur Birkensohn. Wir kommen aus Liráya.«

»Gorin von den Runenschmieden und meine Schwester Galdra von den Höhlengängern aus Tokrond«, erwiderte Gorin.

»Gut, dass wir uns begegnet sind«, fuhr Elyami fort. »Das dürfte unsere Weiterreise viel einfacher machen.«

»Ebenso wie die unsere«, bestätigte Gorin, doch er hatte ein ungutes Gefühl im Bauch.

Diese Elben konnten nicht ahnen, dass Galdra und er von den Häschern des Kettenfürsten gejagt wurden. Sie brachten sie mit ihrer Gesellschaft in Gefahr, ohne dass sie es wussten. Andererseits war das Reisen durch diese Wildnis in der Gruppe wirklich sicherer. Gorin atmete einmal tief durch. Bis Swertenburg war es ja nur noch ein kurzes Stück. Alles andere würde sich dann finden.

Dreizehntes Kapitel

Am südlichen Rand der Schwarzglasklippen

Zwerge waren seltsame Geschöpfe. Kleiner als Elben oder Menschen, aber dabei so stämmig und breit, dass sie unerschütterlich mit dem Boden verwachsen zu sein schienen. Elyami warf ihren neuen Weggefährten immer wieder verstohlene Seitenblicke zu, während sie gemeinsam dem Karrenweg folgten. Die beiden Zwerge setzten stoisch einen Fuß vor den anderen, obwohl ihre Schultern die Last ihrer Kettenmäntel, schwer bepackter Rucksäcke und sperriger Stahlwaffen tragen mussten.

Und dann erst diese Bärte! Die Zwergenfrau, Galdra, hatte feinen Flaum auf den Wangen und zwei zierliche Zöpfchen am Kinn. Ihr Begleiter Gorin trug seinen Bart zu dicken Zöpfen gebunden, so lang, dass er sie in seinen Gürtel stopfen konnte. Bei Elyamis Volk hatte niemand Bartwuchs, weder Frauen noch Männer. Sie musste den Impuls unterdrücken, mit den Fingern über Gorins Bartzöpfe zu fahren und zu prüfen, ob die Haare wirklich so dick und borstig waren, wie sie aussahen.

Ihr Bruder hingegen hielt einen großen Abstand zu den beiden Zwergen und gab sich demonstrativ desinteressiert. Den gelegentlichen Ziegenherden am Wegesrand schenkte er mehr Beachtung als ihren neuen Weggefährten. Die Zwergenfrau schien es ähnlich zu halten und ging ganz außen auf der anderen Seite, sodass Elyami und der Zwergenmann in der Mitte blieben.

Auf dem Weg konnte man deutlich angenehmer reisen als zwischen den Klippen. Einmal passierten sie eine Gruppe Obsidianlinge, die gleichmütig durch den Nebel stapften, doch weitere Gefahren schienen auszubleiben. Auch der entkommene

Ork-Anführer ließ sich nicht blicken, obgleich Elyami aufmerksam nach ihm Ausschau hielt.

Sie war froh, dass sie als Gruppe weiterreisten. In dieser Gegend war das weise. Das Einzige, woran sie sich dabei noch gewöhnen musste, war der Körpergeruch der Zwerge, den man mit viel gutem Willen als *derb* bezeichnen konnte. Elyamurs Gesichtsausdruck ließ vermuten, dass er andere Wörter verwendet hätte. Er fächerte sich Luft zu, als der Zwergenmann ihm zu nahe kam. Elyami hob warnend die Augenbrauen. Elyamur sagte nichts, aber er hörte immerhin damit auf.

Der Zwergenmann, Gorin, schien darüber in sich hineinzugrinsen. Offensichtlich bekam er mehr mit, als man denken sollte. Dass Wesen, die so lautstark mit schweren Schritten und klappernden Rüstungen voranstapften, überhaupt etwas von ihrer Umgebung wahrnahmen, war erstaunlich genug. Zwerge waren wirklich seltsame Geschöpfe. Elyami musste unbedingt mehr über sie lernen.

Sie marschierten den Nachmittag durch und machten erst bei Einbruch der Dunkelheit Rast. Schutz fanden sie in den Ruinen eines einsamen Gebäudes am Straßenrand, komplett errichtet aus schwarzen Glasquadern. Offensichtlich hatte jemand einst die Idee gehabt, am Karrenweg ein Gasthaus zu eröffnen. Ein Zeichen dafür, dass sie sich den Menschenlanden näherten. Doch der Wirt war schon lange verschwunden, und die Gäste luden sich heute zwischen nackten Mauern selbst ein.

Während Elyami sich mit ihrem Bruder einen Gewürzkuchen teilte, packten die Zwerge seltsame Fladen aus, die schon aus der Entfernung pfeffrig rochen. Sie waren aus Höhlenpilzen gebacken, wie Elyami auf ihre Nachfrage erfuhr. Nun konnte sie ihre Neugier einfach nicht mehr länger zügeln.

»Ihr kommt also aus Tokrond?«, fragte sie möglichst beiläufig beim Essen.

»Ja«, antwortete Galdra knapp, ohne dabei im Kauen innezuhalten.

Elyamur zog missbilligend eine Augenbraue hoch. Heute

Abend aß er mit spitzen Fingern wie auf einem silberelbischen Hofempfang. Irgendetwas an diesen Zwergen schien ihn dazu zu bringen, seine elbische Erziehung besonders hervorzukehren.

Elyami warf ihm tadelnde Seitenblicke zu, die er hoheitsvoll ignorierte.

»Und was führt euch nach Swertenburg?«, fragte sie stattdessen.

Galdra hörte zu kauen auf und schaute ihren Bruder fragend an. Dieser stopfte zunächst einen seiner langen blonden Bartzöpfe sorgfältig in seinen Gürtel, ehe er antwortete.

»Wir sind Kaufleute«, sagte er schließlich. »Unsere Gilden haben uns ausgeschickt, um neue Kontrakte mit den Handelshäusern der Menschen über Waren zu schließen, die wir im Festungsreich nicht selber herstellen können.«

»Hopfen«, warf Galdra ein.

»Kaufleute also?«, fragte Elyamur misstrauisch und betrachtete Galdra, die inzwischen aufgegessen hatte und begann, das Blatt ihrer mächtigen Axt zu schärfen.

»Genau«, brummte sie und tätschelte ihre Waffe. »Willst du eine Warenprobe?«

»Und warum reist ihr in die Menschenlande?«, fragte Gorin rasch.

Erst jetzt fiel Elyami ein, dass »um den Kettenfürsten vom Thron zu stürzen« vermutlich keine adäquate Antwort war. Sie brauchten eine gute Begründung im Fall neugieriger Rückfragen. Was taten die Elben noch gleich, die die Frühlingskönigin zuweilen als Gesandte ausschickte?

»Salz«, sagte sie schnell. »Wir wollen mit den Menschen Salz eintauschen. Es gehört zu den wenigen Dingen, mit denen uns die Wälder von Liráya nicht versorgen.«

»Also auch Kaufleute?«, fragte Galdra misstrauisch und musterte den voll gerüsteten Elyamur von Kopf bis Fuß.

»Exakt«, sagte dieser in einem affektierten Tonfall, der wie eine Imitation des Sommerkönigs klang.

Elyami verdrehte die Augen. Für einen Moment herrschte ungemütliche Stille.

»Wie haben euch diese orkischen Plünderer eigentlich aufgelauert?«, fragte Gorin schließlich, ohne Elyami direkt anzusehen. Auch sie schaute auf ihre Hände. Für die beiden Zwerge waren die Orks nur irgendwelche räuberischen Kettensöldner, denen sie zufällig begegnet waren. Sie konnten nicht ahnen, dass ihre elbischen Reisegefährten von den Häschern des Kettenfürsten gejagt wurden.

»Sie haben uns schon seit dem Waldrand verfolgt«, antwortete sie so ehrlich wie möglich. »Eine Weile konnten wir ihnen noch ausweichen, aber ihre Wölfe sind einfach zu schnell.«

Galdra nickte grimmig. »In Tokrond haben sich die Kettendiener auch schon gezeigt. Lichtlose mit dem Kettenzeichen sind in unsere Höhlen eingedrungen.«

»Und in den letzten Monaten sind viele Kristallzwerge aus dem nördlichen Zwergenreich Kurrond als Flüchtlinge zu uns gekommen«, ergänzte Gorin. »Sie berichten, dass sich dem Kettenfürsten immer mehr Söldner aus den verschiedensten Völkern anschließen. Neben seinen Orks auch Menschen, Minotauren, Goblins, Bergtrolle und inzwischen sogar Hügelriesen.«

»Und Elben«, warf Galdra finster ein.

Elyamur sog scharf die Luft ein. »Letztes Jahr war ein reisender Rot-Elb bei uns in Liráya«, erwiderte er spitz. »Er hat berichtet, dass im Osten Söldnerhaufen der Granitzwerge in den Kettenheeren dienen!«

»Jedenfalls wird Tokrond sich dem Kettenfürsten nicht beugen«, schloss Gorin in versöhnlichem Tonfall.

»Liráya ebenso wenig«, stimmte Elyami ihm zu und musste beklommen an die dämonischen Dornenelben denken, die im Boden von Liráya herangewachsen waren.

Danach herrschte Schweigen. Galdra und Elyamur starrten vor sich hin, und auch Elyami und Gorin fanden nicht mehr ins Gespräch. Schließlich zogen sich alle in ihre Schlafdecken zurück.

»Wir sollten abwechselnd Wache halten«, schlug Elyami vor. »Jetzt, da wir zu viert sind, können wir alle mehr Ruhe finden.«

Gorin nickte zustimmend. »Ich übernehme die erste Wache«, sagte er. »Das sind wir euch schuldig.«

Elyami wollte sich gerade bedanken, als Elyamur auffuhr: »Oh nein! Ich werde nicht ruhig schlafen, während jemand vom kleinen Volk über meine Schwester wacht.«

»Was soll das heißen?«, fauchte Galdra.

»Dass ich euch Zwergen nicht traue«, gab Elyamur zurück.

Gorin setzte dazu an, etwas zu sagen, doch Galdra kam ihm zuvor: »Meinst du, ich traue euch Elben? Ich werde jedenfalls auch nicht schlafen, während ihr wacht!«

»Dann haben wir immerhin etwas gemeinsam«, sagte Elyamur kalt.

»Na wunderbar«, seufzte Elyami und fühlte sich auf einmal noch viel müder, als sie es nach dem langen Tagesmarsch ohnehin schon war.

Sie rieb sich die Schläfen. Hatte Elyamur recht mit seinem Misstrauen? Immerhin waren die beiden Zwerge tatsächlich Fremde für sie. Andererseits waren sie offenbar keine Freunde des Kettenfürsten und somit gewissermaßen auf derselben Seite. Und hier draußen, in der Ödnis, war jede Hilfe wertvoll.

»Dann lasst uns am besten alle vier gleichzeitig wachen«, schlug sie entnervt vor. »Jeder bewacht jeden.«

»Wieso nutzen wir nicht gleich die Zeit und marschieren weiter?«, brummte Galdra, die den Vorschlag offenbar ernst nahm.

»Meinst du, wir Elben schaffen das nicht?«, fragte Elyamur herausfordernd.

Gorin schnaubte. »Ich schaffe es jedenfalls nicht«, sagte er. »Und ehe wir komplett auf unsere Ruhe verzichten, sollten wir uns besser aufteilen. Ich wache mit dir zusammen, Elyamur, und später wachen Elyami und Galdra. Ist das in eurem Sinne?«

»Meinetwegen«, murmelte Elyamur, ohne Gorin anzusehen.

Elyami nickte zustimmend. »Lasst es uns so machen«, sagte sie rasch, ehe irgendjemand es sich anders überlegen konnte.

Eine halbe Nacht war besser als gar kein Schlaf. Niemand hatte etwas hinzuzufügen.

Ihre Ruhe war ungestört, aber viel zu kurz. Schon bald waren Elyami und die Zwergin mit ihrer Wache dran. Galdra hockte während der ganzen Zeit auf einem Felsen, die blanke Axt auf ihrem Schoß, und fixierte Elyami finster. Auf ihre Versuche, ein Gespräch zu beginnen, antwortete Galdra mit einsilbigem Knurren. Schließlich schaute Elyami in eine andere Richtung und lenkte sich damit ab, eine neue Melodie zu summen. Gar nicht so einfach, wenn der Hinterkopf dabei von einer Zwergin mit Streitaxt fixiert wurde. Als schließlich der Morgen dämmerte, war Elyami dankbar.

Am nächsten Tag platschte schwerer Regen auf die Schwarzglasklippen. Die vier Reisenden stapften in ihre Mäntel gehüllt und mit hochgezogenen Kapuzen nebeneinander her. Die beiden Zwerge schimpften unentwegt in ihrer eigenen, brummeligen Sprache vor sich hin. Elyami brauchte eine Weile, bis sie verstand, was sie so verstimmt hatte. Es war der Regen. Die Zwerge empfanden es offenbar als Beleidigung, dass plötzlich Wasser vom Himmel rauschte. Natürlich, in ihren Höhlenreichen waren sie vor dem freien Spiel der Naturkräfte abgeschirmt, auch vom Wetter. Ob es stimmte, dass sie sich niemals wuschen und ihre Dreckschicht wie eine zweite Rüstung trugen? Elyami hütete sich, danach zu fragen, und stellte sicher, dass auch ihr Bruder seine diesbezüglichen Vermutungen für sich behielt.

»Glaubst du ihnen die Geschichte mit den Kaufleuten?«, fragte Elyamur im Laufe des Vormittags leise auf Grünwort.

Elyami zuckte mit den Schultern. »Ich weiß nicht. Die Wege der Zwerge kenne ich nicht. Wir sind als Gesandte vermutlich auch nicht besonders überzeugend.«

»Ich glaube ihnen jedenfalls nicht!«, insistierte Elyamur. »Und wenn sie einen Grund haben, ihr Woher und Wohin durch Lügen zu verschleiern, haben wir einen Grund, ihnen zu misstrauen.«

»Tun wir das nicht auch?«, fragte Elyami.

»Das ist etwas Anderes«, gab Elyamur zurück. »Wir sind die Zwillingsseelen und müssen uns im Verborgenen durch Feindesland schlagen.« Er ließ es so klingen, als sei das etwas besonders Edles.

»Wenn du meinst«, sagte Elyami und unterdrückte ein Lächeln.

»Dandru kor«, murmelte die Zwergenfrau neben ihnen halblaut und blickte sich zum wiederholten Male um. Das machte sie schon den ganzen Morgen. Offenbar hielt sie auch nach dem entkommenen Ork Ausschau.

»Tungrod«, erwiderte ihr Bruder. »Gar klobesh kara Wintarsehrin tar-Tarun.«

»Aglash Wintarsehrin tar-Taronda«, erwiderte Galdra und zog ihre Kapuze weiter ins Gesicht.

Elyami zog irritiert die Augenbrauen zusammen. Hatte sie das Wort »Winterseherin« im Gemurmel der Zwergensprache gehört? Sie war sich nicht ganz sicher. Wenn die Zwerge Eisentung redeten, klang es so, als würden sie mit Kieselsteinen gurgeln. Aber gerade deshalb war ihr das Wort aufgefallen. Sein heller Klang passte nicht zum Rest der Satzmelodie.

»Elyamur? Hast du das eben gehört?«, fragte Elyami und blieb weiterhin beim Grünwort. Ihr Bruder schaute sie verständnislos an.

»Was?«

Offenbar nicht. »Ähm, wir nähern uns langsam den Menschenreichen. Die Melodie des Landes hört sich anders an«, entgegnete Elyami rasch.

Vermutlich hatte sie es sich wirklich nur eingebildet. Es gab keinen Grund, Elyamurs Misstrauen gegenüber den Mitreisenden zusätzlich anzuheizen. Andererseits konnte man vielleicht einen kleinen Test wagen …

»Ich habe gerade an die Winterseherin gedacht«, sagte sie und achtete darauf, das Menschenwort laut und deutlich auszusprechen. Gorin, der Zwergenmann, schaute mit gerunzelter Stirn auf. Also hatte sie doch recht?

»Warum?«, fragte Elyamur.

»Öhm, nur so«, erwiderte Elyami nachdenklich, ohne den Blick von Gorin zu lassen. Dieser schnaubte etwas in seinen Bart und wandte sich schließlich wieder ab. Eigentümlich. Ob Elyamur mit seiner Vorsicht richtiglag?

Der Regen hielt den ganzen Tag über an. Wenigstens wurde der steinige Boden nicht matschig. Gespräche ergaben sich kaum noch. Elyami bemerkte, dass das Gelände fast immer abschüssig war. Sie glaubte auch den Hauch eines neuen, fremden Liedes im Gewebe der Landschaft zu spüren. Vielleicht würden sie die Ödnis bald hinter sich lassen. Die Aussicht darauf beflügelte ihre Schritte. Sie kamen trotz des Regens gut voran.

Am Abend kampierten sie im Schutz eines Felsüberhangs und stellten am Morgen fest, dass der Regen wieder dem Nebel gewichen war. Sie setzten ihren Marsch durch die einförmige Welt der Klippen fort. Für einen Moment hatte Elyami das absurde Gefühl, dass sich diese Landschaft endlos in alle Himmelsrichtungen erstrecken würde. Wie gut, dass das fremde Lied langsam deutlicher zu spüren war.

Als sie am Mittag schließlich aus dem Schatten der Klippen heraustraten, war es, als hätte jemand plötzlich einen schwarzen Vorhang zurückgezogen. Vor ihnen lagen Ketten von weiten, freien Hügeln, die sich bis zu einem schimmernden Band am Horizont erstreckten. Das musste der Fluss Thuros sein, der sich durch die westlichen Menschenlande zog. Zwischen den Hügeln lagen Buschinseln und Waldgebiete verstreut. Sie fühlten sich jung an, nicht zu vergleichen mit den ewigen Wäldern von Liráya. In den Tälern und entlang der Hänge leuchteten gelbe Flächen von reifem Korn. Rauchsäulen wiesen auf Dörfer hin. In der Ferne kreiste ein junger Lindwurm über den Kuppen. Plötzlich stieß er herab, schwang sich wieder empor und verschwand mit einem fetten Schaf in den Klauen in nördlicher Richtung.

»HUNDERTBÜRGEN« war in den Buchstaben der Hochsprache auf eine steinerne Grenzsäule am Straßenrand graviert.

Darüber war ein Wappenschild mit einer Krone über einer stilisierten Burg zu sehen.

»HERZOGTUM SWERTENGUND« besagte eine weitere Inschrift darunter. Sie schmückte ein Wappen mit zwei gekreuzten Schwertern.

»Das sind dann wohl die Menschenlande«, murmelte Elyamur und ließ den Blick weit über die Landschaft schweifen. Er versuchte, entschlossen zu klingen, doch Elyami kannte ihn gut genug, um seine Unsicherheit herauszuhören. Nicht, dass sie sich anders gefühlt hätte.

»Gibt es etwas, das wir ab jetzt beachten sollten?«, fragte sie Gorin, der neben ihr stand. »Ihr als Kaufleute habt da vielleicht Erfahrung. Für uns ist es die erste Reise nach Swertenburg.«

Gorin blickte auf seine Stiefelspitzen und strich sich über den Bart. »Das wollte ich euch gerade fragen«, antwortete er zögerlich. »Ich dachte, ihr als Gesandte … Für uns ist es ebenfalls der erste, öhm, Handelsauftrag.«

»Aha«, machte Elyamur vielsagend.

Galdra schnaubte nur. Gemeinsam folgten sie der Karrenstraße talwärts. Hohes Gras zwischen den Wagenspuren wies darauf hin, dass sie nur selten benutzt wurde. Elyami wandte sich um und warf den Schwarzglasklippen einen letzten Blick zu. Nebel waberte zwischen den Felsen. Einzelne Schwaden lösten sich und wehten träge im Wind, als wollten sie die Reisenden verfolgen. Elyami schaute nach vorn und blickte nicht noch einmal zurück.

Der Weg führte zunächst über kahle, windzerfurchte Hänge und bog am Nachmittag in ein geschütztes Tal ein, wo grasende Schafherden entlang der Hügelflanken auf ein nahes Dorf schließen ließen. Als sie ein Weizenfeld passierten, griff sich Elyami beiläufig eine Kornähre und verflocht sie mit ihrem Zopf. Eine Reihe von knorrigen Kopfweiden mitten im Tal markierte den Lauf eines Flüsschens. Weiter hinten schauten die Türme einer kleinen Burg über die Wipfel eines bewaldeten Höhenzugs.

»Heute Nacht schlafen wir mit einem festen Dach über dem

Kopf«, brummte Galdra zufrieden. Ihr Bruder nickte nachdrücklich dazu.

Elyami zwang sich zu einem Lächeln, aber ihr war mulmig zumute. Sie war natürlich dankbar, der Gefahr durch Orks, Plünderwölfe und Klippen-Ghoule entkommen zu sein. Doch das, was sie in den Siedlungen der Menschen erwartete, ängstigte sie fast mehr. Siedlungen, über denen inzwischen das Kettenbanner wehte …

Der Abend dämmerte schon, als sie an eine Weggabelung kamen. Rechter Hand führte der Pfad weiter durchs Tal in Richtung der Burg, linker Hand offenbar zu einer Furt durch den Fluss. Es gab keinen Wegweiser, nur einen kleinen, aus Feldsteinen gemauerten Schrein an der Kreuzung. Er beherbergte die Statue einer jungen Frau im Kettenmantel, die Schwert und Schild trug. Sie war schlicht, aber liebevoll gearbeitet, mit blonden Zöpfen und aufgemalten roten Wangen. Elyami wusste aus Erzählungen, dass die Schwertmaid Kravana eine der Göttinnen der Menschenlande war. Das Volk verehrte sie als Beschützerin, und offenbar war sie auch die Patronin von Swertengund.

»Ich nehme an, niemand weiß, welcher Weg nach Swertenburg führt?«, brummte Galdra.

Gorin schüttelte ratlos den Kopf. Elyamur schaute zu seiner Schwester. Die straffte sich und ließ den Blick über die Umgebung schweifen, auf der Suche nach einem Hinweis.

»Was ist das?«

Im Norden bewegte sich etwas am Abendhimmel. Alle Blicke folgten Elyamis Fingerzeig. Es war ein länglicher Umriss zu sehen, der mit schlängelnden Bewegungen in Richtung Osten dahinglitt. Für einen Moment hoffte Elyami darauf, dass es die Winterseherin war, die endlich ihre dringenden Angelegenheiten beendet hatte. Dann bemerkte sie, dass das Wesen viel zu groß für einen Schwan war.

»Was meinst du?«, fragte Gorin, der angestrengt nach oben starrte, aber offenbar nichts erkennen konnte. Elbenaugen konnten weiter blicken als die von Menschen oder Zwergen.

»Da fliegt etwas. Eine Art geflügelte Echse«, erklärte Elyami.

»Das ist bestimmt noch ein Lindwurm«, erwiderte Galdra mit einer wegwerfenden Handbewegung. »Sie brüten in den Bergen und kreisen zuweilen über den Tälern, um Beute zu greifen. Sehen aus wie kleine Drachen, sind aber lange nicht so gefährlich.«

»Nein, das ist kein Lindwurm ... Eher eine Schlange«, sagte Elyami. Das Wesen war näher herangekommen, und nun konnte sie mehr erkennen. Es bewegte sich jedoch nicht direkt auf sie zu, sondern hielt sich eher nach Südosten.

»Jetzt sehe ich es auch!«, rief Galdra aufgeregt.

Die Kreatur glich tatsächlich einer geflügelten Schlange, die in fließenden Bewegungen über den Himmel glitt. Auf ihrem Rücken konnte Elyami eine Gestalt ausmachen, hinter der undeutliche Umrisse zu erkennen waren, offenbar ein Haufen Gepäck.

»Das ist die Elbenhexe!«, keuchte Galdra entsetzt.

»Bitte was?«, fragte Elyamur.

»Das muss nicht sie sein.« Gorin sah besorgt aus, schüttelte aber den Kopf. »Duroscha hat erzählt, dass viele hochrangige Kettendiener so eine Flugschlange reiten.«

»Können deine ach-so-scharfen Elbenaugen den Reiter erkennen?«, fragte die Zwergenfrau.

Elyamur wollte wieder auffahren, doch Elyami kam ihm zuvor. »Nicht sehr gut«, erwiderte sie so neutral wie möglich. »Ich glaube, die Person trägt purpurfarbene Kleidung.«

»Sie ist es!«, rief Galdra aufgeregt.

»Grakhu«, murmelte Gorin. »Drakasha kor dungred. Tur kara Gorashen. Wintarsehrin par-Partukh!«

»Kura hor-Hortrak Wintarsehrin rogabrin?«, fragte Galdra.

»Kor Oldru«, erwiderte ihr Bruder. »Tash kara Strixaku! Rogan Wintarsehrin Furashen.«

Nun war Elyami sich ganz sicher! Die beiden Zwerge redeten aufgeregt und schnell, aber sie sprachen eindeutig über die Winterseherin. Sie hatte sich gestern also nicht verhört.

»Über wen sprecht ihr da?«, fragte sie rasch. »Woher kennt ihr die Winterseherin?«

Galdra zuckte schuldbewusst zusammen, und Gorin seufzte. »Sie ist eine alte Menschenzauberin, mit der wir einen Teil des Weges gereist sind«, antwortete er in der Hochsprache. »Wir wurden getrennt.«

»Kennt ihr Elben sie etwa auch?«, fragte Galdra, erneut misstrauisch geworden.

»Ich wüsste nicht, was euch das anginge«, knurrte Elyamur und umfasste seinen Schwertknauf. Elyami versuchte, ihre galoppierenden Gedanken zu ordnen.

»Ihr solltet nicht mit uns reisen, Elyami«, sagte Gorin plötzlich leise. »Wir haben Tokrond nicht wirklich als Kaufleute verlassen. Die Häscher des Kettenfürsten verfolgen uns. Diese Elbin hat uns mit ihrer Flugschlange überfallen und eine leibhaftige Strix aus der Unterwelt beschworen, um uns zu stellen. Und darum streunten auch die Orks durch die Klippen – sie waren hinter *uns* her.«

»Wohl kaum!«, rief Elyamur mit einem bitteren Lachen.

»Zweifelst du am Wort meines Bruders?«, zischte Galdra und trat ihm entgegen.

Elyamur betrachtete sie gelassen, die Hand an seinem Schwertgurt nun in die Hüfte gestemmt. »Ich bezweifle, dass der Kettenfürst Interesse daran hat, zwei ausgestoßene Zwerge verfolgen zu lassen. Ich nehme an, dass ihr wegen irgendeiner Dieberei aus Tokrond fliehen musstet?«

»Das nimmst du zurück!«, schnaubte Galdra und zückte ihre Kristallaxt. Elyamur zog sein Schwert.

»Haltet ein!«, rief Elyami und stellte sich zwischen die beiden. Hilfesuchend wandte sie sich an Gorin: »Warum also habt ihr Tokrond verlassen?«

Gorin seufzte tief. »Wir haben eine Aufgabe zu erfüllen«, sagte er schließlich.

»Eine *geheime* Aufgabe!«, fügte Galdra hinzu und funkelte Elyamur herausfordernd an.

»Das klingt natürlich sehr vertrauenerweckend«, höhnte dieser.

Elyami ignorierte ihn. »Und was hat die Winterseherin damit zu tun?«, fragte sie vorsichtig.

»Es geht um einen Orakelspruch, den sie empfangen hat«, erwiderte Gorin. »Er bezieht sich auf Galdra und mich und betrifft eine ziemlich wichtige Sache. Darum bringen wir euch in Gefahr.«

»Was redest du da?«, rief Elyamur alarmiert.

»Er spricht die Wahrheit, auch wenn es euch Elben nicht passt!«, fuhr ihn Galdra an. Ihr Bruder schüttelte warnend den Kopf, doch sie achtete nicht auf ihn. »Wir haben die Möglichkeit, die Herrschaft des Kettenfürsten zu zerschlagen«, fuhr sie mit fester Stimme fort. »Das ist unsere Aufgabe. Dazu sind wir bestimmt. Und darum müssen wir so schnell wie möglich nach Swertenburg kommen. Die Winterseherin wollte uns dort treffen.«

»Und wenn ihr mit uns reist, bringt ihr euch in Gefahr«, ergänzte Gorin leise.

»Ja, natürlich!«, schnaubte Elyamur. »Und wahrscheinlich hat sie euch auch an die Graue Ratte verwiesen?«

»Welche Ratte?«, fragte Gorin.

Elyami warf ihrem Bruder einen ratlosen Blick zu. Sie hatte keine Ahnung, was das alles bedeuten sollte. Elyamur schüttelte unwirsch den Kopf.

»Und als Nächstes behauptet ihr, die Zwillingsseelen des Orakelspruchs zu sein?«, rief er und starrte Galdra herausfordernd an.

»Woher weißt du davon?«, fragte Gorin alarmiert, und Galdra hob ihre Axt.

»Die Frage ist, woher *ihr* davon wisst!«, fauchte Elyamur. »*Wir* sind die Zwillingsseelen des Orakelspruchs! Elyami und ich. Die Winterseherin hat uns von Kindheit an in Liráya besucht und auf unsere Aufgabe vorbereitet. Dann ist sie verschwunden, als es endlich an den Aufbruch ging. Also sagt mir, wo ist sie hin? Was habt ihr mit ihr gemacht? Und was soll diese ganze Scharade?«

Er ging mit seinem Schwert in den Ausfallschritt. Galdra und er funkelten sich feindselig an.

»Wir haben gar nichts mit ihr gemacht!«, rief Gorin dazwischen. »Die Elbenhexe auf der Flugschlange hat uns angegriffen. Die Winterseherin ist zurückgeblieben, um sie zu bekämpfen. Seither haben wir nichts mehr von ihr gesehen.«

»Wir hätten gleich wissen müssen, dass man Elben nicht trauen kann«, ergänzte Galdra finster. »Gorin, das kann kein Zufall sein! Wahrscheinlich wurden sie auf uns angesetzt.«

»Lachhaft!«, fauchte Elyamur.

»Halt!«, rief Elyami. »Gorin, ihr behauptet doch nicht wirklich, die Zwillingsseelen des Orakelspruchs zu sein, oder?«

»Doch«, sagte Gorin fest. »*Die stählernen Bande vermögen sie kühn zu zersprengen, den Fürsten vom Rostroten Thronsitz zu trennen.* So hat die Winterseherin es uns selbst gesagt. Das ist die Aufgabe, auf die wir uns seit Jahren vorbereiten. Unser Onkel wurde deswegen von einem Kettensklaven getötet, der uns aufhalten wollte. Es ist uns auferlegt, den Kettenfürsten zu stürzen, und wir werden es tun!«

Elyami blinzelte irritiert. Elyamur lachte bitter auf.

»Glaub ihnen nicht, Elyami! Die Träumende Königin selbst hat unsere Aufgabe bestätigt! Wem sollen wir trauen, wenn nicht der Ewigschlafenden? Das ist irgendein Trick des Kettenfürsten, um uns vom Weg abzubringen! Die Vorstellung, dass jemand ein verschlossenes, selbstsüchtiges Volk wie die Zwerge mit so einer Aufgabe betrauen könnte, ist einfach nur lächerlich! Wahrscheinlich sind die beiden verdeckte Kettensöldner, die sich für besonders klug halten.«

»Was erlaubt sich dieser *Grushkakh* …«, polterte Galdra.

»Unsere Eltern sind bei Dvegura im Kampf gegen die Kettenheere gefallen!«, übertönte Gorin sie zornig. Dann wandte er sich eindringlich an Elyami. »Wir sind als Zwillingsseelen ausersehen, um sie zu rächen. Niemals würden wir mit Kettendienern gemeinsame Sache machen. Eure Vorwürfe sind nicht nur absurd, sondern zudem beleidigend!«

»Pass auf, kleiner Bruder!«, rief Galdra. »Sie ist auch eine Elbenhexe. Denk daran, was sie mit den Obsidianlingen und den Ghoulen gemacht hat! Das alles ist eine verfluchte elbische Hinterlist, so wie Nurdrins schwarze Kette. Wir sollten uns freikämpfen, bevor sie die Strix herbeirufen!«

»Das genügt jetzt!«, schnappte Elyami, die langsam genug von den Anschuldigungen hatte. »Mein Grüngesang hat euch in den Klippen gerettet! Ich habe gewiss keine Hinterlist gegen euch im Sinn, Zwergenfrau! Aber mein Bruder hat recht. Wir *sind* die Zwillingsseelen des Orakelspruchs, gesegnet von der Träumenden Königin selbst. Ich weiß nicht, welcher Täuschung ihr erlegen seid, aber ihr könnt unmöglich …«

»Es ist keine Täuschung, dass unser Onkel tot ist!«, unterbrach sie Galdra heftig. »Und unsere Eltern! Ein Leben lang bereiten wir uns darauf vor …«

»Möglicherweise wurdet *ihr* ja getäuscht, Elyami!«, fiel Gorin ein. »Es besteht kein Zweifel daran, dass die Winterseherin uns ausersehen hat und dass Diener des Kettenfürsten nach Tokrond eingedrungen sind, um uns zu vernichten. *Wir* sind die Zwillingsseelen des Orakelspruchs.«

»Lüge!«, zischte Elyamur wütend. Galdras Augen verengten sich, und sie trat einen Schritt auf ihn zu.

Elyami berührte beruhigend Elyamurs Oberarm. Sie hatte ihn selten so aufgebracht erlebt. Ob das der Zweck dieses absurden Winkelzugs war? Sollten sie aus der Reserve gelockt werden mit einem Angriff von innen, von vermeintlichen Verbündeten, nachdem die Versuche von außen fehlgeschlagen waren? Waren Gorin und Galdra wirklich Agenten des Kettenfürsten oder vielleicht nur fehlgeleitet, verführt durch Lügen oder Gedankenhexerei? Wie auch immer – das Ganze machte keinen Sinn. Jedenfalls war es gewiss der falsche Weg, sich kopflos in einen Kampf zu stürzen.

»Komm, Elyamur!«, sagte sie laut. »Ich weiß nicht, was es mit alldem auf sich hat. Aber es ist wohl besser, wenn sich unsere Wege hier trennen.«

»Ja«, sagte Gorin grimmig und vermied ihren Blick. »Wahrscheinlich ist es das. Denn ich habe euch nicht belogen und lasse mich nicht der Lüge bezichtigen. Lass uns den rechten Pfad nehmen, Galdra. Und seid gewarnt, dass wir wachsam bleiben!«

»Wir fallen auf euer Gerede nicht herein!«, rief Elyamur. »Dann folgen wir dem anderen Weg. Aber glaubt nicht, dass ihr uns mit eurem plumpen Gepolter heimlich verfolgen könnt! Und was wir mit Orks und anderem Gezücht anstellen, habt ihr ja gesehen.«

»Denkst du, ich fürchte dich, du ehrloser *Drakhnuz?*«, keifte Galdra.

»Komm doch her und zeig es mir, du zu kurz geratene *Iyúmayiri!*«, zischte Elyamur.

»Das genügt«, sagte Elyami und zog ihren Bruder an der Schulter in Richtung der linken Abzweigung.

»Ja, allerdings«, brummte Gorin und drängte seine Schwester in die andere Richtung.

Er warf Elyami einen letzten Blick zu. Sie glaubte, hinter seinem Grimm auch eine Spur von Traurigkeit zu erkennen, dann wandten die Zwerge sich ab und stapften in Richtung der Burg. Ob sie dort irgendwelche Kettendiener alarmieren würden? Aber warum hatten sie sich dann nicht schon in den Klippen den Orks als Verbündete zu erkennen gegeben? Elyami runzelte ratlos die Stirn.

Ein Blick zum Himmel verriet ihr, dass die Flugschlange inzwischen nur noch ein winziger Punkt am östlichen Horizont war, der im aufziehenden Nachtdunkel verschwamm. Zurzeit gab es keine Gefahr. Doch sie sollten trotzdem so schnell wie möglich hier wegkommen! Gemeinsam mit ihrem verbissen schweigenden Bruder folgte sie dem Pfad in Richtung des Flusses. Die Schwertmaid Kravana blieb einsam in ihrem Schrein zurück.

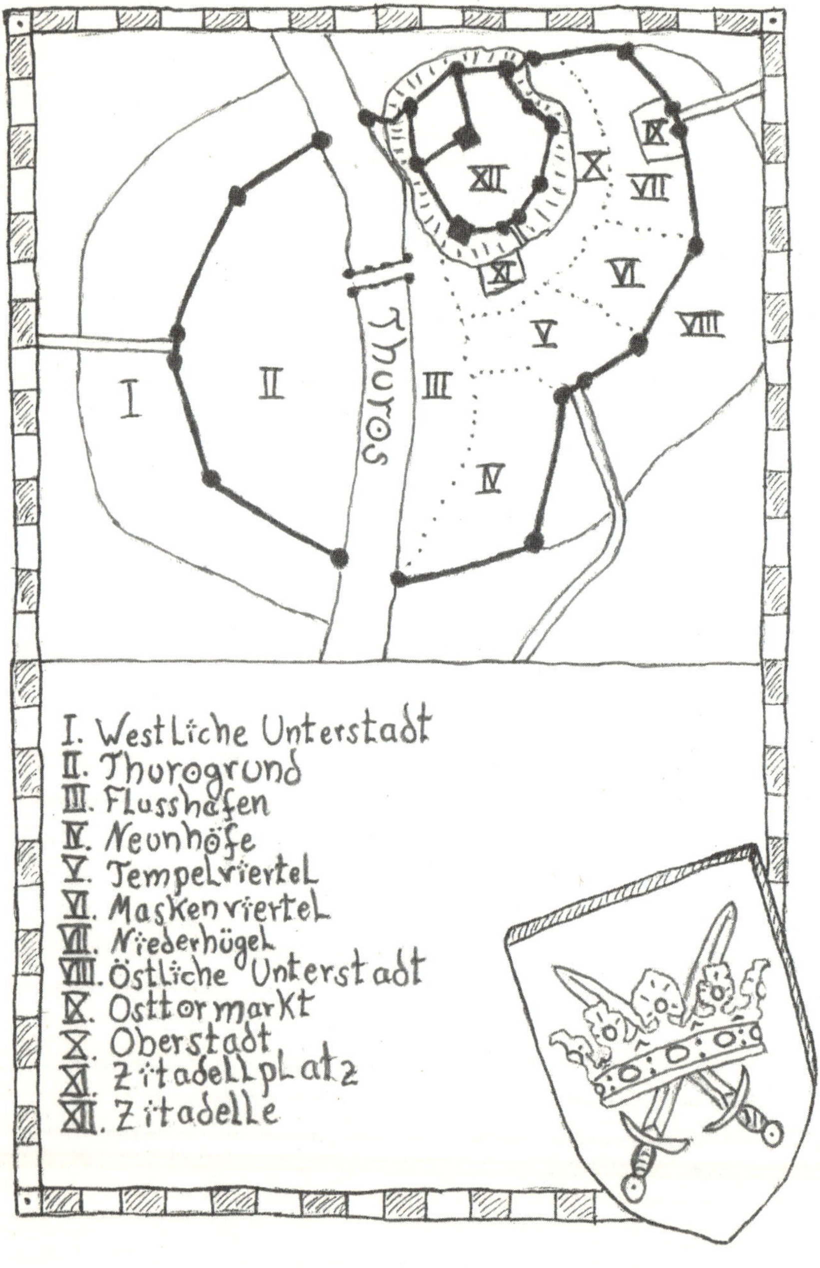
Thuros
I
II
III
IV
V
VI
VII
VIII
IX
X
XI
XII
I. Westliche Unterstadt
II. Thurogrund
III. Flusshafen
IV. Neunhöfe
V. Tempelviertel
VI. Maskenviertel
VII. Niederhügel
VIII. Östliche Unterstadt
IX. Osttormarkt
X. Oberstadt
XI. Zitadellplatz
XII. Zitadelle

VIERZEHNTES KAPITEL

SWERTENBURG
DIE GASSEN DER UNTERSTADT VOR DEM WESTLICHEN STADTTOR

WINDSCHIEFE FACHWERKHÄUSER drängten sich auf beiden Seiten der Straße, einige lehnten wie betrunken aneinander. Ihre Erdgeschosse wurden von Läden und Verkaufsständen eingenommen, in den oberen Stockwerken wiesen zahllose kleine Fenster auf beengte Wohnräume hin. Obwohl bereits der Abend dämmerte, war auf der Straße allerlei Volk unterwegs, Menschen und andere Geschöpfe.

Ein einbeiniger Bettler hockte am Straßenrand und streckte seine Holzschale vor. Daneben streifte ein Goblin durch die Gosse und setzte Ratten mit einem langen Spieß nach. An einem Stab über der Schulter des Grünhäutigen hingen bereits mehrere tote Rattenkörper, die er offenbar als Fleischeinlage zu verkaufen gedachte. Eine Reiterin im dunklen Mantel trieb ihr Pferd eilig durch die Straße und achtete nicht darauf, dass seine Hufe die Fußgänger mit Schlamm bespritzten.

Die Passanten gingen grußlos aneinander vorüber. Alles wirkte planlos und wie ein großes Durcheinander. In Tokrond war jede Halle und jede Passage mit Bedacht angelegt. Die Städte der Menschen schienen dagegen irgendwie zu wuchern, jedenfalls hier in den Außenbezirken. Die steinerne Zitadelle, die in der Ferne über den Dächern aufragte, machte jedoch durchaus einen soliden Eindruck. Da hatten gewiss Zwergenhände ihren Teil zum Bau beigetragen.

»Ich glaube immer noch, dass es eine Falle ist!«, brummte Galdra neben ihm und linste im Vorbeigehen neugierig in die

Töpfe einer Garküche am Straßenrand, wo dicker Eintopf ausgegeben wurde.

»Möglich«, sagte Gorin ohne Überzeugung. »Aber selbst wenn dem so ist – die Graue Ratte, die der Elb erwähnt hat, ist der einzige Hinweis, den wir haben. Also sollten wir uns zumindest nach diesem Gasthaus – oder was es auch sein mag – erkundigen. Vielleicht glauben diese Elben ja wirklich, die Zwillingsseelen zu sein …«

Die beiden Zwerge mussten sich an eine Hauswand drücken, als ein mächtiger Ochsenkarren voller Bierfässer durch die Straße rumpelte.

»Oder sie warten nur darauf, dass wir auf ihre elbische Hinterlist hereinfallen!«, insistierte Galdra.

»Hast du eine bessere Idee?«, entgegnete Gorin.

»Na schön. Und wen willst du fragen?« Mit einer ausladenden Armbewegung deutete Galdra die schlammige Straße hinunter. Menschen drängten sich aneinander vorbei, Goblins huschten herum, ein dickbäuchiger Oger schnarchte in einer Toreinfahrt. Alle waren mit ihren eigenen Angelegenheiten beschäftigt. Hier in Swertenburg kannten die Zwerge keine Seele.

»Lass uns eine Schankstube aufsuchen«, sagte Gorin ein wenig ratlos. »Vielleicht kommen wir da mit jemandem ins Gespräch.«

»Meinetwegen«, brummte Galdra. »Schankstube klingt gut. Meine Kehle ist voller Straßenstaub.«

Drei Tage waren Gorin und Galdra durch die Täler des Hügellandes marschiert, ehe sie Swertenburg am Thuros erreicht hatten. Bauern und Hirten hatten ihnen gelegentlich den Weg gewiesen. Die Dörfer und Gasthäuser der Menschen hatten sie auf Galdras Drängen hin aber gemieden, für den Fall, dass die Elben tatsächlich irgendwelche Kettendiener über ihr Kommen informiert hatten.

Gorin hatte es nicht gerade genossen, unter Hecken und in leerstehenden Schäferhütten zu schlafen, aber er musste zugeben, dass die Sorgen seiner Schwester ihre Berechtigung hatten. Die Reise war ereignislos verlaufen. Das Land machte einen ruhigen, fast friedlichen Eindruck. Nur einmal mussten die Zwillinge sich in einer Feldscheune verstecken, als ein Trupp menschlicher Waffenknechte unter dem Kettenbanner mit der gelassenen Selbstverständlichkeit des Siegers die Straße entlanggeritten kam. Sie hatten eine Kutsche mit einer eisenbeschlagenen Truhe begleitet, offenbar die Tribut-Zahlungen, die die Kettenheere aus dieser jüngst eroberten Region gepresst hatten. Für den restlichen Weg bis Swertenburg war Gorin für den vermeintlichen Frieden der ländlichen Täler nicht mehr empfänglich gewesen.

»Das sieht doch nett aus«, sagte er und zeigte auf ein großes Gasthaus an der Hauptstraße.

Zum Einhorn stand in verwitterten Lettern auf dem Wirtshausschild. Vor der Tür waren nicht nur einige Pferde angebunden, sondern auch eine bullige Panzerechse sowie ein Laufvogel mit glänzend grünem Gefieder und arrogantem Blick, wie ihn nach Duroschas Erzählungen die Gnome zum Reiten bevorzugten.

Galdra schob die schwere Eingangstür auf. Gemeinsam betraten die Zwerge die dunstige Wärme des Schankraums. Eine Wolke aus tausend schweren Gerüchen umfing sie: Bratenfett und Schweiß, Kaminruß und scharfer Schnaps. Obwohl der Abend noch jung war, drängten sich zahlreiche Besucher um die derben Holztische. Stimmengemurmel erfüllte den Raum, das gelegentlich zu Gelächter aufbrandete, untermalt vom Poltern schwerer Holzkrüge und Würfelgeklapper.

Vorsichtig schob sich Gorin weiter in den Schankraum hinein, dankbar für die beruhigende Nähe seiner Schwester, die mit ihrer Stabaxt und ihrem entschlossenen Schritt mit Sicherheit einen gewissen Eindruck machte. Aufmerksam schaute er sich um.

Hinter der Theke stand der Wirt und verfolgte das Treiben gelangweilt. Er war ein älterer Minotaur mit beachtlichem Bauchansatz, dessen schwarzes Körperfell schon graue Strähnen zeigte. Nur ein einzelnes ausladendes Horn entsprang seinem Schädel, das andere war ein abgeschlagener Stumpf. Gorin brauchte einen Moment, um zu begreifen, dass der Wirt offenbar das »Einhorn« war, auf das sich das Schild draußen bezog. Ein Dutzend grünhäutiger Goblinfrauen wuselte als Schankmädchen durch den Raum. Die Arbeit des Wirts beschränkte sich darauf, ihnen brummend Anweisungen zu erteilen.

Die meisten Gäste waren blasshäutige Menschen, wie sie hier in Hundertbürgen zu Hause waren, doch zuweilen erkannte Gorin unter ihnen auch die dunkleren Typen der südlichen Reiche. An einem Tisch saß sogar ein Grüppchen Reisender mit hellblauer Haut aus den Sumpflanden des Ostens. In einer Ecke rauchte ein Gnom mit grauem Bart eine langstielige Tonpfeife, die wie ein Totenkopf geformt war. Er war kleiner und feingliedriger als die Zwerge, mit denen er angeblich entfernt verwandt war, und hatte zugespitzte Ohrmuscheln wie ein Elb. Am Nebentisch konnte Gorin eine Gruppe breitschultriger Waldtrolle mit knotigen Gliedmaßen aus dem nördlichen Königreich Skovrik bestaunen. Den mächtigen Streitkolben nach zu urteilen, die an ihrem Tisch lehnten, waren sie als Söldner unterwegs. Jede einzelne der Trollwaffen war größer als ein Zwerg.

Im Schatten einer Nische stand eine dürre Gestalt, deren Gesicht von Tuchbinden verhüllt war. Ihre Augen waren von einer Art Brille mit Linsen aus schwarzem Kristall bedeckt. Mit einem Schaudern realisierte Gorin, dass das ein Esoptri sein musste, ein Angehöriger des legendären Volkes der Spiegeläugigen. In ihren Augen spiegelten sich angeblich so dunkle Dinge aus der Seele des Betrachters, dass jeder vor Grauen zu Stein erstarrte, der einen Esoptri direkt anblickte. Bislang hatte Gorin dieses verfluchte Volk für eine bloße Sage gehalten. Doch die Kreaturen aus Duroschas Geschichten waren an diesem Ort plötzlich lebendig geworden.

Alle wussten, was sie hier wollten, und benahmen sich ganz ungezwungen, als wären sie in der Schänke zu Hause. Nur Gorin hatte keine Ahnung, was er als Nächstes tun sollte.

Dann entdeckte er etwas, das seinen Magen verkrampfen ließ: An einem Tisch saß rund ein halbes Dutzend Ork-Krieger beieinander. Sie waren in ein Würfelspiel vertieft, bei dem die harten Knochenwürfel unter Gelächter auf die Mitspieler geworfen wurden. Ihre zusammengeklaubten Rüstungen waren in Rot und Schwarz lackiert und zeigten das Symbol eines Wolfsschädels. Gorin atmete durch. Offenbar hatten sie nichts mit den Reißzahn-Kriegern in den Klippen zu tun. Doch auch diese Orks trugen das Kettenwappen neben ihrem Schädelzeichen.

»Schau mal!« Galdra stieß Gorin an und nickte zu einem Tisch in der Nähe der Theke.

Dort hatte sich eine Gruppe Zwerge mit hohen Bierkrügen breitgemacht, drei Männer und zwei Frauen. Der vertraute Anblick war erleichternd. So saß auch in den Schankstuben von Tokrond das Zwergenvolk nach getaner Arbeit beieinander. Doch es gab Unterschiede. Diese Zwerge hatten volles, borstiges Haar, das wie Draht vom Kopf abstand und metallisch-schwarz leuchtete. Auch ihre Bärte waren so beschaffen und wuchsen ihnen lang und ungeflochten über die Brust. Das mussten Kohlenzwerge sein. Gorin hatte noch nie welche gesehen, aber er kannte die Geschichten über ihr Volk.

Einst hatten sie Rykrond bewohnt, das südlichste Zwergenkönigreich, gelegen auf der Vulkaninsel Azussra. Damals waren sie als Basaltzwerge bekannt. Doch in einem urzeitlichen Krieg war ihre Heimat an das einäugige Riesenvolk der Zyklopen gefallen, die ihnen zudem das Geheimnis ihrer Schmiedekunst geraubt hatten. Seitdem lebten die Zwerge von Rykrond in den verschiedensten Reichen verstreut und verdingten sich als Handwerker, Tagelöhner oder Söldner. Die größte Gemeinschaft ihres Volkes gab es in der lorvischen Bergbau-Stadt Carbyra, wo sie in den Kohleminen arbeiteten. Inzwischen waren sie allerorts als Kohlenzwerge bekannt.

Die Zwerge am Tisch stießen mit ihren Bierkrügen an. Dann begannen sie volltönend ein Trinklied der Menschen in der Hochsprache zu singen:

»Die wack're Schwertmaid Kravana
nascht viel zu viel vom süßen Wein.
Drum stolpert sie, samt Schild und Schwert,
ins leere Fass hinein, ins leere Fass wohl rein.«

Gorin runzelte die Stirn. Er kannte das Lied, Duroscha hatte es von seinen Reisen mitgebracht. Es hieß »Das Trinkgelage der Unsterblichen« und beschrieb in zahllosen Strophen die alkoholischen Ausschweifungen diverser Göttinnen und Götter.

Galdra stieß ihn in die Seite und grinste ihn an. Dann ging sie auf den Tisch der Kohlenzwerge zu und begann dabei ebenfalls zu singen:

»Und Dwaldarin, der brave Schmied,
trinkt Stollenbier der Fässer vier
und schmiedet wild und ohne Plan
die Zwerge und Getier, ja Zwerge und Getier.«

Die Kohlenzwerge hielten kurz überrascht inne. Dann prosteten sie Galdra mit viel Hallo zu und stimmten die nächste Strophe an:

»Iyanuri, die das Schickal webt,
die schlürft nur edlen Wein mit Schaum.
Dann sendet sie voll Übermut
der Welt manch wirren Traum, wohl manchen wirren
Traum.«

Inzwischen hatte Galdra den Tisch der Kohlenzwerge erreicht. Gorin folgte ihr kopfschüttelnd und ließ sie machen. Offenbar war sie besser im Kontaktaufnehmen als er. Sie zog sich einen Stuhl heran und sang dabei weiter:

»Herr Nidhanas auf rotem Thron
säuft schwarzen Pilzlikör und singt.

Den gibt's nur fern, in Quolûrs Wald,
wo er am liebsten trinkt, wo Nidhanas gern trinkt.«

Die Kohlenzwerge rückten zusammen, um Platz für die Neuankömmlinge zu schaffen. Auch Gorin quetschte sich auf einen Stuhl, während das Lied in die nächste Strophe überging:

»Doch Zelja, die im Schatten geht,
trinkt starken, scharfen Schnaps so gern,
zieht hinterher auf Raubzug aus,
stiehlt Sonne, Mond und Stern, ja Sonne, Mond und
Stern.«

Die Kohlenzwerge hießen Gorin und Galdra schulterklopfend willkommen. Gleich wurden zwei weitere Bierkrüge bestellt.

»Ja, wir kommen als Kaufleute aus Tokrond«, erklärte Galdra auf die Frage einer Zwergenfrau hin.

Gorin bemerkte, dass sich zwei der Kohlenzwerge einen Blick zuwarfen. Das Verhältnis von Eisenzwergen und Kohlenzwergen war nicht immer einfach. Manche Eisenzwerge blickten mit Verachtung auf ihre Vettern, die sich ihr Reich hatten rauben lassen. Gorin blieb nur zu hoffen, dass Galdras Gesangseinlage schon Brücken gebaut hatte.

»Unsere Gilden haben uns ausgeschickt«, fuhr seine Schwester fort. »Ich bin …«

»Tuldra von den Bierbrauern, und ich bin Rogibran von den Pilzhütern«, unterbrach Gorin sie rasch. Falls die beiden falschen Zwillingsseelen ihnen wirklich Böses wollten, hatten sie vielleicht schon ihre Namen weitergegeben.

Galdra runzelte die Stirn, sagte aber nichts.

»Bierbrauer also!«, dröhnte der stattlichste Kohlenzwerg, der einen guten Kopf größer als Gorin war und fast schon so groß wie ein kleiner Mensch. »Dann müsst ihr unbedingt sagen, was ihr von unserem Swertenburger Schwarzbier haltet! Ich bin übrigens Poldrin.«

Sein Bruder, der neben ihm saß, stellte sich als Peridran vor, die beiden Frauen als Uldra und Kondra. Der jüngste Kohlenzwerg mit kurzem Bart hieß Barudrin.

»Aber ihr könnt mich Baro nennen!«

Es versetzte Gorin einen Stich, den Namen seines Onkels zu hören. Einst hatte ihn ein legendärer König getragen, und er war nicht selten unter Zwergen, aber für ihn würde es immer nur einen Barudrin geben. Er war dankbar, dass Baro die seltsame menschliche Sitte pflegte, seinen Namen abzukürzen, um eine Silbe Atemluft zu sparen.

»Wir arbeiten alle drüben in der herzoglichen Stellmacherei«, erklärte Poldrin.

Als er sich vorbeugte, verrutschten seine Ärmel, und Gorin konnte erkennen, dass seine Unterarme mit bläulich-grauen Hautbildern verziert waren. Noch ein eigentümlicher Menschenbrauch.

»Wenn auch *herzoglich* nicht mehr wirklich stimmt«, kommentierte Kondra mit bitterem Lachen. Auch an ihrem Hals war der Ausläufer eines Hautbildes zu sehen, offenbar der Flügel eines Drachen.

Eine Goblin-Schankmaid kam herangeeilt und stellte zwei Krüge vor Gorin und Galdra ab. Sie musterte die beiden Eisenzwerge kurz neugierig, ehe sie wieder zwischen den Tischen verschwand.

Gorin nahm einen Schluck aus seinem Krug. Das Bier schmeckte dünner und süßlicher als das Eisenbräu von Tokrond. Die Kohlenzwerge schauten ihn erwartungsvoll an. Er zwang sich zu einem anerkennenden Nicken.

»Tut gut«, brummte Galdra und klang dabei sogar halbwegs ehrlich.

»Wir kommen zum ersten Mal nach Swertenburg«, sagte Gorin und stellte seinen Krug wieder ab. »Vielleicht könnt ihr uns dabei helfen, uns in der Stadt ein wenig zurechtzufinden?«

»Das kriegen wir hin!«, sagte Poldrin mit einem gönnerhaften Grinsen. Offenbar gefiel er sich in der Rolle des Ortskundigen.

Gorin nickte und kraulte nachdenklich seine Bartzöpfe. Dann entschied er sich, einen Vorstoß zu wagen. »In Tokrond hat man mir etwas empfohlen, was ich leider nicht ganz verstanden habe«, setzte er vorsichtig an. »Ich nehme an, dass es sich um ein Gasthaus oder so handelt. Jedenfalls suchen wir die Graue Ratte. Wisst ihr, wo das ist?«

Mit einem lauten Klack setzte Baro seinen Bierkrug ab. Poldrins Grinsen verschwand. Uldra und Kondra sahen sich an.

»Damit solltest du nicht scherzen, Rogibran«, sagte Poldrin schließlich leise. »Die Graue Ratte ist kein Wirtshaus. Es ist gefährlich, in Swertenburg danach zu fragen. Da muss dich jemand in Tokrond auf den Arm genommen haben.«

»Was ist das für eine Ratte, die es schafft, gestandenen Zwergen Angst zu machen?«, rief Galdra ungläubig.

Poldrin schüttelte warnend den Kopf. »Nicht so laut!«

Baro schnaubte wütend. »Warum erzählst du es ihnen nicht, Pold?«, sagte er, ohne seine Stimme zu senken. »Schau sie dir an, das sind bewaffnete Eisenzwerge, die mit ihren Äxten umgehen können! Vielleicht haben sie ihre Gründe, nach der Grauen Ratte zu fragen. Willst du ab jetzt dauerhaft dein Maul halten, nur weil das Kettenbanner …«

»Das reicht.« Poldrins Bruder Peridran, der bis jetzt geschwiegen hatte, schob seinen Stuhl zurück und stand auf. »Wir müssen morgen früh raus, viel Arbeit. Lasst uns gehen.«

Auch Poldrin erhob sich mit einem tiefen Seufzen, während Baro finster in seinen Krug starrte.

»Zu spät«, sagte Uldra und nickte zu einem anderen Tisch rüber. Dort erhoben sich gerade die Orks von ihren Stühlen. Eine Goblin-Schankmaid stand bei ihnen und zeigte auf die Zwerge.

Langsam kamen die Orks durch den Schankraum auf sie zu, sieben breitschultrige Krieger in rot-schwarz lackierten Rüstungen, die Haare zu langen Zöpfen gebunden. Sie grinsten erwartungsvoll, sodass die breiten Hauer ihrer Unterkiefer besonders deutlich hervorstanden. Der vorderste Ork trug einen dornenbesetzten Streithammer, dessen Kopf aus dem länglichen Schädel irgendeiner Echse geformt war. An den Tischen ringsum verstummten die Gespräche, als die Tavernengäste ängstlich zu den Ork-Kriegern aufschauten. Nur die Waldtrolle rieben sich die schwieligen Hände und freuten sich offenbar auf eine Prügelei.

Galdra tastete bereits nach ihrer Kristallaxt, doch Gorin stieß sie an und schüttelte den Kopf. Die Orks umstellten den Tisch der Zwerge. Baro ballte die Fäuste.

»Ihr sucht also die Graue Ratte?«, fragte der Ork mit dem Schädel-Hammer an Gorin gewandt. Er sprach die Hochsprache mit einem merkwürdigen Akzent, der jeden Laut in einem Fauchen enden ließ.

»Wir sind neu in der Stadt und haben uns nach einem Gasthaus erkundigt«, erwiderte Gorin vorsichtig. Galdra starrte den Ork trotzig an.

»Ja, die kommen nicht von hier!«, ergänzte Peridran rasch. »Das sind Eisenzwerge aus Tokrond, keine Swertenburger. Wir haben nichts mit ihnen zu schaffen.«

Baro warf ihm einen verächtlichen Seitenblick zu.

»So, aus Tokrond …«, murmelte der Ork mit dem Streithammer.

»Meutenführer Krigai«, wandte sich ein gedrungener Krieger mit zweihändigem Knochensäbel an den Hammerträger, »könnten das die beiden Zwerge sein, die Hordenführer Drakshai von den Reißzähnen gemeldet hat? Die aus den Klippen?«

»Wir sind Kaufleute und gerade erst angekommen«, erklärte Gorin möglichst ruhig, während sich ein kalter Klumpen in seinem Inneren ausbreitete.

»Scheinen jedenfalls ein Mann und ein Weib zu sein«, sagte Krigai nachdenklich.

»Bei den Tunnelkriechern sehen die doch alle gleich aus«, zischte ein dürrer Ork, der einen Speer trug, und lachte heiser.

Galdra stieß ihren Stuhl zurück und erhob sich. Mehrere Knochenwaffen richteten sich augenblicklich auf sie. Gorin ging hastig ihre Möglichkeiten durch. Sie konnten sich auf keinen Kampf einlassen. Nicht hier, nicht gegen sieben Gegner, nicht mit den Kohlenzwergen in Reichweite der Knochensäbel und nicht in einer Stadt, die dem Kettenfürsten gehörte …

»Das ist ein Missverständnis«, sagte er beschwichtigend und hob die Hände. »Wir suchen keine Ratten. Wir suchen ein Gasthaus, dessen Namen wir möglicherweise falsch verstanden haben. Könnt Ihr uns vielleicht weiterhelfen, Meutenführer?«

»Oh ja, ich werde euch helfen!«, bellte Krigai. »Ihr beiden kommt mit zur Befragung auf die Zitadelle! Ihr anderen Tunnelkriecher verschwindet! Los jetzt!«

»In den Kerkern könnt ihr so viele Ratten haben, wie ihr wollt«, lachte der Ork mit dem Speer.

Gorin stand langsam auf. Das lief alles gar nicht gut. Wenn der entkommene Anführer der Wolfsreiter schon in Swertenburg war, würde er sie wiedererkennen. Und sie würden die Zitadelle gewiss nicht mehr lebend verlassen.

»Burkshai, nimm ihnen die Waffen ab!«, kommandierte der Meutenführer.

Ein dicker Ork näherte sich ihnen grinsend. Die Kohlenzwerge verließen mit versteinerten Gesichtern den Tisch, wobei der hagere Ork Baro beim Gehen mit dem Speer anstieß.

Galdra schnaubte wütend. Gorin schaute sie warnend an, ehe er dem stämmigen Ork seine Armbrust und seine Handaxt aushändigte. Der Köcher mit den Bolzen blieb an seinem Rucksack.

Dann griff der Ork nach Galdras Axt. Mit einer schnellen Drehung ihres Handgelenks rammte sie ihm den Schaft in den Bauch. Der Ork sackte keuchend zusammen, doch sofort drückte sich die Klinge eines Knochensäbels an Galdras Kehle.

»Ich werde dafür sorgen, dass der gute Burkshai dich bekommt, wenn sie auf der Zitadelle mit euch fertig sind«, zischte der Meutenführer.

Galdra funkelte ihn verächtlich an, dann sah sie zu Gorin, der heftig den Kopf schüttelte und mit den Lippen lautlos das Wort »Aufgabe« formte. Sie schnaufte resigniert und ließ es geschehen, dass die Orks ihr die Kristallaxt und ihre übrigen Waffen abnahmen. Mit jedem einzelnen Teil warf sie ihnen einen Blick zu, der die meisten Wesen spontan niedergestreckt hätte.

Dann umringten die Orks die Zwillinge und führten sie unter dem beklommenen Schweigen der anderen Gäste aus dem Schankraum.

Draußen war es inzwischen dunkel geworden. Das angebundene Panzervieh schnaubte zufrieden an der Tränke. Passanten zogen vorüber und schienen es in der Gegenwart der Ork-Krieger besonders eilig zu haben.

»Vorwärts!«

Einer der Orks stieß Gorin zwischen die Schulterblätter. Durch die Straßen der Unterstadt ging es in Richtung der Stadtmauern, die die inneren Viertel von Swertenburg beschirmten. Die Orks trieben die Zwerge zwischen sich her. Die Hände hatten sie ihnen nicht gebunden, wohl in dem Glauben, dass sie ihnen nicht entkommen konnten. Ob darin ihre Chance lag? Gorin überlegte fieberhaft. Vielleicht könnten sie überraschend in einen der Hinterhöfe schlüpfen, die sich immer wieder zur Gasse hin öffneten. Aber dort kannten sie sich nicht aus, und Orks waren schnelle Läufer. Oder er könnte einem Passanten die Laterne entreißen und sie auf ein Strohdach schleudern, um ein Feuer zur Ablenkung zu entfachen. Aber würde das die Orks beeindrucken?

»Râz! Ferracha ghûraz!«, brüllte plötzlich der hagere Ork mit dem Speer und deutete nach oben auf eines der Dächer.

Der Meutenführer mit dem Schädelhammer blieb abrupt stehen und schaute ebenfalls hoch. Dann klirrte es laut, als mehrere Tontöpfe auf dem Boden zersprangen. Wolken aus tiefgrauem Nebel breiteten sich vor ihnen aus. Keine drei Herzschläge später war die ganze Gasse davon erfüllt, und die Orks waren nur noch schemenhafte Umrisse.

Während Gorin sich zu orientieren versuchte, handelte Galdra schon. Ein Ork stöhnte schmerzerfüllt auf, als sie ihm ihren harten Zwergenschädel in den Bauch stieß. Dann klirrte Stahl auf Stahl.

»Gorin! Hier!«

Galdra war plötzlich dicht neben ihm und drückte ihm etwas Sperriges in die Hände. Seine Armbrust. Dann wirbelte sie herum und schlug mit ihrer Kristallaxt nach einem Ork, der sie mit seinem Säbel bedrängte. Um sie herum brüllten raue Ork-Stimmen fremde Wörter.

Ein großer Schemen wälzte sich auf Gorin zu, dann sauste plötzlich ein mächtiger Hammer auf ihn nieder. Gorin ließ sich zu Boden fallen. Der Hammerkopf schlug neben ihm in den Straßenmatsch ein. Spontan streckte Gorin den Schaft seiner Armbrust vor. Sein orkischer Angreifer stolperte darüber und fiel fluchend der Länge nach hin.

Ein zierlicher Umriss tauchte dicht neben Gorin auf, noch kleiner als ein Zwerg. Die Augen glühten rötlich im Nebel.

»Kommt! Weg von hier!«, zischte ihr Helfer und zerrte mit krummen grünen Fingern an ihm. Ohne nachzudenken sprang Gorin auf die Füße und stolperte hinter der Gestalt her. Dann war auch Galdra wieder neben ihm und hetzte in dieselbe Richtung.

Brüllend stürzte sich ein Ork aus dem Nebel auf sie. Mit ihrer Kristallaxt schlug Galdra ihn zur Seite. Dann ging es durch eine Tordurchfahrt und in eine Seitengasse, scharf um eine Ecke und gleich noch einmal in eine andere Richtung. Hier gab es keinen Nebel mehr. Gorin konnte nun erkennen, dass Galdra und er zusammen mit drei in Lumpen gehüllten Goblins durch die Gassen rannten. Einer von ihnen war der Rattenjäger mit dem Spieß, der ihm vorhin schon aufgefallen war. Irgendwo hinter ihnen riefen die Orks durcheinander.

»Wohin laufen wir?«, fragte er atemlos.

»In Sicherheit«, erwiderte der Goblin an der Spitze, ohne innezuhalten. Der Stimme nach war es eine Goblinfrau.

»Ihr habt doch die Graue Ratte gesucht«, kicherte der Rattenjäger, der neben Galdra herlief. »Ihr seid fündig geworden!«

»Das genügt!«, rief die Goblinfrau, woraufhin der Jäger verstummte.

Es ging noch mehrmals scharf um Häuserecken, bis Gorin endgültig die Orientierung verloren hatte. Von den Orks war nichts mehr zu sehen. Nach einer gefühlten Ewigkeit hielten sie an einer unscheinbaren Hintertür in einer Wand, von der der Putz abblätterte. Die Goblinfrau wandte sich zu ihnen um. Sie hatte tiefgelbe Augen, die müde aussahen und umgeben waren von dunklen Falten. In die grüne Haut ihres Gesichts waren Muster aus Narben geritzt.

»Kennt ihr eine alte Menschenfrau?«, fragte sie die Zwillinge eindringlich. »Weiße Haare? Ein schwerer Mantel mit Pelzkragen? Ein langer Knotenstab, besetzt mit grünen Edelsteinen?«

»Ihr meint die Winterseherin?«, fragte Galdra misstrauisch.

»Es sind allerdings reine Saphire von tiefblauer Farbe in ihrem Stab eingelassen«, korrigierte Gorin.

»Richtig.«

Die Goblinfrau nickte den beiden anderen Goblins knapp zu. Gorin bemerkte aus dem Augenwinkel, dass sie kleine Gegenstände in ihren Gürteln verschwinden ließen, die sie eben noch in den Händen gehalten hatten. Wurfpfeile, an deren Spitzen eine verdächtige Flüssigkeit schimmerte.

Die Frau klopfte in einem komplizierten Rhythmus an die Hintertür, und es dauerte eine ganze Weile, bis sich Schritte näherten. Sie klopfte noch einmal, diesmal ein anderer Rhythmus. Die Tür wurde geöffnet. Das runde Gesicht eines jungen Menschenmannes mit karottenrotem Haar und Sommersprossen erschien in dem Spalt und musterte sie eindringlich.

»Gunbrecht, wirf dir den Mantel über!«, drängte die Goblinfrau. »Wir haben hier zwei Gäste, die zum Rattenrat müssen.«

»Schon wieder?«, fragte der Rotschopf verwundert. »Wer ist es diesmal?«

Die Frau mit den Narben seufzte ungeduldig. »Das sind die Zwillinge, die die Alte damals angekündigt hat! Nun setz endlich deine müden Knochen in Bewegung, bevor ich es tue!«

Der junge Mann blinzelte irritiert.

»Ist noch was?«, schnappte die Goblinfrau.

»Ja, irgendwie schon«, stammelte der Junge. »Ich komme gerade vom Rat. Die Zwillinge sind schon da. Aber es sind keine Zwerge …«

FÜNFZEHNTES KAPITEL

SWERTENBURG
TIEF IM MASKENVIERTEL

Die Wände der Halle waren mit einem schweren violetten Stoff behängt, auf den in Silber geometrische Formen gestickt waren. Trauben von kleinen runden Papierlaternen in verschiedenen Farbtönen tauchten den Raum in schummriges Licht. Überall standen Tische verstreut, an denen eine Vielzahl von Spielen angeboten wurde.

Nah an der Eingangstür drängten sich Menschen um einen Tisch, an dem man Metallstäbchen zu komplexen Gebilden zusammenstecken musste. Daneben galt es, Kästchen mit Kombinationsschlössern zu öffnen, in denen kleine Edelsteine als Preis warteten. Weiter hinten wurde mit Würfeln gespielt, deren farbige Symbole zu Mustern angeordnet wurden. An einem runden Tisch in der Ecke war eine Gruppe Gnome damit beschäftigt, filigrane Logikrätsel aus Silberdraht zu lösen. Immer wieder kratzten sie sich dabei nachdenklich die Bärte.

Türme aus Münzen auf den Tischen verrieten, dass um hohe Einsätze gespielt wurde. Die meisten Gäste waren Menschen und Gnome, doch auch Angehörige anderer Völker waren darunter. Alle Spielleiter und auch die Bedienungen hinter der Theke, wo Getränke ausgeschenkt wurden, sahen hingegen gleich aus: Gestalten in fließenden Gewändern aus violettem Stoff, deren Gesichter von unergründlich lächelnden Silbermasken bedeckt waren. Mit leiser Singsang-Stimme erklärten sie, wie mit den Würfeln, Steckspielen und Karten zu verfahren war, um den Einsatz vervielfacht zurückzugewinnen.

Elyami und Elyamur betrachteten das Treiben von einem

Hinterzimmer aus durch ein Fenstergitter aus fein gedrechseltem Sandelholz. Der kleine Raum war nicht beleuchtet, sodass sie von der Halle aus nicht zu sehen waren, aber ihrerseits alles überblicken konnten.

»Verstehst du, was da vor sich geht?«, fragte Elyamur leise, ohne den Blick vom Fenster abzuwenden.

»Ich habe davon gehört, dass die Menschen zuweilen um Gold spielen«, erwiderte Elyami fasziniert. »Offenbar nutzen sie jede Gelegenheit, um mehr davon zu kriegen, auch Würfel und Karten. Allerdings scheinen die Spiele an diesem Ort viel Geschick und Verstand zu erfordern.«

»Es handelt sich ja auch um ein Rätsel-Spielhaus des Maskenvolks und nicht um eine gewöhnliche Spielhölle«, bemerkte jemand leise hinter ihnen in Elbisch, allerdings mit einer eigentümlichen Klangfarbe, die nichts mit Grünwort zu tun hatte. Das war Purpurwort!

Die Zwillinge fuhren herum. In der Türöffnung stand ein feingliedriger junger Mann mit schmalem Gesicht. Seine rubinrot funkelnden Augen und die zugespitzten Ohrmuscheln verwiesen in der Tat auf das Erbe des Purpurvolks, doch hatte er auch einen dunklen, wohlgestutzten Vollbart nach Art der Menschen. Seine Kleidung war aufwändig. Er trug ein Wams aus schwerem dunklen Stoff, der mit Goldfäden durchwirkt war, dazu feine Beinkleider und Schuhe mit blitzenden Goldschnallen. Nur ein schmaler purpurfarbener Gürtel zeigte die traditionelle Farbe der Purpur-Elben. An seiner Seite hing ein gekrümmtes Kurzschwert.

»Der Rattenrat erwartet Euch nun«, sagte der Halbelb und verbeugte sich mit einem schiefen Lächeln. »Wenn Ihr mir bitte folgen mögt, Kinder von Liráya?«

Lag das am Purpurwort, oder schwang da Spott in seiner Stimme mit?

»Wir kommen.« Elyami erwiderte die Verbeugung.

Gemeinsam folgten sie dem Halbelb aus dem Hinterzimmer tiefer ins Gebäude hinein. Hier erwartete sie ein Labyrinth aus holzgetäfelten Gängen, die alle irgendwie gleich aussahen und scheinbar willkürliche Biegungen und Abzweigungen aufwiesen. Schon nach kurzer Zeit hatte Elyami die Orientierung verloren. Schließlich ging es eine schmale Treppe hinauf, dann standen sie vor einer Tür, die reich mit komplexen Mustern beschnitzt war.

Der Halbelb klopfte respektvoll an. Elyami straffte sich und wurde nervös. Nun waren sie fast am Ziel. Gute zwei Tage waren sie durch das Grenzland von Swertengund gereist und hatten die Siedlungen und Gasthäuser der Menschen gemieden, für den Fall, dass diese Zwergenzwillinge die Schergen des Kettenfürsten auf sie gehetzt hatten. Doch niemand war ihnen gefolgt, und Elyami war es gelungen, mit ihrem Grüngesang eine Kornmuhme herbeizurufen, einen freundlichen Schutzgeist der reifen Kornfelder. Die Muhme hatte ihnen verborgene Wege zwischen den Wäldchen und Buschinseln gewiesen, auf denen sie sicher nach Swertenburg gelangt waren.

Hier hatte ihnen der Gestank der überfüllten Unterstadt fast mehr zugesetzt als die Gefahren der Schwarzglasklippen. Tapfer hatten sie sich durch die schlammigen Gassen bis zum Gasthof *Zum singenden Riesen* bei den Ställen gekämpft. Trogis, der einäugige Wirt, hatte ihnen sofort ein Zimmer für die Nacht zugewiesen, nachdem sie ihm mitgeteilt hatten, dass die Winterseherin sie geschickt hatte. Am nächsten Tag wollten sie dann so schnell wie möglich zur Grauen Ratte aufbrechen, mussten sich jedoch noch gedulden. Sie könnten erst in die Stadt, wenn der richtige Büttel am Westtor Wache schob, hatte ihnen der Wirt erklärt. Derjenige, der für ihr Gold empfänglich war. Alle anderen würden möglicherweise zu genau hinschauen, wenn es um reisende Elben ging. Jemand schien die Wache in Alarmbereitschaft versetzt zu haben. Vielleicht der entkommene Ork-Anführer.

Erst gegen Abend hatte sie ein kleiner rothaariger Menschenmann abgeholt und zu einer Seitenpforte der Stadtmauer geführt. Einige Münzen hatten hier den Besitzer gewechselt, dann durften sie die innere Stadt betreten. Sie waren durch Straßen mit hohen Steingebäuden gegangen, die deutlich gepflegter wirkten als das stinkende Durcheinander der Unterstadt. Schließlich waren sie in ein Viertel gekommen, das nur aus verschachtelten Höfen und Durchgängen zu bestehen schien, im Abendlicht dämmrig beleuchtet von bunten Papierlaternen. Hier lag auch das Rätsel-Spielhaus, in dessen Hinterzimmer der Rotschopf die Elben schließlich zurückgelassen hatte, bis der Halbelb erschienen war.

»Ich bitte einzutreten!«, sagte ihr Begleiter und öffnete schwungvoll die Tür. Elyami und Elyamur betraten den Raum dahinter.

Auch dieses Zimmer wurde von einer Traube kleiner Papierlaternen in schummriges Licht getaucht. Zwei Fenster mit gemusterten Buntglasscheiben in Rot- und Orangetönen ließen nur wenig Licht herein. Die dunkle Holzvertäfelung und die Deckenbalken waren mit Ornamenten beschnitzt, die auf den ersten Blick wie regelmäßige Muster wirkten und doch eine Vielzahl von kleinen, irritierenden Abweichungen aufwiesen. In der Mitte des Raumes waren auf einem Tisch Papiere zwischen Weinbechern ausgebreitet. Einige Personen saßen rund um den Tisch herum und waren in eine Diskussion vertieft. Sie wandten sich sofort den beiden Elben zu, als diese eintraten.

Eine kleine, drahtige Frau sprang auf und kam ihnen entgegen. »Willkommen im Maskenviertel von Swertenburg!«, rief sie mit einer hellen Singsang-Stimme.

Sie mochte zwischen dreißig und vierzig Menschenjahre zählen. Das war für Elyami nur schwer abzuschätzen, zumal das Gesicht der Frau von einer Halbmaske aus grauem Samt verdeckt wurde, die mit goldenen Pailletten verziert war. An der unteren Gesichtspartie, die die Maske frei ließ, konnte man erkennen, dass sie sehr dunkle Haut hatte, dunkler noch als der Teint der Südmenschen von Lorvia. Dunkel waren auch ihre kurzen, kräftigen Locken, hell hingegen leuchtete ihre Kleidung. Sie bestand offenbar aus verschiedenen Stoffbahnen in Weiß,

Silber und Violett, die miteinander verflochten und verknotet waren. Überall waren kleine Schlingen darin eingearbeitet, in denen sie verschiedene Gegenstände untergebracht hatte, unter anderem einen Fächer, einen feinen Dolch und mehrere Beutel. Besonders faszinierend fand Elyami zwei Waffen an ihrem Gürtel: Sie schienen nur aus Zacken, Haken und Dornen zu bestehen und erinnerten an eine Art kleines metallenes Geweih. Eine einzelne mit Leder umwickelte Stelle diente als Griff.

»Ihr seid also die Zwillinge, die uns die Winterseherin angekündigt hat?«, fragte die Frau mit Neugier in ihrer Stimme.

Elyami nickte langsam. »Ich bin Elyami Birkentochter aus Liráya«, stellte sie sich vor.

»Und ich bin Elyamur Birkensohn, Wolkentänzer und Krieger des Elbenreichs«, ergänzte ihr Bruder.

Auch die Frau mit der Maske deutete eine Verbeugung an.

»Euer Kommen wurde bereits erwartet – von einigen mehr, von anderen weniger.« Sie lächelte erstaunlich breit und erinnerte Elyami plötzlich an eine zufriedene Katze. Die Maske konnte nicht verbergen, dass ihre Augen dabei spöttisch blitzten. »Ich bin Jha Rudra vom Maskenvolk, die Meisterin des Rätsel-Spielhauses, das Euch zurzeit beherbergt.«

Sie breitete stolz die Arme aus. Elyami bemerkte, dass sogar ihre Fingernägel mit weiß-violetten Mustern verziert waren.

»In einem anderen Leben bin ich zudem eine Dienerin der nächtlichen Göttin Zelja, der Herrin der Diebe, Spieler und Beutelschneider.« Sie nickte zu einem kleinen Altartisch zwischen den Buntglasfenstern. Mehrere Räucherkegel brannten dort vor der Statuette einer schwarz verschleierten Frau, die auf einer riesigen Ratte mit frechem Grinsen ritt.

»In einem dritten Leben schließlich stehe ich der Grauen Ratte von Swertenburg vor.«

Sie trat einen Schritt beiseite und präsentierte mit einer ausladenden Armbewegung die Leute am Tisch, die die Elben intensiv musterten. Es waren ein Menschenmann, eine Menschenfrau und ein Zwerg. Der Halbelb, der die Zwillinge hergebracht hatte, stand mit gekreuzten Armen am Tisch, noch immer ein schiefes Lächeln auf den Lippen.

»Wir sind ein Zusammenschluss von Personen, die mit der Herrschaft des Kettenfürsten aus dem einen oder anderen Grund nicht einverstanden sind und etwas dagegen zu tun gedenken«, fuhr die Maskenfrau fort. »Die Maske, die ich gerade trage, ist die Maske dieses Lebens im Dienste der Grauen Ratte.« Sie tippte ihre graue Halbmaske an. »Und drei offenbarte Leben sind gewiss genug für eine erste Vorstellung, meint Ihr nicht auch?«

Ihr unwahrscheinliches Lächeln wurde noch ein wenig breiter.

»Wir können Euch nur zwei Leben im Kampf gegen den Kettenfürsten anbieten, Jha Rudra«, sagte Elyami in dem Versuch, etwas Angemessenes zu antworten.

»Allerdings sind es lange Elbenleben«, ergänzte Elyamur.

»Und ich lege Wert darauf, die Lebensspanne derer zu erhalten, die mir anvertraut sind«, erwiderte Jha Rudra, und ihr Lächeln verschwand. »Aber wir alle sind uns dessen sehr bewusst, dass der Kampf gegen den Kettenfürsten Opfer erfordern wird.«

Der bärtige Halbelb lachte leise in sich hinein. »Ihr könnt unbesorgt sein«, sagte er. »Jha Rudra kümmert sich rührend wie eine Mutter um uns – bis sie uns für die höhere Sache opfern muss, versteht sich.«

»An Ralyazur vom Gespaltenen Turm werdet Ihr Euch gewöhnen«, fuhr die Maskenfrau unbeirrt fort. »Bei Tag stellt er als Zauberwerker Schriftrollen mit Schutzzaubern her, ein angesehener Bürger von Swertenburg. Bei Nacht berät er die Graue Ratte in Fragen, die die magischen Künste betreffen.«

Ralyazur verbeugte sich etwas zu tief, um es ernst zu meinen.

»Hältst du es für klug, diesen Elben schon so viel zu verraten, wenn wir noch gar nichts über sie wissen?«, fragte der Menschenmann am Tisch. Er war jung und ziemlich blass. Sein kurzes Haar war akkurat geschnitten, seine Nase auffallend spitz.

»Die Winterseherin hat mich angewiesen, sie unverzüglich in

alles einzuweihen, und ich werde keine Zeit verlieren«, erwiderte Jha Rudra knapp. Dann wandte sie sich wieder an die Elben. »Darf ich Euch Tungolf Gumpen vorstellen? Er ist Stadtschreiber im Rathaus mit gutem Einblick in alles, was in Swertenburg vor sich geht, und Sohn einer Familie, die den Herzögen seit Jahrhunderten treu dient.«

Der Schreiber nickte den Elben knapp zu, ohne zu lächeln. Aus seinen kleinen, aufmerksamen Augen sprach Misstrauen.

»Wenn das mit diesem Orakelspruch stimmt, sollten die beiden Elben sich so schnell wie möglich an die Arbeit machen«, brummte der Zwerg, dessen roter Bart schon graue Strähnen aufwies. Ein Gürtel aus schweren Goldgliedern hielt seine kostbaren Gewänder über einem tonnenartig gewölbten Bauch zusammen. Golden glänzten auch die zahlreichen Ringe an seinen Fingern. »Hat die Seherin Euch schon instruiert, was genau Ihr gegen den Kettenfürsten tun müsst?«, fügte er hinzu.

»Noch nicht wirklich«, erwiderte Elyami verlegen. »Wir sollten sie hier in Swertenburg treffen, um alles zu besprechen.«

»Wir hatten darauf gehofft, dass sie schon hier ist«, ergänzte Elyamur, doch der Zwerg schüttelte nur den Kopf.

»Werodrin vom Volk der Diamantzwerge«, stellte Jha Rudra ihn vor. »Ein Fernhändler, dem die Handelsrestriktionen des Kettenfürsten gar nicht gefallen, und außerdem so etwas wie unser Schatzmeister.«

Der Zwerg prostete den Elben mit seinem Weinpokal zu, doch sein Blick blieb sorgenvoll.

Elyami musterte beklommen die Versammlung. Die Nachricht, dass die Winterseherin noch nicht eingetroffen war, hatte sie getroffen und ein flaues Gefühl in ihrem Bauch hinterlassen. Sie musste an die wilden Dinge denken, die ihnen die beiden Zwerge über die Alte erzählt hatten. Ihr Blick blieb an der Menschenfrau am Tisch haften. Sie war hochgewachsen, hatte kantige Züge und trug ihr hellblondes Haar zu einem langen Zopf geflochten.

»Und das ist Hilgrif, eine Priesterin im Swertenburger Tempel der göttlichen Schwertmaid Kravana«, erklärte Jha Rudra, und ihr Lächeln kehrte zurück. Nun fiel Elyami auch auf, dass die Frau einen weißen Wappenrock mit einer silbernen Flammenklinge als Zeichen trug, offenbar das Symbol ihres Priesteramtes. An der Seite führte sie ein Schwert. Sie nickte den Elben ernst zu, ohne etwas zu sagen.

»Eine Dienerin der Schwertmaid?«, fragte Elyami fasziniert. Sie hatte in den letzten Tagen häufiger Statuen der wehrhaften Patronin von Swertengund an den Wegkreuzen gesehen. »Und Ihr arbeitet mit einer Priesterin der schattenhaften Zelja zusammen? An den Wegschreinen habe ich öfter Inschriften gelesen, die Kravana als Beschützerin vor Dieben und Missetätern beschreiben.«

Jha Rudra kicherte in sich hinein.

Hilgrif wandte sich Elyami zu. »Ich wurde vor zwei Jahren von meinem Mutterkloster Hohewacht nach Swertenburg versetzt, um den hiesigen Tempel dabei zu unterstützen, Jha Rudras unverschämte Diebespriester endlich festzusetzen«, erklärte sie ruhig. »Doch als dann der Kettenfürst unsere Stadt in seine Gewalt zu bringen drohte, haben wir uns lieber gegen einen gemeinsamen Feind verbündet. Es gibt Unrecht und noch größeres Unrecht.«

»Zumal du mich eh nie erwischt hättest«, warf Jha Rudra beiläufig ein.

»Ich habe dich schon dreimal in die Kerker der Zitadelle gebracht!«

»Und dreimal bin ich nicht drinnen geblieben.«

»Wenn der Kettenfürst fort ist, wird die Gerechtigkeit wiederhergestellt«, beharrte Hilgrif.

»Getreu unserer Vereinbarung«, ergänzte Jha Rudra. »Drei Tage Frist, bevor alles wieder beim Alten ist.«

»Drei Tage, die dir nichts nutzen werden. Ich kenne dich nun, Rudra.«

»Was glaubst du, wie viele Leben ich noch habe, die du noch nicht kennst?«, fragte Jha Rudra grinsend.

Stadtschreiber Tungolf hüstelte gekünstelt. »Könnt ihr diesen ermüdenden Disput nicht später austragen?« Er wandte sich halb entschuldigend, halb anklagend an Elyami. »Das tun sie immer, wenn man sie auf das Thema bringt.«

»Ich würde es auch vorziehen, zunächst einmal den Kettenfürsten zu stürzen und seine endlosen Heere in alle Winde zu zerstreuen«, stimmte Ralyazur, der Halbelb, mit schiefem Lächeln zu. »Und ich brenne darauf, zu erfahren, welche wundersamen Fähigkeiten unsere grünelbischen Freunde für diese Aufgabe mitbringen.«

Alle Blicke ruhten auf den Zwillingen. Elyami schaute Elyamur fragend an. Daheim in Liráya war es für alle eine Selbstverständlichkeit gewesen, dass sie die Zwillingsseelen des Orakelspruchs waren. So hatten es die Götter eben entschieden. Aber konnten sie etwas Besonderes?

»Ich beherrsche die Kriegskunst des Wolkentanzes, und meine Schwester ist eine Grünsängerin«, stellte Elyamur fest. »Wir wurden von den besten Lehrmeistern Lirâyas ausgebildet und sind vertraut mit den Wegen der Wälder.«

Für einen Moment blieb es still. Schließlich brach Ralyazur das Schweigen. »Und …?«, fragte er ungeduldig.

Elyamur schaute ihn perplex an.

»Kein und«, gab Elyami zu. »Das ist es, was wir sind. Wir vermögen keine Wunderdinge. Gegen den Kettenfürsten ziehen wir aus, weil wir die Bedingungen des Orakelspruchs erfüllen, den die Winterseherin einst nach Liráya brachte.«

»So, so«, sagte Ralyazur. »Mit anderen Worten: Ihr seid die Auserwählten, weil Ihr es eben seid. Ich hatte mir etwas Überzeugenderes erhofft.«

»Die Winterseherin sagte uns, dass wir alles Weitere erfahren würden, wenn wir sie bei ihren Freunden in Swertenburg wiedertreffen«, erwiderte Elyami kühl und versuchte, ihren aufkommenden Ärger zu verbergen. »Wenn wir hier denn wirklich unter Freunden sind.«

»Das seid Ihr!«, bekräftigte Jha Rudra energisch. »Und ich

erwarte täglich die Ankunft der Seherin. Wisst Ihr etwas von ihr?«

Elyami schüttelte den Kopf. »Sie hat sich vor einigen Tagen in den Wäldern von Liráya auf den Weg gemacht, um sich irgendeiner dringlichen Sache anzunehmen. Seitdem haben wir sie nicht mehr gesehen.«

»Das klingt nicht gut«, murmelte Werodrin, der Diamantzwerg, und schenkte sich Wein nach.

»Jedenfalls seid Ihr meine Gäste, bis die Winterseherin hier eintrifft«, sagte Jha Rudra und schaffte es tatsächlich, noch breiter zu lächeln als zuvor.

Elyami nickte dankbar. »Das wissen wir zu schätzen. Die Wege der Menschen sind uns nicht vertraut …«

Sie unterbrach sich, als plötzlich draußen auf dem Gang Stimmen und Lärm zu hören waren. Eine Seitentür sprang auf, und eine kleine Gestalt kam in den Raum gehuscht. Es war eine Goblinfrau in zerlumpter Kleidung. Muster von Narben zogen sich über die dunkelgrüne Haut ihres Gesichts. Ihre grauen Haare waren zu einem Zopf gebunden.

»Jha Rudra, es ist wichtig!«, setzte sie ohne eine Begrüßung mit krächzender Stimme zu sprechen an. »Wir haben in der Unterstadt beim *Einhorn* …«

Dann bemerkte sie die beiden Elben. Ihre gelben Augen verengten sich zu Schlitzen.

»Das sind sie also?«, fragte sie lauernd.

»Die Zwillingsseelen des Orakelspruchs – soeben in Swertenburg eingetroffen«, erklärte Jha Rudra mit stolzer Gelassenheit. »Elyami, Elyamur – das ist Ghashri, Königin der Bettlerzunft von Swertenburg, Schamanin der hiesigen Goblin-Gemeinde und Meisterin der Geheimnisse im Rattenrat. Goblins sehen viel, denn die meisten sind töricht genug, sie nicht zu beachten …«

»Ja ja, schon gut«, unterbrach sie Ghashri unwirsch. »Jha Rudra, ich bringe dem Rat auch ein Paar Zwillingsseelen! Wir haben sie vor einer Meute Wolfsschädel-Orks gerettet, nachdem sie im *Einhorn* lautstark nach der Grauen Ratte gefragt hatten. Sie kennen die Winterseherin und scheinen Zwillinge zu sein. Aber es sind keine Grün-Elben.« Elyami und Elyamur warfen sich einen Blick zu. »Es sind Eisenzwerge.«

»Das glaube ich jetzt nicht!«, zischte Elyamur.

»Was hat es damit schon wieder auf sich?«, rief Werodrin zugleich.

»Hätte jemand die Freundlichkeit, zu erklären …«, setzte Tungolf an.

»Ruhe!« Die Stimme von Hilgrif, der Schwertpriesterin, peitschte scharf durch den Raum und verhinderte weiteren Tumult. Ruhig fuhr sie fort: »Bitte berichte uns mehr von diesen Zwergen, Ghashri.«

Noch ehe die Schamanin etwas sagen konnte, flog die Tür erneut auf, und eine Zwergenfrau mit wehenden Zöpfen kam in den Raum gestürmt. Ihr folgte dichtauf ein Zwerg mit blondem Bart, der in der polternden Sprache ihres Volkes auf sie einredete. Elyamur schüttelte entgeistert den Kopf, als er Gorin und Galdra erkannte. Der menschliche Rotschopf und zwei Goblins versuchten vergeblich, sie aufzuhalten.

»Wir werden, bitte schön, für uns selbst sprechen!«, grollte Galdra und schaute sich um. Als sie die Elben entdeckte, schnaubte sie verächtlich. »Ich bin Galdra von den Höhlengängern, und das ist mein Bruder Gorin von den Runenschmieden. Ich weiß nicht, was Euch über uns erzählt wurde.« Sie musterte die Elben finster. »Aber *wir* sind die Zwillingsseelen des Orakelspruchs nach den Worten der Winterseherin!« Sie funkelte herausfordernd alle Anwesenden in der Runde an.

Stadtschreiber Tungolf räusperte sich vernehmlich. »Von jenen Elben hier haben wir gerade etwas Anderes gehört, werte Frau Zwerg.«

»Die Winterseherin hat uns persönlich aus Tokrond abgeholt, damit wir unsere Aufgabe angehen können!«, ereiferte sich Galdra. »Unser Onkel ist dafür gestorben. Wir haben die ehrlose Verbannung in Kauf genommen und uns unterwegs durch

Tyrannenflechte, Orks und Elbenhexen gekämpft. Wir wissen, dass es nicht einfach werden und Opfer kosten wird. Wir tun, was zu tun ist. Aber das können wir nicht, wenn diejenigen, die uns unterstützen sollten, erst darüber diskutieren müssen, ob wir überhaupt wirklich *wir* sind!«

Sie stemmte entrüstet die Hände in die Hüften.

»Die Winterseherin wird unsere Worte bestätigen können«, fügte ihr Bruder Gorin hoffnungsvoll hinzu. »Ist sie hier?«

Jha Rudra schüttelte den Kopf und setzte zu einer Antwort an, doch Elyamur unterbrach sie. »Die beiden Zwerge haben wir schon unterwegs getroffen, da haben sie das Gleiche behauptet! Ich halte das für eine List des Kettenfürsten, um Verwirrung zu stiften. Vielleicht sollen sie auch unsere Reihen infiltrieren.«

»Und deswegen haben wir auch mit euch zusammen gegen die Orks gekämpft!«, empörte sich Gorin.

Die Goblinfrau schob sich zwischen die beiden Zwillingspaare. »Wenn ihr euch weiter so ankeift, sind wir morgen noch nicht fertig!«, schimpfte sie. »Da könnt ihr euch auch gleich von den Kettentruppen abholen lassen. Vielleicht solltet ihr euch lieber anhören, was einer meiner Leute in der Zitadelle aufgeschnappt hat. Xorav?«

Einer der beiden Goblinmänner trat vor. Er war klein und unscheinbar, selbst für einen Goblin.

»Ich arbeite als Diener und Laufbursche in der Zitadelle«, begann er seinen Bericht, »und sorge dafür, dass ich in der Regel in der Nähe der Herzogshalle eingesetzt werde, damit ich meine Ohren aufhalten kann.« Er stellte demonstrativ seine herunterhängenden Spitzohren auf. »Vor Kurzem haben wir die Wände der Halle neu getüncht, weil der Statthalter irgendein Wandgemälde will. Dabei konnte ich mitbekommen, wie Darquato mit einer purpurelbischen Kriegszauberin gesprochen hat. Genauer gesagt, hat der Kettenfürst selbst mit der Kriegszauberin gesprochen, durch den Mund des Statthalters. Er ist ein Kettenträger, müsst ihr wissen.«

Elyami nickte. Sie hatte schon von dem schrecklichen Zauber

gehört, mit dem der Kettenfürst Teile seiner Seele in seine Diener zu übertragen pflegte, um durch sie in der Welt zu handeln.

»Wann war das?«, fragte Jha Rudra dazwischen.

»Schon vor über einer Woche«, murmelte der Goblin schuldbewusst. »Ich wollte es eher melden, aber auf dem Weg aus der Zitadelle wurde ich aufgehalten und einem Bautrupp in den Gewölben zugeteilt. Dort ist eine große Sache im Gange. Alle schuften pausenlos, ständig kommen neue Lieferungen an, überall laufen Ork-Wachen herum. Es hat eine Weile gedauert, bis ich mich davonmachen konnte.«

Jha Rudra tauschte einen Blick mit Hilgrif. Die Schwertpriesterin nickte knapp.

Der Goblin fuhr fort: »Der Kettenfürst hat die Elbin zurechtgewiesen, weil sie auf einer Mission in Tokrond offenbar dem falschen Zwerg eine Seelenkette verpasst hat. Sie hätte eine der Zwillingsseelen verhexen können und hat stattdessen einen gewöhnlichen Krieger gewählt.«

»Mit der Zwillingsseele meinte er mich, ich bin dabei gewesen!«, warf Gorin ein. »Und der Krieger, dem die Kette umgelegt wurde, war Nurdrin von den Höhlengängern, ein tapferer Zwerg. Er lebt nicht mehr.«

Die Goblin-Schamanin wandte sich an den Rat. »Ihr hört also, dass der Kettenfürst selbst nach Zwillingsseelen aus dem Volk der Zwerge sucht. Diese Zwillinge sind demnach keine Kriegslist von ihm.«

Elyami wurde schwindelig. Das konnte nicht stimmen! Die Träumende Königin selbst hatte den Orakelspruch der Winterseherin bestätigt!

»Aber der Bericht geht noch weiter«, setzte die Schamanin nach und stieß Xorav an.

Dieser fuhr fort: »Der Kettenfürst hat der Kriegszauberin aufgetragen, zwei Elben aus Liráya zur Strecke zu bringen, in denen er offenbar irgendeine Bedrohung sieht. Gleich am nächsten Tag hat sich eine Horde Reißzahn-Orks mit ihr zusammen auf den Weg gemacht. Sie selbst hat die ganze Nacht in den Gewölben verbracht und irgendetwas Übles heraufbeschworen. Ich konnte in der Wolfsgrotte ihren Aufbruch verfolgen. Sie hat Hordenführer Drakshai ausdrücklich angewiesen, ihr die Köpfe der Elbenzwillinge zu bringen.«

»Das sind die Orks, die uns seit dem Waldrand verfolgt haben!«, rief Elyamur.

»Diese Zauberin hat uns in den Hochtälern von Tokrond aufgelauert!«, warf Galdra fast gleichzeitig ein.

»Und das, was sie beschworen hat, war eine Strix, die sich auf die Winterseherin gestürzt hat«, fügte Gorin finster hinzu.

»Der Kettenfürst sucht also nach Zwergen- *und* Elbenzwillingen«, fasste Gashri zusammen. »Was auch immer das zu bedeuten haben mag.«

Elyami verstand nichts mehr. Wie konnte das sein? Hatte die Winterseherin wirklich Gorin und Galdra genauso besucht wie sie und ihren Bruder? Das machte keinen Sinn!

»Und es gibt keinen Hinweis darauf, welches nun die echten Auserwählten sind?«, fragte Werodrin, der sogar seinen Weinbecher vergessen hatte.

»Nicht, dass wir wüssten.« Ghashri schüttelte unwillig den Kopf. »Vielleicht weiß es der Kettenfürst nicht mal selbst.«

»Die Winterseherin sollte es aber wissen«, meinte Ralyazur finster. »Jedenfalls, wenn das Wort *Seherin* irgendeine Bedeutung hat.«

»Ihr habt erwähnt, dass sie in einen Kampf verstrickt war?«, fragte Hilgrif an Gorin gewandt.

»Ja«, brummte er. »Als wir in Begleitung der Winterseherin Tokrond verließen, hat uns die Elbenhexe zusammen mit dieser albtraumhaften Vogelkreatur angegriffen. Wir konnten uns nach Swertenburg durchschlagen. Die Winterseherin blieb zurück. Eigentlich wollte sie nachkommen, aber seitdem haben wir nichts mehr von ihr gehört.«

»Wie habt ihr sie zurückgelassen?«, fragte Elyami sorgenvoll.

»Zuletzt sahen wir sie im Kampf gegen die Strix«, gab Gorin zu und schaute auf seine Stiefelspitzen.

»Wie konntet ihr sie gegen solch einen Gegner allein lassen! Ist das die Art der Zwergenkrieger?«, wetterte Elyamur.

»Sie hat uns *gesagt*, dass wir gehen sollen!«, erklärte Gorin mit Nachdruck.

Jha Rudra nickte wissend. »Den Wünschen der Winterseherin widersteht man nicht leicht.«

»Auch wir haben die Purpurelbin gesehen«, fügte Elyami rasch hinzu, ehe der Streit wieder aufflammen konnte. »Zusammen mit den Zwergen, als wir auf dem Weg nach Swertenburg waren. Sie ritt auf einer Fledernatter in Richtung Osten.«

»Dann ist das Schlimmste für die Seherin zu befürchten«, murmelte Stadtschreiber Tungolf.

»Rudra?«, sagte Hilgrif zu der Maskenträgerin. »Wäre es jetzt nicht an der Zeit, den Talisman einzusetzen?«

Jha Rudra nickte und griff in die Falten ihrer kompliziert verflochtenen Gewänder. Sie zog einen kleinen Gegenstand hervor: einen silbernen Anhänger in der Form eines Schwans an einer feinen Kette.

Elyami kannte diesen Talisman. Die Zaubersänger der Grün-Elben hatten mehrere davon mit der Winterseherin gemeinsam hergestellt. Sie ermöglichten es dem Träger, mit der Seherin Kontakt aufzunehmen, auch über weite Distanzen hinweg. Siyandri, die Winterkönigin von Liráya, verwahrte einen von ihnen, um die Winterseherin benachrichtigen zu können, falls die Zwillingsseelen sie brauchten.

Elyami hatte sich damit nie wohlgefühlt. Es kam ihr wie Überwachung vor. Die anderen Talismane hatte die Winterseherin für ihre Zwecke mitgenommen. Elyami hatte bislang nicht gewusst, wer noch einen davon besaß. Aber sie wusste, dass jeder Talisman sich nur ein einziges Mal einsetzen ließ, bevor er erneut verzaubert werden musste. Zwiegespräche ohne räumliche Begrenzung waren eine machtvolle und kraftzehrende Spielart der Magie.

Gorin stieß seine Schwester an und murmelte etwas auf Eisentung. Elyami hatte das Gefühl, dass die Zwerge den Talisman ebenfalls kannten. Jha Rudra umfasste den Schwan mit ihren schmalen Händen, schloss die Augen hinter der Maske und flüsterte leise vor sich hin.

Alle Blicke ruhten nun auf der Diebespriesterin. Wieder und wieder schien sie dieselben Worte zu wiederholen, erst ruhig und konzentriert, dann immer eindringlicher, schließlich aufgebracht. Nach einiger Zeit schlug sie die Augen auf und ließ die Kette mit dem Talisman resigniert durch ihre Finger gleiten.

»Es funktioniert nicht«, sagte sie, ohne jemanden direkt anzublicken. »Die Magie des Talismans ist lebendig, aber er kann die Aura der Winterseherin nicht ausfindig machen. In keiner der vier Himmelsrichtungen.«

»Dann weilt sie nicht mehr in dieser Welt?«, fragte Tungolf mit erstickter Stimme.

»Das muss nicht sein«, widersprach Ralyazur. »Es ist auch möglich, dass sie sich an einem Ort aufhält, der gegen magischen Einfluss abgeschirmt ist. Vielleicht hat sie sich in ein besonders sicheres Refugium zurückgezogen – oder sie steckt in besonders unschönen Schwierigkeiten.«

»Und wir haben keine Möglichkeit, Näheres herauszufinden«, brummelte Werodrin und griff wieder nach seinem Wein.

»Ich werde all meine Augen in der Zitadelle offen halten«, sagte Ghashri. »Sobald dieser aufgeblasene Statthalter eine Nachricht erhält, bekommen meine Goblins das mit.«

»Tut das, Meisterin der Geheimnisse«, stimmte Jha Rudra zu. »Wir können unterdessen nur abwarten, ob die Winterseherin nicht doch noch hier eintrifft und uns ihren Plan offenbart. Dann werden wir hoffentlich auch erfahren, warum hier heute vier Zwillinge angekommen sind. Bis dahin seid Ihr natürlich alle meine Gäste, Elben wie Zwerge.«

»Bring sie am besten in getrennten Flügeln unter, damit sie nicht aufeinander losgehen«, schlug Ghashri trocken vor.

»Oder gib ihnen allen ein gemeinsames Zimmer«, ergänzte Ralyazur grinsend. »Dann erledigt sich das Problem von selbst, dass wir zu viele Zwillinge haben.«

Galdra wollte auffahren, doch ihr Bruder schüttelte beschwichtigend den Kopf.

»Gunbrecht«, wandte sich Jha Rudra an den Rotschopf, »bitte sorge dafür, dass unsere Gäste angemessene Zimmer im Dachgeschoss des Casinos bekommen. Nun ruht Euch erstmal von Eurer Reise aus, Zwillingsseelen. Ihr seid vorerst angekommen. Morgen werden wir dann die Berichte Eurer Reisen sammeln und mit unseren Aufzeichnungen vergleichen. Vielleicht finden wir noch mehr Hinweise darauf, was das alles zu bedeuten hat und was als Nächstes zu tun ist. Mögen Zelja und alle Götter dafür sorgen, dass die Winterseherin bald wohlbehalten hier ist.«

»Aber wir haben schon zu lange gewartet!«, widersprach Elyamur. »Es ist langsam an der Zeit, etwas zu tun!«

»Und das werden wir auch«, sagte Hilgrif fest. »Aber nicht ohne einen guten Plan und einen ausgeruhten Schwertarm.«

Der Elb seufzte in sich hinein, beließ es aber dabei. Gunbrecht, der Rotschopf, hielt den Zwillingen die Tür auf. Dabei kam es kurz zu Reibereien, als sich Elyamur und Galdra nicht einig wurden, wer sich zuerst hindurchschieben durfte. Dann ging es wieder durch das Labyrinth der holzgetäfelten Korridore und schließlich eine steile Treppe hinauf.

Die Elbenzwillige bekamen eine Dachkammer zugewiesen. Neben einem Waschtisch mit einem Spiegel aus poliertem Silber enthielt sie nur zwei Betten, die mit geflochtenen Matten belegt waren. Die Matten erwiesenen sich als erstaunlich weich und dufteten angenehm nach Heu und unbekannten Kräutern.

»Und ich traue diesen Zwergen trotzdem nicht«, murmelte Elyamur, ehe er sich zum Schlafen auf die Seite rollte.

Elyami antwortete nicht. Sie war zu müde zum Streiten und außerdem selbst nicht sicher, was sie denken sollte.

Den Schnarchgeräuschen nach zu urteilen, die dumpf hinter der Wand erklangen, waren die beiden Zwerge ganz in der Nähe untergebracht. Sie versuchte, das drachenartige Schnauben zu ignorieren und irgendwie einzuschlafen, doch nach einem Moment schlug sie die Augen wieder auf.

»Elyamur?«

»Hm?«

»Glaubst du, dass die Winterseherin noch kommt?«

»Natürlich. Sie muss«, erwiderte ihr Bruder und versuchte, zuversichtlich zu klingen.

Doch Elyami kannte ihn zu gut. »Was machen wir, wenn sie nicht kommt?«, hakte sie nach.

»Sie kommt«, gab Elyamur trotzig zurück.

»Aber wenn nicht?«

»Dann machen wir trotzdem weiter. Der Orakelspruch spricht nur von den Zwillingsseelen, nicht von ihr. Zur Not schaffen wir es auch so.«

»Du hast sicher recht«, stimmte Elyami leise zu. »Zur Not schaffen wir es auch so.« Sie versuchte daran zu glauben.

»Mach dir keine Sorgen«, flüsterte Elyamur. »Denk an die Ewigschlafende. Sie hat es uns bestätigt. Wir können es vollbringen.«

»Das hat sie«, sagte Elyami und erinnerte sich. Die Träumende hatte gesagt, dass ihr Weg voll Schatten und Gefahren sein würde, und sie hatte die Zwillinge traurig dabei angesehen.

»Gute Nacht«, murmelte Elyami und drehte sich zur Wand. Der Schlaf kam rasch.

Als sie den sanften Blick der Träumenden Königin auf sich spürte, war sie eher dankbar als überrascht. Der Silberschimmer ihrer Augen ging nahtlos in das Schimmern des Mondlichts über. Ein Suya láo zeigte ihr eine längst vergangene Nacht.

Elyami schaute über eine Ebene, die sich bis zum Horizont erstreckte, nur eine Kette flacher Hügel begrenzte in einer Richtung die Sicht. Ein mächtiger Vollmond stand wie ein leuchtendes Rad am Himmel. Blumen von der Höhe kleiner Bäume hatten ihre eimergroßen Blüten für die Nacht geschlossen, doch die Schirme ihrer armlangen Pollen trieben noch immer träge über den Himmel. Elyami sah das Blütenmeer von Beyân vor sich, fern in den östlichen Grasländern des Königreichs Wâgant.

Am äußersten Ausläufer der Hügelkette erhob sich ein steiler

Tafelberg über das Blütenmeer. Seine felsigen Flanken waren ausgehöhlt vom Wind und wölbten sich nach innen. Die Gebäude, die auf dem Tafelberg thronten, waren von weitläufigen Gärten umgeben. Elyami konnte schlanke Türme und bauchige Kuppeln erkennen, Spitzbögen und Prozessionen von Statuen entlang der Außenwände. Die Gebäude erinnerten sie an den Palast der Träumenden Königin. Doch waren sie nicht aus Mondquarz erbaut, sondern aus gewöhnlichem Sandstein, übersät mit zahllosen Verzierungen aus schimmerndem Silber. Das war Ilyún, das einsame Silberkloster, eine jahrtausendealte Tempelanlage der Silber-Elben.

Elyamis Blick wurde von einer Kuppelhalle im oberen Bereich des Klosters angezogen. Hinter ihren Flügeltüren erstreckte sich ein Saal mit einer überlebensgroßen Statue in der Mitte. Sie stellte einen Elben mit langem Silberhaar dar, der ein ebenfalls silbernes Stundenglas in den Armen trug. Der Thron, auf dem er saß, glänzte jedoch nicht. Er bestand aus rötlichem verrostetem Eisen. Zwei Worte zogen sich in elbischer Schrift in beständigem Wechsel an der Lehne entlang: Alyáo – Leben. Oàyla – Tod.

Die Statue bildete den Mittelpunkt eines Springbrunnens, von dem sich in alle Richtungen kleine Wasserfälle in ein rundes Becken ergossen. An seinem Rand befanden sich Schalen mit Räucherwerk, und zwei Gestalten waren gerade dabei, eine weitere Schale abzustellen. Sie trugen silbergraue Kapuzenmäntel und murmelten leise Gebete in Silberwort. Dann wandten sie sich einander zu. Elyami konnte nun ihre Gesichter erkennen. Die eine Gestalt war eine Silber-Elbin mit großen, traurigen Augen. Die andere war die blonde Menschenfrau, die sie aus ihren früheren Königsträumen wiedererkannte. Sie senkte demütig den Kopf, während die Elbenfrau segnend die Hände auf ihren Scheitel legte.

»Odrana aus Gnomara ist tot«, flüsterte die Elbin sanft. »Sie starb im Licht des Mondes. Ihr Geist wird in dieser Nacht einsam durch die Schwebenden Gärten ziehen, damit sie in der

Morgensonne wiedergeboren werden kann als Odrana, Priesterin des Nidhanas.«

»Oà yámu«, antwortete Odrana. »So sei es.«

Die Elbin küsste sie auf die Stirn, dann wandte sie sich stumm der Statue zu. Odrana aber zog sich ihren Silberschleier enger um die Schultern und ging langsam zu den Flügeltüren. Sie verließ die Tempelhalle und folgte einer langen Freitreppe bergab, bis die Stufen in einen von Bäumen gesäumten Weg übergingen.

Die Schwebenden Gärten erstreckten sich über verschiedene Terrassen an den Hängen des Tafelbergs. Hier wuchsen Bäume und Büsche unterschiedlichster Arten, entsprungen aus den Samen, die Pilger im Laufe der Jahrhunderte aus ihren Heimatländern mitgebracht hatten. Weiße Kieswege zogen sich in absichtslosen Bögen und Spiralen über die Terrassen und streiften dabei Pavillons und stille Teiche, verstreute Statuen und Schreine.

Odranas Kapuzengestalt wandelte langsam und selbstversunken über die Wege. Mal schaute sie versonnen zur Mondscheibe hinauf, mal blieb sie vor einer Statue stehen. Dann ging sie weiter. Bis jemand aus dem Schatten eines Pavillons ins Mondlicht trat und sich ihr in den Weg stellte.

»Ich dachte schon, du würdest nie aus dieser stickigen Tempelhalle herauskommen«, sprach er mit einer Stimme, die wie eine Glocke aus Kristall in der Nacht widerhallte. »Schau, wie würdig der Mond deinen Übergang beleuchtet! Diese Welt ist ein wahrer Tempel aller Götter, ohne dass ein Sterblicher dafür auch nur einen Stein auf den anderen setzen müsste.«

Elyami erkannte einen stattlichen jungen Mann, der schwarze Seidengewänder mit silbernen Rankenmustern trug. Seine langen rostroten Haare hatte er zu einem Zopf zurückgebunden, sodass seine Gesichtszüge klar hervortraten. Sie glichen den edlen Zügen einer Marmorstatue, doch waren sie nicht etwa kalt und entrückt, sondern von tiefem, pulsierendem Leben erfüllt. Um die Mundwinkel lag ein feines Lächeln, das vielleicht weise war, vielleicht spöttisch, vielleicht liebevoll oder vielleicht etwas ganz Anderes.

»Du solltest heute nicht herkommen«, sagte Odrana ernst. »Die Nacht vor der Weihe muss ich allein zubringen.«

Der Jüngling lachte leise. »Glaubst du, dass ich mich den Regeln der Priesterschaft beugen muss?«, fragte er.

Es lag keine Herausforderung in der Frage, nur offene Neugier.

»Nein«, erwiderte Odrana. »Das glaube ich nicht. Aber ich glaube, dass wir die Regeln dennoch respektieren sollten.«

»Eine weise Antwort«, sagte der Jüngling, während er sie nachdenklich betrachtete. »Und wir werden sie respektieren. Aber dem Sinn, nicht dem Wortlaut nach. Es geht um eine Nacht der Erkenntnis und der Hingabe, nicht wahr? Dann schau, was in der ewigen Schrift der Sterne geschrieben steht!«

Und er fasste sie bei den Hüften und hob sie mühelos empor, dem Himmel entgegen. Odranas Augen weiteten sich, als sich das Sternenlicht in ihnen spiegelte. Ihr Mund stand staunend offen.

Elyami bekam nur einen schwachen Abglanz dessen mit, was die junge Menschenfrau dort sehen mochte. Sie spürte einen Hauch der Welten, die aus dem Nichts entstanden waren und flammend wieder vergingen. Sie erahnte mächtige Urwelt-Wesen, die sich träge aus einem schlafenden Meer erhoben, und erste Kulturen von fremdartigen Geschöpfen, die Tempel bauten und alte Götter mit Gesängen ehrten, deren Wörter heute niemand mehr verstand. Gewaltige Riesen, die stolz durch eine junge, wilde Schöpfung stampften, und Ahnendrachen, groß wie Berge, die zwischen den Sternen nisteten. Sie wohnte der Geburt von Elben und Zwergen bei, von Gnomen und Zentauren, von Orks und Goblins und Menschen und vielen anderen jungen Völkern, erlebte ihr Erblühen und ihren Verfall, den Lebenszyklus ganzer Reiche, das Werden und Vergehen von Sprachen und Mythen, Jahrtausende in wenigen Herzschlägen.

Allein der ferne Hauch all dieser Dinge machte Elyami schwindelig. Odrana aber schien sie direkt vor sich zu sehen, als sie in die Sterne blickte. Ihre Augen füllten sich mit Tränen.

»Das … das wusste ich nicht«, flüsterte sie, nachdem der Jüngling sie wieder neben sich abgesetzt hatte. Er betrachtete sie mit einem wohlwollenden Lächeln, während sie ihre Eindrücke zu fassen versuchte.

»Und doch ist dies nur ein winziger Tropfen im Vergleich zu dem, was es noch zu entdecken gibt, Odrana!«, sagte er schließlich. »Dein Geist ist klar und stark. Stärker als bei den meisten anderen Sterblichen. So viel mehr wirst du noch schauen, wenn du lernst, die Augen zu öffnen!« Er seufzte. »Ich wünschte, ich selbst hätte sterbliche Augen, um die Wunder des Kosmos mit ihnen zum ersten Mal zu erblicken. Sei du mein Auge, Odrana! Lass mich die Welten durch dich spüren.«

Sie wandte sich von ihm ab. »Vor einiger Zeit wollte jemand, dass ich seine Vorausschau bin«, sagte sie wie zu sich selbst. »Nun willst du, dass ich dein Auge bin. Aber ich bin Odrana. Einfach nur Odrana.«

Der Jüngling umrundete sie halb, sodass er wieder vor ihr stand. »Dann sei Odrana«, sagte er leise und nahm ihre Hände in seine. »Denn um Odrana geht es mir. Um deinen Blick auf die Welten, deinen offenen Geist. Lass mich teilhaben an dem, was du entdeckst. Durch dich spüre ich mich wieder, zum ersten Mal seit langer Zeit. In deiner Sterblichkeit bist du wie eine Blume, die bald verblüht und durch ihre Endlichkeit unendlich kostbar wird.«

Odrana schaute ihm traurig in die Augen, Augen wie zwei winzige Spiralnebel, die alle Farben der Schöpfung in sich einschlossen. Dann trat sie einen Schritt auf ihn zu und barg ihren Kopf an seiner Schulter. Sanft hob er sie auf seine Arme und trug sie dem Pavillon entgegen, aus dem er zuvor herausgetreten war. Silberne Laternen flammten von selbst auf, als er sich den Säulen näherte.

»Auf die Erkenntnis folgt die Hingabe«, flüsterte er und trat mit ihr unter die kleine Kuppel.

Während schwarze Seidengewänder und ein Silberschleier zu Boden glitten, spürte Elyami, dass ihre Aufmerksamkeit zu einem anderen Ort gezogen wurde. Sie sah, wie sich ein Schatten den Kuppeln des Silberklosters Ilyún im raschen Flug näherte. Es war eine geflügelte Schlange, die sich geschmeidig durch die Luft wand. Eine Fledernatter, wie sie auch die Purpur-Elbin im Grenzland von Swertengund geritten hatte. Elyami sah eine einzelne Gestalt im Sattel des Flugwesens, einen blassen jungen Menschenmann mit schwarzen Locken. Dáman. Er trug kostbare dunkle Roben mit Goldbesatz. Sein Blick war konzentriert nach vorne gerichtet. Als er das Silberkloster ausgemacht hatte, stahl sich ein zufriedenes Lächeln auf seine schmalen Lippen. Er lenkte die Fledernatter auf den Tafelberg zu und zwang sie schließlich auf einer Terrasse im Schatten der schlanken Türme zur Landung. Ungeduldig sprang er ab und löste ein kleines Kästchen vom Sattel. Mit der Schatulle in den Händen schaute er sich auf der Terrasse um.

»Odrana?«, rief er. »Ist hier irgendjemand?«

Alles blieb still. Die zahllosen Fenster des Silberklosters schauten tot in die Nacht. Offenbar hatte niemand seine Ankunft bemerkt.

Nachdenklich ließ Dáman den Blick über die Klostergebäude schweifen. Er wollte sich gerade dem Spitzbogen eines Eingangs zuwenden, als er innehielt. Sein Blick hatte ein silbernes Leuchten unten auf den Park-Terrassen bemerkt. Dáman lächelte wieder. Dann eilte er eine lange Freitreppe hinunter, auf den Silberschein zu. Elyami beobachtete, wie der Beschwörer über die Kieswege der Schwebenden Gärten lief und dabei immer wieder quer über den Rasen abkürzte, wenn die Pfade verspielte Bögen beschrieben. Er war es gewohnt, den direkten Weg einzuschlagen.

Schließlich kam der Pavillon mit den Silberlaternen in Sicht. Dáman blieb kurz stehen, schüttelte seine Locken aus und strich die Falten seiner Gewänder glatt. Dann legte er die letzten Meter mit langsamen, gemessenen Schritten zurück, ein selbstzufriedenes Lächeln auf den Lippen.

»Odrana?«, rief er, während er die Stufen zum Pavillon hinaufstieg. »Harpyienhort ist schneller als erwartet gefallen! Und ich habe mir aus den herzoglichen Stallungen ein Geschenk ausgewählt, das mich noch rechtzeitig zu den Mysterien deiner Weihe gebracht hat …«

Er hielt inne, als er das Lager aus Decken und Polstern bemerkte, das im Inneren des Pavillons ausgebreitet war.

Odrana saß dort inmitten der Kissen, die Haare offen, die Schultern nackt. Ihre Wangen waren gerötet. Um den Hals trug sie das Stundenglas-Amulett. An ihrer Seite war der Jüngling, athletisch und makellos, bekleidet nur mit einem locker übergeworfenen Untertuch. Er hatte gerade eine Hand vorgestreckt und ließ auf ihrer Fläche eine kleine Kugel kreisen. Sie sah aus wie eine winzige Weltkugel, mit ziehenden Wolkenfronten und dahinplätschernden Gewässern. Odrana hatte sie bis eben fasziniert betrachtet und blickte nun auf.

»Dáman?«, fragte sie mit ungläubig geweiteten Augen.

Der Jüngling ließ die Weltkugel verschwinden und hob ebenfalls den Kopf. Seine Lippen umspielte ein neugierig-amüsiertes Lächeln.

»Odrana?«, rief Dáman noch einmal mit erstickter Stimme.

»Du musst der Kriegszauberer sein, den sie so sehr vermisst hat«, sagte der Jüngling und ließ den Blick von Kopf bis Fuß über Dáman wandern. »Ich kann verstehen, dass sie sich zu dir hingezogen gefühlt hat. Deine Machtfülle ist ungewöhnlich groß für einen Sterblichen.«

»Wie konntest du das tun?«, brüllte Dáman Odrana an.

Sie senkte den Blick auf ihre Hände. Dann straffte sie sich und schaute Dáman direkt an.

»Es tut mir leid, dass du das so sehen musstest. Bitte lass uns reden. Es gab Begegnungen in der letzten Zeit …«

»Begegnungen? Das sehe ich!«, schrie Dáman und schleuderte die Schatulle zu Boden. Ihr Deckel sprang auf. Dutzende von Saphiren ergossen sich auf die Kacheln des Pavillons.

»Ein nobles Geschenk«, kommentierte der Jüngling. »Ihre Reinheit macht sie zu perfekten Gefäßen für die Magie.«

»Du!«, brüllte Dáman. »Halt dein freches Maul!«

Er riss eine kleine Tontafel aus seiner Gürteltasche und schleuderte sie auf den Jüngling. In der Luft wurde sie größer und verformte sich zu einem Wirbel aus kalt schimmernden Kristallklingen. Das Schwertrad traf den Jüngling mitten am nackten Oberkörper, doch die Klingen zerbarsten zu einer Wolke aus spitzen Kristallsplittern, die in alle Richtungen davonstoben und sich schließlich in Nichts auflösten. Der Jüngling selbst wies nicht die geringste Schramme auf.

Er nickte anerkennend. »Ein machtvoller Zauber für einen spontanen Wutausbruch«, sagte er. »Aber dir ist schon klar, dass deine Klingen auch Odrana durchbohrt hätten, wenn ich sie nicht abgeschirmt hätte?«

»Ich wische dir dein unverschämtes Grinsen aus dem Gesicht!«, brüllte Dáman und langte erneut an seine Gürteltasche mit den Zauberutensilien.

»Nein! Nicht!« Odrana sprang auf und griff dabei nach ihrem Silberschleier, um ihre Nacktheit zu bedecken. »Tu das nicht, Dáman!«

Sie berührte seinen Oberarm, doch er stieß sie von sich.

»Hast du Angst um dein neues Spielzeug?«, fragte er verächtlich.

»Nein! Um dich! Es ist …«

»Lächerlich!«

Er schleuderte eine Art winzige Keule aus Silber auf den Jüngling. Offenbar ein Donnerkeil, denn eine Walze aus gleißend blauem Himmelsfeuer fuhr fauchend auf ihn nieder. Der Jüngling saß immer noch dort, wo er eben gesessen hatte. Nicht einmal die Kissen um ihn herum waren angesengt.

»Du solltest ihr besser zuhören«, sagte er und deutete gelangweilt mit der Hand auf Dáman.

Ein fauchender Blitz zuckte aus seinen Fingern und schlug machtvoll in Dámans Brust ein. Der Zauberer wurde rücklings von den Stufen des Pavillons geschleudert und blieb mit verkrampften Gliedern am Boden liegen. Der Jüngling aber erhob sich langsam und trat einige Schritte an ihn heran. Nun trug er wieder seine schwarzen Roben mit den Silbermustern. Von seinen Gesichtszügen ging ein seltsames Leuchten aus, sodass man ihn kaum direkt ansehen konnte. In seiner rechten Armbeuge ruhte ein mächtiges Stundenglas mit Streben aus rostrotem Eisen.

Odrana stolperte zwischen ihn und Dáman. »Bitte!«, flehte sie. »Er wusste ja nicht …«

Sanft berührte der Jüngling ihre Wange.

»Sei unbesorgt, junge Priesterin. Der Vorfall hat mich gut unterhalten. Ich wurde lange nicht mehr direkt herausgefordert.«

Er wandte sich Dáman zu, der immer noch bewegungsunfähig vor ihm auf dem Rücken lag.

»Du aber sei künftig achtsamer mit dem, was du verlieren kannst, Dáman aus den Gassen von Sorletta«, sagte er. »Für jemanden, der einst Bücher aus Kramläden gestohlen hat, hast du es weit gebracht, Lordfeldmarschall Kriegszauberer! Wenn du deinen Herrn wirklich zum König von Hundertbürgen machst, wirst du dereinst vielleicht gar Herzog sein und deine Zauberschüler auf einem eigenen Schloss ausbilden. Mit deinem Willen und deiner Zauberkunst wirst du viel erreichen – wenn du deine Grenzen kennst! Also tu, was du am besten kannst, und lerne.«

Der Jüngling küsste Odrana auf die Stirn.

»Wir sehen uns wieder, wenn die Strahlen der Morgensonne in den Tempel scheinen.«

Dann war er verschwunden.

Elyami spürte Erleichterung. Selbst im Traum hatte seine Präsenz sie geblendet. Sie sah, wie Dáman sich auf die Füße kämpfte und dann den Kiesweg entlang davoneilte, ohne sich noch einmal nach Odrana umzublicken.

»Warte!«, rief sie und lief hinter ihm her. »So lass uns doch reden!«

Dáman stürmte weiter voran. Seine Wangen waren zorngerötet.

»Halt!« Odranas Stimme klang plötzlich hart und scharf wie eine Diamantklinge. Dáman erstarrte mitten in der Bewegung. Seine Schultern bebten vor Wut, als Odrana an ihn herantrat.

»Willst *du* mich jetzt auch noch demütigen?«, zischte er. »Reicht es nicht, was *er* getan hat?«

»Dáman!«, sagte sie beschwörend. »Er ist ein *Gott!* Was erwartest du?«

Er nickte bitter. »Und natürlich ist gerade mal ein Gott gut genug für dich, nicht wahr? Was kann ich schon, was er nicht tausendmal besser vermag? Von der Senatorentochter zur Buhle eines Unsterblichen – ist das der Aufstieg, von dem du als Zauberschülerin geträumt hast?«

»Worum geht es dir eigentlich?«, fragte Odrana verletzt. »Um mich? Um uns? Oder um Aufstieg und Macht? Seit Dreybrücken habe ich nichts mehr von dir gehört! Wo soll Raum für uns bleiben, wenn du nur für deine verfluchten Eroberungen lebst?«

Dáman lachte auf. »Von *uns* kann ja wohl keine Rede mehr sein! Aber ich werde dir zeigen, dass du die falsche Wahl getroffen hast. Ich kann vieles erreichen, wenn ich meine Grenzen kenne, hat er gesagt. Er kennt meine Grenzen nicht! Niemand kennt sie! Du wirst sehen. Alle werden es sehen!«

Er riss sich von Odranas Bannzauber los und stürmte weiter den Weg entlang.

»Dann geh doch und beweise, was du beweisen musst!«, rief sie ihm hinterher. »Aber beweise es nicht mir! Mich interessiert das nicht! Ich wollte dich, nicht deine Macht!«

Schluchzend wandte sie sich um und eilte zum Pavillon zurück.

Elyamis Vision verblasste, als Dáman sich auf seine Fledernatter schwang, während Odrana halbnackt auf dem Boden des Pavillons hockte und immer wieder die Saphire durch ihre Finger gleiten ließ, die wie blaue Sterne auf dem Marmor glitzerten.

SECHZEHNTES KAPITEL

SWERTENBURG
EINE SCHMIEDE AM RANDE DES MASKENVIERTELS

»EINE GUT EINGERICHTETE Werkstatt«, lobte Gorin, während er prüfend einen kleinen Schmiedehammer in der Hand hielt.

In Wahrheit war er weitaus weniger angetan, als er zugeben mochte. Die Werkzeuge in der Goldschmiede waren nach den Maßstäben von Tokrond doch eher für grobe Arbeiten geeignet. Nicht gerade das, was er sich zum Runenschmieden wünschte. Aber wenn er ein wenig improvisierte, würde es für den einen oder anderen neuen Runenbolzen reichen. Nachdem er den ganzen Vormittag über die endlosen Fragen des Rattenrats beantwortet hatte, freute er sich nun darauf, endlich einmal wieder alleine vor sich hin zu werkeln.

»Danke«, sagte Werodrin mit einem stolzen Grinsen. »Sie gehört einem Goldschmied des Maskenvolks, der für mein Handelshaus arbeitet. Ich habe dafür gesorgt, dass sie in den nächsten drei Tagen zu deiner Verfügung steht. Ungestört von neugierigen Blicken, natürlich.«

Er sprach die Zwergensprache mit den eigentümlich weichen Lauten des Goldtungs, wie die Diamantzwerge ihren Dialekt nannten. Er enthielt viele Wörter aus der Hochsprache der Menschenreiche, denn ebenso wie die Kohlenzwerge lebte das Diamantvolk eng mit den Menschen zusammen. Ihr Reichtum stand jedoch im krassen Gegensatz zum einfachen Arbeiterdasein der meisten Kohlenzwerge. Ilgrond, das Reich der Diamantzwerge in den schatzreichen Glimmerbergen, lag an der Grenze der Menschenländer Hundertbürgen und Wâgant und wurde von ihnen umschlossen. Entsprechend hatten die kunstfertigen Goldschmiede und Edelsteinschleifer schon früh Handelsbeziehungen in beide Richtungen aufgenommen und waren inzwischen vielerorts zu erfolgreichen Kaufleuten geworden. Ihr Reich hatte seine Tore für Händler aus aller Welt geöffnet und war bekannt für seine verwinkelten unterirdischen Basare.

Das unbestechliche Königliche Bankhaus von Ilgrond galt als der sicherste Ort zur Verwahrung von Schätzen aller Art in der bekannten Welt. Ilgrond war nach dem Fall von Dvegura als erstes Zwergenreich in die Hände des Kettenfürsten geraten. Die pragmatischen Diamantzwerge aber setzten ihren Handel einfach unter seiner Herrschaft fort und akzeptierten zähneknirschend die hohen Kriegssteuern der Kettenlande. Und einige wenige von ihnen bekämpften, wie Werodrin, die neue Ordnung auf ihre Art.

»Gibt es noch etwas, was du benötigst, Runenschmied?«, fragte der rundliche Händler, während er sich zufrieden in der Werkstatt umschaute.

Der Raum war nicht besonders groß und lag an einem Innenhof am Rande des Maskenviertels. Überhaupt schien das ganze Viertel nur aus Höfen zu bestehen. So etwas wie Straßen gab es hier kaum. Hölzerne Sichtblenden an der Tür schützten die Werkstatt vor Blicken von außen. Sie waren mit kunstvollen Mustern verziert, die auf eigentümliche Art regelmäßig wirkten und das Auge doch immer wieder durch unerwartete Schlenker und Biegungen herausforderten. Alle freien Flächen, von den Deckenbalken bis zu den Seiten der Werkbänke, waren mit ähnlichen Strukturen bedeckt. Etwas Vergleichbares hatte Gorin daheim noch nie gesehen. Die verschlungenen Muster faszinierten ihn und machten ihm doch Kopfweh, wenn er zu genau hinschaute.

»Ich denke, ich habe alles«, sagte er schließlich.

»Wunderbar, Eisenvetter«, erwiderte Werodrin jovial und legte Gorin die Hand auf die Schulter. Sie war weich und ringgeschmückt.

Diamantzwerge waren in Tokrond nicht unbedingt angesehen. Sie galten als verwöhnte Krämerseelen, die die alten zwergischen Tugenden von Schlichtheit und Wehrhaftigkeit aufgegeben hatten. Werodrin mochte diesem Bild auf den ersten Blick entsprechen, andererseits riskierte er als Mitglied des Rattenrats sein Leben im Kampf gegen den Kettenfürsten und verschanzte sich nicht hinter steinernen Bastionen. Gorin mochte ihn irgendwie. Es tat ihm gut, einmal aus Tokrond herauszukommen, dessen Bewohner dazu neigten, den Rest der Welt äußerst kritisch zu betrachten, nur weil er nicht von Eisenzwergen bevölkert war.

»Dann lasse ich dich jetzt endlich arbeiten«, sagte Werodrin. »Nachher wird dir jemand etwas Wein und eine kleine Mahlzeit vorbeibringen. Wenn es meine Zeit zulässt, komme ich auch selber nochmal hierher. Einem Runenschmied zuzusehen wäre ja gewiss interessant.«

Dann machte er sich auf den Weg zu seinen diversen Geschäftsterminen, und Gorin ging an die Arbeit. Es fühlte sich gut an, mal wieder ein Werkzeug in der Hand zu halten, mochte es auch nur Menschenware sein. Als Erstes würde er neue Flammenbolzen machen. Die waren einfach herzustellen und nützlich in vielen Situationen.

Schon nach kurzer Zeit arbeiteten seine Finger wie von selbst und ließen seinen Gedanken Raum zum Umherschweifen. Er ertappte sich dabei, dass er in sich hineinsummte. Es war Galdras Trinklied aus der Taverne.

»Herr Nidhanas, auf rotem Thron, säuft schwarzen Pilzlikör und singt …«

So hatte er in seiner Werkstatt daheim in den Hallen der Runenschmiede zahllose Tage zugebracht. Er stellte sich vor, wie es sein musste, ein Leben lang Zeit zu haben, um seine Kunstfertigkeit zu verbessern, sich ganz der Arbeit hinzugeben, so wie die großen Meisterschmiede der Vergangenheit. Und er war jetzt hier, in einer fremden Menschenstadt, umgeben von tausend Eindrücken und merkwürdigen Mustern, und würde Tokrond wahrscheinlich nie wiedersehen. Aber das, was Duroscha ihn gelehrt hatte, war immer noch bei ihm. Das konnte ihm keiner wegnehmen.

Schon bald nahm das Muster der ersten Flammenrune unter seinen Händen Gestalt an. Er war so vertieft in seine Arbeit, dass er das Klopfen an der Tür erst beim zweiten Mal hörte.

»Ja?«, sagte er aufgeschreckt. War Werodrin schon wieder da?

Eine Frau in einem violetten Umhang kam herein, die Kapuze über den Kopf gezogen. Vor dem Gesicht trug sie eine silberne Maske, die geheimnisvoll lächelte. Überhaupt schienen in diesem Viertel alle Menschen Masken zu tragen. Auf dem Weg vom Spielhaus hierher hatte Gorin auf der Straße die verschiedensten Modelle gesehen, von schlichten Halbmasken bis hin zu aufwendigen Konstruktionen, deren kronenartige Spitzen den Kopf des Trägers überragten. Manche waren aus Holz gefertigt, andere aus Stoff oder Leder, Horn oder Metall, jede einzelne ein kleines Kunstwerk. Sie waren in allen denkbaren Farben bemalt und wurden von Frauen, Männern und Kindern gleichermaßen getragen.

»Was wünscht Ihr?«, fragte er die fremde Frau vorsichtig.

Statt einer Antwort schlug sie ihre Kapuze zurück und nahm die Maske ab. Kurze kupferfarbene Haare kamen zum Vorschein, neugierige Augen, ein entschlossener Mund. Elyami, die Elbenfrau. Sie nickte ihm zu.

»Ich hoffe, ich störe nicht«, sagte sie, während sie ungefragt auf einem Hocker bei seiner Werkbank Platz nahm. »Bitte entschuldige den Aufzug. Ich dachte, es wäre besser, wenn ich mich draußen unauffällig bewege.«

Nun erinnerte sich Gorin auch, wo er diese spezielle Maske schon einmal gesehen hatte. Die Bediensteten im Rätsel-Spielhaus trugen sie bei der Arbeit.

»Was gibt es?«, fragte er. »Schickt Jha Rudra dich?«

»Nein.« Elyami lächelte. »Ich bin einfach Werodrin gefolgt, um in Ruhe mit dir sprechen zu können. Jha Rudra will nicht, dass wir das Casino ohne Not verlassen. Aber ich lasse mich nicht einsperren.«

Sie warf ihren Schläfenzopf zurück, und Gorin fiel auf, dass sie seit Neuestem eine hölzerne Haarnadel darin eingeflochten trug, deren Kopf wie eine grinsende Maske geformt war.

Er legte sein Werkzeug beiseite. Dann würde er eben später weiterarbeiten.

»Um was geht es denn?«

Elyami seufzte. »Ich hoffe, mein Bruder ist dich und deine Schwester nicht zu hart angegangen. Er nimmt den Orakelspruch sehr ernst und war entsprechend irritiert, von euch zu erfahren.«

»Galdra kann auch sehr unverblümt sein«, erwiderte Gorin. »Und wir waren nicht minder irritiert von eurer Geschichte.«

Elyami nickte mit einem traurigen Lächeln. »Das kann ich verstehen. Aber ich finde, wir sollten uns zusammenreißen. Zumindest bis wir herausgefunden haben, was es mit den doppelten Zwillingsseelen auf sich hat. Wenn wir uns weiter streiten, nützt das nur dem Kettenfürsten.«

»Ist dein Bruder derselben Ansicht?«, fragte Gorin vorsichtig.

Sie zuckte mit den Schultern. »Er wird noch eine Weile brauchen, um sich an den Gedanken zu gewöhnen, dass ihr möglicherweise die Zwillingsseelen seid und wir nicht – oder eben umgekehrt.«

»Ich weiß auch nicht, was ich darüber denken soll«, brummte Gorin. »Aber es ist zweifellos sinnvoll, wenn wir uns nicht mehr gegenseitig für Agenten des Kettenfürsten halten. Alles andere wird hoffentlich bald die Winterseherin klären. Dir scheint es ja mit der Aussicht, vielleicht doch nicht auserwählt zu sein, ganz gut zu gehen.«

Elyami schaute an Gorin vorbei in die Ferne, als würde an der Wand der Werkstatt etwas Interessantes vor sich gehen.

»Ich bin eine Grünsängerin«, erklärte sie schließlich. »Mein ganzes Leben habe ich damit verbracht, die Lieder der Wälder zu erlernen, und kenne doch erst einen Bruchteil davon. Und nun bin ich in die Welt hinausgegangen und durfte erfahren, dass es noch viel, viel mehr gibt – die Lieder der Schwarzglasklippen, der Felder, der Hügel, der Städte! Genug zu lernen für viele Leben. Wenn ich wirklich dazu bestimmt bin, gegen den Kettenfürsten zu kämpfen, dann tue ich das. Schon um Elyamur nicht allein zu lassen. Aber falls es doch nicht so sein sollte, würde mir bestimmt auch nicht langweilig werden.«

Sie lächelte wehmütig.

»Oh ja!«, stimmte Gorin spontan zu. Die stille Zufriedenheit der Arbeit an den Runen hallte noch in ihm nach – eine erfüllende Tätigkeit, genug, um ein Leben bis ins hohe Alter damit zuzubringen. Dann folgte sofort sein schlechtes Gewissen. »Aber wir dürfen nicht pflichtvergessen sein!«, korrigierte er sich. »Ein begonnenes Werkstück muss geschmiedet werden, bis es fertig ist. Wir haben eine Aufgabe.«

»Da ist noch etwas«, fuhr Elyami fort. »Als wir vorhin dem Rattenrat von unserer Reise berichteten, habe ich nicht alles erzählt.«

Gorin horchte auf. Sie hatten mehrere Stunden damit zugebracht, Jha Rudra und ihren Leuten ihre Erlebnisse zu schildern und im Gegenzug viel über die Lage in der Stadt und die Eroberungszüge der Kettenheere erfahren. Was mochte Elyami zurückgehalten haben?

»Wir Elben bekommen gelegentlich Visionen im Schlaf geschenkt«, erklärte sie und schaute dabei verlegen auf ihre Hände. »Normalerweise sprechen wir nicht darüber. Es ist sehr … persönlich.«

Gorin nickte, ohne zu verstehen.

»Die Visionen, die ich während unserer Reise empfangen habe, betreffen die Aufgabe der Zwillingsseelen. Sie sollen mir Dinge zeigen, die andere uns vielleicht verschweigen würden. Darum habe ich es gestern im Rat nicht angesprochen. Aber da die Winterseherin auch dich und deine Schwester als Zwillingsseelen benannt hat, habt ihr ein Recht, davon zu erfahren. Denke ich jedenfalls.«

»Ich verstehe nichts von solchen Dingen«, erwiderte Gorin ehrlich und musste dabei an Faldrin, den Obmann der Bierbrauer, denken. »Aber wenn es bei der Aufgabe helfen kann, will ich es wissen.«

Elyami lächelte flüchtig. Dann erzählte sie Gorin eine Geschichte über eine junge Zauberin und einen jungen Zauberer, eine dreiköpfige Drachin, Kriege in Hundertbürgen und ein Zusammentreffen in den Schwebenden Gärten des Silberklosters.

»Und das ist es, was meine Träume mir bislang gezeigt haben«, beendete sie schließlich ihre Ausführungen. Gorin nickte mit gerunzelter Stirn und strich sich über die Bartzöpfe.

»Also hat Odrana ihren Gefährten mit einem leibhaftigen Gott betrogen?«, fragte er schließlich skeptisch nach.

»Mit seinem Avatara, einer greifbaren Verkörperung«, präzisierte Elyami. »Und hatte Dáman sie nicht schon zuvor betrogen, als er seine Feldzüge und seine Gier nach Macht über sie und ihre Bindung stellte?«

»Aber hat er ihr die Treue gebrochen?«, hakte Gorin nach. »Und rechtfertigt das im Gegenzug einen weiteren Treuebruch?«

»Ansichtssache«, murmelte Elyami. Gorin brummte unwillig. Er mochte keine unklaren Antworten.

»Und was hat diese Geschichte mit uns und unserer Aufgabe zu tun?«, fragte er schließlich.

»Darüber habe ich mit meinem Bruder in den letzten Tagen oft gesprochen«, erwiderte Elyami. »Aber wir haben noch keine Antwort gefunden. Offensichtlich handelt es sich um Ereignisse in der Vergangenheit, über die wir für unsere Mission Bescheid wissen sollten. Aber warum genau? Wir hoffen, dass wir hier, in Swertenburg, weitere Nachforschungen anstellen können. Zum Beispiel hinsichtlich der Frage, wann genau das alles geschehen ist.«

»Es klingt ganz nach der Zeit des fünften Herzogskriegs«, sagte plötzlich eine Stimme hinter einer der hölzernen Sichtblenden, die die Werkstatt zum Hof hin abschirmten. Gorin und Elyami fuhren erschrocken herum. »Und das mag um die siebzig Jahre her sein.«

Jha Rudra betrat die Werkstatt mit einer kleinen Verbeugung.

Heute trug sie schwarzgraue Gewänder und eine schwarze Maske mit silbernen Verzierungen, die an die Züge einer Katze erinnerte.

»Ihr tätet gut daran, vorsichtiger zu sein«, fuhr die Priesterin fort. »Allerdings besteht in diesem Fall kein Grund zum Misstrauen. Ich wäre auch dann respektvoll mit Euren Visionen umgegangen, wenn Ihr sie mir schon vorhin berichtet hättet. Und wir werden gewiss auch Möglichkeiten finden, noch mehr in Erfahrung zu bringen.«

»Ihr habt uns belauscht!«, schnappte Elyami empört.

»Und Ihr habt Euch heimlich davongeschlichen«, sagte Jha Rudra mit einem Grinsen. »Während Ihr dem guten Werodrin gefolgt seid, habe ich Euch im Auge behalten. Schon um zu verhindern, dass Ihr mit Eurem auffälligen Aufzug zu viel Aufmerksamkeit erregt.«

Gorin schaute zwischen den beiden Frauen hin und her. Wieso mussten Menschen und Elben eigentlich immer alles so schrecklich indirekt und hintenrum tun? So langsam begriff er, warum die Zwerge tief im Fels der Berge lebten. Es war die einzige Möglichkeit, zuweilen in Ruhe zum Arbeiten zu kommen.

»Auffälliger Aufzug?«, fragte Elyami trotzig. »Ich habe mir doch extra Kleidung des Maskenvolks, ähm, ausgeliehen.«

Jha Rudra lachte in sich hinein. »Niemand von meinen Leuten würde in dieser Kleidung auf die Straße gehen. Sie gehört zum Leben im Spielhaus. Draußen gibt es ein anderes Leben mit einer anderen Maske.«

»Was hat es eigentlich mit diesen Masken auf sich? In dieser Gegend scheint ja jeder eine zu tragen«, warf Gorin schnell ein. Teils, weil es ihn wirklich interessierte, und teils, um einen möglichen Streit zwischen Elyami und Jha Rudra zu verhindern. Ihm stand nicht der Sinn nach weiteren Komplikationen.

»Wir sind hier im Jhalaisu von Swertenburg«, erwiderte Jha Rudra eifrig. »So bezeichnet mein Volk, die Jhalai, die Stadtviertel, die es bewohnt. Die meisten nennen uns einfach nur das Maskenvolk. Den Legenden nach hatten wir einst ein eigenes

Reich auf dem fernen Südkontinent Jün, bis es durch eine Katastrophe unterging. Seitdem leben wir in der Welt verstreut. Die meisten größeren Städte haben ein Jhalaisu, in dem unsere Leute wohnen. Darum die vielen Masken draußen auf den Höfen.«

»Aber warum Masken?«, fragte Elyami fasziniert. Gorin gestattete sich ein Grinsen. Die Ablenkung hatte funktioniert.

»Für die Jhalai ist es unschicklich, sich ohne Maske in der Öffentlichkeit zu zeigen«, erklärte Jha Rudra. »So wie ein Eisenzwerg sein Zuhause nicht ohne eine Streitaxt verlassen würde oder ein ehrbarer Bürger von Swertenburg nicht ohne Hosen. Außerdem wissen wir, dass ein Mensch viele verschiedene Leben hat: eines für die Arbeit, eines für die Familie, eines mit Freunden oder vielleicht in den Tavernen und so weiter. Jedes verdient seine eigene Maske, weil man dabei ja auch eine andere Person mit anderem Gebaren ist. Das ist bei anderen Völkern genauso, wir machen es nur deutlich. Hinzu kommen die Masken für besondere Festtage oder persönliche Anlässe in der Familie. Sie verhüllen uns, geben zugleich aber auch so manches preis, wenn man sie zu deuten versteht.« Jha Rudra grinste breit. »Allerdings ist das mit dem Deuten nicht ganz so einfach. Jhali, die Schutzgottheit meines Volkes, liebt Geheimnisse und Rätsel. Wir haben diese Vorliebe übernommen. Ihr solltet Euch nachher auf dem Rückweg mal den Jhali-Tempel drei Höfe weiter anschauen. Aber bitte nur von außen. Die inneren Kammern sind ein Labyrinth, das weit über seine Mauern hinausreicht. Wenn man sich darin verliert, kann man leicht im Jhalaisu einer völlig anderen Stadt viele tausend Meilen entfernt wieder herauskommen oder auch gar nicht mehr. Die Jhalai-Gemeinschaften der verschiedenen Städte pflegen gute Handelskontakte untereinander. Neben unseren Fertigkeiten im Kunsthandwerk ist das einer der Gründe dafür, dass man uns an den verschiedensten Orten duldet. Meist jedenfalls«, ergänzte sie, und ihr Lächeln verblasste leicht.

»Aber Ihr dient Zelja, der nächtlichen Königin der Diebe, und nicht Jhali, oder?«, fragte Gorin.

»Ja«, sagte Jha Rudra leichthin. »Wenn ich ihren Pfaden folge, trage ich übrigens eine schwarze Maske, wie Ihr sie jetzt seht. Aber natürlich nicht immer, das wäre ja zu einfach. Der Grund, warum ich Euch hier aufsuche, hat jedenfalls mit Zeljas Künsten zu tun.«

»Und der wäre?«, fragte Gorin, während Elyami sich interessiert vorbeugte.

Jha Rudra setzte sich auf eine Werkbank und ließ die Beine baumeln. »Wir haben gestern im Rat diskutiert, ob wir Euch an dieser Angelegenheit beteiligen oder nicht. Die Meinungen gehen, wie üblich, auseinander. Aber ich denke, dass Ihr alle vier wichtige Fähigkeiten mitbringt, auf die wir nicht verzichten dürfen.«

Sie nahm spielerisch eine feine Zange in die linke Hand, ließ sie rotieren und schließlich verschwinden. Keinen Herzschlag später tauchte sie in ihrer Rechten wieder auf.

»Durch unsere Augen im Rathaus und auf der Zitadelle haben wir erfahren, dass sich in Swertenburg etwas tut. Offenbar wird der Kettenfürst eine seiner Hexenküchen hierher verlegen. Ich meine damit die Laboratorien, in denen neue Monstrositäten für den Kampf gegen seine Feinde herangezüchtet werden. Es ist seine bevorzugte Taktik, Ziele mit speziell dafür geschaffenen Kreaturen von innen zu infiltrieren, um seinen regulären Truppen einen leichten Sieg zu ermöglichen. Das ist übrigens auch der Grund, warum die Mauern von Swertenburg trotz der Eroberung so intakt geblieben sind. Eines Nachts sind *Dinge* aus dem Fluss gestiegen.«

Elyami nickte ernst. »Ich habe ja von den dunklen Samen berichtet, aus denen die Dornenelben in Liráya herangewachsen sind.«

»Und wir von dem riesigen Felsenwyrm, der einen Tunnel in die Höhlen von Tokrond gefressen hat«, ergänzte Gorin.

»Genau. Mit der Eroberung von Swertengund hat sich die Grenze der Kettenlande verschoben. Neben Euren Heimatländern wird der Kettenfürst als Nächstes gewiss auch das Minotaurenreich Kerâta an der Westküste, die Kristallzwerge in Kurrond und die freien Nordgebiete von Skovrik mit neuer Härte angehen. Da bietet sich Swertenburg als neues Zentrum für die Entwicklung von magischen Gemeinheiten an. Die Zitadelle ist nicht nur einer der sichersten Orte im Nordwesten, sondern ihr Fels ist auch von Gewölben durchzogen, die genug Platz für ausgedehnte Zauberwerkstätten bieten. Der gute Xorav erzählte davon, dass dort gerade verbissen gearbeitet wird.«

Gorin nickte wissend. Ihm war schon bei der Einreise in die Stadt aufgefallen, dass die Burg auf ihrem steilen Felsen mithilfe von eisenzwergischen Baumeistern errichtet worden war. Weitreichende unterirdische Anlagen waren da eine Selbstverständlichkeit.

»In den letzten Wochen sind immer wieder Lieferungen mit alchemistischen Geräten und anderer Ausstattung eingetroffen. Stadtschreiber Tungolf hat die genauen Listen für uns kopiert. Seit Neuestem befindet sich in den Gewölben auch ein Objekt, das unserer besonderen Aufmerksamkeit bedarf: ein Brutkessel. Er traf zusammen mit einer Meister-Alchemistin ein, die offenbar den Laboratorien vorstehen wird.«

»Ihr meint einen Brutkessel wie in den alten Sagen?«, fragte Elyami aufgeregt. »Ein Brutkessel, der neue Arten von Kreaturen aus der Ursuppe des Ungeschaffenen herauskochen kann? So wie es die Schattenriesen vom Volk der Nephilim getan haben?«

»Nach allem, was wir wissen: ja. Einer der letzten verbliebenen aus der Riesenzeit, mehrere tausend Jahre alt. Mit heutigem Zauberwissen können sie nicht mehr hergestellt werden. Uns sind nur drei Brutkessel in den Kettenlanden bekannt: Einer befindet sich direkt im Rostroten Palast. Der andere wird im Alabasterturm auf der Insel Yamaaz vermutet, wo die Purpur-Elben die Elite ihrer Zauberer ausbilden. Beide völlig außer Reichweite. Der dritte befindet sich nun also hier, in Swertenburg. So etwas nennt man wohl eine Gelegenheit.«

»Gelegenheit wozu?«, fragte Gorin misstrauisch.

»Eine Gelegenheit, ihn zu zerstören und die magischen Forschungen der Kettenlande um Jahre zurückzuwerfen natürlich! Es wäre doch auch in Eurem Interesse, dass nicht demnächst irgendwelche neugeschaffenen Ungeheuer an die Tore von Tokrond und Liráya klopfen, oder?«

»Wir haben keine Tore«, sagte Elyami matt. »Aber ich verstehe noch nicht ganz: Wie wollt Ihr das anstellen?«

»Oh, das wird schon gehen!«, versicherte Jha Rudra, die nun enthusiastisch mit den Beinen wippte. »Ralyazur hat ein machtvolles Bann-Ritual ausgearbeitet und Werodrin die sündhaft teuren Materialien dafür beschafft. Ein Problem ist nur, dass man direkt an den Kessel herankommen und ihn berühren muss, um ihn zu zerstören. Wir müssen also dorthin, in die Gewölbe der Zitadelle.«

»Ihr wollt dort einbrechen?«, vergewisserte sich Gorin ungläubig.

»Gewiss! Und zwar möglichst rasch, solange sich die Zauberwerkstätten im Aufbau befinden und noch nicht alles eingerichtet ist. Und da kommt Ihr ins Spiel! Wir haben viele Unterstützer in der Stadt, mehr als der Statthalter ahnt. Aber die meisten von ihnen sind einfache Bürger, die uns helfen, indem sie die Augen offen halten. Kaum einer wäre in der Lage, den Gefahren bei einem Einbruch in die Zitadelle zu trotzen. Dafür wären Eure speziellen Künste überaus nützlich.«

Sie schaute Elyami und Gorin abwechselnd an.

»Was sagt Ihr? Seid Ihr dabei? Während Ihr auf die Winterseherin wartet, könntet Ihr Euch ein bisschen Abwechslung verschaffen.«

Gorin runzelte die Stirn. War für diese Maskenfrau etwa alles ein Spiel?

»Ja«, sagte Elyami und nickte nachdrücklich. »Wenn wir damit weitere Dornenelben oder andere Besudelungen der Wälder verhindern können, helfe ich Euch! Für meinen Bruder kann ich nicht sprechen, aber es würde mich wundern, wenn er anders darüber denkt.«

Die beiden wandten sich Gorin zu, der sich seufzend über

den Bart strich. Natürlich war es verlockend, dafür zu sorgen, dass es weitere Kreaturen wie diesen riesenhaften Felsenwyrm vorerst nicht mehr geben würde. Aber durften die Zwillingsseelen ihr Leben dafür riskieren und damit die Erfüllung des Orakelspruchs in Gefahr bringen? Die Aktion klang wie etwas, für das Galdra brennen würde. Immer an vorderster Front den Kopf hinhalten. Andererseits hatte Gorin keine Ahnung, wie sie den Kettenfürsten überhaupt bekämpfen sollten. Die Winterseherin hatte ihnen nichts Konkretes mitgeteilt. Vielleicht waren solche Unternehmungen die Aufgabe der Zwillingsseelen?

»Also gut«, hörte er sich sagen. »Ich bin dabei. Meine Schwester wird gewiss auch zustimmen.«

Elyami nickte. Gorin redete sich ein, eine vernünftige Entscheidung getroffen zu haben. Aber er war nicht gut im Lügen, nicht mal sich selbst gegenüber. Die Einwilligung der Elbenfrau war es, die ihn überzeugt hatte. Warum auch immer.

»Wunderbar!« Jha Rudra sprang von der Werkbank. »Ich habe bereits einen Plan ausgearbeitet, der Eure besonderen Fähigkeiten berücksichtigt. Heute Abend besprechen wir alles im Spielhaus. Bis dahin noch frohes Schmieden!«

Und sie war auf den Hof verschwunden, noch ehe Gorin eine weitere Frage stellen konnte. Elyami kicherte.

»Menschen sind merkwürdig, oder?«

»Hm«, machte Gorin, dem nichts Klügeres einfiel. Für einen Moment herrschte Schweigen in der Schmiede.

»Ach, Gorin?«, setzte Elyami wieder an.

»Hm?«

»Glaubst du, dass die Winterseherin noch kommt?«

Er senkte den Kopf. Damit hatte sie einen wunden Punkt angesprochen. All ihre Planung hatte stets den Satz *»Wenn die Winterseherin erst einmal da ist …«* enthalten. Aber was war, wenn sie nicht käme? Was sollten sie dann tun? Und war es Gorins und Galdras Schuld, dass sie nicht mehr da war? War die Alte von der Strix überwältigt worden, weil sie ihr nicht beigestanden hatten?

»Ich weiß es nicht«, antwortete er schließlich. »Ich weiß es wirklich nicht. Möge Dwaldarin sie beschützen.«

»Und Iyanuri ihr Schicksal gnädig weben«, ergänzte Elyami rasch. »Aber ich finde, dass wir uns trotzdem Gedanken über diese Möglichkeit machen müssen. Falls sie nicht kommt. Die Zwillingsseelen haben ja trotzdem noch ihre Aufgabe. Egal, ob ihr das jetzt seid oder wir.«

»Wohl wahr«, schnaubte Gorin. »Aber was sollen wir dann tun?«

»Ich weiß es nicht«, sagte nun Elyami. »Aber wir sollten uns zumindest Gedanken darüber machen und die Sache beizeiten besprechen. Jha Rudra und diese Leute hier bekämpfen den Kettenfürsten auf ihre Weise. Da finden wir auch unseren eigenen Weg. Notfalls ohne Seherin. Vielleicht werden uns meine Träume leiten.«

Der letzte Satz klang fast trotzig. Gorin schwieg ratlos. Dann schaute er auf.

»Bei deinem … Zaubergesang. Gibt es da auch die Möglichkeit, Magie zu brechen und zum Beispiel einen Zauber zu verhindern?«

Elyami nickte. »Ja, schon. Mit einer Gegenmelodie, die dem Zauber seine Kraft raubt. Allerdings habe ich es noch nie selber versucht. Es ist nicht ganz einfach.«

»Kannst du mir mehr darüber erzählen? Ich will versuchen, Magiebrecher-Runen auf einen Bolzen zu gravieren, aber ich weiß nicht genau, wie sie beschaffen sein müssen.«

Elyami kam rüber zu ihm an die Werkbank. »Weißt du, wie die Runen ungefähr aussehen?«

»Warte, ich zeichne es dir auf …«

Gemeinsam machten sie sich an die Arbeit. Als einige Zeit später ein Laufbursche mit einem Krug Wein vorbeikam, musste er dreimal klopfen, ehe er bemerkt wurde.

Siebzehntes Kapitel

Swertenburg
Auf dem Ostmarkt

Am östlichen Stadttor von Swertenburg, im Schatten des Zitadellenfelsens, begann die Große Kronstraße. Sie führte quer durch das Königreich Hundertbürgen bis ins Herzogtum Ährenfeldt, wo bis vor einigen Jahren auf Burg Neunkronen bei Sichelstadt der König des Reiches residiert hatte. Inzwischen herrschte auch dort ein Statthalter des Kettenfürsten, doch die Kronstraße blieb ein wichtiger Handelsweg. Auf dem Ostmarkt, der direkt am Stadttor lag, wurden nicht nur Waren aus ganz Hundertbürgen feilgeboten, sondern auch aus zahlreichen Reichen jenseits seiner Grenzen.

Ein Händler verkaufte duftende Gewürze von den Plantagen des Südreiches Lorvia, ein anderer kostbare Taschenuhren und Feinmechanik aus der Republik Gnomara, dem Reich der kunstfertigen Gnome. Hier gab es Mammutfelle aus der Tundra des Nordens und Schmuck aus versteinertem Drachenbein, das man in den Steppen von Tar Uzar finden konnte. Daneben lagen zahllose Dinge zum Verkauf aus, die Elyami nicht einmal benennen konnte, und noch mehr Waren, die sie im Vorbeigehen nur flüchtig mit dem Blick streifte.

Ihr war schwindelig. Die vielen Menschen, Goblins, Zwerge, Gnome und sonstigen Marktbesucher um sie herum verwirrten sie. Da vorne forderte ein mächtiger Oger mit nacktem Oberkörper Passanten zum Ringkampf um Gold heraus, daneben streifte eine Gruppe dunkelhäutiger Jhalai-Menschen mit prachtvollen Masken über den Markt, dort drüben wechselte gerade ein bunt schillernder Laufvogel seinen Besitzer. Und dann die vielen verschiedenen Gerüche, von übelkeiterregendem Trollschweiß bis hin zu Zimt von den Alabasterinseln. Trotzdem fühlte Elyami ein wildes, pochendes Glück in sich. Die ganze Welt schien sich um sie herum auf dem Ostmarkt in einem kaleidoskopischen Tanz zu drehen, und sie war mittendrin, ein Teil von alledem. Es gab so viel zu entdecken, so viel mehr als die Wälder von Liráya!

Bei einer Truppe Goblin-Gaukler mit bunt geschminkten Gesichtern blieb sie stehen und beobachtete fasziniert, wie die flinken Geschöpfe immer neue und absurdere Türme und lebende Pyramiden mit ihren Körpern formten. Schließlich spürte sie Ralyazurs Hand auf ihrem Oberarm.

»Goblins wirst du in deinem Leben noch genug zu sehen bekommen«, grinste der Halbelb. »Jetzt lass uns weitergehen. Du hast gewiss schon die Aufmerksamkeit von vier oder fünf Taschendieben auf dich gezogen, so wie du hier herumstolperst, als wärest du zum ersten Mal hier.«

»Ich bin zum ersten Mal hier!«, protestierte Elyami.

»Eben«, gab Ralyazur zurück. »Und das sieht man auch.«

»Er hat recht«, sagte Elyamur leise, der mit ausdruckslosem Gesicht hinter ihr stand, die Hand beiläufig auf dem Schwertknauf. »Und denk an die da drüben.« Er nickte zu einer Gruppe Söldner in rostroten Waffenröcken mit dem Kettenwappen rüber, die mit gelassener Autorität über den Markt streiften. Die Leute wichen ihnen respektvoll aus. Niemand wollte Ärger.

Elyami nickte beklommen. Die Wirklichkeit hatte sie eingeholt. Sie hatten etwas Wichtiges zu tun.

Schweigend folgten die Geschwister Ralyazur über den Ostmarkt. Der Halbelb trug wieder opulente Kleidung und dazu noch einen breitkrempigen Hut mit Pfauenfeder, den er schwungvoll lüftete, wenn er auf Bekannte traf. Offenbar verdiente er nicht nur gutes Geld, sondern war auch angesehen in der Stadt. Elyami und Elyamur hatten ihre grünelbische Kleidung gegen einfache Beinkleider und Tuniken aus Leinen getauscht und sich zudem Reisemäntel übergeworfen. Purpurfarbene Westen, die Ralyazur ihnen geliehen hatte, ließen sie auf den ersten Blick wie Purpur-Elben wirken – sehr zu Elyamurs Missfallen. Der Halbelb hatte über seine Ablehnung nur gegrinst.

Elyami vermisste das Gewicht ihrer Inyura über der Schulter, die sie im Spielhaus zurückgelassen hatte. Ihr Bruder blickte sich wachsam um, als könnte jederzeit ein Marktschreier aus dem Hinterhalt über sie herfallen. Schließlich schüttelte er pikiert den Kopf. Elyami folgte seinem Blick und entdeckte eine kleine Gruppe Bettler am Rande des Marktplatzes. Menschen und Goblins in Lumpen, die Passanten ihre Holzschalen entgegenstreckten.

»All das Gold, das für kostbare Stoffe, Duftwasser und Gewürze über die Ladentische geht – und dann diese Leute dort!«, murmelte Elyamur. »Wenn der Herbstkönig die Gaben von Liráya so ungleich verteilte, würden die Sippen ihn aus dem Wald jagen.«

Ralyazur lachte auf. »Es sind eben nicht alle so edel wie die Grün-Elben.«

Elyamur runzelte die Stirn, sagte aber nichts. Stattdessen griff er nach dem Beutel, in dem er das Geld verwahrte, das Jha Rudra den Zwillingen für ihren Aufenthalt in Swertenburg gegeben hatte. Er holte eine Handvoll Kupfermünzen hervor und ließ je eine davon in die Schalen der Bettler fallen.

»Selbst, wenn du deine kostbare Rüstung verkaufst, könntest du nicht jedem Bettler von Swertenburg eine Münze schenken«, sagte Ralyazur leichthin.

»Immerhin tue ich etwas«, erwiderte Elyamur.

»Wenn du dich damit besser fühlst …«

»Ich glaube, wir sind da«, unterbrach Elyami die beiden und zeigte auf einen kleinen Stand vor ihnen. Eine rundliche Menschenfrau mit blonden Zöpfen verkaufte hier Kräuter, Salben und Tinkturen aller Art. Elyami konnte es schon von Weitem riechen. Es war, als hätte man die Waldgerüche von Liráya getrocknet und in ein Album gepresst. Vertraut und fremd zugleich.

»Ihr überstrahlt wie immer jede Zauberblume Eures Standes, Frau Trudberga«, ergriff Ralyazur mit einer galanten Verbeugung das Wort. »Heute habe ich eine besonders lange Liste mit Zauberkräutern.«

»Je länger desto lieber, werter Herr Zauberwerker«, erwiderte die Marktfrau vergnügt. »Hat wieder ein reicher Kaufmann einen großen Schutzzauber für seine Lager in Auftrag gegeben?«

»Es geht eher darum, einen unliebsamen Zauber zu bannen«, erklärte Ralyazur vage. »Die Details sind vertraulich und sollten sich nicht in der Stadt herumsprechen. Vertrauen ist selbstverständlich Gold wert.«

Er klimperte mit seiner schweren Börse, bevor er seine Liste durchging: Galgenkraut und getrocknete Geisterkerzen-Blüten, gemahlene Rinde vom Seelenbaum und Alraunenäuglein sowie allerlei andere hochmagische Kräuter mehr.

Während der Halbelb sprach, konzentrierte Elyami sich. Sie summte leise, fast unhörbar, vor sich hin und ließ sich auf die Melodie der Wälder ein, die noch schwach in den Pflanzenpräparaten nachklang. Dann bewegte sie ihre Hand vorsichtig über die Auslage und erspürte, wo jeweils die größte Zauberkraft floss.

»Diese da«, sagte sie und zeigte auf ein bestimmtes Glas mit eingelegten Drudenwurzeln. »Und die.« Sie wählte ein Büschel Elbengras aus einem vollen Korb heraus.

»Ihr wisst aber genau, was ihr wollt«, meinte die Kräuterfrau fasziniert.

Elyami antwortete nicht. Sie war ganz auf ihre Aufgabe konzentriert. Alle Zutaten dienten nur einem Zweck: den Brutkessel in den Gewölben der Zitadelle zu zerstören. Ralyazur hatte einen aufwändigen Bannzauber dafür entwickelt, der nur mit exquisiten Materialien funktionieren würde.

Schließlich bezahlte der Halbelb ihre Einkäufe mit einem bemerkenswert schweren Beutel Münzen, und sie ließen den Stand hinter sich.

»Ihr Grün-Elben seid ja nicht unbedingt Meister der Zauberkünste«, sagte Ralyazur beim Gehen, »aber diese Wald- und Wiesenmagie beherrscht ihr schon.«

Elyamur schaute verärgert, aber Elyami lächelte nur. Sie hatte das Gefühl, dass gutmütiger Spott die größte Äußerung von Anerkennung war, zu der Ralyazur fähig war.

»Und jetzt?«, fragte sie erwartungsvoll.

»Jetzt zeige ich euch den Mann, der euch bei euren überaus wichtigen Nachforschungen behilflich sein kann«, gab Ralyazur zurück. »Kommt mit, er wird euch lieben. Er mag Kuriositäten.«

Wieder führte er sie quer über den Ostmarkt, diesmal hinüber zu der Halle, die die große Marktwaage von Swertenburg beherbergte. Davor stand die wuchtige Statue irgendeines alten Königs von Hundertbürgen. Ralyazur hatte ihnen erklärt, dass sein steinernes Schwert genau eine Elle lang war und den Händlern als verbindlicher Maßstab für Tuchbahnen und sonstige Stoffe diente. Direkt neben die Statue duckte sich ein niedriges senfgelbes Zelt, dessen zerschlissener Stoff schon bessere Zeiten gesehen hatte und das an dieser zentralen Stelle ziemlich deplatziert wirkte. Doch niemand schien sich daran zu stören.

»Er hat gewisse Gewohnheitsrechte in Swertenburg«, erklärte Ralyazur grinsend. »Kommt rein!« Er schlüpfte vor ihnen durch den Zelteingang.

Die beiden Grün-Elben folgten ihm zögernd.

Drinnen musste Elyami ein würgendes Husten unterdrücken. Das ganze Zelt hing voller schwerem süßlichen Pfeifenrauch. Ihre Augen begannen zu tränen, und ihre Kehle kratzte. Sie brauchte einen Moment, bis sie zwischen den Rauchschwaden eine kleine, gedrungene Gestalt erkennen konnte. Es war ein Gnom, der auf einem dicken Sitzkissen hockte. Er war uralt und seine Gestalt so dürr, dass die Haut lappenartig von seinen Knochen herabzuhängen schien. Sein Kopf war fast kahl, doch ringsum wuchs ihm ein Kranz langer schütter-grauer Haare bis über die Schultern. Aus seinem Gesicht ragte, einem Geierschnabel gleich, eine mächtige Hakennase, gekrümmt wie sein Ziegenbärtchen. Seine kleinen Augen waren von seltsam grauen

Schleiern getrübt und schienen durch die Neuankömmlinge hindurchzublicken. Der Gnom trug viel zu weite Roben, deren ursprüngliche Farbe man nicht benennen konnte, da sie von zahllosen bunten Flicken zusammengehalten wurden. Er thronte inmitten von leeren Flaschen, weggeworfenen Hühnerknochen und herumliegendem Krimskrams. Das einzig Gepflegte an ihm war die langstielige Pfeife, deren versilberter Kopf wie ein grinsender Drachenschädel geformt war.

»Darf ich euch Meister Vandikruk vorstellen?«, fragte Ralyazur feierlich und wies den beiden Elben je ein Sitzkissen zu. »Der älteste Geschichtenerzähler von Swertenburg, seit mindestens zwei Menschengenerationen!«

»Drei Generationen, Bürschchen!«, krächzte der Gnom und nahm einen Zug aus seiner Pfeife, wobei er immer noch ins Leere starrte. »Außerdem darfst du mich ruhig richtig vorstellen: Vandikruk, amtierender und nie erreichter König der Geschichtenerzähler, wenn ich bitten darf!«

»Aber natürlich«, erwiderte Ralyazur. »Dürften wir Eure allergnomischste Kaiserlichkeit um eine Geschichte ersuchen? Es geht um …«

»Ihr seid Elben, nicht wahr?«, unterbrach ihn der Gnom mit gerunzelter Stirn. »Wollt ihr eine Elbengeschichte hören? Ich erzähle euch von der jungen Tochter eines Ratsherrn von Swertenburg, die Elben über alles liebte. Sie zupfte sogar an ihren Augenbrauen herum, damit sie steiler und elbischer aussahen, aber natürlich machte sie das nicht zu einer Elbin. Sie hätte vermutlich auch ihre Ohrmuscheln angespitzt, wenn das ohne Blut möglich gewesen wäre.« Der Alte kicherte in sich hinein. »Dann kam eines Tages ein echter Elb nach Swertenburg, ein Purpur-Elb von der Insel Yamaaz, ein Gesandter, der den Rat in Handelsdingen aufsuchte. Die Ratsherrentochter traf ihn auf einem Bankett, und es kam, wie es kommen musste. Der Purpur-Elb kehrte schließlich nach Yamaaz zurück, und die Ratsherrentochter blieb in Swertenburg, mit seinem Kind unter dem Herzen, wie man so sagt. Es wurde ein kleiner Halbelb, und weil seine Mutter Elben so liebte, schickte sie ihn für seine Erziehung zu den Türmen von Yamaaz, wo ihn strenge Purpur-Elbenmeister in der Magie unterwiesen. Doch weil unser Halbelb nur ein halber Purpur-Elb war, konnte er seine Meister auch nur halb zufriedenstellen und spürte häufig ihre strafenden Blitzgeißeln. Schließlich floh er auf eigene Faust nach Swertenburg zurück und wurde ein ziemlich unverschämter …«

»Das genügt jetzt!«, fauchte Ralyazur.

Das schiefe Lächeln war aus seinem Gesicht verschwunden. Er hatte die Fäuste geballt, sodass die Knöchel weiß hervortraten.

Meister Vandikruk nickte zufrieden. »Manche Geschichten entfalten ihre lehrreiche Wirkung, bevor sie zu Ende sind«, brummte er. »Was führt dich und deine Freunde also zum König der Geschichtenerzähler, Bürschchen?«

»Odrana und Dáman«, antwortete Elyami leise an Ralyazurs statt. »Eine Mentalistin und ein Beschwörer aus alter Zeit. Wir haben von ihnen gehört. Kennt Ihr ihre Geschichte, Meister?«

»König«, brummte der Gnom. »Und natürlich kann ich euch von ihnen erzählen.« Er nahm einen tiefen Zug aus seiner Pfeife und schwieg beharrlich.

Elyami schaute Ralyazur fragend an. Der Halbelb verzog säuerlich das Gesicht, griff nach seinem Geldbeutel und schichtete einen kleinen Stapel Münzen vor dem Alten auf dem Boden auf.

Der Gnom hatte lauschend den Kopf schief gelegt und nickte zufrieden. »Siebenmal das helle Klingen von Münzen«, murmelte er. »Das dürfte genügen.«

Er nahm einen weiteren Zug aus seiner silberbeschlagenen Pfeife. Dann begann er zu erzählen.

»Dáman, der Vaterlose, war Erster Hofzauberer bei König Chlotimar von Hundertbürgen, und es heißt, dass seine Künste es waren, die Chlotimar auf den Thron gebracht haben.«

»Ja!«, rief Elyami aufgeregt. »Das passt zu meinen … ich meine, zu dem, was wir gehört haben.«

Vandikruk fuhr unbeirrt fort. »Chlotimar war ursprünglich Herzog von Tannenbingen, doch im fünften Herzogskrieg setzte er seine Thronansprüche schließlich gegen den damaligen König Karubin durch. Ich erinnere mich noch gut an die Siegesfeierlichkeiten zu Chlotimars Krönung. Drei Tage lang führte der Brunnen auf dem Zitadellplatz von Swertenburg Wein statt Wasser, und so war das in allen neun Herzogstädten von Hundertbürgen.«

»Wir sprachen, glaube ich, von Dáman«, drängte Elyamur. »Wann genau hat er übrigens gelebt?«

Der Gnom knurrte beleidigt. »Wollt ihr Geschichten oder Zahlen?«

»Wollt Ihr unsere Münzen, König?«, erwiderte Ralyazur höflich.

Vandikruk kratzte sich nachdenklich das Ziegenbärtchen.

»Chlotimars Krönung ist nun 71 Jahre her«, sagte er langsam.

»Könnten Odrana oder Dáman dann noch leben?«, fragte Elyamur.

»Wenn sie für Menschen sehr alt geworden sind, vielleicht«, überlegte Elyami. »Zumal Zauberer dazu neigen, alt zu werden …«

»Wohl kaum!«, bellte der Gnom. »Denn hört, was weiter geschah. Dáman war so etwas wie Chlotimars magischer Kettenhund. Wer eine Bedrohung für den König darstellte, wurde verflucht, verwandelt oder von Dämonen verschleppt. Selbst vor Herzögen und Tempel-Hierophanten machte er nicht Halt. Jeder, der sich gegen ihn stellte, verschwand auf mehr oder weniger geheimnisvolle Weise.

Die Herzogin von Mondenheim, Adalrun die Stolze, forderte Dáman einst zum Duell. Sie war nicht nur eine machtvolle Zauberin, sondern führte auch den prunkvollsten und erlesensten Hof von ganz Hundertbürgen. Die Spielmänner besingen noch heute die Feinheit ihrer Kleider aus elbischer Spinnwebseide, die Kunstfertigkeit ihres Harfenspiels und den feinen Duft von Zimt, der sie stets umgab.« Der Gnom atmete tief ein, als würde er das Gewürz tatsächlich riechen. »Doch Dáman besiegte Herzogin Adalrun mithilfe dämonischer Mächte und löschte damit auch die Schönheit und die Freuden ihres glanzvollen Hofes aus. Manche sagen, er bereute diese Tat später so sehr, dass er den Geruch von Zimt nicht mehr ertragen konnte. Andere behaupten, Adalrun hätte ihn verflucht und das Gewürz würde Dáman die Zauberkraft rauben, sobald sein Duft in seine Nase stieg. Wie dem auch sei. Jedenfalls wurde Zimt auf seinen Wunsch hin komplett vom Königshof verbannt.«

Elyami musste schmunzeln. Ein Gewürz als Zauberbann?

»Dámans Machtgier wuchs immer mehr. Viele flüsterten, er sei die wahre Macht hinter dem Thron und König Chlotimar nicht mehr als seine Marionette, aber sie wurden schnell zum Schweigen gebracht, wenn sie das zu laut sagten.« Der Gnom nahm einen weiteren langen Pfeifenzug.

Elyami hörte ihm konzentriert zu. Vor ihrem geistigen Auge sah sie den blassen jungen Mann mit den schwarzen Locken, der im Heerlager vor Dreybrücken über Sicherheit und Gerechtigkeit schwadroniert hatte.

»Nach Adalruns Tod gab es nur noch eine Person, die sich Dáman furchtlos entgegenstellte: Das war Odrana, die Saphiräugige, eine ausgesprochen machtvolle Priesterin des Nidhanas und zudem wunderschön. Alle Berichte stimmen darin überein, dass sie eine Tochter der Republik von Gnomara war, allerdings aus der Menschengemeinschaft, keine Gnomin.« Er strich sich stolz über den Ziegenbart. »Odrana war Dámans Erzfeindin, die eine Gegnerin, die er nie bezwingen konnte, sooft er es auch versuchte.«

»Aber … sie waren ein Liebespaar!«, warf Elyami ein.

Vandikruk hustete, als hätte er sich an seiner Pfeife verschluckt. »Wer erzählt hier die Geschichten?«, brummte er beleidigt.

»Verzeiht«, murmelte Elyami.

»Odrana und Dáman als Liebespaar«, gluckste der Gnom. »Das klingt wie die Hochzeit von Ritter und Drache. Aber andererseits – die Idee ist gar nicht schlecht. Geliebte, die zu Erzfeinden wurden … Etwas abgegriffen, aber immer wieder gut. Vielleicht erzähle ich diese Version beim nächsten Mal …«

»Bitte erzählt die Version, die überliefert ist«, drängte Elyamur.

Vandikruk klopfte erst einmal umständlich seine Pfeife aus, ehe er endlich fortfuhr.

»Dámans Wille zur Macht und sein Verlangen, Odrana auszulöschen, wurden schließlich so groß, dass er seinen Söldlingen befahl, die Nidhanas-Tempel im ganzen Reich in einer Nacht von Flamme und Schwert zu erstürmen und niederzureißen. Überall brannten die Tempel, überall flehten Priesterinnen und Priester. Doch Nidhanas erhörte sie nicht. Vielleicht zürnten die Götter ob der Schlechtigkeit der Sterblichen. Manche behaupten, dass sie seit jenen Tagen kaum noch zu uns sprechen.« Für einen Moment schwieg er. »Vielleicht ist eine neue Zeit angebrochen, mit dem Kettenfürsten als einzigem Gott.«

Elyamur verspannte sich unwillkürlich, doch der Gnom fuhr fort, ohne ihn zu beachten.

»Es heißt, dass Dáman selbst den Angriff auf Odranas Tempel im Osten führte. Die beiden bekämpften sich mit urgewaltiger Zauberkraft. Dáman drohte Odrana zu überwältigen – da ließ sie mit einem verzweifelten Zauber die Deckenkuppel des Tempels einstürzen. Der Tempel brach in sich zusammen und begrub beide unter sich. Manche sagen, das war das Ende von Dáman, dem Vaterlosen, und Odrana, der Saphiräugigen. Andere behaupten, dass ihre Geister noch immer ruhelos gegeneinander kämpfen. Wer weiß das schon?«

»Ja, wer weiß das schon«, murmelte Elyami nachdenklich, als Meister Vandikruk verstummt war.

»Ist Eure Geschichte auch wahr?«, fragte Elyamur skeptisch.

Der Gnom kicherte in sich hinein. »Sind sie nicht alle wahr, weil sie uns auf ihre Weise berühren?«, fragte er, während er routiniert seine Pfeife stopfte. »Und sind sie nicht alle erlogen, weil wir nie das ganze Bild dahinter sehen und niemandem in die Seele blicken?«

»Hm«, machte Elyamur zweifelnd.

»Habt Dank, König der Geschichtenerzähler«, sagte Elyami schnell. »Ihr habt uns damit weitergeholfen.«

Sie war sich nicht sicher, ob er das wirklich hatte. Das alles klang ihr zu sehr wie die wilden Heldensagen, die sich die Menschen gerne erzählten. Aber jedes kleine Mosaiksteinchen, das ihr Bild bereicherte, konnte irgendwann wichtig sein. Immerhin wussten sie jetzt, dass Odrana und Dáman tatsächlich erst vor Kurzem gelebt hatten.

Sie erhoben sich, um das verrauchte Zelt zu verlassen. Meister Vandikruk räusperte sich.

»Ich gebe euch noch eine letzte Geschichte mit auf den Weg«, sagte er leise. »Es ist die Geschichte von ein paar Elben, die sich zum ersten Mal aus ihren Wäldern trauen. Sie glauben, sie sind so klug, dass niemand es bemerkt und alle sie für erfahrene Reisende halten. Doch in Wahrheit klebt der Geruch von Harz und Borke bei jedem ihrer Schritte an ihnen. Sie müssen aufpassen, dass ihre Geschichte keine verflucht kurze Geschichte wird. Das wäre schade.« Damit wandte er sich wieder seiner Pfeife zu.

»Können wir ihm trauen?«, fragte Elyamur, als sie das Zelt verlassen hatten und wieder über den Markt gingen.

»Wer weiß«, erwiderte Ralyazur gleichgültig. »Der König der Geschichtenerzähler hat schon bessere Tage gesehen. Die Erzählungen und Gerüchte der letzten Jahrhunderte schwirren in seinem Kopf herum. Manchmal spuckt er etwas Wertvolles aus – und manchmal eben nicht.«

Sie kamen an einem jungen Mann vorbei, der auf einem Fass stand und sich selbst auf der Knicklaute begleitete. Sein Gesang war so wallend wie die schwarzen Locken, die sich über seine Schultern ergossen. Er sang auf Lorviano, der Sprache des südlichen Menschenreichs. Elyami konnte nicht viel von seinem Lied verstehen, doch die schmachtende Musik und seine glutvollen Blicke machten klar, dass es um Liebe und Schmerz in verschiedenen Variationen ging.

Elyami blieb stehen und legte den Kopf schief – halb amüsiert über den dick aufgetragenen Vortrag und halb fasziniert vom Klang der fremden Sprache. Die Melodie eines fernen Landes mit einer machtvollen Sonne, grünen Berghängen und staubigen Ebenen hallte darin nach.

»Kommst du?«, fragte Ralyazur ungeduldig. »Wir wollen zurück ins Maskenviertel.«

»Ja, gleich«, murmelte Elyami, die langsam keine Lust mehr hatte, sich herumkommandieren zu lassen. Es gab einfach zu viel zu sehen!

»Siehst du den Bettler da drüben?«, flüsterte Ralyazur und nickte zu einem zerlumpten Alten, der im Schatten eines Fuhrwerks kauerte. »Das ist keiner aus Ghashris Bettlerzunft. Ihm fehlen gewisse Zeichen. Ich verwette meinen überaus unelbischen Bart, dass er für den Statthalter spioniert.«

»Zeichen?«, fragte Elyami neugierig und löste sich vom Vortrag des Spielmanns. »Woran erkennst du …«

»He!«, rief plötzlich Elyamur.

Elyami sah, dass ein Goblin-Kind von ihrem Bruder weglief. In der Hand hielt es einen kleinen Beutel. Flink tauchte es unter der Deichsel eines Fuhrwerks hinweg, um in einer schmalen Gasse zwischen den Ständen zu verschwinden. Elyamur stieß sich vom Boden ab und übersprang die Deichsel mit zwei schnellen Schritten durch die Luft. Seine Hand erwischte den Kragen des kleinen Goblins, ehe er hinter den Ständen abtauchen konnte. Elyamur trug den zappelnden Goblin-Jungen zu ihnen zurück und nahm ihm wortlos seinen Geldbeutel aus der Hand, dann stellte er ihn wieder auf die Füße. Als der kleine Dieb davonwuseln wollte, legte Elyamur ihm eine Hand auf die Schulter.

»Das nächste Mal sei nicht so gierig«, sagte er und drückte dem Goblin eine Kupfermünze in die Hand. Dann ließ er ihn laufen. Er war schneller davongehuscht, als Elyami gucken konnte.

Sie wollte sich gerade an Ralyazur wenden, um ihre Frage zu wiederholen, als sie bemerkte, dass der Halbelb verschwunden war. Eben hatte er noch neben ihr gestanden. Nun war er weg. Sie reckte den Hals und schaute sich um, konnte ihn aber auch an den umliegenden Verkaufsständen nicht entdecken.

»Wo ist er hin?«, fragte Elyamur, der sie stirnrunzelnd beobachtete.

»Wenn ich das wüsste«, erwiderte Elyami. »Er hat mir gerade noch den Bettler da gezeigt …« Sie nickte zu einem leeren Stück Boden vor den Rädern des Fuhrwerks. Sie brauchte einen Moment, um zu begreifen. »Der Bettler ist weg!«, rief sie. »Ralyazur meinte, dass er wahrscheinlich ein Spitzel sei …«

Rufe hallten zwischen den Marktständen hin und her, und Unruhe kam in die Menge, als sich der Klang schwerer Schritte näherte. Leute wurden beiseitegedrängt, Tische rücksichtslos umgeworfen. Dann stürmte ein knappes Dutzend Kettensöldner um die Ecke. Es waren drei baumlange Waldtrolle mit mächtigen Streitkolben, umgeben von deutlich kleineren Orks und Menschen. Sie trugen das Zeichen einer schlangenartig gewundenen Kette als Brosche am Mantel, und sie alle hatten ihre Waffen gezogen.

»Da sind die Grün-Elben!«, brüllte eine Menschenfrau mit Breitschwert und Augenklappe, die ganz vorne lief. »Haltet sie auf!«

Die Zwillinge schauten sich an. Dann liefen sie los, vorbei an verdutzten Händlern und verängstigten Passanten. Hinter ihnen klapperten die beschlagenen Stiefel der Soldaten schwer auf dem Pflaster des Marktplatzes. Mit einem dumpfen Geräusch bohrte sich ein Wurfmesser in die Stange eines Zeltes dicht neben Elyami.

»Hier rein!« Elyamur packte sie am Arm und drängte sie in eine schmale Gasse hinter den Verkaufsständen. Immer wieder mussten sie über Zeltschnüre und leere Kisten springen. Hinter ihnen fluchte lautstark ein Troll, als er sich in den engen Durchgang zwängte.

Am Rande des Marktplatzes, vor den Außentischen des Gasthauses *Zum betrunkenen Drachen*, kamen sie wieder heraus.

»Habe ich euch!«, zischte die Menschenfrau mit der Augenklappe, die plötzlich aus der Menge vor ihnen auftauchte.

Mit drei schnellen Schritten versperrte sie den Zwillingen den Weg und presste Elyamur ihr Schwert an die Kehle. Sie musste einen kürzeren Weg zwischen den Buden gewählt haben! Elyamur verzichtete auf eine Erwiderung. Wortlos stieß er sich vom Pflaster ab und sprang aus dem Stand auf ein mächtiges Fass, das neben dem Gasthaus aufgebockt war. Noch während die Frau ihn aus ihrem einen geweiteten Auge anstarrte, trat er ihr das Schwert aus der Hand. Ein weiterer Tritt beförderte sie rücklings in die Pferdetränke des Gasthauses.

»Weiter!«

Elyamur war plötzlich wieder neben Elyami und zog sie in eine Gasse, während die anderen Kettensöldner schon hinter den Buden hervorkamen. Einer der Trolle trug eine Zeltbahn wie eine groteske Toga um den Leib gewickelt, in die er sich offenbar unterwegs verheddert hatte. Ein kohlenzwergischer Händler mit schwarzem Bart rannte schimpfend hinter ihm her.

Die Elben hielten sich nicht lange mit diesem Anblick auf. Sie stürmten weiter voran, hinein in die Gassen des Handwerkerviertels, das sich zwischen dem Ostmarkt und dem Maskenviertel erstreckte. Niederhügel nannten die Swertenburger diese Gegend auf den unteren Terrassen des Zitadellberges. Rufe und Schritte hinter ihnen verrieten deutlich, dass die Kettensöldner noch nicht aufgegeben hatten.

»Wo lang?«, fragte Elyamur.

»Dort hinein!«, keuchte Elyami und nickte in eine Gassenmündung. *»Glaube ich jedenfalls«*, ergänzte sie in Gedanken, während sie die vorbeiziehenden Straßenschilder zu lesen versuchte.

Töpfergasse, Knochenhauergasse, Straße der Kupferschmiede … Hier war weniger los als mitten auf dem Marktplatz, doch dafür waren die fliehenden Elben nicht gerade unauffällig. Handwerker blickten von ihrer Arbeit auf, wenn sie vorbeikamen, alte Frauen auf Bänken vor ihren Häusern schauten ihnen nach.

Plötzlich hörte Elyami auch von vorne Schritte, die sich rasch näherten.

»Sie haben sich aufgeteilt und umzingeln uns!«, rief sie.

»Schaffen sie nicht«, knurrte Elyamur. »Dorthin!«

Sie rannten rüber zum Straßenrand, wo eine hohe Bretterwand einen Hinterhof abschirmte. Elyami spürte, wie Elyamur plötzlich ihre Hüften fest umfasste. Dann stieß er sich zusammen mit ihr vom Boden ab. Sein nächster Schritt fand auf der Oberkante der Bretterwand Halt, dann standen sie auch schon im Hof auf der anderen Seite. Wäscheleinen spannten sich hier kreuz und quer zwischen den Häusern, Kisten und Gerümpel wurden gelagert. Jenseits der Wand waren nun Schritte zu hören. Irritierte Rufe hallten durch die Gasse.

»Wo sind sie hin?«, rief eine heisere Orkstimme.

»Weiß nicht. Ihr hattet sie!«, brüllte ein Troll mit mächtigem Organ. Die Elben duckten sich in den Schatten der Wand.

»Sie waren vor euch, du Borkenhirn!«, keifte der Ork. Der Troll knurrte gefährlich.

»Ruhe!«, schrie eine wütende Frauenstimme. »Aufteilen und die Gassen durchkämmen! Die entkommen uns nicht nochmal!«

Daraufhin entfernten sich die Schritte in verschiedene Richtungen. Elyami und Elyamur eilten rasch über den Hof. Als sie gerade in eine Tordurchfahrt einbiegen wollten, knurrte ihnen etwas dumpf entgegen.

Ein pechschwarzes Monstrum von einem Hund mit rotglühenden Augen war im Durchgang angekettet und fletschte seine dolchlangen Zähne. Irgendjemand schätzte hier seinen Hof so sehr, dass er ihn von einem Barghest bewachen ließ, einem halbwilden Wachhund, dem man einen kräftigen Schuss Dämonenblut nachsagte. Die Kreatur knurrte gefährlich und duckte sich zum Sprung, dann zog sie bellend an ihrer Kette.

»Schschscht …«, machte Elyami verzweifelt. Draußen waren noch immer die Schritte und Rufe der Soldaten zu hören.

Spontan begann sie zu singen, leise und eindringlich, eine

alte Schlummerweise aus Liráya, in der das sanfte Rauschen der Bäume und das zufriedene Glucksen der Bäche lag.

Der Barghest funkelte sie misstrauisch an. Dann legte er den Kopf schief und stellte lauschend die Ohren auf. Schließlich gähnte er herzhaft und bettete die Schnauze auf die zotteligen Pfoten, ehe er brummend einschlief. Plötzlich sah der Barghest gar nicht mehr so dämonisch aus, und Elyami musste den Drang unterdrücken, ihn zwischen den Ohren zu kraulen, als sie sich an ihm vorbeischlichen und wieder ins Gewirr der Gassen eintauchten.

Mit elbischer Flinkheit huschten sie von Häuserecke zu Häuserecke, bis der Lärm der Kettensöldner hinter ihnen langsam leiser wurde. Als schließlich ein Bündel bunter Lampions vor ihnen an einer Hofeinfahrt hing, atmete Elyami durch. Sie hatten es wirklich bis zum Maskenviertel geschafft! Seine labyrinthischen Höfe würden ihnen Schutz bieten.

Hier war es noch unübersichtlicher als in den Straßen der übrigen Stadtviertel, doch schien das keinesfalls auf Planlosigkeit zu beruhen, sondern eher auf einem wohldurchdachten Verwirrspiel. Selbst ein kleiner Spaziergang war im Maskenviertel eine abenteuerliche Erkundung, bei der hinter jeder Ecke neue Geheimnisse warteten. Mal konnte man einen belebten Basar-Hof voller Verkaufsstände nur über einen erstaunlich unscheinbaren Nebendurchgang erreichen, mal stolperte man drei oder viermal nacheinander um die gleiche Ecke, obwohl man doch eigentlich in völlig andere Richtungen abgebogen war.

Die dunkelhäutigen Jhalai mit ihren bunten Masken glitten mit beiläufiger Eleganz durch ihr labyrinthartiges Viertel, alle anderen geisterten mehr oder weniger planlos herum. Inzwischen hatte Elyami sogar den Verdacht, dass sich die Lage der Gebäude und Höfe zuweilen willkürlich veränderte. Jedenfalls waren sie hier sicher vor Verfolgern.

Ralyazur löste sich grinsend aus einem Durchgang und schloss sich ihnen an. »Das hat lange gedauert«, kommentierte er.

»Wo warst du?«, fragte Elyamur empört.

»Jedenfalls nicht bei euch«, entgegnete Ralyazur ungerührt. »Nach deinem kleinen Kunststück mit dem Goblin-Dieb war mir klar, dass du Aufmerksamkeit erregt hast. Wie viele Leute in Swertenburg können schon durch die Luft laufen? Also habe ich mich abgesetzt. Wäre nicht gerade gut für meinen Ruf, wenn man gesehen hätte, wie ich mit euch zusammen fliehe.«

»Dein Ruf?«, fragte Elyamur ungläubig. »Unser Leben war in Gefahr!«

»Ihr kamt offenbar gut zurecht«, meinte Ralyazur mit einem Achselzucken. »Und ich bin der Ratte nur als ehrbarer Bürger nützlich, nicht als gesuchter Verbrecher.«

Elyamur setzte dazu an, noch etwas zu erwidern, schüttelte dann aber einfach nur den Kopf. Elyami musste ein Kichern unterdrücken. Dann wurde sie wieder ernst. Der Kettenfürst hatte offenbar viele Augen, und sein Arm reichte weit. Selbst ein einfacher Gang über den Markt konnte gefährlich werden. Wie sollten sie ihn bekämpfen, wenn sie kaum den Kopf aus der Tür stecken konnten? Elyami wünschte sich, dass die Winterseherin endlich erscheinen würde. Sie wollte wissen, was gegen den Kettenfürsten zu tun war. Und was die alte Geschichte von Dáman und Odrana mit alldem zu tun hatte.

Achtzehntes Kapitel

SWERTENBURG
EIN PATRIZIERHAUS IN DER OBERSTADT

Das haus *Zum Amboss* stand in der Oberstadt von Swertenburg, nahe dem Zitadellplatz unterhalb der Burgmauern. Es war ein stolzes Steingebäude mit Stufengiebel, auf dessen Fassade das Bild eines Zwerges gemalt war, der einen goldenen Kelch schmiedete. Linker Hand grenzte es an das Haus *Zum Silbernen Schwert*, das ein Bildnis der Schwertmaid Kravana zierte, rechter Hand an das Haus *Zur Herzogskrone*, dessen Front eine Schlachtszene bedeckte, in der einer der alten Herzöge von Swertengund ein Heer von Minotauren in die Flucht schlug.

»Aber unser Amboss ist am prächtigsten gemalt, nicht wahr?«, hatte Werodrin stolz erklärt, als er zusammen mit Gorin und Galdra angekommen war.

Eine kleine Pferdekutsche hatte den diamantzwergischen Fernhändler und seine Gäste direkt vor das Haus gebracht. Gorin hatte dazu höflich genickt, auch wenn ihm die Malerei nicht wirklich etwas sagte. Offenbar war es unter den reichen Patrizierfamilien von Swertenburg üblich, dass sie ihren Steinhäusern in der Oberstadt einen klangvollen Namen gaben, der sich dann in einem stolzen Fassadenbild widerspiegelte. Werodrin hatte diesen Brauch übernommen, so wie viele andere Menschensitten auch.

Das Innere des Hauses war ähnlich üppig ausgestattet, wie es das Äußere vermuten ließ. Es gab schwere, reichbeschnitzte Möbel, vergoldete Kerzenleuchter und feines Silberbesteck. An den Wänden hingen Schmiedehämmer und andere Werkzeuge aus allen Reichen, zu denen Werodrins Handelshaus Kontakte unterhielt. Zu Gorins Freude war die gesamte Einrichtung auf die Körpergröße von Zwergen ausgelegt. Es war angenehm, mal wieder auf einem Stuhl zu sitzen, ohne dass die Beine in der Luft herumbaumelten. Das Polster auf der Sitzfläche irritierte ihn allerdings. In Tokrond gab es keine Polstermöbel. Noch irritierender fand er, dass es im Hause Diener gab.

»Nun wollen wir aber etwas essen!«, hatte Werodrin gut gelaunt gerufen und einmal in die Hände geklatscht.

Daraufhin waren zwei Kohlenzwerge mit wohlgestutzten schwarzen Bärten erschienen und hatten eine Platte voller Bratenscheiben und eine brutzelnde Pilzpfanne aufgetischt. Die diamantzwergischen Speisen erinnerten Gorin an das Essen in den Hallen der Runenschmiede daheim in Tokrond, allerdings war alles kräftig mit fremdländischen Gewürzen durchsetzt, die er nicht benennen konnte.

Nun saßen sie nach dem Essen bei Tisch und ließen sich zum zweiten Mal Bier aus einer hohen Zinnkanne nachschenken.

»Echtes Eisenbräu, direkt aus Tokrond eingeführt«, hatte Fandra, Werodrins Frau, stolz erwähnt. Während Werodrin zumindest noch einen stilisierten, wenn auch nutzlosen Kettenmantel mit Gliedern aus Golddraht trug, verzichtete Fandra selbst an einem Abend mit Gästen ganz auf eine Zwergenrüstung und bevorzugte ein reich besticktes Kleid nach Menschenart. Unnötig zu erwähnen, dass ihre Wangen glattrasiert waren. Sie glühten rot, offenbar vor Aufregung darüber, »echte Eisenzwerge« zu Gast zu haben, wie sie mehrmals betont hatte. Ihr Mund stand selten still und gab zumeist freundliche Dinge von sich.

»Und wofür brauchst du die hier?«, fragte Woldra, Werodrins kleine Tochter, und befingerte eifrig eine Handaxt an Galdras Gürtel. Sie war ein ungewöhnlich schmales Zwergenmädchen mit schleifengeschmückten Zöpfen, das aber offenbar viel lieber Galdras Kettenmantel als ihr Schürzenkleidchen getragen hätte.

»Diese Handaxt ist zur Abwehr von Ungeheuern mit Insektenpanzer gedacht«, erklärte Galdra geduldig. »Hier, den Dorn am Axtblatt kann man zwischen zwei Panzerplatten einschlagen und sie aufhebeln. Damit habe ich in den Tiefen Höhlen von Tokrond mal eine Kristallspinne erlegt. Das war auf einem Wachgang im Reich der Lichtlosen …«

Galdra hatte Gefallen daran gefunden, der Kleinen Höhlengängergeschichten zu erzählen, die Woldra mit glänzenden Augen aufsaugte. Die besorgten Seitenblicke ihrer Mutter schien sie nicht zu bemerken.

»Mein Großer, Farudrin, ist schon nicht mehr im Haus«, erklärte Werodrin gerade Gorin. »Er ist in Ilgrond am Königlichen Bankhaus in der Lehre zum Schatzmeister.«

»Bankhaus der Kettenlande, sagt man jetzt«, warf Fandra vorsichtig ein und lächelte ausnahmsweise nicht.

»Ja, das sagt man wohl«, brummte Werodrin finster und winkte einen der Kohlenzwerge heran, um sich Bier nachschenken zu lassen.

Gorin sagte etwas Höfliches darüber, was für verantwortungsvolle Aufgaben ein Schatzmeister hatte. Doch er war nicht ganz bei der Sache und fragte sich immer noch, was sie hier eigentlich sollten. Es war natürlich angenehm, mal wieder richtiges Zwergenbier zu trinken und Höhlenpilze zwischen die Zähne zu bekommen. Doch Jha Rudra hatte berichtet, dass die beiden Elben auf dem Markt die Aufmerksamkeit von Spitzeln erregt hatten. Er bezweifelte, dass es unter diesen Umständen klug war, das Maskenviertel für eine Einladung zum Essen zu verlassen. Zumal ihr Einbruch in die Zitadelle kurz bevorstand. Der Bannzauber gegen den Brutkessel war fast vollendet … Doch Werodrin hatte auf ihr Kommen bestanden. Es gäbe etwas Wichtiges zu tun, hatte er verkündet. Bislang hatte sich das auf Essen und Trinken beschränkt.

»… und dann habe ich den Lichtlosen in den Höhlensee geschleudert, siehst du, so!«, erzählte Galdra, während sie lebhaft gestikulierte. Woldra ahmte ihre Bewegungen nach und warf dabei beinahe ihren Krug um. Grinsend reichte ihr Galdra eine Wurfaxt, die das Mädchen fasziniert in der Hand wog.

»Pass auf, dass du dich nicht schneidest, Igruscha«, warf Fandra ein. So nannte sie ihre Tochter immer. Igruscha. Kleiner Bergkristall.

»Sie ist langsam in dem Alter, in dem sie den Umgang mit der Streitaxt üben sollte«, mahnte Galdra. »Sie scheint mir das Herz einer Kriegerin zu haben.«

Woldra strahlte. Fandras Lächeln war etwas weniger glanzvoll.

»Und einmal, als wir in den Irrlicht-Grotten waren ...«, setzte Galdra wieder zu erzählen an, als einer der kohlenzwergischen Diener erschien und einige leise Worte mit Werodrin wechselte.

»Ah, sehr gut«, sagte Werodrin und rieb sich die Hände. »Unser fehlender Gast ist endlich da. Geleite sie herein, Kudrin.«

Kurz darauf kam der Diener mit einer hochgewachsenen Menschenfrau wieder. Es war Hilgrif, die Schwertpriesterin. Sie trug ihren weißen Wappenrock mit dem Zeichen der silbernen Flammenklinge und zudem ein Schwert an der Seite. Die hellblonden Haare hatte sie zu einem Zopf geflochten, ihre blauen Augen schauten einmal ruhig über die Versammlung, ehe sie sich verbeugte.

»Ihr kommt spät«, tadelte Werodrin und hob neckisch seinen dicken Zeigefinger. »Der Braten ist jetzt schon kalt.«

»Es gab noch Tempeldienst zu leisten«, erwiderte Hilgrif knapp. Kudrin schob ihr einen Stuhl heran. Er war genauso gefertigt und verziert wie die übrigen Möbel, doch für die Beinlänge eines Menschen ausgelegt. Hilgrif nahm Platz, ohne sich zurückzulehnen.

»Gebt in der Küche Bescheid, dass wir noch einen Gast haben«, rief Werodrin, doch Hilgrif schüttelte den Kopf.

»Ich habe schon gegessen.«

»Ihr habt da ein ... schönes Schwert«, sagte Fandra in dem Versuch, höflich zu sein.

»Danke«, murmelte Hilgrif verlegen. »Es gehört der Göttin.«

Für einen Moment war es still. Nur Galdra fuhr unbeirrt mit ihrer Erzählung von wilden Höhlenkämpfen fort. Sie und Woldra schienen die anderen gar nicht mehr zu bemerken.

»Können wir dann ans Werk?«, fragte Hilgrif schließlich.

Gorin nickte ihr zu. Er mochte die Gradlinigkeit der ernsten Menschenfrau.

Werodrin seufzte. Der Diamantzwerg hatte sich wohl noch mehr Gemütlichkeit über seinem Bierkrug gewünscht. Er nahm einen tiefen Schluck und setzte den Krug geräuschvoll ab.

»Nun gut. Gorin, ich möchte dir etwas zeigen.« Er schob seinen Stuhl zurück. »Deine Schwester ist wohl noch beschäftigt«, fügte er mit einem liebevollen Blick auf seine Tochter hinzu, die an Galdras Lippen hing.

Gorin folgte dem Hausherrn zusammen mit der Schwertpriesterin aus dem Speiseraum. Es ging eine Treppe hinab in den Keller des Patrizierhauses, den offenbar geschickte Zwergenhände tief ins Gestein des Zitadellenfelsens gegraben hatten. Sie passierten ein Gewölbe, wo zahllose Weinflaschen und bauchige Fässer lagerten, und kamen an einem Tordurchgang vorbei, hinter dem ein Feuer flackerte. Gorin warf einen neugierigen Blick hinein und entdeckte eine kleine Schmiede-Werkstatt, wo ein Kohlenzwerg gerade dabei war, feine Gravurwerkzeuge zu ordnen. Doch Werodrin führte sie weiter voran, bis er schließlich vor einer mächtigen Eisentür stehen blieb. Sie war mit diamantzwergischen Runen graviert und glänzte makellos wie ein polierter Spiegel. Ein Türgriff oder ein Schloss waren nicht zu erkennen.

»Eine gute Arbeit«, sagte Gorin anerkennend und diesmal nicht aus reiner Höflichkeit. Es war allgemein bekannt, dass die Diamantzwerge nicht nur die besten Goldschmiede und Juwelenschleifer aller Zwergenvölker waren, sondern auch die besten Schlösserschmiede. Sie wussten ihre Schätze gerne in Sicherheit und legten dafür eine Erfindungsgabe an den Tag, die es mit den Künsten der gnomischen Feinmechaniker aufnehmen konnte.

»Besten Dank!«, freute sich Werodrin.

Dann berührte er die Oberfläche der Tür in schneller Folge an drei verschiedenen Stellen mit einem seiner Ringe. Obwohl keine Vertiefungen zu erkennen waren, knackte es jedes Mal, als würde etwas einrasten. Werodrin trat einen Schritt zurück.

Hinter der Eisentür klackerte und rasselte es mechanisch. Dann schwang sie wie von Geisterhand auf. Gorin entging nicht, dass es auch in der Wand neben der Tür rumort hatte. Dort konnte er mehrere daumenbreite Löcher im Gemäuer erkennen. Wahrscheinlich lauerten dahinter gespannte Eisenbolzen darauf, sich einem unachtsamen Dieb ins Fleisch zu bohren, wenn er sich an der Tür zu schaffen machte.

»Kommt.« Werodrin griff sich eine Öllampe von einem Haken und führte die Besucher in seine Schatzkammer.

Gorin erwartete schon, vom Glanz zahlloser Goldmünzen geblendet zu werden, achtlos aufgeworfen zu Haufen, zwischen denen Juwelen blitzten. Stattdessen schaute er auf ein Regal voller Schriftrollen und dicker Bücher. Werodrin verwahrte die Papiere seines Handelshauses gut. Der Diamantzwerg ging an dem Regal vorbei und wandte sich den schweren Truhen zu, die daneben in dem Gewölbe lagerten. Er bückte sich und zog eine kleine Schatulle hervor, die er Gorin reichte.

»Hier«, sagte er mit einem stolzen Grinsen. »Nimm zunächst einmal das.«

Gorin betrachtete das schmucklose Kästchen in seinen Händen unschlüssig und öffnete es schließlich auf Werodrins aufmunterndes Nicken hin. Es enthielt eine kleine Rolle schimmernden Golddrahts.

»Aus den Drahtziehereien von Ilgrond«, erklärte Werodrin. »Ich könnte mir vorstellen, dass Sonnengold-Draht dir weiterhilft.«

Gorins Gesicht hellte sich auf. Er verstand. Gestern erst hatte er Werodrin von den Magiebrecher-Bolzen erzählt, die er zusammen mit der Elbenfrau, Elyami, entworfen hatte. Es war ihnen gelungen, passable Bann-Runen in die Bolzen zu gravieren, aber die improvisierten Zeichen hatten einfach nicht genug Zauberkraft, um eine Wirkung zu entfalten. Sonnengold hingegen, ein seltenes Mineral, das nur in den Glimmerbergen von

Ilgrond gefunden wurde, war eine machtvolle magische Kraftquelle. Wenn er den Draht in die Bolzen einarbeitete, würden sie wahrscheinlich funktionieren.

»Ja, das wird funktionieren!«, rief er aus. Dann wurde er verlegen. »Aber ich kann mir kein Sonnengold leisten. Der Unzenpreis ist absurd hoch.«

Werodrin schüttelte nachdrücklich den Kopf. »Dieser Golddraht ist schon bezahlt.« Er senkte die Stimme. »Wenn es in die Zitadelle geht, werdet ihr Schutz vor Hexenwerk gebrauchen können.«

»Und die andere Sache?«, fragte Hilgrif, die mit überkreuzten Armen dabeistand.

»Natürlich«, brummte der Diamantzwerg mit einem Seitenblick zu Gorin. Dann griff er in eine seiner Truhen und zog einen kleinen Gegenstand hervor, der in ein schwarzes Tuch eingeschlagen war. Er legte ihn auf ein Tischchen und schlug das Tuch vorsichtig zurück. Der Gegenstand war ein schlanker Dolch mit einer leicht gebogenen Klinge, die mit verschlungenen Zauberzeichen graviert war. Alles an ihm schrie das Wort »Elbenarbeit« geradezu heraus. Allerdings wirkte der Dolch nicht wie die Ausrüstung, die Gorin bei den beiden Grün-Elben gesehen hatte. Tatsächlich ließen die purpurfarbenen Streifen an seinem schwarzen Griff eine andere Herkunft vermuten.

»Ein Beitrag von Meister Ralyazur zu unserem Unternehmen«, erklärte Werodrin, der mit spitzen Fingern bemüht war, den Dolch nicht zu berühren. »Allerdings verstehe ich nichts von solchen Dingen. Mögt Ihr fortfahren, Hilgrif?«

Die Schwertpriesterin nickte. »Dieser purpurelbische Banndolch wird den Brutkessel vernichten«, sagte sie. »Er dient dazu, die Macht des Zerstörungszaubers, den Ralyazur entwickelt hat, gegen das Ziel zu lenken. Jedoch ist er noch nicht bereit. Ein Brutkessel der Nephilim ist ein machtvolles Artefakt, dem mit den Kräften von Sterblichen allein nicht beizukommen ist. Darum muss ein göttlicher Segen auf dem Dolch liegen. Den werde ich von der Schwertmaid erflehen, während Ihr den Zauberzeichen den letzten Schliff gebt, die den Brutkessel als Ziel des Dolches festlegen.«

»Meister Ralyazur hat eine genaue Skizze angefertigt, wie du arbeiten musst«, ergänzte Werodrin. »Und die Esse in meiner Hausschmiede braust schon ungeduldig. Machst du dich gleich an die Arbeit, Gorin? Du bist der einzige Zwergenschmied in Swertenburg, der kundig und vertrauenswürdig genug dafür ist. Wir hätten sonst für viel Gold einen Schmied und sein Schweigen erkaufen müssen, aber so ist es viel besser und sicherer.«

»Ja, natürlich«, sagte Gorin zögernd, der nicht damit gerechnet hatte, heute noch zu schmieden. Die Aufgabe faszinierte ihn und machte ihm zugleich Angst. Würde er mit diesem fremdartigen elbischen Ding überhaupt zurechtkommen? Und warum erledigte Ralyazur die letzten Handgriffe nicht einfach selbst?

»Gut«, erwiderte Werodrin zufrieden. »Dann noch eine letzte Sache. Du wirst die Zauberzeichen nicht einfach nur gravieren, sondern die Klinge zudem tauschieren. Verzierungen mit einem anderen Metall einlegen«, erklärte er kurz in Hilgrifs Richtung.

»Aha?«, machte Gorin zweifelnd.

»Ja!«, sagte Werodrin eifrig. »Und zwar hiermit!«

Er wühlte noch einmal in den Tiefen seiner Truhen. Diesmal zog er eine kleine verkorkte Phiole heraus. An dem feinen Kristallglanz, den die Phiole im Licht der Öllampe warf, konnte Gorin erkennen, dass sie nicht aus einfachem Glas bestand. Das war festes elbisches Adamantglas! Noch faszinierender aber fand er ihren Inhalt.

In der Phiole bewegte sich etwas. Sie enthielt ein silbrig schimmerndes Metall, das jedoch nicht fest war, sondern beständig in dem Gefäß umherwirbelte. Mal bildete es wilde Spiralen, dann zog es sich wieder zu einem Klumpen zusammen, um anschließend in einer Wolke zu zerplatzen, die sich in flüssigen Tropfen auf dem Glas niederschlug. Auch sein Glanz veränderte sich jedes Mal. Mal schien sich das Rot heißer Glut in seinem Silber zu spiegeln, mal das Weiß weiter Wolken und mal das helle Grün von sonnenbeschienenen Blättern.

»Ist das etwa …?«, fragte Gorin ehrfürchtig.

»Ja!«, sagte Werodrin nickend. »Das ist eine Unze Catur. Alle vier Reinelemente – Feuer, Wasser, Luft und Erde – in perfektem Gleichgewicht zusammengemischt und veredelt. Eines der größten Geheimnisse der zwergischen Metallurgie. Kein anderes Material vermag so viel Zauberkraft aufzunehmen. Und kein anderes Material macht den Goldbeutel leichter.« Er hüstelte.

Gorin beobachtete fasziniert, wie sich das Catur zu einer Art schimmerndem Insekt mit zahllosen Beinen zusammenzog, das auf der Innenseite der Phiole herumkrabbelte und schließlich zu einem langen, dünnen Silberstrich wurde.

»Genau genommen sind die Elemente im Catur nicht wirklich rein enthalten«, warf Hilgrif missbilligend ein. »In Reinform gibt es sie nur an den vier heiligen Quellen der Elemente, wo die Macht der Götter in der Welt der Sterblichen verankert ist. Nur die Götter selbst haben darauf Zugriff.«

»Jaja«, sagte Werodrin mit einer wegwerfenden Handbewegung. »So rein, wie es ein Meister-Metallurg eben hinbekommt. Wenn wir die Klinge mit wirklichen Reinelementen einlegen würden, könnte man damit vermutlich einen Gott erdolchen.«

Er lachte in sich hinein. Hilgrif zog eine Augenbraue hoch, während Gorin nachdenklich seine Bartzöpfe ordnete.

»Nun ja«, brummte Werodrin. »Das wäre es jedenfalls. Kriegst du es hin, die Gravuren mit Catur zu tauschieren, Runenschmied?«

»Ich hoffe es«, gab Gorin skeptisch zurück. Nun wusste er, warum Ralyazur nicht selbst tätig geworden war. Der Umgang mit Catur war ein Handwerksgeheimnis der Zwergenvölker, das sie eifersüchtig hüteten. »Bei den Runenschmieden von Tokrond ist es das Vorrecht der Obfrau, mit Catur zu arbeiten. Sie macht einzig auf direkten Befehl des Königs davon Gebrauch. Ich habe nur …«

»Du machst das schon!« Werodrin legte ihm die breite Hand auf die Schulter. »Kommt, ich bringe euch zur Hausschmiede.

Dann sollte ich mich langsam auch wieder um deine Schwester kümmern, ehe sie Woldra ganz zur Eisenzwergin erzieht.«

Gorin und Hilgrif folgten Werodrin zu dem Gewölbe mit den Schmiedewerkzeugen, das Gorin schon zuvor aufgefallen war. Der kohlenzwergische Diener, der hier alles hergerichtet hatte, war inzwischen verschwunden. Der Hausherr verabschiedete sich und ging wieder nach oben. Gorin machte sich an die Arbeit.

Die letzten fehlenden Zeichen nach Ralyazurs Skizze einzugravieren und den Dolch damit auf den Brutkessel als Ziel auszurichten, war nicht besonders schwierig. Als Runenschmied war Gorin auch geübter Graveur. Die Arbeit mit dem Catur hingegen gestaltete sich als wahre Herausforderung. Das magische Metall ließ sich nicht einfach in die Vertiefungen der Gravuren gießen, damit es auf der Klinge die Formen der Zeichen annahm. Dafür war es viel zu unruhig und wandelbar. Gorin musste es tröpfchenweise aus der Phiole entlassen, jeden Tropfen mit einer feinen Bann-Zange greifen und einzeln an seinen Ort bringen. Mal musste er dabei mit besonderer Kraft vorgehen, wenn das Catur sich zu einer stabilen Form ballte, mal mit äußerster Vorsicht arbeiten, wenn es filigran-zerbrechliche Strukturen annahm. Kein Tröpfchen glich dem anderen.

Die Arbeit zog sich durch die halbe Nacht. Galdra schlief vermutlich schon in irgendeinem Gästezimmer, wenn sie nicht zusammen mit Werodrin Bierkrüge leerte. Sie respektierte Gorins Arbeit in der Regel zu sehr, um ihn dabei zu stören. Er war so vertieft, dass er kaum an seine Schwester dachte. Hilgrif kniete unterdessen nah der Esse auf dem Boden und hatte die Augen geschlossen, schon seit Stunden in ein stilles Gebet zur Schwertmaid Kravana versunken.

Irgendwann schienen Gorins Hände von selbst tätig zu sein, während er halb in Trance alte Schmiedelieder aus Tokrond summte. Plötzlich verschwamm die Schmiede vor seinen Augen, und er sah einen See aus flüssigem Feuer vor sich. Bullige Gestalten standen an Ambossen an seinen schwarzen Ufern und formten glühendes Metall mit den bloßen Händen. Das Bild verblasste, ehe Gorin mehr erkennen konnte.

Er blinzelte irritiert und ließ seine Zange sinken. Dann schüttelte er den Kopf und fuhr mit der Arbeit fort. Jetzt war er fast fertig und durfte sich nicht ablenken lassen, auch wenn die Müdigkeit ihm offensichtlich Streiche spielte.

Als er den nächsten Tropfen Catur freigab, sah er eine Stadt in der Tiefe des Meeres, die aus den Rümpfen und Trümmern versunkener Schiffe zu bestehen schien. Grünliche Lichter tauchten sie in unwirkliches Licht, während vielarmige Schatten zwischen den Gebäuden verschwanden. Das Bild löste sich wieder auf.

Gorin schnaubte. Das war nicht seine Müdigkeit! Irgendetwas ließ ihn diese Dinge sehen. Vielleicht hing das mit dem Catur und seinen erstaunlichen Eigenschaften zusammen … Oder mit Hilgrifs Gebeten? Wie auch immer.

Als Nächstes zeigte sich ihm eine riesige Höhle im Dämmerlicht, durch die Wurzeln dick wie Türme wuchsen. Insekten mit kristallartig schillernden Panzern liefen über die Wurzeln und auf den Brücken und Stegen, die sich zwischen ihnen spannten. Auch dieses Bild löste sich auf wie die zuvor. Gorin arbeitete weiter. Er sah einen gletscherverkrusteten Berggipfel, der sich aus einem Meer von Wolken erhob. Die Wolken waren so geformt, dass sie an Gebäude und Dächer, Torbögen und Türme erinnerten. Geflügelte Gestalten schwirrten zwischen ihnen durch die Luft. Bevor das Bild verblasste, war eine der Gestalten nahe herangekommen. Sie hatte ausgesehen wie eine Art Zwerg mit spitzer Nase – und einem Paar Flügel auf dem Rücken! Gorin verdrängte seine Verwunderung und fügte den letzten Tropfen Catur an seine Stelle auf der Klinge.

»Jetzt!«, rief er Hilgrif zu, die immer noch neben ihm kniete.

Die Priesterin sprang auf und zog ihr Schwert. Sie deutete mit der Spitze seiner Klinge auf das Werkstück vor Gorin und begann einen beschwörenden Singsang in der Sprache von Skovrik, ihrem Heimatland. Nun würde der caturveredelte

Dolch den göttlichen Segen erhalten, der ihn als Werkzeug für die Zerstörung des Kessels vollendete.

Gorin beobachtete fasziniert, wie plötzlich silberne Flammen um Hilgrifs Schwert spielten, sodass es fast dem Feuerschwert auf ihrem Wappenrock glich. Ihr Gesang wurde intensiver, mächtiger – und die Flammen flackerten, erstarben und waren verschwunden. Hilgrifs Mundwinkel verhärteten sich. Sie schloss die Augen, um sich zu sammeln. Dann begann sie noch einmal mit ihrem Lied. Gorin hielt ihr den Dolch bang mit einer Zange entgegen.

Wieder wurde der Gesang der Priesterin intensiver, wieder zeigten sich die Silberflammen auf der Klinge, stolz und trotzig. Hilgrifs Gesang wurde schneller. Doch das Zucken der Flammen wurde abermals schwächer, sie wanden sich wie unter Schmerzen, drohten erneut zu erlöschen – da ließ Hilgrif ihren Gesang ausklingen. Ein einzelnes Silberflämmchen sprang auf den Dolch über, tanzte über seine Klinge und verschmolz schließlich mit den Gravuren. Hilgrif atmete schwer.

Wortlos steckte sie ihr Schwert wieder ein. Dann lehnte sie sich an die Wand und schloss die Augen. »Das wäre geschafft«, murmelte sie, ohne wirklich zufrieden zu klingen.

Gorin nickte und musterte nachdenklich den Gegenstand, der schon bald einen Brutkessel der Nephilim zerstören würde. Vielleicht. Wenn sie erfolgreich waren.

Neunzehntes Kapitel

Swertenburg
Im Schatten der Zitadelle

Hier entlang«, flüsterte Stadtschreiber Tungolf und öffnete eine schwere Tür mit Eisenbeschlägen. »Aber seid leise! Manche der Schreiber arbeiten bis weit nach Mitternacht.«

Er schlüpfte vor ihnen hindurch. Elyami folgte mit den anderen. Diese Tür führte in die Archive im hinteren Teil des Rathauses von Swertenburg.

Das wuchtige Steingebäude erhob sich auf der obersten Hügelterrasse gleich unterhalb der herzoglichen Zitadelle. Es war umgeben von Bürgerhäusern mit stolzen Fassadenmalereien und öffnete sich mit einer verschwenderisch-breiten Säulenfront zum Zitadellplatz hin. Seine Rückwand hingegen stieß direkt an den nackten Fels der Klippe, die fast dreißig Meter über dem Rathaus die Außenbastionen der Zitadelle trug.

Elyami hatte auf all das nur einen flüchtigen Blick werfen können. Sie hatten sich dem Rathaus in der Abenddämmerung genähert und es durch eine Seitenpforte betreten. Von hier aus hatte Tungolf sie zu den Archiven geführt, ängstlich darauf bedacht, keinem verspäteten Ratsdiener zu begegnen.

Um die ausufernde Sammlung von Urkunden und Schriftstücken des Rates unterbringen zu können, hatte man zusätzliche Räume direkt in die Klippe geschlagen. Im hintersten dieser Gelasse blieb Tungolf schließlich vor einem der Regale voller Schriftrollen stehen und berührte einige seiner Intarsien in einem bestimmten Muster. Mit einem leisen Klacken tat sich ein Spalt in der nackten Wand daneben auf, und eine kleine Tür kam zum Vorschein, die sich mühelos aufziehen ließ.

»Nur die herzogliche Familie und einige der treuesten Räte der Stadt kannten den Fluchttunnel«, hatte der Schreiber im Rattenrat berichtet. »Leider hatte der Herzog keine Gelegenheit mehr, ihn zu nutzen. Ich glaube nicht, dass die Leute des Statthalters ihn schon entdeckt haben.«

Elyami hoffte, dass er damit recht hatte. Es war eine beängstigende Vorstellung, in dem engen, stickigen Tunnel, der vor ihnen lag, schon von Feinden erwartet zu werden.

Tungolf trat einen Schritt zur Seite. Galdra ging mit ihrer Kristallaxt voran. Ihr Bruder Gorin folgte ihr dichtauf und warf Elyami im Vorbeigehen einen aufmunternden Blick zu. Sein Köcher war inzwischen wieder gut mit Runenbolzen gefüllt, die er in den letzten Tagen hergestellt hatte.

Auf die Zwerge folgte Xorav, der Goblin, als Ortskundiger der Zitadelle. Er hatte Dienstbotenkleidung mit dem Kettenemblem angelegt und eine Reihe mehr oder weniger überzeugender Ausreden vorbereitet, falls jemand sie aufhalten sollte. Hinter ihm ging Jha Rudra. Sie trug wieder eine schattenhaft-schwarze Maske, diesmal ohne Silberpailetten, und hatte eine kleine Blendlaterne am Gürtel, aus der gerade so viel Licht drang, dass es nicht völlig finster war. Elyamur ging neben ihr, stoisch darauf bedacht, einen gewissen Abstand zu den Zwergen zu halten. Elyami bildete zusammen mit Ralyazur den Abschluss. Der Halbelb zeigte sein gewohntes schiefes Grinsen, doch es konnte seine Anspannung nicht verbergen. In einem kleinen Rucksack hatte er alles dabei, was für die Zerstörung des Brutkessels nötig war.

Es knirschte leise, als Tungolf die Geheimtür hinter ihnen von außen schloss. Nun waren sie auf sich allein gestellt. Elyami räusperte sich und zwang sich, zusammen mit den anderen immer weiter in die Dunkelheit vorzudringen. Der Tunnel führte für eine Weile geradeaus, mitten durch den Fels, und nach Elyamis Gefühl leicht bergauf. Dann endete er an einer engen Wendeltreppe, die sich nach oben schraubte.

»Meidet die zweite Stufe«, hatte Tungolf ihnen eingeschärft.

Die Stufe sah aus wie alle anderen, doch Elyami überstieg sie mit einem großen Schritt. Die Windungen der Treppe schienen kein Ende zu nehmen, und sie hatte das Gefühl, in einer ewig fortlaufenden Spirale aus kalten Steinstufen gefangen zu sein.

Plötzlich kam die Prozession vor ihr zum Stehen. Direkt hinter sich konnte sie die Nähe Ralyazurs spüren. Panik stieg in ihr auf, als ihr klar wurde, dass sie gefangen war, weder vor noch zurück konnte. Um sie herum zu allen Seiten nackter Fels. Die Luft schien immer dichter zu werden. Von oben war ein steinernes Knirschen zu hören – dann ging es endlich wieder voran!

Als sie nach wenigen Stufen in einem kleinen Raum am oberen Treppenabsatz herauskamen, atmete sie tief durch. Die winzige Kammer war für sie so erlösend wie der weite, freie Himmel. Sie spürte eine Hand, die sich sanft auf ihre Schulter legte. Ralyazur? Der Halbelb zog die Hand rasch weg. Elyami lächelte ihm zaghaft zu, raffte sich auf und schaute sich um.

Mehrere dunkle Gänge gingen von hier ab. Sie hatten die Gewölbe der Zitadelle erreicht.

Gorin brachte die Steinplatte im Boden wieder in Position, die sie zuvor beiseitegeschoben hatten. Nun war kaum noch zu erahnen, dass darunter ein Treppenschacht lag. Galdra schien sich inzwischen orientiert zu haben.

»Da geht's lang«, murmelte sie und hielt entschlossen auf einen der Gänge zu, die für Elyami alle gleich aussahen. Sie mussten der Zwergin vertrauen. Die Höhlengängerin hatte alle Karten der Gewölbe studiert, die Tungolf auftreiben konnte. Leider waren sie alles andere als vollständig.

»Wir verlassen uns auf dich«, zischte Elyamur in Galdras Rücken.

Es klang mehr wie eine Drohung als wie eine Aufmunterung. Elyami stieß ihren Bruder an. Ihr hatte es gutgetan, in den letzten Tagen mit der Planung dieser Aktion beschäftigt gewesen zu sein und nicht tatenlos auf die Winterseherin warten zu müssen. Doch die gemeinsamen Vorbereitungen hatten nicht dazu geführt, dass Galdra und Elyamur sich nicht mehr bei jeder möglichen Gelegenheit angifteten. Elyami war es inzwischen leid.

Es ging durch ein Gewirr von Tunneln, die sich immer wieder aufspalteten oder zu kleinen Räumen weiteten, die zumeist leer waren und höchstens altes Gerümpel enthielten. Elyami hätte sich hier in kürzester Zeit verlaufen, doch Galdra schien stets zu wissen, wohin sie sich wenden mussten. Sie begegneten niemandem. Zuweilen huschten Schatten vor ihnen davon. Elyami hoffte, dass es nur Ratten waren.

»Wir sind gleich da«, flüsterte Galdra nach einiger Zeit.

Alle bewegten sich nun langsamer und vorsichtiger vorwärts, bis der Gang seitlich auf einen gewölbten Tunnel stieß. Sie verharrten in der Gangmündung. Der Tunnel, in den sie nun schauten, war sorgfältig ausgehauen, hatte einen geglätteten Boden und führte mit sanfter Neigung immer tiefer in die Klippe hinein. Er war breit genug, um einen ganzen Ochsenkarren passieren zu lassen. Und dafür war er auch gedacht.

»Wir sind etwas zu früh«, flüsterte Jha Rudra. »Xorav, geh schon mal in Position. Wir anderen warten weiter hinten.«

Der Goblin nickte und klaubte einen kleinen Wurfpfeil aus seiner Tasche, dessen Spitze er in eine Phiole mit einer klaren Flüssigkeit tunkte. Dann legte er sich an der Gangmündung auf die Lauer, während Elyami ihn zusammen mit den anderen aus einiger Entfernung beobachtete.

Die Zeit schien endlos langsam vor sich hinzukriechen. Ralyazur trommelte nervös auf dem Griff seines Kurzschwerts herum.

Schließlich war vom breiten Tunnel her ein Rumpeln zu hören, das immer lauter wurde. Ein Lichtschein näherte sich von rechts, wo der Tunnel bergauf führte. Dann war auch schon ein schwerer Wagen zu sehen, den zwei Ochsen gleichmütig zogen. Auf dem Kutschbock saß ein alter Menschenmann mit breitkrempigem Hut, die Schultern hochgezogen, als herrsche in dem unheimlichen Tunnel ein Unwetter, vor dem er sich schützen müsse. Eine Laterne spendete ihm Licht. Die Ladung des Wagens lag unter einer schweren Plane verborgen.

»Drum stolpert sie, samt Schild und Schwert, ins leere Fass hinein, ins leere Fass wohl rein …«

Die Stimme des Fuhrmanns ging fast im Widerhall der quietschenden Räder unter. Sein Lied klang eher kläglich als fröhlich. Bald hatte das Fuhrwerk ihre Gangmündung erreicht. Als Elyami schon glaubte, dass es einfach vorbeifahren würde, warf Xorav aus dem Dunkel des Ganges seinen Pfeil auf den Fuhrmann.

»He! Was soll …«, keuchte der Mensch auf, als plötzlich der Wurfpfeil in seiner Schulter steckte, dann sackte er stöhnend in sich zusammen.

Das Gefährt kam zum Stehen. Die Ochsen schnauften irritiert.

»Los jetzt!«, drängte Jha Rudra.

Elyamur und Ralyazur sprangen vor und holten gemeinsam den erschlafften Körper des Mannes vom Kutschbock. Sie zogen ihn in den Seitengang und verschnürten ihn mit Lederriemen. Elyami bekam es nur am Rande mit, weil sie damit beschäftigt war, beruhigend auf die Zugtiere einzureden und über ihre Flanken zu streichen.

Ralyazur erschien wieder neben ihr. Er hatte sich den schlichten Mantel und den Schlapphut des Alten übergeworfen. Grinsend nahm er auf dem Kutschbock Platz und tippte sich grüßend an die Stirn. Xorav in seinen Dienstgewändern setzte sich neben ihn. Die anderen krochen unter die Plane auf der Ladefläche des Wagens. Er war mit Kisten, Fässern und einer Art monströsem Ofen bepackt, aus dessen eisernem Kugelbauch merkwürdige Rohre schauten. Dazwischen blieb kaum Platz für eine Menschenfrau, zwei Zwerge und zwei Elben. Sie drängten sich aneinander, so gut es ging. Dann zog Jha Rudra die Plane zu, und der Wagen rumpelte wieder los.

»Die Lieferungen kommen meistens am frühen Abend auf der Zitadelle an«, hatte Xorav ihnen erklärt. »Die Ork-Krieger durchsuchen jeden Wagen gründlich auf dem äußeren Hof. Sie schauen sogar unter das Fuhrwerk und stochern mit ihren hässlichen Säbeln in Ballen herum. Dann wird der Wagen direkt zum Gewölbetor durchgewunken und fährt in die Tiefe. Weiter unten gibt es dann keine Durchsuchungen mehr – wozu auch?«

Elyami hoffte, dass der Goblin recht behielt. Sie kauerte sich neben Elyamur zusammen, während sie alle auf dem Weg zu den Zauberwerkstätten kräftig durchgeschüttelt wurden. Dann kam der Wagen ruckartig zum Stehen.

»Was denn? Schon wieder Zeug für die Hexenküche?«, fragte draußen eine raue Orkstimme.

»Jawohl«, erwiderte Ralyazur heiser. »Wichtige Lieferung aus Zwietal.«

»Na, dann kommt halt rein«, brummte der Ork. Ein schweres mechanisches Rattern war zu hören, dann das Ächzen von Metall.

»Die Zauberwerkstätten selbst werden von einem mächtigen Fallgitter aus Stahl geschützt«, hatte Xorav erklärt. »Die Ork-Wachen öffnen es von innen, wenn man einen guten Grund vorweisen kann, die Werkstätten zu betreten. Der einzig andere Weg führt über eine lange Treppe in die herzoglichen Gemächer der Burg, wo jetzt Statthalter Darquato wohnt. Dort wachen Stumme Ritter. Hoffnungslos.«

Mit einem abschließenden Knarzen rastete das Gitter in der Decke des Ganges ein. Der Ochsenkarren rumpelte wieder vorwärts, über die Schwelle der Werkstätten.

»Halt!«, brüllte plötzlich der Ork, als sie erst wenige Meter gefahren waren. Der Wagen kam wieder zum Stehen.

»Was ist denn noch?«, keifte Xorav mit hoher Goblin-Stimme. »Wir werden bestraft, wenn die Meisterin der Alchemie ihre Sachen nicht rechtzeitig bekommt! Wir alle!«

»Ganz ruhig, Grünhaut«, grollte der Ork. »Du, Fuhrmann! Willst du nachher wieder lebendig an die Luft kommen?«

»Na-natürlich, we-werter Herr Ork«, stotterte Ralyazur. Elyami verdrehte die Augen. Hoffentlich übertrieb er nicht.

»Dann darfst du den Reißzahn-Kriegern als kleinen Wegzoll noch einen ausgeben! Wenn du Schnaps hast, kannst du ihn gleich dalassen. Ansonsten gehst du vor dem Losfahren in die Wachkammer und lässt das Geld für eine Runde da. Hordenführer Drakshai hat heute Dienst. Haben wir uns verstanden?«

»Gewiss, Eure Orkigkeit«, krächzte Ralyazur.

»Los jetzt!« Der Ork schlug klatschend einem Ochsen auf die Flanke. Der Wagen rumpelte wieder los.

Elyami atmete schwer durch. Reißzahn-Orks also. Der gleiche Clan, der sie durch die Klippen gejagt hatte. Und heute war offenbar sogar der Hüne mit der Knochenaxt hier, der den Klippen-Ghoulen als Einziger entkommen war. Sie hatte gewiss kein Interesse an einer weiteren Begegnung. Hinter ihnen knirschte und ächzte es, als sich das Fallgitter wieder senkte.

»Die Wagen werden in einem großen Gewölbe bei den Lagerhallen entladen«, hatte Xorav erklärt. »Dort gibt es auch eine Tränke für die Ochsen. Es ist immer viel los, weil die Alchemisten gleich sehen wollen, was angekommen ist, und die Träger herumscheuchen. Nur die Meisterin ist nicht da. Sie zeigt sich nie. Die Ork-Krieger haben bei dem Gewölbe ihre Wachkammer, aber sie packen nicht mit an und helfen nur beim Herumscheuchen. Der Fuhrmann muss auch mit abladen, ehe er sich um seine Tiere kümmern darf. Danach fährt er den leeren Wagen sofort wieder hoch in den Hof der Zitadelle und übernachtet in den Stallungen.«

Der Wagen setzte seine Fahrt noch eine Weile fort und wurde dann plötzlich langsamer. Elyami wusste, dass laut Plan das Fallgatter nun hinter einer Biegung lag, während das Gewölbe bei den Lagern noch nicht in Sicht gekommen war. Das war der tote Winkel, den sie ausnutzen mussten. Zusammen mit den anderen schlüpfte sie unter der Plane hervor. Vorne auf dem Kutschbock übergab Ralyazur nun Xorav den Hut und den Überwurf des Kutschers. Der Goblin sah in den übergroßen Sachen ziemlich zerlumpt aus, aber das erwarteten die Menschen von Goblins ja.

Ralyazur sprang vom Fuhrwerk, während Xorav die Ochsen

wieder antrieb. Er würde unten, im Gewölbe, den Kutscher mimen und das Entladen so umständlich wie möglich in die Länge ziehen, um den anderen Zeit zu verschaffen. Da er seine Dienerkluft untergezogen hatte, würde er anschließend hoffentlich als einfacher Bediensteter irgendwo in der Zitadelle untertauchen können. Niemand beachtete Goblins.

»Da rein«, flüsterte Galdra und zeigte auf eine der Gangöffnungen, die in unregelmäßigen Abständen vom Haupttunnel abzweigten. Elyami entging nicht, dass sie diesmal für ihre Entscheidung länger gebraucht hatte. Sie betraten nun den Bereich der Gewölbe, für den Tungolf nur unzureichendes Kartenmaterial gefunden hatte.

Es ging durch eine Reihe von Räumen, denen man ansah, dass sie gerade für den baldigen Gebrauch hergerichtet wurden. Arbeitstische, Truhen und andere Möbelstücke waren aufgestellt, halb ausgepackte Transportkisten mit Tongeschirr oder Metallwerkzeugen standen herum. Leere Kisten stapelten sich in einer Ecke. Einmal näherten sich ihnen zwei Stimmen durch die Gewölbe, und Jha Rudra hob warnend die Hand. Alle verharrten in der Bewegung. Doch die Stimmen zogen vorbei, vertieft in einen Streit darüber, wohin ein »verflucht schweres Teil« denn nun gebracht werden sollte.

Erleichtert setzten sie ihren Weg fort. Nicht ohne Bewunderung beobachtete Elyami, wie sich Galdra an jeder Abzweigung aufs Neue orientierte und dann entschlossen auf einen der Torbögen zustapfte. Sie schien sich mit der gleichen intuitiven Sicherheit durch die unbekannten Gewölbe zu bewegen, mit der die Grünhüter von Liráya ihre Wälder durchstreiften. Schließlich erreichten sie eine Treppe, die ein gutes Dutzend Stufen hinunterführte. Sie endete vor einer schweren, mit Eisenbändern beschlagenen Tür.

»Verschlossen«, kommentierte Galdra lakonisch, nachdem sie vorsichtig daran gerüttelt hatte.

»Nicht mehr lange«, murmelte Jha Rudra und glitt zu ihr nach vorne. Wie aus dem Nichts erschien ein Ring mit gebogenen Drähten in ihrer Hand, deren Form an Schlüssel erinnerte. Sie lächelte zufrieden in sich hinein, während sie sich damit am Schloss zu schaffen machte.

»Ich glaube, Ihr habt uns richtig geführt, Galdra«, flüsterte sie, ohne beim Hantieren innezuhalten. »Was auch immer dahinterliegt, es muss wichtig sein. So ein feines Schloss baut niemand zum Spaß ein. Es ist ähnlich gut wie die im Spielhaus. Nur dass wir für gewöhnlich keine Giftnadeln für unsere Gäste darin verstecken.«

Sie zog rasch die Finger zurück, als ein winziger Dorn aus den Beschlägen des Schlosses herausschnellte. Mit einer kleinen Zange knickte sie die Nadel ab, ehe sie ihre Arbeit fortsetzte. Kurze Zeit später war ein befriedigendes Klacken zu hören, und die Tür sprang einen Spalt breit auf.

»Hereinspaziert«, sagte Jha Rudra selbstzufrieden und ließ es sich nicht nehmen, die offene Tür einladend zu präsentieren.

Vorsichtig drang die Gruppe in den Raum dahinter vor.

Es war ein rundes Gewölbe mit einer ausgemauerten Kuppeldecke, größer als die Räume, durch die sie bislang gekommen waren. Eine weitere Tür lag auf der anderen Seite des Raumes. Sie war geschlossen und sah ähnlich massiv aus wie ihr Pendant gegenüber. Der Raum schien leer zu sein, doch ringsum waren Nischen von der Größe kleiner Nebenräume in die Wände eingelassen, insgesamt fünf auf jeder Seite.

»Hier besonders aufpassen«, mahnte Jha Rudra und nickte zur Tür gegenüber. »Dort könnte jemand sein.«

Jetzt fiel es auch Elyami auf, dass ein Lichtschimmer unter dem Türspalt zu sehen war. Der Raum auf der anderen Seite war demnach zumindest beleuchtet.

Sie drückten sich an der Außenwand entlang und warfen beim Vorbeigehen einen Blick in die erste Nische. Eine massive Truhe stand an ihrer Rückwand, daneben lag ein Haufen aus Knochen und Lumpen. Sie gingen weiter. Die nächste Nische bot einen ähnlichen Anblick, doch hier war es ein komplexes Gebilde aus Glasballons und Röhren, das auf einem Podest neben einem Knochenhaufen thronte. In der Nische dahinter stand ein bauchiger, schwarz glänzender Kessel, der sie fast zur Hälfte ausfüllte. Seine Wände reichten einem hochgewachsenen Menschen bis ans Kinn und waren mit grotesken Gravuren verziert. Sie zeigten im unteren Bereich abstrakte Muster aus wimmelnden Strichen und undefinierbaren Formen, aus denen nach oben hin Arme, Beine und ganze Körper von Kreaturen wurden, für die Elyami keine Namen kannte. Der Knochenhaufen in dieser Nische wurde von der wuchtigen Form des Kessels ganz in die Ecke gedrängt.

»Darf ich die leise Vermutung äußern, dass wir hier einen Brutkessel der Nephilim vor uns haben?«, fragte Ralyazur mit gekünstelter Höflichkeit.

»Du darfst«, erwiderte Jha Rudra. »Und vor allem darfst du ihn so schnell wie möglich unschädlich machen! Ich komme mit und helfe dir. Der Rest behält den Raum und die Tür im Auge.«

Elyami nickte und machte ihren Kurzbogen bereit. Auch die anderen blieben wachsam, während Jha Rudra und Ralyazur in die Nische mit dem Kessel vordrangen. Schon ihr erster Schritt war ein falscher, denn plötzlich kam Bewegung in den Knochenhaufen in der Ecke. Bedrohlich knackend begannen die Knochen zu zucken und sich von selbst zu bewegen. Sie fügten sich binnen weniger Herzschläge zu einem grotesken Umriss zusammen, der sich aufrichtete und auf die Eindringlinge zuschlurfte. Elyami sah einen gewölbten Brustkorb mit nackten Rippen, mächtig wie der eines Bären. Von ihm gingen verschiedenste knöcherne Arme und Beine mit Klauen und Haken ab. Das Ding hatte zwei nackten Schädel: der eine war länglich und voller spitzer Zähne wie von einem Krokodil, der andere ein übergroßer Menschenschädel mit Reißzähnen.

Das Skelett stürzte sich auf Jha Rudra und Ralyazur. Die Diebespriesterin rollte sich blitzschnell zur Seite ab, der Halbelb wurde umgerissen und von dem Unwesen unter sich begraben.

Sechs oder sieben Greifarme umschlangen ihn gleichzeitig. Elyami sprang einen Schritt zurück und feuerte einen Pfeil auf das Wesen, der wirkungslos zwischen seinen Rippen stecken blieb. Dann waren auch schon Elyamur und Galdra zur Stelle, Seite an Seite und mit Schwert und Axt bewaffnet. Elyamurs rasche Hiebe trennten ein paar der Knochenarme vom Rumpf, während Galdra mit ihrer Stabaxt den Brustkorb von Ralyazur herunterfegte. Der Halbelb kroch stöhnend davon. Ein Greifarm packte die Zwergin von hinten, und Elyamur trennte ihn in der Mitte durch. Galdra ließ ihre Axt niederfahren und zerschmetterte gleich mehrere Rippen im Brustkorb der untoten Kreatur.

»Zur Seite!«, drängte Gorin und hob seine Armbrust. Im nächsten Augenblick schlug klackend ein Bolzen in den Krokodilschädel der Knochenkreatur ein und hüllte ihn in eine Feuerwolke.

Elyami hatte inzwischen einen neuen Pfeil aufgelegt und beobachtete die Tür am anderen Ende des Raumes. Falls jemand von dem Lärm angelockt wurde, würde sie ihn empfangen. Das Geräusch von klappernden Knochen war zu hören, und ein Blick über die Schulter verriet Elyami, dass die Unkreatur inzwischen nur noch ein Haufen zerschmetterter Gebeine war, zwischen denen letzte Flämmchen aufzuckten. Die Tür gegenüber blieb geschlossen.

Irgendein Knochendorn hatte eine hässliche Schnittwunde in Ralyazurs Schulter gerissen, die Jha Rudra gerade untersuchte. Elyamur hatte einen Kratzer am Handrücken, ansonsten war niemand verletzt.

»Was war das?«, fragte Gorin, während er seine Armbrust nachlud.

»Ein Nekrotherion«, antwortete Ralyazur mit einem Stöhnen. »Vermischte Knochen verschiedener Kreaturen, die gemeinsam ein untotes Konstrukt ergeben. Nicht sehr klug, aber stark. War wohl eine Art Wache.«

»Jedenfalls nicht stark genug«, brummte Galdra und versetzte dem Krokodilschädel einen Tritt.

»Das war ein kleines Exemplar«, erwiderte Ralyazur und

grinste schon wieder. »Es heißt, dass ein machtvoller Beschwörer ganze Gebeinfelder zu einem einzigen großen Nekrotherion erheben kann.«

»Genug jetzt«, unterbrach ihn Jha Rudra ungewöhnlich ernst. »Kümmere dich rasch um den Brutkessel. Die anderen passen auf.«

Ralyazur nickte knapp und begann, sieben flache goldene Schalen aus seinem Rucksack zu kramen, die er in einem Kreis um den Kessel herum platzierte. Mit Silberkreide kritzelte er Zauberzeichen dazwischen auf den Boden. Elyamur und Galdra gingen unterdessen an den weiteren Nischen des Raumes entlang, jeder auf einer anderen Seite. Gorin hielt mit gespannter Armbrust Wache.

Jha Rudra reichte Ralyazur Bündel mit Kräutern und Pflanzenteilen aus dem Rucksack an, die er in den Schälchen verteilte. Elyami erkannte die Waren wieder, die sie auf dem Marktplatz ausgesucht hatte. Ralyazur entzündete nacheinander das Kräuterwerk in den einzelnen Schalen, während Jha Rudra sich hinkniete und leise Segensformeln im Namen der nächtlichen Göttin Zelja murmelte. Das schien eine komplexe Entzauberung zu werden.

Elyami wandte sich ab und ging mit leisen Elbenschritten auf die Tür mit dem Lichtschimmer auf der anderen Seite des Gewölbes zu. Vorsichtig legte sie ein Ohr an das Holz. Aus der Nähe war dahinter ein beständiges Blubbern, Brodeln und Zischen zu hören. Offenbar rumorten dort irgendwelche alchemistischen Gerätschaften. Vielleicht war im Nebenraum auch tatsächlich jemand vertieft in seine Arbeit. Der Lärm der Geräte hatte wohl glücklicherweise den Kampf gegen das Nekrotherion übertönt.

Sie huschte zu Jha Rudra zurück, um Bericht zu erstatten. Die Priesterin hatte ihre Beschwörungen inzwischen beendet und half Ralyazur, der Zauberzeichen zwischen die Schalen mit dem Kräuterwerk zeichnete. Es roch trocken und würzig, und zugleich nach den Pflanzen tausend unbekannter Wälder.

Schließlich griff Ralyazur in seinen Rucksack und zog eine runenbedeckte Tontafel nach der anderen heraus, die er murmelnd in den Kessel warf. Die Räucherschalen flammten hell auf. Der schwarze Bauch des Kessels schien auf einmal grünlich zu schimmern.

Jha Rudra nickte aufmerksam, als Elyami von der Tür berichtete. Elyamur und Galdra kamen wieder heran.

»In einer der Nischen steht ein Bücherregal«, berichtete Elyamur aufgeregt. »Die Bände sind mit eigentümlichen Zeichen beschriftet, aber ich konnte die Worte *Kreaturen* und *Pläne* herauslesen. Darin scheint verzeichnet zu sein, mit welchen Ritualen die Kreaturen des Kettenfürsten erschaffen werden! Mit diesem Wissen könnten unsere Zauberkundigen bestimmt Bannzauber gegen alle möglichen Geschöpfe finden. Denkt an die Dornenelben in Liráya!«

»Und da hinten gibt es ein ganzes Fass mit Aidios-Kristallen«, fügte Galdra hinzu. »Der unzerbrechliche Werkstoff, aus dem meine Axt besteht! Ich weiß nicht, was die Kettendiener damit für Unheil anrichten könnten. Aber ich weiß, wie wertvoll das für unsere Leute wäre! Waffen und Werkzeuge aus Aidios!«

»Ich berge die Pläne, während Ralyazur noch beschäftigt ist«, sagte Elyamur entschlossen. »Diese Gelegenheit müssen wir ergreifen.«

»Aber in jeder Nische scheint es ein Nekrotherion zu geben, und noch mehr Kampflärm könnte jemanden alarmieren!«, widersprach Elyami.

»Mit diesen Knochenhaufen werde ich schon fertig«, schnaubte Galdra. »Wir kommen doch nie wieder hierher, und der Halbelb da scheint noch etwas Zeit zu brauchen.«

Ralyazur hockte inzwischen mit geschlossenen Augen im Schneidersitz auf dem Boden. In der rechten Hand hielt er einen Dolch, auf dessen Griff Zauberzeichen unwirklich von innen heraus zu leuchten schienen. Mit der Spitze des Dolches deutete er auf den mächtigen Bauch des Kessels. Der grüne

Glanz auf seinem Metall verfärbte sich plötzlich silbrig, zugleich wirkten seine Umrisse merkwürdig unscharf. Wölbte sich dort nicht schon ein Teil der Oberkante nach innen, als bestünde sie aus heißem Wachs?

»Ich weiß nicht …« Jha Rudra wippte unruhig auf der Stelle. Sie hielt eine Tontafel mit Bann-Runen in der Hand, die offenbar ebenfalls für den Kessel bestimmt war. Elyami konnte förmlich sehen, wie ihre Vorsicht mit ihrer Leidenschaft für ein gewagtes Spiel mit hohem Einsatz rang.

»Also, ich weiß, dass ich diese Möglichkeit, Liráya zu beschützen, nicht verstreichen lasse!«, sagte Elyamur trotzig.

»Und die Aidios-Kristalle wurden den Zwergen von Kurrond geraubt«, grollte Galdra. »Ich lasse nicht zu, dass der Kettenfürst mit ihrer Macht irgendeine Teufelei anstellt!«

»Gut, aber beeilt Euch und deckt Euch gegenseitig«, entschied Jha Rudra und wandte sich wieder dem Kessel zu, dessen obere Ränder bereits sichtbar zusammenfielen. Entschlossen warf sie ihre Tontafel hinein, während Ralyazur mit der Dolchspitze komplexe Muster in der Luft beschrieb.

»Die Zeit reicht vielleicht nicht mehr für beide Nischen, also entscheidet Euch …«, mahnte sie, ehe sie sich wieder Ralyazurs Rucksack zuwandte.

»Ich hole die Pläne! Dafür brauche ich keine Zwergenaxt«, entschied Elyamur und machte sich auf den Weg.

»Denkst du, ich bräuchte deinen Elben-Zahnstocher, um die Kristalle zu holen?«, schnaubte Galdra und lief ebenfalls los.

Beide hielten in verschiedene Richtungen auf eine der Nischen zu. Elyami und Gorin tauschten einen entsetzten Blick.

»Galdra, warte!«

»Elyamur, du kannst nicht …«

Knackend und knirschend warf sich schon eine bullige Knochen-Monstrosität auf den Elbenkrieger. Fast zeitgleich riss Galdra ihre Axt hoch, als ihr die bleiche Schreckensgestalt eines Nekrotherions mit langem Schlangenhals aus der Nische entgegensprang.

»Wir müssen ihnen helfen!«, rief Gorin und rannte zu seiner Schwester.

Elyami hängte ihren Bogen über die Schulter und eilte mit gezogenem Dolch an Elyamurs Seite. Vielleicht konnte sie das Biest zumindest irgendwie ablenken. Und hinterher hatte sie ein paar Takte mit Elyamur zu reden!

Elyamur tanzte in engen Zirkeln durch die Luft und ließ immer wieder sein Schwert auf den gehörnten Stierschädel der untoten Kreatur niedersausen. Elyami sprang mit ihrem Dolch vor und schlug einen Greifarm mit scherenartiger Klaue beiseite, der gerade ihren Bruder packen wollte. Hastig wich sie zurück, als ein weiterer Arm, der in einem schnappenden Totenschädel endete, auf sie zuraste. Aus dem Augenwinkel nahm sie wahr, dass das Nekrotherion auf der anderen Raumseite Feuer gefangen hatte. Offenbar tat einer von Gorins Runenbolzen seine Wirkung. Dann konzentrierte sie sich wieder auf ihren eigenen Kampf.

Knochen krachten, als Elyamur der Kreatur den gehörnten Schädel spaltete. Mit einem kühnen Sprung schwang sich der Wolkentänzer auf das beinerne Rückgrat des Untoten, als ihn auch schon die nächste Klaue von hinten packte. Er ließ seine Klinge entschlossen niederfahren, woraufhin die Klaue ihn losließ. Das Nekrotherion bäumte sich auf, der Elbenkrieger wurde von seinem Rücken geworfen. Er prallte direkt gegen die geschlossene Tür auf der anderen Seite des Raumes, was laut in dem Gewölbe widerhallte.

»Nein!«, entfuhr es Elyami.

Dann klackte noch einmal die Armbrust, und fauchend schlug ein weiterer Flammenbolzen in Elyamurs Gegner ein. Galdra kam mit ihrer Kristallaxt herbeigerannt, während Elyamur wieder auf die Füße sprang. Ihre Axt und Elyamurs Schwert trieben die brennenden Reste der untoten Kreatur in die Nische zurück.

Elyami warf einen hastigen Blick über die Schulter. Der Brutkessel war zu einem großen Klumpen schwarzen silbrig leuchtenden Metalls zusammengeschmolzen. Ralyazur hob gerade den Dolch und stieß seine Spitze entschlossen mitten in den Klumpen hinein. Jegliches Leuchten wich aus dem Metall, als seine Magie im Fels versickerte.

»Beeilung!«, rief Jha Rudra.

Elyamur sprang über den schwelenden Knochenhaufen hinweg, der eben noch das Nekrotherion gewesen war, und begann, dicke Bücher aus einem Regal zu reißen. Galdra stürmte gerade in die Nische mit den Aidios-Kristallen, als die Tür auf der anderen Seite des Gewölbes aufflog.

Elyami, die der Tür am nächsten stand, fuhr herum. Im Durchgang stand eine hochgewachsene Frau, die eine derbe Arbeitsschürze voller Flecken und Brandlöcher trug. Ihre Hände steckten in schweren Handschuhen, die ihr bis zu den Ellenbogen reichten. Ihr Kopf wurde von einer Art Schutzmaske aus Leder bedeckt, die nur einen schmalen, mit dunklem Glas eingelegten Schlitz für die Augen frei ließ.

»Wie könnt ihr es wagen, hier einzudringen!«, zischte sie mit einer Stimme, die wie das Klirren von zerspringendem Kristall klang.

Irgendwie glaubte Elyami mehr Empörung über ihr unverschämtes Benehmen aus der Stimme der Frau herauszuhören als Wut. Dann dachte sie nicht weiter nach, riss ihren Bogen von der Schulter und griff nach einem Pfeil.

Die Alchemistin umfasste im selben Moment mit beiden Händen ihre lederne Schutzmaske und zog sie sich vom Kopf. Ein Gesicht von marmorweißer Schönheit kam zum Vorschein, mit hohen Wangenknochen und scharf geschnittenen Zügen. Elyamis Blick aber wurde sofort von den Augen der Alchemistin angezogen. Sie waren groß und pupillenlos und glänzten wie zwei blankpolierte schwarze Spiegel. Elyami konnte darin ihr Abbild erahnen. Doch die Gestalt, die sie selbst war, sah auf unbeschreibliche Weise falsch und verzerrt aus. Dennoch konnte sie ihren Blick nicht davon abwenden.

Die Frau mit den Spiegelaugen lächelte schmal, und Elyami spürte Kälte in sich aufsteigen. Ihre Finger wurden steif, als sie gerade den Pfeil auf die Bogensehne auflegte. Elyamurs »Nein!« hallte dumpf in ihren Ohren wider. Sie wollte den Kopf wenden, doch ihr Hals war völlig unbeweglich. Ihre Füße hafteten am Boden fest, ihre Arme erstarrten mitten in der Bewegung. Die Kälte breitete sich immer weiter aus, erreichte jede Faser ihres Körpers. Die Alchemistin trat aus ihrem Gesichtsfeld. Elyami wollte sich umwenden, irgendetwas tun, doch sie konnte nur geradeaus auf die leere Türöffnung starren, während die Kälte immer durchdringender wurde. Als ihr Herz zu schlagen aufhörte, spürte sie es kaum.

Zwanzigstes Kapitel

SWERTENBURG
DIE ZITADELLE, IN DEN GEMÄCHERN DES STATTHALTERS

Der Wein aus Swertengund hatte die Lieblichkeit einer unreifen Zitrone. Er fühlte sich bitter im Abgang an und machte denjenigen, der zu viel davon trank, nachdenklich und mürrisch. Statthalter Darquato bevorzugte den schweren, samtigen Rotwein aus seiner Heimat Lorvia. Dennoch wies er seinen Leibdiener an, eine weitere Flasche Goblinthaler Kravana-Tropfen zu bringen.

Was diese blasshäutigen Nordleute auf ihren schattigen Hängen anbauten, verdiente kaum die Bezeichnung Wein. Darquato wusste das sehr gut, denn seine Familie besaß Weinberge in Ravikra, der wilden Ostprovinz von Lorvia. Natürlich würde er als Viertgeborener nichts davon erben – das bekam alles sein fetter Bruder, der Älteste. Der Familienbesitz musste zusammenbleiben. Einst hatte Darquato das zornig gemacht. Ein Zorn, der ihn früh zu einem unbarmherzigen Krieger geformt hatte und ihn erst als Söldner, dann als Offizier der Kettenheere vorangetrieben und schließlich als Heerführer Swertengund hatte erobern lassen. Nun herrschte er über eine Provinz, in deren Hauptstadt allein hundertmal mehr Untertanen lebten als auf den kärglichen Besitztümern seines Bruders. Das war auch der Grund dafür, dass er ungeduldig seinen Becher hinhielt, als sein Diener die nächste Flasche von diesem galligen Kravana-Tropfen entkorkt hatte. Als Herr von Swertenburg gehörte ihm der herzogliche Weinkeller. Es war sein Privileg, darauf zuzugreifen, und er nutzte es jeden Abend. Niemand würde ihm auch nur den kleinsten Teil seiner Herrschaft streitig machen.

»Wollt Ihr nicht einen Trinkspruch ausbringen, werter Herr Bürgermeister?«, fragte er lächelnd sein Gegenüber, dem ebenfalls gerade nachgeschenkt wurde.

Bürgermeister Liutbart von Swertenburg war ein kleiner, rundlicher Mann mit Halbglatze und mächtigem Backenbart um die fünfzig, den der Rat einst in friedlicheren Zeiten für seine Erfahrung in Handelsdingen gewählt hatte. Er saß allein mit Darquato an einem kleinen Tisch im Kaminzimmer der herzoglichen Gemächer. Der Raum war fast unverändert mit den schweren, reichbeschnitzten Möbeln eingerichtet, die der Statthalter nach der Eroberung vorgefunden hatte. Er hatte lediglich die Portraits der herzoglichen Vorfahren verbrennen lassen und stattdessen Waffen aus aller Welt und andere Kriegserinnerungen an die Wände angebracht.

»Auf unseren Herrn, den Kettenfürsten«, sagte Bürgermeister Liutbart steif und hob den Weinpokal. »Möge er ewig herrschen.«

»Möge er ewig herrschen«, wiederholte Darquato fest und stieß mit dem Bürgermeister an.

Es verschaffte ihm eine gewisse Befriedigung, den schwächlichen Händler wie ein mechanisches Spielzeug einen Spruch aufsagen zu lassen, bei dem er sich innerlich vermutlich wand. Aber das war nicht der einzige Grund dafür, warum er immer wieder Mitglieder des Stadtrats und andere Größen von Swertenburg zu sich auf die Zitadelle einlud. Er wollte sie kennenlernen – und er wollte, dass sie *ihn* kennenlernten. Beides diente der Sicherung seiner Macht.

»Wisst Ihr eigentlich, warum der Kettenfürst einen Südländer wie mich als Statthalter über Swertengund eingesetzt hat?«, fragte Darquato den Bürgermeister beiläufig, nachdem beide getrunken hatten.

»Vermutlich, weil Ihr das Herzogtum mit einem der Kettenheere erobert habt«, antwortete Liutbart vorsichtig.

»Fast richtig«, erwiderte Darquato und lehnte sich lümmelhaft in seinem Polstersessel zurück. Eine Geste, die er sich erlauben konnte – und der Bürgermeister ganz gewiss nicht. »Das Herzogtum war tatsächlich ein Lohn für meine Erfolge als Feldherr. Aber Ihr werdet auch feststellen, dass überall, in allen Kettenlanden, Statthalter herrschen, die nicht aus der Provinz stammen, der sie vorstehen.«

Er nahm noch einmal einen Schluck Wein.

»Das hat der Kettenfürst so bestimmt, damit niemand in Sentimentalitäten gegenüber seiner Heimat verfallen kann. Denn solche Gefühle machen schwach und bringen einen dazu, nicht das zu tun, was getan werden muss, um die Ordnung zu erhalten.« Darquato ließ seinen drahtigen Oberkörper vorschnellen, als wollte er den Bürgermeister packen.

Liutbart wich instinktiv zurück. Der Statthalter lächelte ihn verbindlich an.

»Findet Ihr das nicht auch sinnvoll?«

»Gewiss.«

»Ihr stammt aus der Gegend hier, nicht wahr?«

»Ja, aus Goblinthal am Thuros, etwas südlich von Swertenburg.«

Verstohlen warf Liutbart einen Blick auf die Weinflasche, die direkt aus seinem Heimatdorf stammte. Darquato schmunzelte. Als wenn ihm das nicht bewusst gewesen wäre!

»Und darum wäre es Euch, werter Herr Bürgermeister, gewiss auch schwergefallen, Goblinthal niederbrennen zu lassen, nicht wahr? Dort sind kürzlich drei Proviantwagen der Kettenheere verschwunden, offenbar wurden sie gestohlen. Doch glücklicherweise hatte ich keinerlei Skrupel hinsichtlich der Bestrafung.«

Er lehnte sich zurück und wartete ab.

»Ihr habt … was?«, fragte Liutbart mit schreckgeweiteten Augen, als ihm bewusst wurde, was er da eben gehört hatte.

»Ihr müsst verstehen, dass ich die Gerechtigkeit des Kettenfürsten mit aller Strenge durchsetzen muss. Sonst wird in diese Lande niemals Frieden einkehren«, erklärte Darquato mit geheucheltem Bedauern. Er hatte absichtlich dafür gesorgt, dass der Bürgermeister zum Abendessen mit ihm abgeholt wurde, bevor ihn die Nachricht aus Goblinthal erreichen konnte.

»Aber wie … was …«, stammelte Liutbart.

Darquato wusste genau, was ihm auf der Seele brannte: die Frage, was mit dem Teil seiner Familie geschehen war, der auf seinem Landgut bei Goblinthal lebte. Der Statthalter würde ihm bei Gelegenheit mitteilen, dass er sie als Geiseln an einen sicheren Ort hatte bringen lassen – dann würde ihm der Bürgermeister womöglich sogar in Dankbarkeit verbunden sein –, heute aber musste er ihn endgültig brechen. Nur dann *kannte* er Darquato wirklich.

»Wie wäre es mit einem weiteren Trinkspruch, werter Herr Bürgermeister?«, fragte er lauernd. »Vielleicht auf die Gerechtigkeit des Kettenfürsten?«

Grausamkeit war eine der schärfsten Waffen eines Machthabers, und Darquato liebte scharfe Waffen. Schon bald würden ihn alle Mächtigen von Swertengund so fürchten, wie ihn auch seine Gegner auf dem Schlachtfeld fürchten lernten. Erst dann war seine Herrschaft wirklich gesichert.

Der Statthalter beobachtete interessiert, wie der kleine, dicke Bürgermeister aus allen Poren schwitzte und sich zusammenzunehmen versuchte. In diesem Moment setzte ein dumpfes Pochen hinter seiner Stirn ein. Das Gefühl erinnerte ihn entfernt an den machtvollen Sog, wenn der Kettenfürst ihn über die Seelenkette rief. Doch dies war viel schwächer. Er spürte den Ruf eines anderen Kettenträgers, dringlich und alarmierend. Er kam von unten, aus den Gewölben …

Bilder blitzten hinter Darquatos Stirn auf. Er sah die Schatzkammer der Zauberwerkstätten, wo alle wertvollen Geräte und Materialien verwahrt wurden. Menschen, Elben und Zwerge liefen dort durcheinander, jemand schrie. Zwischen ihnen stampfte eine mächtige, bleiche Gestalt herum und griff mit langen Knochenarmen nach ihnen, offenbar eine Art untoter Riese. Dann kam ein kupferhaariger Elbenkrieger in voller Adamantglas-Rüstung in Darquatos Gesichtsfeld. Er hatte ihm den

Rücken zugewandt, bewegte sich mit erstaunlicher Gewandtheit rückwärts auf ihn zu. Der Statthalter bemerkte, dass der Elb seinen linken Arm erhoben hatte und auf das spiegelnde Glas seiner Unterarmschiene schaute, um sich nach hinten zu orientieren. In der Rechten führte er ein langes, gekrümmtes Schwert. Im Spiegelglas der Armschiene tauchte ein verzerrtes Gesicht mit großen schwarzen Spiegelaugen auf. Das war die Meister-Alchemistin, ihr Mund öffnete sich zu einem Schrei und … Der Elb kniff die Augen zusammen, wirbelte im Sprung herum und stieß mit seinem langen Schwert zu. Darquato sah die Klinge auf sich zukommen, dann verschwand das Bild plötzlich.

Stöhnend rieb er sich die Schläfen. Für gewöhnlich bestand das Band einer Seelenkette nur zwischen dem Kettenfürsten und einem Kettenträger. Doch wenn mehrere Träger sich in der Nähe aufhielten, konnten sie durch die geteilten Seelensplitter ihres Herrn auch miteinander in Verbindung treten. Genau das hatte die Meister-Alchemistin eben getan. Dass seine Eindrücke so plötzlich abgebrochen waren, hatte nichts Gutes zu bedeuten. Es gab Eindringlinge in den Gewölben! Und Darquato hatte eine sehr konkrete Vermutung, wer diese Elben und Zwerge waren.

»Der Herr Bürgermeister will jetzt gehen. Schaff ihn hier raus!«, fuhr er seinen Leibdiener an.

»Aber … aber …«, stammelte Liutbart überrumpelt.

Darquato kümmerte sich nicht weiter um ihn und rauschte aus dem Raum. Zwei Türen weiter lag die Wachkammer seiner Ork-Leibwächter. Es waren breitschultrige Wolfsschädel-Orks in rot-schwarz lackierten Rüstungen, die gerade gelangweilt über ihren Würfeln saßen.

»Alle Ork-Krieger sofort runter in die Gewölbe!«, brüllte Darquato sie an. »Es sind Eindringlinge in der Zitadelle! Schatzkammer der Zauberwerkstatt! Alarmiert Drakshai und die anderen Hordenführer! Riegelt alle Ausgänge ab! Und nehmt die Stummen Ritter mit! Abmarsch!«

Er schlug die Tür wieder zu und hetzte weiter nach hinten, in seine persönliche Schlafkammer. Hier öffnete er den wuchtigen Kleiderschrank und nahm einen Vogelkäfig aus Draht heraus, der offenbar leer war. Doch der Statthalter wusste es besser. Ungeduldig schüttelte er den kleinen Käfig wie eine Glocke.

»Lirdri«, zischte Darquato. »Zeig dich mir und hör zu!«

Im Käfig erschien ein vager, halbdurchsichtiger Umriss, der nur aus flimmernder Luft zu bestehen schien und beständig verschwamm und seine Form veränderte. Er erinnerte an eine weibliche Gestalt mit Flügeln auf dem Rücken, etwa so groß wie ein Unterarm.

»Was wünscht mein unwürdiger Meister?«, fragte eine hohe Stimme gelangweilt. »Für welche Aufgabe ist seine Macht diesmal zu klein?«

Darquato praktizierte keine Magie, und er achtete sie auch nicht besonders. Er wusste aus eigener Erfahrung, dass Zauberer genauso bluteten wie alle anderen auch, egal, wie viel Brimborium sie zuvor betrieben hatten. Dennoch griff auch er auf die Vorzüge der Zauberei zurück, wenn es ihm dienlich war. So auch auf diese gefangene kleine Flügelfee, die er einst einem feindlichen Kriegszauberer auf dem Schlachtfeld abgenommen hatte. Sie nahm ihm den Tod ihres alten Meisters immer noch übel, was Darquato an guten Tagen amüsierte. Heute jedoch war keine Zeit für solchen Unfug.

»Lirdri, du wirst sofort in die Gewölbe hinunterfliegen und sie durcheilen, bis du eine Gruppe von Eindringlingen gefunden hast, in der sich unter anderem Elben und Zwerge befinden. Beginne deine Suche in der Nähe der Schatzkammer. Wenn du sie gefunden hast, wirst du ihnen unsichtbar folgen und mir berichten, wohin sie gehen. Bleib an ihnen dran, bis ich dir etwas Anderes befehle.«

»Herumspionieren, wie? Wenn es weiter nichts ist … Na, dann mach endlich den Käfig auf!«

»Nicht so schnell!«, fuhr Darquato fort. »Ich verbiete dir explizit, mit den Eindringlingen oder jemand anderem Kontakt aufzunehmen oder sonst irgendetwas zu tun, was sie darauf aufmerksam machen könnte, dass sie verfolgt werden! Du wirst nichts unternehmen, um meine Pläne zu sabotieren! Verstanden?«

»Du brüllst schließlich laut genug«, entgegnete Lirdri mit gelangweilter Stimme. Dann huschte sie – wie ein frischer Windhauch – aus dem Raum.

Der Statthalter hielt sich nicht damit auf, sich über ihre widerspenstige Art zu ärgern. Er schaute zu dem Gestell neben seinem Bett, auf dem seine Schlachtrüstung aus geschwärztem Stahl präsentiert wurde, verziert mit silbernen Kettengravuren. Nein, das würde zu lange dauern … Er warf sich stattdessen sein nietenbesetztes Lederwams über und gürtete sein Wehrgehänge mit einem schlanken Schwert und einem Linkhand-Dolch. Dann band er sich die langen dunklen Haare zu einem praktischen Zopf und schlüpfte durch eine Tür, hinter der ihn eine Wendeltreppe erwartete. Das war der Direktzugang zu den Gewölben von den herzoglichen Gemächern aus, offenbar einst als Fluchtweg angelegt.

Ungeduldig nahm Darquato immer zwei Stufen auf einmal, bis er in der Wachkammer in der Nähe jenes Gewölbes herauskam, wo die ankommenden Fuhrwerke entladen wurden. Klappernde Stiefel und raue Rufe in den Gängen ringsum verrieten ihm, dass seine Ork-Krieger bereits dabei waren, die Gewölbe zu durchsuchen.

»Bericht!«, brüllte er Hordenführer Drakshai an, der gerade seinerseits damit beschäftigt war, Krieger in alle Richtungen zu scheuchen.

Der stämmige Reißzahn-Ork schnaubte vor Wut. Offenbar hatte er nicht vor, nach den schmachvollen Ereignissen in den Schwarzglasklippen eine weitere Niederlage einzustecken.

Darquato erfuhr etwas von einem geheimnisvollen Fuhrwerk, das vor Kurzem eingetroffen war. Ob es ein Goblin oder ein Mensch gelenkt hatte, darüber gingen die Berichte auseinander. Der Fuhrmann war jedenfalls nirgendwo aufzutreiben. Es hatte Kämpfe und Zerstörungen direkt bei der Alchemistenküche gegeben. Das Fallgitter an der Zufahrt und sämtliche anderen Ausgänge wurden selbstverständlich streng bewacht, die Eindringlinge könnten unmöglich entkommen und …

Ungeduldig winkte Darquato ab und rannte weiter, um sich ein eigenes Bild zu machen. Er durchquerte mehrere Gewölbe, ohne innezuhalten, bis er endlich die Schatzkammer erreicht hatte.

Das Schloss der äußeren Tür war geknackt, der einstmals wohlgeordnete Raum verwüstet. Auf seinem Boden lagen zahllose Knochen der verschiedensten Art verstreut, die mit etwas Phantasie einen grob menschenähnlichen Umriss ergaben – allerdings deutlich zu groß für einen Menschen. Darquato musste an den Knochenriesen denken, den er kurz in seiner Vision hatte aufblitzen sehen. Offenbar hatte jemand die Knochen aus sämtlichen Nischen der Kammer zugleich erhoben, um ein riesiges Nekrotherion aus ihnen zu formen. Vergeblich. Der Statthalter hatte solchen magischen Vorrichtungen schon immer misstraut.

Ein paar Schritte weiter entdeckte er auch den Grund für das Versagen des Nekrotherions. Die Meister-Alchemistin, der die Leitung der Zauberwerkstätten anvertraut worden war, lag rücklings in der Tür zu ihrem Laboratorium. Ihr weißes Gesicht war verzerrt, die kalten Spiegelaugen starrten ins Leere. Darquato sah sie zum ersten Mal ohne Schleier oder Arbeitsmaske vor sich. Bislang hatte er den direkten Anblick der Esoptri aus naheliegenden Gründen vermieden. Eine breite Schwertwunde hatte ihre Lederschürze auf Brusthöhe zerteilt. Mit ihrem Tod war zugleich das riesige Nekrotherion, das sie beschworen hatte, in sich zusammengebrochen. Auch Zauberer bluteten.

Lustlos tippte der Statthalter ihren Körper mit der Stiefelspitze an. Er war sich nicht sicher, ob sein Zorn über die Dreistigkeit der Eindringlinge oder die Erleichterung über die ausgeschaltete Konkurrentin überwog. Immerhin hätte mit der Alchemistin eine weitere Kettenträgerin direkt in Swertenburg gearbeitet und um die Gunst des Kettenfürsten gebuhlt. Und das, nachdem gerade erst diese spröde Purpur-Elbin endlich verschwunden war …

Doch Darquato war für die Sicherheit der Alchemistin verantwortlich gewesen – so wie er für die ganze Zitadelle verantwortlich war. Und der Kettenfürst dürfte inzwischen längst bemerkt haben, dass eine seiner Kettenträgerinnen vernichtet worden war. Darquato musste genau abwägen, was er nun tun sollte.

Er wandte sich von der Alchemistin ab und schaute sich in der Schatzkammer um. In einer Nische hatte jemand einige Bücher aus dem Regal gerissen und auf dem Boden verstreut, in einer anderen war ein Fass mit kalt funkelnden Kristallen umgestoßen worden. Offenbar waren die Einbrecher gestört worden, bevor sie allzu viel mitnehmen konnten. Dann entdeckte er den Metallklumpen, der einmal der Brutkessel gewesen war. Mittendrin steckte ein magisch schimmernder Dolch. Er blinzelte ungläubig, ehe er direkt darauf zu rannte. Der Klumpen war noch immer von Beschwörungszeichen und Schälchen mit Räucherwerk umgeben, mit deren Hilfe man offenbar die Magie des Kessels gebrochen und ihn vernichtet hatte. Der Kessel, das wusste selbst Darquato als magischer Laie, hätte das Herzstück der Zauberwerkstätten werden sollen. Eine Wiege für neue, mächtige Kreaturen, die im Kampf gegen Tokrond, Liráya, Kerâta und die anderen Reiche des Westens ihren Einsatz finden sollten. Ohne den Kessel war die ganze Anlage sinnlos. Man hatte ihn unter größten Sicherheitsvorkehrungen quer durch die Kettenlande hierher transportiert – und in Darquatos Obhut war er vernichtet worden.

Der Statthalter stieß einige wüste Flüche auf Lorviano aus. Als er gerade gegen den Kessel-Klumpen treten wollte, hörte er plötzlich Lirdris feine Stimme.

»Ich habe die Gruppe gefunden, die du suchst, unwürdiger Meister«, säuselte sie. »Sie sind in einem stinkenden Tunnel unter deinen plumpen Füßen.«

»Wie sieht es dort aus?«, presste Darquato hervor.

»Sie sind in einem engen Schacht, der steil nach unten abfällt. Überall klebt schleimiges grünes Zeug an den Wänden, richtig widerlich. Und sie fassen da ständig rein, weil sie sich an den Wänden abstemmen, mit Rücken und Füßen. Eine Maskenfrau, drei Elben und zwei Zwerge.«

Darquato nickte grimmig. Seine Vermutung bestätigte sich also. Die Zwillinge, die seinen Wolfsreitern entkommen waren, hatten sich offenbar mit Widerständlern aus Swertenburg zusammengetan, wahrscheinlich mit der Grauen Ratte, die in den letzten Monaten immer wieder Schwierigkeiten gemacht hatte. Plötzlich wusste Darquato auch, wo die Eindringlinge waren. Er lief nach nebenan, ins Labor der Alchemistin. Zwischen den Arbeitstischen und grotesken Apparaturen gab es hier im Boden einen großen trichterförmigen Abfluss, in den allerlei Abwässer geleitet wurden. Er war neu für die Zauberwerkstätten angelegt worden, breit genug für einen kriechenden Menschen und mündete weit unten, knapp oberhalb des Thuros, in der steilen Außenwand der Klippe. Ein Eindringen auf diesem Wege sollte unmöglich sein, aber offenbar nutzten die Eindringlinge den Schacht gerade als Fluchtweg …

Darquato zog sein Schwert und hebelte probehalber an dem Gitter herum, das den Abfluss abdeckte. Es war nur locker aufgelegt und ließ sich mühelos hochheben. Er dachte nach. Selbst wenn es der Gruppe gelingen sollte, dem steilen, glitschigen Schacht bis hinunter zur Mündung zu folgen, musste sie unterwegs mehrere Gitter überwinden und den unwegsamen Fuß der Klippe hinabsteigen. Wenn er eine Horde Ork-Krieger zum Fluss runter schickte, am besten auf flachen Lastkähnen, müssten sie die Eindringlinge gleich in Empfang nehmen können!

Der Statthalter wandte sich ab, um die entsprechenden Befehle zu erteilen. Nach einigen Schritten hielt er inne.

»Lirdri?«

»Ja? Was ist denn noch?«

»Verfolge die Gruppe weiter, und teile mir genau mit, wohin sie gehen und mit wem sie sich treffen! Zeige dich ihnen nicht, nimm keinen Kontakt zu ihnen auf und verzichte auf jegliche Sabotage!«

»Jaja«, kam es genervt zurück.

Darquato atmete tief durch. Wenn er nicht gleich zuschlug, sondern die Eindringlinge bis zu ihrem Versteck verfolgen ließ, konnte er möglicherweise die Truppe der Grauen Ratte als Ganzes ausheben. Sobald seine Spione wussten, welche Häuser und Personen sie observieren mussten, war alles andere nur eine Frage der Zeit. Die Zwillingsseelen und die gefährlichste Gruppe von Aufständischen in ganz Swertengund auf einen Schlag! Mit diesem Geschenk könnte er den Kettenfürsten angesichts seines Versagens mit dem Kessel vielleicht gnädig stimmen.

EINUNDZWANZIGSTES KAPITEL

SWERTENBURG
DAS RÄTSEL-SPIELHAUS IM MASKENVIERTEL

Als ich gesehen habe, dass Elyami zu Stein wurde, dachte ich schon, alles ist aus …«

Elyamur umklammerte fest seinen Becher mit dampfendem Tee während er sprach. Die anderen hörten mit ernsten Blicken zu. Sie saßen im Zimmer mit dem Zelja-Altar rund um den Tisch des Rattenrats und waren damit beschäftigt, im Hier und Jetzt anzukommen. Dass sie der Zitadelle wirklich entkommen waren, konnte noch keiner so richtig glauben.

»Als dann auch noch Gorin mit seiner Armbrust auf meine Schwester geschossen hat … Ich meine, ich konnte ja kaum klar denken … Da dachte ich, dass die Zwerge uns wirklich verraten hätten. Und dann wurde Elyami plötzlich wieder sie selbst …« Er konnte nicht weitersprechen.

»Dankt Dwaldarin, dass ich Magiebrecher-Bolzen vorbereitet hatte«, brummte Gorin. »Mit Elyamis Hilfe, übrigens. Sie hat sich in gewisser Weise selbst gerettet. Natürlich war das mit dem Bolzen auch ein Wagnis, aber der Stein hat sie vor Verletzungen geschützt.«

Elyami nickte ernst. Gorins Worte schmeichelten ihr, aber sie wusste, dass es nicht stimmte. Ohne die Hilfe der anderen wäre sie verloren gewesen.

»Danke«, sagte Elyamur und schaute dabei Gorin fest ins Gesicht.

»Ihr habt Eure Schwester angemessen gerächt«, fügte Galdra hinzu. »Ich habe mich immer gefragt, was der Unsinn soll, Rüstungen aus Glas zu machen. Jetzt weiß ich es.«

Elyami zwang sich, auch etwas zu sagen. Sie fühlte sich steif, als hätte der versteinernde Blick der Esoptri noch immer eine Wirkung auf sie. Glücklicherweise vermochte sie sich nicht mehr zu erinnern, was genau sie in den schwarzen Spiegelaugen erblickt hatte. Doch sie spürte eine Kälte in sich, die auch die Hitze des Tees nicht vertreiben konnte. Sie hatte für einige Augenblicke die maximale Gefangenschaft erlebt. Zu Stein erstarrt.

»Gut, dass du entdeckt hast, dass dieser Abfluss, der nach draußen führt, groß genug für uns ist«, sagte sie zu Galdra.

Die Zwergin lächelte stolz. »Bei der Menge, die da offenbar abfließen sollte, war das wahrscheinlich. Höhlengänger lernen, sich auch in Höhlen zurechtzufinden, die sie nicht wie ihre eigene Werkzeugkiste kennen.«

»Schön, dass Ihr zufrieden mit Euch seid«, sagte Ralyazur trocken, während er sich den linken Arm rieb, um den ein Verband geschlungen war. Das riesenhafte Nekrotherion in der Schatzkammer hatte ihm mit einer Knochenklaue tiefe Wunden zugefügt, die aber bereits gut versorgt worden waren. »Und schön, dass unsere sensiblen Zwillingsseelen offenbar dabei sind, ihre Differenzen zu überdenken. Dass dabei der halbe Rattenrat beinahe ausgelöscht wurde, ist als Nebeneffekt gewiss verschmerzbar.«

Jha Rudra warf ihm einen strengen Seitenblick zu, widersprach ihm aber nicht. Sie hatte sich umgezogen und trug nun wieder die graue Halbmaske, die sie im Rattenrat anzulegen pflegte. Auch die anderen hatten sich vom Gestank des Abflusses gesäubert und die Kleidung gewechselt. Jha Rudras Leute hatten zudem nach ihren diversen Verletzungen und Blessuren geschaut. Außer Ralyazur war niemand ernsthaft verwundet worden. Elyamis Bisswunde am Unterarm schmerzte, schien jedoch nicht weiter bedrohlich zu sein.

»Wir haben heute zu leichtfertig mit hohem Einsatz gespielt«, sagte Jha Rudra schließlich, ohne zu lächeln. »Ich hätte das nicht zulassen dürfen. Zelja belohnt die Dreistigkeit des Diebs, der die Gelegenheit zu nutzen weiß und dabei Grenzen und Regeln sprengt. Aber sie verlangt gerade bei den wagemutigsten Eskapaden einen kühlen Kopf. Daran hat es heute gefehlt, nicht nur bei mir.«

Alle vier Zwillinge wanden sich unbehaglich. Elyami wusste, dass die Menschenfrau recht hatte.

»Ihr habt nicht gelernt, zusammen zu kämpfen«, stellte Hilgrif, die Schwertpriesterin, fest.

Sie war als Einzige von den Ratsmitgliedern anwesend, die nicht an dem Einbruch teilgenommen hatten. Dafür war Xorav nicht dabei. Niemand wusste, was aus dem Goblin geworden war. Hoffentlich hatte er sich in der Zitadelle versteckt und unter die anderen Dienstboten gemischt.

»Im Orden der göttlichen Schwertmaid Kravana dienen keine Wolkentänzer, Höhlengänger oder andere Wesen mit besonderen Fähigkeiten«, fuhr Hilgrif fort. »Nur gewöhnliche Menschen. Manche sind die dritt- und viertgeborenen Kinder von Landadeligen, manche stammen aus dem einfachen Volk. Trotzdem beschützen wir seit Jahrhunderten die Reiche der Menschen vor Bergriesen, Lindwürmern und anderen Ungeheuern. Weil wir lernen, zusammen zu kämpfen, wie ein Krieger mit vielen Armen, jeder bringt sich nach seinen Stärken ein. Das solltet Ihr üben, statt Euch in Eurer Besonderheit zu sonnen und gegenseitig übertreffen zu wollen. Wenn Ihr wollt, fangen wir morgen damit an.«

Sie faltete die Hände und schwieg, hatte gesagt, was zu sagen war. Elyami mochte Hilgrif. Ihre streng zurückgebundenen Haare und ihr stets nachdenklicher Gesichtsausdruck ließen die Schwertpriesterin älter wirken als die rund dreißig Sommer, die sie wirklich zählte. Sie hielt sich nicht lange mit Grübeleien oder Vorhaltungen auf, sondern bot an, was sie beitragen konnte, den Blick nach vorne auf das Machbare gerichtet. Elyami spürte wieder einmal, wie viel es noch zu lernen gab. Menschen schienen in ihrer begrenzten Lebenszeit eine ganz eigene Weisheit entwickeln zu können.

»Ich wäre geehrt, von Euch zu lernen«, sagte Elyamur, der offenbar dankbar war, etwas tun zu können. Er sprach noch immer wie der edle Elbenkrieger, den er Menschen und Zwergen gegenüber gerne hervorkehrte. Doch Elyami hörte etwas Neues in seiner Stimme: einen Hauch von Demut.

»Ich mache auch mit«, fügte Galdra sofort hinzu, um nicht zurückzustehen. Auch Gorin und Elyami nickten.

»Dann ist das geklärt«, sagte Jha Rudra müde. »Lasst uns die Zerstörung des Brutkessels als Erfolg verbuchen, denn das ist es. In Swertenburg werden keine Kreaturen gezüchtet werden, um gegen irgendwelche freien Länder vorzurücken. Aus allem anderen werden wir lernen. Ich habe die Meisterin der Geheimnisse angewiesen, in den nächsten Tagen besonders wachsam zu sein. Wir müssen abwarten, wie der Statthalter auf den Vorfall reagiert. Vorerst halten wir uns jedenfalls bedeckt. Lasst uns nun schlafen.«

Die Zwillinge erhoben sich steifbeinig und schlurften dankbar zu ihren Dachkammern.

Obwohl die Nacht spätsommerlich warm war, verkroch sich Elyami unter drei der geflochtenen, grasduftenden Matten, die das Maskenvolk als Decken verwendete. Sie hatte das Gefühl, der inneren Kälte irgendetwas entgegensetzen zu müssen. Unbehaglich wälzte sie sich hin und her. Wenn sie still zu liegen versuchte, lief ein unangenehmes Zittern durch ihren Körper. Erst kurz vor der Morgendämmerung fand sie in den Schlaf.

Als sie die Silberaugen der Träumenden Königin vor sich sah, überkam sie ein beklemmendes Gefühl. Dieser *Suya láo* würde ihr dunkle Dinge zeigen, das spürte sie. Elyami verlor sich in den Augen der Ewigschlafenden und blickte auf einen fernen Ort.

Sie schaute auf Ananta, den Berg der Götter, das mächtigste Massiv der bekannten Welt. Wie alle anderen Völker erzählten sich auch die Elben Sagen über diesen Berg. Er erhob sich mit zahllosen gestaffelten Nebengipfeln, einer höher als der andere, fast senkrecht aufsteigend wie die Strebepfeiler einer Kathedrale. Die oberen Nebengipfel trugen Gletscherkappen, dann folgte die Region, die ganz von ewigen Eispanzern umhüllt war, ehe der Bergkegel in dichten Wolken verschwand. Noch nie hatte jemand den Gipfel des Ananta erblickt, denn seine Wolkenkrone verzog sich niemals. Auch hatte nie der Fuß eines Menschen, Elben oder Zwergs, eines Riesen, Zyklopen oder sonstigen Wesens erfolgreich die Steilhänge des Götterbergs bestiegen. Elyami erinnerte sich, dass es lediglich den Ältesten der Drachen erlaubt war, in den Höhlen dicht unterhalb der Wolkenzone zu nisten, die man vom Tal aus mitunter als ferne schwarze Punkte erahnen konnte. Doch auch ihnen war der Gipfel jenseits der Wolken verboten.

Des Nachts konnte man dort oben schimmernde Lichter erahnen, die wie ein fernes Nordlicht die Wolkendecke durchdrangen. Sie stammten von den Palästen der Götter selbst, die auf dem höchsten Gipfel des Ananta in ewiger Jugend und ungebrochener Herrlichkeit residierten.

Viele Geschichten berichteten von frommen Pilgern, für die es ein Ausdruck der ergebensten Hingabe war, eine Nacht im Gebet im Schatten des Ananta beim Anblick der fernen Lichter zu verbringen. Doch wurde nicht vielen diese Erfahrung zuteil. Denn der Götterberg erhob sich mitten auf der verbotenen Hochebene Garhita, wo es keine Städte, Dörfer oder Häuser gab. Hier musste der Wanderer viele Tage ohne Unterkunft den harschen Höhenwinden, plötzlichen Eisstürmen, streunenden Dämonen und geisterhaften Erscheinungen trotzen, bis er endlich vor den Steilhängen des Ananta seine Gebetsmatte ausrollen durfte. Die wenigen, die solch eine Pilgerschaft überstanden, kehrten als die heiligen Frauen und Männer ihrer Generation in die Heimat zurück. Die Knochen vieler anderer lagen auf der Hochebene verstreut.

Elyami sah, wie eine einsame Gestalt sich dem Götterberg näherte. Das Gras reichte ihr bis über die Hüften, die Halme waren scharf wie feine Klingen. Dennoch trug der Wanderer nur dünne schwarze Leinenroben. Schwarz waren auch seine langen Locken, die der Wind beständig nach hinten peitschte, schwarz die Augen, die im Wind zusammengekniffen waren. Elyami erkannte Dáman, doch wie hatte er sich verändert! Aus dem stolzen Lordfeldmarschall Kriegszauberer war ein Pilger mit ungepflegtem Haar geworden, der seine Habe in einem schlichten Lederranzen mit sich führte. Nur sein Schritt war noch immer rasch und ungeduldig, seine Haltung aufrecht und stolz, ohne jede Demut. Während er sich durch den Wind vorankämpfte, stützte er sich auf etwas, das Elyami zunächst für einen Stab hielt. Dann erkannte sie, dass es eine Waffe war, ein langer Speer, der in vier grausame Spitzen mündete, jeweils zwei nebeneinander angeordnet. Sie blitzten silbrig und waren zugleich von einem inneren Gleißen erfüllt, das sich beständig veränderte. Mal schien sich das tiefe Rot von Feuersglut in ihnen zu spiegeln, mal die graue Unergründlichkeit des Wassers und dann wieder etwas völlig anderes.

Schritt für Schritt bewegte sich Dáman vorwärts, ohne innezuhalten, getrieben von grimmiger Entschlossenheit. Er war dem Götterberg bereits sehr nah. Schon erreichte er jene kahle, graslose Stelle, wo die Pilger sich nach alter Tradition zum Gebet niederzulassen pflegten, in respektvollem Abstand zum allesüberragenden Ananta. Dáman eilte achtlos über die Fläche hinweg und verlangsamte nicht einmal seinen Schritt, ging immer weiter auf den Berg zu, näher, als es sich für Sterbliche geziemte.

Nun bewegte er sich in Richtung eines dunklen Streifens an den östlichen Ausläufern des Ananta. Das war die Schlucht Tamovat, die Mutter aller Schwärze. Irgendwo in ihrem lichtlosen Schlund lag die Höhle Dvar, der Eingang zur Unterwelt, wo die alten, nächtlichen Kinder der Tiefe residierten. Dies war der Weg der Seelen, den sie nach dem Tod nahmen, wenn sie wieder in den Kreislauf eingingen. Dies war der Weg ins Reich von Nidhanas, dem König der Unterwelt.

Elyami beobachtete mit banger Faszination, wie Dáman in die Schlucht Tamovat hinabstieg, sich nicht von allesverschlingender Dunkelheit aufhalten ließ, nicht von dolchscharfen Kanten im Felsboden, nicht von huschenden Schatten. Sie wusste, dass sie hier Dingen beiwohnte, die nicht für die Augen von Elben, Zwergen oder Menschen bestimmt waren. Doch die Träumende Königin ließ sie mit sanfter Unbarmherzigkeit weitersehen. Sie war Zeugin, wie Dáman die Schwelle der Höhle Dvar erreichte, ein übergroßer gähnender Rachen, noch tieferes Schwarz inmitten tiefster Schwärze.

An ihrem Schlund erwartete ihn eine einsame Gestalt, gehüllt in einen silbern schimmernden Schleier. Sie wandte sich ihm zu. Es war Odrana, die junge Zauberin von einst. Ihre Züge wirkten schärfer und verhärmt, vage vertraut für Elyamis Blick. Ihre Augen waren noch immer groß, tiefblau und bannend.

»Dáman«, sagte sie, und obgleich sie mit Entschlossenheit sprach, war ihre Stimme nicht mehr als ein Flüstern in der Dunkelheit von Tamovat. »Dáman. Kehre um. Du bist schon zu weit gegangen.«

Dáman lachte freudlos auf. »Du befiehlst mir? Hat er es nötig, dich zu seinem Schutz vorzuschicken?«

»Ich bitte dich«, antwortete Odrana ernst. »Und es geht mir darum, *dich* zu schützen, nicht ihn. Du hast auf deinem Pfad jedes Maß verloren, Dáman.«

»Wenn du damit meinst, dass ich jede Grenze sterblicher Beschränktheit überschritten habe, hast du recht«, sagte Dáman hart. »Ich habe all die Bande abgelegt, die Menschen an Vergängliches heften und sie schwach machen. Du selbst hast es mich gelehrt, und du warst eine gute Lehrmeisterin. Vermutlich sollte ich dir dankbar sein. Komm mit und sei Zeugin, wie ich auch die letzten Fesseln abstreife. Oder bleib zurück und frier weiter in den Schatten von Tamovat. Mir ist es gleich.«

Und er ging an ihr vorbei, ohne sie eines zweiten Blickes zu würdigen, durch die Pforte von Dvar, hinein in die Tiefe der Unterwelt.

»Dáman!«, rief sie hinter ihm her.

Er verlangsamte seine Schritte nicht. Odrana folgte ihm.

»Das kannst du nicht wirklich wollen«, mahnte sie, als sie schließlich zu ihm aufschloss. »Du wirst vernichtet werden für deinen Hochmut! *Seine* Aufmerksamkeit ruht gewiss bereits auf dir, bereit, dich zu zerschmettern, wenn du …«

»Vielleicht«, sagte Dáman, den Blick nach vorne gerichtet, wo nichts als Dunkelheit ihn erwartete. »Vielleicht aber auch nicht. Er hat heute viel zu überblicken und vielen Priestern beizustehen.«

»Wie meinst du das?«, fragte Odrana bang.

»Bedauerlicherweise fallen just zu dieser Stunde wilde Söldnerhaufen über alle größeren Tempel des Königs der Unterwelt in ganz Hundertbürgen her. Jemand muss sie aufgewiegelt haben, plündernd und brandschatzend gegen seinen Kult vorzugehen. Viele Priester erheben gewiss zur gleichen Zeit klagend ihre Stimme und bitten um sein Eingreifen. Ich frage mich, für wen er sich wohl entscheiden wird? *Du* bist ja außer Gefahr.«

»Was sagst du da?«, flüsterte Odrana, die Stimme belegt vor Entsetzen. »Wie konntest du das tun?«

»Ich war es nicht, der diesen Streit begann«, erwiderte Dáman ungerührt. »Aber ich werde ihn noch heute beenden.«

»Wie konntest du das tun?«, wiederholte sie noch einmal. Diesmal schrie sie es mit aufkeimender Wut.

Dáman ignorierte sie und ging einfach weiter.

»Bleib stehen! Fort von diesem heiligen Ort! Du hast mehr als genug gefrevelt!«

Dáman hielt tatsächlich inne. Mit einem feinen Lächeln wandte er sich ihr zu.

»Ich dachte, du befiehlst mir nicht?«, fragte er ruhig.

»Kehre um!«, hauchte Odrana.

»Du hast keine Macht mehr über mich«, erwiderte Dáman und ging unbeirrt weiter.

»Das genügt«, murmelte Odrana, plötzlich mehr traurig als wütend. »Du zwingst mich dazu.«

Sie schloss die Augen und breitete beschwörend die Arme aus. Dann rief sie Worte in einer Sprache, die schon alt und vergessen war, als die ersten Urwelt-Riesen über die Erde stampften. Ein Raunen ging durch die Schatten der Unterwelt, die sich vor

Dáman erstreckten. Bewegung schien in ihre ewige Schwärze zu kommen. Sie verdichtete sich, nahm Formen an.

Hoch ragte ein bleiches Skelett über Dáman auf, mehr als ein grinsendes Abbild des Todes, seine Verkörperung selbst. Zwölf Paar gefiederte Schwingen breiteten sich wie ein prachtvoller Baldachin von seinem knöchernen Rücken aus. Jede einzelne Feder schimmerte rostrot und war lang wie ein Arm. Schwärze wohnte in den leeren Augenhöhlen des Schädels, und doch sprach aus ihnen ein zeitloses Bewusstsein von erschreckender Klarheit. Mit einem regelmäßigen metallischen Knirschen hielten die Schwingen die Knochengestalt in der Luft. In den knöchernen Armen lag ein schwarzes Netz, so fein, dass sich selbst Seelen darin verfangen konnten. Elyami erschauderte im Traum, wissend, dass sie diesen Anblick niemals vergessen würde.

»Zu Ende«, hauchte der Archon der Unterwelt mit einer Stimme voll unbeteiligter Kälte und hob das Seelennetz. Odrana beobachtete traurig, was geschah.

Dáman blieb stehen und musterte den Archon aufmerksam. Er nickte anerkennend, während die Knochengestalt das Netz über ihm ausbreitete. Dann umfasste er seinen vierzackigen Speer mit beiden Händen und schlug damit ein komplexes Bannzeichen in die Luft. Der Archon kreischte schrill und ungläubig auf, als seine Gestalt plötzlich verschwamm, zunehmend an Substanz verlor und sich schließlich in der Schwärze der Unterwelt auflöste. Wenige Herzschläge später war nichts mehr von ihm und seinem Seelennetz zu sehen. Dáman atmete schwer durch.

»Du hättest Beschwörerin werden sollen«, sagte er zu Odrana. »Das war beeindruckend. Jeden anderen hättest du damit aufgehalten.«

Er wandte sich ab und ging weiter.

»Wie hast du das gemacht?«, fragte Odrana fassungslos.

»Im Prinzip ist auch ein Archon der Unterwelt nichts anderes als ein übergroßer Höllenhund. Und die habe ich schon in der Dreikopf-Akademie an die Kette gelegt. Du erinnerst dich?«

»Woher nimmst du die Macht dazu?«, setzte Odrana nach. »Es ist der Speer, nicht wahr? Was ist das für ein Speer, Dáman?«

»Mein eigener«, erwiderte er kurz angebunden. »Geformt mit meiner eigenen Macht. Ich habe es nicht nötig, zu borgen.«

Odrana griff verzweifelt in eine ihrer Gürteltaschen und zog ein silbernes Amulett hervor, das mit Flammenmustern graviert war. Sie sprach Zauberworte und schleuderte das Amulett in Dámans Richtung. Fauchend durchbrach ein Ball aus silbernem Feuer die Finsternis wie ein Komet. Er schlug dort ein, wo Dáman ging, und hüllte ihn in eine Wolke aus verzehrendem Sternenfeuer. Als es schließlich verebbte, war Dáman immer noch dort und ging gleichmütig Schritt für Schritt voran. Noch nicht einmal seine Roben hatten Schaden genommen.

»Du hast nicht wirklich geglaubt, damit Erfolg zu haben«, sagte er, ohne Odrana anzusehen. Es war eine Feststellung, keine Frage.

Stolz ging er weiter – um nach nur wenigen Schritten langsamer zu werden. Vor ihm lag ein Hindernis. Ein tiefer Abgrund zog sich einmal quer durch die Höhle Dvar. Er verlor sich in unergründliche Tiefen. Die andere Seite lag so weit entfernt, dass man sie kaum erahnen konnte. Das war Vaktra, der Seelenschlund. Dahinter erstreckten sich die lichtlosen Gefilde der Jenseitigen. Nur die Seelen der Toten, die Kinder der Unterwelt und die Opfergaben ihnen zu Ehren vermochten Vaktra zu überqueren. Jeden Eindringling jedoch verschlang der Abgrund gnadenlos.

»Dáman – nicht!«, rief Odrana, als Dáman voranging, bis er direkt an der Bruchkante des Abgrunds stand.

Trotzig blickte er in die Tiefe hinab. Dort unten regte sich etwas. Ein massiger Umriss stieg aus der Schwärze auf. Es war ein länglicher Schädel, groß wie ein Hügel, umrahmt von einer Krone geschwungener Hörner. Jeder einzelne Zahn in seinem Reptilienmaul war so lang wie ein hochgewachsener Mann, die Augenhöhlen hätten der Kutsche eines Königs die Durchfahrt erlaubt. Der Schädel ruhte auf einem gigantischen Knochenhals, der sich nach unten verlor, wo irgendwo ein noch gewaltigerer Körper sein musste. Er war von kaltem, grellblauem Feuer erfüllt, das nicht nur aus seinen Augenhöhlen glomm, sondern aus jeder Öffnung zwischen den Knochen herausleuchtete.

Auch ohne die besondere Weisheit der Träumenden wusste Elyami, dass dies Kikasan war, der Ahnendrache, den die Götter einst erschlagen hatten, als sie die Welt dem Urchaos entrissen. Die Ältesten der Drachen, die hoch oben am Götterberg nisteten, waren seinem heißen Blut entsprungen, die Drachen der Gegenwart, wie die dreiköpfige Kurangra, waren seine entfernten Nachfahren, nur ein schwacher Abglanz seiner vergessenen Macht. Kikasan selbst aber lag seither als ewiger Wächter auf der Jenseitsschwelle und sorgte dafür, dass kein Eindringling die Unterwelt vor seiner Zeit betrat.

Seine gewaltigen Kiefer, lang wie die größten Bäume der Wälder, öffneten sich knarrend und gaben den Blick auf ein Inferno wilder blauer Flammen frei, das kurz davorstand, sich über Dáman zu ergießen.

»Kikasan!«, rief er und hob grüßend seinen Vierzack, »treuer Hüter der Unterwelt! Ich bin hier, um ein besonderes Opfer für deinen Herrn zu bringen! Für Nidhanas auf dem Rostroten Thron!«

Der Knochendrache hielt inne, schien abzuwarten, was Dáman weiter zu sagen hatte. Odrana verfolgte alles mit geweiteten Augen.

»Mich selbst!«, schrie Dáman und starrte Kikasan fest an, direkt in Augenhöhlen, die weit größer waren als sein ganzer Körper. »Mich selbst mit allem, was ich bei mir trage! Erfülle deine Pflicht, Wächter des Abgrunds von Vaktra! Bringe das Opfer zu deinem Herrn!«

»Nein!«, rief Odrana halb entsetzt und halb wütend.

Doch es war zu spät. Eine gewaltige Knochenklaue tauchte aus der Tiefe auf und umfasste Dáman, als wäre er nur eine winzige Stoffpuppe. Elyami musste beobachten, wie Odrana verzweifelt am Rande des Abgrunds zurückblieb, während Kikasan sich knarrend umwandte und schließlich Dáman auf der anderen Seite wieder freigab. Dort straffte der Sterbliche sich, warf die verwilderten Locken zurück und umfasste seinen Speer fester. Dann ging er entschlossenen Schrittes weiter. Kikasan aber tauchte wieder in die Tiefen Vaktras hinab.

»Nidhanas!«, brüllte Dáman beim Gehen. »König der Unterwelt! Komm her und hol dir dein Opfer!«

Nichts tat sich. Dáman war allein in der Finsternis, die sich endlos in alle Richtungen erstreckte. Einzig der feste Felsboden unter seinen Füßen wirkte real.

»Nidhanas!«, rief er noch einmal. »Sohn der Nacht und der Zeit! Dáman aus den Gassen von Sorletta ist gekommen, Sohn von niemandem, um dich herauszufordern! Zeige dich, wenn du es wagst!«

Und endlich wurde sein Rufen erhört. Aus dem Nichts erschien der Rostrote Thron vor Dáman. Er war größer und wuchtiger als die Nachbildungen in den Tempeln, mit einer hohen Lehne, deren Form an ein Stundenglas erinnerte. Braunroter Rost bedeckte ihn nicht nur zur Gänze, sondern rieselte wie rötliche Wasserfälle von ihm herunter, als würde er beständig zerfallen und doch ewig bestehen.

Elyami wusste, dass die Götter zumeist in der Transzendenz existierten, überall zugleich und doch nirgends gebunden. Zuweilen jedoch, wenn es ihnen gefiel, pflegten sie ihre Essenz zusammenzuziehen, um einen Avatara zu bilden, das greifbare Abbild eines Körpers, so wie es jetzt auch vor Dáman Gestalt annahm.

Der blasse Jüngling auf dem Thronsitz wirkte fast klein vor der mächtigen Lehne, erschreckend menschlich nach dem Knochendrachen und dem Archonten. Er sah genauso aus wie damals, in den Schwebenden Gärten des Silberklosters Ilyún: gekleidet in feine schwarze Roben mit Silbermustern, die langen rostroten Haare zu einem Zopf gebunden, die Gesichtszüge wie aus Marmor geformt und doch strahlend vor innerer Kraft. In seiner Armbeuge balancierte er lässig ein Stundenglas, auf die andere Hand hatte er gelangweilt sein Kinn aufgestützt. Lediglich eine steile Falte auf seiner Stirn war neu hinzugekommen. Wirkte er dadurch nachdenklich? Verärgert? Angespannt? Oder war es etwas ganz Anderes?

»Dáman aus Sorletta also«, sprach der Jüngling auf dem Rostroten Thron mit wohltönender Stimme. »Du hättest viel erreichen können, wenn du damals meinem Rat gefolgt wärst und deine Grenzen geachtet hättest. So aber hast du an deinem eigenen Untergang gearbeitet. Ich erweise dir eigentlich zu viel Ehre, wenn ich selbst dich für deinen Frevel bestrafe.«

Er wartete kurz ab, offenbar, um Dáman Raum für eine trotzige Erwiderung zu geben. Doch der Sterbliche schwieg beharrlich.

»Nachdem du allerdings so weit gekommen bist, muss es ein würdiges Ende für die Geschichtenerzähler geben. Schon als Warnung für andere Sterbliche, denen du zumindest als Beispiel dienen magst. Wisse also, dass dein Ende kein Ende haben wird. In der Unterwelt gibt es mehr als ein Schicksal, gegen das der Eintritt in den Kreislauf des Todes eine gnädige Erlösung ist.«

Der Jüngling erhob sich mit huldvoller Gelassenheit und kam die sieben Stufen seines Throns herabgeschritten, direkt auf Dáman zu, das Stundenglas beiläufig in der Armbeuge haltend.

»Dáman aus Sorletta«, sprach er dabei, »ich erlege dir auf …«

Weiter kam er nicht. Dámans Speer zuckte vor und erfasste das Stundenglas an seinen eisenrostigen Streben. Triumphierend riss er es dem Jüngling aus der Hand und schmetterte es mit voller Kraft auf den Felsboden. Das rostrote Stundenglas zerbrach in unzählige Stücke, sein weißer Sand vermischte sich mit Glassplittern und Eisenfragmenten. Dann löste es sich in Nichts auf.

»Das … ist nicht möglich!«, flüsterte der Jüngling mit einer Stimme, die Elyami bis ins Mark drang. War das Entsetzen in den Worten eines Unsterblichen?

»Doch«, erwiderte Dáman lakonisch. »Weil ich es will. Wille ist alles.«

Dann stieß er wieder mit dem Speer zu. Alle vier Spitzen zugleich bohrten sich dem Jüngling in die Brust und fraßen sich tief in sein Fleisch. Er gab einen überraschten, gurgelnden Laut von sich, unwürdig eines Unsterblichen. Dáman umfasste den Vierzack fester und zwang den Jüngling rücklings zu Boden. Er setzte den Fuß auf den makellosen Körper und trieb die Waffe mit aller Kraft durch den marmorweißen Leib, sodass die Spitzen schließlich auf den harten Felsboden stießen. Der Arm des Jünglings, schützend erhoben, erschlaffte, sein Kopf sackte zurück.

»Ich, Dáman, Sohn von niemandem, aus Sorletta«, rief er, »verkünde, dass die letzten Grenzen der Sterblichkeit überwunden sind! Nidhanas, der König der Unterwelt, ist tot! Eine neue Ordnung bricht an – meine Ordnung, geschaffen durch meinen Willen!«

Die Umrisse des Rostroten Throns flackerten auf und drohten zu verschwimmen. Dáman wandte sich rasch von seinem gefallenen Gegner ab und riss sich den Lederrucksack von den Schultern. Er öffnete die Klappe und zog eine lange, gleißende Kette hervor, schimmernd in einem harten Glanz, der Unzerbrechlichkeit und Ewigkeit versprach. Mit aller Kraft schleuderte Dáman die Kette gegen den Thron. Sie schlang sich gierig um seine Stundenglas-Lehne, die Füße, die Stufen, die Armlehnen, schlug ihn in Bande.

Mit einem verächtlichen Schnauben zog Dáman den Vierzack aus dem Körper des Jünglings. Schwarz glänzendes unterweltliches Götterblut klebte an seinen Spitzen. Dann ging er langsam die sieben Stufen zum angeketteten Thron hinauf und ließ sich schließlich auf seiner Sitzfläche nieder, den Speer wie ein Zepter in der Rechten.

»Ich nehme den Rostroten Thron und alle Macht der Unterwelt in Besitz!«, verkündete er in die Dunkelheit hinein. »Meine Herrschaft …«

»… wird eine Herrschaft … der Ketten sein«, unterbrach ihn die Stimme des Jünglings, kraftlos und doch seltsam durchdringend. Er lag noch immer auf dem Rücken, doch hatte den Kopf in Dámans Richtung gedreht und schaute ihn mit Augen an, deren ersterbender Glanz fernen Spiralnebeln glich. »Du glaubtest, alle Fesseln zu sprengen, indem du den ewigen Thron erringst. Doch die Ketten, mit denen du ihn bezwungen hast, werden dich auf ewig an ihn binden. Herrschaft und Knechtschaft werden für dich nicht zu unterscheiden sein. So soll es immer bleiben, solange du auf dem Rostroten Thron sitzt!«

»Schweig! Schweigen sollst du!«, schrie Dáman und wollte wuterfüllt aufspringen, doch es war schon zu spät.

Die Ketten regten sich wieder, wanden sich wie eiserne Schlangen. Zugleich veränderte sich ihr silbergleißendes Metall – sie verfärbten sich braunrot, als würden sie binnen weniger Herzschläge verrosten –, legten sich um Dámans Arme und Beine, seine Füße und Handgelenke, und fesselten ihn an die eisernen Streben des Throns. Zwei Kettenstränge glitten schlangengleich über seinen Oberkörper und drückten ihn gegen die Rückenlehne. Eine Kette legte sich gierig um seinen Hals und zog sich immer fester zusammen. Eine weitere kroch über seine Stirn, legte sich wie eine Binde auf seine Augen und presste sie zu.

»Schmerz«, flüsterte der Jüngling. »Deine Herrschaft wird aus Knechtschaft und Schmerz bestehen. Was du zufügst, erleidest du selbst, Herr in Ketten.«

Die Ketten veränderten sich weiter. Lange, spitze Dornen aus Stahl wuchsen aus ihren Gliedern, drangen durch Dámans Pilgerkleider und bohrten sich in sein Fleisch, seine Arme, in die Augen, fraßen sich bis in seine Knochen. Er schrie voller Qual auf, die rechte Hand um den Schaft seines Vierzacks verkrampft.

»Nicht tot und nicht lebendig. In Ewigkeit«, hauchte der Jüngling mit ersterbender Stimme. Dann löste sein makelloser Körper sich auf und verging in der Schwärze der Unterwelt. Dáman aber blieb auf dem Rostroten Thron zurück.

»Und ich werde herrschen!«, brüllte er voller Schmerz. »Ich werde Ordnung bringen! Weil ich es will! Ich will!«

Elyami sah, wie die Kinder der Unterwelt aus dem Nichts herankamen, um sich vor dem neuen Herrn des Rostroten Throns zu verbeugen. Sie sah, wie Odrana mit gesenktem Haupt die Höhle Dvar verließ und schließlich in den Schatten der Schlucht Tamovat verschwand.

Und dann sah sie plötzlich Ratten, die durch den Schmutz einer Gasse huschten. Sie hörte den schmerzerfüllten Aufschrei einer Stimme, die nun sterblich war, und fühlte die panische Verwirrung eines Gefangenen in einem Kerker aus Fleisch …

Sie erwachte mit einem erstickten Geräusch, das ihr in der Kehle steckenblieb. Ihr Herz hämmerte panisch. Die Enge der Dachkammer kam ihr für einen Moment wie die Enge von erdrückenden Ketten vor – oder die Enge eines Körpers, der schon bald sterben wird.

»Der Kettenfürst«, flüsterte sie und drückte die geflochtenen Schlafmatten eng an sich. »Ich weiß, wer er ist.«

ZWEIUNDZWANZIGSTES KAPITEL

SWERTENBURG
EIN HOF IM MASKENVIERTEL

JHA RUDRAS RÄTSEL-SPIELHAUS hatte einen großzügigen Innenhof. Weißer Kies bedeckte seine Fläche, hölzerne Balkone verliefen in zwei Stockwerken auf allen Seiten ringsum. Reich beschnitzte Sichtblenden, wie es sie überall im Maskenviertel gab, versperrten den Blick auf die verschiedenen Eingänge und Sitzlauben entlang der Wände.

Heute stand der Hof ganz den Zwillingen zur Verfügung – und Hilgrifs Lektionen.

Die Schwertpriesterin hatte ihren Vorschlag sehr ernst gemeint und trainierte mit ihnen hier seit dem Morgengrauen. Lediglich Elyami schlief noch in ihrer Dachkammer. Ihr Bruder hatte darauf bestanden, sie ruhen zu lassen, und Gorin konnte das gut verstehen. Die Erfahrung, versteinert gewesen zu sein, hatte ihr gewiss schwer zugesetzt.

»Und noch einmal!«, kommandierte Hilgrif.

Gorin musste sich konzentrieren, um ihren Anweisungen zu folgen. Zumeist ging es um komplexe Bewegungsabläufe in der Gruppe, deren Sinn sich Gorin nicht erschloss, die aber ein furchtbares Durcheinander ergaben, wenn man sich dabei nicht genau aufeinander einstimmte. Immer wieder die gleichen Schritte und Armbewegungen, bis man auf Hilgrifs Zuruf hin plötzlich etwas ganz Anderes tun sollte. Gorin gab sich alle Mühe, aber er konnte mit Galdra und Elyamur nicht annähernd mithalten. So ähnlich war es ihm als Heranwachsender gegangen, als er während seiner Gildenreise einige Wochen lang die Ausbildung bei den Höhlengängern durchlaufen hatte. Danach war ihm klar gewesen, dass er kein geborener Krieger war. Er fragte sich sogar langsam, ob dieses Training eine Art Strafe für die Komplikationen in den Gewölben sein sollte. Galdra jedoch schien mit verbissener Begeisterung bei der Sache zu sein, und auch Elyamur gab sich alle Mühe, Hilgrif keinen Grund zur Unzufriedenheit zu geben.

»Und wieder …«, setzte Hilgrif gerade an. Und verstummte.

Ihr Blick lag auf den hölzernen Sichtblenden am Rande des Hofes, hinter denen die Durchgänge ins Gebäude führten. Dort war Elyami erschienen, nur bekleidet mit einer leichten Tunika, in der sie offenbar geschlafen hatte, das Haar zerzaust. Sie sah blass und aufgewühlt aus.

»Was ist los?«, fragte Elyamur alarmiert und eilte auf sie zu. Als er sie in den Arm nahm, schaute sie abwesend an ihm vorbei.

»Ich hatte wieder einen *Suya láo*«, sagte sie, »einen Königstraum. Er war … verstörend.«

»Ruh dich aus«, erwiderte Elyamur. »Du bist noch geschwächt.«

»Nein.« Elyami schüttelte den Kopf. »Es ist wichtig. Alle müssen es wissen.«

Hilgrif musterte sie ernst. »Hören wir erst einmal auf.«

Erschöpft und mit einem flauen Gefühl ging Gorin zusammen mit den anderen vom Hof. In einer der Lauben hinter den hölzernen Sichtblenden hatte Jha Rudra ihnen ein Frühstück anrichten lassen: scharf gewürzte Hirsebällchen nach Jhalai-Art. Es wunderte Gorin nicht, dass die Diebespriesterin selbst kurz darauf erschien und neben Hilgrif Platz nahm. Sie schien ein natürliches Gespür dafür zu haben, wo ihre Anwesenheit gefordert war.

Das Frühstück blieb unangetastet. Alle schauten angespannt zu Elyami. Es dauerte einen Moment, bis sie schließlich zu sprechen begann.

»Ich habe den Kettenfürsten gesehen. Ich glaube, ich weiß nun, wer und was er ist.«

Schweigen. Niemand nutzte die Gelegenheit, etwas einzuwerfen.

»Dáman«, fuhr Elyami fort. »Dáman ist der Kettenfürst. Er hat die Pilgerreise zum Götterberg Ananta unternommen, aber es ging ihm nicht darum, die Götter zu ehren. Ganz im Gegenteil. Er ist in die Höhle Dvar eingedrungen, ins Tor zur Unterwelt. Odrana war auch dort. Sie hat versucht, ihn aufzuhalten. Mit Worten und mit Zaubermacht. Aber Dáman hat über ihre Bemühungen nur gespottet. Er hat sich selbst dem Herrn der Unterwelt als Opfergabe angeboten. Kikasan, der Uranfängliche, hat ihn über den Abgrund Vaktra gebracht. Dort hat er Nidhanas direkt herausgefordert.«

Hilgrif sog scharf die Luft ein, sagte aber nichts.

»Er hatte einen vierzackigen Speer dabei«, schilderte Elyami. »Sein Metall war vielfarbig-gleißend wie kein anderes Material, das ich jemals gesehen habe. Nidhanas wollte Dáman für seinen Frevel bestrafen, doch der hat das Stundenglas der Verrinnenden Lebenstage mit seinem Vierzack zerstört und anschließend Nidhanas damit durchbohrt.«

»Das ist unmöglich!«, rief Hilgrif, die sich nicht länger zurückhalten konnte. Jha Rudra berührte sie beschwichtigend an der Schulter.

»So ist es geschehen«, erwiderte Elyami, ohne sie anzusehen. »Anschließend hat er ewige Ketten hervorgezogen und um den Rostroten Thron geschlungen. Er hat ihn bestiegen und die Herrschaft der Unterwelt für sich beansprucht. Doch Nidhanas hat ihn mit letzter Kraft verflucht. Die Ketten, die den Thron binden, fesselten auch Dáman an den Thron und durchbohrten ihn mit Dornen. Ich dachte immer, der Kettenfürst hätte seinen Titel daher, dass er die ganze Welt in Ketten zwingt. Aber die Ketten sind auch *sein* Schicksal.«

Sie erschauderte.

Ihr Bruder reichte ihr eine Tasse Tee. Für einen Moment sagte niemand etwas. Gorin versuchte zu begreifen, was er da gerade gehört hatte. Ein Gott, niedergestreckt von einer Waffe …

»Verzeiht, aber ich muss das fragen«, sagte Hilgrif unvermittelt. »Wie zuverlässig sind diese Träume?«

Elyamur straffte sich. »Sie stammen direkt von der Träumenden Königin, der Tochter der Weberin, Urahnin des Elbenvolks! Nie würde sie ihre Kinder mit Truggespinsten einlullen.«

»Das glauben wir Euch«, sagte Jha Rudra sanft und lächelte Hilgrif zu. »Ich denke, wir werden mit der Wahrheit leben müssen, die Elyami geschaut hat. Der Kettenfürst ist ein sterblicher Zauberer, der einen Gott besiegt und seine Macht an sich gerissen hat. Für gewöhnlich freue ich mich mehr, wenn ein Rätsel gelöst wurde.«

»Es gibt mehr als genug wilde Geschichten darüber, woher der Kettenfürst angeblich gekommen ist«, sagte Hilgrif. »Seit er vor einigen Jahrzehnten einfach erschien und seine Hände nach der Macht ausstreckte, wurde darüber spekuliert. Manche behaupten, er sei ein uralter Feldherr der Silber-Elben, der einen Pakt mit einem mächtigen Dämon geschlossen hat. Andere sprechen von einem Ahnendrachen in Menschengestalt oder von einem Halbgott der Unterwelt, Sohn des Nidhanas, der aus Langeweile die Sterblichen Lande erobert. Darum angeblich auch die Vorliebe für Rostrot, die Farbe von Nidhanas' Thron.«

»Diese Geschichte liegt auf groteske Weise am nächsten dran«, warf Jha Rudra mit einem grimmigen Lächeln ein.

Gorin strich sich nachdenklich über die Bartzöpfe. Er wusste nicht recht, was er von Elyamis Bericht halten sollte. Wenn er wirklich stimmte, musste man eben das Beste daraus machen.

»Aber jetzt wissen wir, dass der Kettenfürst einst dieser Dáman war … Da können wir doch etwas tun, oder?«, murmelte er. »Ich meine, er war ein erfolgreicher Feldherr und mächtiger Kriegszauberer. In den Menschenlanden gibt es bestimmt Aufzeichnungen über ihn. Dinge, die wir wissen sollten, wenn wir ihn bekämpfen wollen.«

»Wir haben uns schon umgehört«, sagte Elyami skeptisch. »Die Geschichtenerzähler berichten, dass Odrana und Dáman sich schließlich gegenseitig im Kampf vernichtet hätten. Dazu noch merkwürdiges Zeug wie das Gerücht, dass Dáman durch Zimtgeruch seine Zauberkraft verlieren soll. Offenbar ist nicht überliefert, was wirklich geschehen ist.«

»Es war ja auch niemand dabei«, brummte Galdra.

»Mag sein«, erwiderte Jha Rudra. »Aber die Geschichtenerzähler sind nicht die einzige Möglichkeit, etwas zu erfahren. Ich werde Tungolf darauf ansetzen. Heute Abend tagt der Rattenrat. Vielleicht sind noch aufschlussreiche Berichte aus Dámans Zeit in den Archiven von Swertenburg zu finden. Doch ein anderes Rätsel treibt mich bei der Sache noch viel mehr um ...«

»Woher stammt dieser vierzackige Speer?«, sprach es Hilgrif für sie aus. »Ich habe noch nie von Waffen in sterblicher Hand gehört, die Götter zu verwunden vermögen!«

Gorin nickte bedächtig. Er kannte viele alte Zwergensagen über die Erzeugnisse der legendären Schmiede der Vergangenheit. Manche Geschichten berichteten von Klingen, die Körper und Seele gleichermaßen durchtrennten, von Schwertern, die einen Lichtstrahl spalten konnten, und von der Axt eines Kristallzwergenkriegers, die einst mit einem einzigen Hieb den gesamten Eispanzer des Nordens mit Rissen überzogen hatte, die noch heute als Gletscherspalten zu sehen waren. Aber von einem Gott-Töter hatte er noch nie gehört.

»Und ich will wissen, was es mit diesen Ketten auf sich hat«, ergänzte Galdra. »Warum hat er sie um den Thron geschlungen?«

»Weil die Götter für gewöhnlich nicht-körperlich in der Transzendenz existieren, nehme ich an«, überlegte Jha Rudra. »Das Gleiche gilt für Nidhanas' Thron. Ohne seinen Herrn wäre er aus der körperlichen Welt entschwunden – wenn Dáman ihn nicht mit Ketten gebunden hätte, sodass ein Sterblicher ihn beanspruchen kann.«

»Die Ketten schimmerten ähnlich wie der Speer. Sie waren aus dem gleichen Material«, fügte Elyami hinzu. »Zu Odrana hat Dáman gesagt, dass er den Vierzack selbst geschaffen hat.«

»Schurken lügen doch«, knurrte Galdra unbeeindruckt.

»Nein«, widersprach Elyami. »Das glaube ich nicht. Es passt nicht zu ihm. Über seine Macht würde er nicht lügen. Er will mächtig *sein* und nicht nur so erscheinen.«

Elyamur schaute seine Schwester nachdenklich von der Seite an. Wahrscheinlich dachte er gerade dasselbe wie Gorin: Wie mochte es sich wohl anfühlen, dem Kettenfürsten so nahe zu kommen, und sei es auch nur in einem Traum?

»Wir müssen also nachforschen, wie das alles zusammenhängt«, fasste Jha Rudra zusammen.

»Aber selbst, wenn er diesen Vierzack besitzt«, sagte Galdra plötzlich, »warum haben die anderen Götter ihn nicht schon lange rausgeworfen? Es gibt doch nicht nur Nidhanas! Da sind noch Dwaldarin und Kravana und all die anderen. Gegen alle gleichzeitig wird er wohl kaum ankommen.«

Jha Rudra und Hilgrif tauschten einen ernsten Blick.

»Es mag sein, dass die anderen Götter gar nichts gegen den Kettenfürsten tun *können*«, sagte Jha Rudra widerstrebend.

»Was soll das heißen?«, fragte Elyamur.

»Für gewöhnlich tauschen sich die Orden, die den einzelnen Göttinnen und Göttern dienen, untereinander weniger aus, als gut für sie wäre. Sie stecken entweder zu sehr in ihren eigenen Angelegenheiten oder verfolgen gegensätzliche Interessen und streiten um Einfluss in den einzelnen Reichen«, begann Jha Rudra zu erklären.

»Rudra und ich hatten in den letzten Monaten jedoch Gelegenheit, uns in Ruhe über verschiedene Dinge zu unterhalten«, ergänzte Hilgrif. »Mehr als das bei Dienerinnen von Zelja und Kravana sonst üblich ist.«

»Weil die Kravana-Diener eigentlich damit beschäftigt sind, Zeljas Priester zu jagen und nicht zu kriegen!«

Die beiden Frauen tauschten ein flüchtiges Lächeln. Dann wurde Jha Rudra wieder ernst.

»Dabei stießen wir darauf, dass es in unseren so gegensätzlichen Orden offenbar ähnliche Probleme gibt: Es wird immer schwieriger, einen direkten Kontakt zu den Göttern herzustellen.«

»Gelegentlich schenken die Götter ihren Dienern einen Teil ihrer Macht zur Unterstützung«, erklärte nun wieder Hilgrif. »Ich habe zum Beispiel Kravanas Waffensegen auf den Dolch gelegt, mit dem Ralyazur den Brutkessel zerstört hat.«

Gorin erinnerte sich gut an die zitternden Silberflammen und die Schweißtropfen auf Hilgrifs Stirn. Das Segensritual war ihr sichtlich schwergefallen.

»Oder man kann Zelja um einen dichten Schattenmantel für seine Diebeszüge bitten«, sagte Jha Rudra. »Doch die älteren Priester berichten, dass das früher viel einfacher war. Es mag sein, dass sie mit ihren Erzählungen übertreiben, vielleicht aber auch nicht. Ich kenne es jedenfalls nur so, dass sich die Macht der Götter ausschließlich mit größter Anstrengung und Hingabe anrufen lässt. Und selbst dann funktioniert es nicht zuverlässig. Genauer gesagt, gelingt es immer seltener. Es ist, als würden die Götter sich mehr und mehr zurückziehen. Oder als würden sich zunehmend dichtere Wolken zwischen sie und die Sterblichen Lande schieben.«

Hilgrif seufzte tief. »Und nach allem, was wir wissen, setzten diese Schwierigkeiten erst vor ein oder zwei Generationen ein. Vielleicht zusammen mit dem Wirken des Kettenfürsten …«

Alle schauten betroffen auf die beiden Priesterinnen. Niemand sagte etwas.

»Wir nehmen an, dass es in den anderen Orden und bei den Göttern anderer Völker ähnlich aussieht«, fuhr Jha Rudra schließlich fort. »Verständlicherweise lässt man darüber nicht viel nach außen dringen. Aber wenn man erst einmal darauf achtet, ist es doch auffällig, dass vielerorts die Macht der Priesterschaften schwindet.«

»Und es breiten sich Gerüchte aus«, sagte Hilgrif düster. »In Lorvia und anderen Ländern, wo der Kettenfürst schon länger herrscht, tauchten in den letzten Jahren immer mehr Wanderprediger auf. Die Harmloseren wettern, dass die Götter die

Sterblichen wegen ihrer Schlechtigkeit aufgegeben und den Kettenfürsten als Strafe gesandt hätten. Die Schlimmsten verkünden, dass der Kettenfürst der einzig wahre Gott eines neuen Zeitalters sei.«

»Das ist doch absurd!«, polterte Galdra.

»Ich frage mich, wie es den Priestern des Nidhanas dabei geht«, überlegte Gorin. »Spüren sie, dass sie einem toten Gott dienen?«

»Er ist nicht tot«, sagte Elyami. »Jedenfalls noch nicht.«

»Was soll das heißen?«, fragte Hilgrif.

Auch die anderen horchten auf.

»Am Ende habe ich etwas gespürt … Angst und Entsetzen über die eigene Endlichkeit. Und ich habe so etwas wie eine Straße gesehen, schmutzig und zwischen verfallenen Häusern. Nidhanas scheint in einen vergänglichen Körper irgendwo in den Sterblichen Landen geschleudert worden zu sein. Auf mich wirkte er verwirrt und hilflos.«

»Dann ist das vielleicht unsere Möglichkeit!«, erwiderte Gorin, der verzweifelt versuchte, etwas Gutes in all diesen verstörenden Neuigkeiten zu finden. So, wie Duroscha es getan hätte.

»Wie meinst du das?«, fragte Elyami müde.

»Wenn irgendwo ein gefallener Gott durch die Welt irrt, dann müsste er sich doch finden lassen! Er war der Herr des Rostroten Throns. Er hat den Fluch über den Kettenfürsten ausgesprochen. Vielleicht hat er auch etwas mit dem Orakelspruch der Zwillingsseelen zu tun. Wenn jemand weiß, wie der Kettenfürst vom Thron zu stoßen ist, dann er. Ihn müssen wir finden!« Mit jedem Wort war Gorin mehr davon überzeugt.

»Du könntest recht haben. Ich schlage vor, dass wir uns auf die Suche machen, wenn die Winterseherin nicht bald hier erscheint«, fügte Elyami hinzu, die langsam wieder lebendiger aussah. »Es entspricht gewiss nicht ihren Plänen, dass wir tatenlos bleiben. Was immer ihr auch zugestoßen sein mag – wir müssen die Aufgabe auf unsere Art weiterführen!«

»Aber wenn der gefallene Gott etwas gegen den Kettenfürsten ausrichten kann«, meinte Elyamur skeptisch, »warum hat er es dann nicht schon lange getan?«

»Vielleicht braucht es die Zwillingsseelen dafür?«, fragte Elyami ein wenig ratlos. »Irgendeinen Sinn muss dieser Orakelspruch ja haben.«

»Doch wir wissen nicht, wo wir mit der Suche anfangen sollen«, warf Gorin ein.

»Welches ist der größte Nidhanas-Tempel der Sterblichen Lande?«, fragte Elyamur unvermittelt.

»Wahrscheinlich der Tausendseelen-Tempel in Gnoiana, der Hauptstadt der Republik Gnomara«, erwiderte Jha Rudra nach kurzem Nachdenken. »Seine schwarzen Marmortürme sind weltberühmt. Während einer schlimmen Seuchenwelle hat der Senat ihn einst als Opfergabe für den unterweltlichen König errichten lassen.«

Hilgrif nickte zustimmend. »Früher wäre es vielleicht auch der Tempel der Verdunkelten Mondscheibe in Sternenborn, der Hauptstadt von Mondenheim, gewesen. Aber er wurde damals in den Ausschreitungen gegen den Nidhanas-Kult zerstört und nur notdürftig wiederaufgebaut, wie viele Nidhanas-Tempel in Hundertbürgen. Durch das Wirken des späteren Kettenfürsten, wie wir nun wissen.«

»Dann würde ich am Tempel von Gnoiana mit der Suche beginnen«, meinte Elyamur hoffnungsvoll. »Vielleicht hat ihn solch ein Ort seiner alten Macht irgendwie angezogen.«

»Quolûr«, brummte Galdra.

»Wie bitte?« Elyamur blinzelte irritiert.

»Ich würde in Quolûr suchen«, wiederholte sie. »Das liegt im Osten, glaube ich, in Wâgant.«

»Aber warum?«, fragte Gorin, der nun auch überrascht war.

»Na, warum wohl?«, fragte Galdra ungeduldig. »*Herr Nidhanas auf rotem Thron, säuft schwarzen Pilzlikör und singt. Den gibt's nur fern, in Quolûrs Wald, wo er am liebsten trinkt, wo Nidhanas gern trinkt* … Ich würde jedenfalls auch einen trinken gehen, wenn man mich gerade vom Thron gestoßen hätte.«

»Du glaubst an den Inhalt eines Trinklieds?«, fragte Elyamur fassungslos.

»Lieder enthalten manchmal alte Wahrheiten«, meinte Elyami schmunzelnd. »Durch ihre besondere Form verändern sie sich nicht so leicht und tragen so manches über die Jahrhunderte.«

»Aber ein *Trinklied?*« Elyamur schüttelte den Kopf. »Ich bleibe bei Gnoiana.«

»Dort kannst du ja suchen«, entgegnete Galdra. »Ich bin für Quolûr.«

»Und ich bin dafür, dass wir nun erst einmal essen«, sagte Jha Rudra bündig. »Ich hoffe, dass Ihr mir noch ein paar Tage länger die Ehre erweist und Eure Reise sorgfältig vorbereitet, bevor Ihr in die Pilzwälder des Ostens oder die Hügel von Gnomara aufbrecht.«

Das beendete die Diskussion vorerst. Alle wandten sich den Hirsebällchen zu, doch niemand aß wirklich mit Appetit. Die Gedanken aller kreisten um den Kettenfürsten, die offenbar schwindende Macht der Götter und einen gefallenen Unsterblichen, den es vielleicht irgendwo geben mochte.

Gorin hätte jetzt wirklich gerne mit der Winterseherin gesprochen, um ihr diverse Fragen zu stellen. Doch er rechnete inzwischen nicht mehr mit ihrem Kommen. Vielleicht war ihr wirklich etwas zugestoßen, und die beiden Zwerge trugen die Schuld daran, weil sie ihr nicht zu Hilfe gekommen waren. Aber hatten sie eine Wahl gehabt? Hatte man überhaupt jemals eine Wahl?

Gorin nahm sich vor, noch einmal in aller Ruhe über die Ketten und den göttertötenden Vierzack nachzudenken. Er war sich ziemlich sicher, dass von solch einer Waffe keine Sage berichtete. Und dennoch hatte er das Gefühl, dass er eigentlich mehr darüber wissen sollte und etwas Wichtiges übersah.

Nach dem Essen nahmen sie das Training mit Hilgrif wieder auf, doch selbst die Schwertpriesterin schien nicht mehr besonders bei der Sache zu sein. Elyami zog sich schon nach kurzer

Zeit wieder zurück. Bald darauf gaben schließlich auch die anderen auf, und alle verstreuten sich.

Gorin hätte jetzt gerne an seinen Runen gearbeitet, um sich abzulenken, doch in der Goldschmiedewerkstatt war inzwischen wieder der Besitzer tätig. In den letzten Tagen war er gelegentlich durch das Viertel gestreift, wobei er sich als Diamantzwerg ausgegeben hatte, aber so kurz nach dem Einbruch in der Zitadelle wollte er das nicht riskieren. Also blieb ihm nichts Anderes übrig, als seine Kleidung auszubessern, seinen Kettenmantel zu reinigen, die Runenbolzen zum wiederholten Male zu ordnen und sich schließlich auf seinem Bett auszustrecken und unzufrieden die Dachschräge anzustarren.

Als am Abend das Treffen des Rattenrats näher rückte, ging Gorin dankbar schon früher zum Sitzungszimmer. Vielleicht konnten sie nun einige sinnvolle Pläne schmieden. Zu seiner Überraschung fand er Galdra und Elyamur schon wartend am Tisch vor, vollauf damit beschäftigt, beiläufig in verschiedene Richtungen zu schauen. Offenbar waren sie noch ungeduldiger als er.

Elyami kam als Nächste dazu. Sie wirkte immer noch blass. Ihre Finger zupften sanft an den beiden Saiten ihrer Streichlaute. Die vertrauten Bewegungen schienen ihr gutzutun, und Gorin konnte das nachvollziehen. Die Armbrust, die er hier in Swertenburg immer in Reichweite behielt, verlieh ihm eine ähnliche Sicherheit. Noch lieber hätte er natürlich einfach seine Werkstatt um sich gehabt …

Nach und nach trafen Jha Rudra und der übrige Rattenrat ein, Hilgrif und Stadtschreiber Tungolf, Werodrin und Ralyazur. Der Arm des Halbelben war noch immer dick verbunden.

»Ghashri kommt spät heute«, murmelte Hilgrif missbilligend, während sie auf die Goblinfrau warteten.

»Dann lasst uns einfach anfangen.« Jha Rudra trug wieder die graue Maske, mit der sie stets die Ratssitzungen leitete. »Wir wollen heute über die Dinge sprechen, die sich in den Gewölben der Zitadelle zugetragen haben, und beraten, was nun weiter zu tun ist. Doch zunächst sollten wir für alle noch einmal die Details berichten und …«

Eilige Schritte näherten sich von draußen auf dem Gang, dann wurde die Tür der Kammer aufgerissen. Ghashri stolperte herein.

»Orks im Maskenviertel!«, keuchte sie atemlos. »Zwei oder drei Kriegshorden auf Wölfen. Sie nähern sich dem Spielhaus von allen Seiten!«

Tungolf sprang auf. »Dann sind wir verraten!« Er war weiß wie eine Wand.

»Darauf sind wir vorbereitet.« Jha Rudra hatte sich ebenfalls erhoben. Sie wandte sich an die Zwillinge. »Wir gehen in ein geheimes Kabinett hinter einem Wandteppich mit drei blauen Mondsicheln am Ende des Ganges. Dort können wir uns versteckt halten oder das Casino über eine Treppe verlassen, die zum Keller des Nachbarhauses führt. Los jetzt!«

Elyamur wollte etwas Trotziges erwidern, die Hand bereits am Schwertknauf, doch Jha Rudras strenger Blick brachte ihn zum Schweigen.

Alle stießen die Stühle zurück und strömten auf den Gang hinaus. Gorin umklammerte seine Armbrust mit beiden Händen und zwang sich zur Ruhe. Noch waren die Orks nicht da, warum auch immer sie gerade jetzt auftauchen mochten. Und Jha Rudra wusste, was sie tat. Sie hatten einen Vorsprung und würden ihn nutzen.

Es ging auf den Gang, um die Ecke und durch eine kleine Seitentür, die Gorin bislang nie aufgefallen war. Dahinter lag wieder ein Korridor, gleichförmig wie die anderen, aber mit Fenstern zur umlaufenden Galerie am Innenhof. Ganz hinten hing an der Wand ein Teppich, aus dessen komplexen Mustern drei Sichelformen hervorstachen. Dort musste es sein!

Nach wenigen Schritten flog splitternd eine Tür auf, und einer der Bediensteten in violetten Roben stolperte auf den Gang, stürzte und blieb liegen. Eine Blutlache breitete sich unter seinem Körper aus. Zwei große Gestalten drängten durch die Tür. Sie trugen bullige Plattenrüstungen aus geschwärztem Stahl und geschlossene Visierhelme, die wie Dämonenfratzen geformt waren. In ihren gepanzerten Fäusten blitzten Schwerter mit langen, gewellten Klingen, rötlich beschmiert.

»Stumme Ritter!«, rief Hilgrif warnend.

Wo, bei Dwaldarins Bart, kamen die her?! Aus dem Augenwinkel bemerkte Gorin eine Bewegung, draußen auf der Galerie. Dort hatte sich ein mächtiger Schlangenkörper auf den Balkon gewälzt und dabei die Holzbrüstung eingedrückt, die Lederflügel eng zusammengefaltet. Die Vorhut war auf dem Rücken einer Fledernatter ins Spielhaus eingedrungen!

»Ich hoffe, Ihr leistet mir noch etwas Gesellschaft«, sagte eine schneidende Männerstimme.

Zwischen den beiden Stummen Rittern war ein weiterer Eindringling erschienen. Er war nicht besonders groß, aber drahtig, ebenfalls gekleidet in eine geschwärzte Schlachtrüstung, die jedoch aufwendig mit silbernen Kettenmustern verziert war. Unter seinem offenen Helm war ein schmales Gesicht mit dunklen, hellwachen Augen und einem spöttisch verzogenen Mund zu erkennen. Er trug ein Schwert und einen Linkhand-Dolch.

»Wir können uns gewiss gemeinsam die Zeit vertreiben, bis die restlichen Gäste eingetroffen sind. Anschließend werden wir diese kleine Zusammenkunft bei mir auf der Zitadelle fortsetzen. Es sind ja einige illustre Persönlichkeiten von Swertenburg hier versammelt!«

»Erstick an deinem aufgeblasenen Stolz, Darquato!«, zischte Jha Rudra wütend.

Sie griff mit einer fließenden Bewegung unter ihre Gewänder und hatte plötzlich in jeder Hand eines ihrer Wurfeisen, kunstvolle Konstruktionen, die außer einem umwickelten Griff nur aus flügelartigen Klingen voller Dornen und Zacken in asymmetrischen Mustern bestanden. Sie warf beide Eisen gleichzeitig. Die Waffen gaben ein surrendes Geräusch von sich und schienen bläulich zu leuchten, während sie auf Darquatos Gesicht zurasten.

Mit einem metallischen Klirren schlug das Schwert des Statthalters ein Wurfeisen zur Seite, dem anderen wich er mit einer raschen Körperdrehung aus. Erneut surrte es, dann hatte Jha Rudra die Wurfeisen wieder in den Händen. Sie waren zu ihr zurückgekehrt.

»Das betrachte ich jetzt als grobe Unhöflichkeit«, sagte Darquato lächelnd. »Eure Gastlichkeit lässt zu wünschen übrig, Meisterin des Rätsel-Spielhauses!«

Er ging entschlossen auf sie zu, flankiert von den beiden Stummen Rittern mit erhobenen Schwertern. Gemeinsam deckten sie den gesamten Gang ab. Der Wandteppich rückte in unerreichbare Ferne.

»Weg hier!«, kommandierte Jha Rudra. »In die andere Richtung!«

Alle hetzten den Gang zurück und dann in einen Seitenkorridor. Galdra und Elyamur ließen sich zurückfallen, um die Flucht der anderen zu decken. Jha Rudra drängte nach vorne und übernahm die Führung. Hinter ihnen lachte Darquato verächtlich auf.

Es ging durch eine Tür und dann mit polternden Schritten eine Treppe hinunter. Um sich herum hörte Gorin die Geräusche der anderen, Galdra fluchte leise auf Eisentung vor sich hin. Tungolf atmete hektisch und rasselnd, schwerfällig schnaufte Werodrin, der das Laufen offenbar nicht gewohnt war. Ralyazur musste sich am Treppengeländer festhalten, um trotz seines verwundeten Armes gut voranzukommen. Gorin konnte nachvollziehen, dass Jha Rudra sich für eine rasche Flucht entschieden hatte. Der Rattenrat war alles andere als ein Kriegstrupp.

Unten ging es auf den Innenhof. Noch während sie auf die kiesbedeckte Fläche hinausliefen, ertönte triumphierendes Kampfgeschrei. Reißzahn-Orks in blau-grün lackierten Rüstungen strömten auf den Rücken ihrer Plünderwölfe durch die Toreinfahrt in den Hof. Der Ort, wo sie heute Morgen noch friedlich mit Hilgrif trainiert hatten, drohte sich in ein Schlachtfeld zu verwandeln. Nein, keine Schlacht, korrigierte sich Gorin grimmig. Eher ein Massaker.

»*Az rârg Kettanfuurst!*«, brüllte der hagere Führer der Horde und schwang seinen Knochensäbel.

»Verschwindet, ihr hässlichen Ausgeburten!«, rief Jha Rudra und schleuderte ein Wurfeisen.

Bläulich leuchtend beschrieb die Waffe einen Bogen, durchschnitt den Hals eines Orks und landete dann wieder sicher in der Hand der Priesterin. Der Ork brach röchelnd im Sattel zusammen, sein Säbel klirrte auf den Boden.

Die anderen Orks stürzten zornig auf ihren Wölfen vor. Es waren mehr als ein Dutzend, und sie würden bei ihnen sein, ehe sie irgendeine Deckung erreichen konnten.

Mit einem schrillen Kriegsschrei sprang Ghashri, die Goblinfrau, den Wolfsreitern in den Weg. Die Schamanin hielt etwas in den Händen, das für Gorin wie ein grünliches Ei von der Größe eines Kohlkopfs aussah. Sie hob es mit beiden Armen hoch und schleuderte es den Orks entgegen. Es zerplatzte auf dem Boden – und mit einem lauten Brummen erhob sich eine schwarze Wolke und wallte den Orks entgegen. Es waren Insekten, Aberhunderte von Feuermücken, Bremsen und Hornissen, jedes einzelne Tier so lang wie ein Finger, und viel mehr, als in dem Ei eigentlich Platz gehabt hätten.

Die Plünderwölfe jaulten panisch auf und sprangen wild durcheinander, als die surrende Insektenwolke sie umschloss.

»Dort hinein!« Jha Rudra hielt auf eine kleine Tür am anderen Ende des Hofes zu. Alle folgten ihr, die Zeit nutzend, während der die Orks noch beschäftigt waren.

Dann landete plötzlich Statthalter Darquato auf dem Hof. Er war von der Galerie gesprungen und stand im nächsten Moment kampfbereit vor Jha Rudra. Sein Schwert schoss auf ihre Kehle zu.

Die Priesterin warf sich zu Boden, die Klinge sauste dicht über ihren Kopf hinweg. Jha Rudra rollte sich ab und sprang auf die Füße. Darquato folgte ihr mit einem raschen Schritt.

»Zurück!«, brüllte Hilgrif und drang mit ihrem Schwert auf ihn ein. Doch Darquato parierte ihre Schläge, wand sich seitwärts und stieß mit seinem Linkhand-Dolch zu. Hilgrif wich dem Dolch aus, kam dabei jedoch ins Stolpern. Sofort setzte Darquato ihr mit dem Schwert nach.

»Barukh kara Tokrond!« Galdra ging mit wirbelnder Axt auf Darquato los, Elyamur war mit gezogenem Schwert dicht neben ihr.

Der Statthalter wich zurück, ohne seine Deckung zu öffnen. Gorin bemerkte, dass selbst der verletzte Ralyazur sein Kurzschwert zog und sich den Kämpfenden aus der Flanke näherte. Die anderen eilten unterdessen vorbei.

Für einen kurzen Moment war sich Gorin sicher, dass Hilgrif, Galdra und Elyamur den Statthalter gemeinsam bezwingen würden. Dann schepperte es metallisch, als auch die beiden Stummen Ritter von der Galerie auf den Hof sprangen. Im exakten Gleichmaß hoben sie ihre Waffen und setzten zum Angriff an.

Elyamur huschte an einem der Stummen Ritter vorbei, um den Statthalter niederzustrecken. Doch der gepanzerte Untote ging mit der Klinge dazwischen und wehrte seinen Schwertstreich mit beängstigender Präzision ab. Galdra versenkte ihre Kristallaxt im schwarzen Harnisch des zweiten Untoten. Er wankte nicht einmal und schlug stattdessen nach ihrem Kopf. Sie riss ihre Axt aus dem Panzer und rettete sich zur Seite.

Von weiter hinten kamen nun schon die ersten Ork-Krieger herangeprescht, immer noch umschwirrt von einigen der Insekten. Elyamur und Galdra wichen zurück. Diesen Kampf konnten sie nicht gewinnen. Auch Ralyazur und Hilgrif wandten sich zur Flucht.

Jha Rudra war inzwischen schon dabei, die anderen durch die kleine Tür in einer Ecke des Hofes zu lotsen. Gorin schlüpfte dicht hinter Tungolf hindurch und schaute sich noch einmal um.

Das war der Moment, in dem Ralyazur stolperte. Als ein Stummer Ritter von hinten nach ihm schlug, hechtete er vorwärts, ruderte hilflos mit seinem verletzten Arm und verlor das Gleichgewicht. Er landete bäuchlings auf dem Kies. Sein Kurzschwert schlitterte über den Boden. Mit zwei schnellen Schritten war Darquato über ihm und hob triumphierend seine Klinge.

»Liegen bleiben, verräterischer Halbelb«, knurrte er.

Ralyazur blieb nicht liegen. Er rollte sich zur Seite und sprang auf die Füße. In der Hand hatte er plötzlich einen kleinen Dolch, mit dem er direkt nach Darquatos Gesicht stieß.

Der Statthalter drehte den Kopf zur Seite. Die Dolchklinge streifte seine Wange und hinterließ einen feinen roten Striemen, bevor sie an der Seitenklappe des Helms abglitt.

Darquato schnaubte, dann stieß er mit seinem Schwert zu. Die Klinge grub sich tief in Ralyazurs Brustkorb und trat am Rücken wieder aus. Der Halbelb brach zusammen. Darquato befreite sein Schwert, indem er Ralyazurs Körper mit einem Fußtritt von sich stieß.

Mehr konnte Gorin nicht mehr sehen. Die anderen drängten ihn weiter voran, ins Gebäude hinein. Tief in seinem Inneren spürte er hilfloses Entsetzen und einen glimmenden Funken Zorn, der Rache forderte. Doch das Gefühl war erstaunlich schwach, wie hinter Nebel verborgen. Alles in ihm war taub und gedämpft.

Sie durchquerten einige Lagerräume, bis sie eine kleine Halle voller Kisten erreichten. Hilgrif zog die Tür hinter ihnen zu und ließ einen mächtigen Riegel herunterschlagen. Jha Rudra war inzwischen damit beschäftigt, die drei komplizierten Schlösser einer niedrigen Pforte an der gegenüberliegenden Wand zu öffnen. Elyami hatte sich an ihren finster blickenden Bruder gelehnt. Tränen liefen über ihre Wangen. Tungolf murmelte leise vor sich hin, offenbar Gebete an verschiedene Götter. Gorin nutzte die kurze Pause, um endlich einen Bolzen einzulegen. Die vertrauten Handgriffe taten ihm gut.

Mächtige Schläge donnerten gegen die verriegelte Tür, als die Stummen Ritter sie erreichten und versuchten, sie aufzubrechen. Hilgrif, Galdra und Elyamur postierten sich mit gezogenen

Waffen im Halbkreis, Elyami hatte inzwischen mit trotzig gerecktem Kinn ihren Kurzbogen bereitgemacht. Auch Gorin hob seine Armbrust. Wenn der Statthalter es wagen sollte, seinen Kopf in den Raum zu stecken, würde er ihn mit einem Bolzen zwischen die Augen empfangen!

»Fertig!«, rief Jha Rudra, als sich das letzte Schloss klackend geöffnet hatte. »Draußen geht es direkt nach rechts, haltet euch dicht an der Wand!«

Und sie riss die Tür auf und huschte hinaus in die Nachtluft, die anderen dicht hinter ihr. Elyamur und Galdra flankierten sie, Hilgrif sicherte nach hinten. Draußen lag eine schmale Gasse, die offenbar zwei Höfe miteinander verband, getaucht in die Schatten hoher Gebäude.

Sie waren noch keine drei Schritte gegangen, als Tungolf, der vor Gorin lief, sich plötzlich an den Hals fasste. Dann brach er zusammen. Aus seiner Kehle ragte der Schaft eines blau-grün gefiederten Pfeils. Eine verständnislose Frage stand dem jungen Stadtschreiber ins Gesicht geschrieben.

Hastig schaute Gorin nach oben. Brennende Wut stieg ihm die Kehle hinauf. Als er den gedrungenen Umriss eines Ork-Kriegers auf dem Flachdach gegenüber sah, handelte er, ohne zu denken. Seine Armbrust klackte. Der Ork-Körper stürzte mit einem Schrei vom Dach.

Wildes Knurren und Hecheln näherte sich ihnen. Weitere Orks auf Plünderwölfen preschten die enge Gasse entlang. Sie kamen von vorne und von hinten heran, nahmen die Flüchtenden in die Zange. Ein dumpfes Krachen aus dem Gebäude verriet zugleich, dass die Stummen Ritter die Tür überwunden hatten.

»Durchbrechen! Nach rechts die Gasse entlang!«, schrie Jha Rudra und lief auf den ersten Wolfsreiter vor ihnen zu, die beiden Wurfeisen erhoben.

Ein Pfeil sauste von Elyamis Bogen durch die Gasse und bohrte sich dem Plünderwolf in den Rachen. Die Bestie brach zusammen, während Jha Rudras Wurfeisen sich in den Hals ihres Reiters fraßen. Galdra und Elyamur drängten sich an Gorin vorbei, um es mit den weiteren Orks aufzunehmen, deren Wölfe schon gierig über ihren gefallenen Gefährten stiegen. Gorin versuchte, im Laufen einen weiteren Bolzen einzulegen. Wenn doch seine Finger nicht so zittern würden!

Er bemerkte, dass Hilgrif stehen geblieben war, um ihre Flucht gegen die Orks zu sichern, die sich vom anderen Ende der Gasse näherten. Ein breitschultriger Ork-Krieger hetzte von dort direkt auf sie zu. Der Sattel seines Plünderwolfs war mit einer stattlichen Sammlung Schädel verziert, er selbst führte eine mächtige Knochenaxt als Waffe. Gorin kannte diesen Ork aus den Klippen! Hordenführer Drakshai hatten die anderen ihn in der Taverne genannt. Gorin beeilte sich, den Schnellspannhebel endlich durchzuziehen.

Mit einem wilden Schlachtruf trieb Drakshai seinen Plünderwolf zum Sprung gegen Hilgrif an. Die Schwertpriesterin rollte sich ab, sodass der Wolf über sie hinwegsprang. Noch während die Bestie in der Luft war, riss sie ihre Klinge hoch und schlitzte der Kreatur von unten den Bauch auf. Als der Plünderwolf sterbend auf dem Boden aufkam, landete er halb auf Werodrin, der sich nicht mehr rechtzeitig in Sicherheit bringen konnte.

»*Kettanfuurst!*«, grollte Drakshai, sprang aus dem Sattel und zog einen langen Knochendolch aus einem Riemen an seinem Oberschenkel. Beiläufig stieß er die Klinge nach dem gestürzten Zwergenhändler und bohrte sie ihm tief ins Bein. Werodrin stöhnte schmerzerfüllt auf. Gorin begriff. Der Diamantzwerg würde heute nirgendwohin mehr fliehen. Sie würden ihn lebend erwischen.

»*Gar!*«, hörte Gorin sich selber rufen. *Nein!*

Hordenführer Drakshai hob wieder seine Axt. Sein Blick traf auf Gorin. Erkenntnis lag darin, dann Zorn und die Gier, zu töten. Drakshai stürmte auf ihn los, und Gorin spürte nun eine neue Art von Wut in sich. Sie brannte nicht länger wie ein tanzendes Feuer, sondern war kalt und stetig wie ein Fluss aus Eis.

Er hob die Armbrust, zielte ruhig und präzise. Drakshai rannte auf ihn zu, den Mund mit den langen Hauern brüllend aufgerissen. Gorin drückte ab. Der Bolzen fauchte durch die Luft, und sofort warf sich der erfahrene Ork-Krieger zur Seite. Gorins Bolzen erwischte nicht seinen Hals, sondern schlug lediglich in seiner Schulterplatte ein. Der Ork grinste triumphierend und hob seine Axt zum Schlag. Dann explodierte der Bolzen in einer Flammenwolke, die Drakshais Kopf brüllend verschlang. Der Hordenführer kippte mit einem Schrei nach hinten und rührte sich nicht mehr.

In seinem Rücken hörte Gorin die Kampfgeräusche von Galdra, Elyamur und Jha Rudra, die sich den Weg durch die Orks freikämpften. Hilgrif hatte inzwischen einen weiteren Ork niedergestreckt, der dicht hinter Drakshai herangeprescht war. Weitere Wolfsreiter schienen sich nicht mehr zu nähern. Dann sah Gorin den Grund dafür: Aus der Hintertür des Casinos schoben sich die dunklen Umrisse der beiden Stummen Ritter und stapften an dem auf dem Boden liegenden Diamantzwerg vorbei auf die Schwertpriesterin zu.

»Rudra!«, rief Hilgrif, ohne sich umzuwenden. »Das wird zu eng. Bring die Zwillinge hier raus! So, wie wir es besprochen haben.«

Jha Rudra zögerte für einige Herzschläge. Es war das erste Mal, dass Gorin eine solche Unsicherheit bei ihr bemerkte.

»Das schaffst du nicht allein!«, entgegnete sie.

»Ich bin bei ihr!«, warf Ghashri ein und wuselte an Hilgrifs Seite. »Kümmere du dich um die Zwillinge, törichte Menschenfrau! Ich kümmere mich um deine Lieblingsfeindin.«

»Wir sehen uns wieder!« Jha Rudras Stimme zitterte.

»Natürlich.« Hilgrif gönnte sich ein knappes Lächeln über die Schulter. »Ich muss dich ja noch in den Kerker bringen.«

Dann erschien Statthalter Darquato in der Tür, und die Kriegshörner weiterer Orks dröhnten durchs Viertel.

Ghashri warf eine Handvoll Erde in die Richtung der Angreifer, woraufhin dicke Ranken mit Dornen ihnen entgegenwuchsen und die Rüstungen der Stummen Ritter umschlangen.

Darquato aber setzte mit einem Sprung über die Dornen hinweg und näherte sich Hilgrif mit einem breiten Grinsen, wobei er sein Schwert spielerisch kreisen ließ. Die Schwertpriesterin hob ihre Klinge.

Elyamur setzte dazu an, an ihre Seite zu eilen, und auch Galdra hob ihre Axt.

»Nein!«, rief Jha Rudra eindringlich. »Ihr müsst hier weg. Wir tun das alles hier Euretwegen. Der Kettenfürst wird nicht fallen, wenn er Euch heute in seine Finger bekommt. Und jetzt lauft!«

Sie setzten sich in Bewegung. Hinter ihnen klirrte Stahl auf Stahl, als Hilgrif dem Statthalter die Stirn bot.

»Werodrin liegt noch dort!«, wandte Gorin beim Laufen ein. »Er kann nicht mehr gehen!«

»Wir müssen hier weg.«

»Aber …«, setzte Elyamur an, doch Jha Rudra stieß ihn weiter vorwärts.

Sie drängten an den toten Körpern von Orks und Plünderwölfen vorbei die Gasse entlang, während in ihrem Rücken die Schwertpriesterin und die Goblinschamanin den Statthalter und seine untoten Waffenknechte aufzuhalten versuchten. Darquato rief irgendetwas.

»Dort hinein«, presste Jha Rudra hervor und stieß eine weitere Tür auf.

Überraschenderweise lag dahinter nicht der Flur eines Hauses, sondern ein schmaler Durchgang zwischen zwei Gebäuden. Jha Rudra trieb die Zwillinge die Gasse entlang auf einen kleinen Hof. Weitere Ork-Hörner ertönten und kamen aus verschiedenen Richtungen näher. Das ganze Viertel schien in Aufruhr. Die Bewohner hielten sich in den Häusern versteckt und lugten ängstlich hinter den Sichtblenden hervor.

Es ging durch eine weitere Gasse am anderen Ende des Hofes. Jha Rudra hielt an ihrer Mündung kurz inne und zog mit Galdras Hilfe einen der Sichtschirme von einem Händlerstand vor den Eingang, sodass die Gasse nicht auf den ersten Blick zu erkennen war. Dann eilten sie weiter. Sie überquerten noch einen

Hof und tauchten in eine Tordurchfahrt ein. Als sie Ork-Stimmen auf der anderen Seite hörten, stieß Jha Rudra eine seitliche Tür mitten in der Durchfahrt auf und lotste die Zwillinge quer durch die Halle einer Waschküche voller Bottiche, Wasserdampf und erstickendem Laugengeruch. Die Wäscher mit grauen Halbmasken wichen respektvoll vor ihnen zurück, schienen aber nicht wirklich überrascht zu sein.

Sie verließen die Waschküche durch eine Seitentür und bogen um die Ecke auf einen großen Hof. Mehrere reich beschnitzte Holzmasten standen auf ihm verstreut, an denen große Lampion-Trauben als dämmrige Beleuchtung hingen. Sie ballten sich rund um ein großes Gebäude auf der anderen Seite des Hofes. Seine Fassade war über und über von Jhalai-Schnitzereien mit eigentümlichen Symmetrien bedeckt. Über der Doppeltür war eine große runde Maske angebracht, die gewiss zwei Stockwerke hoch war. Sie zeigte eine Art Mondgesicht, das gütig zu lächeln schien.

Noch während sie sich dem Portal näherten, änderte sich sein Gesichtsausdruck zu einem spöttischen Grinsen. Gorin kannte diesen Effekt gut. Er hatte ihn vor einigen Tagen bei einem Besuch des Tempel-Platzes ausgiebig studiert. Die Maske schien ständig ihre Mimik zu verändern, je nachdem, aus welchem Winkel man sie anschaute. Mal traurig, mal listig, mal zornig, mal gelangweilt.

»Wir müssen quer über den Platz und dann durch das Eingangsportal!«, wies Jha Rudra sie an.

»Haltet Ihr es für klug, in ein geschlossenes Gebäude zu fliehen?«, fragte Elyamur skeptisch.

»Der Jhali-Tempel ist kein geschlossenes Gebäude«, entgegnete Jha Rudra knapp. »Los jetzt!«

Dann hatten sie das Tempelportal erreicht. Es schwang von selbst nach innen auf und schloss sich ebenso lautlos hinter ihnen. Nur ein leises Knirschen wies darauf hin, dass sich zwei schwere Riegel gesenkt hatten.

Im Innenraum des Tempels war Gorin noch nicht gewesen.

Es war so dämmrig-dunkel, wie er es erwartet hatte. Räucherwerk hing in schweren Schwaden in der Luft. Mit jedem Atemzug drängte sich ihnen süßlich-würziger Rauch in die Nase. Masken starrten sie aus allen Richtungen an: von den Wänden, den hölzernen Säulen, von der Decke, selbst in den Fußboden waren welche eingelassen. Sie waren aus Holz und aus Leder, aus Knochen und Kristall, aus Stein und jeder erdenklichen Art von Stoff. Gorin fuhr zusammen, als die Rufe heiserer Orkstimmen zu ihnen hereindrangen. Jemand rüttelte an der Tür.

»Jha Rudra«, sagte eine Gestalt, die sich durch die Rauchschwaden näherte. »Offenbar hast du uns Orks mitgebracht.«

Es war ein alter, spindeldürrer Mann mit der dunklen Haut der Jhalai und grauen Locken. Er trug eine bunt karierte Halbmaske aus Leder, in deren zahllosen winzigen Karos kein Farbton zweimal auftauchte, dazu schmucklose schwarze Wickelgewänder und ein gutes Dutzend goldener Armreifen an jedem Handgelenk.

»Tla Lorem.« Jha Rudra deutete eine Verbeugung an. »Eine Dienerin Zeljas sucht Zugang zu Jhalis Labyrinth für sich und ihre Schützlinge.«

»Das hatte ich schon vermutet«, erwiderte der Priester gelassen und warf den Zwillingen einen neugierigen Blick zu. »Sind sie denn bereit für das Labyrinth? Hast du ihnen die Mysterien erklärt?«

»Das werde ich vor Ort tun. Sie lernen schnell«, sagte Jha Rudra ungeduldig.

»Das sollten sie auch.« Tla Lorem lächelte dünn. »Ich hoffe, Ihr wisst, worauf Ihr Euch da einlasst, Labyrinth-Reisende. Oder vielleicht ist es besser, wenn Ihr es nicht wisst. Die Welt ist ein Rätsel, weil Wissen eine Freude, aber Nicht-Wissen zuweilen ein Segen ist. Wie dem auch sei. Ich gebe Euch nun die Reisemasken. Lasst sie einfach in dem Tempel zurück, an dem ihr das Labyrinth hoffentlich wieder verlasst.«

Dumpfe Schläge polterten von außen gegen die Tempelpforte.

»Muss das denn sein?«, polterte Galdra. »Ihr habt hier gleich eine Horde Orks im Tempel! Tut mir übrigens leid, dass wir sie hergeführt haben …«

»Niemand betritt das Labyrinth ohne eine Reisemaske«, erläuterte Tla Lorem ruhig. »Sonst bleiben die Durchgänge verschlossen. Um die Orks wird Jhali sich kümmern. Entweder bleiben sie draußen – oder sie bleiben im Labyrinth. Dies ist nicht der erste Tempel der Jhalai, den irgendein Machthaber meint, stürmen zu müssen. Das sind wir gewohnt. Es gibt Vorkehrungen.«

Er schlug seelenruhig den Deckel einer kleinen Truhe auf und reichte ihnen schlichte elfenbeinfarbene Halbmasken, auf deren Stirn jeweils ein anderes geometrisches Symbol angebracht war. Der alte Priester achtete genau darauf, wer welche Maske erhielt.

»Ihr seid ja auch verschieden«, erläuterte er auf Elyamurs Frage hin.

Gorin nahm eine Maske mit dem Symbol einer dreifach gewundenen Spirale entgegen. Vorsichtig band er sie sich um. Die Maske übte einen ungewohnten Druck auf seine Schläfen aus.

Das Poltern am Tor wurde lauter. Offenbar setzten die Orks nun eine Ramme ein.

»Geht jetzt hindurch«, sagte Tla Lorem zu Jha Rudra. »Ich werde mich nun auch zurückziehen, denn ich habe kein Interesse daran, niedergetrampelt zu werden. Aber vorher muss ich noch etwas erledigen.«

Er griff in einen Beutel an seinem Gürtel und nahm eine Handvoll ockerfarbene Erde heraus. Dann führte er die Hand vor sein Gesicht und pustete, sodass sich eine feine Wolke aus Staub in der Luft verteilte. In der Wolke konnte Gorin plötzlich einen Umriss erkennen. Er sah aus wie eine kleine Gestalt mit Flügeln, die jedoch nicht wirklich da war. Man konnte ihre Konturen lediglich im Ockerstaub erahnen.

»Hey, was soll das?«, fiepte eine dünne Stimme empört.

»Dachte ich es mir doch«, murmelte der Priester. Er sang einige Worte auf Jhalai und rasselte dazu rhythmisch mit den schweren Goldreifen an seinem Unterarm.

Die kleine Gestalt schrie auf und schien sich aufzulösen, im nächsten Moment war sie nicht mehr zu sehen. Tla Lorem nickte zufrieden.

»Ich hatte so ein Gefühl, dass eine Aura zu viel im Tempel aufgetaucht ist«, murmelte er. »Ihr wurdet von einem Luftgeist verfolgt. Ich habe mit Jhalis Segen den Zauber gebannt, der ihn an seinen Meister gebunden hat.«

»Danke«, murmelte Jha Rudra verdattert.

»Und nun viel Erfolg bei der Durchquerung. Möge Jhali euch viele Fragen schenken.«

Tla Lorem verschwand lautlos zwischen den Rauchschwaden.

»Dann kommt!« Jha Rudra führte die Zwillinge tiefer in den Tempel hinein.

Es ging an langen Reihen starrender Masken vorbei, bis sie eine unscheinbare Holztür an der hinteren Wand erreicht hatten. Jha Rudra verbeugte sich tief und klopfte respektvoll an. Die Tür schwang von selbst auf. Die Priesterin schlüpfte hindurch, dicht gefolgt von den Zwillingen. Dahinter lag ein kleiner holzgetäfelter Raum ohne Möbel. Drei weitere Türen führten in verschiedene Richtungen aus ihm heraus.

»Diese da«, sagte Jha Rudra scheinbar aus dem Bauch heraus und öffnete die nächste Tür. Der Raum dahinter unterschied sich nicht wesentlich vom ersten Raum. Es gab lediglich eine Tür mehr.

»Jetzt diese.«

Noch eine Tür und noch ein Raum. Diesmal standen nur zwei Türen zur Auswahl.

»Und diese.«

Der nächste Raum war größer, aber ebenfalls schmucklos. Ganze sieben Türen führten von hier in verschiedene Richtungen. Jha Rudra überlegte kurz.

»Haben diese ganzen Räume irgendeinen Sinn?«, fragte Galdra ungläubig, deren gesunder Zwergenverstand offenbar überfordert war.

Jha Rudra lächelte schmerzlich. »In Jhalis Labyrinth hat nichts und alles einen Sinn«, sagte sie. »Hoffen wir, dass Ihr wirklich schnell lernt. Kommt jetzt.«

Und es ging durch die nächste Tür.

DREIUNDZWANZIGSTES KAPITEL

IN JHALIS LABYRINTH
IRGENDWO

Ein Gedanke setzte Elyami zu, spitz und stechend wie ein Ork-Pfeil mit Widerhaken: Sie waren schuld. Es ging dem Kettenfürsten um die Zwillingsseelen. Weil sie nach Swertenburg gekommen waren, gab es die Graue Ratte nicht mehr. Ebenso wenig wie Tungolf. Und Ralyazur.

Sie folgten Jha Rudra, die an der Spitze der Gruppe lief und immer wieder neue Türen auswählte. Hinter jeder lag ein weiterer Raum, holzgetäfelt und schmucklos. Mal waren es kleine Kammern, mal regelrechte Hallen. Mal standen zwei Türen zur Auswahl, mal waren es zwölf. Doch Elyami hatte nicht den Eindruck, irgendwie voranzukommen.

Plötzlich spürte sie Elyamurs Berührung an der Schulter, sanft und tröstlich. Das war der Moment, in dem sie nicht mehr weiterkonnte. Sie zog ihren Arm weg, wandte sich von ihm ab und ließ sich in die Hocke sinken, unfähig, auch nur einen weiteren Schritt zu tun. Sie spürte, wie Wut und Trauer heiß in ihr aufstiegen und ihre Kehle verstopften. Dann hörte sie sich schluchzen. Sie verbarg das Gesicht in den Armen und ließ es einfach geschehen.

»Bei Dwaldarins Donnerhammer, wir müssen weiter!«, hörte sie wie aus großer Entfernung Galdra schimpfen. Es war ihr egal.

»Elyami …«, setzte Elyamur an, so leise und so vernünftig. Sie drehte sich weg.

»Galdra hat recht«, sagte nun Jha Rudra. »Es nützt nichts, wenn Ihr hier einfach sitzen bleibt! Das macht nichts besser. Wenn dieser Tag kein Triumph für den Kettenfürsten werden soll, müssen wir seinen Schergen so schnell wie möglich entkommen!«

Elyami vergrub das Gesicht tiefer in ihre Arme. Sie wusste, dass Jha Rudra recht hatte. Aber sie wollte es nicht wissen! Sie wollte, dass es einfach nur aufhörte – keine weiteren Kämpfe, nicht noch mehr Blut, das ihretwegen vergossen wurde …

Plötzlich hob sie den Kopf. »Was wird aus Werodrin?«, fragte sie und schaute Jha Rudra an. Sie hatte den zwergischen Händler nicht besonders gut gekannt, aber das Bild, wie er verletzt zwischen den Orks zurückblieb, ging ihr nicht mehr aus dem Kopf.

»Sie werden ihn auf die Zitadelle bringen«, erklärte Jha Rudra ausdruckslos. »Dort wird man ihn befragen. Wahrscheinlich der Statthalter selbst. Man sagt, er sei geschickt darin.«

»Dann ist er mehr zu bedauern als Tungolf und der Halbelb«, murmelte Galdra düster. Die Art, wie Jha Rudra daraufhin schwieg, gefiel Elyami nicht.

»Jha Rudra?«, fragte sie.

Die Priesterin seufzte. »Nach der Eroberung von Swertenburg sind einige der treuesten Gefolgsleute des Herzogs verschwunden«, sagte sie. »Niemand weiß, was genau mit ihnen geschehen ist. Aber manche behaupten, dass sie die untoten Stummen Ritter sind, die nun dem Statthalter dienen, belebt von einem versklavten Funken ihrer Seelenkraft. Jetzt, da wir wissen, dass der Kettenfürst den Rostroten Thron der Unterwelt erobert hat, halte ich das für gut möglich. Auch im Tod sind seine Feinde nicht vor ihm und seinen Nekromanten sicher.«

Galdra murmelte etwas Finsteres in der Sprache der Zwerge.

»Dann kämpfen wir auch für Tungolf und Ralyazur weiter!«, erklärte Elyamur mit fester Stimme und umfasste den Griff seines Schwertes.

Elyami nickte beklommen. »Ich denke …«

Weiter kam sie nicht, denn plötzlich ging ein Knarren und Rumpeln durch den Raum, als würde ein Riese auf die hölzerne Decke trommeln.

»Wir müssen weiter!«, sagte Jha Rudra mit plötzlicher Schärfe in der Stimme. »Kommt!«

Sie stieß energisch eine der Türen auf und schlüpfte hindurch. Elyami sprang auf und folgte ihr zusammen mit den anderen. Das Rumpeln verebbte, als sie den nächsten Raum betraten. Entschlossen konzentrierte Elyami sich darauf, einen Fuß vor den anderen zu setzen und ihre düsteren Gedanken beiseitezuschieben.

Wieder ging es durch Türen und weitere Türen. In ihr kam der Verdacht auf, dass sie den Tempel schon lange verlassen hatten. Das Gebäude mochte groß sein, aber es war einfach nicht groß genug, um so viele Räume zu enthalten. Oder waren sie so geschickt angeordnet, dass sie beständig im Kreis liefen?

Galdra flüsterte Gorin etwas auf Zwergisch zu. Die beiden hatten gewiss schon früher bemerkt, dass mit den Räumen etwas nicht stimmte. Elyami erinnerte sich noch gut an Galdras untrüglichen Orientierungssinn in den Gewölben. Ihre Stimmen waren neben dem Geräusch ihrer Schritte und dem gelegentlichen Knarzen der Türen das Einzige, was hier zu hören war. Es schien keine Außenwelt zu geben, keinen dumpfen Lärm der Straße, nicht einmal das Hecheln der Plünderwölfe oder die heiseren Rufe der Orks hinter ihnen.

Gerade stand Jha Rudra vor einer holzgetäfelten Wand mit fünf Türen, die allesamt identisch aussahen, und betrachtete sie nachdenklich.

»Da lang!«, sagte sie dann entschlossen und ging zu der Tür ganz rechts außen.

Sie öffnete sich zu einem langen, röhrenförmigen Gang, der durch reine Schwärze zu führen schien. Seine Wände schimmerten leicht, als wären sie aus Glas oder Kristall. In der Dunkelheit rings um den Gang bewegten sich vereinzelte Lichtpunkte. Manche waren blassgelb, andere fahlgrün oder eisblau. Jha Rudra blieb in der Gangmündung stehen.

»Was ist das für ein Ort?«, fragte Elyamur hinter ihr.

»Sind wir endlich durch?«, ergänzte Galdra misstrauisch.

Jha Rudra schüttelte den Kopf. »Nein. Das ist nur ein neuer Abschnitt des Labyrinths. Allerdings einer, in dem ich bislang noch nicht gewesen bin.«

Ein grünliches Licht näherte sich ihnen durch die Schwärze. Es wurde größer und größer. In seinem Schimmer waren die Umrisse einer Kreatur zu erkennen: ein gewaltiger Fisch mit gepanzertem Leib, dreimal so lang wie ein großer Elb. Das Licht ging von einer Art Kugel aus, die er an einem langen Fühler wie eine Laterne vor sich hertrug. Sein absurd breites Maul war von Dutzenden nadelspitzen Zähnen gesäumt, seine großen Augen schauten seltsam starr und glasig. Mit einigen kräftigen Flossenschlägen glitt der Panzerfisch über den Gang hinweg und verschwand wieder als Lichtschimmer in der Schwärze.

»Was war *das*?«, rief Elyamur, der den Kopf eingezogen hatte.

»Offenbar führt dieser Teil des Labyrinths durch ein Meer hindurch«, erwiderte Jha Rudra und nickte zu dem röhrenförmigen Tunnel.

»Aber das ist nicht möglich!«, sagte Gorin aufgebracht.

Er trat einen Schritt vor und klopfte vorsichtig auf den Boden des neuen Gangabschnitts. Es hallte tatsächlich kristallartig wider. Der Tunnel war durchsichtig. Die Schwärze war Wasser in lichtloser Tiefe.

»Wer kann so etwas bauen? Und wie?«, fragte er. »Und wo im Umkreis von dreihundert Meilen um Swertenburg soll es ein Meer geben, bei Dwaldarins Bart?«

Elyami begriff. Sie erinnerte sich an das Gespräch, das sie einst mit Gorin und Jha Rudra in der Goldschmiede geführt hatte. Vor einer Ewigkeit.

»Wir sind nicht mehr in Swertenburg«, sagte sie leise. »Ihr habt erwähnt, dass die Labyrinthe der Jhali-Tempel über die Tempelmauern hinausreichen, nicht wahr?«

Jha Rudra nickte. »Genau. Alle Jhali-Tempel in den Maskenvierteln aller Städte sind durch ein Labyrinth miteinander verbunden, das sich jenseits unserer Welt erstreckt. Wer es errichtet hat und wie, ist ein Rätsel, das bisher noch niemand zu lösen vermochte. Vielleicht waren es die zaubermächtigen Vorfahren der Jhalai, vielleicht aber auch Jhali selbst oder ein Volk, das heute vergessen ist.« Sie seufzte. »Ich habe das Labyrinth aufgesucht, um Euch aus Swertenburg herauszuschaffen. Die Kettendiener haben die Graue Ratte mehr oder weniger komplett zerschlagen. Ihr seid dort nicht mehr sicher, und das baldige Eintreffen der Winterseherin ist auch mehr als zweifelhaft.«

Elyami biss sich auf die Lippen. Sie spürte ihre Schuld wie den Splitter einer kalten Scherbe in sich.

»Wohin gehen wir dann? Und wo genau sind wir jetzt?«, fragte Galdra trotzig. Elyami kannte sie inzwischen gut genug, um zu wissen, dass sie hinter ihrer forschen Art ihre Unsicherheit zu verbergen pflegte. So wie Elyamur die seine hinter seinem Elbenstolz.

»Zur ersten Frage: Ich werde Euch nach Sorletta in Lorvia bringen. Dort gibt es eine Widerstandsgruppe, bei der Ihr Unterschlupf finden könnt. Und es ist weit genug von Swertenburg weg, um die Verfolger vorerst abzuschütteln. Zur zweiten Frage: Ich habe keine Ahnung. Das Labyrinth stellt bei jeder Durchquerung neue Rätsel. Wir werden den richtigen Weg herausfinden müssen.«

»Und Ihr seid sicher, dass uns niemand durchs Labyrinth verfolgen kann?«, fragte Gorin.

»Ja«, antwortete Jha Rudra. »Nur mein Volk kennt die Geheimnisse der Labyrinth-Durchquerung. Dafür waren auch die Reisemasken nötig. Lasst uns also weitergehen.«

Zögerlich betraten sie den neuen Tunnelabschnitt. Die Zwerge sahen elend aus. Die Vorstellung, dass überall um sie herum Abertonnen von Wasser gegen die Kristallwände drückten, schien ihnen gar nicht zu behagen. Aber auch Elyami ging es nicht viel besser. Sie hasste das Gefühl, eingeschlossen zu sein. Ihre Schritte erzeugten merkwürdig hallende Geräusche auf dem gewölbten Gangboden. Er war so glatt, dass man leicht ausrutschte. Sie wäre vor Schreck fast hingefallen, als plötzlich eine Art blau leuchtender Tintenfisch mit einem Gewirr aus

Dutzenden von Tentakeln am Gang vorüberglitt und wieder im Dunkeln verschwand.

Schließlich erreichten sie eine Kreuzung, von der aus drei Tunnelröhren sich weiter ins Dunkel erstreckten. Jha Rudra hielt sich hier lange auf und schaute mehrmals in jede Richtung. Dann entschied sie sich für den Gang, der geradeaus führte.

»Dort entlang.«

Man musste kein Menschenkenner sein, um die Unsicherheit aus ihrer Stimme herauszuhören. Schon nach kurzer Zeit traf der Tunnel auf eine T-Kreuzung weiterer Röhren. Ein Schwarm Wesen, die nur aus grünlichen Schirmchen zu bestehen schienen, tanzte vorbei. Jha Rudra entschied sich nach kurzem Zögern für den linken Weg. Sie trafen bald auf eine Art Verteilerpunkt, von dem aus sternförmig sechs weitere Tunnel in alle Richtungen führten. Die Priesterin betrachtete sie gründlich. Dann wandte sie sich ernsten Blickes zu ihnen um.

»Ich weiß es nicht«, sagte sie leise.

»Was soll das heißen?«, fragte Galdra mit einem merkwürdigen Tonfall irgendwo zwischen Ärger und Panik.

»Ein Labyrinth-Gänger muss seinen Weg immer wieder neu finden«, entgegnete Jha Rudra. »Das ist nicht ganz einfach. Manche bleiben im Labyrinth oder kommen an einem völlig unbekannten Ort heraus. Darum nutzt nicht jeder diese Form zu reisen.«

»Dann sucht doch bitte weiter«, insistierte Elyamur, der ebenfalls ungewöhnlich blass aussah.

Jha Rudra nickte und atmete tief ein, um sich zu sammeln. Etwas knirschte leise. Elyami schaute sich unbehaglich um. Woher kam dieses Geräusch? Schon wieder! Sie blickte nach unten. Zwischen ihren Füßen breitete sich ein Geflecht aus feinen Rissen im Glasboden des Tunnels aus. Sie wuchsen weiter und weiter, wie eine gläserne Blume, die sich entfaltete. Elyami konnte kaum glauben, was sie da sah.

»Man muss sich bei der Suche von dem Ort leiten lassen, den man zu erreichen erhofft«, erklärte Jha Rudra gerade. »Für einen Reisenden allein ist das mit Übung machbar, wenn auch nie ohne Risiko. Aber eine ganze Gruppe mit unterschiedlichen Vorstellungen und Wünschen zu führen, ist schwierig …«

»Wir sollten uns vielleicht trotzdem beeilen!«, unterbrach Elyami die Priesterin und deutete auf die Risse im Boden.

Galdra stieß einen leisen Schrei aus. Elyami hatte die Stimme der Zwergin noch nie so spitz gehört. Jha Rudra fluchte auf Jhalai.

»Wir müssen hier weg«, sagte sie dann kurz angebunden. »Dort entlang!«

Sie bogen in eine der Glasröhren ein, während die Risse sich weiter und weiter in alle Richtungen entfalteten.

»Wenn das Glas hinter uns zerspringt, haben wir hier auch ein Problem!«, warf Gorin beim Laufen ein.

»Das wird es nicht«, erwiderte Jha Rudra mit fester Stimme. »Das Labyrinth sieht es nur nicht gern, wenn man sich zu lange an einem Ort aufhält.«

»Das Labyrinth hat eine *Meinung?*«, fragte nun Elyamur.

Galdra sagte gar nichts und starrte einfach geradeaus. Der obere Teil ihres Gesichts wurde von ihrer Halbmaske mit dem Symbol eines Achtecks bedeckt, der untere Teil bewegte sich farblich auf halbem Wege zwischen grau und grün.

»Wenn man so will, ja«, erklärte Jha Rudra, ohne ihren Schritt zu verlangsamen. »Es hat ein eigenes Bewusstsein und stellt Reisende gerne auf die Probe. Insbesondere gefällt es ihm gar nicht, wenn man zu lange zögert.«

Sie deutete auf den Boden des gläsernen Ganges hinter ihnen. Ein feiner, langgezogener Riss im Glas breitete sich dort aus und schien sie regelrecht zu verfolgen.

»Wisst Ihr denn jetzt, wo wir lang müssen?«, wagte Elyami im Laufen zu fragen.

»Nein. Ich habe aus dem Bauch heraus irgendeinen Gang gewählt, um von diesem kollabierenden Knotenpunkt wegzukommen.«

»Wir haben uns also verirrt?«, fragte Gorin.

»Nicht, wenn wir uns wieder orientieren«, gab Jha Rudra zurück. »Allerdings gelten dafür gewisse Regeln.«

»Dann solltet Ihr uns vielleicht einweihen«, schnappte Elyami atemlos, die erleichtert war, einen Ansatzpunkt zu haben. »Ihr erwähntet im Tempel, dass wir für das Labyrinth etwas schnell lernen müssten.«

»Ihr habt recht«, erwiderte Jha Rudra mit einem Lächeln und verlangsamte ihre Schritte ein wenig. Die anderen passten sich ihrer Geschwindigkeit an. »Bitte helft mir dabei, unser Ziel zu finden. Hier im Labyrinth zählen die Gedanken und Wünsche der Reisenden. Ihr müsst Euch auf Sorletta konzentrieren. Ehrlich dort sein wollen.«

»Aber wir waren noch nie in Sorletta«, warf Gorin ein.

»Es kommt nicht so sehr auf den Ort an sich an, sondern vielmehr auf das, was Ihr damit verbindet. Denkt an die Sicherheit, die Ihr dort vorfinden werdet. An Freunde und Verbündete im Kampf gegen den Kettenfürsten. An eine Zuflucht.«

»Wenn Ihr meint«, brummte Galdra. Sie war immer noch blass und anscheinend ganz darauf konzentriert, möglichst rasch von diesem Ort wegzukommen.

»Ich beherrsche gewisse Techniken, um Eure Wünsche und Euer Wollen in eine gemeinsame Richtung zu lenken«, fuhr Jha Rudra fort. »Zusammen schaffen wir es!«

Sie wurde noch etwas langsamer, schloss die Augen und konzentrierte sich. Elyami atmete tief durch und versuchte, es ihr gleichzutun. Zunächst fiel es ihr schwer, sich auf so etwas Vages wie die Zuflucht in einer unbekannten Stadt zu fokussieren. Dann bemühte sie sich, die Aufgabe wie eine Form von Grüngesang zu sehen. Sie musste die richtige Harmonie finden, um eine Melodie zu erzeugen. Leider klang das, was spontan in ihr aufkeimen wollte, nicht wirklich wie die Melodie einer behüteten Zuflucht, sondern eher nach Schmerz, Hilflosigkeit und dem Wunsch, endlich etwas gegen den Kettenfürsten tun zu können! Sie zwang ihre inneren Lieder in die Richtung, die Jha Rudra ihnen vorgegeben hatte.

Vor ihnen teilte sich der röhrenförmige Tunnel erneut zu einer T-Kreuzung.

»Dort entlang«, rief Jha Rudra und zeigte nach links.

Erleichtert betraten sie einen weiteren Tunnel, während irgendwo unter ihren Füßen ein riesiges Maul an einem absurd kleinen Körper eine Leuchtqualle verschlang. Schon nach kurzer Zeit endete der Tunnel in einer massiven, aus großen Steinquadern errichteten Wand, die sich entgegen aller Logik mitten durch das Meer zu erstrecken schien. Ihre Ausdehnung verlor sich in beide Richtungen im Dunkeln. Dort, wo der Tunnel auf die Wand traf, öffnete sich ein Torbogen. Er wurde von einem schweren rostigen Gitter geschützt.

Jha Rudra zog ihre Dietriche hervor und machte sich an seinem Schloss zu schaffen. Elyami schaute zurück. Im Gang breitete sich der Riss weiter auf dem Boden aus und kam immer näher.

»Beeilt Euch!«, drängte Galdra.

»Nicht mehr nötig«, sagte Jha Rudra stolz und ließ das Gitter aufschwingen.

Alle drängten sich hinter ihr durch den gemauerten Bogen. Elyami ließ den Riss nicht aus den Augen. Er schien kurz auf der Stelle zu verharren, dann zog er sich zurück. Das Glas schloss sich Meter für Meter wieder, bis der Riss außer Sichtweite verschwunden war.

Kopfschüttelnd folgte Elyami den anderen durch den Torbogen.

»Na endlich«, murmelte Jha Rudra gerade, die sich inzwischen auf der anderen Seite umgeschaut hatte. »In diesem Bereich war ich schon mal. Er wird von Labyrinth-Reisenden meist nur *die Kerker* genannt.«

Auch Elyami verschaffte sich einen raschen Überblick. Es war, als hätten sie schon wieder die Schwelle zu einer völlig anderen Welt überschritten. Vor ihnen lag ein gewaltiges Kellergewölbe, dessen Decke sich nach oben hin in Schatten verlor. Mächtige Pfeiler von der Dicke kleiner Türme schienen es in unregelmäßigen Abständen zu stützen. Zwischen den Pfeilern zog sich ein Durcheinander aus Treppen und Brücken dahin. Sie wanden sich aneinander vorbei, übereinander hinweg und kreuzten sich immer wieder zwischen den Pfeilern. Sie durchliefen Torbögen, stießen auf Plattformen und endeten zuweilen im Nichts. Erst beim zweiten Hingucken realisierte Elyami, dass nicht nur die Decke des Gewölbes fehlte. Es war auch kein Boden zu erkennen. Die Pfeiler und Treppen schienen aus einem endlosen schwarzen Nichts hervorzuwachsen und über ihren Köpfen wieder darin zu verschwinden.

Überall waren Eisengitter, stählerne Dornen und merkwürdige Konstruktionen aus Holzbalken zu sehen, deren Sinn sich Elyami nicht erschloss. An vielen Balken hingen lange Ketten herab und trugen Gewichte, Pendel oder Stachelkugeln. Ein Ende des Gewölbes war in keiner Richtung auszumachen.

Einer plötzlichen Eingebung folgend wandte Elyami sich noch mal um. Die Außenwand mit der Tür zum Meer war verschwunden. Auch in diese Richtung erstreckten sich nun die Kerker mit ihren Säulen, Treppen und Plattformen scheinbar ins Unendliche.

»Macht es Sinn zu fragen, wer dieses Chaos errichtet hat?«, fragte Gorin gequält.

»Ihr wisst es inzwischen besser«, sagte Jha Rudra grinsend. »Kommt. Und denkt daran: Wir wollen nach Sorletta!«

»Ja, ja, gleich«, murmelte Galdra, die matt vor sich hinstarrte, mit einer Gesichtsfarbe, die immer noch ziemlich ungesund aussah. »Ich hasse Wasser«, brummte sie schließlich, als sie sich aufraffte. »Dieses Labyrinth war nicht wirklich darauf aus, uns zu ertränken, oder?«

»Wer weiß«, meinte Jha Rudra mit einem Schulterzucken. »Ich durchquere es nicht zum ersten Mal und lebe noch. Aber man hört immer wieder von Labyrinth-Reisenden, die einfach verschwinden. Irgendetwas muss mit denen ja geschehen sein. Vielleicht haben sie aber auch nur neue Ausgänge entdeckt? Kommt nun!«

Sie stiegen die erste Treppe zwischen den Pfeilern des Gewölbes hinauf. Die Stufen waren ungleichmäßig geformt – mal so niedrig, dass man immer drei auf einmal nehmen konnte, und dann so hoch, dass man sich mit den Armen hinaufziehen musste. Eine gefühlte Ewigkeit lang ging es über Brücken, Treppen und Stege, immer tiefer in das endlose Gewölbe hinein. Mal treppauf, mal treppab, mal spiralförmig um einen Pfeiler herum.

»Und jetzt ein großer Krug Bier«, brummte Galdra irgendwann, der die Schweißperlen auf der Stirn standen. »Zur Not meinetwegen auch schwarzer Pilzlikör!«

»In Gnoiana gibt es keinen Pilzlikör«, korrigierte sie Elyamur, dem die Andeutung nicht entgangen war.

»In Quolûr aber«, gab Galdra ungerührt zurück.

»Ich werde die Suche nach dem Gefallenen *nicht* an einem Trinklied ausrichten«, sagte Elyamur mit hochgezogenen Augenbrauen.

»Und ich sage, wir suchen in Quolûr«, grollte Galdra trotzig.

»Ruhe!«, zischte Jha Rudra von vorne. »Konzentriert Euch auf unser Ziel!«

Noch während sie sprach, bäumte sich plötzlich die Brücke unter ihren Füßen auf, löste sich von der Plattform, auf die sie zugeführt hatte, und wand sich wie ein biegsamer Schlangenkörper durch das Nichts auf einen Absatz an einer anderen Säule zu.

Elyami musste um ihre Balance kämpfen, Galdra hatte sich auf den Bauch geworfen und klammerte sich an der Brücke fest. Gorin drohte mit rudernden Armen herunterzufallen. Elyamur lief einige Schritte durch die Luft und sorgte durch einen kleinen Stupser dafür, dass er auf der Brücke blieb.

»Wir beeilen uns ja!«, brüllte die Zwergin wütend, während das Vorderteil der Brücke sich auf den Absatz vor ihnen zubewegte und sich schließlich mit der Plattform verband, als hätten ihre Stufen nie irgendwo anders hingeführt.

Sie setzten ihren Weg äußerst vorsichtig fort.

Einmal folgten sie einer Treppe konsequent von einer Plattform aus nach oben, bogen mehrmals an einem Treppenabsatz ab – und erreichten schließlich dieselbe Plattform von unten.

»Das ist widernatürlicher Unsinn!«, schimpfte Galdra. Und die Plattform reagierte damit, dass sich plötzlich ein Stein unter den Füßen der Zwergin löste und in die Tiefe stürzte. Sie sprang hastig zur Seite.

»Bitte provoziert das Labyrinth nicht und denkt an Sorletta«, murmelte Jha Rudra vor ihnen. Galdra sagte vorerst kein Wort mehr.

Als sich endlich in der Ferne der massige Schatten einer Außenwand zeigte, atmete Elyami hörbar auf. Sie war gut zu Fuß und hatte kein Problem damit, auch steilste Bäume zu erklettern, aber das ununterbrochene Treppensteigen schlug ihr inzwischen auf die Knie. Auch die anderen wirkten nach diesem Tag voller Torturen erschöpft und stapften verbissen voran. Sie brauchten noch länger als eine Stunde, bis sie über das Hin und Her der Treppen und Brücken jene Stelle erreicht hatten, wo eine Brücke direkt an einer Gittertür in der Außenwand endete. Angestrengt beschleunigten sie ihre Schritte, um endlich dorthin zu gelangen.

Als sie die Brücke etwa zur Hälfte überquert hatten, kam plötzlich etwas aus der Dunkelheit herangesaust. Jha Rudra musste zurückspringen, um dem Objekt auszuweichen. Es war eine dornenbesetzte Eisenkugel, die an einer langen Kette hin und her pendelte.

»Hey!«, schnaubte Galdra empört. Da durchteilte wieder ein Surren die Luft. Eine rostige Beilklinge kam an einer Kette herangeschwungen. Die Zwergin warf sich auf den Bauch, um ihr zu entgehen. »Das reicht jetzt aber!«, brüllte sie im Liegen. »Lass das bleiben, du heimtückischer Feigling von einem irrwitzigen Labyrinth!«

Wie als Antwort darauf hörte Elyami aus verschiedenen Richtungen metallisches Surren. Von überall her schwangen plötzlich Ketten mit Pendelgewichten auf sie zu: Klingen und Stahlkugeln und mindestens ein grinsender Totenkopf aus Stahl.

Elyami hastete nach vorne, um einer Kette auszuweichen – und stieß mit Gorin zusammen, der sich seinerseits unter einem walzenförmigen Gewicht wegducken musste.

»Lauft!«, rief Elyamur, der plötzlich neben der Brücke durchs Nichts eilte und eine heranschwingende Stahlkugel wegtrat.

Elyami folgte seiner Aufforderung nur zu gerne. Gemeinsam mit den anderen hetzte sie auf das Ende der Brücke zu, während überall um sie herum Klingen, Beile und Dornenkugeln durch die Luft flogen. Das Ganze hörte erst auf, als sie schließlich die Gittertür an der Außenwand erreicht hatten. Elyami warf einen Blick zurück. Mehr als ein Dutzend Ketten mit makabren Gewichten schwang langsam über der Brücke hin und her.

»Das Labyrinth scheint schlecht gelaunt zu sein«, murmelte Jha Rudra mit einem Seitenblick zu Galdra.

»Ich habe nicht damit angefangen«, murmelte die Zwergin mürrisch.

Die Priesterin wandte sich dem Schloss der Gittertür zu und knackte es ohne Schwierigkeiten. Dann warf sie einen Blick in den Gang dahinter. Nachdenklich schürzte sie die Lippen und nickte knapp.

»Kommt.«

»Kennt Ihr den nächsten Abschnitt?«, fragte Gorin vorsichtig.

»Ja«, antwortete Jha Rudra. »Kommt.«

Mit einem mulmigen Gefühl betrat Elyami den Bereich hinter dem Gitter. Jha Rudras Einsilbigkeit gefiel ihr gar nicht. Vor ihr erstreckte sich ein langer Gang mit gewölbter Decke. Das Licht war hier merkwürdig rötlich und gedämpft und schien von den Wänden auszugehen. Der Gangboden war ebenfalls rot und fühlte sich weich unter ihren Füßen an. In regelmäßigen Abständen wurde die Decke von Halbbögen aus weißlichem Material gestützt. An ihrem Scheitelpunkt verband sie ein durchgehender Strang von der gleichen Farbe miteinander.

Die Luft war feucht und schwer und von trägen Geräuschen erfüllt: ein beständiges Brodeln und Blubbern, das direkt hinter den rötlichen Wänden seinen Ursprung zu haben schien. Darunter war der mächtige Ton eines gleichmäßigen Schlagens zu hören. Schon nach wenigen Schritten bekam Elyami Kopfschmerzen davon. Das Dröhnen war zwar nicht besonders laut, aber so durchdringend, dass es in ihrem ganzen Körper nachhallte.

Als sie sich gerade einer Weggabelung näherten, öffnete sich plötzlich in der Wand direkt neben ihr ein Loch. Es war kreisrund und hatte etwa eine Armlänge Durchmesser. Aus dem Loch starrte Elyami ein riesiger, kugelig gewölbter Augapfel an. Seine Iris war tiefblau, durch sein Weiß liefen zahllose feine rote Äderchen. Das Auge blinzelte einmal träge, dann schloss sich das Loch wieder, und Elyami starrte auf die nackte rötliche Wand.

»Was war das?«, flüsterte sie erschrocken.

Jha Rudra, die sich gerade an der Kreuzung orientierte, räusperte sich. In beide Richtungen erstreckten sich ähnliche Gänge mit weißen Stützbögen bis in die Ferne.

»Labyrinth-Reisende nennen diesen Bereich die *Passage durch die Bestie*«, sagte die Priesterin schließlich.

Elyami begriff. Die rötlichen Wände, der weiche Boden, die feuchte Luft … Sie durchquerten gerade ein gewaltiges Lebewesen, gingen unter Knochenbögen hindurch und hörten den Widerhall seines Herzschlags. Sie mochte sich gar nicht vorstellen, wie groß diese Kreatur sein mochte, wo sie lebte oder wie sie von außen aussah. Und was für ein Wesen die Fähigkeit hatte, in seinem eigenen Inneren ein Auge zu öffnen …

»Oh nein! Das reicht langsam!«, knurrte Galdra, die ihre Kristallaxt fest umklammert hielt. »Ich habe den Kampf mit der Streitaxt und die Künste einer Höhlengängerin erlernt, um gerade *nicht* im Bauch irgendeiner Bestie zu landen! Da spaziere ich doch nicht freiwillig mitten hinein, bei Dwaldarins Amboss!«

»Galdra, bitte«, sagte Jha Rudra beschwichtigend. »Betrachtet es am besten wie ein Gebäude aus Fleisch. Das Labyrinth …«

»Gebäude aus Fleisch!«, schnaubte die Zwergin und stampfte wütend mit dem Fuß auf. »Dieses Labyrinth ist ein einziger Irrsinn – erst Gänge im Wasser, dann Treppen, die zu ihrem Anfang zurückführen, und nun auch noch Fleisch! Welcher anständige Baumeister würde …«

Und sie verschwand. Elyami brauchte einen Moment, um zu begreifen, was passiert war. Eine Art Maul hatte sich unter den Füßen der Zwergin geöffnet und sie einfach eingesaugt. Man konnte noch den Umriss von zwei zufrieden zusammengepressten Lippen im fleischigen Boden erahnen. Darunter rumorte es schmatzend.

Gorin warf sich auf die Knie und zog seine Handaxt vom Gürtel.

»Warte, das mache ich!«, rief Elyamur, drängte sich vorbei und setzte sein Langschwert als Hebel zwischen den Lippen an. Auch Elyami zog ihren Dolch, wenn sie sich auch nicht sicher war, ob sie etwas damit anfangen konnte.

Ihr Bruder und der Zwerg waren unterdessen verbissen damit beschäftigt, ihre Waffen zwischen die fest geschlossenen Lippen zu treiben. Es gurgelte und brodelte weiter unter ihren Füßen. Elyami mochte sich nicht vorstellen, was dort gerade vor sich ging. Elyamur hebelte verbissen an seinem Schwert herum, Gorin trieb immer wieder seine Axt in den fleischigen Untergrund.

Plötzlich sprangen die Lippen mit einem schmatzenden Geräusch auf. Gorin und Elyamur wurden durch den Schwung auf den Rücken geworfen – Galdra lag zwischen ihnen. Sie war über und über von einer übelriechenden, grünlichen Flüssigkeit bedeckt, hielt aber stolz ihre Kristallaxt in der Rechten und ein leichtes Wurfbeil in der Linken. Der Schlund hatte sie wieder ausgespuckt.

»Wer eine Zwergenkriegerin aus Tokrond verdauen will, braucht einen stärkeren Magen!«, brüllte sie und reckte ihre Axt trotzig empor. Die Klinge war von Blut und anderen Flüssigkeiten verschmiert.

Wie zur Erwiderung wurde auch das Brodeln hinter den fleischigen Wänden um sie herum lauter. Ein Beben schien durch die gesamte riesenhafte Kreatur zu gehen, in deren Inneres sie eingedrungen waren.

»Dann kommt jetzt weiter!«, rief Jha Rudra. »Lasst uns einen Ausweg finden, bevor das Labyrinth endgültig die Geduld verliert!«

Galdra brummte in sich hinein, beeilte sich aber, Jha Rudra zu folgen.

Sie kamen nur langsam auf dem weichen Boden voran, durch den in immer dichterer Abfolge Stöße gingen. Der Herzschlag der Bestie hatte sich um ein Vielfaches beschleunigt.

»Konzentriert Euch auf unser Ziel«, brüllte Jha Rudra von vorne.

»Als wenn das bei diesem Lärm überhaupt möglich wäre«, sagte Elyamur gereizt. »Und bei diesem Gestank«, fügte er leiser auf Grünwort hinzu, während noch immer grünliches Sekret von Galdras Rüstung tropfte.

»Wir können ja dagegen ansingen«, rief Galdra trotzig und legte auch gleich los:

»Herr Nidhanas auf rotem Thron
säuft schwarzen Pilzlikör und singt.
Den gibt's nur fern, in Quolûrs Wald,
wo er am liebsten trinkt, wo Nidhanas gern trinkt.«

»Oh, bitte!«, stöhnte Elyamur, während Galdra zur nächsten Strophe überging. Elyami war sich nicht sicher, ob ihr der Gesang der Zwergin oder der Herzschlag der Bestie lieber war.

Sie passierten eilig zwei weitere Abzweigungen. Dann stießen sie auf einen regelrechten Wald aus straff gespannten Strängen, die für Elyami wie Muskeln aussahen und die sich kreuz und quer durch den Gang zogen. Während sie vorsichtig, aber so zügig wie möglich an den Strängen vorbeikletterten, ging ein erneutes Beben durch den Leib der Bestie. Diesmal war es so heftig, dass Elyami sich an einem Strang festhalten musste, um nicht von den Füßen gerissen zu werden.

Verbissen kämpften sie sich weiter voran. Hinter den Muskelsträngen stießen sie schließlich auf eine hölzerne Tür mitten in der fleischigen Wand vor ihnen. Der Anblick dieses Kontrastes war so grotesk, dass Elyami fast würgen musste. Wenigstens hielt auch Galdra mit ihrem Gesang inne.

Jha Rudra betrachtete die Tür aufmerksam. Sie sah ziemlich genauso aus wie die zahllosen Türen, die sie im Jhali-Tempel von Swertenburg durchschritten hatten.

Noch während die Priesterin die Tür musterte, hörte Elyami hinter sich ein brodelndes Geräusch. Sie fuhr herum. Durch den Gang wälzte sich eine wahre Flutwelle an graugrünlicher Flüssigkeit heran.

»Grakhu!«, brüllte Galdra.

Jha Rudra zögerte nicht länger und stieß die Tür entschlossen auf. Alle stürzten hintereinander hindurch. Das gallige Sekret ergoss sich schon über Elyamis Füße, als sie endlich auch durch die Tür schlüpfte. Sie fuhr herum und knallte sie zu.

Aufatmend wandte Elyami sich um.

Sie befanden sich nun in einem holzgetäfelten Raum, der den Tempelkammern in Swertenburg sehr ähnelte.

Jha Rudra lächelte erleichtert. »Das ist ein gutes Zeichen. Wir nähern uns einem Tempel. Wahrscheinlich sind wir fast da.«

In diesem engen Kabinett mit fünf Türen zu stehen fühlte sich erfrischend normal an. Jha Rudra entschied sich für die zweite Tür von links, die wiederum in einen holzgetäfelten Raum führte. Nun schien alles so wie zu Anfang der Labyrinth-Reise zu sein. Mal standen zwei Türen zur Auswahl, mal sieben. Mal durchquerten sie ein kleines Gelass, mal eine weite Halle.

Bis Elyami die Pilze entdeckte. Sie wuchsen in einer Ecke auf dem Holz der Täfelung. Mächtige lederartige Hüte, jeder einzelne so groß wie ein Brotleib. Jha Rudra schüttelte den Kopf, als Elyami sie darauf aufmerksam machte.

»Ich kann mich nicht daran erinnern, solche Pilze beim Tempel von Sorletta im Labyrinth gesehen zu haben. Aber Jhali stellt beständig neue Rätsel. Wir sollten uns beeilen.«

Im nächsten Raum wucherten in zwei Ecken Pilze, im übernächsten waren sie überall auf der Holzvertäfelung verteilt und bildeten unterschiedliche Muster. Im Raum danach drangen kniehohe Morcheln mit grau-weißen Kappen zwischen den Dielen des Fußbodens hervor.

Jha Rudra ignorierte sie und riss die nächste Tür auf. Schwaden von schwerem Räucherwerk schlugen ihr entgegen, gelegentlich zerteilt vom warmen Licht großer Lampion-Bündel. Sie hatten einen Jhali-Tempel erreicht.

Nacheinander schlüpften sie alle durch die kleine Tür in den maskengeschmückten Raum. Das Labyrinth lag hinter ihnen. Ein erleichtertes Aufatmen ging durch die Gruppe, nur Jha Rudra wirkte unzufrieden. Mit zusammengekniffenen Augen schaute sie sich um.

»Der Jhali-Tempel von Sorletta ist eigentlich größer«, murmelte sie.

Aus den Rauchschwaden näherte sich ihnen eine Gestalt. Es war eine junge Maskenfrau mit ausladenden Locken, die die schwarzen Wickelgewänder und Goldarmreife einer Jhali-Priesterin trug. Ihre Halbmaske war von Karos in den verschiedensten Farbtönen bedeckt, doch waren es deutlich weniger als bei dem alten Priester in Swertenburg. Sie lächelte die Neuankömmlinge an.

»Es ist lange her, dass so viele Reisende auf einmal durch das Labyrinth zu uns gekommen sind«, sagte sie in der Hochsprache. »Willkommen in Quolûr!«

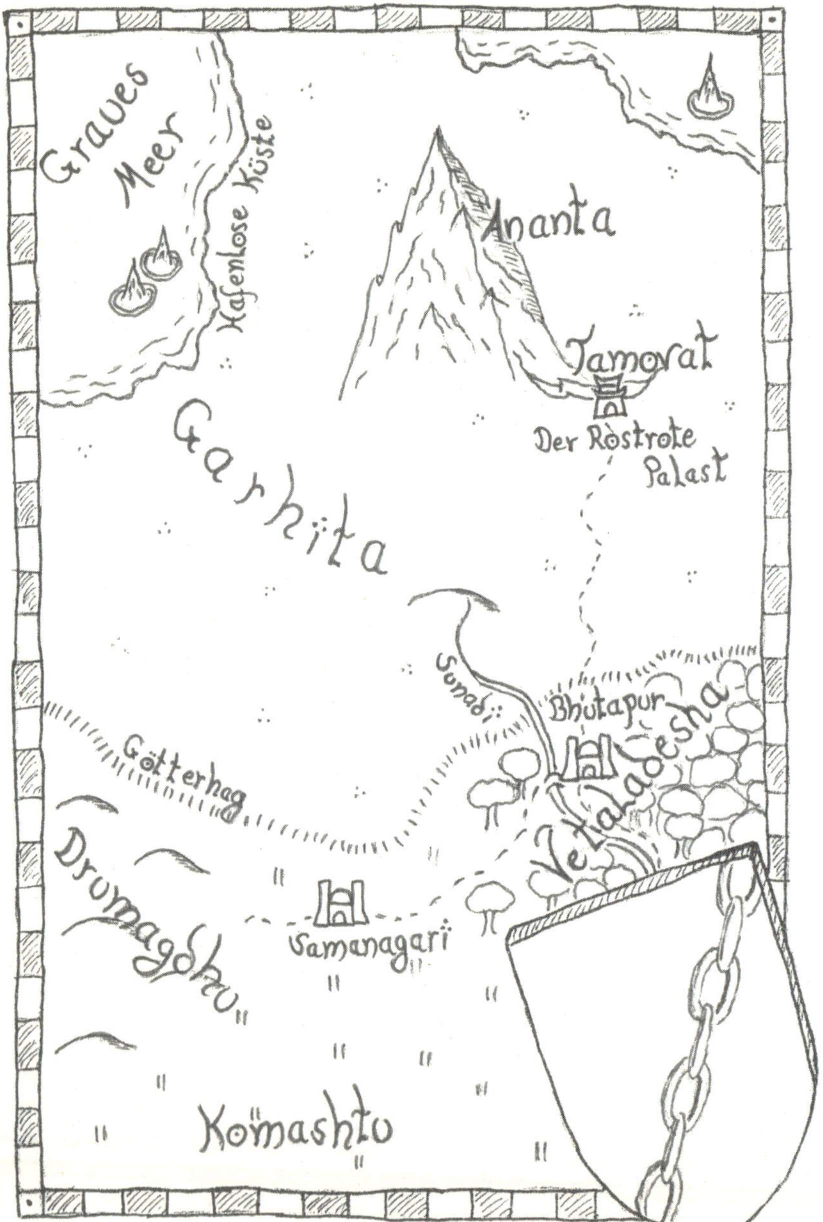
Graues Meer
Hafenlose Küste
Ananta
Tamorat
Der Rostrote Palast
Garhita
Sunadi
Bhutapur
Vetaladesha
Götterhag
Drumagdhu
Samanagari
Komashtu

VIERUNDZWANZIGSTES KAPITEL

DER ROSTROTE PALAST AM RANDE DER SCHLUCHT TAMOVAT
DIE ÄUSSEREN GEMÄCHER

Es lag keine zwei Menschengenerationen zurück, dass die Hochebene Garhita als verbotenes Gebiet gegolten hatte. Nur vereinzelte Pilger hatten sich dem Aufstieg, den schneidenden Winden und der Einsamkeit im Schatten des Götterberges Ananta gestellt. Niemand hätte es gewagt, hier eine Unterkunft oder gar eine Wohnstätte zu errichten. Selbst die ältesten und stolzesten Kulturen wie die Silber-Elben oder die Nephilim-Schattenriesen hatten Garhita stets gemieden und hier keine Spuren ihres Volks hinterlassen.

Auch dieses ungeschriebene Gesetz hatte der Kettenfürst ignoriert, als er damit begann, der Welt eine neue Ordnung zu geben. Er hatte auf Garhita nicht einfach nur eine Residenz errichten lassen, sondern eines der größten Gebäude aller bekannten Reiche: den Rostroten Palast, seinen Wohnsitz, das Herz der Kettenlande. Er erhob sich direkt an den Osthängen des Ananta, wo die Schlucht Tamovat tief in den Fels hinabreichte und die Höhle Dvar, die Pforte zur Unterwelt, verborgen hielt.

Seit vielen Jahren schon reckten sich die rostroten Dächer des Palasts stolz dem Götterberg entgegen, und bislang war nichts geschehen, was seine Existenz in Frage stellte. Kein Donnerkeil hatte ihn zerschmettert, keine gleißenden Archonten waren im gerechten Zorn mit ihren Flammengeißeln über ihn hergefallen. Er trotzte im Herzen der verbotenen Hochebene allen göttlichen Geboten und war dadurch zu einem Symbol für den Triumph des Kettenfürsten geworden.

Zandram Uzar, die Palaststadt des Maliks von Tar Uzar,

mochte sich mit ihren Singenden Gärten vielleicht über größere Flächen erstrecken. Der Alabasterturm, in dem die Erzhexer der Purpur-Elben unter einer adamantenen Kuppel residierten, mochte dem Himmel höher entgegenragen. Und Bôdrak, die Stadtfestung des Königs von Wâgant, mochte mit ihrem fünffachen Ringwall wehrhafter sein. Doch sie alle beugten sich dem Rostroten Palast, der weiter in die Tiefe reichte als jede andere Residenz, denn sein Innerstes beherbergte das Tor zur Unterwelt selbst.

Vylamis Aufenthalt hingegen war schon seit Tagen auf die äußeren Gemächer beschränkt. Sie hatte den Palast auf dem Rücken ihrer Fledernatter erreicht und gleich den Schlangenturm angeflogen, der sich wie ein riesiger Taubenschlag mit zahllosen Landeportalen über den Höfen erhob. Von hier aus brachen täglich die höheren Diener des Kettenfürsten in alle Himmelsrichtungen auf, um Aufträge ihres Herrn in den Provinzen zu erfüllen. Man hatte ihr Reittier versorgt und sich um seinen verletzten Flügel gekümmert, den Vylami nach dem Kampf gegen die Winterseherin nur notdürftig versorgt hatte.

Eine Abordnung der Unterweltlichen aus den inneren Gemächern war erschienen und hatte die Gefangene mit sich genommen. Dann hatte der Hofmeister der Nekromantie Vylami persönlich aufgesucht, um ihr die Strix in ihrer schwarzen Kugel abzunehmen und sie wieder mit ihren Schwestern in der Unterwelt zu vereinen, doch Vylami hatte sich geweigert, sie herauszugeben. Immerhin hatte sie das mitternächtliche Geschöpf eigenhändig beschworen! Und immerhin würde sie gewiss bald wieder hoch in der Gunst des Meisters stehen …

Der Hofnekromant war mit einer erhobenen Augenbraue verschwunden, und Vylami hatte darauf gewartet, dass man als Nächstes sie in die inneren Gemächer rufen würde. Doch das war nicht geschehen.

Stattdessen war ein kleiner, dicklicher Gnom mit dem Stab eines Zeremonienmeisters aufgetaucht und hatte ihr eine Zimmerflucht im Gästeflügel der äußeren Höfe zugewiesen. Vylami war so empört gewesen, dass sie den Gnom am liebsten mit einer Blitzgeißel bestraft hätte. Doch sie wusste, dass sie sich keine Ungeduld leisten konnte, und hatte sich mit verkniffenen Mundwinkeln gefügt.

Und das war seit Tagen der Stand der Dinge. Vylami wartete, ohne etwas Neues aus den inneren Gemächern zu hören. Etwas Neues vom Meister. Etwas Neues über ihr künftiges Schicksal.

Eine disziplinierte Purpur-Elbenzauberin hätte die freie Zeit genutzt, um zu meditieren oder neue Zauberformeln zu erforschen. Doch Vylami war zu unruhig für solche Exerzitien. Rastlos streifte sie in den äußeren Gemächern umher, jenem Bereich des Rostrosten Palastes, der sich am Rande der Schlucht entlangzog. Hier befanden sich die zahllosen Kanzleien, in denen hunderte von Schreibern, Hilfsschreibern, Oberschreibern und Lordschreibern die Kettenlande verwalteten und die vielen kleinen Entscheidungen trafen, mit denen die Statthalter oder gar der Kettenfürst selbst nicht belangt werden sollten. Hier gab es aber auch eine Zauber-Akademie, an der magischer Nachwuchs für die Kettenlande ausgebildet wurde, repräsentative Säle für Feste und Empfänge und einen ganzen Flügel, der als Schaukabinett eingerichtet war, wo kostbare Beutestücke aus allen eroberten Kettenlanden ausgestellt wurden. Nicht zu vergessen all die Küchen, Wäschereien, Stallungen und Werkstätten, die notwendig waren, um den Palast am Laufen zu erhalten, eine eigene Stadt für sich.

Diesen äußersten Bereich betrat Vylami natürlich nie. Das wäre unter ihrer Würde, wenn sie auch fast versucht war, vor Frust und Langeweile darüber hinwegzusehen.

Abwechslung versprachen hier nur die Abende, denn der Zeremonienmeister hatte ihr mitgeteilt, dass sie an der Hohen Tafel im Onyx-Saal speisen würde. Das war der privilegierteste Speiseraum der äußeren Gemächer. In jener Halle, deren Wände mit Ornamenten aus schwarzen Onyx-Steinen eingelegt waren, wurden die Statthalter, Heerführer, Meisterzauberer und Ork-Clanführer verköstigt, die sich gerade im Rostroten Palast aufhielten; eine Mischung aus Menschen, Granitzwergen, Purpur-Elben, Minotauren, Gnomen und anderen Völkern. Ein oder zwei von ihnen waren Kettenträger. Natürlich misstraute Vylami ihnen zutiefst, aber sie war auch dankbar um die Gelegenheit, Neuigkeiten aus den Provinzen zu erfahren und dabei zugleich die Schwachpunkte ihrer Konkurrenten zu erforschen.

Meist leistete ihnen auch die eine oder andere Kettenpuppe beim Mahl Gesellschaft. Diese Kreaturen hatte Vylami schon immer verabscheut. Es waren Menschen und andere Geschöpfe, denen der Kettenfürst die Gnade einer Seelenkette verliehen hatte – nicht etwa wegen ihrer Verdienste oder ihrer Nützlichkeit, sondern um die Welt durch ihre Sinne zu erfahren.

Gerade saß ein glatzköpfiger Menschenmann mit leerem Blick der Tafel vor und verspeiste Kostproben von allen angerichteten Speisen. Diese Kettenpuppe diente dem Meister dazu, mittels ihres feinen Gaumens den Genuss des Essens zu erfahren. Ein schmaler grauer Gnom trank ausgewählte Weine für den Kettenfürsten. Angeblich hatte man ihn einst in Gnomara als König der Winzer gefeiert. Einige Musiker der Hofkapelle waren ebenfalls Kettenpuppen. Durch ihre Finger konnte der Meister den Rausch der fließenden Musik erspüren. Und jene wohlgeformten jungen Männer und Frauen verschiedenster Völker, die sich meist gelangweilt in der Nähe der Tafel herumtrieben, existierten wohl zu dem Zweck, sich für andere fleischliche Genüsse ihres Herrn bereitzuhalten.

Vylami ertrug die Anwesenheit von Kettenpuppen nur mit einem zusätzlichen Krug Wein. Sie hatte dem Meister ihre Seelenkette geopfert, und diese unwürdigen Kreaturen durften sie einfach so tragen, *ihm* so nahe sein! Natürlich wusste sie, dass Kettenpuppen nur winzigste Seelensplitter in sich trugen, gerade mal ausreichend für primitive körperliche Sinneswahrnehmungen. Nicht zu vergleichen mit dem engen Band eines wahren Kettenträgers. Und doch spürte sie eine absurde Eifersucht auf den dicken Glatzkopf, den zitterigen Gnom und die leichtbekleideten Männer und Frauen. Was sie nicht davon abhielt, immer wieder verstohlen zu ihnen hinüberzuschauen und sich vorzustellen, dass der Kettenfürst vielleicht gerade durch ihre Augen blickte und Vylami bemerkte. Sich an sie erinnerte. Sich ihr zuwandte.

Sie winkte einen Diener heran und orderte einen dritten Krug Wein. Das war viel für ihre Verhältnisse. Darquato hätte jetzt wahrscheinlich irgendeinen spitzen Kommentar angebracht und wäre sich dabei schlau vorgekommen. Irrelevant. Sie nahm einen tiefen Schluck.

Die Musiker stimmten gerade ein süßliches Musikstück an, das offenbar das baldige Auftragen der Nachspeisen einleiten sollte. Vermutlich eine elbische Komposition, denn es gefiel ihr halbwegs. Ihre Studien hatten ihr nie viel Zeit gelassen, sich mit Schönheit zu beschäftigen, und Desserts verabscheute sie schon aus Prinzip. Es sei denn, es handelte sich um Limonensorbet, aber das würde sie gewiss niemanden hier wissen lassen. Auch kleine Schwächen waren Schwächen. Und sie hatte ja noch ihren Wein. Der dritte Krug verlieh ihr die Kühnheit, über einen vierten nachzudenken.

Sie betrachtete gerade nachdenklich die Neige in ihrem Kelch aus edlem Kurrond-Kristall, als sich die Seitentüren öffneten.

Statt der erwarteten Dessertplatten kam der gnomische Zeremonienmeister hereinstolziert. Hinter ihm schwebte eine hagere Gestalt in zerfledderten weißen Gewändern durch die Tür. Offensichtich eine Unterweltliche aus den inneren Gemächern. Die Gespräche wurden leiser. Die Unterweltliche glitt lautlos durch den Saal, und Vylami realisierte, dass sie direkt auf sie zukam. Neben ihrem Stuhl hielt sie inne und beugte sich zu ihr herab.

Vylami schaute in das Gesicht einer Larva, fahlweiß und grotesk länglich, wie ein weißes Laken, das man straff über einen Totenschädel gespannt hatte.

»Der Meister hat eine Botschaft für dich«, flüsterte die Larva Vylami mit grabeskalter Stimme zu. »Er fragt, ob du deine Gefangene persönlich vor seinen Thron zu führen wünschst.«

»Er befiehlt mich zu sich?«, fragte Vylami mit banger Hoffnung, während sie verzweifelt versuchte, ihre vom Wein trägen Gedanken zu klären.

»Nein«, hauchte die Larva. »Kein Befehl. Eine Frage. Wünschst du, vor ihn zu treten?«

»Ja!«, antwortete Vylami so laut, dass alle heimlichen Lauscher sich ihr nun direkt zuwenden durften. »Wann ist die Audienz?«, fügte sie gedämpft hinzu. Der Wein tat ihr nicht gut.

»Jetzt«, zischte die Larva. »Komm mit mir!«

Sie streckte Vylami einladend ihre überlangen weißen Finger entgegen. Benommen griff Vlyami danach, während sie sich vom Stuhl erhob. Die Finger fühlten sich so kalt an, wie sie aussahen. An der Seite der Larva verließ Vylami den Onyx-Saal. Sie konnte gerade noch hören, wie hinter ihr laut getuschelt wurde.

Draußen auf dem Gang warf sie ihr Haar zurück und versuchte, sich zusammenzunehmen. Sie spürte ein Pochen hinter ihren Schläfen, das sie schwerfällig machte. Warum hatte sie gerade heute einen dritten Krug Wein genommen!

Unbeteiligt schwebte die Larva neben ihr her. Die Diener und Wachen auf den Gängen wichen ihnen mit angstvollem Respekt aus, bis sie das Obertor erreichten. Acht Stumme Ritter in geschwärzten Plattenpanzern waren hier als Ehrenwachen aufgestellt, vier an jedem Torflügel. Als sie sich näherten, präsentierten die Untoten ihre mächtigen Klingen und ließen dann das Tor aufschwingen.

Dahinter lag die Tiefe Treppe. Mit 999 Stufen führte sie hinab in die Schlucht Tamovat. Sie war der einzige Zugang zu den inneren Gemächern, deren Gebäude man auf dem Grund der Schlucht errichtet hatte. Die Treppe war geschützt von einer Überdachung aus rostrotem Eisen, doch Fenster gewährten in regelmäßigen Abständen einen Ausblick auf die Schatten von Tamovat. Was für einen Mut musste es erfordert haben, allein in diesen Abgrund hinabzusteigen und das alles für sich zu fordern! Vylami diente wahrlich dem größten aller Herrn. Kaum jemand wusste, welche Macht er in der Unterwelt den Göttern abgetrotzt hatte. Bislang war dies nur seinem innersten Zirkel bekannt, wenn auch der Rostrote Palast erfüllt war von Gerüchten, die ums Tor zur Unterwelt und seine Bedeutung für den Kettenfürsten kreisten. Sein Ruhm würde bis ins Unendliche wachsen, wenn eines künftigen Tages den Völkern der Kettenlande verkündet würde, dass ein leibhaftiger Gott sie regierte!

Vylami schritt erhobenen Haupts die Treppe hinunter, getragen vom Stolz auf ihre Stellung. Vielleicht würde der Meister ihr heute ein weiteres Privileg gewähren …

Als sie schließlich den Fuß der Treppe erreicht hatten, schwang das Untertor lautlos für sie auf. Die inneren Gemächer lagen vor ihnen.

Sie unterschieden sich radikal vom üppigen Prunk der äußeren Gemächer. Hier unten waren die Wände mit Platten aus rostigem Eisen beschlagen, von denen mitunter rötlicher Staub hinabrieselte. Das Licht war gedämpft, die Luft kühl und erfüllt vom Geruch frischer Graberde. Vylamis Schritte hallten laut in den hohen, leeren Gängen wider, ebenso die Schritte der vereinzelten Menschen, Orks und anderen Wesen, denen man hier begegnete. Geräuschlos hingegen bewegten sich die Larvae und Lemuren vorwärts, die blassen Gespenster und die grauen Schatten der Unterwelt, die gelegentlich durch die Gänge glitten, um den Willen des Kettenfürsten zu erfüllen.

In den inneren Gemächern waren die lebenswichtigen Organe der Kettenlande untergebracht. Hier lagen die Werkstätten der Hohen Alchemie, in denen rund um einen Brutkessel der Nephilim an immer neuen Kreaturen für den Dienst am Meister gearbeitet wurde. Zudem befand sich hier die Kriegsmeisterei, wo die obersten Heerführer und Kriegszauberer anhand geheimer Karten und Berichte die Eroberung neuer Länder planten. Ihr Wissen bezogen sie zumeist aus der Halle der Augen, in deren Schutz die Meisterspione des Kettenfürsten ihre brisantesten Informationen zusammentrugen. Auch die Verschlossene Bibliothek diente dem Sammeln von Wissen. Hier ließ der Meister die mächtigsten Zauberbücher und Werke verbotener

Vorzeit-Kunde aus allen unterworfenen Reichen archivieren. Sie wurde genauso streng bewacht wie die Verbotenen Gewölbe, in denen Zauberdinge und Wunderwaffen der verschiedensten Art verwahrt wurden und auf ihren Einsatz warteten. Oder wie die Endgültigen Kerker, in denen jene Gefangenen festgehalten wurden, die der Kettenfürst in seiner unmittelbaren Nähe wissen wollte. Dorthin war Vylami mit der Larva unterwegs.

Als sie sich dem äußeren Kerkerportal näherten, öffnete es sich knarrend. Vier Stumme Ritter geleiteten Vylamis Gefangene als Eskorte im Gleichschritt heraus. Doch hatten sie wohl eher eine symbolische Funktion, denn der wahre Bewacher war ein Nachtalb, der als schwarzer Umriss auf den Schultern der Gefangenen lastete. Er saugte gierig an der Energie ihrer Aura und sorgte dafür, dass sie nicht genug zu Kräften kam, um eine Bedrohung darzustellen. Fett und vollgesogen wie ein Blutegel hockte er auf ihr, doch die Gefangene hielt sich so aufrecht, als würde sie ihn gar nicht spüren.

Sie trug wieder ihren Mantel mit dem weißen Pelzbesatz und hatte die Haare hochgesteckt. Selbst ihren Stab hatte man ihr gelassen, obwohl doch selbst der hinterletzte Goblin erkennen musste, dass das ein machtvoller Zaubergegenstand war! Aber hier geschah alles auf Geheiß des Kettenfürsten, und Vylami würde seine Anordnungen gewiss nicht hinterfragen.

»Ach, du bist es wieder«, bemerkte die Winterseherin, als sie Vylami erkannte.

Ihrer Haltung mochte man nicht ansehen, dass sie gerade aus den Endgültigen Kerkern kam, doch die Falten ihres Gesichts hatten sich noch tiefer eingegraben, und ihre tiefblauen Augen wirkten müde.

»Ja«, antwortete Vylami knapp. »Ich werde Euch nun vor den Kettenfürsten bringen.«

Sie sagte es so beiläufig wie möglich, als würde sie jeden Tag vor den Rostroten Thron treten, und wartete lauernd auf eine Reaktion der Alten. Die Lippen der Winterseherin verzogen sich zu einem matten Lächeln.

»Gut«, sagte sie.

»Gehen wir also«, erwiderte Vylami barsch, irritiert von der Gelassenheit der Alten.

Sie schaute sich nach der Larva um, doch die Untote war verschwunden. Offensichtlich oblag ihr ab jetzt das Kommando. Umso besser. Sie machten sich auf den Weg, wobei die Alte bei jedem Schritt ihren Stab schwer aufsetzte. Die vier Stummen Ritter umgaben sie als Spalier, der Nachtalb hockte weiterhin auf ihr. Vylami wusste, dass ihr Gang zudem von vielen unsichtbaren Augen verfolgt wurde, doch sie überprüfte dennoch die Beutel mit den Zaubersymbolen an ihrem Gürtel. Mit dieser Verantwortung durfte sie sich auf nichts und niemanden verlassen!

»Du gehst freiwillig zu ihm«, murmelte die Alte wie zu sich selbst, während sie neben ihr herging. »Ich hoffe, du weißt, was du tust, Kind.«

Vylami antwortete nicht. Sie musste sich konzentrieren.

»Ohne den Wein wäre es einfacher, nicht wahr?«, fragte die Winterseherin lächelnd.

Vylami kniff wütend die Augen zusammen, schwieg aber weiterhin.

Nun hatten sie den Zugang zur Höhle Dvar erreicht, am Ende eines langgestreckten Saales, der direkt an die Felswand grenzte. Man hatte darauf verzichtet, Torflügel oder Verzierungen anzubringen oder auch nur Ehrenwachen aufzustellen. Das Tor zur Unterwelt blieb so, wie es immer gewesen war.

Vylamis Herz schlug schnell, als sie in die Schwärze dahinter eintauchten. Erst einmal zuvor war sie direkt vor ihren Herrn getreten. Das war, als sie die Seelenkette empfangen hatte. Heute gedachte sie das zu wiederholen. Aber sie musste ihn zufriedenstellen, durfte keine Schwäche zeigen! Die verfluchte Alte hatte recht. Ohne den Wein wäre es einfacher.

»Du hast die Strix selbst herbeigerufen, die du auf mich gehetzt hast«, meinte die Winterseherin beiläufig. »Das war keine einfache Beschwörung.«

Vylami blinzelte verärgert. »Für Euch hat es jedenfalls gereicht«, konnte sie sich nicht verkneifen.

»Ja«, kam die ruhige Antwort. »Für mich hat es gereicht. Wir sind übrigens da.«

Sie nickte zu dem schwarzen Schlund, der die Höhle vor ihnen in zwei Teile zu zerspalten schien. Vaktra, der Abgrund der Unterwelt. Noch während sie sich näherten, hörten sie ein knarrendes, schwerfälliges Geräusch. Eine Brücke aus fahlweißen Knochen wuchs über den Abgrund auf sie zu, wölbte sich wie eine riesige Wirbelsäule zu einem kühnen Bogen und bildete ein knöchernes Geländer aus. Der Kettenfürst erwartete sie in der Tat.

Die vier Stummen Ritter blieben zurück, während Vylami mit ihrer Gefangenen die Brücke betrat. Sie überquerten den Abgrund und erreichten die andere Seite. Der Weg führte sie immer tiefer ins Dunkel. Schließlich schälten sich vor ihnen die Umrisse des Rostroten Throns heraus, massiv und ausladend. Sie standen vor dem Kettenfürsten.

Dornenbesetzte rostige Ketten liefen kreuz und quer über seinen nackten Körper und banden ihn an den Thron, pressten ihn gegen die Lehne, bedeckten selbst seine Augen. Bräunlich verkrustetes Blut zeichnete sich überall auf seiner blassen Haut ab. Beständig liefen neue frischrote Rinnsale unter seinen Ketten hervor und vermischten sich mit dem Eisenstaub, der ebenso beständig vom Thron rieselte. Auch in seinen schwarzen Locken zeichneten sich rostig-rote Strähnen ab. Man hätte ihn fast für einen hilflosen Gefangenen halten können, wenn da nicht seine rechte Hand gewesen wäre. Ihre dürren Finger hielten einen vierzackigen Speer fest umklammert und zeigten stolz, wer hier der Herr war. Er war der König der Unterwelt, und ihm oblag es zu herrschen. Ihm würde Vylami dienen.

Sie ging auf die Knie nieder und verbeugte sich so tief, dass ihre Stirn den kalten Felsboden berührte. Aus dem Augenwinkel bemerkte sie, dass die Winterseherin dem Kettenfürsten lediglich zunickte. Sie zögerte. Sollte sie die Gefangene zu einer angemessenen Respektsbekundung zwingen? Was wurde erwartet?

»Du kommst spät«, sagte der Kettenfürst ruhig.

Vylamis Nackenhaare stellten sich auf, als sie seine Stimme mit den Ohren hörte und nicht nur als fernen Widerhall hinter ihrer Stirn. Zugleich suchte sie krampfhaft nach einer angemessenen Antwort. Hätte sie eher vor ihn treten sollen?

»Ich hatte viel zu tun und keine Zeit für Besuche«, erklärte die Alte. Da begriff Vylami, dass der Meister gar nicht sie angesprochen hatte.

»Du fliegst also immer noch rastlos in der Welt herum, spielst deine Spiele und bringst deine Figuren in Position«, stellte der Kettenfürst fest.

»Ich tue, was zu tun ist«, erwiderte die Winterseherin knapp.

»Was zu tun ist, um mich zu stürzen, nehme ich an«, sagte der Kettenfürst, und seine Mundwinkel verzogen sich zu einem Schmunzeln.

Vylami atmete schwer. Das Lächeln auf dem von heiligem Schmerz gezeichneten Gesicht des Meisters verwirrte sie. Zugleich diese Ungeheuerlichkeit, an seinen Sturz auch nur zu denken …

»Was zu tun ist, um die Ordnung der Welt wiederherzustellen, ja. Daraus mache ich kein Geheimnis«, gab die Winterseherin zurück.

»*Ich* bin die Ordnung!«

Die Stimme des Kettenfürsten klang plötzlich fest wie Stahl. Er hob seinen Vierzack. Sofort spannten sich die Ketten fester, die seinen rechten Arm an der Thronlehne fixierten. Sie schnitten tief in sein Fleisch ein und pressten weiteres Blut hervor. Doch die Muskeln des dünnen Arms blieben angespannt und reckten den Speer trotzig zitternd weiter empor.

»Ich bringe den Völkern Frieden und führe sie zu Größe. Unter meiner Herrschaft durchläuft die Welt eine Transformation, deren Potential noch gar nicht abzusehen ist.«

Vylami saugte jedes seiner Worte in sich auf.

»Sag das den Völkern, die unter der Grausamkeit deiner Soldaten und der Last deiner Steuern leiden«, erwiderte die Winterseherin ungerührt. »Sag das den vielen, die mit Gewalt zu deinen Bauvorhaben und Kriegszügen gezwungen werden und ihr Blut für deinen Ruhm vergießen. Sag das den Toten der Städte, die du als Exempel niedergebrannt und bis auf den letzten Stein geschliffen hast, weil sie dir ihre Tore nicht öffnen wollten. Sag das den Familien, die du ausgelöscht hast, weil ein Einziger aus ihren Reihen im Verdacht stand, dir Widerstand zu leisten.«

»Ohne Druck gibt es keine Entwicklung!«, entgegnete der Kettenfürst. »Größe erwächst aus dem Schmerz an einer ungerechten Welt, die es zu verändern gilt. Der Schmied, der sein Eisen formt, ist nicht grausam, auch wenn er es zum Glühen bringt und darauf einschlägt. Das Ergebnis wird hart, unverwüstlich und schön sein. Ich forme die Welt nach meinem Willen. So, wie du es auch tust. Nur dass ich ungleich mehr Mittel zum Formen habe.«

Die Winterseherin schüttelte langsam den Kopf. »Ich forme niemanden. Jenen, denen ich beistehe, helfe ich dabei, ihre Möglichkeiten zu entfalten und ihren Weg zu finden. Gehen müssen sie ihn aus eigenem Willen und eigener Kraft. Ich gebe niemandem seine Entscheidungen vor.«

Der Kettenfürst schnaubte abfällig. Sofort zogen sich die Ketten um seine Stirn enger zusammen. »Du lächelst freundlich, wenn du deinen vermeintlichen Rat erteilst. Vielleicht spielst du zuweilen auch auch die strenge, aber wohlwollende Großmutter. Das Ergebnis ist dasselbe: Alle tun das, was du willst. Und sie glauben sogar, dass sie es *selber* wollen. Das war schon immer so. Ich hingegen täusche niemanden darüber, dass er meinen höheren Willen ausführt und Teil eines machtvollen Ganzen ist, das seine Begrenztheit übersteigt.«

Die Winterseherin setzte zu einer Erwiderung an. Dann schüttelte sie resigniert den Kopf. »Hast du dir die letzten Jahre und Jahrzehnte wirklich so vorgestellt?«, fragte sie leise. »Du bist gefesselt an einen rostigen Thron und versuchst, die Welt zu erobern. Ich hetze rastlos von einem Königreich ins andere und versuche, das zu verhindern. Was haben wir mit unserer Lebenszeit gemacht?«

»Zeit ist bedeutungslos für mich!«, brauste der Kettenfürst auf. »Sieh mich an! Ich werde meine Jugend niemals verlieren. Dein Haar hingegen ist weiß wie der Winter geworden, dein Körper gebeugt wie ein Baum unter Schnee. Du hättest die mächtigste Zauberin deiner Zeit werden können und hast all die Jahre für deine hoffnungslose Mission vergeudet. Nun sehe ich nur noch eine müde, alte Frau vor mir.«

Die Winterseherin richtete sich so stolz auf, als trüge sie keinen Nachtalb auf dem Rücken. »Und ich sehe das erbärmliche, blutige Wrack eines Menschen vor mir, der seit Jahrzehnten im Todeskampf gefangen ist und das mit Unsterblichkeit verwechselt! Der Trotz und Sturheit für Willenskraft hält und meint, die Welt stünde ihm zu, weil sie eben da ist! Du hättest es mit dem Altwerden versuchen sollen, großer Kettenfürst. Vielleicht wärest du dabei erwachsen geworden.«

Vylami konnte nicht glauben, was sie da hörte. Es durfte nicht sein, dass jemand so mit dem Meister sprach! Für einige Herzschläge war es totenstill. Nichts regte sich in den Schatten der Unterwelt. Dann war da ein neues Geräusch. Vylami brauchte einen Moment, um es zu erkennen.

Der Meister lachte leise in sich hinein.

»Ich habe diese Gespräche vermisst«, sagte er schließlich. »Nachvollziehbar, dass ich dir gerade nicht besonders gut gefalle. Doch dieser Zustand ist nur vorübergehend. Jede Transformation ist schmerzhaft. Schon bald werde ich mich über diesen Körper erheben und nicht mehr länger in irgendwelche Bande geschlagen sein, mögen es Ketten sein oder Glieder aus Fleisch und Blut.«

»Das wird nicht geschehen«, erwiderte die Winterseherin. »Diese Ketten, die dich quälen, sind zugleich alles, was die Macht der Unterwelt an dich bindet. Ohne sie bist du nur ein Sterblicher.«

»Du unterschätzt mich!«, fuhr der Kettenfürst auf. »Ich habe viele Jahre damit zugebracht, die Geheimnisse des Rostroten Throns zu erforschen. Noch binden mich die Ketten an ihn, das ist wahr. Doch wenn sie dereinst gelöst sind, wird die Macht meines Willens genügen, um den Thron in der Welt des Greifbaren zu halten! Auch ohne Ketten bin ich jetzt sein Herr.«

»Solange du dich so sehr an deine Macht klammerst, wirst du niemals frei sein«, sagte die Winterseherin leise.

»Weil deine wohlgehüteten Zwillinge es verhindern werden?«, fragte der Kettenfürst spöttisch. »Lass uns schauen, wie es um sie steht. Vylami!«

Sie realisierte zunächst kaum, dass der Meister endlich *sie* angesprochen hatte. Hastig verbeugte sie sich.

»Ich höre und gehorche.«

»Ich hatte dir bei unserer letzten Unterredung den Auftrag erteilt, die elbischen Zwillingsseelen zu vernichten. Wie ist es dir damit ergangen?«

»Ich habe den Auftrag an Hordenführer Drakshai von den Reißzähnen weitergegeben, um selbst die Winterseherin zu verfolgen und vor Euren Thron zu bringen, Herr«, antwortete Vylami demütig. »Die Gelegenheit war günstig, und ich musste schnell handeln.«

»Warum fragst du sie Dinge, die du vermutlich selbst längst weißt?«, warf die Winterseherin missbilligend ein. Doch der Kettenfürst ignorierte sie.

»Drakshais Kriegshorde wurde in den Schwarzglasklippen komplett von den Zwillingen aufgerieben«, sagte er leise. »Sie konnten sich nach Swertenburg durchschlagen und haben sich dort den Verrätern der Widerstandsgruppe, die sich Graue Ratte nannte, angeschlossen – die Elben und die Zwerge gleichermaßen. Sie haben sich im Rattennest eine Weile versteckt gehalten und sind mit Nadelstichen gegen die neue Ordnung vorgegangen. Statthalter Darquato gelang es, mit seinen Truppen die Widerständler schließlich auszuheben. Die Graue Ratte existiert nicht mehr.«

Er hielt kurz inne und ließ seine Worte wirken. Die Winterseherin presste grimmig die Lippen zusammen.

»Dabei starb Drakshai übrigens durch einen Flammenbolzen, abgefeuert von einem dir wohlbekannten Zwergenzwilling«, fuhr der Meister beiläufig fort. »Es scheint, dass die Orks deine Unterstützung nötig gehabt hätten. Ich bin nicht zufrieden.«

Vylami zuckte zusammen, als hätte man sie geschlagen.

»Und die Zwillinge?«, wagte sie dann zu fragen.

»Sind vor der Nase des Statthalters durch das Labyrinth eines Jhali-Tempels an einen unbekannten Ort geflohen.«

Vylami versuchte krampfhaft, sich zusammenzunehmen.

»Ich hoffe, dass zumindest die Gefangennahme der Winterseherin Euer Wohlwollen findet, Herr«, sagte sie.

»Warum, glaubst du, war ich daran interessiert, die Winterseherin in meine Gewalt zu bekommen?«, fragte der Kettenfürst ruhig.

»Es steht mir nicht an, Euren Willen zu hinterfragen«, murmelte Vylami.

Der Meister schwieg. Offenbar erwartete er eine Antwort.

»Ich nehme an, weil sie eine machtvolle Zauberin ist und gegen Eure neue Ordnung arbeitet, Herr«, versuchte sie es schließlich.

»Weil sie eine machtvolle *Seherin* ist und die *Zwillingsseelen* des Orakelspruchs gegen die neue Ordnung ins Feld führt!«, korrigierte der Kettenfürst sie. »Sie ist der stärkste denkbare Hebel, wenn man die Zwillinge aufhalten will. Hättest du allerdings die Zwillingsseelen vernichtet, wie ich es dir befohlen hatte, wäre dieser Schritt nicht notwendig gewesen. Ich bin *nicht* zufrieden.«

Vylami senkte den Kopf erneut und presste die Stirn gegen das kalte Felsgestein der Unterwelt, unfähig, etwas zu erwidern.

»Und was ist mit den zwergischen Zwillingsseelen, die zugegen waren, als du die Winterseherin in deine Gewalt gebracht hast?«, setzte der Kettenfürst erbarmungslos nach. »Warum hast du die Gelegenheit nicht genutzt, sie auszulöschen?«

»Es war ein harter Kampf«, sagte Vylami mit zitternden Lippen. »Meine Kräfte waren am Ende …«

»Du kannst dir doch denken, wie es wirklich war«, schnaubte die Alte ungeduldig. »Ich habe deine kleine Zauberin beschäftigt, sodass die Zwerge entkommen konnten. Leider war ich dabei in so schlechter Verfassung, dass ich mich schließlich den Schattenklauen der Strix ergeben musste, die deine Dienerin beschworen hat. Ich hätte wohl noch entfliehen können, aber das Schicksal der Zwillingsseelen ist wichtiger als meines, wie du ja eben so treffend dargelegt hast. Immerhin konnte ich noch dafür sorgen, dass deine Kriegszauberin alle Hände voll mit mir zu tun hatte und nicht daran denken konnte, den Zwillingsseelen nachzujagen. Sie hat dir gut gedient, im Rahmen ihrer Kräfte.«

»Hat sie das?«, fragte der Kettenfürst belustigt. »Komm her, Vylami! Näher zu mir.«

Zögerlich erhob sie sich und trat einige Schritte vor. Ihre Knie zitterten.

»Vylami vom Dämmerturm – hast du mir gut gedient?«

»Nein, Herr«, flüsterte sie.

»Willst du mir in Zukunft gut dienen?«

»Ja! Mit allem, was in meiner Macht steht, will ich …«

»Das werden wir sehen«, unterbrach sie der Kettenfürst. »Fällt dir eine Möglichkeit ein, dein Versagen wiedergutzumachen, Vylami vom Dämmerturm?«

Angestrengt dachte sie nach. Sie wusste, dass der Kettenfürst ihr nur eine weitere Chance geben würde, wenn sie ihn von ihrem Nutzen überzeugen konnte.

»In Swertenburg … Die Habseligkeiten der Zwillingsseelen!«, sagte sie hastig. »Sie haben sicher Dinge im Nest der Ratte zurückgelassen wegen ihrer überstürzten Flucht. Vielleicht findet sich auch etwas von ihrem Haar, auf ihren Schlaflagern … Ich beherrsche ein altes Zauberritual der Purpur-Elben, das es erlaubt, Kreaturen mithilfe ihrer persönlichen Dinge aufzuspüren. Damit werde ich die Zwillingsseelen für Euch finden, Herr, wenn Ihr gestattet!«

»Zu ungenau«, warf die Winterseherin trocken ein. »Ich kenne solche Rituale. Wenn sich der Gesuchte nicht gerade zwei Straßen weiter aufhält, kann man allenfalls erahnen, in welcher groben Richtung man ihn finden kann. Die Zwillinge können überall in den Kettenlanden sein, wenn sie wirklich durch einen Jhali-Tempel geflohen sind. Vielleicht sogar jenseits ihrer Grenzen oder in den Dschungeln von Jün auf dem Südkontinent. Damit findet ihr sie nicht.«

»Dem widerspreche ich nicht«, sagte der Kettenfürst nachdenklich – Vylami verkrampfte sich. »Dennoch erlaube ich dir, deinen Plan auszuführen, Vylami vom Dämmerturm«, ergänzte er dann. »Erspüre, in welcher Region des Reiches sich die Zwillingsseelen aufhalten. Anschließend wirst du dich dorthin begeben. Für die Jagd auf die Zwillinge stelle ich dir den Blutketten-Clan an die Seite. Er wird noch heute aus den Steppen von Komashtu mit all seinen Kriegern aufbrechen. Wisse, dass du dort keine Führerin sein wirst, sondern Kriegszauberin an der Seite des Khurdran, der über den Clan herrscht.«

»Wie Ihr befehlt.«

Vylami hatte Gerüchte über die Blutketten-Orks gehört. Sie waren keine der regulären Kriegshorden. Aus irgendeinem Grund hielten sie sich in den inneren Komashtu-Steppen verborgen, nah bei Drumagdhu, dem Land der Bestien. Sie zogen nur selten in kleinen Gruppen in die Kettenlande aus, wenn der Kettenfürst selbst sie für besondere Missionen rief. Noch nie hatte sie davon gehört, dass der gesamte Clan zugleich zu einem Kriegszug aufgebrochen wäre.

»Wahrscheinlich sollte ich mich jetzt beeindruckt zeigen, dass du den Zwillingen solche Aufmerksamkeit zukommen lässt«, sagte die Winterseherin unwirsch. »Aber auch mit allen Orks aus Komashtu wirst du sie nicht aufspüren können, selbst wenn du leidlich feststellen kannst, in welcher Provinz sie sich aufhalten mögen. Du konntest noch nie gut loslassen, nicht wahr?«

»Und du unterschätzt mich immer noch«, erwiderte der Kettenfürst. »Früher wäre ich darüber enttäuscht gewesen. Du selbst wirst dafür sorgen, dass die Zwillinge sich in meine Gewalt begeben.«

»Ganz gewiss nicht«, sagte die Winterseherin ruhig. »Du weißt, dass du mich nicht brechen kannst.«

»Das liegt mir fern«, erwiderte der Kettenfürst. »Es wird nicht deine Entscheidung sein, ob du mir dienst oder nicht. Deine Zwillinge werden ganz von selbst zu mir kommen – wenn sie dich in Gefahr wähnen.«

Die Alte seufzte tief. »Sind wir aus solchen plumpen Plänen nicht langsam hinausgewachsen?«

»Wir vermutlich schon«, entgegnete der Meister lächelnd. »Aber nicht deine naseweisen Zwillinge. Sie werden entgegen aller Vernunft zu deiner Rettung herbeieilen. Schließlich hast du ihnen lange genug erzählt, sie seien *Helden*.«

Die Winterseherin erstarrte kurz, dann sackte sie in sich zusammen, als sei ihr das Gewicht des Nachtalbs schließlich doch zu schwer geworden. Offensichtlich hatte der Meister sie an einem wunden Punkt getroffen. Ein schmales Lächeln teilte sein blasses, blutverkrustetes Gesicht. Das war ihre Gelegenheit!

»Ich könnte viel eher beginnen, wenn jemand die nötigen Habseligkeiten der Zwillingsseelen möglichst bald aus Swertenburg hierherbrächte«, sagte sie rasch. »Es müsste natürlich ein treuer Gefolgsmann sein, der schnell zu reisen versteht …«

»Statthalter Darquato«, erwiderte der Kettenfürst wissend. »Ich denke auch, dass er es sich lange genug auf dem Herzogsthron bequem gemacht hat. Er wird das Benötigte umgehend zu den Blutketten-Orks bringen und sich dann der Jagd anschließen.«

Vylami verkniff sich ein Lächeln. Wenn sie schon vorerst nicht in der Gunst des Meisters aufsteigen würde, hatte sie zumindest dafür gesorgt, dass Darquato ebenfalls für sein Versagen bestraft wurde.

»Du wirst damit keinen Erfolg haben«, insistierte die Winterseherin noch einmal. Klang ihre Stimme plötzlich müde?

»Da irrst du dich, Seherin«, erwiderte der Kettenfürst. »Ich gebe dir noch eine letzte Gelegenheit: Nimm Kontakt zu den Zwillingen auf, ruf sie zurück und bring sie vor meinen Thron. Dann gewähre ich dir, dass sie trotz deiner tolldreisten Pläne weiterleben dürfen – zu meinen Bedingungen. Anderenfalls wird die Jagd nun beginnen, und meine Jäger werden keine Gnade walten lassen. So oder so wirst du mir dienen und dafür sorgen, dass die Zwillingseelen in meine Gewalt gelangen. Entscheide dich!«

Die Winterseherin schüttelte den Kopf. »Eine erzwungene Wahl ist keine Entscheidung. Tu, was du glaubst tun zu müssen.«

»Ganz wie du meinst«, sagte der Kettenfürst ungerührt. »Vylami, du wirst dich umgehend auf den Weg zu den Zelten der Blutketten machen. Lass dir in den Rüstkammern geben, was du noch brauchst. Der Bote aus Swertenburg wird dort mit dem Benötigten zu dir stoßen. Meine alte Freundin hier wird dich begleiten. In den Endgültigen Kerkern wird man dir die Mittel für die Überführung zur Verfügung stellen.«

Vylami verbeugte sich tief. Es schmerzte sie, dass sie ihre Seelenkette nicht zurückerhalten würde, aber sie hatte eine neue Chance bekommen, sich zu beweisen. Und sie hatte Darquato mit hineingezogen. Alles Weitere würde sich finden.

»Zieht euch nun zurück«, unterbrach der Kettenfürst ihre Gedanken. »Ich werde meinen Geist anderen Dingen zuwenden.«

»Deinen Kettenpuppen?«, fragte die Winterseherin beißend.

Der Kettenfürst antwortete nicht. Schweigen lag über den Höhlen der Unterwelt. Die Audienz war beendet. Vylami machte sich daran, die Alte wieder über die Knochenbrücke zu führen.

Als sie den Abgrund fast erreicht hatten, setzte der Meister noch einmal zu sprechen an: »Wenn du den Blutketten-Clan erreicht hast, Vylami, dann wundere dich nicht darüber, dass du zwei Kommandozelte mit dem Feldzeichen des Khurdran vorfindest«, sagte er. »Die Blutketten-Orks werden von Zwillingen angeführt.«

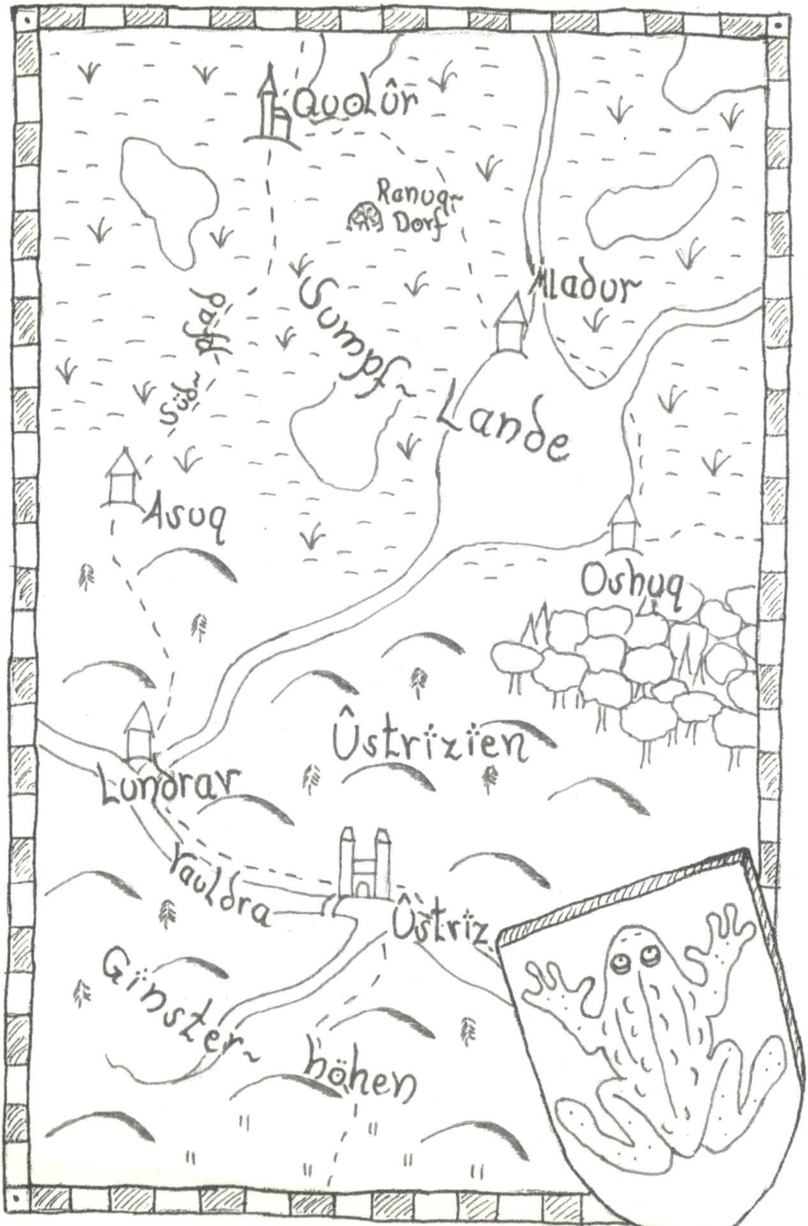
Quolûr
Ranuqr Dorf
Aladur
Süd-Pfad
Sumpf-Lande
Asuq
Oshuq
Ûstrizien
Lundrar
Vauldra
Ûstriz
Ginster-höhen

FÜNFUNDZWANZIGSTES KAPITEL

DIE SUMPFSTADT QUOLÛR IM KÖNIGREICH WÂGANT, EINE PROVINZ DER KETTENLANDE

SORGFÄLTIG SCHNITZTE GORIN eine Rune nach der anderen, darauf bedacht, dass die Proportionen der Zeichen stimmten und ein rundes Gesamtbild ergaben. Es war ungewohnt, mit dem seltsamen, harten Holz einer unbekannten Baumart zu arbeiten und dabei nur ein grobes Kerbmesser zu führen, aber etwas Anderes stand ihm gerade nicht zur Verfügung. Nur noch ein Zeichen, dann war die Inschrift vollendet.

»TUNGOLF VON SWERTENBURG« stand auf der polierten Holzplatte. Er legte sie neben die andere Platte auf den Altar, die bereits die Aufschrift »RALYAZUR VOM GESPALTENEN TURM« trug. Dann trat er respektvoll einen Schritt zurück.

Eine große Ratte aus gegossener Bronze grinste ihm vom Altar entgegen. Zeljas heiliges Tier, gehüllt in süßliches Räucherwerk. Der Zelja-Tempel von Quolûr war im Hinterzimmer der Schänke *Zur Sumpfdotterblume* untergebracht. Von außen war nicht zu erkennen, dass das niedrige Gebäude aus verputztem Flechtwerk mehr enthielt als nur ein Gasthaus. Doch Jha Rudra hatte mit ein paar Münzen die Zungen der örtlichen Bettler gelockert und sie dann schnell vom kleinen Maskenviertel hierhergeführt.

Die Diebespriesterin trat nun an den Altar, breitete die Arme aus und sprach klangvolle Worte auf Jhalai. Sie sah ernst und müde aus. Ihr breites Lächeln war in den letzten Tagen selten zu sehen, fand Gorin.

Er verharrte mit gesenktem Kopf, bis Jha Rudra ihr Totengebet beendet hatte. Dann sprach Galdra zwei Sterbestrophen auf

Eisentung, die Gorin zusammen mit ihr aus der Überlieferung ihres Volkes ausgewählt hatte. Gorin musste daran denken, wie Duroscha vor wenigen Wochen noch die Strophe für den alten Turidran gesprochen hatte. Nun ruhte er selbst in den Hallen der Ewigkeit, und viele andere waren ihm seither gefolgt.

Die beiden Elben standen unbeholfen im hinteren Teil des Tempelraumes. Trotz ihrer sonst so blumigen Bräuche schien es nichts zu geben, das ihnen den Umgang mit dem Tod erleichterte. Das war vielleicht auch nicht verwunderlich bei einem Volk, dessen unbegrenzte Lebenszeit nur durch gewaltsame Umstände ein Ende finden konnte.

Jha Rudra stellte noch eine Schale mit frischem Räucherwerk auf den Altar, dann wies sie die anderen stumm an, ihr in den Nebenraum zu folgen.

Das kleine fensterlose Zimmer enthielt nur einen Tisch und einige Stühle. Gorin vermutete, dass die Diebeszunft von Quolûr hier ihre Unternehmungen plante. Sie nahmen rund um den Tisch Platz.

»Ich nehme an, euch ist bewusst, warum wir jetzt in Quolûr sitzen und nicht in Sorletta?«, begann Jha Rudra schließlich. Sie hatte ihre Reisemaske inzwischen gegen eine Halbmaske aus hellbraunem Leder getauscht, die mit bunten Sprenkeln verziert war.

Gorin schaute unbehaglich auf seine Hände.

»Könnte das vielleicht mit dem Lied zusammenhängen, das unsere werte Zwergin in der *Passage durch die Bestie* singen musste?«, fragte Elyamur mit hochgezogenen Augenbrauen. »Ich meine das Lied, in dem *rein zufällig* ein trinkender Gott in Quolûr vorkommt.«

Galdra funkelte ihn herausfordernd an.

Elyami sagte leise: »Ich glaube nicht, dass ein Lied ausreicht, um der ganzen Reise durch das Labyrinth eine andere Richtung zu geben.« Sie schaute fragend zu Jha Rudra. Die Priesterin schüttelte den Kopf.

»Ein Lied gewiss nicht«, erwiderte sie finster. »Aber es kommt auf die innere Einstellung des Reisenden an, die sich eben auch in einem Lied manifestieren kann. Galdra – du wolltest gar nicht nach Sorletta, nicht wahr?«

Gorin fiel auf, dass die Priesterin sie seit ihrer Ankunft in Quolûr dutzte. Ihm wäre allerdings ein erfreulicherer Anlass als der ganze unerfreuliche Ärger lieber gewesen.

Galdra schnaubte, zupfte dann an ihren blonden Bartzöpfchen und schüttelte schließlich den Kopf.

»Nein«, grollte sie. »Ich wollte mich nicht schon wieder verstecken, bis die Kettendiener uns aufstöbern und andere Leute für uns draufgehen müssen. Ich wollte endlich etwas tun! Das, wofür wir aufgebrochen sind. Wofür unser Onkel gestorben ist – er und die anderen.«

Gorin seufzte. Er hatte nichts Anderes erwartet.

»Da seht ihr es«, sagte Elyamur anklagend. »Es *war* das Lied!«

»Ach ja?«, fragte Jha Rudra. »Wolltest du denn wirklich nach Sorletta, Grün-Elb?«

»Gewiss«, gab Elyamur zurück. »Immerhin war das der Plan. Ich halte mich an Vereinbarungen.«

»Aber es geht nicht darum, ob du einem Befehl folgst, weil du es musst«, widersprach nun auch Elyami. »Es ist deine innere Einstellung, die zählt.«

Elyamur schaute unbehaglich an ihr vorbei. »Wir haben eine Aufgabe, und wir sollten sie erfüllen. Also gut, nein, die Vorstellung, uns erneut zu verstecken, gefiel mir auch nicht.«

»Ha!«, machte Galdra. »Er also auch!«

»Und mir ging es genauso«, gestand Elyami ruhig. »Ich habe mich bemüht, mein inneres Lied mit unserem Ziel in Einklang zu bringen, aber Sorletta war mir dafür einfach zu fern. Ich glaube inzwischen daran, dass wir unseren eigenen Weg für die Aufgabe gehen müssen. Und das ist die Suche nach dem gefallenen Gott.«

Gorin nickte langsam. »Auch ich habe mich auf Sorletta konzentriert«, sagte er bedächtig. »Aber das hat wohl nicht genügt. Der Wille eines Eisenzwergs ist stark, sagt man. Doch es ist nicht einfach, gezielt etwas zu wollen oder nicht zu wollen.«

»Aber ich wollte jedenfalls nicht nach *Quolûr*«, warf Elyamur ein.

»Das glaube ich dir«, brummte Jha Rudra. »Aber bei eurem geballten Unwillen, nach Sorletta zu gehen, hat wohl Galdras Lied ausgereicht, um uns in diese Richtung hier zu lotsen. Vielleicht ist auch ihr besonders herzliches Verhältnis zum Labyrinth daran schuld.«

Elyamur schaute Galdra böse an.

»Immerhin habe ich ein Ziel und den Willen, es zu erreichen«, fauchte diese. »Und was das unselige Labyrinth angeht …«

»Das bringt doch nichts.« Elyami rieb sich müde die Schläfen. »Wir sollten lieber überlegen, was jetzt weiter zu tun ist.«

Gorin strich sich über den Bart. »Ich finde, dass wir auf jeden Fall zum Nidhanas-Tempel gehen sollten, wenn wir schon einmal hier sind. Anschließend können wir ja wieder verschwinden. Wie sieht es aus mit dem Labyrinth? Gibt es eine Möglichkeit, die Sache nun geschickter anzugehen?«

»Ohne mich!«, rief Galdra sofort. Die Erinnerung daran, fast ertränkt, in einen Abgrund geschleudert und verdaut worden zu sein, schien ihr noch in den Knochen zu sitzen.

Jha Rudra schüttelte ebenfalls den Kopf. »Es ist gefährlich, das Labyrinth ohne ein klares Ziel vor Augen zu durchqueren. Und ein solches haben wir gerade offenbar noch nicht. Wenn man zudem bedenkt, dass das Labyrinth gegen Ende *ein wenig* verärgert wirkte und uns regelrecht rausgeworfen hat … Nein. Wir sollten es im Moment nicht versuchen.«

»Also?«, fragte Gorin vorsichtig.

»Also sollten wir von hier aus vorerst auf dem Landweg weiterreisen. Wenn wir irgendwo in einer größeren Stadt wieder auf ein Jhalaisu treffen und bis dahin sicher wissen, wohin es gehen soll, können wir über das Labyrinth nachdenken.«

»Nachdenken könnt *ihr* ja«, murmelte Galdra. »Aber ich gehe lieber Meile für Meile zu Fuß in den Westen zurück, ehe ich mich noch einmal diesem wahnsinnigen Irrgarten ausliefere.«

»Du kommst dann wohl vorerst nicht wieder nach Swertenburg«, sagte Elyami mitfühlend zu Jha Rudra.

»Bis dorthin sind es viele hundert Landmeilen Wegstrecke«, erwiderte Jha Rudra grimmig. »Aber in Swertenburg sollten wir uns vorerst eh nicht mehr sehen lassen. Hilgrif und Ghashri werden sich vor Ort um alles kümmern. Sie kommen klar. Hilgrif ist eine begnadete Kriegerin, und Ghashri versteht sich auf all die schmutzigen Dinge, die Hilgrif nicht erwägen würde. Gemeinsam schaffen sie es. Sie sind Darquato gewiss entwischt und kümmern sich gerade darum, unsere Unterstützer in Sicherheit zu bringen.«

Die Priesterin sprach mit betonter Festigkeit in der Stimme. Doch selbst Gorin hörte heraus, dass sie vor allem sich selbst zu überzeugen versuchte. Für einen Moment sagte niemand etwas.

»Gehen wir also zum Nidhanas-Tempel?«, fragte schließlich Elyamur.

»Ich dachte, du glaubst nicht, dass uns das weiterhilft?«, erwiderte Galdra misstrauisch.

»Tue ich auch nicht. Aber wenn wir das hinter uns haben, können wir uns endlich sinnvollen Plänen zuwenden, den Gefallenen aufzutreiben.«

Galdra schnaubte nur unwillig. Jha Rudra stieß entschlossen ihren Stuhl zurück.

»Lasst uns gehen. Aber vorher müssen wir noch etwas erledigen.«

Sie holten ihre Sachen aus der Schlafkammer, in der sie die letzte Nacht verbracht hatten. Als sie das Gasthaus verließen, nickte der Wirt ihnen zu, der zugleich dem Zelja-Tempel vorstand. Er war ein Ranuq mit kugelrunden Froschaugen, einem breiten Mund und grellgrüner Haut, wie sie in den Sumpflanden des Ostens zu Hause waren. Hier in Quolûr sah man sie allerorts auf den Straßen.

Es ging durch verschlungene Gassen. Nieselregen fiel schon den ganzen Tag. Quolûr war eine feuchte Stadt, feucht und eigentümlich. Man hatte sie mitten in einen sumpfigen Wald hineingebaut, offenbar ohne das Gelände zuvor zu roden und trockenzulegen. Überall erhoben sich mächtige Baumriesen, dick wie Türme, zwischen den Gebäuden. Unter ihren weit ausladenden Luftwurzeln hatte man Wände gezogen und so Behausungen errichtet. Die größten dieser Bäume waren so mächtig, dass sich ganze Viertel im Schutz ihrer Wurzeln angesiedelt hatten, während Baumhäuser wie Pilze oben auf den Wurzelbögen zu wuchern schienen. Rings um die Bäume erstreckten sich viele kleine Gebäude aus Flechtwerk, das man in bunten Farben verputzt hatte. Sie dienten offenbar vor allem als Schlafplatz, denn gelebt und gearbeitet wurde zumeist draußen, im Schutz der Unterstände entlang der schlammigen Straßen.

Gorin sah um sich herum neben vereinzelten blass- und dunkelhäutigen Reisenden überwiegend den graublauen Hautton der stämmigen Ostland-Menschen. Bei ihnen war es üblich, dass Männer wie Frauen ihre Schädel zumeist komplett kahlgeschoren trugen. Ihr Kopfhaar beschränkte sich auf eine einzelne Stirnlocke, die mit Ringen aus Holz oder Metall verziert war. Gorin bemerkte mit Befremden, dass manchen von ihnen braune knotige Pilze direkt auf der Haut wuchsen – mal an den nackten Schultern, mal an den Oberarmen oder gar direkt am Hinterkopf. Angeblich konnten die Sumpfländer besondere Kräfte erlangen, wenn sie sich solche Blutpilze einpflanzen ließen. Zumindest aber galt es bei ihnen als Auszeichnung, sie am Körper tragen zu dürfen.

Überhaupt war Quolûr voller Pilze. Die mächtigsten von ihnen waren groß wie kleinere Bäume und dienten den Straßenhändlern als Dächer, kleinere Exemplare wucherten überall hüfthoch aus dem Holz und dem Schlamm hervor, die kleinsten wurden in den Garküchen in Eintöpfe geschnitten. Die meisten Pilzkappen waren gelblich weiß oder lederbraun, doch einige schimmerten auch tiefblau, grellgrün oder leuchtend gelb.

»Dort hinein«, kommandierte Jha Rudra schließlich und lotste die vier Zwillinge in einen Trödelladen unter den Luftwurzeln eines mächtigen Baumes. Auch sein Inhaber war ein Ranuq, allerdings spielte seine Hautfarbe ins Grün-Bräunliche.

Neben den blauhäutigen Sumpfland-Menschen waren die Froschleute die zweitgrößte Bevölkerungsgruppe der Stadt. Ihre Häuser standen stets direkt am Ufer der Seen und Tümpel, die sich vielerorts zwischen den Bäumen ausbreiteten, überall dort, wo es für die Menschen zu schlammig wurde. Es waren kleine, kuppelförmige Bauten aus Weidengeflecht, das man mit allerlei bunten Tüchern geschmückt hatte.

Die Ranuqs waren Gorin irgendwie unheimlich. Es irritierte ihn, dass man ihren gleichmütigen Kugelaugen so gar nicht ansehen konnte, was gerade in ihnen vorgehen mochte. Oder dass man sie nicht in Männer und Frauen unterscheiden konnte, denn die Froschlinge pflegten ihr Geschlecht nach Bedarf zu wechseln, wenn sie sich zu den Paarungsriten an die heiligen Geburtsseen zurückzogen.

Jha Rudra jedoch unterhielt sich ohne Scheu mit dem Ranuq-Trödler und redete sogar einige Worte Wâganti mit ihm, ehe sie zur Hochsprache wechselte.

»Hier! Die sind für euch«, sagte sie schließlich und reichte den Elben zwei schalartige Tücher in gedeckten Rottönen. Die zerschlissenen Fasern hatten schon bessere Tage gesehen.

»Was sollen wir damit?«, fragte Elyamur verständnislos.

»Wir sind Rot-Elben«, erwiderte Elyami.

Jha Rudra nickte zufrieden. »Genau. Legt euch die Tücher um den Kopf und als Schleier vor den Mund, wie es die Rot-Elben zum Schutz vor dem Staub der Steppe tun. Dann sieht man eure hübschen, aber leider auffälligen Kupferhaare nicht mehr, und ihr seid das Problem los, die wahrscheinlich einzigen Grün-Elben in dieser Provinz zu sein. Das würde es den Spionen der Kettenheere zu leicht machen, uns aufzuspüren.«

»Aber du kannst doch diese Fetzen nicht mit den kunstvollen Stoffen vergleichen, die das Rot-Volk webt!«, empörte sich Elyamur. »Ich habe sie bei einem Rot-Elb gesehen, der vor einiger Zeit durch Liráya gekommen ist. Ihre Schleier sind mit ganz speziellen Mustern bestickt, die Aufschluss über ihre Sippe geben. Niemand, der schon mal Rot-Elben gesehen hat, wird uns das abkaufen.«

»Dann seid ihr eben Ausgestoßene, die sich als Söldner durchschlagen und nehmen, was sie kriegen können«, erwiderte Jha Rudra ungerührt. »Das erklärt auch, warum ihr fern der Steppen hier in Quolûr unterwegs seid. Nun legt das schon an.«

Elyamur öffnete den Mund, um etwas Unwilliges zu erwidern, doch ein Blick seiner Schwester brachte ihn zum Schweigen. Galdra grinste breit.

»Und nun kommen wir zu euch«, wandte sich Jha Rudra an die Zwerge. »Schaut, da vorne liegt ein Stapel Felle. Sucht heraus, was euch um die Schultern passt.«

Gorin runzelte fragend die Stirn. Galdra stieß ihn an und nickte zum Eingang, der zur Straße führte. Dort ging gerade eine Gruppe von drei Zwergen vorüber. Sie trugen ihre langen Bärte geflochten wie das Volk von Tokrond, doch statt Kettenpanzern schützten sie benietete Lederkleidung und schwere Fellmäntel. Sie waren behängt mit zahlreichen Trophäen in Form von Bärentatzen, Reißzähnen, Echsenschuppen und sonstigen Überbleibseln gefährlicher Kreaturen. Ihre schweren Schlachtäxte waren plump im Vergleich zu denen der Eisenzwerge, doch Gorin wusste, dass sie für menschliche Verhältnisse noch immer von tödlicher Schärfe waren.

»Granitzwerge«, murmelte er unwillig.

Gelegentlich tauchten Vertreter des östlichen Zwergenvolks in Tokrond auf, um sich besondere Waffen für den Kampf gegen eine Bestie oder einen rivalisierenden Berglord schmieden zu lassen. Gorin mochte die Großspurigkeit nicht, mit der sie von ihren Siegen über diverse Ungeheuer erzählten, doch Duroscha hatte ihm erklärt, dass dies bei ihnen die übliche Art war, sich

Respekt zu verschaffen und ihr Gegenüber mit Geschichten zu ehren.

»Genau«, bestätigte Jha Rudra. »Als Granitzwerge fallt ihr hier im Osten am wenigsten auf. Und für reisende Kaufleute der Diamantzwerge seid ihr leider nicht fein genug.«

»Könnte schlimmer sein«, brummte Galdra und begann, in den Fellen zu wühlen.

»Naja«, machte Gorin.

Granitzwerge galten als die grimmigsten Kämpfer aller Zwergenvölker, doch sagte man ihnen nach, dass sie in den Handwerkskünsten am wenigsten versiert waren. Das lag angeblich daran, dass ihr Königreich Bolkrond in einen niemals endenden Überlebenskampf gegen die doppelköpfigen Riesen vom Volk der Ettins und andere Ungeheuer aus Drumagdhu, dem Land der Bestien, verstrickt war. Ihr letzter Heldenkönig war schon vor über dreihundert Jahren gefallen, seither stritten seine Söhne und Töchter als unabhängige Berglords um die Nachfolge, und Granitzwerg kämpfte gegen Granitzwerg. Manche von ihnen hatten sich den Kettenheeren angeschlossen, um Ruhm und Unterstützung für ihre Thronansprüche zu erlangen, andere galten als die entschlossensten Gegner des Kettenfürsten. Granitzwerge waren nicht gerade für ihre Kompromissbereitschaft bekannt. Man konnte in ihnen unerschütterliche Freunde oder Feinde fürs Leben haben.

»Ich glaube nicht, dass das reicht«, murmelte Galdra, während sie Gorin ein muffiges Fell um die Schultern legte. Das Ding kratzte im Nacken. »Granitzwerge tragen immer Trophäen aus ihren Kämpfen mit sich. Wir haben nichts dergleichen.«

»Dann seid ihr eben junge Granitzwerge, die ausziehen, um sich Ansehen zu verschaffen«, meinte Jha Rudra, die inzwischen mit dem Ranuq um einige Kapuzenmäntel feilschte.

»Junge Granitzwerge ohne Kampferfahrung tragen aber keine Kettenmäntel aus Tokrond-Stahl«, warf Gorin ein.

»Die Kinder eines Berglords vielleicht schon«, sagte Jha Rudra, während sie dem Trödler einen Beutel Münzen zuschob. »Außerdem geht es mir um flüchtige Begegnungen auf der Straße und neugierige Blicke, nicht um eine ausführliche Leibesvisitation! Ihr wäret erstaunt, wenn ihr wüsstet, was den Menschen so alles entgeht, weil sie nicht damit rechnen. Der beste Verbündete der Diebe ist nicht die schattenhafte Nacht, sondern die Arglosigkeit des helllichten Tages. Hier, zieht die auch noch über.«

Sie verteilte die abgetragenen Kapuzenmäntel an die vier Zwillinge, im Regen der Sumpflande ein alltägliches Kleidungsstück. Vor allem aber waren die Mäntel gut dazu geeignet, Auffälligkeiten wie Elyamurs Adamantglas-Rüstung oder Gorins Armbrust in ihren Falten verschwinden zu lassen.

»Nun können wir uns freier bewegen«, meinte Jha Rudra schließlich, die als Einzige zufrieden aussah. Sie hatte bereits im Jhalaisu von Quolûr ein schlichtes grauweißes Wickelgewand erworben und zog sich ebenfalls einen Kapuzenmantel über. »Falls jemand fragt: Wir sind eine Gruppe von Söldlingen, kennen uns leidlich und suchen gemeinsam nach einer Anstellung. Verzweifelt genug sehen wir dafür vermutlich aus.«

»Machst du dir keine Sorgen, dass der Trödler alles mitbekommen hat?«, sprach Gorin sie leise an.

Die Priesterin schüttelte den Kopf. »Ich habe Vorkehrungen getroffen, dass er uns nicht verraten wird.«

»Deine Münzen, nehme ich an?«

»Nein. Ich habe Zeljas Segen über seinen Laden ausgesprochen«, sagte sie fröhlich. Gorin war erleichtert, endlich mal wieder ihr breites Lächeln zu sehen. »An gewissen äußeren Zeichen kann der Kundige erkennen, dass der Trödler auch Waren ungewisser Herkunft ankauft. Solche Leute sind zumeist dankbar über den Zuspruch der nächtlichen Königin der Gassen und fürchten ihren Zorn. Sei also unbesorgt.«

Sie traten wieder auf die Straße hinaus. An einer Garküche ließen sie sich von einer alten Frau mit der blaugrauen Haut der Sumpfländer Schwarzmorchel-Suppe ausschenken und den Weg zum Nidhanas-Tempel erklären. Die Suppe war ungewöhnlich gut und erinnerte Gorin an die Fladen, die aus den Höhlenpilzen von Tokrond gebacken wurden. Er durfte nur nicht zu den Gerichten schauen, die hier für Ranuqs angeboten wurden: geschmorte Käfer von Faustgröße auf einem Bett aus schleimigen Sumpfalgen.

Nachdenklich kratzte er die letzten Pilze zusammen. Seine Heimat lag nun eine gefühlte halbe Welt entfernt, einmal quer durch die Kettenlande. Und selbst, wenn sie erreichbar gewesen wäre und da nicht noch eine gewisse Aufgabe auf ihn gewartet hätte, wären die Tore von Tokrond für ihn verschlossen geblieben. Galdra und er waren Ausgestoßene. Unwahrscheinlich, dass sie Tokrond jemals wiedersahen. Mit einem wehmütigen Gefühl im Bauch reichte er die Holzschale zurück.

Gerade trat ein älterer Granitzwerg an den Stand, dem der Sinn offenbar ebenfalls nach Pilzen stand. Gorin war froh, dass sie schon am Aufbrechen waren, ehe der Alte ein Gespräch beginnen und ihre Tarnung hinterfragen konnte. Sie mussten sich dringend noch mehr Details zurechtlegen.

Der Nidhanas-Tempel lag im Zentrum von Quolûr, wo die Baumriesen weniger dicht standen und man sich sogar die Mühe gemacht hatte, einige Steingebäude zu errichten. Wegen des unsicheren Untergrunds waren sie flach und gedrungen. Das größte von ihnen war der schmucklose Amtshof, wo einst ein Kronvogt Quolûr und die umliegenden Sümpfe für den König von Wâgant verwaltet hatte. Nun wehte das rostrote Kettenbanner über dem Portal. Gorin schüttelte missmutig den Kopf. Durch all die Merkwürdigkeiten dieser fremden Gegend hatte er fast vergessen, dass sie sich noch immer mitten in den Kettenlanden aufhielten. Der Arm des Kettenfürsten reichte inzwischen weit über viele Königreiche. Überall waren seine gleichförmigen Machtsymbole präsent, mochten die Orte auch noch so verschieden sein.

Mitten auf dem Kronenplatz stand eine Säule, auf der Gorin die steinernen Füße einer Statue erahnen konnte, deren Rest offenbar gewaltsam entfernt worden war. Stattdessen hatte man eine Skulptur aus rostrotem Eisen auf dem Sockel platziert, die eine Art Krone aus Kettengeflecht darstellte. Auf den Stufen der Säule lungerten drei Orks in grün-gelb lackierten Rüstungen herum. Ihr Clan-Zeichen war eine Schlange, die sich um einen Knochendolch wand. Die Orks sahen bei ihrem Würfelspiel genauso gefährlich gelangweilt aus wie die Soldaten in Swertenburg. Gorin achtete darauf, einen respektvollen Abstand zu ihnen zu wahren. Auf der anderen Seite des Platzes lag der Nidhanas-Tempel.

Es war ein niedriger Steinbau mit breiten Flügeltüren. Zu beiden Seiten des Portals hatte man eine Art Pilzgarten angelegt. Hier wucherten Sumpfland-Pilze von der Größe kleiner Bäume rund um das Gebäude, deren Kappen in grellem Violett leuchteten.

Unter einem der Pilze, gleich neben dem Eingang, hockte eine abgerissene Gestalt. Es war ein alter, knöchriger Ork mit steingrauer Haut, an dessen kahlem Schädel nur noch vereinzelte Strähnen weißer Haare klebten. Einer der Hauer, die aus seinem Unterkiefer ragten, war abgebrochen. Es war der erste Ork ohne eine Rüstung, den Gorin zu Gesicht bekam. Stattdessen trug er eine zerschlissene Wolljacke, auf die man in Gelb mit groben Stichen eine Art Hund oder Wolf gestickt hatte.

»Kupfer gegen Segen«, nuschelte der Ork, als sie sich dem Portal näherten, und streckte ihnen eine hölzerne Bettelschale entgegen. »Segen gegen Kupfer.«

Gorin trat unwillkürlich einen Schritt von ihm weg. Nach allem, was in letzter Zeit geschehen war, hatte er keinerlei Lust, einem Ork zu nah zu kommen! Auch Galdra wirkte angespannt. Jha Rudra hingegen griff nach ihrem Beutel und warf einige Kupferpfennige in die Schale des Alten.

»Tor zum Tod. Tor zum Leben«, murmelte der Ork den alten Nidhanas-Segensspruch, ohne zu ihnen aufzuschauen.

»War das gerade der Gelbe Schakal auf seiner Kleidung?«, fragte Elyami leise, als sie ins Dämmerlicht des Tempels traten.

»Ich denke schon«, flüsterte Jha Rudra.

»Was hat es damit auf sich?«, hakte Gorin nach.

»Ich habe gehört, dass dieser Schakal das Zeichen aller Orks ist, die von ihrem Clan ausgestoßen wurden«, erklärte Elyami. »Ihr Symbol ist ein listiger Aasfresser und kein machtvolles Kriegszeichen wie bei den eigentlichen Clans. Alle Ausgestoßenen müssen den Schakal tragen. Ein Ork, der kein Zeichen trägt, würde sofort erschlagen werden.«

»Aha«, murmelte Gorin halbwegs zufrieden und fragte sich, welches Verbrechen dieser alte Ork wohl begangen hatte. Dann schaute er sich im Nidhanas-Tempel um.

Sein Innenraum war von Räucherwerk erfüllt, doch war es nicht annähernd so undurchdringlich wie die dicken Schwaden im Jhali-Tempel. Auf dem Boden lagen Bambusmatten für Gebet und Meditation aus. Ein halbes Dutzend Personen, die meisten davon Ostland-Menschen, hatte sich auf den Matten verteilt. Sie hockten auf den Knien und murmelten leise vor sich hin, den Blick auf die Nische mit dem Kultbild gerichtet. Es zeigte Nidhanas als wohlgestalteten Jüngling, dessen Schädel nach Art der Sumpfländer bis auf eine Stirnlocke kahlgeschoren war. In der rechten Hand trug er ein goldenes Stundenglas, mit der linken deutete er in den Tempelraum, als würde er darauf verweisen, dass die Lebenszeit für alle Besucher gleichermaßen verrann. Die Statue war in schwarze Gewänder gehüllt und saß auf einem stilisierten Thronsitz, der mit rotbraunem Eisenrost überzogen war. Zu ihren Füßen stand ein irdener Pflanzenkübel, in dessen Erde ein einzelner, hüfthoher Pilz wuchs. Seine fleischige tiefschwarze Kappe war von weißen Mustern überzogen, die deutlich an Totenschädel erinnerten.

Neben der Nische hielt sich ein Nidhanas-Priester in silbrigen Roben bereit. Es war ein hagerer Sumpfländer mit geschorenem Schädel und stechendem Blick, der streng über den Tempelraum wachte.

Gorin rieb sich nachdenklich den Bart. Es war schwer zu glauben, dass dieses Kultbild nicht mehr länger der Wirklichkeit entsprach. Dass jener zeitlose Jüngling gestürzt worden war und ein anderer auf seinem Thron saß. Wusste der stolze Priester davon? Spürte er es?

»Und nun?«, fragte Elyamur etwas zu laut für die Stille dieses heiligen Ortes. Ein missbilligender Blick des Priesters streifte ihn.

»Nun sollten wir uns umschauen und gucken, was wir herausfinden können«, sagte Galdra betont leise. »Oder hast du geglaubt, dass uns der Gefallene an der Tür empfängt?«

»Falls er wirklich hier ist, hat er sich vielleicht den Tempelpriestern offenbart, und sie halten ihn verborgen«, vermutete Elyami. »Und falls wir doch am falschen Ort sind, befindet er sich möglicherweise in einem anderen Tempel. Vielleicht wissen die Priester hier dann trotzdem etwas darüber.«

»Du hast ihn doch im Traum gesehen«, sagte Elyamur. »Würdest du ihn wiedererkennen?«

Elyami legte den Kopf schief. »Nun, ich habe ja nur den Avatara gesehen, mit dem er sich Odrana gezeigt hat. Einen Körper, den er wie ein Kleidungsstück wählen und wieder ablegen konnte. Doch nun ist er im Körper eines anderen Sterblichen gefangen. Er könnte komplett anders aussehen. Ich habe in meiner letzten Vision kurz durch seine Augen geschaut, aber sein Äußeres blieb mir verborgen.«

»Wir sollten prüfen, ob es in den Tempelarchiven irgendwelche Aufzeichnungen darüber gibt«, schlug Gorin vor, der sich an das Rathaus von Swertenburg erinnerte. Die Menschen schienen ihre Schriftstücke und Pergamente ähnlich sorgsam zu verwahren wie die Zwerge ihre steinernen Runentafeln.

»Sicher nicht im öffentlichen Teil, was aber kein Problem sein dürfte«, erwiderte Jha Rudra mit einem flüchtigen Lächeln. »Allerdings glaube ich nicht, dass in diesem recht kleinen Tempel so wichtige Dinge aufbewahrt werden. Brisante Dokumente verwahren sie vermutlich zentral an einem sicheren Ort. Wo das ist, lässt sich herausfinden.«

»Ich sag doch, dass wir hier falsch sind«, brummte Elyamur.

»Es bringt jedenfalls nichts, hier herumzustehen und zu streiten«, fuhr Jha Rudra rasch fort, ehe Galdra etwas erwidern konnte. »Und es macht auch keinen Sinn, wenn wir zu fünft den Tempel absuchen, als würde der Gefallene sich irgendwo in einem Wandschrank verstecken. Ich schlage vor, dass ich mit den Priestern spreche und schaue, ob ich ihnen etwas entlocken kann.«

»Gute Idee«, murmelte Galdra und machte sich daran, an Jha Rudras Seite zum Priester hinüberzugehen.

»Ihr anderen wartet besser solange draußen, damit wir kein Aufsehen erregen«, fügte Jha Rudra rasch hinzu.

Gorin nahm seine Schwester am Arm und verließ zusammen mit ihr und den beiden Elben den Tempel. Es regnete noch immer. Sie drängten sich unter den Schirm eines violetten Pilzes im Tempelgarten. Gorin ließ gelangweilt den Blick über den Platz schweifen, wo sich nichts Besonderes ereignete.

»Tor zum Tod, Tor zum Leben«, murmelte der orkische Bettler am Tempelportal, als eine vornehme Sumpfländer-Frau mit einem Kranz aus Pilzen um den kahlen Schädel einige Münzen in seine Schale fallen ließ.

Gorin bekam aus dem Augenwinkel mit, dass der Ork die Münzen umständlich zählte. Dann stand er auf und schlurfte steifbeinig zu einem kleinen Stand unter einem Pilzdach am Rande des Platzes hinüber, wo verschiedene Getränke ausgeschenkt wurden.

»Natürlich!«, sagte Galdra, die die Szene ebenfalls beobachtet hatte. »Schwarzer Pilzlikör! Kleiner Bruder, wir sollten herausfinden, wo der Fusel aus dem Lied ausgeschenkt wird!«

»Jetzt wird es noch absurder«, stöhnte Elyamur, und auch Elyami zog die Augenbrauen hoch, soweit Gorin das angesichts ihres neuen Kopftuchs beurteilen konnte.

Galdra jedoch hatte sich schon auf den Weg gemacht, um den dicken Südland-Menschen zu befragen, der den Straßenausschank betrieb.

Die drei Ork-Soldaten von der Säule waren vor ihr da. Sie

hatten den Stand gerade erreicht, als der Bettler mit gierigen Fingern eine kleine Kürbisflasche entgegegennahm.

»Wen haben wir denn hier?«, krächzte ein kleiner, sehniger Ork, der einen Speer mit gekrümmter Knochenklinge auf den Rücken geschnallt trug. »Ein hässlicher *Trishdraz*, der einen Tropfen für echte Krieger will?«

»Das verträgt der doch gar nicht!«, sagte ein breitschultriger Ork grinsend, der sich hinter dem Bettler aufgebaut hatte.

»Na, dann her damit!«, kommandierte ein Ork-Krieger, der einen schädelförmigen Knochenhelm trug, und riss dem Bettler die Flasche aus den Händen.

»Nein … nicht …!«, jammerte der Alte.

»Was war das?«, zischte der Speerträger. »Hat uns der *Trishdraz* etwa herausgefordert?«

Der hochgewachsene Ork lachte grollend, packte den Bettler am Kragen und hob ihn mit einer Hand hoch, sodass seine Beine hilflos in der Luft strampelten.

»Komm, *Trishdraz*! Zeig, was du kannst!«, rief der mit dem Schädelhelm und baute sich mit erhobenen Fäusten vor dem Alten auf, der immer noch im Griff des Großen hing.

»Das reicht jetzt!«

Plötzlich stand Elyamur mitten zwischen den Orks. Gorin hatte kaum bemerkt, dass der Elbenkrieger sich bewegt hatte.

»Ist es bei eurem Clan Sitte, dass die Krieger sich ihren Ruhm im Kampf gegen Alte und Bettler verdienen?«, fragte der Elb.

»Oh nein«, flüsterte Elyami.

»Schaut mal, der *Trishdraz* hat einen Freund, einen stinkenden Steppen-Elb«, knurrte der große Ork und ließ den Bettler zu Boden fallen. Wimmernd verkroch dieser sich unter dem Verkaufsstand, dessen Besitzer dabei war, hektisch alle Flaschen wegzuräumen.

»Das Einzige, was hier stinkt, ist eure Feigheit«, bellte Galdra und stellte sich neben Elyamur.

»Auch das noch«, seufzte Gorin ohne wirkliche Überraschung.

Dann ging alles ganz schnell. Der große Ork stürzte sich auf Elyamur. Dieser schnellte in die Höhe, lief plötzlich auf Kopfhöhe seines Gegners durch die Luft und stieß sich kräftig von dessen Gesicht ab. Während der Ork nach hinten kippte, nutzte Elyamur den Schwung, um den Speerträger umzureißen. Galdra stieß unterdessen dem Schädelhelmträger ihren Kopf in den Bauch, sodass dieser keuchend nach vorne sackte. Sein Kinn wurde schon von ihrer Faust erwartet.

Wenige Herzschläge später lagen zwei Orks benommen auf dem Rücken. Der dritte war in ein Handgemenge mit Elyamur verstrickt, der ihn fest umklammert hielt. Plötzlich blitzte ein kurzes, gezacktes Knochenmesser in der Hand des Orks auf. Mit einem wütenden Knurren stieß er nach Elyamurs Kehle.

»Vergiss es!«

Galdras Faust traf auf das Handgelenk des Orks, und sein Messer fiel in den Schlamm. Der Ork nutzte Elyamurs Verwirrung, riss sich los und stolperte einige Schritte zurück. Für einen Moment musterte er Elyamur und Galdra und schien seine Chancen abzuwägen. Dann griff er an seinen Gürtel und zog ein kleines Signalhorn hervor, bevor irgendjemand reagieren konnte. Der Klang des Horns hallte schrill durch die verregneten Straßen von Quolûr. Der Ork machte auf dem Absatz kehrt und suchte das Weite, wobei er immer wieder in das Horn blies.

»Da komme ich ja gerade richtig«, sagte Jha Rudra, die im Tempelportal erschienen war. »Wie lange habt ihr exakt gebraucht, um euch Ärger einzuhandeln?«

»Ich schaue nicht weg, wenn Feiglinge einen Wehrlosen überfallen«, erwiderte Elyamur mit verschränkten Armen.

»Der Elb hat recht«, brummte Galdra nur.

Gorin seufzte in sich hinein. Ihre Aufgabe war zu wichtig, um sie durch so etwas aufs Spiel zu setzen. Dennoch sträubte sich alles in ihm dagegen, Galdra zu widersprechen. Duroscha hatte ihnen nicht beigebracht, bei Unrecht wegzugucken.

»Lasst uns das später besprechen und vorerst von hier verschwinden«, meinte Elyami versöhnlich.

»Die ersten klugen Worte«, gab Jha Rudra zurück. »Kommt!«

Sie verließen den Platz eilig durch eine Seitengasse. Der Ruf des Signalhorns wurde inzwischen aus verschiedenen Richtungen erwidert. Verstärkung war unterwegs.

Jha Rudra führte die Gruppe um diverse Straßenecken, über einen Hinterhof und durch ein Ranuq-Viertel rund um einen zentralen Tümpel. Obgleich Quolûr nicht ihre Stadt war, schien sie ein gewisses Gespür für den Verlauf seiner schlammigen Gassen zu haben. Der Klang der Hörner blieb jedenfalls hinter ihnen zurück. Schließlich hielten sie unter den Luftwurzeln eines Baumriesen an, um ein wenig Atem zu holen.

»Ich brauche wohl kaum zu erwähnen, dass Alltagsheldentaten nicht zu den Dingen gehören, die uns unauffällig machen«, sagte Jha Rudra, während sie alle verschnauften. Elyamur und Galdra schauten sie trotzig an.

»Verdient hatten die Orks es jedenfalls«, erwiderte Elyami, und Gorin ertappte sich dabei, dass er nickte. Diese Elbin übte einen eigentümlichen Einfluss auf ihn aus.

»Das ist wohl so«, gab Jha Rudra widerwillig zu. »Die Stadt sollten wir dennoch so schnell wie möglich verlassen. Und werft eure roten Tücher weg. Rot-Elben sind jetzt zu auffällig. Zieht vorerst eure Kapuzen tief ins Gesicht. Von jetzt an seid ihr reisende Purpur-Elben, wir besorgen euch noch Stoff in der entsprechenden Farbe.«

»Konntest du denn im Tempel etwas herausfinden?«, wagte Gorin endlich zu fragen.

Jha Rudra verzog unglücklich das Gesicht. »Nichts, was darauf hinweist, dass der Gefallene hier in Quolûr ist«, sagte sie.

Gorin schaute prüfend zu Elyamur. Der Grün-Elb verzichtete auf einen Kommentar. Sein Blick allein sagte jedoch alles.

»Ich habe allerdings in Erfahrung gebracht, wo der Nidhanas-Kult seine vertraulichen Schriftstücke aufbewahrt. Glücklicherweise gefiel sich dieser Priester dabei, wichtig zu sein. Wir sollten einmal einen Blick in die Ordensbibliothek des Tausendseelen-Tempels von Gnoiana werfen.«

Elyamur konnte sich ein selbstzufriedenes Grinsen nicht verkneifen.

»Kommst du denn mit uns?«, fragte Elyami hoffnungsvoll.

»Ich denke nicht, dass ich gerade etwas Sinnvolleres zu tun habe, als den Kettenfürsten zu stürzen«, erwiderte Jha Rudra trocken.

Gorin bemerkte, dass er lächelte. Es tat gut, dass die Diebespriesterin bei ihnen war.

Elyamur schaute Galdra mit hochgezogenen Augenbrauen an. »Also nach Gnoiana?«, fragte er.

»Meinetwegen«, schnaubte Galdra schließlich.

»Dann werden wir …«, setzte Jha Rudra an, wurde jedoch von Elyami unterbrochen.

»Pscht!«, machte die Elbin. Mit zwei schnellen Schritten huschte sie aus dem Schutz der Luftwurzeln heraus, griff einmal um die Ecke und zog eine dürre Gestalt hervor. »Ich hatte gleich das Gefühl, dass uns jemand gefolgt ist!«, rief sie triumphierend.

Gorin musterte verwundert die Person, die sie so mühelos überwältigt hatte: Es war der alte Ork-Bettler mit dem abgebrochenen Hauer und dem gelben Schakal auf dem Kittel. Die Quelle ihres jüngsten Ärgers.

»Was machst du denn hier?«, fragte Elyamur halb erstaunt und halb verärgert.

»Weiß nicht«, gab der Alte zurück. »Ihr wolltet hierherkommen, nicht Patitas.«

»Was soll das heißen?«, fuhr Jha Rudra ihn an. »Spionierst du uns nach?«

»Patitas spioniert nicht«, nuschelte der Alte, ohne sie anzuschauen. »Patitas folgt. Ihr habt Patitas geholfen. Patitas hilft euch.«

»Das ist nett, aber wir brauchen keine Hilfe«, sagte Elyamur bestimmt. Der Alte schüttelte energisch den Kopf.

»Patitas hilft. Jeder braucht Hilfe.«

»Geh nach Hause, Patitas«, sagte Elyami sanft. »Wir müssen jetzt weiterziehen. Du hilfst uns am meisten, wenn du keine Schwierigkeiten machst.«

»Patitas hilft«, beharrte der Bettler. »Er hat kein Zuhause. Nicht in Quolûr. Quolûr ist kein guter Ort mehr. Zu viele Clan-Orks.«

Jha Rudra seufzte tief. »Du hältst uns auf. Wir können es uns nicht leisten, viel länger in Quolûr zu bleiben.«

»Das ist nicht gut!«, sagte Patitas und hängte sich plötzlich an Jha Rudras Arm. »Orks bewachen die Straßen. Alle Auswege aus dem Palisadenwall, Orks werden euch sehen. Sie werden wissen, dass ihr Patitas geholfen habt. Das ist nicht gut. Patitas hilft!«

»Was schlägst du denn vor, Patitas?«, fragte Gorin einem spontanen Impuls folgend.

»Nehmt die geschlossene Pforte«, sagte Patitas. »Die Heilige Pforte der Froschleute. Der Weg zu den Brutseen. Ist nur an heiligen Tagen offen. Dort ist ein Durchschlupf, für Wasser. Patitas kennt den Durchschlupf. Dort müsst ihr durch.«

»Ich glaube, damit hast du uns in der Tat geholfen, Patitas«, sagte Jha Rudra. »Vielen Dank. Deine Schuld ist damit beglichen. Du kannst nun nach Hause gehen.«

»Patitas hat kein Zuhause!«, jammerte der Alte. »Die Orks werden Patitas finden! Wütende Orks! Quolûr ist kein guter Ort. Patitas ist bei euch zu Hause. Patitas hilft. Patitas dient. Patitas geht mit euch.«

»Danke, aber wir brauchen keinen Diener!«, sagte Galdra laut und deutlich.

»Neeein!«, schrie der Alte panisch. »Lasst Patitas nicht allein! Patitas macht alles! Kennt alles!«

»Ist ja gut.« Elyami sprach beruhigend auf den Bettler ein. »Dann kommst du eben erst einmal mit uns. Alles andere sehen wir später.«

Jha Rudra nickte widerwillig. »Das ist auf jeden Fall besser als dieses Geschrei. Lasst uns gehen.«

»Ja! Patitas hilft!«

Der alte Ork stolperte eifrig vor ihnen her. Gorin hoffte, dass das eine gute Idee war. Doch im Moment hatten sie nicht wirklich eine Wahl. Sie mussten hier weg und dann so schnell wie möglich zu den Nidhanas-Archiven. Der Gefallene musste gefunden werden.

Sechsundzwanzigstes Kapitel

DAS HEERLAGER DER BLUTKETTEN-ORKS IM SCHATTEN DES TITANENBRUCHS

Wo die windzerfurchten Komashtu-Steppen auf die Südostgrenze von Wâgant trafen, zog sich eine Steilwand quer durch das Land. Sie fiel abrupt senkrecht um fast dreihundert Meter ab, als hätte der Meißel eines Gottes eine Treppenstufe mitten in den Kontinent geschlagen. Unten wogten die staubgelben Steppengräser, oben kroch Nebel über das moosgrüne Hochland Süd-Wâgants. Die Felswand, die beide Welten voneinander trennte, sah aus, als sei sie aus zahllosen Schichten übereinandergestapelt. Jede einzelne Schicht war in einem anderen erdigen Rotton gefärbt.

Menschen, Orks und andere Völker nannten dieses natürliche Hindernis gleichermaßen den Titanenbruch. Sagen berichteten davon, dass das Riesenvolk die gigantische Verwerfung einst mit seinen urweltlichen Kräften angelegt hatte, um den Außenwall für eine ungeheure Festung aufzutürmen. Das mochte stimmen oder nicht, der Titanenbruch erfüllte jedenfalls seinen Zweck: Er war praktisch nicht zu überwinden, denn er zog sich über mehrere hundert Meilen quer durch das Land.

Nur wenige Pässe führten von den Steppen auf unsicheren Pfaden hinauf in die Menschenlande. Die Könige von Wâgant hatten jede einzelne dieser Titanenstiegen, wie die Pässe genannt wurden, mit Grenzfestungen gesichert, um die Wolfsreiter-Clans von Plünderzügen abzuhalten. In manchen Jahren hatten die Festungen gehalten, in anderen waren die Orks nach Wâgant eingedrungen und hatten sich schließlich reich beladen mit Beute in die Steppen zurückgezogen.

Bis der Kettenfürst die Clans von Komashtu geeint hatte. Unter seiner Führung und mit der Unterstützung seiner unterweltlichen Kreaturen hatten sie sämtliche Festungen entlang des Bruchs erstürmt und bis auf die Grundmauern niedergerissen. Dann waren sie zu Tausenden in Wâgant eingefallen und hatten es schließlich als erstes Menschenreich den Kettenlanden einverleibt.

An der Breiten Titanenstiege, wo einst die mächtigste Festung gewacht hatte, war nun eine kolossale Statue aus dem roten Gestein der Felswand gehauen worden. Fast fünfzig Meter hoch ragte die gesichtslose Gestalt mit gezackter Krone über der Steppe auf und streckte triumphierend eine Kette gen Himmel, ein steinernes Symbol für einen der ersten großen Siege des Kettenfürsten. Direkt neben der Monumentalstatue ergoss sich der Fluss Predzân von der Kante des Titanenbruchs und stürzte in die Steppe, wo er sich als Band grüner Vegetation durch das allgegenwärtige Gelb gen Süden schlängelte. Seine Ufer waren schon immer ein beliebter Rastplatz der Orks und sonstigen Steppenvölker gewesen, und so waren auch an diesem Morgen schwarze Fellzelte rund um das Felsenbecken zu sehen, in das sich der Wasserfall ergoss.

Der Titanenbruch und die Statue, der Wasserfall und die staubige Weite der Steppe bis zum Horizont – dies alles bot einen Anblick, der Darquatos Sinn für das Dramatische und Erhabene für gewöhnlich sehr angesprochen hätte. Zumal er sich auf seiner Fledernatter durch die Lüfte näherte und direkt am erhobenen Arm der Statue vorbeizog, als sich das Land plötzlich absenkte und den Blick auf die Zelte der Blutketten-Orks freigab. Dennoch verzichtete der Statthalter darauf, noch eine Schleife über dem Wasserfall zu ziehen, und zwang seine Fledernatter stattdessen über dem Zeltlager in Richtung Boden.

Er hatte heute kein Auge für solche Dinge. Eigentlich sollte er jetzt in Swertenburg sein und dafür sorgen, dass der letzte Rest des Widerstands vernichtet wurde. Es gab allerlei Gerüchte in der Stadt über das, was im Maskenviertel geschehen war, und nicht alle waren schmeichelhaft für ihn. Es war wichtig, dass die Leute von Swertengund ihren Statthalter wieder zu fürchten lernten. Was er brauchte, waren spektakuläre Hinrichtungen von Verrätern, deren Gebeine im Anschluss abschreckend zu Untoten erhoben wurden, die in alle Ewigkeit in einem engen Schandkäfig vor sich hin rotten würden. Er brauchte niedergebrannte Häuser und Dörfer. Er brauchte Zeit, um sich in Ruhe mit diesem zwergischen Pfeffersack Werodrin zu unterhalten und die abtrünnige Schwertpriesterin zu fangen. Was er gewiss nicht brauchte, war eine Reise nach Komashtu, die ihn zu einem einfachen Boten machte. Doch der Befehl des Kettenfürsten war eindeutig gewesen. Darquato hatte seine Mission. Und er war klug genug, um zu erkennen, dass sie eine Bestrafung für sein Versagen im Rätsel-Spielhaus war.

Plötzlich war er nicht mehr der Statthalter einer Provinz der Kettenlande auf seinem Thron in der Herzogshalle, sondern ein Häscher des Kettenfürsten auf der Jagd, ohne Zitadelle, ohne heroische Wandgemälde, ohne Weinkeller. Ihm war klar, dass er seinen Posten in Swertenburg erst wiedererlangen würde, wenn er die Zwillingsseelen zur Strecke gebracht hatte. Und das würde er tun, mit allem, was in seiner Macht stand!

Immerhin hatte der Meister ihm die gefürchteten Krieger des Blutketten-Clans an die Seite gestellt. Die Sache musste ihm also wirklich wichtig sein. Und wenn es stimmte, was man über diesen Clan sagte, dann hatte Darquato Horden von blutgierigen Kriegern unter seinem Kommando. Besser als nichts. Vielleicht konnte er doch noch einen Vorteil aus alldem schlagen.

Als er mit seiner Fledernatter fast den Boden erreicht hatte, bemerkte Darquato zwei mächtige geschuppte Körper, die sich hinter einem der Orkzelte eingerollt hatten, die ledrigen Flügel auf dem Rücken gefaltet. Er kniff die Augen zusammen. Kein Zweifel, das waren Fledernattern. Offenbar gab es im Heerlager weitere hohe Kettendiener. Vielleicht war er nicht der Einzige, den der Meister mit der Jagd beauftragt hatte. Das würde er bald herausfinden.

Suchend ließ er den Blick über die Reihen der Zelte schweifen, bis er vor einem von ihnen eine Stange mit einer rostroten Standarte entdeckte. Das musste das Zelt des Khurdran sein.

Der Statthalter zwang sein Reittier mitten auf der festgetrampelten Erde vor dem Zelt zu Boden. Dann sprang er mit einer fließenden Bewegung aus dem Sattel, während die Fledernatter noch ihre Flügel faltete.

Offenbar hatte man ihn bislang nicht bemerkt, obwohl er mitten im Lager gelandet war. Niemand lief ihm entgegen, keine Wache meldete seine Ankunft, keine Hordenführer nahmen Aufstellung, um ihre Befehle von ihm zu empfangen. Nichts. Ein Ring aus schwarzen Fellzelten lag verschlafen um ihn herum. Ihre Gestänge waren aus den gebogenen Rippen von riesenhaften Kreaturen geformt, die Darquato sich nicht vorzustellen vermochte. Rostrote Kettenmuster auf jedem Zelt verkündeten stolz, zu welchem Clan es gehörte.

In der Nähe waren Orkfrauen damit beschäftigt, Werkzeuge auszubessern. Einige Orkkinder, dürr und grauhäutig, spielten in ihrer Nähe im Staub mit einem kleinen Tier. Es war ein handgroßer, schwarz gepanzerter Skorpion, den sie immer wieder reizten und dann rasch die Finger wegzogen, wenn er mit seinem Schwanzstachel zustieß. Sie schauten kaum nach der Fledernatter auf.

Darquato begriff. Man hatte ihn sehr wohl bemerkt. Man beachtete ihn nur nicht.

Er sog scharf die Luft ein. Das war er nicht gewohnt. Und es gefiel ihm überhaupt nicht. Natürlich könnte er ein paar scharfe Befehle brüllen und auf sich aufmerksam machen. Doch wer laut werden musste, um sich Respekt zu verschaffen, wurde nicht wirklich respektiert. Das hatte er schon vor langer Zeit als Hauptmann einer Söldnermeute gelernt. Aber etwas tun musste er! Wenn er noch länger so herumstand, könnte man ihn für unentschlossen halten, was ebenso fatal wäre.

»Hattet Ihr einen guten Flug, Statthalter?«, fragte eine klare Stimme hinter ihm.

Er fuhr herum. Das war sie! Diese purpur-elbische Kriegszauberin, die ihm schon in Swertenburg auf die Nerven gefallen war. Vylami vom Dämmerturm. Sie stand neben der Standarte am Khurdran-Zelt, genauso steif und genauso stolz wie die Fahnenstange.

»Was tut *Ihr* hier?«, entfuhr es ihm, ehe ihm die Banalität seiner Frage bewusst wurde.

Die Elbin lächelte schmal. »Dasselbe wie Ihr, Statthalter. Ich werde mit den Blutketten-Orks auf die Jagd nach Zwergen und Grün-Elben gehen.«

Sie sah aus wie damals in Swertenburg: ein schmales Gesicht mit aristokratischer Nase, das brünette Haar von einem Silberreif gebändigt. Sie trug eine leichte Lederrüstung und ihren gewohnten purpurfarbenen Umhang um die Schultern. Und doch war etwas anders an ihr. Sie wirkte weniger perfekt, zerzaust vom Steppenwind und staubverkrustet wie sie war. Für Darquato war das kaum der Rede wert, aber eine stolze Purpur-Elbin musste sich in diesem Zustand geradezu barbarisch vorkommen!

»Hat der Meister Euch auch mit dieser besonderen Aufgabe bedacht, Kriegszauberin?«, fragte er sie mit einem wissenden Grinsen.

»Das hat er«, gab Vylami zurück. »Und ich war so angetan davon, dass ich gleich Euch für diese Mission vorgeschlagen habe, Statthalter. Ich vergesse niemals einen alten Freund.«

Darquato blinzelte überrumpelt. Es mochte sein, dass die Elbin ihn nur aufzog, aber das glaubte er nicht. Sie war nicht der Typ, der Unsinn redete, um sich groß zu machen. Dafür war sie viel zu pflichterfüllt und verbissen. Dann verdankte er ihr also diesen unwürdigen Botengang …

Noch während er nach einer Erwiderung suchte, wurde die Plane des Khurdran-Zelts zurückgeschlagen. Eine große, breitschultrige Orkfrau kam heraus und stellte sich neben die Purpur-Elbin.

Darquato starrte sie an. Ihr Gesicht war mit schwarzer und weißer Farbe bedeckt, vielleicht geschminkt, vielleicht auch tätowiert. Die Farbe ergab ein Muster, das dem Gesicht das Aussehen eines Totenschädels verlieh: Die Augen waren mit schwarzen Höhlen umrandet, die Wangenknochen scharf betont, der Mund von angedeuteten Zahnreihen umgeben, der Rest weiß und bleich. Nur die beiden Hauer, die aus ihrem Unterkiefer hervorwuchsen, leuchteten metallisch, denn sie waren von Stahlkappen gekrönt und zudem außergewöhnlich lang. Das Haar der Orkin war zu zahllosen dünnen tiefschwarzen Zöpfen geflochten, die weit über ihren Rücken fielen. Schwere, schmutzig gelbe Plünderwolf-Felle lagen um ihre Schultern, ansonsten trug sie dunkles Lederzeug, das mit rostroten Ornamenten bestickt war. Quer über ihre Brust lief eine Art Kordel, an der sieben kleine, rundliche Objekte befestigt waren. Darquato erkannte Schrumpfköpfe mit ledriger Haut und eingefallenen Zügen, die man an ihren Haaren aufgehängt hatte. Mindestens einer hatte zugespitzte Elbenohren.

In der rechten Hand balancierte die Orkfrau beiläufig einen länglichen, knochengelben Gegenstand, den Darquato zunächst für eine Art Zepter hielt. Bis er bemerkte, dass der Stab an beiden Seiten in eine scharfe, tückisch geschwungene Knochenklinge auslief und eher eine Art Doppelsense darstellte.

Beunruhigender als die Aufmachung der Orkin waren jedoch ihre Augen. Sie leuchteten stahlgrau, und nur einzelne goldene Sprenkel waren wie vergossenes Götterblut in ihnen verteilt. Darquato kannte diesen besonderen Blick. Er hatte ihn schon bei Kriegern auf dem Schlachtfeld gesehen, die aus wilder Verzweiflung zu allem bereit waren und sich mit selbstmörderischer Wildheit einem Wall von Speerspitzen entgegenwarfen. Hier sah er ihn zum ersten Mal bei einem Wesen, das ohne jede Regung dastand und beiläufig seine Umgebung musterte. Das irritierte Darquato. Und das auch nur, weil er das Wort *Angst* prinzipiell nicht auf sich bezog.

»Rushtara!«, bellte die Orkfrau mit rauchiger Stimme. »Arâz Krungh az trâsh. Az prishdrâk Kettanfuurst ghudraz?«

»Was sagt sie?«, fragte Darquato gereizt Vylami.

»Glaubt Ihr wirklich, ich verstünde das, was diese Kreaturen ihre Sprache nennen?«, fragte die Kriegszauberin mit einem liebenswürdigen Lächeln zurück.

Natürlich. Die Purpur-Elben betrachteten jedes Volk als minderwertig, das nicht ihr eigenes war – die anderen Elbenvölker inklusive und ganz besonders. Dieses Denken war Darquato fremd. Er glaubte daran, dass es das Privileg des Starken war, über die Schwachen zu herrschen, doch der Starke konnte nach seiner Erfahrung von beliebiger Herkunft sein – selbst ein einfacher Goblin, wenn er seine Mittel klug einsetzte. Und genau das bereitete ihm gerade Sorgen: Er hatte hier keine Position der Stärke inne.

Aus dem Augenwinkel bemerkte er, dass sich der Platz zwischen den Zelten langsam füllte. Es waren vor allem Orkfrauen und Kinder, die sich um ihn herum versammelten, und für einen Moment hatte er die Hoffnung, dass seine Ankunft endlich angemessen gewürdigt wurde. Dann wurde ihm klar, dass die Orks nur wegen der Frau mit der Knochensense herbeiströmten. Es war an der Zeit, endlich etwas zu tun!

»Bringt sofort den Khurdran zu mir!«, heischte er die Orkfrau an, als sei sie eine beliebige Goblin-Dienerin. Die Purpur-Elbin grinste unverschämt.

»Gûr Khurdran!«, schnaubte die Orkfrau und schlug sich mit der Faust auf die Brust, dass die Schrumpfköpfe tanzten. Das war nicht schwierig zu deuten. Offenbar hatte dieser Clan einen weiblichen Anführer. Eigentümlich, aber ihm sollte es egal sein.

»Gut!«, sagte Darquato so unbeeindruckt wie möglich. »Ich komme im Auftrag des Kettenfürsten höchstselbst und habe Befehle für Eure Krieger. Wir werden …«

»Kashgâz!«, brüllte da eine tiefe Stimme quer über den Platz. »Az reshrik nar zûl, Krugash tar nar zûl!«

Darquato wandte sich um. Die Reihen der Orkfrauen hatten sich geteilt, um mehrere männliche Krieger durchzulassen. Sie waren allesamt breitschultrig und hochgewachsen, selbst für Orkverhältnisse. Ihre zusammengewürfelten Rüstungsteile waren im Rostrot des Kettenwappens lackiert, hier und dort durchsetzt von silbrigen Mustern. Mächtige Plünderwölfe liefen wie treue Hunde neben den Kriegern her, und Geifer tropfte von ihren Fangzähnen, die zu lang für ihre Kiefer zu sein schienen.

Darquato aber beachtete die Wölfe kaum. Sein Blick wurde von dem Ork angezogen, der an der Spitze des Aufmarschs ging. Er trug als Einziger keine Rüstung. Um seine Schultern lag ein schwerer gelblicher Wolfsfellmantel, ansonsten war sein muskulöser Oberkörper nackt. Schlichtes Lederzeug bedeckte seine Beine, seine Hüften umschloss ein Gürtel aus dicken Kettengliedern. Ketten zierten auch seinen Oberkörper: Sie waren direkt auf seine Haut tätowiert und liefen in komplexen rostroten Mustern kreuz und quer über seine Brust. Das Haar trug der Ork nicht zum traditionellen Kriegerzopf der Wolfsreiter gebunden, sondern zu einem Kamm hochgesteckt, den zahllose Knochennadeln mit kunstvoll gedrechselten Köpfen zierten. Am irritierendsten aber fand Darquato den Umstand, dass der Ork keine Waffen trug. Keinen Knochensäbel, keinen Wolfsspeer, keine Streitaxt. Nicht einmal einen Dolch am Gürtel. Dennoch gehörte er zweifellos zu den Kriegern, die sich allesamt respektvoll zwei Schritte hinter ihm hielten. Es schwand spätestens dann jeder Zweifel, wenn man in seine Augen schaute: Sie waren genauso stahlgrau und goldgesprenkelt wie die der Schädelfrau. Und ihr Blick war nicht minder entschlossen. Zusammen mit seinen langen, von Stahlkappen gekrönten Hauern und den hohen, scharfen Wangenknochen glichen seine Züge eher den Bestienköpfen der Wölfe als den Gesichtern der anderen Orks.

»Khurr«, knurrte der waffenlose Ork-Krieger und baute sich direkt vor Darquato auf. Er überragte den Statthalter um mehr als einen Kopf. »Reshrak târ Zukaz grashkug Feraza nar?«

»Der Khurdran will wissen, warum Ihr mit Eurer Fledernatter zwischen den Frauenzelten des Clans gelandet seid«, kommentierte eine tiefe, wohltönende Stimme. »Außerdem machte er einen Kommentar bezüglich Eurer Unwissenheit, allerdings mit deutlicherer Wortwahl.«

Die Ork-Krieger wichen auseinander, um einen weiteren Neuankömmling durchzulassen. Es war ein alter Zentaur mit dem Unterkörper eines braun-weiß geschecktem Steppenpferds. Sein lockiger grauer Bart fiel ihm bis über die Brust, seine Augen waren blau und klar. Er trug eine tiefrote Robe, die wie eine Satteldecke über seinen Pferderücken ausgebreitet lag. Grüßend hob er die Hand.

Darquato schaute irritiert zwischen ihm, dem Ork-Krieger und der Orkfrau hin und her. Ihm entglitt zunehmend die Kontrolle.

»Was meint Ihr mit Frauenzelten?«, fragte er so barsch wie möglich.

»Die Clans von Komashtu legen großen Wert darauf, dass die Frauen und Männer ihres Volkes jeweils ihren eigenen Teil des Lagers bewohnen«, erklärte der Zentaur mit einem Lächeln. »Eure Landung in diesem Bereich könnte mit bösem Willen als Beleidigung ausgelegt werden.«

Die Kriegszauberin Vylami grinste zufrieden in sich hinein wie eine satte Katze. Sie hatte es die ganze Zeit gewusst und ihn auflaufen lassen!

»Ich bin vor dem Zelt des Khurdrans gelandet«, sagte Darquato fest und deutete auf die Standarte, die im Windschatten des Titanenbruchs matt an ihrem Mast hing.

»Richtig«, erwiderte der alte Zentaur. »Rekut ist der Khurdran der Blutketten.« Er nickte in Richtung der Orkfrau. »Allerdings ist auch ihr Bruder Rezkai der Khurdran.« Er trabte zu dem Ork-Krieger mit den Knochennadeln im Haar, der Darquato mit verschränkten Armen gegenüberstand, und stellte sich neben ihn. »Sie teilen sich die Herrschaft. Euer Platz wäre bei Rezkais Khurdran-Zelt gewesen. Ist Euch nicht aufgefallen, dass Eure Ankunft nur Frauen und Kinder beobachtet haben? Wie dem auch sei. Ich empfehle Euch jedenfalls, stets Rezkai und Rekut gemeinsam zu konsultieren, wenn es um Entscheidungen …«

»Wer seid Ihr, dass Ihr einem Statthalter und Kettenträger

Ratschläge erteilt?«, unterbrach ihn Darquato schroff. Er mochte es gar nicht, belehrt zu werden.

»Kaltos von den Donnerhufen«, stellte sich der Zentaur vor und verbeugte sich leicht. »Magister der Elementaristik an der Zauberschule der Kettenlande. Ich stehe den beiden Khurdrans auf Befehl des Kettenfürsten als Ratgeber zur Seite, schon seit vielen Jahren.«

»Gut«, meine Darquato knapp. »Dann teilt den Khurdrans mit, dass ich ihre Krieger zu inspizieren wünsche. Und sie sollen dafür sorgen, dass das Lager jederzeit aufbruchsbereit ist. Wir werden uns auf den Weg machen, sobald die Kriegszauberin ihr Ritual des Aufspürens durchgeführt hat.«

Der männliche Khurdran mit den Knochennadeln im Haar sagte etwas auf Orkashu. Die anderen Krieger brachen in bellendes Gelächter aus. Selbst die Orkfrau namens Rekut grinste breit, was ihrem Gesicht einen noch verstörenderen Ausdruck verlieh.

»Was ist?«, fragte Darquato gereizt.

»Er sagt, dass Ihr für einen kleinen Mann sehr laut seid«, übersetzte Kaltos. »Und er vergleicht Euch mit der Steppen-Brüllmaus. Kleiner als eine Handspanne, macht aber einen unglaublichen Lärm im Gesträuch …«

»So, tut er das?«, fragte der Statthalter mit gefährlicher Ruhe.

Offensichtlich wollten diese Orks Streit. Den konnten sie gerne haben. Auf diesem Gebiet fühlte Darquato sich sicher. Er musterte den Ork abschätzig. Auch auf den zweiten Blick schien er keinerlei Waffen zu tragen. Sein nackter, tätowierter Brustkorb war vollkommen ungeschützt.

»Ich möchte Euch empfehlen, respektvoller aufzutreten«, sagte der Zentaur mit einem besorgten Stirnrunzeln. »Und ich warne Euch nachdrücklich davor, Euch auf eine Auseinandersetzung einzulassen.«

»Ich weiß, wie man mit Orks umgeht!«, erwiderte Darquato ungehalten.

Diese Steppenbarbaren verstanden nur die Sprache der

Stärke. Er würde ihnen gute Gründe geben, ihm zu gehorchen. Vielleicht würde dieser weibliche Khurdran sich umgänglicher zeigen, wenn er mit ihrem Bruder fertig war.

Darquato baute sich breitbeinig vor dem Ork-Krieger auf. Dann spuckte er vor ihm auf den staubigen Boden. Mit der Stiefelspitze trat er auf den kleinen, nassen Fleck und verschmierte ihn in Richtung des Orks. So sagte man auf Orkisch, dass man jemanden für einen Schwächling hielt, bis er das Gegenteil bewiesen hatte. Darquato hatte das kleine Ritual gelegentlich bei den Ork-Kriegern unter seinem Kommando gesehen. Die Folge war stets ein Kampf bis aufs Blut.

Erregtes Gemurmel kam unter den umstehenden Orks auf. Sie wichen zurück und machten einen Kampfplatz frei. Nur der Khurdran blieb unbeeindruckt mit verschränkten Armen stehen und musterte Darquato.

»Az rekash«, knurrte er und trat ebenfalls auf den Speichelfleck. Damit hatte er die Herausforderung angenommen.

Der alte Zentaur schüttelte unwillig den Kopf. Dann rief er dem Khurdran einige Worte auf Orkashu zu. Dieser nickte, ohne den Alten anzuschauen.

»Lasst ihn doch«, sagte Vylami lächelnd, die neben dem weiblichen Khurdran am Rande des Kampfplatzes stand. »Das wird gewiss interessant.«

Darquato trat einen Schritt zurück und zog sein Schwert und seinen Linkhand-Dolch. Lauernd fixierte er seinen Gegner. Er würde diesen unverschämten Ork in seine Schranken weisen und anschließend endlich das Kommando übernehmen.

Der Khurdran hatte sich bislang noch immer nicht bewegt. Nun löste er langsam seine verschränkten Arme voneinander und breitete sie aus. Darquato wartete darauf, dass jemand dem Ork eine Waffe zuwarf. Wenn er ihn einfach so niedermachte, würde ihm das nicht den Respekt der Krieger einbringen. Doch das geschah nicht. Stattdessen spannte der Khurdran mit ausgebreiteten Armen seine Muskeln an und kehrte die Handflächen nach oben. Plötzlich floss Blut über seine Unterarme. Zwei lange fahlgelbe Knochenklingen durchstießen seine Handballen von innen. Sie wuchsen und wurden länger, bis sie die Größe von veritablen Krummsäbeln hatten, gebogen, scharf und tödlich – und mit dem Körper des Orks verwachsen. Der Khurdran brüllte herausfordernd. Kleine weiße Knochenspitzen durchstießen überall die Haut seines muskelbepackten Körpers und bedeckten seinen Leib wie die Nieten auf einem Lederwams.

Noch während Darquato ihn perplex anstarrte, ging der Ork auf ihn los. Mit erstaunlicher Behändigkeit stand er plötzlich vor ihm und ließ eine seiner Knochenklingen auf seine Kehle zu sausen. Darquato sprang zur Seite und hob schützend seine Klinge, doch er fand keinen sicheren Stand. Sofort setzte der Ork ihm nach. Von beiden Seiten drangen Schläge auf Darquato ein. Er parierte sie, während er immer weiter zurückwich. Er musste endlich die Initiative ergreifen!

Entschlossen fegte er einen der Knochensäbel mit dem Schwert zur Seite und trat dem Ork kräftig ins Standbein, ehe er seine Deckung wieder schließen konnte. Der Khurdran musste kurz um sein Gleichgewicht kämpfen. Das genügte Darquato.

Er blockte einen Säbel des Orks und stieß mit seinem Linkhand-Dolch zu, noch ehe der andere Säbel herankommen konnte.

Darquato hatte von unten auf den Bauch des Orks gezielt, doch der Khurdran sprang sofort einen Schritt zur Seite. Die Dolchklinge traf stattdessen seinen Oberschenkel.

Ein harter Aufprall zuckte schmerzhaft durch Darquatos Arm. Unter der Haut des Orks, auf der nun ein blutiger Striemen zu sehen war, hatte er einen massiven Widerstand gespürt. Die kleinen Stacheln schienen nur die Oberfläche eines schützenden Knochenpanzers zu sein, in den der Ork sich gehüllt hatte. Doch Darquato hatte trotzdem das erste Blut vergossen! Triumphierend hob er den Linkhand-Dolch hoch, damit die anderen Orks es sehen konnten.

Dann wandte er sich wieder ganz seinem Gegner zu. Er erwartete, dass der Ork brüllend und tobend auf ihn zu stürmen würde, doch der Khurdran hielt sich zurück. Er musterte Darquato eindringlich, als würde er ihn neu einschätzen. Vorsichtig umkreisten sich die beiden Krieger, Schwert und Knochensäbel erhoben.

Plötzlich ließ der Khurdran seinen Arm vorschnellen, als würde er etwas werfen. Darquato riss instinktiv sein Schwert hoch. Etwas prallte von der Klinge ab. Der andere Arm des Orks zuckte vor. Schmerz peitschte durch Darquatos Schulter. Eine kleine, aber überaus scharfe Wurfscheibe aus gezackten Knochen hatte seinen Lederpanzer durchschnitten. Nun bluteten sie beide. Und der Ork warf schon eine weitere Knochenscheibe. Darquato sprang zur Seite. Diesmal hatte er gesehen, wie der Khurdran die Knochenscheiben direkt aus seinem Handrücken zu schleudern schien. Er durfte nicht auf Distanz bleiben, so war er dem Ork unterlegen. Seine Chance bestand darin, nah an seinen Gegner heranzukommen. Dann konnte er seinen Dolch einsetzen, während der Ork Probleme haben dürfte, ihn mit seinen sperrigen, angewachsenen Klingen zu erwischen.

Entschlossen stürmte Darquato vor und ließ eine Reihe von Hieben auf den Ork niedergehen. Der Khurdran parierte mit seinen Knochensäbeln. Darquato drückte einen Säbel zur Seite und vollführte eine halbe Körperdrehung, um ganz dicht an seinen Gegner zu gelangen. Dann stieß er mit seinem Dolch zu, direkt in den Brustkorb des Orks. Die Klinge fraß sich in die tätowierte Haut. Darquato drückte mit aller Kraft, um den knöchernen Brustkorb zu durchstoßen. Der Ork ließ plötzlich seinen Kopf vorschnellen und vergrub die spitzen Hauer in Darquatos Oberarm. Stechender Schmerz durchzuckte ihn, und sein Dolch fiel in den Staub.

Dann spürte Darquato auch schon, wie ihn die mächtigen Arme des Orks umschlossen. Zahllose kleine Knochenspitzen bohrten sich in sein Lederwams. Die Welt drehte sich um ihn, als der Khurdran ihn von sich schleuderte. Hart kam er auf dem trockenen Steppenboden auf. Sein Schwert lag irgendwo neben ihm. Darquato versuchte aufzuspringen, doch ein Tritt warf ihn wieder zu Boden. Er lag auf dem Rücken und starrte in die gnadenlose rote Sonne von Komashtu. Ein Schatten schob sich davor. Der Khurdran beugte sich über Darquato und presste ihm einen seiner Knochensäbel gegen die Kehle. Schwer atmend schaute Darquato zu ihm auf und wartete auf den Stoß, der alles beenden würde.

»Willkommen bei den Zelten der Blutketten, Statthalter Darquato«, sagte der Ork in tadelloser Hochsprache. Dann packte er Darquato am Kragen und stellte ihn wieder auf die Füße. Die Orkfrau und der Zentaur kamen hinzu.

»Ich hoffe, dass mein Bruder Euch die Kommandostruktur klarmachen konnte«, sagte der weibliche Khurdran.

»Ihr sprecht die Hochsprache?«, fragte Darquato entgeistert. Er war unfähig, klar zu denken. Alles in ihm tat weh. Die Schande der Niederlage brannte in seinen Eingeweiden.

»Kaltos ist ein guter Lehrmeister«, erwiderte die Orkfrau.

»Doch Ihr seid hier in den Steppen, und Orkashu ist die Sprache von Komashtu«, ergänzte ihr Bruder, der gerade die Hände in die Höhe reckte, während die Knochenklingen langsam in seinen Unterarmen verschwanden. »Solange Ihr bei unseren Zelten seid, gelten unsere Regeln. Die Blutketten sind frei und nur dem Kettenfürsten direkt unterstellt. Wenn Ihr Euch das merkt, werden wir eine gute Jagd haben. Eure Klinge ist stark. Ich hätte gerne eine Knochennadel aus Eurer Schwerthand geformt.« Er fuhr sich durch den nadelgeschmückten Haarkamm.

»Ihr … Ihr habt mich mit Hexerei besiegt!«, rief Darquato wütend. »Ich bin noch nicht mit Euch fertig!«

Er griff sich sein Schwert vom Boden. Sofort zogen alle umstehenden Orks ihre Waffen, die Plünderwölfe knurrten.

»Doch, Ihr seid fertig«, sagte Khurdran Rezkai ungerührt. »Das Duell ist beendet. Wenn Ihr jetzt Unsinn macht, werden meine Krieger Euch töten, wie ich es schon hätte tun sollen. Dass Ihr noch auf Euren Füßen steht, verdankt Ihr allein der Fürsprache meines Lehrmeisters. Seid ihm dankbar.«

Er wandte sich ab, ohne Darquato weiter zu beachten. Seine Krieger-Eskorte schloss sich ihm an.

Im Gehen rief er, ohne sich umzublicken: »Tut jetzt, wofür Ihr gekommen seid! Morgen oder übermorgen trifft Hordenführer Udhrai mit einer besonderen Kriegsbestie aus Drumagdhu hier ein. Dann brechen wir auf.«

Darquato wandte sich ab und stapfte wütend zu seiner Fledernatter. Noch schlimmer als die verächtlich abgewandten Rücken der Ork-Krieger waren die Kinder zwischen den Frauenzelten, die ihn ohne Furcht musterten und irgendwie amüsant zu finden schienen. Und das alles hatte ihm diese Kriegszauberin eingebrockt, für die er jetzt auch noch den Boten spielen musste!

Er riss die schwere Ledertasche von seinem Flugsattel, trug sie einige Schritte zu Vylami hinüber und warf sie ihr vor die Füße. Die Tasche sprang auf. Verschiedene Ausrüstungsgegenstände ergossen sich auf den staubigen Boden, unter anderem mehrere Keile aus Stahl und zusammengerollte Saiten für ein Musikinstrument.

»Danke«, sagte Vylami zuckersüß lächelnd. »Damit können wir die Zwillingsseelen aufspüren. Ihr habt Eure Sache gut gemacht, Statthalter. Helft Ihr mir bei der Ritualvorbereitung, Magister Kaltos?«

Der alte Zentaur nickte ernst, ohne den Blick von Darquato zu nehmen. Dann nahm er die Tasche auf und verschwand zusammen mit der Purpur-Elbin zwischen den Zelten.

Als Darquato sich umwandte, um zu seiner Fledernatter zu eilen, stand Khurdran Rekut, die Orkfrau, direkt vor ihm. Ihre Stahlaugen schienen ihn regelrecht zu durchbohren.

»Mein Bruder ist kein Hexer«, sagte sie. »Khugasha, die Knochenmeisterschaft, ist eine Kampfkunst. Lernt die Wege von Komashtu oder sterbt unter der roten Sonne, Mensch. Und jetzt geht fort von den Frauenzelten, bevor ich Euren Schrumpfkopf meiner Sammlung hinzufüge und Eure Seele auf ewig darin einsperre, um mir zu dienen. Eure schönen langen Haare wären so eine nette Aufhängung …«

Darquato drängte sich an ihr vorbei, ohne ein Wort zu erwidern, und schwang sich auf seine Fledernatter. Während er das Reittier in Richtung der Männerzelte lenkte, schluckte er die brennende Wut über die Demütigung hinunter. Er musste beherrscht bleiben. Zorn wäre jetzt Schwäche. Schon bald würde er die Gelegenheit haben, dem Kettenfürsten die Zwillingsseelen zu bringen, und dafür seine Würde als Statthalter von Swertengund zurückerhalten. Wenn er es geschickt anstellte, würde er schon etwas bei diesen Orks finden, das nützlich für ihn war. Und anschließend würde sich niemand mehr für das, was heute geschehen war, interessieren.

Er zwang sich zu einem siegesgewissen Lächeln. Schon bald würde er wieder über eine Provinz der Kettenlande herrschen und die Annehmlichkeiten seiner Zitadelle genießen.

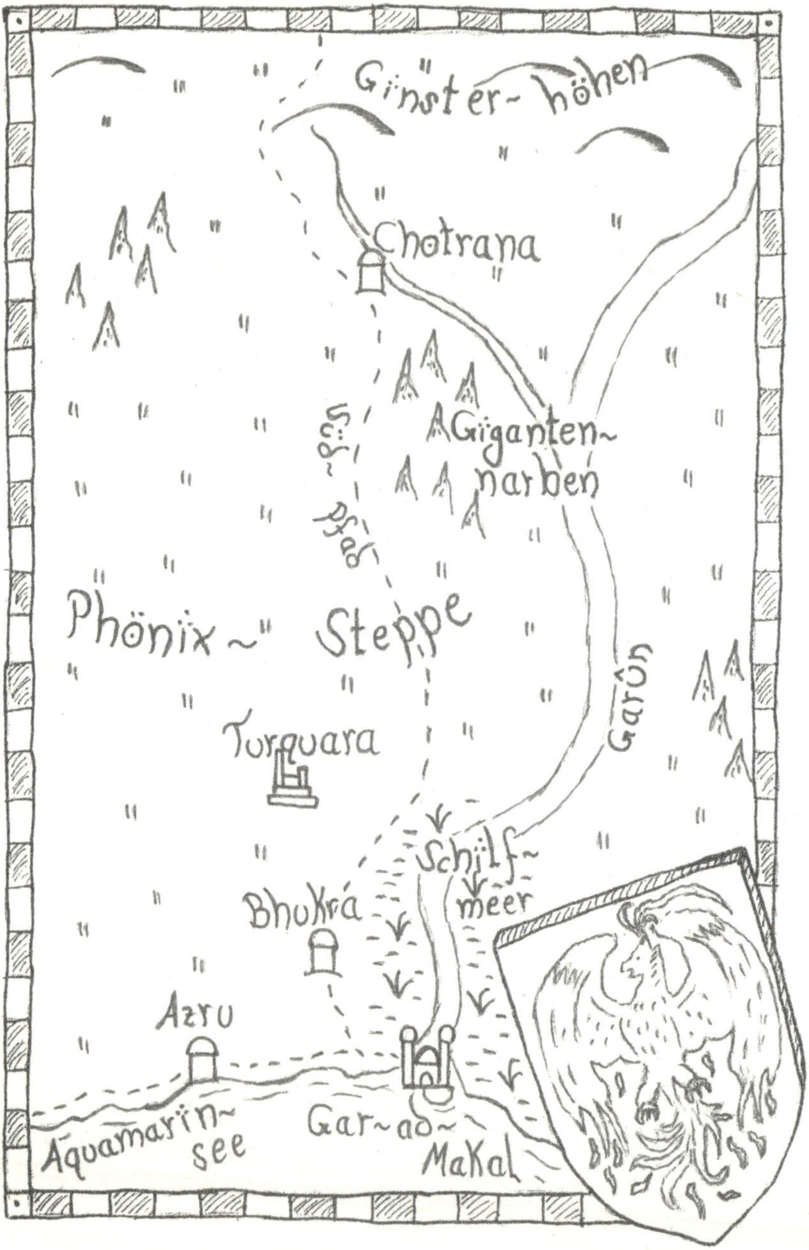

Ginster-höhen
Chotrana
Süd-Pfad
Giganten-
narben
Phönix-Steppe
Garûn
Turquara
Schilf-
meer
Bhukra
Azru
Aquamarin-
see
Gar-ad-
Makal

Siebenundzwanzigstes Kapitel

In der Nähe des Südpfads, inmitten der Sumpflande

»Es wäre ja nett gewesen, wenn wir noch Rucksäcke, Proviant und Reiseausrüstung hätten besorgen können, bevor wir uns in die Sumpflande schlagen«, kommentierte Jha Rudra schnippisch, während sie zwischen grell-lilafarbenen Riesenpilzen und übelriechenden Morchelfeldern umherirrten.

Elyami erwiderte nichts. Zum einen, weil sie wusste, dass die Diebespriesterin recht hatte. Zum anderen, weil sie vollauf damit beschäftigt war, nicht im Schlamm stecken zu bleiben und gleichzeitig die grün schillernden Insekten abzuwehren, die sich von allen Seiten auf sie stürzten.

Sie hatten Quolûr fluchtartig verlassen, über den Kanal bei der Heiligen Pforte der Ranuqs, den der alte Orkbettler Patitas ihnen gewiesen hatte. Er trottete immer noch hinter ihnen her, wobei er zuweilen zufrieden vor sich hinplapperte.

Die Sumpfstadt lag am Südpfad, der von den Zentralprovinzen Wâgants nach Tar Uzar und den anderen Ländern an der Küste der Aquamarin-See führte. Doch sie hatten es nicht gewagt, die befestigte Straße zu nehmen. Elyami hoffte inständig, dass die Orks die kleine Prügelei am Nidhanas-Tempel in Quolûr nicht weiter ernst nahmen.

Vielleicht hatte der Kettenfürst aber auch schon überall in seinen Landen die Nachricht verbreitet, dass er nach zwei Zwergen und zwei Elben suchte. Und möglicherweise kam ein Hordenführer der Schlangendolch-Orks auf die Idee, dass es ebendiese Elben und Zwerge gewesen sein könnten, die in Quolûr herumgepöbelt hatten, und alarmierte daraufhin die ganze Garnison. Elyami bereute es nicht, dass sie dem alten Patitas auf dem Platz vor dem Nidhanas-Tempel geholfen hatten. Besonders klug war es jedoch nicht gewesen.

Nein, die Straße war nicht sicher. Sie mussten sich auf Nebenpfaden und über brüchige Knüppeldämme durch die Sümpfe kämpfen. Natürlich hatten sie sich dabei hoffnungslos verirrt. Schon seit Stunden streiften sie nun durch die modrigen Pilzwälder und versuchten verzweifelt, sich irgendwie in Richtung Süden zu halten.

Einmal versackte Gorin fast in einem Schlammloch, das er für eine feuchte Wiese gehalten hatte. Ein anderes Mal wurde Patitas von der Fangzunge einer riesigen Drachenkröte erwischt. Halb wahnsinnig vor Angst mussten sie den Alten aus dem breiten Maul der goldgepanzerten Kreatur ziehen. Elyami konnte es sich nicht verkneifen, eine goldschimmernde Schuppe für ihren Zopf mitzunehmen.

Auch wenn man gerade nicht verspeist wurde, schienen es die Sümpfe auf die Lebenskraft der Reisenden abgesehen zu haben. Fingerlange Stechfliegen ließen sich auf jeder ungeschützten Körperstelle nieder. Schwarze Meuchler-Egel krochen einem aus dem Schlamm in die Stiefel und saugten sich an den Beinen fest. Unsichtbare Pilzsporen drangen in jede Pore ein und wucherten binnen Stunden zu Gebilden von ungesund grünlicher Farbe heran, die man sich schmerzhaft von der Haut zupfen musste. Elyami hatte das Gefühl, beständig bei lebendigem Leibe verdaut zu werden.

Als schließlich der Abend herandämmerte, tauchten bunte Irrlichter aus den Tiefen der Sümpfe auf. Die kleinen Lichtkugeln erzeugten ätherisch schöne Melodien – so schön, dass man ihnen am liebsten kopflos in den Morast gefolgt wäre. Elyami erkannte die Gefahr und sang eindringlich dagegen an. Der Grüngesang war tröstlich für sie, eine Erinnerung an Liráya in einer fremdartigen Welt.

Beinahe hätten sie über die Begegnung mit den Sumpfgeistern die Lichter des Ranuq-Dorfes übersehen, das vor ihnen im Sumpf auftauchte. Dankbar hielten sie darauf zu.

Dutzende von fragenden Kugelaugen richteten sich von allen Seiten auf sie, als sie zerstochen und schlammverkrustet auf den Dorfplatz stolperten. Die Froschlinge trugen Fangnetze und kurze Speere mit vergifteten Holzspitzen in den breiten Fingern. Elyamur und Galdra hielten misstrauisch ihre Waffen bereit, Patitas wimmerte ängstlich. Doch Jha Rudra entspannte die Situation mit einigen Worten auf Wâganti. Die Dorfälteste erschien und führte die Diebespriesterin in ihre Hütte, um sich ausführlich mit ihr zu unterhalten. Elyami nahm jedenfalls an, dass dieser Ranuq zurzeit eine »Sie« war, weil sie einen kunstvoll bestickten Brutbeutel mit durchsichtigen Eiern am Körper trug. Die anderen warteten solange auf dem Dorfplatz, umringt von bewaffneten Ranuqs.

»Neein!«, kreischte es plötzlich von hinten. »Der Speer! Nicht der Speer! Kein Speer für Patitas!«

Elyami wandte sich irritiert um. Der alte Ork hatte sich bäuchlings auf den schlammigen Boden geworfen und die Hände schützend um seinen Kopf gelegt. Er zitterte am ganzen Körper.

»Der Speer … der Speer!«, wimmerte er immer wieder.

Elyami brauchte einen Moment, um zu erkennen, was er meinte. Wenige Schritte von ihm entfernt stand ein kleiner, dicker Ranuq mit violett schimmernder Warzenhaut. Er hatte misstrauisch einen hölzernen Fischspeer in Richtung der Reisenden gesenkt, dessen Ende in vier lange Spitzen mündete.

»Schhhht«, machte Elyami leise und hockte sich neben Patitas. »Alles ist gut. Du bist hier in Sicherheit.«

»Nicht der Speer … nicht«, stammelte der Alte, ohne den Kopf zu heben.

Ein grellgrüner Ranuq mit gelben Streifen trat an sie heran.

»Bringt ihn dort hinein«, sagte er in der Hochsprache und wies auf eine der kuppelförmigen Hütten aus Weidengeflecht.

Elyami nickte dankbar. Zusammen mit Gorin packte sie Patitas unter den Armen, und sie schleiften den jammernden Ork in den Schutz der Hütte. Sie betteten ihn auf einige Decken, die drinnen ausgebreitet lagen.

Elyami summte leise und beruhigend, während der Alte sich zusammenkauerte, das Gesicht zur Wand gedreht. In dieser Position schlief er schließlich ein.

»Möchte nicht wissen, was die mit ihm gemacht haben, als er ausgestoßen wurde«, knurrte Gorin, der eine Decke über dem Schlafenden ausbreitete.

Wenig später kamen auch Jha Rudra, Elyamur und Galdra zu ihnen in die Hütte.

»Sie erlauben uns, die Nacht hier zu verbringen«, verkündete die Diebespriesterin erleichtert.

»Und was noch?«, fragte Gorin. »Konntest du herausfinden, ob wir auf dem richtigen Weg sind?«

»Anscheinend sind wir viel zu weit nach Osten geraten«, erwiderte Jha Rudra. »Aber glücklicherweise mögen die freien Ranuqs der Sumpflande den Kettenfürsten genauso wenig wie wir. Ich konnte ihnen die notwendigste Ausrüstung abkaufen. Naja, nicht so günstig wie in Quolûr … aber egal. Jedenfalls werden wir morgen außerdem einen Führer an der Seite haben, der uns den kürzesten Weg aus den Sümpfen weist.«

»Das freut mich«, brummte Galdra. »Zwerge sind nicht für diese feuchte Gegend geschaffen. Und die verfluchten Stechviecher haben einen absurden Appetit auf Zwillingsblut.«

»Wie geht es dann weiter?«, bohrte Gorin nach.

Elyami lächelte. Der Runenschmied konnte es nicht ausstehen, wenn er etwas nicht vorauszuplanen vermochte.

»Anschließend werden wir dem Südpfad durch Wâgant und Tar Uzar folgen, bis er auf den Freihafen Gar-ad-Makal an der Mündung des Flusses Garûn trifft«, erklärte Jha Rudra. »Von dort können wir uns nach Sorletta einschiffen und am Thuros entlang landeinwärts bis Gnoiana reisen, wo die Archive des Nidhanas-Ordens auf uns warten.«

»Einschiffen«, wiederholte Elyamur versonnen und schaute ins Leere.

Elyami konnte ihren Bruder verstehen. Auch sie hatte noch nie zuvor das Meer gesehen, wenn man einmal von ihrem Königstraum und der merkwürdigen Passage im Labyrinth absah. Sie bekam Herzklopfen bei dem Gedanken, bald über die Wogen der Aquamarin-See zu blicken. Die meisten Elben teilten eine seltsame, schwer greifbare Sehnsucht nach dem Meer, selbst die Bewohner der tiefen Wälder von Liráya. Das Volk der Blau-Elben hatte sich sogar das Meer zur Heimstatt erwählt und durchfurchte dauerhaft mit seinen schlanken Schiffen die Wellen.

»Hm«, kommentierte Galdra gänzlich unbegeistert.

Elyami war sich nicht sicher, ob die Ablehnung der Zwergin der bevorstehenden Schiffspassage oder der beschwerlichen Weiterreise durch die Sümpfe galt.

»Aber ist es sicher, auf dem Südpfad zu reisen?«, fragte Gorin besorgt. »Dort sind bestimmt viele Reisende unterwegs, und als Gruppe fallen wir auf.«

»Gewiss«, erwiderte Jha Rudra. »Aber wir können uns auch nicht ewig auf irgendwelchen verschlungenen Nebenpfaden verstecken. Und uns aufzuteilen wäre in diesen unwirtlichen Gegenden noch gefährlicher.«

»Das heißt nicht, dass die Straße sicher ist«, insistierte Gorin.

»Es gibt Möglichkeiten, nicht aufzufallen. Vertraut da ganz auf mich«, sagte Jha Rudra mit einem geheimnisvollen Lächeln.

»Also machen wir es so«, beendete Elyamur die Diskussion. Und niemand widersprach.

Am nächsten Morgen wurden sie von ihrem Führer geweckt, der sich ihnen als Kurok vorstellte. Es war der grellgelb gestreifte Ranuq, der ihnen gestern die Hütte zugewiesen hatte. Patitas wirkte noch immer etwas verstört und blickte häufig gehetzt um sich. Elyamur achtete darauf, dass niemand ihm mit einem Speer zu nahe kam.

Als Erstes verteilte Kurok stinkende Morchelsalbe an alle Reisenden. Bei dem Geruch, der aus dem Tiegel aufstieg, wurde Elyami übel, doch das Versprechen, dass das Zeug die allgegenwärtigen Stechinsekten abhielt, brachte schließlich sie alle – sogar Elyamur – dazu, die Hände mit der Paste einzureiben. Elyami konnte beobachten, dass der alte Patitas sich die Salbe verstohlen von den Fingern leckte. Sie roch leicht alkoholisch.

Anschließend folgten sie Kurok durch die Pilzwälder der Sumpflande. Der Ranuq ging stoisch voran, sprach nur das Nötigste und beschränkte sich darauf, ihnen mit Gesten die Richtung zu weisen. Ranuqs hatten krumme Beine, doch ihre breiten Füße waren ideal dafür, sicher durch den Schlamm zu stapfen. Elyami musste sich Mühe geben, mit ihm Schritt zu halten. Außerdem setzte der Gestank der Salbe ihrer feinen Elbennase zu. Sie hatte das Gefühl, bald nicht mehr atmen zu können.

Schließlich begann sie, leise vor sich hin zu summen, einen kleinen, aber feinen Zaubergesang aus Liráya. Um sie herum breitete sich der Duft ihrer heimatlichen Wälder aus, von Kräutern und Moos, regennassen Blättern und matschigem Laub, und legte sich sanft über den Gestank der Morchelsalbe. Elyamur warf ihr einen dankbaren Blick zu.

Im Laufe des Tages führte Kurok sie immer wieder auf Umwege, um etwa einen kleinen Teich oder einen besonders mächtigen Riesenpilz mit großem Abstand zu umgehen. Auf Elyamis neugierige Fragen hin folgten stets nur lakonisch knappe Antworten. »Im See hockt ein dicker Squalish« oder »Die Pilz-Sporen gehen dort an die Augen, machen blind« oder auch »Blutkäfer, viele Blutkäfer«.

Schließlich gab sie das Fragen auf und trottete einfach hinter Kurok her. Elyamur hielt sich dicht an ihrer Seite im Waldduft, die Zwerge schlurften mit etwas Abstand hinterher, hin und wieder in ihrer eigenen Sprache schimpfend, wenn ihnen wieder mal der Stiefel im Schlamm steckenblieb. Jha Rudra ging zuletzt und ließ nachdenklich ihren Blick umherschweifen. Patitas schlurfte neben ihr her und murmelte dabei leise vor sich hin.

Der Ranuq führte sie sicher durch die Sümpfe und ließ sie weitere gefährliche Begegnungen vermeiden. Sie brauchten vier Tage, bis sie endlich Asuq erreichten, eine kleine Handelsstadt am Südrand der Sumpflande. Dort verabschiedeten sie sich von Kurok und mischten sich unter die übrigen Reisenden.

»Nun bist du in Sicherheit«, sagte Jha Rudra am Stadttor eindringlich zu Patitas. »Die Orks von Quolûr sind weit weg. Du hast uns sehr geholfen und kannst gehen, wohin du willst.«

»Gut«, sagte der alte Ork eifrig. »Patitas geht mit euch. Er hilft euch. Das will Patitas.«

Galdra setzte dazu an, etwas zu erwidern.

»Dann reisen wir zusammen weiter«, sagte Elyami rasch aus dem Bauch heraus, ehe die Zwergin widersprechen konnte. Und der Alte lächelte erleichtert, sodass man seinen abgebrochenen Hauer besonders gut sehen konnte.

Jha Rudra betrachtete ihn besorgt, sagte aber nichts.

Sie besuchten eines der Dampf-Badehäuser, die die Ostland-Menschen so liebten. Nach den Strapazen der Sümpfe kam Elyami ein Trog heißen Wassers geradezu wie verschwenderischer Luxus vor. Sie hätte Stunden in der schmeichelnden Wärme verbringen können, doch das weinselige Lärmen der anderen Badegäste vertrieb sie schließlich aus den Dampfschwaden. Dennoch fühlte sie sich zum ersten Mal seit Langem wieder richtig sauber.

Anschließend suchten sie sich eine Unterkunft, während Jha Rudra ihre Wickelkleider bei einem Trödler gegen schlichte Leinenkleidung im Stil der örtlichen Menschen eintauschte. Als sie am Abend in ihre Schlafkammer im Gasthof *Zum blauen Schwan* dazukam, waren ihre neuen Farben Grau, Braun und Dunkelgrau, und sie hatte offenbar ihre Kleidung an einigen Stellen eingerissen und sogar ihre Ledermaske ein wenig verbogen, sodass sie ziemlich heruntergekommen wirkte. Der breitkrempige, verbeulte Hut, den sie seit Neuestem trug, tat sein Übriges, um sie wie eine Landstreicherin aussehen zu lassen. Sie wirkte zufrieden mit sich selbst, und Elyami musste sich eingestehen, dass sie sie auf der Straße nicht erkannt hätte.

»Hier«, sagte die Diebespriesterin beim Reinkommen. »Nehmt das.«

Sie reichte jedem eine kleine, grob gearbeitete Metallbrosche, die das Symbol einer schlangenförmig gewundenen Kette zeigte.

»Was ist das?«, fragte Galdra mit Abscheu in der Stimme.

»Freie Söldner tragen solche Broschen am Mantel, wenn sie im Auftrag der Kettenheere unterwegs sind«, erklärte Jha Rudra. »Wahrscheinlich machen sie uns nicht gerade beliebter, aber sie könnten uns Ärger und Kontrollen auf dem Südpfad ersparen. Wir sollten sie für eine Weile tragen.«

»Woher hast du die?«, fragte Elyamur, während er seine Brosche unwillig in der Hand herumdrehte und betrachtete.

»Im Badezuber nebenan saßen ein paar lorvische Kettensöldner«, erklärte Jha Rudra grinsend. »Betrunken wie sie waren, werden sie sich nicht wundern, wenn die Dinger morgen fehlen. Nun macht sie schon fest.«

Mit einem Schulterzucken steckte Elyami sich die Brosche an den Mantel.

»Nicht die Ketten«, jammerte Patitas, als Jha Rudra eine Brosche an seinem Wams befestigen wollte. »Ketten sind grausam. Halten ewig! Keine Ketten für Patitas!«

»Ist ja gut«, sagte Elyami beruhigend und hockte sich neben den Ork, ehe er sich weiter aufregen konnte. »Keine Ketten. Dann ist Patitas eben unser Diener und muss kein Söldnerzeichen tragen.«

»Dann werde ich auch ein Diener sein«, sagte Elyamur finster.

»Purpur-Elben dienen nicht, sie halten Sklaven«, gab Jha Rudra ungerührt zurück, während sie zwei purpurfarbene Schärpen aus ihrer Tasche zog und den Elben in die Hand drückte. »Und Diener tragen keine Adamantglas-Rüstungen.«

»Wenn es sein muss«, seufzte Elyamur und steckte sich die Brosche mit spitzen Fingern an.

So verwandelten sie sich in einen Trupp Kettensöldner. Nach einer komfortablen Nacht im *Blauen Schwan* verließen sie Asuq am nächsten Morgen auf dem Südpfad. Zwei Elben und zwei Zwerge waren nach wie vor auffällige Reisegefährten, doch durch die Begleitung eines Orks und einer Menschenfrau wirkten sie hoffentlich wie ein bunt zusammengewürfelter Söldnertrupp.

Während der nächsten Reisewoche durchquerten sie das wâgantische Großfürstentum Ûstrizien. Trotz der mächtigen Bezeichnung war es ein abgelegener, bäuerlicher Landstrich, eingebettet zwischen sanften Hügeln. Allerorts grasten hier Rinder mit weit ausladenden Hörnern. Ihr begehrtes Leder hatte in früheren Tagen dazu beigetragen, dass die Kassen der Könige von Wâgant stets voll waren. Inzwischen wurden Stiefel und Rüstungen für die Soldaten der Kettenheere daraus hergestellt.

Am fünften Reisetag erreichten sie Ûstriz, die Hauptstadt des Fürstentums an der Vauldra, einem Nebenfluss des Garûn. Die belebte Stadt war fast so groß wie Swertenburg. Die Ork-Krieger am Stadttor beäugten die Reisenden misstrauisch, doch Jha Rudras Kettenbroschen taten ihre Wirkung, und man ließ sie unbehelligt passieren. Die Fassaden der Fachwerkhäuser in Ûstriz waren reich beschnitzt mit Tieren, Dämonengestalten, Drachen und Sagenhelden von Wâgant, ihre Läden boten viele Annehmlichkeiten. Trotzdem machten die Reisenden hier nicht lange Rast. Sie beschränkten sich darauf, rasch ihren Proviant aufzufüllen, denn das Kettenbanner wehte auch hier schon seit vielen Jahren über der Stadt. Die Statthalterin, die in einem Turm auf einer Insel mitten in der Vauldra residierte, war eine gefürchtete Hexenbaronin aus dem Hexenreich Strigaza und zudem eine Kettenträgerin. Jha Rudra hatte beim Umhören in den Tavernen erfahren, dass sie angeblich ein faustgroßes Juwel besaß, dessen Facetten ihr jeden Ort in Ûstriz zeigen konnten. Da war es besser, kein Risiko einzugehen und die Stadt noch am selben Tag zu verlassen.

Sie überquerten die einsamen Ginsterhöhen, die das Großfürstentum nach Süden begrenzten. Einmal kam ihnen eine Horde Wolfsreiter in schwarz-gelb lackierten Rüstungen mit dem Zeichen eines Skorpions entgegen. Elyami tastete nach ihrem Bogen. Doch die Orks begnügten sich damit, auf ihren

Plünderwölfen johlend heranzupreschen und erst im letzten Moment auszuweichen, ehe sie nach Norden weiterzogen.

Jenseits der Ginsterhöhen war das Land flach und grasbewachsen, so weit das Auge reichte. Mit jeder Meile, die sie nach Süden gingen, brannte die Sonne heißer auf sie herab, während das Gras trockener und gelber wurde. Schon bald marschierten sie durch eine öde Steppenlandschaft, die nur gelegentlich durch kleine Gruppen von Bäumen mit schirmartigen Kronen aufgelockert wurde. Im Abstand von etwa einer Tagesreise gab es entlang des Südpfads Karawansereien: Gasthöfe mit einem kühlen Innenhof, in denen die Reisenden übernachten und sich in Gruppen für eine geschützte Weiterreise sammeln konnten. Hier versorgten sie sich mit hellen Tüchern zum Schutz vor der Sonne, verzichteten aber darauf, sich einem Handelszug anzuschließen. In ihrer Situation war es sicherer, allein zu reisen.

»Nimmt dieses eintönige Grasland denn niemals ein Ende?«, brummte Galdra missmutig, als sie nach weiteren sechs Tagen immer noch über die staubige Ebene stapften. Um sie herum war alles noch öder und trockener geworden, und das Gras wies jetzt einen rötlichen Schimmer auf.

»Der Wirt in der letzten Karawanserei meinte, dass es noch eine knappe Woche bis Gar-ad-Makal ist«, erwiderte Jha Rudra, der das um den Kopf geschlungene Sonnentuch in Verbindung mit ihrer Halbmaske ein bizarres Aussehen verlieh.

Elyami freute sich darauf, bald wieder in fruchtbarere Gebiete zu kommen. Die Melodie dieser Landschaft war fremd und voller Geheimnisse, aber auch abweisend und rau. Es war ein dünn besiedeltes Niemandsland, das sich irgendwo zwischen Süd-Wâgant, den Halbwüsten des Reiches Tar Uzar im Westen und den endlosen Komashtu-Steppen im Osten erstreckte. Auf der Landkarte, die sie in einer Karawanserei betrachtet hatte, wurde es als »Phönixsteppe« bezeichnet.

Zuweilen ragten rötliche Felsklippen mitten in der Steppe auf. An ihre Kuppen klammerten sich manchmal Festungsdörfer: Ansammlungen von weiß getünchten, würfelförmigen Gebäuden, die jede Handbreite des Felsens bedeckten und nach außen hin eine einzige, abweisende Wand bildeten. Einmal hatten sie in einem solchen Dorf übernachtet und dabei festgestellt, dass sich hinter seinen Fassaden herrliche Gärten rund um tiefe Zisternen öffneten. Die Leute hier waren ein genügsamer, hagerer Menschenschlag, der Züge der Südland- und Ostland-Menschen miteinander vereinte und zu aschgrauer Hautfarbe neigte, die einen reizvollen Kontrast zu den feuerroten Mustern bildete, mit denen die Einheimischen ihre Unterarme und die Stirn zu verzieren pflegten.

Inzwischen war es Mittag geworden, und die Reisenden hatten seit Stunden kein weiteres Festungsdorf gesehen. Die Sonne brannte teilnahmslos auf den staubigen Südpfad nieder, sodass jeder Schritt Überwindung kostete. Die Wasserschläuche waren schon wieder fast leer. Der Vorrat musste gut eingeteilt werden, bis sie am Abend hoffentlich wieder auf eine Karawanserei trafen.

Elyami lenkte sich damit ab, den Blick über die Weiten des Graslandes schweifen zu lassen. Ihr fiel auf, dass seit einiger Zeit immer häufiger Exemplare einer seltsamen Pflanze im Steppengras zu wachsen schienen. Sie hatte große grünlich graue Blätter mit gezackten Rändern, die dicht am Boden einen Kranz von einem guten Schritt Durchmesser bildeten. Schwarze Streifen formten groteske Muster auf den Blättern. Die meisten dieser Pflanzen sahen trocken und leblos aus, doch einige trugen in der Mitte eine fast faustgroße Blüte von grellroter Farbe. Manche dieser Blüten waren noch geschlossen, andere halb geöffnet, ganz wenige erstrahlten in voller Pracht. Elyami wollte gerade ihren Bruder auf eine besonders schöne Blüte aufmerksam machen, als die Pflanze sich plötzlich regte. Die Blüte richtete sich auf und spuckte kleine, knisternde Funken in die Luft.

»Was ist das?«, rief Elyami. Schon im nächsten Augenblick stand die ganze Blüte in Flammen – und schoss als kleiner Feuerball davon.

Der Ball zerplatzte Sekunden später über der Steppe und

rieselte in Flocken grauer Asche ringsherum zu Boden. Dann war es auch schon wieder still, und nur der Steppenwind war zu hören, während die Überreste der Pflanze vor sich hinkokelten. Aus den verstreuten Aschehäufchen aber wuchsen kleine, zarte Keime hervor.

»Darum also Phönixsteppe«, murmelte Elyami fasziniert.

»Wie meinst du das?«, fragte Galdra. »Sind die Dinger gefährlich?«

»Ich glaube nicht, dass das ein Angriff war. Die Mutterpflanze verbrennt sich selbst in einem Feuerball, um Asche als Nährboden für ihre Keime zu hinterlassen«, erklärte Elyami.

»Schaut mal!«, rief Elyamur. »Dort drüben passiert es schon wieder.«

Eine weitere Phönix-Pflanze verstreute gerade ihre Samen in einer kleinen Explosion aus Flammen und Asche.

»Ich denke, solange man nicht direkt danebensteht, ist es harmlos«, überlegte Elyami.

»Abgesehen davon, dass es noch heißer wird«, brummte Galdra.

»Und was ist mit der Staubwolke dort drüben?«, fragte Jha Rudra dazwischen. »Ist die auch harmlos?«

Elyami schreckte auf. Bei einer Felsformation waren mehrere Umrisse erschienen, die sich ihnen rasch näherten und dabei roten Staub aufwirbelten. Sie kniff ihre Elbenaugen zusammen, um besser sehen zu können. Das waren Reiter, eine ganze Gruppe von Reitern auf kleinen, zottigen Pferden. Ein gutes Dutzend, vielleicht fünfzehn. Sie näherten sich in einer breiten Front der Straße, die Mähnen ihrer Reittiere wehten im Wind. Und bald konnte Elyami auch die Reiter besser erkennen. Sie trugen geschwungene Kurzbögen und lange Lanzen. Von ihnen selbst war nicht viel zu sehen, weil sie mit tiefroten Tüchern verschleiert waren.

»Das sind Rot-Elben!«, rief Elyamur aus.

»Freund oder Feind?«, fragte Gorin und griff nach seiner Armbrust.

»Die Rot-Elben haben sich dem Kettenfürsten selbstverständlich nicht unterworfen«, sagte Elyamur fest.

Jha Rudra nickte zustimmend. »Sie haben sich in die Tiefen der Steppe zurückgezogen und unterstützen zuweilen den Widerstand.«

»Na dann«, sagte Galdra grinsend und winkte den heranpreschenden Reitern ausladend zu. »Was machen sie, Elbenauge?«

Elyamur beobachtete die Reiterschar konzentriert. »Sie heben ihre Bögen und … runter!«

Alle warfen sich zu Boden. Galdra riss Patitas mit sich. Eine Wolke langer Kriegspfeile surrte knapp über sie hinweg und schlug hinter ihnen in die trockene Erde ein.

»Das nennt ihr Freunde?«, brüllte Galdra. Kriegsgeschrei drang von den Reitern zu ihnen herüber.

»Weg von der Straße!«, zischte Jha Rudra. »Ins hohe Gras! Und duckt euch!«

Gebeugt liefen sie zwischen die rotgelben Halme, während die Steppenpferde unaufhaltsam herandonnerten. Nur Patitas hatte sich zusammengekauert und rührte sich nicht von der Stelle. Elyamur musste ihn mit einigem Kraftaufwand hinter sich her schleifen.

Sie liefen immer weiter ins Grasmeer hinein, darauf bedacht, sich niedriger als die hohen Halme zu halten. Weitere Pfeile flogen heran und schlugen um sie herum ins Gras ein.

»Was soll das, bei Dwaldarins Donnerhammer!«, schimpfte Galdra.

»Die Broschen!«, erwiderte Gorin schnaufend. »Ihre Späher müssen die Straße belauert und sie entdeckt haben. Sie halten uns für Kettendiener. Dies ist ein Angriff auf Söldner der Kettenheere.«

Galdra wurde kurz langsamer und legte ihre Hände trichterförmig vor den Mund. »Wir sind keine Kettensöldner, ihr triefäugigen Pferdehirne!«, brüllte sie in die Richtung der Angreifer.

Wie sie so dastand, behängt mit einem Fell, wie es die Granitzwerge trugen, mit ihrer mächtigen Streitaxt und dem Kettenabzeichen, hatte selbst Elyami fast Schwierigkeiten, ihr zu glauben. Die Antwort waren weitere Pfeile, die dichter bei ihnen einschlugen.

»Scheint nicht geklappt zu haben«, kommentierte Elyamur trocken, der immer noch Patitas hinter sich her zog.

»Was tun sie?«, fragte Jha Rudra angespannt.

Elyami blieb stehen und spähte vorsichtig über die Grashalme. Die Rot-Elben kamen immer näher. Die Reiter in der Mitte hatten sich etwas zurückfallen lassen, während die an den äußeren Flanken vorauspreschten. Sie näherten sich jetzt in einem weiten Halbbogen. Einer von ihnen entdeckte Elyami und zielte auf sie. Rasch warf sie sich zur Seite in den Schutz des Grases.

»Sie fangen an, uns zu umzingeln!«, berichtete sie atemlos.

»Und das wird ihnen gelingen«, sagte Gorin.

»Dann können sie gleich mal sehen, wer hier der Stärkere ist«, erwiderte Galdra grimmig, »sie auf ihren klapperigen Pferden oder meine Streitaxt aus Aidios-Kristall!«

»Sie sind in der dreifachen Überzahl, beritten, ortskundig und haben Fernwaffen«, zählte Gorin auf.

»Und wir haben eine eisenzwergische Wut im Bauch«, grollte Galdra. »Ich kämpfe mich doch nicht durch die halben Kettenlande durch Orks und anderes Gezücht, um mich dann von irgendwelchen Elben niedermachen zu lassen!«

Die donnernden Hufe und die Rufe der Elben kamen näher und näher, und Elyami konnte einen seltsamen Rhythmus darin erspüren. Dies war kein stürmischer, planloser Angriff, das Ganze klang wie ein energiegeladener, gemeinsamer Gesang, der die Elben mitriss, ähnlich machtvoll wie die Muskeln ihrer Pferde.

Die Gefährten kauerten sich tief ins Steppengras, Galdra und Elyamur halb aufgerichtet mit gezogenen Waffen.

»Vielleicht kann ich ihre Reittiere mit einem Flammenbolzen scheu machen«, schlug Gorin vor und lud bereits seine Armbrust durch.

»Nein.« Jha Rudra schüttelte den Kopf. »Sie dürften an die Phönix-Pflanzen gewöhnt sein. Und die Tiere sind den Rot-Elben heilig. Das wäre der beste Weg, sich ihrer Feindschaft zu versichern.«

Elyami lauschte noch immer auf die trillernden, stolzen Rufe der Rot-Elben, die sich jetzt von allen Seiten zu nähern schienen. Sie war sich fast sicher, dass es darin eine Stimme gab, die alle anderen anführte. Eine Stimme, die aus den einzelnen Rufen einen gemeinsamen Gesang machte und ihnen Macht verlieh, die Mut und Kampfstärke heraufbeschwor. Sie hatten einen Rotsänger in ihren Reihen.

Ohne nachzudenken, fiel Elyami ein. Sie sang laut und kraftvoll, wie sie es im Lärm der Wasserfälle von Liráya geübt hatte. Ihr Gesang hallte weithin über die Steppe und verband sich mit den Kampfrufen der Rot-Elben. Erst folgte Elyami dem machtvollen Sog ihrer Stimmen. Dann begann sie, behutsam neue Motive darin einzuflechten. Das Gurgeln der Bäche in Liráya. Das Rauschen der Blätter im Wind. Die Waldstille am frühen Morgen …

Staub schlug ihnen entgegen, als die Reiter den Kreis von allen Seiten um sie schlossen und sich unerbittlich näherten. Schon konnte man ihre langen Lanzen über den Gräsern aufragen sehen. Elyamur und Galdra hatten ihre Waffen entschlossen erhoben. Gleich würden die Angreifer sie erreicht haben.

Elyami aber spann ihr Lied fort. Sie durchsetzte den Rotgesang mit den Stimmen der Frühlingsvögel, flocht das emsige Geraschel im Unterholz darin ein und die träge Gelassenheit eines Nachmittags auf einer Lichtung in der Sommersonne. Sie spürte ein Zögern im Rotgesang, als würde der Sänger langsam der fremden Melodie gewahr werden, die sich mit ihm verband.

Dann zerriss ein einzelner, wilder Schrei das Gewebe. Ein Rot-Elb auf einem pechschwarzen Pferd war plötzlich direkt vor ihnen. Das Tier setzte über Gorin hinweg, der sich erschrocken zur Seite warf. Noch während es sprang, stieß der Reiter mit seiner Lanze nach Elyamur. Ihre Spitze sauste auf seinen Hals zu, dort, wo er nicht vom Harnisch der Rüstung geschützt war. Elyamur schnellte empor und wirbelte in der Luft herum. Seine Klinge durchschlug den Schaft der Lanze, doch der Schwung des vorbeipreschenden Pferdes schleuderte ihn auf den Rücken. Dann war der Reiter schon wieder fort, so schnell er gekommen war.

Verzweifelt konzentrierte Elyami sich darauf, ihren Grüngesang nicht zu unterbrechen. Wieder näherte sich das Schnauben eines Pferdes. Galdra ließ herausfordernd ihre Axt kreisen und trat dem Tier in den Weg, doch der Reiter warf sich im letzten Moment zur Seite und wich dem kristallenen Axtblatt aus. Plötzlich war er direkt vor Elyami. Sein Pferd bäumte sich auf, eine Lanze war auf ihr Brustbein gerichtet. Und sie hatte nicht Elyamurs Reflexe, sie konnte nur die Augen zukneifen und …

»Yamóa!«, erklang eine feste Stimme. »Halt!«

Elyami öffnete die Augen und schaute auf. Das Pferd stand schnaubend vor ihr. Der Reiter hatte die Lanze abwartend gesenkt.

»Iyása mhuàla ea, Siyámir!«, rief die Stimme. »Erhebt Euch und zeigt Euch, Fremde!«

Ihr Rotwort klang schärfer als das Grünwort der Wälder. Elyamur ließ sein Schwert sinken und verstaute es im Wehrgehänge. Dann richtete er sich als Erster zu voller Größe auf, die leeren Hände demonstrativ ausgestreckt. Die anderen taten es ihm gleich.

Elyami sah, dass die Rot-Elben sie in einem dichten Kreis umringt hatten. Ihre Gesichter waren von roten Tüchern verhüllt, sodass nur ihre dunklen, funkelnden Augen zu erkennen waren, dick umrandet von schwarzem Kajal. Sie hatten Lanzen und Bögen auf Elyami und die anderen gerichtet. Der Sprecher war ein Rot-Elb mitten unter ihnen, an dessen Lanze ein Banner mit langen, kunstvoll geflochtenen Fransen wehte. Es zeigte den Umriss eines Phönix mit brennendem Gefieder.

»Wie kommt es, dass Kinder des Grünvolks mit Orks, Granitzwergen und anderen Kettendienern durch die Steppe reisen?«, fragte der Bannerträger in der Hochsprache.

»Wir sind *keine* Granitzwerge!«, gab Galdra wütend zurück. »Und Kettendiener schon gar nicht! Das mussten wir diesem Grünling hier auch schon mehrmals sagen! Hören Elben denn niemals zu?« Sie riss sich die Kettenbrosche vom Mantel und trat mit dem Stiefel darauf.

»Das ist die Wahrheit«, setzte Elyami schnell nach. »Unsere Begleiter sind Eisenzwerge aus Tokrond. Die Broschen haben wir gestohlen, um unbehelligt durch die Kettenlande zu reisen. Wir … hätten sonst Schwierigkeiten bekommen.«

»Yimáo esà Lirállian ya matúa«, sagte ein Bogenschütze, der direkt neben dem Bannerträger ritt. »Das ist die, die sich in unseren Rotgesang gemischt hat.«

Er hatte eine wohlklingende Stimme. Zweifellos der Rotsänger.

»Der Grünsängerin verdankt Ihr Euer Leben«, stellte der Rot-Elb mit dem Phönixbanner fest, wobei er in die Hochsprache wechselte. »Jedenfalls vorerst. Auf Lippenbekenntnisse von Zwergen und Kettendienern pflegen wir uns nicht zu verlassen.«

Galdra brummte etwas Unverständliches in sich hinein.

»Wir gehören zu einer der Gruppen, die im Verborgenen gegen den Kettenfürsten kämpfen«, ergriff nun Jha Rudra das Wort. »Darum reisen wir auch in Verkleidung. Wir haben eine Aufgabe zu erfüllen.«

»Das ist eine List«, sagte eine Reiterin auf der anderen Seite des Anführers. »Menschen würden alles sagen, um ihr kurzes Leben zu retten.«

Sie hatte eine klare, harte Stimme. In der Hand trug sie einen Lanzenschaft mit abgeschlagener Spitze. Sie war es gewesen, die den Angriff gegen Elyamur geführt hatte.

»Unsere Mission ist geheim und von großer Bedeutung«, fuhr Jha Rudra eindringlich fort. »Wenn es irgendeinen Schwur gibt, den Ihr für bindend erachtet, werde ich ihn leisten. Ich bin eine Dienerin der Göttin Zelja und gebe Euch mein Wort als Priesterin darauf.«

»Die Schwüre von Schurken sind wie Staub im Steppenwind«, höhnte die Elbin mit der zerschlagenen Lanze. »Lasst es uns rasch beenden.«

Einige Pferde begannen, unruhig auf der Stelle zu tänzeln. Offenbar spürten sie den Drang ihrer Reiter, zum Angriff vorzupreschen. Da bemerkte Elyami, dass der Rotsänger sie eindringlich musterte. Sein Blick wanderte zwischen ihr und Elyamur, zwischen Gorin und Galdra hin und her.

»Vater«, sagte er schließlich leise. »Sieh nur, wie ähnlich sich die Grün-Elben sind. Die gleichen Züge, die gleichen Augen. Und selbst die Zwerge ähneln sich ...«

»Alle Zwerge sehen gleich aus«, warf die Kriegerin verächtlich ein.

»Aber nicht alle Elben«, insistierte der Rotsänger.

»Wir wurden in derselben Nacht von derselben Mutter geboren«, erklärte Elyamur.

Jha Rudra schüttelte warnend den Kopf. Es war eine knappe, unauffällige Geste, dennoch bemerkte der Bannerträger sie. Er tauschte einen bedeutungsvollen Blick mit dem Rotsänger.

»Ich weiß, was ihr jetzt denkt«, sagte die Rot-Elbin zu den beiden. »Aber das sind Hirngespinste! Du solltest dich mit der Wirklichkeit abfinden, Cousin.«

»Und wenn doch etwas Wahres dran ist?«, fragte der Rotsänger. »Es sind Zwillinge, er hat es selbst gesagt.«

»Ihr müsst uns anhören!«, sagte Elyami nun spontan und ignorierte Jha Rudras besorgte Blicke. »Die Träumende Königin selbst hat uns mit einer Aufgabe betraut, die alles verändern kann.«

Gemurmel kam unter den Rot-Elben auf, bis der Anführer gebieterisch sein Banner hob.

»Ich verstehe«, sagte er.

»Das kannst du nicht ernst meinen, Onkel!«, erboste sich die Reiterin neben ihm.

Statt einer Antwort löste der Bannerträger seinen Schleier, sodass sein Gesicht zu erkennen war. Seine Haut war dunkel wie die der Südland-Menschen. Er hatte scharf geschnittene

Gesichtszüge mit hohen, steilen Augenbrauen und ein kantiges Kinn. Ein Dreiecksmuster aus braunroten Granatsteinen zierte seine Stirn. Auch die anderen Rot-Elben lösten nun nach und nach ihre Schleier, als Letzte und widerstrebend die Reiterin neben dem Anführer.

Der junge Rotsänger sah dem Anführer ähnlich, hatte jedoch deutlich weichere Züge und große, wache Augen. Die Elbin hingegen wirkte ähnlich falkenhaft wie der Bannerträger und hatte die Lippen zu einem schmalen Schlitz zusammengepresst. Sie alle trugen verschiedene Granatstein-Muster im Gesicht.

»Ich bin Charamur, der den Phönix trägt, Ältester der Phönixkinder-Sippe«, sagte der Bannerträger ernst.

»Mein Name lautet Dyomur Flammenlied, Charamurs Sohn«, stellte sich der Rotsänger mit einem leichten Lächeln vor.

»Und ich bin Chasri von den Phönixkindern«, zischte die Reiterin, »deren Lanze noch nie einen Bodenkriecher verfehlt hat – bis ich dich getroffen habe.« Sie funkelte Elyamur herausfordernd an.

»Oder eben nicht getroffen«, erwiderte Elyamur mit einer leichten Verbeugung. Elyami schaute ihren Bruder mit einer gehobenen Augenbraue an.

Auch Jha Rudra nannte ihren Namen. Die Zwillinge taten es ihr gleich, offen und ohne Täuschung.

»Unser Woher und Wohin ist eine lange Geschichte«, schloss Jha Rudra.

»Eine Geschichte, die wir erfahren müssen, ehe wir über Euer Schicksal beraten«, erwiderte Charamur, der Sippenälteste. »Wir werden Euch ins Lager der Phönixkinder bringen. Dort werdet Ihr uns alles berichten.«

»Aber wir müssen weiter!«, schnaubte Galdra ungehalten.

»Das liegt nicht an euch zu entscheiden!«, entgegnete Chasri knapp.

»Wir fühlen uns geehrt und werden Euch folgen«, griff Jha Rudra ein.

»Gut«, erwiderte Charamur. »Ihr werdet mit uns reiten. Bitte versteht, dass wir Euch die Augen verbinden müssen, ehe wir den Weg zum Lager einschlagen. Meine Krieger werden auf Eure Waffen achtgeben. Und nehmt diese unseligen Broschen ab, bevor Ihr eines unserer Pferde berührt!«

Sie ließen alles mit sich geschehen, wenn auch Elyamur und Galdra finster schauten, als die Rot-Elben ihre Klingen entgegennahmen. Schon bald saß Elyami hinter einem der Elbenkrieger im Sattel und klammerte sich an seinem Rücken fest. Es war aufwühlend und erregend, die Kraft des Tiers unter sich zu spüren, auch wenn sie dabei nichts sehen konnte. Gleichzeitig fühlte sie klamme Furcht in sich aufsteigen. Die Wege der Rot-Elben waren ihr fremd und unbarmherzig wie die Steppe. Sie fragte sich, ob es richtig gewesen war, so offen von ihrer Mission zu sprechen und sich in ihre Gewalt zu begeben. Aber hatten sie eine Wahl gehabt? Nein, nicht, seit man sie dazu bestimmt hatte, die Zwillingsseelen des Orakelspruchs zu sein.

Achtundzwanzigstes Kapitel

DAS LAGER DER PHÖNIXKINDER
IRGENDWO IN DEN SCHLUCHTEN DER GIGANTENNARBEN

Mitten durch die Steppe verlief ein Höhenzug, rötlich und staubig wie das Grasland ringsum. Er schien komplett aus flachen Felsplatten zu bestehen, die Riesenhände zu Stapeln, Türmen und Plateaus aufgeschichtet hatten. In ihren Ritzen wucherten Dornensträucher und Kakteen mit fingerlangen Stacheln. Alles hier wirkte wehrhaft und abweisend, bis hin zur kümmerlichsten Pflanze.

Lang vergessene Vorfahren des Flusses Garûn hatten sich vor Urzeiten tief ins Gestein des Höhenzugs gefressen und ein Gewirr von Schluchten hinterlassen, durch die einsam der Wind heulte. Sie waren als die Gigantennarben bekannt und gaben der Felsregion ihren Namen.

Die Schatten am Boden der Schlucht umfingen Gorin, als man ihm schließlich die Augenbinde abnahm und vom Pferderücken herunterhalf. Er blinzelte und musste sich zunächst orientieren. Die Abendsonne ergoss sich rötlich über die oberen Felsengrate, doch hier unten war es schon kühl und dunkel. Sie waren lange über die Steppe geritten, auf einem schwankenden Pferd, mit den fremdartigen Rufen der Elben im Ohr und einer verdammten Binde vor den Augen. Gorin tat jeder einzelne Knochen weh. Zwerge waren für so etwas einfach nicht geschaffen!

Er schaute besorgt nach Galdra. Seine Schwester sah auch reichlich unwohl aus, doch in ihrem Blick lag zudem noch ein trotziger Ausdruck, den Gorin nur zu gut kannte. Er würde aufpassen müssen, dass sie die stolzen Rot-Elben nicht beleidigte.

Diese waren gerade dabei, ihre Pferde zu versorgen, nicht ohne einige Wachen bei Gorin und ihren anderen Gästen – oder Gefangenen? – zurückzulassen.

Die beiden Grün-Elben flüsterten leise miteinander, Jha Rudra stand mit gekreuzten Armen daneben und wippte leicht auf der Stelle. Der alte Patitas hielt sich ganz dicht bei Elyamur und ließ hektisch den Blick umherwandern. Die Rot-Elben schienen ihm Angst zu machen.

Gorin nutzte die Gelegenheit, um sich genauer umzuschauen. Sie befanden sich offenbar am Rande des Lagers der Phönixkinder-Sippe. Es bestand aus einigen Dutzend Zelten, deren rote Stoffbahnen mit ähnlich kunstvollen Mustern verziert waren wie die Tücher, mit denen die Rot-Elben sich zu verschleiern pflegten. Auch die hölzernen Zeltpfosten waren reich beschnitzt, über jedem Zelt wehte zudem ein Banner, das jeweils andere verschlungene Zeichen zeigte. Ein Zelt in der Lagermitte war geschmückt mit dem Phönixbanner, größer und höher als alle anderen.

Das Lager war am Boden einer Schlucht direkt bei einer Quelle errichtet worden, die sich aus dem Gestein der Gigantennarben in ein klares Becken ergoss. Im Schatten der Felswände wuchs ringsherum Gras, das grüner und saftiger als die Halme der offenen Steppe wirkte. Eine ganze Herde der zottigen Steppenpferde tat sich daran gütlich, umsorgt von Elbenkindern, die zwischen den Tieren herumwuselten. Selbst die Jüngsten trugen schon die unverkennbaren roten Tücher ihres Volkes.

Am Rande des Quellbeckens wuchs ein ausladender Dornenstrauch. Seine Äste waren mit Tuchfetzen und Lederbändern behängt, an denen bunte Halbedelsteine, Metallstücke, durchbohrte Münzen und andere kleine Gegenstände befestigt waren. Eine Elbenfrau war gerade dabei, ein weiteres Band dazuzuhängen. Es trug einen Knochensplitter.

»Eine Gabe für jeden getöteten Feind«, sagte ein Rot-Elb in der Hochsprache, der neben Gorin Wache hielt und offenbar seinen Blick bemerkt hatte. »Die Steppe ist übersät von Ehrenbüschen mit den Siegesgaben der Phönixkinder, an jedem unserer Lagerplätze. Siehst du die Fellbüschel? Sie stammen aus den Mänteln von Granitzwergen.«

»Und siehst du meine Faust, Elb?«, fuhr Galdra ihn an.

Gorin schüttelte nachdrücklich den Kopf. »Ich sehe lackiertes Metall und Knochenteile, wie die Orks sie tragen, unter euren Gaben«, sagte er ruhig. »Das ist gut. Auch die Axt meiner Schwester hat schon viele Orks getötet.«

Galdra schnaubte unwillig. Der Rot-Elb wandte sich wieder ab.

»Warum dauert das eigentlich so lange?«, murmelte Galdra, als sie nach einiger Zeit immer noch am Rande des Lagers herumstanden. Zwischen den Zelten waren inzwischen immer mehr Rot-Elben aufgetaucht, die sie eindringlich musterten, die Gesichter bis auf die Augen verschleiert.

»Erst die Pferde, dann alles andere«, sagte ihr Wächter, ohne sich nach ihr umzudrehen.

Die Abendsonne war schon ganz hinter den Felsgraten verschwunden, als endlich Dyomur, der Sohn des Sippenältesten, erschien und sie ins Lager geleitete. Er führte sie direkt zu dem großen Zelt unter dem Phönixbanner in der Mitte. Man hatte seine vorderen Tuchbahnen zurückgeschlagen, sodass es wie ein Pavillon aussah. Neun Rot-Elben, Männer und Frauen, hatten auf Sitzkissen darunter Platz genommen und blickten ihnen entgegen.

In der Mitte saß Charamur, der Älteste. Sein Sohn Dyomur setzte sich neben ihn. Bei den anderen Elben vermochte Gorin nicht zu sagen, ob er sie schon draußen auf der Steppe gesehen hatte. Obgleich sie ihre Schleier gesenkt hatten, sahen ihre scharf geschnittenen, dunklen Züge für seine Zwergenaugen allesamt sehr ähnlich aus. Lediglich die unterschiedlichen Muster aus Granat-Steinen, die ihre Gesichter zierten, halfen ihm, sie zu unterscheiden.

Charamur nickte ihnen ernst zu und wies auf einige leere Sitzkissen, die ihnen gegenüber bereitgelegt waren. Erst als alle sich setzten und Patitas hilflos mit hängenden Armen stehenblieb, bemerkte Gorin, dass ein Kissen fehlte. Er stand auf und drückte den alten Ork mit sanfter Gewalt auf das verbliebene leere Kissen. Patitas hielt den Kopf tief gesenkt, um den bohrenden Blicken der Rot-Elben zu entgehen. Für einige Herzschläge herrschte Schweigen.

»Es ist bei den Phönixkindern nicht üblich, Orks einen Platz im Zelt des Rates anzubieten«, sagte Chasri, die Nichte des Ältesten, scharf.

Sie saß nicht unter der Zeltplane, sondern stand bei den bewaffneten Kriegern, die sich beiläufig in der Nähe positioniert hatten. In ihrer Rechten blitzte ein geschwungenes Elbenschwert.

»Dieser Ork, Patitas, ist zurzeit unser Reisegefährte«, erwiderte Gorin. »Außerdem ist er ein Ausgestoßener seines Volkes. Er sitzt bei uns.«

»Ich mag keine Orks«, grollte Galdra. »Und meine Axt mag sie noch viel weniger. Aber der Alte hier ist nicht unser Feind.«

Charamur schüttelte ungeduldig den Kopf und rief einige Worte auf Elbisch. Ein kleiner Junge kam herbeigelaufen und warf ihnen ein weiteres Kissen zu.

»Danke«, sagte Gorin und nahm zwischen Patitas und seiner Schwester Platz. Chasri murmelte etwas, das Elyamur die Stirn runzeln ließ und ihr einen missbilligenden Blick des Ältesten einbrachte.

»Yà Murián lao'yasá, Siyámir«, sagte Charamur schließlich. »Ich heiße Euch willkommen, Fremde. Für diese Nacht seid Ihr Gäste der Phönixkinder und wir setzen unsere Ehre daran, dass Euch kein Leid zustößt – solange Ihr Euch wie Gäste benehmt.« Sein Blick ruhte kurz auf Galdra, die in eine andere Richtung schaute. »Was morgen mit Euch geschieht, hängt davon ab, was Ihr uns zu berichten habt«, fuhr der Älteste fort. »Doch zunächst wollen wir miteinander die Speisen teilen.«

Er machte eine einladende Geste zu dem niedrigen Tisch, der zwischen den Sitzkissen stand. Einige Rot-Elben brachten

Schälchen mit kaltem Tee und Teller voller Früchte. Die Früchte waren halbiert und außen stachelig wie die Kakteen der Steppe, doch in ihrem Inneren leuchtete goldgelbes Fruchtfleisch. Elyami kramte in ihrem Rucksack herum und legte ebenfalls etwas auf den Tisch. Zwieback, gedörrte Datteln und wâgantische Hartwurst aus ihrem Reiseproviant, dazu einige von den guten Nussplätzchen, die sie sich in Ûstriz gegönnt hatte. Die Rot-Elben griffen höflich zu und probierten von allem etwas.

Gorin war eigentlich zu angespannt zum Essen, doch auf Elyamis auffordernden Blick hin griff er sich eine der Fruchthälften und reichte Patitas eine weitere. Anscheinend musste man das gelbe Fruchtfleisch aus der harten Schale herausschlürfen. Es schmeckte honigsüß mit einem Hauch von Schärfe und löschte wunderbar den Durst. Beim Essen bemerkte Gorin, dass sich immer mehr Rot-Elben im Halbkreis um das Zelt des Rates versammelten. Offenbar würden sie gleich vor der gesamten Sippe sprechen.

»Nun«, sagte Charamur und fegte einige Zwiebackkrümel von seinem roten Tuch. »Ihr habt uns eine lange Geschichte versprochen.«

»Die werdet Ihr bekommen«, erwiderte Jha Rudra und setzte sich bequemer hin. Anscheinend hatte sie sich entschieden, trotz ihrer Bedenken offen zu den Rot-Elben zu sein. »In der Stadt Swertenburg im nordwestlichen Menschenreich Hundertbürgen gab es bis vor Kurzem eine Widerstandsgruppe, die sich gegen den Kettenfürsten stellte. Sie nannte sich die Graue Ratte, und ich stand ihr vor. Es gibt sie nicht mehr.« Sie stockte kurz, ehe sie fortfuhr. »Die Graue Ratte hatte eine machtvolle Unterstützerin: eine reisende Zauberin und große Seherin der Menschen, die uns immer wieder aufsuchte und mit ihrer Weisheit zur Seite stand. Eines Tages kündigte sie uns an, dass bald Zwillinge zu uns kommen würden, denen wir unsere volle Unterstützung zukommen lassen sollten. Denn auf jene Zwillinge bezog sich angeblich ein Orakelspruch, nach dem durch ihre Hand der Kettenfürst vom Thron gestürzt werden sollte.«

»Die Alte mit den Schwanenfedern!«, warf Dyomur, der Rotsänger, ein.

»Ihr kennt sie?«, fragte Elyamur und beugte sich gespannt vor.

Dyomur setzte dazu an, etwas zu erwidern, doch Charamur schüttelte leicht den Kopf und bat Jha Rudra, mit ihrem Bericht fortzufahren.

»Die Zwillinge kamen schließlich tatsächlich zu uns«, erzählte Jha Rudra. »Doch waren es zwei Zwillingspaare: die Grün-Elben Elyami und Elyamur hier zu meiner Linken und die Eisenzwerge Galdra und Gorin zu meiner Rechten.«

Gemurmel kam unter den Umstehenden auf. Die Elben im Rat tauschten einige Blicke.

»Keine Zentauren«, sagte Dyomur leise.

Gorin warf dem Rotsänger einen fragenden Blick zu, doch eine knappe Geste Charamurs brachte seinen Sohn zum Schweigen.

Jha Rudra berichtete weiter: »Wir waren verwirrt, denn die Zauberin war nicht mehr bei uns, und wir wussten nicht, welchem Volk die Zwillinge entstammen sollten. Dieses Rätsel konnten wir bis heute nicht lösen. Aber zumindest wissen wir inzwischen, dass der Kettenfürst sowohl die beiden Elben als auch die beiden Zwerge von seinen Häschern verfolgen lässt. Am besten erzählen sie Euch ihre Geschichte selbst, damit Ihr Euch ein Bild machen könnt.«

Nun übernahm Elyami das Wort und berichtete, wie sie mit ihrem Bruder aus dem Waldreich Liráya geflohen war. Gorin hörte aufmerksam zu, obwohl er die Erzählung schon aus Swertenburg kannte. Doch es konnte nie schaden, auf die Einzelheiten zu achten. Dann war es an ihm, die Ereignisse in Tokrond bis zu ihrer Ankunft bei der Grauen Ratte zu erzählen, gelegentlich ergänzt von Galdras kurzen Kommentaren. Zum Schluss berichtete Jha Rudra von der Zerstörung des Brutkessels, dem Ende der Grauen Ratte und ihrer Flucht nach Quolûr.

»Und so sind wir nun auf der Suche nach einer Möglichkeit,

den Orakelspruch zu erfüllen«, beendete Jha Rudra ihre Ausführungen.

Beklommenes Schweigen folgte darauf, nur unterbrochen von einem leisen Schnaufen. Der alte Patitas war über die Erzählungen eingeschlafen und hatte sich auf seinem Kissen zusammengerollt.

Schließlich ergriff der Sippenälteste Charamur das Wort: »Ihr habt wundersame Dinge zu berichten, Siyámir«, sagte er. »Und doch spreche ich wohl für alle Phönixkinder, wenn ich sage, dass wir Euch glauben.« Er ließ seine Worte kurz wirken. Niemand widersprach ihm, selbst Chasri schwieg.

»Denn Eure Erzählungen werden durch das bestätigt, was unsere Sippe selbst vor einiger Zeit erfahren hat«, fuhr er fort. »Wenn wir auch auf einige Dinge eine andere Sichtweise haben.« Er wandte sich an seinen Sohn. »Dyomur, berichte den Siyámir davon, was mit den Sturmmähnen geschehen ist.«

Der Rotsänger richtete sich auf und begann zu erzählen: »Vier Völker teilen sich die Steppenlande. Da sind zum einen die Menschen von Tar Uzar mit ihren Dörfern und Karawanenstraßen am Rande des Graslandes. Sie meiden die tiefen Steppen, und wir haben wenig mit ihnen zu schaffen. Dann gibt es natürlich unser eigenes Volk, die sieben Sippen der Rot-Elben. Wir sind nicht sehr zahlreich, aber wir verteidigen unsere Wasserlöcher entschlossen.« Die anderen Elben nickten beifällig. »Die Ork-Clans von Komashtu sind das größte der Steppenvölker. Ihre blutgierigen Wolfsreiter vermögen mit ihrer schieren Anzahl die Steppe zu verdunkeln wie ein Staubsturm. Schon oft sind Rot-Elben und Komashtu-Orks in tödlichen Kämpfen aufeinandergetroffen, umso häufiger, seit die Orks sich als erstes Volk dem Kettenfürsten unterworfen haben.«

Gorin schnaubte grimmig. Den Zwergen von Tokrond erging es mit den Lichtlosen der Tiefen Höhlen nicht anders.

»Das vierte Steppenvolk sind schließlich die freien Stämme der Zentauren«, fuhr Dyomur fort. »Ihre Gebiete erstrecken sich draußen, im nordöstlichen Grasland, bis zum fernen Blütenmeer von Beyân. Viele Male haben wir Seite an Seite mit ihnen gegen die Orks gekämpft und in Friedenszeiten Handel getrieben. Der Zentauren-Stamm, mit dem die Phönixkinder die engsten Kontakte pflegten, waren die Sturmmähnen. Noch im letzten Jahr haben wir zusammen das Fest der Ersten Phönixblüte am Kranichsee gefeiert.« Dyomur schwieg für einen Moment.

Die anderen Rot-Elben starrten grimmig vor sich hin.

»Vor etwas mehr als zwanzig Jahren kam die Alte mit den Schwanenfedern zu uns in die Steppe, die bei den Menschen als die Winterseherin bekannt ist«, sagte Dyomur unvermittelt. »Sie verweilte nie lange hier, wie es ihre Art ist. Zumeist galten ihre Besuche den Zentauren von den Sturmmähnen, manchmal aber war sie auch bei den Phönixkindern zu Gast.«

»Was hat sie hierhergeführt?«, fragte Elyamur erregt dazwischen.

Dyomur schaute ihn ernst an. »Sie hat zwei junge Zentauren besucht, die bei den Sturmmähnen in der gleichen Nacht geboren wurden«, sagte er. »Ein Junge und ein Mädchen. Kinder derselben Mutter, was bei den Zentauren überaus selten und nicht ungefährlich ist. Ohne die Hilfe der Winterseherin hätten sie die ersten Stunden wohl nicht überlebt. Auch wir Phönixkinder erinnern uns noch gut an diese Nacht, denn der Phönixkomet, der unserer Sippe heilig ist, stand flammendhell am Himmel, überstrahlte alle Sterne und tauchte die Schatten in mattes Rot.«

»Das ist nicht möglich!«, rief Galdra in die angespannte Stille hinein.

Gorin warf ihr einen beschwichtigenden Seitenblick zu. Gleichzeitig musste er sich zusammennehmen, um seine eigenen Gedanken zu zügeln.

»Die beiden jungen Zentauren wuchsen heran«, fuhr Dyomur fort. »Anthrite, das Mädchen, war der kräftigere Zwilling. Ihre Beine waren schnell und ausdauernd, ihre Arme stark. Sie wurde eine kühne Bogenschützin, deren Pfeil selten das Ziel verfehlte. Ihre Seele war wie die glühende Steppensonne. Ihr Bruder Althros hingegen war schmal und gebrechlich und taugte nicht viel für den Kampf mit Bogen und Lanze. Doch er wurde ein Windflüsterer, der mit den Luftgeistern der Steppe sprach und machtvollen Sturmwind herbeirufen konnte. Seine Seele war wie der weite, einsame Horizont. Die Winterseherin besuchte die beiden immer wieder und wachte über ihre Geschicke. Bei einem dieser Besuche kam sie schließlich zu uns und bat uns um Hilfe. Sie erklärte uns, dass die Zentauren-Zwillinge die Auserwählten eines Orakelspruchs seien, den sie von den Göttern empfangen hatte. Die Zwillinge hätten die Macht, den Kettenfürsten dereinst vom Thron zu stürzen. Die Winterseherin bat uns Rot-Elben, ein Auge auf die beiden zu haben, wenn sie selbst nicht zugegen war und die Zwillinge nach Art der jungen Zentauren über die Steppen streiften. Ihnen durfte kein Leid geschehen, damit der Orakelspruch sich erfüllen konnte. Wir gingen darauf ein, denn den Elben sind die Prophezeiungen der Götter heilig.«

»Das ist einfach nicht möglich«, brummte Galdra vor sich hin. Niemand widersprach ihr.

»So wuchsen Anthrite und Althros heran«, berichtete Dyomur, »und wir Rot-Elben hielten unser Versprechen und wachten unauffällig über sie, wenn sie alleine über die Weite galoppierten. Das ging so für mehr als zwei Jahrzehnte – bis die Orks kamen.«

Chasri murmelte ein elbisches Wort, das selbst Gorin als Fluch erkannte.

»Es waren keine Wolfsschädel-Orks oder Adlerklauen-Orks, deren Gebiete den Sturmmähnen am nächsten lagen. Nein, es war eine Kriegshorde der Blutketten-Orks aus Drumagdhu, dem fernen Land der Bestien. Der schrecklichste aller Ork-Clans, nur dem Kettenfürsten selbst Rechenschaft schuldig. Sie erschienen förmlich aus dem Nichts und fielen über die Sturmmähnen her, als sich die Nacht des Phönixkometen gerade zum fünfundzwanzigsten Mal jährte.« Dyomur presste die Lippen zu einem schmalen Strich zusammen. Plötzlich sah er trotz seiner weichen Züge seiner Cousine Chasri ähnlich. »Die Sturmmähnen verteidigten sich tapfer, doch die Orks griffen aus dem Hinterhalt und mit Übermacht an. Und mit bestienhafter Grausamkeit. Unsere Späher sahen Feuer über der Steppe aufsteigen, und wir machten uns sofort mit allen Kriegern auf den Weg. Doch wir kamen zu spät. Am Morgen fanden wir nur noch die verkohlten Überreste des Lagers vor. Die Orks hatten alle getötet. Nicht nur die Krieger. Auch die, die zu alt oder zu jung zum Kämpfen waren. Die Sturmmähnen gibt es nicht mehr.«

Er schwieg kurz, und Gorin presste seine Fäuste zusammen, dass es schmerzte.

»Im Laufe des Tages konnten wir vereinzelte Überlebende auf der offenen Steppe finden. Doch die Zwillinge waren nicht darunter. Wir stießen mitten im Lager auf ihre übel zugerichteten Überreste. Ihre Stammesgeschwister erkannten sie wieder – auch wenn ihnen die Köpfe fehlten.« Er atmete tief durch. »Am Tag darauf erschien die Winterseherin bei unseren Zelten. Dunkle Ahnungen hatten sie zu uns getrieben, doch auch sie kam zu spät. Trauer und Entsetzen lagen in ihren sonst so gleichmütigen Zügen. Fast drei Tage wachte sie an der Stelle, wo die Körper der Sturmmähnen dem Totenfeuer übergeben worden waren, in tiefe Meditation versunken. Mein Vater fragte sie, ob ihr Orakelspruch damit verwirkt war. ›*Noch nicht*‹, waren daraufhin ihre letzten Worte, bevor sie aufbrach. Wir haben sie seither nicht wiedergesehen. Das ist jetzt gut drei Monde her.«

»Und das ist der Grund dafür«, schloss der Sippenälteste Charamur, »dass mein Sohn vorhin so erregt war, als ihm Eure Ähnlichkeit auffiel. Die Ähnlichkeit von Zwillingen.«

Gorin strich sich nachdenklich über die Bartzöpfe. Er wusste nicht, was er mit dem, was er gehört hatte, anfangen sollte. Dann hörte er Elyamis leise Stimme:

> »In mondloser Nacht, unter glühenden Schwingen des Phönix,
> soll'n Zwillingsseelen kommen auf widrige Pfade des Lebens,
> sich finden in Liebe und Streit vereint.

Die stählernen Bande vermögen sie kühn zu
zersprengen,
den Fürsten vom Rostroten Thronsitz zu trennen,
und Freiheit zu bringen von der Ketten Gewalt.«

»Ja«, sagte Charamur nachdenklich. »Das ist der Orakelspruch, den die Alte mit den Schwanenfedern auch uns rezitiert hat.«

»Auch wir kennen ihn seit unserer Jugend«, erwiderte Gorin. »Und wir glaubten immer, dass er sich auf uns bezog. Alles, was wir taten und lernten, geschah nur deswegen. Nun weiß ich nicht mehr, was ich noch glauben soll …«

»Möchte wissen, wie viele auserwählte Zwillingsseelen es noch auf der Welt gibt«, brummte Galdra düster.

»Es muss ein höherer Plan der Winterseherin dahinterstecken«, sagte Elyamur fest. »Die Ewigschlafende hat den Orakelspruch bestätigt!«

»Onkel!«, ergriff plötzlich Chasri das Wort und trat in den Kreis des Sippenrats. »Erlaube mir, ihnen zu berichten, was ich im Süden gesehen habe.«

Charamur nickte langsam. Chasri begann zu sprechen: »Vor wenigen Tagen habe ich eine Gruppe Phönix-Krieger als Kundschafter über die Steppen geführt. Wir durchstreiften unsere südlichen Gebiete, wo der Fluss Garûn ins Schilfmeer seiner Mündung übergeht und die Menschen rund um die steinerne Stadt Gar-ad-Makal das Land bestellen. Dort sind wir auf eine größere Streitmacht von Orks gestoßen. Keine einfache Kriegshorde: ein ganzer Clan auf dem Weg von Komashtu in den Westen.« Ihre Augen funkelten angriffslustig wie die einer Raubkatze. »Blutketten-Orks. Der Clan, der die Sturmmähnen ausgelöscht hat. Doch es waren fast tausend von ihnen. Ein Kampf wäre aussichtslos gewesen. Wir konnten nichts tun als sie zu beobachten.«

Gorin nickte zustimmend. Er hatte das Gefühl, dass die Rot-Elbin es sich selbst übelnahm, nicht über den gesamten Ork-Clan hergefallen zu sein.

»Die Blutketten hatten einen Kriegskoloss dabei«, fuhr Chasri fort. »Ein gewaltiger Riese aus der Ödnis von Drumagdhu. Auf den Schultern trug er eine Art hölzernes Kastell mit dem Banner des Kettenfürsten. Eine lebendige Belagerungsmaschine, die jeden niederstampft, der sich ihr in den Weg stellt. Flügelschlangen wanden sich auf dem Kastell. Alles wies darauf hin, dass mächtige Kettendiener das Heer anführten. Doch es ist kein Feldzug, zu dem die Orks aus Komashtu aufgebrochen sind. Es ist ein Triumphzug.« Chasris Blick verfinsterte sich. »Auf dem Holzkastell trug der Koloss weithin sichtbar einen stählernen Käfig, graviert mit Runen. Und in dem Käfig war eine alte Menschenfrau gefangen, grauhaarig und entkräftet. Wenn ihr pelzbesetzter Mantel und ihre großen blauen Augen nicht gewesen wären, hätten wir Mühe gehabt, die Alte mit den Schwanenfedern in ihr wiederzuerkennen.«

»Nein!«, entfuhr es Elyami, und Jha Rudra holte scharf Luft.

»Was haben sie mit ihr gemacht?«, fragte Elyamur sofort.

»Hirten, die in der Nähe ihre Ziegen hüteten, erzählten uns später, dass Herolde des Kettenfürsten den Zug der Blutketten begleiteten. In allen Dörfern und Städten entlang des Weges verkündeten sie, dass auf den Schultern des Kriegskolosses eine der größten Feindinnen der neuen Ordnung zu sehen sei, die ihrer gerechten Strafe zugeführt würde. Die Orks würden mit der Alten den ganzen Südpfad hinaufziehen, quer durch Tar Uzar und Wâgant. In der Stadtfestung Bôdrak, der alten Hauptstadt der Ostland-Menschen, sollte sie schließlich vor den Augen Tausender von Untertanen und Dutzender hoher Kettendiener hingerichtet werden. So würde der Kettenfürst seine Herrschaft festigen und seine Feinde verhöhnen.«

»Also wurde sie damals wirklich von der Strix bezwungen«, murmelte Gorin. Was er so lange nicht wahrhaben wollte, hatte sich nun bestätigt. Er empfand noch immer eine tiefe Schuld für das, was er in jenem Nebental von Tokrond *nicht* getan hatte.

»Wie auch immer«, sagte Galdra, der es ähnlich zu gehen

schien. »Jetzt, da wir wissen, wo sie ist, können wir ihr endlich zu Hilfe eilen und sie befreien!«

»Das ist nicht so leicht getan«, erwiderte Jha Rudra skeptisch. »Immerhin wird sie von Hunderten von Orks und einigen höheren Kettendienern bewacht.«

»Erwägst du ernsthaft, ihr nicht zu helfen?«, fragte Elyamur fassungslos.

»Das sind wir schon allein unserer Aufgabe schuldig«, ergänzte Elyami. »Mit der Seherin zusammen könnten wir das Geschehen aus meinen Königsträumen gewiss deuten und den Gefallenen finden.«

»Die Sache muss jedenfalls gut durchdacht werden«, meinte die Diebespriesterin vorsichtig. »Wir haben schon einmal mit zu hohem Einsatz gespielt. Chasri, wie weit ist dieses Orkheer von hier entfernt?«

»Bald werden sie die nördlichen Ausläufer des Schilfmeers am Unterlauf des Garûn erreicht haben«, meinte die Rot-Elbin. »Sie kommen nur langsam voran. Wenn man zwei Tage durchreitet, schnell wie der Steppenwind, kann man sie erreichen. Allerdings sehe ich keinen Sinn darin, das Leben von guten Kriegern für die Alte mit den Schwanenfedern zu riskieren. Sie hat versagt. Die Zwillinge wurden vernichtet, bevor sie irgendetwas bewirken konnten. Ihr Orakelspruch hat sich als falsch herausgestellt.«

»Aber du siehst doch die Zwillinge hier vor dir!«, widersprach Dyomur. »Es gibt sie, und die Alte scheint große Hoffnungen in sie zu setzen! Ich finde, wir sind es Anthrite und Althros schuldig, dass wir dabei helfen, die Prophezeiung zu erfüllen.«

»Und ich finde, dass weitere Zwillinge ein Zeichen dafür sind, dass die Alte sich entweder geirrt oder uns sogar bewusst getäuscht hat!«, gab Chasri zurück. »Warum hat sie niemals davon gesprochen? Wie viele Leute können denn gleichzeitig auserwählt sein – was immer das überhaupt heißen mag? Wir sind es dem Andenken der Sturmmähnen höchstens schuldig, dass nicht noch weiteres Blut für Hirngespinste vergossen wird.«

»Was ist Eure Meinung dazu, Ältester?«, fragte Jha Rudra angespannt.

Charamur schaute zwischen seinem Sohn und seiner Nichte hin und her. Dann sprach er leise auf Elbisch mit den anderen Rot-Elben im Rat. Das Gespräch dauerte nicht lange.

»Ich bin kein Seher«, sagte Charamur schließlich. »Und ich vermag Orakelsprüche oder gar die Wege der Götter nicht zu deuten. Ich kann nur nach dem entscheiden, was ich vor mir sehe und greifen kann. Und ich glaube, dass diese Siyámir es ehrlich meinen und von ihrer Aufgabe überzeugt sind. Darum dürft Ihr morgen früh unbehelligt Eurer Wege ziehen.«

Die anderen Elben im Rat nickten zustimmend.

»Aber die Winterseherin …«, setzte Galdra an.

Charamur hob gebieterisch eine Hand. »Was die Alte mit den Schwanenfedern angeht, können wir uns keinen Kampf mit einem ganzen Orkheer leisten. Wir schaden den Kettendienern, wo wir können, aber solch eine Konfrontation wäre unser Ende.«

Chasri streckte trotzig das Kinn vor.

»Falls Ihr jedoch wirklich vorhabt, die Alte zu befreien«, fuhr Charamur fort, »kann und will ich keinem Krieger der Phönixkinder verbieten, Euch dabei zu unterstützen, wenn er es aus freien Stücken tut.«

»Ja, aber …«, setzte Elyamur an.

Dyomur sprang auf die Füße und ließ den Blick über die Rot-Elben seiner Sippe schweifen, die sich im Halbkreis um das Ratszelt versammelt hatten. Er rief einige Worte auf Elbisch. Eine junge Frau trat vor und stellte sich an seine Seite. Ein Mann folgte, dann noch einer. Schließlich standen dreizehn Rot-Elben hinter dem Rotsänger.

»Wir werden Euch morgen früh begleiten«, sagte Dyomur mit fester Stimme in der Hochsprache. »Und Euch mit unseren Pferden bis zu den Blutketten bringen. Es gilt Rache zu nehmen und eine Seherin zu befreien.«

»Oà yámu!«, rief Elyamur begeistert und stellte sich neben den Rotsänger. »So sei es!«

Auch Gorin erhob sich, um sich hinzuzugesellen. Er war froh, endlich einen Plan zu haben. Wenn auch dieses ganze Unterfangen wahnsinnig anmutete. Sie gegen fast eintausend Orks!

Er war noch nicht ganz bei ihnen, als Chasri vortrat und sich neben ihren Cousin stellte.

»Ich missbillige euer Vorhaben noch immer«, sagte sie, »aber ich will, dass ihr lebendig wiederkommt – und dass ihr den Blutketten-Orks einen harten Kampf liefert. Für beides werde ich sorgen.« Sie verschränkte die Arme und ignorierte Dyomur, der sie angrinste.

»Dann ist das entschieden«, sprach Charamur und stand auf. »Geht nun und ruht Euch aus. Wenn nachher die Feuer der Nacht brennen, werden wir diejenigen, deren Weg sie morgen dem Orkheer entgegenführt, mit unseren Liedern stärken.«

Charamur und der Ältestenrat erhoben sich, die Rot-Elben strömten auseinander. Gorin und den anderen wurde ein kleines Zelt zugewiesen, in dem sie ein wenig unter sich sein konnten, während die Elben große Lagerfeuer entfachten.

»Ich weiß nicht recht«, murmelte Jha Rudra schließlich. »Mir gefällt die Sache mit der Winterseherin nicht. Da ist etwas faul! Sie wird uns so offensichtlich präsentiert ...«

»Natürlich ist da etwas faul!«, knurrte Galdra. »Sie soll öffentlich hingerichtet werden, das ist faul. Aber das werden wir verhindern.«

»Vielleicht ist es genau das, was wir *nicht* tun sollten«, erwiderte Jha Rudra skeptisch.

»Ist dir ihr Schicksal denn gleichgültig?«, fragte Elyamur.

Jha Rudra schaute zu ihm auf. »Ich verdanke ihr mehr als jeder Einzelne von euch«, sagte sie leise. »Dass ich Priesterin bin und nicht als kleine Diebin in irgendeinem Kerker verrotte, ist ihr Verdienst. Weil sie einst etwas in mir gesehen hat ... Natürlich will ich ihr helfen! Aber ich frage mich, ob das in ihrem Sinne ist. Sie war stets vor allem darauf bedacht, euch zu schützen.«

»Also müssen wir ihr mit Besonnenheit helfen«, beschwichtigte Gorin sie.

Noch ehe sie sich weiter besprechen konnten, wurden sie herausgerufen.

»Grünsängerin!«, rief Charamur, als sie bei den Feuern erschienen. »Was singt das Volk von Liráya, bevor es in die Schlacht zieht?«

Elyami lächelte, ging zurück zum Zelt und holte ihre Streichlaute hervor. Gorin wurde erst jetzt bewusst, wie lange er sie nicht mehr spielen gehört hatte. Und dass er sich darauf freute. Als die Gesänge und Tänze der Elben begannen, wurde ihm das Herz leicht und schwer zugleich. Er war erleichtert darüber, Verbündete gefunden zu haben und hoffentlich bald der Winterseherin beistehen zu können. Und ihn plagte die Sorge, wieder zu versagen angesichts einer absurden Überzahl von Gegnern.

Er schaute nachdenklich von einem zum anderen. Galdra beobachtete das Treiben der Rot-Elben misstrauisch, befingerte jedoch zugleich zufrieden ihre Kristallaxt, die man ihr gerade zurückgegeben hatte. Elyami war darauf konzentriert, ihre Laute zu stimmen, während Elyamur sich mit Chasri an den Rand der Feuer zurückgezogen hatte. Die beiden umkreisten sich mit gezogenen Klingen und waren offenbar dabei, herauszufinden, wer der Stärkere war. Elyami schaute von ihrem Instrument auf und beobachtete die beiden mit gerunzelter Stirn. Der alte Patitas war im Zelt zurückgeblieben und schnarchte vor sich hin. Jha Rudra aber hielt sich abseits und tigerte nachdenklich auf und ab. Als sie Gorins Blick spürte, lächelte sie schwach, dann verschwand sie in den Schatten jenseits der Feuer.

Gorin nahm seine Armbrust auf und fing an, sie wieder einsatzbereit zu machen. Es tat gut, die Finger beschäftigt zu halten. So trieb man die vielen unbequemen Gedanken über Orakelsprüche, getötete Zwillingsseelen und die undurchschaubaren Wege der Winterseherin zurück.

NEUNUNDZWANZIGSTES KAPITEL

DER HEERZUG DER BLUTKETTEN-ORKS
AM RANDE DES SCHILFMEERS
AUF DEM KASTELL DES KRIEGSKOLOSSES

MIT SCHWEREN, GLEICHMÄSSIGEN Schritten stampfte der Koloss über die Steppe. Gute dreißig Meter ragte seine Gestalt über den gelben Grashalmen in die Höhe und warf einen langen Schatten in der Abendsonne. Trotz seiner gewaltigen Ausmaße war sein Umriss annähernd menschlich, wenn auch sehr breit und klobig. Seine Haut war grau und rissig wie Felsgestein, die plumpen Gesichtszüge so verwittert wie eine wettergepeitschte Bergflanke, sein langer Bart glich Bündeln von Tropfsteinen.

Der Koloss war groß genug, um in die Höfe der Festungsdörfer schauen zu können, die sich gelegentlich an die Felsklippen klammerten und im Vergleich zu ihm eher zerbrechlich als wehrhaft wirkten. Jedenfalls hätte er sie sehen können, wenn er nicht tief gebeugt gegangen wäre, den hügelgroßen Kopf auf Höhe der Brust gesenkt, der Bart bis zu den Oberschenkeln herabhängend. Sein Joch war ein hölzernes Kastell, das er mit seiner urgewaltigen Körperkraft über die Steppe trug.

Auf jeder seiner Schultern erhob sich ein Kampfturm, drei Stockwerke hoch und mit schützenden Fellen und Schilden bespannt, besetzt mit Hörnern und Stoßzähnen von Steppenbestien und bekrönt von wehenden Kettenbannern. Die Turmplattformen boten mehreren Bogenschützen Platz, ganz oben war zudem je eine Ballista installiert, mit der man Brandgeschosse hoch über feindliche Stadtmauern hinwegschleudern konnte.

Zwischen den beiden Türmen verlief im Nacken des Kolosses eine Art hölzernes Deck, das die Türme miteinander verband.

Es war von Palisaden geschützt und mit weiteren Schilden und Knochentrophäen geschmückt. Auf einem erhöhten Podest mit weitem Blick über die Ebene befand sich hier unter einem Sonnensegel der Platz des Riesenmeisters, der den Koloss steuerte. Zwei lange Ketten führten von dem Podest hinab zu den empfindlichen Ohrläppchen der Kreatur, wo sie mit ankergroßen Haken wie groteske Ohrringe in ihrem Fleisch befestigt waren. Durch ein Reißen an den Ketten konnte der Riesenmeister bestimmen, wohin der Kriegskoloss stapfte, wann er niederknien oder sich erheben sollte – und was er zerstampfen oder mit seinen Felsenfäusten zerschmettern sollte.

Rekut, der weibliche Khurdran der Blutketten-Orks, füllte diese Position mit Hingabe aus. Ein breites Grinsen lag auf ihrem Gesicht, während sie mit einfachen Armbewegungen die berggroße Kreatur steuerte. Vylami empfand Verachtung für diese primitive Freude der Orkin. Gleichzeitig konnte sie Rekut verstehen. Hier oben auf dem Kastell des Kriegskolosses zu thronen war in gewisser Weise der ultimative Sieg der Geisteskraft über grobschlächtige Gewalt. Und dasselbe Gesetz, das die Orks zu Meistern des Kriegskolosses gemacht hatte, stellte die zaubermächtigen Purpur-Elben über alle anderen Völker der Welt. Und natürlich erhob es den Kettenfürsten, der als Sterblicher die Macht des Göttlichen errungen hatte, über alle anderen sogenannten Herrscher, die er einen nach dem anderen zertrat wie der Koloss das Steppengras.

Zufrieden thronte die Kriegszauberin unter einem Baldachin neben der Riesenmeister-Plattform, wo der Kommandostand eingerichtet war. Karten der Region waren auf dem Tisch vor ihr ausgebreitet, daneben ein Krug Wein, für den sie in letzter Zeit eine gewisse Vorliebe entwickelt hatte. Niemand machte ihr diesen Platz streitig, obwohl ihr der Koloss nicht direkt unterstand. Doch Rekut lenkte lieber die riesenhafte Kreatur, und ihr Bruder Rezkai zog es vor, mit seinen Kriegern auf den Rücken von Plünderwölfen ihrem Zug vorauszupreschen. Darquato schließlich machte sich rar, seit Rezkai ihn im Nahkampf besiegt hatte.

Nein, nicht besiegt, dachte Vylami. In den Staub gestampft. Es war ihr eine liebe Erinnerung.

Seitdem führte Darquato auf seiner Fledernatter Erkundungsflüge durch und mied ihre Gegenwart. Auch jetzt war er wieder unterwegs. Über dem Mitteldeck erhoben sich drei Masten, von denen Seitenstreben wie die Äste eines Baumes abgingen. Sie waren dort als Rastplätze für Fledernattern aufgerichtet worden, die ihre langen Körper um den Mast schlingen und auf den Streben zur Ruhe betten konnten. Auf zwei der Masten schliefen Vylamis persönliche Natter und das fliegende Reittier, das für die Ork-Zwillinge bereitgehalten wurde. Die Stange für Darquatos Natter jedoch war leer.

Ein Hornsignal hallte über die Steppe. Die Orks waren Meister darin, sich über weite Entfernungen mit komplexen Tonfolgen zu verständigen. Vylami hatte noch lange nicht alle Signale entschlüsselt. Sie schaute fragend zu Rekut hinauf.

»Die Vorhut hat eine Fledernatter gesichtet«, erklärte ihr die Orkin, ohne die Steuerketten loszulassen. »Dein Freund kommt zurück, Kriegszauberin.«

Vylami verzichtete darauf, klarzustellen, dass Darquato gewiss nicht ihr Freund war. Sie wusste, dass die Orkin ihre Worte gewählt hatte, um sie zu provozieren und ihre Überlegenheit zu beweisen. Doch im Gegensatz zu Darquato war Vylami klug genug, sich ihre Indignation nicht anmerken zu lassen, wenn die Khurdrans sie herblassend behandelten. Diese Ork-Zwillinge schienen auf irgendeine merkwürdige Weise die besondere Gunst des Kettenfürsten zu genießen. Dabei war keiner von ihnen ein Kettenträger, da war Vylami sich sicher.

Sie verließ den Kommandostand und trat an die Brüstung der Plattform, um sich selbst ein Bild zu machen. Vylami musste vorsichtig gehen, denn überall auf der Plattform lagen aufgerollte Strickleitern und zusammengefaltete Belagerungsbrücken herum, mit denen Ork-Krieger von den Schultern des Kolosses aus feindliche Bastionen entern konnten. Oder sie kletterten mitten in der Feldschlacht mit einem Knochenmesser zwischen den Zähnen an seinen Flanken hinunter und sprangen selbstmörderisch zwischen jene Feinde, die den stampfenden Füßen entgangen waren.

Vylami schaute über die schwankende Landschaft. Vor ihnen ging die Steppe in fruchtbares grünes Land über, das mithilfe von Kanälen und Schneckenpumpen mit Wasser aus dem Garûn bewässert wurde. Der Flusslauf selbst jedoch lag zur Rechten weiter östlich und war von einem regelrechten Meer aus hohen Schilfpflanzen verhüllt, das sich um die zahlreichen sumpfigen Nebenarme seines Unterlaufs zog. Dort lebten Stämme von Marschland-Goblins auf Schilfbooten. Zur Linken wich das bewässerte Gebiet wieder der offenen rötlichen Phönixsteppe.

Kleine Dörfer aus kastenförmigen, weißgetünchten Gebäuden lagen zwischen den Feldern verteilt. Weiter hinten konnte Vylami die Flachdächer und schlanken Türme einer größeren Siedlung erkennen. Laut Karte musste das Bukhra sein, ein ländlicher Vorposten der Hafenstadt Gar-ad-Makal. Die Stadt lag am Südpfad, der hinauf nach Wâgant führte. Dorthin, wo sich irgendwo die Zwillingsseelen zu verstecken versuchten, wie das Ritual des Auffindens ergeben hatte.

Über den Dächern von Bukhra konnten Vlyamis scharfe Elbenaugen nun den Umriss von Darquatos Fledernatter ausmachen. Das geflügelte Reptil kam rasch heran. Während es sich näherte, ließ Vylami gelangweilt ihren Blick am Körper des Kolosses hinunterschweifen. Panzerplatten aus gehärtetem Leder hingen an ihm herab, um ihn vor feindlichem Beschuss zu schützen. Unten jagten Ork-Krieger mit ihren Plünderwölfen über die Ebene und versuchten sich gegenseitig darin zu überbieten, möglichst tollkühn zwischen den Beinen des Kolosses hindurchzuschlüpfen. Der eigentliche Haupttross des Clans folgte hinter dem Koloss.

Nun kreiste die Fledernatter direkt über dem Zug der Blutketten. In weiten Spiralen senkte sie sich auf den Koloss nieder und schlang ihren Körper schließlich um den letzten freien Schlangenmast. Darquato, bekleidet in sein benietetes Lederwams, schwang sich aus dem Flugsattel und sprang auf das Deck herab. Vylami begrüßte ihn mit einer etwas zu tiefen Verbeugung, in der mehr Ironie als Respekt steckte. Darquato ignorierte es und nickte stumm zum Kommandostand. Vylami folgte ihm an den Tisch, auf dem die Landkarten ausgebreitet waren. Rekut übergab die Steuerketten einem ihrer Ork-Krieger und gesellte sich zu ihnen.

»Ich habe Rot-Elben gesehen«, begann Darquato unvermittelt seinen Bericht. »Etwa zwanzig von ihnen auf schnellen Steppenpferden, einen knappen halben Tagesritt nördlich von hier. Sie halten sich im Schutz der Felsklippen, wo immer es möglich ist, und bewegen sich direkt auf das große Schilfmeer am Garûn zu.«

»Sie sind keine Gefahr!«, rief Khurdran Rezkai, der sich plötzlich neben ihnen über die Brüstung schwang. Das hatte er schon öfter getan: von seinem Plünderwolf auf eine Strickleiter springen, die an der Seite des Kolosses herabhing, und sich zum Kastell hinaufziehen, während der Riese gleichgültig weiterstapfte. »Ich werde ihnen mit einer Kriegshorde entgegenjagen«, fuhr der Khurdran fort, »dann ist die Sache schnell erledigt.«

»Nein«, sagte Darquato mit ungeduldiger Schärfe in der Stimme. Die Augen des Orks verengten sich gefährlich. »Ich konnte nicht nahe an sie heranfliegen, um sie nicht zu warnen«, erklärte Darquato. »Aber etwas war seltsam mit diesen Elben. Für legendäre Reiterkrieger sind sie sehr langsam geritten.«

»Sie könnten Verletzte dabeihaben«, sagte Rezkai. »Die Rotverschleierten sind stolz genug, um sich trotzdem in den Kampf zu stürzen.«

»Sie sind tollkühn, aber nicht dumm«, widersprach seine Schwester Rekut. »Dass sie langsam sind, kann einen anderen Grund haben. Vielleicht reiten Fremde mit ihnen. Fremde, die in der Steppe nicht zu Hause sind. Hinter roten Schleiern kann sich vieles verbergen.«

Darquato nickte nachdrücklich. »Das könnten die sein, die wir suchen.«

Vylami verspürte eine kribbelnde Aufregung. »Ihr habt recht«, sagte sie, ohne sich die Mühe zu machen, es in eine Beleidigung zu verpacken. »Können wir sie abfangen, bevor sie das große Schilfmeer erreicht haben?«

»Nein«, gab Darquato zurück. »Sie waren schon fast an seinem Rand. Und die Schilfsümpfe erstrecken sich über mehrere Tagesreisen bis zur Garûn-Mündung bei Gar-ad-Makal. Dort wird es schwierig, sie zu finden.«

»Dann ist es sinnlos, ihnen mit einer Kriegshorde entgegenzuhetzen und sie dadurch noch zu warnen«, schloss Vylami. »Lasst uns weiterziehen, als hätten wir nichts bemerkt. Sie werden von alleine zu uns kommen.«

»Gut«, knurrte Rezkai und spannte ungeduldig die Muskeln seines nackten Oberkörpers an.

»Wir werden am Rande des Schilfmeers auf der offenen Steppe Rast machen«, sagte seine Schwester Rekut und zeigte auf eine der Landkarten. »Dann werden sie es vielleicht versuchen und in unsere Falle gehen.«

»Sind die Wachen so eingeteilt, wie wir es besprochen haben?«, wandte sich Vylami an die Orks.

»Ja«, erwiderte Rezkai. »Sie werden ihnen genug Raum geben, um ins Lager einzudringen, und dann den Kreis schließen, damit es kein Zurück mehr gibt. In den Zelten werden zwei kampfbereite Kriegshorden auf sie lauern.«

»Dann werde ich dem Meister schon bald den Erfolg vermelden können«, sagte Darquato grimmig und wandte sich grußlos ab, um wieder auf seine Fledernatter zu steigen.

Auch Rekut ging zurück an ihre Steuerketten, während Rezkai sich über die Brüstung schwang, um an der Flanke des Kolosses hinabzuklettern.

Vylamis Blick wanderte zu jener Plattform, die sich zwischen den Türmen über dem Deck erhob, getragen von langen seitlichen Querbalken und erreichbar nur über eine schmale Holztreppe, die vom Kommandostand hinaufführte. Dort thronte der Käfig der Winterseherin, hoch oben und weithin sichtbar.

Sie eilte die Stufen hinauf. Ein Stummer Ritter in einem geschwärzten Plattenharnisch hielt vor der Gittertür Wache, das Visier mit der Dämonenfratze geschlossen. Der Käfig war eine rechteckige Konstruktion aus massiven, runenübersäten Stahlstäben, durch die ungehindert der Steppenwind pfeifen konnte, und erinnerte ein wenig an einen übergroßen Vogelbauer. Er war so bemessen, dass ein Mensch sich darin gerade noch ausstrecken, aber nicht in seine Mitte zurückziehen konnte.

Im Käfig hockte die Winterseherin auf dem Boden, trotz der roten Steppensonne eingehüllt in ihren pelzbesetzten Mantel, die Augen wie zur Meditation geschlossen. So hätte sie auch auf einer Gebetsmatte in irgendeinem Tempel oder auf einer Waldlichtung knien können. Ihre Züge waren von Falten zerfurcht und wirkten müde, doch strahlten sie auch tiefe Gelassenheit aus, als würden sie der Koloss, die Orks und ihre bevorstehende Hinrichtung nichts angehen. Gleichmütig blieb sie auch dann dort sitzen, wenn die Blutketten eine Stadt erreichten und die Wolfsreiter das Stadtvolk zusammentrieben, damit es die Todgeweihte im Käfig bestaunen und von ihren Verbrechen erfahren konnte.

Bei ihrem ersten Halt hatte ein Ork-Krieger versucht, die Alte mit einem Speer aufzuscheuchen, damit sie einen noch erbärmlicheren Anblick für das Volk bot. Doch erbärmlich waren höchstens seine Bemühungen gewesen, die Seherin aus der Ruhe zu bringen, sodass der Khurdran Rezkai weitere Versuche dieser Art verboten hatte. Vylami fand dieses Vorgehen eh unnötig und hatte darauf verzichtet, selbst Hand anzulegen. Sollte die Alte doch reglos im Käfig hocken. Die Nachricht verbreitete sich so oder so in den umliegenden Landen, dafür sorgte schon die Sensationslust, von einem leibhaftigen Koloss berichten zu können. Und die Zwillingsseelen hatten sie womöglich auch schon vernommen und waren auf dem Weg hierher, um ihrem Untergang zu begegnen.

Der Stumme Ritter hob grüßend seine geflammte Klinge, als Vylami vor den Käfig trat. Die Winterseherin schlug die Augen auf.

»Meine Wächterin«, sagte sie mit einem merkwürdigen Tonfall, der vielleicht ironisch war oder resigniert. »Was führt dich zu mir, Kind? Erreichen wir eine weitere Stadt, wo ihr mich ausstellen könnt?«

»Nein«, schnappte Vylami.

Es irritierte sie immer noch, dass die Alte nicht wie eine Gefangene sprach. Und sie konnte es ihr nicht verzeihen, wie sie mit dem Meister umgesprungen war. Dass jemand so mit ihm redete und trotzdem am Leben blieb, widersprach ihrer Überzeugung.

»Dich zu präsentieren wird bald nicht mehr nötig sein«, fuhr sie so beiläufig wie möglich fort. »Es interessiert dich vielleicht, alte Frau, dass deine Zwillingsseelen auf dem Weg hierher sind. Sie eilen zu deiner Befreiung herbei, trunken von ihrem Heldenmut, ganz so, wie du sie erzogen hast.«

Vylami zwang sich, dabei in die großen Augen der Winterseherin zu schauen, in denen man nur zu leicht ertrinken konnte. Sie wollte ihre Reaktion sehen. Irgendeine Regung, die sie klein und verletzlich machte.

Doch die Winterseherin erwiderte ihren Blick ruhig. »Dann wird sich bald entscheiden, ob euer Plan aufgeht«, sagte sie.

»Da gibt es nichts zu entscheiden«, höhnte Vylami. »Sie werden sich blauäugig in den Kampf stürzen und scheitern, so wie sie bislang immer gescheitert sind. Sie haben noch nichts erreicht, was die neue Ordnung auch nur annähernd gefährdet hätte.«

»Du unterschätzt sie«, erwiderte die Winterseherin. »Das ist gut. Überhaupt ist es die größte Schwäche der Purpur-Elben, alles und jeden zu unterschätzen. Darum seid ihr nicht das Herrscher-Volk, das ihr zu sein vorgebt, sondern lediglich willfährige Diener des Kettenfürsten.«

»Es entehrt niemanden, einem leibhaftigen Gott dienen zu dürfen«, entgegnete Vylami stolz.

»Das ist wohl wahr«, gab die Winterseherin zurück. »Der Kettenfürst allerdings ist ein Mensch.«

»Das ist eine Lüge!«, zischte Vylami und spürte, dass sie ohne es zu wollen wütend wurde. »Er ist der Sterblichkeit entwachsen durch seinen eigenen Willen!«

Die Winterseherin seufzte tief. »Sein Wille«, sagte sie. »Das war schon immer seine liebste Tugend. Er glaubt, dass alles gerechtfertigt ist, was er nur stark genug will und durchsetzen kann. Das Einzige, was ihn darin von einem Dreijährigen unterscheidet, ist seine erschreckende Zaubermacht.«

»Hüte deine freche Zunge!«, fauchte Vylami.

Ohne nachzudenken berührte sie eine Zauberglyphe am Käfig, und Stränge von knisternder Energie fuhren plötzlich grünlich schimmernd über die Gitterstäbe. Die Winterseherin sackte stöhnend in sich zusammen, als die Blitzgeißel von allen Seiten auf sie niederfuhr und über ihren Körper zuckte.

Mit grimmiger Befriedigung ließ Vylami die Glyphe schließlich los. Schwer atmend kauerte die Menschenzauberin auf dem Käfigboden. Mit zusammengekniffenen Lippen rieb sie sich die Glieder. Dann stand sie langsam und umständlich auf, durch und durch eine alte Frau.

»Weißt du, Kind«, sagte sie leise, »du bist deinem Meister gar nicht so unähnlich. Glaubst, dass du alles mit deiner Magie bezwingen kannst, wenn du nur stark genug bist. Selbst die Wahrheit. Vielleicht ist er deswegen so nachsichtig mit dir.«

Vylamis Hand zuckte wieder nach der Glyphe, doch sie zwang sich, die Bewegung nicht zu Ende zu führen. So wirkte sie nicht souverän, im Gegenteil. Bei allen Furien der Unterwelt – die Alte war ihre Gefangene, und trotzdem schaffte sie es, dass sie sich klein fühlte!

»Ich habe dir nichts mehr zu sagen«, sagte Vylami kalt und wollte sich abwenden. Etwas am Blick der Winterseherin hielt sie zurück.

»Aber ich habe dir noch etwas zu sagen«, flüsterte die Alte. »Gib auf dich Acht, Kind. Wer nach mehr Macht strebt, als er beherrschen kann, wird davon verzehrt werden. So wird es dir ergehen, wenn du dich auf das Spiel des Kettenfürsten weiterhin einlässt. Und so wird es ihm selbst ergehen. Er ist ein Mensch, nur allzu sehr ein Mensch. Die Macht eines göttlichen Throns ist mehr, als er tragen kann. Er wird daran zugrundegehen. Du hast ihn gesehen. Du weißt, wie er aussieht. Erinnere dich daran und sei ehrlich zu dir. Das ist alles, was ich dir raten …«

Sie verstummte und schaute an Vylami vorbei. Etwas schien sie plötzlich abzulenken.

Vylami folgte ihrem Blick. Unten, zwischen den Wolfsreitern der Vorhut, galoppierte Kaltos, der Zentaur, über die Steppe. Er schien zu spüren, dass die Aufmerksamkeit der Winterseherin auf ihm ruhte, drehte sich um und schaute zu ihnen herauf. Sein Blick traf den der Winterseherin. Dann drehte er sich sichtlich unangenehm berührt weg und ließ sich hinter den Koloss zurückfallen. Die Seherin seufzte tief.

Vylami nutzte die Gelegenheit, sich von ihr abzuwenden und wieder die steilen Stufen zum Deck hinabzueilen. Sie durfte sich nicht von den giftigen Worten der Alten verwirren lassen! Es gab Wichtiges zu tun. Sie musste eine Falle vorbereiten.

Dreissigstes Kapitel

AM SCHILFMEER DES GARÛN, BEIM HEERLAGER DER BLUTKETTEN-ORKS

Elyami wartete. Und das schon ziemlich lange. Hätte das Signal nicht schon längst erscheinen sollen? Sie war sich nicht sicher. Doch ohne das Signal konnten sie nicht von hier weg. Zu viele Orks, zu viele Plünderwölfe streiften ringsum durch die Nacht. Sie schaute zu Elyamur, der neben ihr hockte, ruhig und konzentriert. Er lächelte ihr aufmunternd zu, als er ihren Blick bemerkte. Elyami atmete durch und versuchte, etwas von seiner Gelassenheit in sich aufzunehmen. Zu gerne hätte sie jetzt ein paar Worte mit ihrem Bruder gewechselt, aber Orks hatten gute Ohren. Also blieb ihr nichts Anderes übrig, als weiter zu warten.

Sie befanden sich im Schutz des großen Schilfmeers an einem matschigen, toten Seitenarm des Garûn. Hier hatten sie ein Hausboot aus zusammengebundenen Schilfbündeln festgemacht, wie es die Marschland-Goblins verwendeten: eine flache, träge schwimmende Plattform mit Platz für ein paar Ziegen und einem einfachen, gewölbten Unterstand als Schlafplatz. Sie hatten sich das Boot von einer Goblin-Sippe geborgt, um in den Sümpfen beweglicher zu sein – sofern man das »borgen« nennen konnte. Die Goblins waren kreischend vor den nahenden Rot-Elben ins Schilf geflohen, ehe sie ihnen ein Angebot hatten machen können. Sie hatten Elyami an Ghashri und ihre Leute in Swertenburg erinnert, wenn ihre Haut auch eher gelblich und ihre Statur etwas sehniger gewesen war. Darum hatte sie wahrscheinlich jetzt auch dieses schlechte Gewissen.

Sie beschloss, noch ein paar von ihren guten ûstrizischen

Nussplätzchen zu dem Haufen aus Vorräten dazuzulegen, den sie auf dem Hausboot zurücklassen würden.

Dann konzentrierte sie sich wieder auf ihre Umgebung. Dort hinten brannten die Lagerfeuer der Orks hell in der Nacht, umringt von den dunklen, gedrungenen Umrissen ihrer Fellzelte. Stangen mit dem rostroten Kettenbanner schauten an zwei Stellen zwischen den Zelten hervor. Offenbar gab es mehr als ein Kommandozelt, warum auch immer. Über allem ragte der gewaltige Umriss des Kolosses auf, der mit herabhängenden Armen wie eine lebendige Felsklippe mitten im Lager stand. Sein grollendes Schnarchen drang in regelmäßigen Abständen zu ihnen herüber.

Auf dem Kastell, das er auf seinen Schultern trug, brannten Fackeln. Dort oben, in dem Käfig, der zwischen den Kampftürmen befestigt war, wurde die Winterseherin gefangen gehalten, ausgestellt wie eine Trophäe. Elyami konnte ihre Gestalt im Käfig erahnen: ein hagerer Umriss, der im engen Raum zwischen den Gitterstäben auf und ab tigerte.

Der Anblick entfachte brennenden Zorn in Elyami.

Da spürte sie eine leichte Berührung an der Schulter. Gorin, der hinter ihr kauerte, deutete in Richtung des Heerlagers jenseits der schützenden Schilfstauden. Elben konnten wie Katzen in der Dämmerung sehen, doch Zwergenaugen schienen auch die tiefste Dunkelheit zu durchdringen. Gorin zeigte auf jenen Bereich am Rande des Heerlagers, der in Schatten getaucht war. Dort lauerte die wirkliche Gefahr, nicht im hellen Feuerschein. Denn im Dunkeln patrouillierten kleine Gruppen von Ork-Kriegern, die sich auf die scharfen Sinne der Plünderwölfe an ihrer Seite verließen. Sie streiften scheinbar planlos um das Lager herum und konnten jederzeit irgendwo auftauchen. Gerade schälten sich dort, wohin Gorin deutete, fünf Krieger aus der Dunkelheit, bullig und breitschultrig, wie offenbar alle Blutketten-Orks. Plünderwölfe liefen an ihrer Seite. Die Augen der Bestien funkelten im Dunkeln.

Die Patrouille bewegte sich erschreckend gradlinig auf jene

Stelle am Rande des Schilfmeers zu, wo das Boot verankert war. So nah waren sie bislang noch nicht herangekommen! Elyami umklammerte ihren Kurzbogen fester. Nun hob der vorderste Ork beiläufig die Hand. Die Krieger blieben stehen. Sie hielten ihre Wölfe ruhig und lauschten in die Nacht hinaus.

Leise schwappte das Wasser an das Schilfboot. In der Nähe raschelte irgendein Tier im Röhricht. Selbst der schnaufende Atem der beiden Zwerge kam Elyami unsagbar laut vor.

Dann bemerkte sie das Paar Stielaugen, das in einiger Entfernung aus dem brackigen Wasser schaute. Ein Panzerklauenfisch. Die Biester näherten sich gerne den Goblin-Schilfbooten, um überraschend zuzuschappen und eine Ziege oder gar einen unachtsamen Bewohner ins Wasser zu ziehen. Sie hatten im Laufe des Tages schon einmal solch eine Kreatur abgewehrt. Für einen Krieger wie Elyamur oder Galdra war das nicht schwierig, aber es ging gewiss nicht lautlos vonstatten!

Elyami spürte Panik in sich aufsteigen, als die Stielaugen zielstrebig auf ihr Boot zukamen, während die Orks immer noch lauschend verharrten. Sie stupste Elyamur an und zeigte auf den nahenden Panzerklauenfisch. Ihr Bruder nickte stumm und machte sein Schwert bereit. Elyami überschlug ihre Chancen. Sie würden mit dem Fisch klarkommen und wohl auch mit den Ork-Kriegern, denn neben Jha Rudra hatten sich auch Chasri und drei weitere Rot-Elben den beiden Zwillingspaaren angeschlossen, um mit ihnen ins Lager einzudringen: Algachur, ein hochgewachsener, stiller Krieger, der eine lange Lanze führte sowie sein jüngerer Bruder Myogur und eine quirlige Elbin namens Jondri, die beide gebogene Elbenschwerter an der Seite trugen. Ihre Pferde hatten sie zusammen mit dem alten Patitas im Schutz einiger Felsen zurückgelassen. Doch dass sie die Orks ausschalten konnten, ehe einer von ihnen in sein Signalhorn blies, war mehr als unwahrscheinlich.

Greller Feuerschein zischte durch die Nacht. Auf der anderen Seite des Heerlagers, wo die Plünderwölfe wie ein lebendiger Schutzwall zur Steppe hin schliefen, explodierte eine kleine rote

Sonne und spie Funken in alle Richtungen. Noch ein Lichtblitz. Eine weitere Sonne flammte daneben auf. Und noch eine. Und noch eine. Überall schienen plötzlich kleine grellrote Explosionen aus dem Dunkel hervorzubrechen. Elyami hörte das Heulen und Winseln von Wölfen, raue Schreie von Orks. Und dann das Surren von Pfeilen. Jemand kreischte auf und verstummte gurgelnd. Die Rot-Elben hatten ihr Signal gegeben.

Die Ork-Patrouille verharrte nicht länger am Schilfmeer. Die Krieger schwangen sich auf ihre Plünderwölfe und hetzten zum Lager zurück. Dann wurde das Schilfboot erschüttert, als der Panzerklauenfisch sich mit seinen krallenbewehrten Flossen aus dem Wasser stemmte und nach Jha Rudras Bein schnappte. Elyamur schlug ihm beide Stielaugen zugleich mit seinem Schwert ab, und der schwere Körper des Fisches platschte in den Fluss zurück.

»Los jetzt!«, zischte Jha Rudra.

Sie sprangen vom Boot in den Uferschlamm und kämpften sich durch das Schilfdickicht an Land. Dann rannten sie geduckt über die freie Grasfläche, die sie von den Zelten am Rande des Heerlagers trennte. Die Orks hatten hoffentlich alle Hände voll damit zu tun, ihre aufgeschreckten Plünderwölfe in den Griff zu bekommen. Dass sie dabei beständig aus dem Dunkeln beschossen wurden, machte es gewiss nicht einfacher.

Dyomur hatte mit seinen Leuten mehrere Stunden lang Phönix-Pflanzen gesammelt, die so reif waren, dass sie kurz vor dem Entflammen standen. Die Rot-Elben waren geschickt darin, die passenden Exemplare zu erkennen und sicher zu handhaben. Wenn man sie als Wurfgeschosse einsetzte, verwandelten sie sich in gefährliche Feuerbälle. Sehr zum Verdruss der Plünderwölfe, die das Phänomen aus den Komashtu-Steppen nicht kannten.

Die Rot-Elbenkrieger hatten sich so am Rande des Lagers verteilt, dass ihre Pfeile aus vielen verschiedenen Richtungen auf die Orks einprasselten. Für die Blutketten musste es so aussehen, als hätte eine größere Kriegsschar der Rot-Elben einen nächtlichen Überfall auf ihr Lager gestartet, um die Kettenheere aus ihren Steppen zu vertreiben. Hoffentlich Grund genug, um möglichst viele Orks möglichst lange beschäftigt zu halten.

Die Gruppe erreichte den Rand des Heerlagers und tauchte in die schmalen Gassen zwischen den Fellzelten ein. Noch immer hallten Explosionen und kehlige Schreie durch die Nacht. Mehrmals mussten die Eindringlinge kurz innehalten, als sich noch mehr Orks von den Zelten lösten und in Richtung der Schreie rannten. Plötzlich schlug direkt vor ihnen ein Ork die Fellplane zurück und trat einen Schritt heraus. Sein überraschter Blick ruhte für einen Moment auf Elyami. Dann brach er röchelnd zusammen, als Jha Rudras vielzackiges Wurfeisen seine Kehle durchtrennte und dann surrend in die Hand seiner Meisterin zurückkehrte.

Sie hetzten an dem sterbenden Ork vorbei, weiter auf den Koloss zu. Nun erreichten sie den freien Platz, in dessen Mitte der Riese stand. Die Zelte schienen sich ängstlich von seiner Felsengestalt wegzudrücken. Wachen waren nicht zu sehen. Offenbar verließ man sich darauf, dass ein turmgroßer Koloss selbst auf sich aufpassen konnte.

Elyamis Herz schlug aufgeregt. Irgendwo dort vor ihnen wartete die Winterseherin darauf, befreit zu werden. Sie schaute am Koloss hoch. Ganz oben ruhte das Joch mit dem Kastell auf seinen Schultern, darunter gab es einige kleinere Stege, die auf Brust- und Gürtelhöhe sowie an den baumdicken Oberschenkeln an seinem Leib befestigt waren. Zahlreiche Panzerplatten aus gehärtetem Leder hingen am Körper des Kolosses herab. Sie waren in eine Art netzartigen Kittel eingearbeitet, der bis über die Knie des Riesen herabreichte. Leitern oder andere Möglichkeiten, zu den Plattformen hinaufzukommen, waren nicht zu sehen, vermutlich hatte man sie für die Nacht raufgezogen.

Jha Rudra beobachtete mit gerunzelter Stirn die freie, deckungslose Fläche, die sie vom Koloss trennte.

»Das gefällt mir nicht«, flüsterte sie schließlich. »Kommt dicht an mich heran.« Sie griff unter ihre Kleidung und zog ein Silberamulett heraus, das Zeljas grinsende Ratte darstellte. »Grünsängerin«, sagte sie, als alle sich näher an sie gedrängt hatten. »Jetzt bist du dran. Ich erledige unterdessen meinen Teil.« Sie bewegte tonlos die Lippen, wobei sie das Amulett mit einer Hand umschlossen hielt.

Elyami nickte und konzentrierte sich. Dann begann sie leise zu summen. Es war ein Lied der Ruhe und der Erholung, des Trostes und der trägen Gelassenheit eines Sommers in den Wäldern von Liráya. Das Surren der Insekten über den bunten Blüten der Lichtungen lag ebenso darin wie das gleichmütige Rauschen der Baumwipfel und der regelmäßige Pulsschlag der Erdenkraft. Vorsichtig verband Elyami ihr Lied mit dem mächtigen, polternden Rhythmus, der durch die Adern des Kolosses pochte.

Sie hatte am Tag zuvor von einer Felsklippe aus den Riesen aus der Ferne studiert, von seinem schleppenden Gang bis hin zu seinem machtvollen Atem. Er war ein altes Geschöpf der Erde, eng verbunden mit ihrer fließenden Kraft, die tief in ihm schlummerte, fast schon ein lebendiger Berg. Was die Orks mit ihrem Kastell aus ihm gemacht hatten, war nur ein Bruchteil von dem, was er sein konnte, wenn er als Sohn der Erde voll erwacht wäre. Doch darauf legte Elyami es nicht an, im Gegenteil. Sie verband ihr Lied der Ruhe so fest mit der urtümlich-trägen Melodie des Kolosses, dass er immer tiefer in Schlaf versank und es nicht spüren würde, wenn gleich Eindringlinge an ihm emporstiegen.

Im Hintergrund konnte Elyami Geschrei und Kampflärm hören, immer wieder durchbrochen von spitzen Hornstößen. Offenbar gingen die Orks jetzt zum Gegenangriff über und attackierten die Rot-Elben mit hastig zusammengestellten Horden von Wolfsreitern. Wahrscheinlich würden auch die Phönix-Pflanzen nicht mehr ewig reichen … Elyami zwang sich, ihre Sorgen beiseitezuschieben und ihr Lied zu beenden.

»Jetzt wird ihn so schnell nichts aufwecken«, flüsterte sie schließlich.

Jha Rudra war noch immer vertieft und hatte inzwischen die Arme ausgebreitet, als wollte sie all ihre Gefährten zugleich umfassen. Dämmergraue Dunkelheit zog um sie herum auf, noch schwärzer als die Nacht selbst. Sie legte sich wie ein Geflecht aus Schatten über die Diebespriesterin und ihre Gefährten und machte die Welt seltsam gedämpft und schummerig. Jha zog immer mehr Schatten um sich herum zusammen und verwebte sie zu einem dichten Mantel. Dann nickte sie zufrieden.

»Gut. Gehen wir.«

Sie traten auf den freien Platz hinaus, sorgfältig darauf bedacht, in Jha Rudras Nähe und in dem Schattenkokon zu bleiben, den sie erschaffen hatte. Auf dem Boot hatte die Diebespriesterin ihnen die Macht von Zeljas Schattenmantel erklärt: Wenn die Anrufung gelang, schenkte einem die Königin der Diebe ihren Segen, und man verschmolz mit der Dunkelheit, geschützt vor misstrauischen Blicken. Sobald man jedoch aus dem Mantel heraustrat, verlor man diesen Schutz.

Beschirmt von Zeljas Nachtschatten überquerten sie den Platz, bis sie direkt vor den klobigen Füßen des Kolosses standen.

»Zeit zum Wolkentanzen«, flüsterte Elyami ihrem Bruder zu.

Elyamur trat einen Schritt vor und stieß sich kraftvoll vom Boden ab. Sein Sprung trug ihn direkt auf den Fußrücken des Kolosses. Von dort lief er einige Schritte durch die Luft, um sich am Schienbein des Riesen erneut abzustoßen, immer weiter hinauf. Plötzlich ertönte ein Signalhorn. Sehr laut und sehr nahe. Keinen Herzschlag später brach um sie herum die Hölle los.

Einunddreissigstes Kapitel

Das Heerlager der Blutketten-Orks, im Schatten des Kolosses

Gorin fuhr zusammen, als das Orkhorn die Stille zerriss. Wo eben noch die Fellzelte wie schlafende Tiere nebeneinandergestanden hatten, war plötzlich alles voller Aktivität. Orks strömten aus den Zelten, bewaffnete Krieger in voller Rüstung. Es waren Dutzende, vielleicht auch Hunderte. Von allen Seiten umzingelten sie den freien Platz um den Koloss. Bogenschützen stellten sich auf und legten ihre langen Kriegspfeile ein. Elyamur verkroch sich hinter einer Panzerplatte am Bein des Riesen.

Die Orks starrten auf die freie Fläche hinaus, die Bögen halb erhoben, und schauten sich irritiert um. Offenbar konnten ihre Blicke Jha Rudras Schattenmantel nicht durchdringen.

»Kommt raus, ihr dreckigen Elben!«, brüllte eine raue Stimme aus ihren Reihen in der Hochsprache.

»Eine Falle«, knurrte Jha Rudra grimmig.

Die Diebespriesterin ließ den Blick rasch über den Platz schweifen. Gorin tat es ihr gleich und kam zu demselben Ergebnis: Es gab keinen Ausweg. Sie saßen hier fest. Dann surrten plötzlich Pfeile durch die Luft, als Elyamur hinter seiner Panzerplatte hervorkam und weiter am Koloss hinaufstürmte.

Er lief einige Schritte durchs Nichts und stieß sich schließlich vom Kniegelenk des Riesen ab, um zu einer Plattform am Oberschenkel zu springen. Dort duckte er sich hinter der Brüstung, als mehrere Pfeile dicht bei ihm einschlugen.

Zeitgleich mit dem Beginn des Pfeilhagels stürmten orkische Nahkämpfer auf den Platz. Ihre Knochensäbel und Knochenäxte schimmerten weiß und unheilverkündend.

»Zwischen die Füße!«, rief Galdra. »Dort können wir uns besser verteidigen.«

Sie eilten in den Bereich zwischen den Füßen des Kolosses, der wenige Meter breit war. Galdra, Chasri und Algachur wachten über die vordere Seite, Myogur und Jondri deckten die Öffnung hinten bei den Fersen ab.

Die ersten Orks stürmten heran und erreichten den Saum des Schattenmantels. Gleich würden sie die Eindringlinge sehen können. Gorin feuerte seine Armbrust ab. Sein Bolzen schlug in die Brust eines bulligen Ork-Kriegers ein, der ein zweihändiges Knochenschwert führte. Der Krieger wurde zurückgeschleudert. Gleichzeitig explodierte der Bolzen in einer Wolke aus Stahlsplittern, die sich auch über die Orks ringsum ergoss. Zwei weitere gingen zu Boden, einem entglitt die Axt aus seinem verletzten Arm.

Der Ansturm stockte. Verstört starrten die Orks auf die getöteten Krieger. Für sie musste der Runenbolzen aus dem Nichts gekommen sein.

Mit grimmiger Befriedigung machte Gorin sich daran, seine Waffe nachzuladen. Eine wütende Stimme bellte Befehle auf Orkashu. Die Krieger drängten wieder vorwärts und trampelten dabei einfach über ihre gefallenen Gefährten hinweg. Brüllend sprang ein stämmiger Ork mit einem langen Knochenspeer in den Schattenmantel. Er wurde von Galdras Axt wieder zurückgeschleudert. Ein Säbelkämpfer drang an seiner Seite ein, doch Chasri erwartete ihn mit ihren zwei kurzen, gebogenen Elbenschwertern. Die linke Klinge parierte seinen Säbel, die rechte bohrte sich in seine Brust. Algachur streckte einen Axtkämpfer mit seiner Lanze nieder, Jondri und Myogur deckten mit ihren wirbelnden Schwertern die Öffnung bei den Fersen, wo nun auch die ersten Orks auftauchten. Gorin bemerkte, dass das Gewebe des Schattenmantels immer dünner wurde und sich schließlich ganz auflöste. Offenbar passten Kampfhandlungen nicht zum Segen der nächtlichen Zelja.

Inzwischen wälzte sich ein riesenhafter Ork mit Streithammer auf Galdra zu. Ihre Kristallaxt zerschmetterte ihm die Knie, doch der Speerträger neben ihm konnte nach Galdra stoßen. Die Speerspitze glitt an ihrem Kettenmantel ab, ließ die Zwergin aber zurückstolpern. Auch Chasri musste weichen, als zwei Säbelkämpfer gleichzeitig auf sie eindrangen. Es waren einfach zu viele Orks. Sie würden früher oder später überrannt werden.

Elyami schoss verzweifelt mit ihrem Kurzbogen in die Menge der Angreifer, Jha Rudra ließ ihre Wurfeisen durch die Luft sirren. Auch Gorin hatte seine Armbrust inzwischen nachgeladen und konnte einen von Chasris Gegnern ausschalten. Er war zu langsam, viel zu langsam …

Etwas schlug neben ihm hart auf den Boden auf. Für einen Moment befürchtete er, dass sie nun auch noch von der Plattform aus beschossen wurden, dann sah er, dass es das Ende einer Strickleiter war, die sich zu ihm entrollt hatte. Elyamur hatte ihnen einen Fluchtweg eröffnet. Einen Moment später baumelte auch noch ein Kletterseil, das in regelmäßigen Abständen Knoten aufwies, einladend neben der Strickleiter.

»Hinauf!«, brüllte Gorin den anderen zu, schulterte seine Armbrust und ergriff die schwankenden Sprossen, um sich so schnell wie möglich nach oben zu arbeiten. Es missfiel seiner Zwergenseele zutiefst, sich als Erster aus einem Kampf zurückzuziehen, in den seine Gefährten noch verstrickt waren, aber so hatten sie es abgesprochen: erst die Fernkämpfer, dann die Nahkämpfer.

Jha Rudra zog sich am Seil hoch, während Elyami auf der Strickleiter dicht hinter Gorin folgte.

»Barukh kara Tokrond!«, brüllte Galdra unten.

Gorin schaute über die Schulter zu ihr hinab. Sie stand zusammen mit den Rot-Elben bei den Enden von Seil und Strickleiter, wobei sie ihre Axt kreisen ließ. Wie ein Wirbelsturm aus Stahl durchpflügte sie die herandrängenden Orks. Chasris Doppelklingen stießen immer wieder wütend zu. Die elbischen Schwertkämpfer verwickelten die Orks in Nahkämpfe, während

Algachur, der Lanzenträger, einen hünenhaften Ork-Krieger mit Morgenstern auf Distanz hielt.

Gorin zwang sich, nicht näher hinzuschauen und so schnell wie möglich hinaufzuklettern. Die beiden Aufstiegsmöglichkeiten baumelten so von der Plattform herab, dass sie hinter dem Geflecht mit den Lederplatten lagen. Dadurch schützten die Platten nicht nur den Koloss, sondern konnten zudem den Kriegern, die an ihm herabkletterten, als Deckung dienen. Heute hingegen war das ein Vorteil für sie!

Schlecht gezielte Pfeile zischten um Gorin herum durch die Dunkelheit. Einer schlug direkt neben ihm mit einem dumpfen Schlag in eine Panzerplatte ein. Schließlich zogen er und Jha Rudra sich auf einen schmalen Steg am Oberschenkel des Riesen. Hier waren die Strickleiter und das Kletterseil an der hölzernen Brüstung befestigt.

Gorin sprang sofort auf die Beine und machte seine Armbrust bereit. Algachur und Myogur kämpften sich inzwischen auch die Leiter hinauf, dahinter Galdra neben Jondri, während Chasri immer noch unten stand und die heranstürmenden Orks abwehrte. Ein besonders großer Ork schlug mit seinem Streitkolben nach Galdra. Er streifte noch ihr Bein, was sie mit einem Schnauben quittierte.

Gorin feuerte einen Stahlschrapnell-Bolzen mitten in die Menge. Krieger wurden in alle Richtungen zur Seite geschleudert, als der Bolzen in einer tödlichen Splitterwolke explodierte.

Chasri nutzte die Gelegenheit, um auch an die Leiter zu springen und mit katzenhafter Gewandtheit hinaufzuklettern. Ein sehniger Ork versuchte, ihr mit einem Dolch zwischen den Zähnen hinaufzufolgen. Er streckte seinen langen Arm nach ihrem Knöchel aus. Dann schlug ein Pfeil von Elyamur in seinen Hals ein. Er stürzte von der Leiter und riss zwei weitere Orks mit sich.

Noch mehr Orkpfeile flogen heran, doch der Steg war so konstruiert, dass er von unten schwer zu treffen war. Immer wieder schossen Gorin und die Elbenzwillinge in die Menge, um den Kletternden Deckung zu geben. Jha Rudra unterstützte sie dabei mit ihren Wurfeisen.

Nun zogen sich schon Galdra und die Rot-Elben auf die Plattform, dicht gefolgt von einigen tollkühnen Orks, die sich auf die Leiter gewagt hatten. Gorin zog seine Handaxt aus dem Gürtel und hieb auf die Befestigung der Strickleiter ein, während Chasris Schwert das Seil durchtrennte. Schreiend stürzten die Orks in die Tiefe, um inmitten ihrer Kampfgefährten aufzuschlagen.

»Hier hinauf!«, rief Elyamur ihnen von weiter oben zu.

Er stand auf der linken Schulter des Kolosses, unterhalb des Kampfturms des Kastells. Gorin verstand. Wenn sie mit einer weiteren Strickleiter direkt auf das Kastell steigen würden, hätte die alarmierte Besatzung zu viel Gelegenheit, sie von oben zu beschießen oder gar die Leiter zu kappen. Sie mussten sich einen eigenen Weg nach oben schaffen.

Galdra war schon dabei, ihr Seil mit dem Wurfhaken aus dem Rucksack zu holen. Gorin trat einen Schritt zurück, als sie den Haken kreisen ließ und schließlich zur Schulter hinaufwarf. Elyamur überprüfte oben, ob der Haken sicher im Tragegestell des Kastells verhakt war, dann winkte er sie heran.

Sie hangelten sich am Seil zur Schulter hoch. Diesmal kletterten Galdra, Chasri und die beiden Rot-Elbenbrüder voran, dicht gefolgt von Jha Rudra, während Gorin, Elyami und Jondri die Orks unten mit ihren Pfeilen und Bolzen beschäftigt hielten. Gorin war als Letzter an der Reihe, sich an dem Seil hinaufzuziehen. Er war dabei deutlich langsamer als Galdra, doch glücklicherweise lernten alle Zwerge von Tokrond, sich auch in den unzugänglicheren Regionen ihres Bergkönigreichs zu bewegen. Die Eindringlinge profitierten davon, dass der gräuliche Bart des Kolosses vor ihrem Seil herunterhing. Seine Strähnen fingen die meisten Orkpfeile ab, die einfach in seinen Haaren steckenblieben.

Schließlich standen sie alle auf der Schulter des Kolosses, im Schatten der Palisadenbefestigung. Oben auf dem Kastell waren die Rufe rauer Orkstimmen zu hören.

»Ihr klettert über die Brüstung«, sagte Elyamur und drückte Galdra den Wurfhaken wieder in die Hand. »Ich kümmere mich um die Wachen!«

Ohne eine Antwort abzuwarten, rannte er einige Schritte durch die Luft, um schließlich mit gezogenem Schwert über die Palisade zu springen. Sofort waren auf der anderen Seite Kampflärm und Orkgeschrei zu hören.

»Hinterher!«, rief Galdra und warf ihren Wurfhaken zur Palisadenbrüstung hinauf. »Sonst bekommt der Elb den Ruhm für sich alleine.«

Sie kletterten so schnell wie möglich das letzte Stück bis zu den Palisadenspitzen und schwangen sich hinüber auf die Kastell-Plattform. Nun befanden sie sich in dem Bereich des Decks, der sich unterhalb des linken Kampfturms erstreckte, zu dem eine Leiter hinaufführte. Hier bot sich ihnen ein Bild des Chaos. Elyamur rannte inmitten einer Meute von Ork-Kriegern durch die Luft und ließ immer wieder sein Schwert auf sie niederfahren. Zwei Orks lagen bereits reglos am Boden, doch weitere stürmten vom hinteren Teil des Kastells her heran.

Gorin sah sofort, dass es zu viele waren. Als nächtliche Wache hätte hier oben eine Handvoll Krieger genügt. Doch das Kastell schien voll besetzt zu sein. Man hatte sie erwartet. Er lud so schnell wie möglich seine Armbrust nach.

Mit einem Kampfschrei lief Chasri an der Spitze ihrer Krieger vor, um Elyamur zu unterstützen. Galdra folgte und schwang ihre Streitaxt nach einem Säbelkämpfer. Er wich ihrem Hieb aus und fuhr ihr aus der Drehung heraus in die Flanke. Galdra stieß ihn grimmig mit ihrem behelmten Kopf zurück, doch der Ork drang schon wieder auf sie ein.

Ein Pfeil schwirrte knapp an Elyamur vorbei und schlug neben Gorin in die Holzplanken ein. Alarmiert schaute er sich um und bemerkte, dass der Beschuss vom Kampfturm gegenüber kam. Er hob seine Armbrust und drückte ab. Der Ork mit dem Bogen stolperte zurück und verriss seinen zweiten und letzten Schuss. Ein Ork fiel unter Galdras Axt, ein weiterer stürzte schreiend in die Tiefe, als Chasri ihn mit einem Tritt über die Brüstung beförderte.

Langsam wichen die Orks auf das Hauptdeck zwischen den Türmen zurück. Gorin und die anderen rückten nach. Dort vorne lag ein erhöhtes Podest, wo die zwei schweren Steuerketten des Riesenmeisters an Pfählen festgemacht waren. Dahinter ragten drei große Masten mit seitlichen Verästelungen auf, an denen sie am Tage noch die gewundenen Körper von Fledernattern gesehen hatten. Nun waren die Schlangen fort. Am Fuß der Masten befand sich ein von Sonnensegeln geschützter Unterstand mit Stühlen und einem Tisch, offenbar der Sitz des Kommandanten. Von hier aus führte eine steile Treppe zu der Plattform hinauf, auf der sich der Käfig befand, in dem diese Barbaren die Winterseherin ausstellten. Nun hatten sie ihr Ziel fast erreicht.

Gorin schöpfte neue Hoffnung und legte mit der Armbrust auf einen bulligen Axtkämpfer beim Kommandostand an. Der Ork duckte sich zur Seite, doch der Bolzen schlug in seiner Schulter ein und ließ ihn zu Boden gehen. Gerade wollte Gorin triumphierend mit den anderen nachrücken, als eine weitere Gestalt unter dem Sonnensegel hervortrat. Sie trug eine volle Schlachtrüstung aus geschwärztem Stahl und in den Händen ein schlankes Langschwert und einen Linkhand-Dolch. Das schmale Gesicht unter dem offenen Helm lächelte grausam.

»Ah, die werten Damen und Herren Zwillingsseelen«, sagte Statthalter Darquato, während sich die Orks um ihn herum formierten. »Wie schön, dass ihr diesmal zu mir kommt, um euch für meinen Besuch im Spielhaus zu revanchieren. Dann kann der Tanz jetzt beginnen.«

ZWEIUNDDREISSIGSTES KAPITEL

DAS HEERLAGER DER BLUTKETTEN-ORKS AUF DER KAMPFPLATTFORM DES KOLOSSES

Darquato hatte recht behalten. Die Zwillinge waren tatsächlich in dieser Nacht erschienen, zusammen mit den Rot-Elben, die offenbar ihre Verbündeten waren. Vylami, die phantasielose Kriegszauberin, hatte alles dafür getan, um den ungeschützten Platz rund um den Koloss zur Todesfalle für die Eindringlinge zu machen. Ein Ring aus Bogenschützen hätte ihr Schicksal besiegeln sollen.

Darquato hatte die Purpur-Elbin mit dem Plan gewähren lassen, wenn er auch nicht an sein Gelingen geglaubt hatte. Er hatte die Zwillinge und ihre Verbündeten in Swertenburg kämpfen sehen, hatte die Verwüstungen erlebt, die sie in den Gewölben der Zitadelle angerichtet hatten. Sie waren nicht so leicht zu fangen. Im Gegensatz zu Vylami mit ihrer seelenlosen Vernunft wusste er, wozu ein verzweifelter und tollkühner Krieger fähig war. Er hatte vorausgesehen, dass es den Zwillingen irgendwie gelingen würde, das Kastell auf dem Koloss zu entern. Und er hatte Vorsorge getroffen, indem er auf eine volle Besatzung aus erfahrenen Blutketten-Kriegern bestanden hatte. Trotz Vylamis Spott hatte er sogar selbst eine unbequeme Nacht in voller Rüstung auf dem Kastell auf sich genommen, um für alle Fälle bereit zu sein. Und es hatte sich gelohnt. Darquato selbst würde nun derjenige sein, der sie zur Strecke brachte. Auch die beiden Khurdrans der Orks würden ihm diesen Ruhm nicht streitig machen, führten sie doch ihre Wolfsreiter in die Schlacht gegen die elbischen Angreifer.

»Es ist alles für einen gebührenden Empfang vorbereitet«, rief

Darquato den Eindringlingen zu, die im Schatten des linken Kampfturms zusammenrückten und den nächsten Ansturm der Orks erwarteten.

Er hob den Arm, um seinen Kriegern das Zeichen zu geben. Sofort machten sich einige Orks daran, lange Strickleitern über die Brüstung zu werfen. Nun konnten Blutketten von unten auf die Plattform nachrücken. Einige Krieger kamen zudem die Leiter des Kampfturms herunter, um sich im Rücken der Eindringlinge zu positionieren.

Darquato konzentrierte sich darauf, den Meister zu rufen, damit er sich selbst durch Darquatos Augen von seinem Erfolg überzeugen konnte. Dann entdeckte er eine Jhalai-Frau unter den Eindringlingen. Sie war klein und drahtig und hatte blitzende Augen. Das war Jha Rudra! In ihrer zerlumpten Kleidung hätte er die Herrin des Rätsel-Spielhauses von Swertenburg fast nicht erkannt. Die Anführerin der Grauen Ratte, die den Brutkessel zerstört und die Zwillinge vor ihm in Sicherheit gebracht hatte!

»Sieh an, die werte Dame Jha Rudra«, hörte er sich selbst sagen.

Er würde sie persönlich erledigen, ehe er den Meister dazurief, das hatte er sich verdient. Das hatte *sie* verdient.

»Eure Freunde Ralyazur und Tungolf lassen Euch grüßen«, fuhr er grinsend fort, während er mit gezogenem Schwert auf sie zuging. »Jedenfalls haben sie Euren Namen des Öfteren erwähnt, während meine Nekromanten sie befragt haben.«

Plötzlich hatte Jha Rudra ihre Wurfeisen in der Hand.

»Du wirst dich gleich zu ihnen gesellen, Statthalter«, knurrte sie mit glimmender Wut im Blick.

Darquato gab das Zeichen zum Angriff. Seine Orks stürmten vor. Knochen klirrte auf Stahl, als die Zwergenkämpferin sich ihnen entgegenwarf. Darquato selbst hielt direkt auf Jha Rudra zu. Vielleicht würde es ihm sogar gelingen, sie lebend in seine Finger zu bekommen. In seinen Kerkern unter der Zitadelle von Swertenburg würde sie sich gut machen …

Plötzlich sauste ein gebogenes Schwert von rechts heran. Eine Rot-Elbin fiel ihm in die Flanke!

Darquato parierte den Hieb mit seiner eigenen Klinge und wirbelte halb herum. Sein Linkhand-Dolch zuckte vor, ehe die Elbin zurückweichen konnte. Der Dolch bohrte sich tief in die Brust der Steppenkriegerin. Stöhnend brach sie zusammen. Darquato zog seine Klinge heraus und stieß die Sterbende achtlos zur Seite. Sein Ziel war die Rätselmeisterin.

Diese war inzwischen einige Stufen auf der Leiter hinaufgeklettert, die zum Kampfturm führte. Gerade drehte sie sich nach Darquato um und schleuderte aus der erhöhten Position ein Wurfeisen nach ihm. Er schlug es mit seiner Klinge beiseite. Das Wurfeisen beschrieb einen Bogen durch die Luft und kehrte dann unverrichteter Dinge in die Hand seiner Besitzerin zurück. So leicht konnte man ihn nicht aufhalten!

Jha Rudra war durch die Öffnung zur ersten Turmplattform verschwunden. Darquato rannte zur Leiter und ließ die Kämpfe auf dem Hauptdeck hinter sich. Irgendwo röchelte ein Ork-Krieger, während die Zwergin etwas auf Eisentung brüllte. Darquato eilte die Leiter hinauf. Von oben war ein dumpfer Schlag zu hören, dann fiel ihm der Körper eines Orks entgegen. Ihm blieb nichts Anderes übrig, als wieder von der Leiter zu springen, um nicht heruntergerissen zu werden. Der Körper klatschte neben ihm aufs Deck.

Grimmig eilte Darquato die Leiter wieder hinauf. Über sich hörte er Jha Rudras Schritte, die die Ablenkung offenbar nutzte, um noch weiter emporzusteigen. Auf der ersten Turmplattform fand Darquato niemanden mehr vor. Alle Krieger waren unten in den Kampf gegen die Eindringlinge verstrickt. Rasch eilte er die Leiter zur nächsten Plattform hoch. Auch sie war leer. Von unten hallten immer noch Kampfgeräusche herauf. Er wandte sich der letzten Leiter zu. Ganz oben musste die Ratte sein. Sie konnte nicht weiter vor ihm fliehen …

Das war der Moment, in dem er seinen Fehler bemerkte. Etwas blitzte metallisch über ihm, am oberen Ende der Leiter.

Dann stürzte ein schweres Geschoss auf ihn herab, als er gerade die ersten Stufen bestiegen hatte. Darquato wurde hart auf den Rücken geschleudert, während zugleich ein dumpfer Schmerz durch seinen Oberkörper schoss. Neben ihm klapperte einer jener schweren Eisenspeere auf die Plattform, mit denen die Ballista ganz oben auf dem Kampfturm geladen wurde – Jha Rudra hatte das Geschoss auf ihn herabgeworfen. Es hatte seine Rüstung an der Schulter eingedellt und ihm einen schmerzhaften Schlag versetzt.

Darquato versuchte, sofort wieder auf die Füße zu springen, doch er war nicht schnell genug. Plötzlich kniete Jha Rudra auf seinem Oberkörper, ein Wurfeisen gegen ihn erhoben.

»Das ist für die Graue Ratte!«, rief sie und stieß nach seinem ungeschützten Gesicht.

Darquato wehrte den Stoß mit seinem gepanzerten Unterarm ab und wälzte sich zur Seite. Jha Rudra rutschte von ihm herunter. Sofort warf er sich auf sie und drückte sie mit seinem Gewicht zu Boden.

»Jetzt ist keiner mehr da, hinter dem du dich verstecken kannst«, sagte er und hob sein Schwert, um sie mit dem Knauf niederzuschlagen. Er würde sie wirklich lebend erwischen!

Ehe er zuschlagen konnte, griff Jha Rudra an ihren Gürtel und schleuderte ihm eine Handvoll grauen Staub entgegen. Gleißender Schmerz trat ihm in die Augen, als es um ihn herum dunkel wurde, und er musste krampfhaft husten. Sein Schlag ging ins Leere. Dann lag er plötzlich am Boden, als die Diebin ihn von sich runter warf.

Wütend sprang Darquato wieder auf die Füße. Er blinzelte heftig. Durch einen Schleier aus Tränen konnte er die Welt nur unscharf erahnen. Direkt vor ihm erkannte er Jha Rudras Umriss. Er trat wütend nach ihr. Die Jhalai stolperte von ihm weg. Noch ehe sie sich fangen konnte, hatte er seine lange Klinge auf sie gerichtet. Seine Augen schmerzten, aber er konnte langsam wieder sehen. Er schlug nach ihrem Oberkörper. Jha Rudra wich zurück und prallte gegen die Brüstung der Turmplattform. Darquato setzte rasch nach und holte zum finalen Streich aus. Die Jhalai stemmte sich auf das Geländer, schwang sich darüber – und sprang vom Turm.

Darquato eilte an die Brüstung. Unter ihm, auf dem Hauptdeck, standen nur noch erschreckend wenige Orks auf den Füßen. Er musste langsam mit dieser Jhalai fertigwerden! Glücklicherweise würde gleich Verstärkung über die Strickleitern heraufkommen. Er wischte sich letzte Tränen aus dem Augenwinkel und hielt ungeduldig nach der Diebespriesterin Ausschau. Sie lag keineswegs zerschmettert auf dem Deck, stattdessen balancierte sie über einen der Balken, die von den Türmen zum Käfig der Winterseherin führten und ihn in der Luft fixierten. Die Gefangene versuchte, die Kampfhandlungen auf dem Deck unter ihr zu verfolgen, und schien sie nicht zu bemerken. Jha Rudra bewegte sich mit einer Gewandtheit, die jeder Ratte Ehre machte.

Darquato nahm seinen Linkhand-Dolch in die Rechte und warf ihn nach dem Rücken der Rätselmeisterin. Die Waffe war nicht zum Werfen ausbalanciert und streifte lediglich Jha Rudras Schulter. Doch es genügte, um sie aus der Balance zu bringen. Sie ruderte kurz mit den Armen, unfähig, das Gleichgewicht zu finden. Dann sprang sie mit einer Luftrolle vom Balken. Darquato beobachtete ihren Sturz. Sie hatte so viel Schwung, dass sie nicht etwa auf das Deck des Kastells stürzte, sondern jenseits seiner Palisaden in die langen Haare des Kolosses fiel, die sich weit über seinen gebeugten Rücken ergossen. Darquato sah, wie sie verzweifelt an einer dicken Haarsträhne hing und mit den Beinen nach Halt suchte. Die Ratte war immer noch nicht tot!

Mit Flüchen auf den Lippen eilte Darquato die Leitern hinunter. Auf der untersten Turmplattform schwang er sich über die Brüstung und arbeitete sich mit gezogenem Schwert durch die filzigen Haare voran, halb springend und halb kletternd. Dort vorne war Jha Rudra, die sich gerade verbissen an einer Haarsträhne hinaufkämpfte. Darquato grinste triumphierend.

Dann eben nicht lebendig – sein Schwert würde der Sache ein schnelles Ende bereiten.

Dreiunddreissigstes Kapitel

Das Heerlager der Blutketten-Orks
Der Kommandostand auf dem Kastell
des Kriegskolosses

Ein tätowierter Blutkettenkrieger mit einem grausam gezackten Krummsäbel kam auf Gorin zugestürzt. Er sprang einen Schritt zur Seite und schlug mit seiner Handaxt nach dem Ork, doch der Krieger wehrte den Hieb mühelos mit seinem Säbel ab. Galdra nutzte die Gelegenheit und attackierte den Ork aus der Flanke mit ihrer Kristallaxt. Der Krieger ging zu Boden, als das Axtblatt sich in seinen Oberschenkel fraß.

Aus dem Augenwinkel sah Gorin, wie Algachur einen Hieb mit seinem Lanzenschaft parierte, die Waffe um seinen Körper herumwirbelte und schließlich einem Ork in den Leib stieß. Chasri war in ein Duell mit einem kleinen, flinken Ork-Krieger verstrickt, der ebenso wie sie mit zwei Klingen zugleich kämpfte. Die Elbin drang in seine Deckung vor und schlug ihm die rechte Klinge aus der Hand, doch der Ork huschte seitlich um sie herum und schlug nach ihrem Arm. Plötzlich klaffte ein hässlicher blutroter Striemen an ihrer Schulter. Chasri stolperte zurück. Der Ork setzte ihr nach, als Elyamur sich dazwischendrängte und ihm seinen gepanzerten Ellbogen ins Gesicht rammte. Der Gegner stolperte zurück, Elyamurs Klinge schnitt durch die Luft, dann rollte der Kopf des Orks auch schon über das Deck.

Schwer atmend schaute Gorin sich um. Sie hatten sich bis zum Podest des Riesenmeisters vorgekämpft. Überall lagen tote Feinde auf dem Deck. Gorin selbst hatte einen schmerzhaften Bluterguss an der Seite, wo ein Säbel seinen Kettenmantel getroffen, aber nicht durchdrungen hatte. Vielleicht war eine Rippe angebrochen, das würde er später feststellen. Die unglückliche Jondri lag leblos in ihrem Blut, niedergestoßen von Darquato. Die anderen standen noch auf den Füßen, wenn auch abgekämpft und angeschlagen. Trotzdem gewannen sie auf dem Kastell langsam die Oberhand.

»Az rârg Kettanfuurst!«, brüllte ein Ork-Krieger mit einem Schädel-Streitkolben und schwang sich über die Brüstung auf die Plattform. Galdras Streitaxt beförderte ihn sofort wieder zurück, doch auch an anderen Stellen tauchten nun weitere Orks an den Palisaden auf. Die Verstärkung von unten war offensichtlich eingetroffen.

»Kleiner Bruder!«, drängte Galdra, während sie nach dem nächsten Ork schlug. »Wir sollten tun, wofür wir hier sind, solange wir es können!«

»Geht!«, rief Elyamur, der die Verankerung einer Strickleiter zu lösen versuchte. »Wir halten sie auf!«

Gorin nickte ihm zu und lief dann an der Seite seiner Schwester zum Kommandostand, wo eine steile Treppe zum Käfig der Winterseherin hinaufführte.

Elyami kam hinzu. Eigentlich hatten sie geplant, dass Jha Rudra das Öffnen des Käfigs übernehmen sollte, schließlich hatte die mit Schlössern so ihre Erfahrung. Doch die Priesterin war irgendwo weiter oben auf den Turmplattformen immer noch im Kampf gegen den Statthalter verstrickt. Dann musste es eben so gehen …

Neben dem Tisch und einigen Stühlen gab es auf dem Kommandostand noch ein Gestell mit diversen Orkwaffen aus Knochen. Mitten zwischen den Waffen steckte ein Stab aus dunklem Holz in dem Gestell, dessen knotiger Kopf mit funkelnden tiefblauen Saphiren besetzt war.

»Wir haben Glück!«, schnaufte Gorin und griff sich einen eisernen Schlüssel, der neben dem Waffenständer an einem Haken hing. Er war mit wirren Mustern aus Runen graviert, die zu lesen einige Konzentration erforderte. In ihren Windungen erkannte Gorin schließlich die Zeichen für »Öffnen« und »Schließen«.

Elyami nahm inzwischen den Knotenstab der Winterseherin aus dem Waffenständer und wog ihn nachdenklich in ihrer Hand.

»Ich kenne diese Saphire«, sagte sie wie zu sich selbst.

»Was meinst du?«, brummte Gorin und schaute vom Schlüssel auf.

»Ich habe sie in meinem Königstraum gesehen. Sie waren Dámans Geschenk an Odrana. In jener Nacht, als er sie mit Nidhanas überrascht hat.«

Gorin ordnete perplex seine Bartzöpfe. Auch Galdra schaute verwirrt drein. Die Steine am Stab der Winterseherin glänzten strahlend blau – so blau wie die Augen von Odrana, der Saphiräugigen, in dem Märchen des Geschichtenerzählers. So blau wie die Augen der Winterseherin …

»Kommt!«, sagte Elyami. »Wir müssen uns beeilen!«

Gorin schob seine Gedanken beiseite und folgte der Elbin zur steilen Treppe, die zum Käfig führte. Als sie die ersten Stufen hinaufstiegen, näherte sich ihnen von oben eine große, dunkle Gestalt. Sie trug einen geschwärzten Plattenharnisch, dessen Visier wie eine grinsende Dämonenfratze geformt war. Ihre Panzerhandschuhe führten einen mächtigen Zweihänder mit flammenartig gewellter Klinge.

Fauchend fuhr das Schwert des Stummen Ritters durch die Luft, als er auf die Eindringlinge losging. Hastig riss Gorin seine Armbrust hoch und feuerte einen Bolzen ab. Das Geschoss schlug in den Hals des Stummen Ritters ein und explodierte in einer Flammenwolke. Doch der Untote zuckte nicht einmal zusammen und kam mit großen Schritten weiter auf sie zu.

Gorin und Elyami wichen aufs Deck zurück. Galdra trat vor und ließ ihre Axt kreisen. Das riesige Schwert des Stummen Ritters kam auf sie zu, Funken sprühten, als Stahl auf Kristall traf. Galdra ging in die Knie, hielt sich jedoch auf den Füßen. Dann ließ sie ihrerseits die Axt vorschnellen. Schwer schlug sie in den Harnisch des Stummen Ritters ein und hinterließ einen mächtigen Spalt im Stahl. Sie stemmte ihren Fuß gegen das Bein des Untoten und riss ihre Waffe wieder aus der Rüstung. Gnadenlos ließ der Gepanzerte seinen Zweihänder wieder auf sie niederfahren.

Galdra sprang zur Seite. Dann schlug sie ihre Axt in den Dielenboden des Decks und griff sich eine leichte Handaxt aus dem Gürtel, die in einem langen, gebogenen Dorn endete. Plötzlich musste Gorin daran denken, mit welchen Worten Galdra die Waffe in Swertenburg Werodrins kleiner Tochter Woldra beschrieben hatte: »*Gegen Ungeheuer mit Insektenpanzer …*«

Der Stumme Ritter hob mit beiden Armen das Schwert zu einem zerschmetternden Schlag. Galdra sprang vor und trieb den Dorn ihrer Axt tief in die Delle des Brustharnischs. Mit ihrem ganzen Gewicht setzte sie den Schaft der Waffe als Hebel ein, und polternd fiel die Stahlplatte schließlich zu Boden. Dahinter waren die nackten Skelettrippen des Stummen Ritters zu sehen. Der Untote ließ in diesem Moment sein Schwert niederfahren, Galdra warf sich zur Seite und zog ihre Kristallaxt aus dem Deck.

»Barukh kara Tokrond«, brüllte sie, als sie die Waffe gegen die klaffende Lücke im Harnisch schwang. Dann zerbarst die Wirbelsäule des Untoten in zwei Teile, und seine Rüstung fiel scheppernd in sich zusammen. Der Zweihänder entglitt seinen Panzerhandschuhen.

Gorin griff sich schnell die schwere Waffe und zog sie aus seiner Reichweite. Galdra aber sprang auf die Knochen und Stahlplatten zu und ließ ihre Kristallaxt wieder und wieder darauf niederfahren – nur um sicherzugehen.

»Los, kleiner Bruder!«, rief sie Gorin zu, während sie den Stummen Ritter in seine Bestandteile zerlegte. »Rauf zum Käfig!«

Gorin eilte mit Elyami die steile Treppe hinauf. Oben blickte ihnen die Winterseherin mit gerunzelter Stirn entgegen.

»Gorin und Elyami, was tut ihr hier?«, rief die Alte. »Habt

ihr die Falle nicht vorausgesehen? Es wäre kaum deutlicher gewesen, wenn sie in roten Buchstaben *Köder* an diesen Käfig geschrieben hätten!«

»Wir freuen uns auch, Euch zu sehen, Odrana«, erwiderte Elyami schnippisch.

Die Winterseherin blinzelte überrascht. »So hat man mich schon lange nicht mehr genannt«, flüsterte sie schließlich.

Elyami schaute sie kurz wortlos an, dann wandte sie sich der Käfigtür zu und streckte ihre Hand nach Gorin aus.

Der reichte ihr den Schlüssel, während er nachdenklich den Käfig betrachtete. Seine stählernen Streben waren mit Runen bedeckt, die so angeordnet waren, dass sie komplexe geometrische Muster ergaben. Sie erinnerten ihn an die Ornamente auf dem Brutkessel, den sie in den Gewölben der Zitadelle von Swertenburg zerstört hatten. Je länger er hinschaute, desto sicherer war er sich: Der Käfig war ebenfalls eine Arbeit der alten Nephilim, jener halbvergessenen Schattenriesen, deren Kenntnisse in dunkler Zauberei als unerreicht galten. Doch warum war der Käfig dann so klein? Und warum hatte das Ding ein Schloss, das nie und nimmer für die Hände von Riesen gemacht war?

»Halt!«, rief Gorin und fiel Elyami in den Arm. »Nicht in das Schloss stecken.«

Die Elbin schaute ihn irritiert an.

»Der Schlüssel ist nur eine Täuschung«, erklärte Gorin. »Er öffnet nicht wirklich den Käfig, sondern löst irgendeine magische Gemeinheit aus. Die Nephilim haben den Käfig gebaut und gegen Befreiungsversuche abgesichert.«

Inzwischen erkannte er es auch: Die Runen auf dem Schlüssel stellten nur auf den ersten Blick einen Öffnungszauber dar. Sie waren so ineinander verschränkt, dass einige Verästelungen das Wort »Vernichtung« ergaben, wenn man sie getrennt vom Rest betrachtete.

Selbst die Winterseherin schaute kurz überrascht auf. »Es ist gut, dass du bei Barudrin in der Lehre warst«, sagte sie schließlich anerkennend.

»Wie geht das Ding dann auf?«, fragte Elyami verzweifelt.

»Ein Öffnungszauber muss irgendwo zwischen den Runen auf den Stäben verborgen sein«, meinte Gorin und betrachtete das Gitter intensiver. Dann wandte er sich an die Seherin: »Habt Ihr gesehen, was sie gemacht haben, wenn sie den Käfig öffneten?«

Sie schüttelte den Kopf. »Sie haben ihn nie geöffnet. Du willst nicht wissen, wie lange ich schon hier drin bin.«

»Dann muss ich es selbst herausfinden«, murmelte er und vertiefte sich wieder in die Runen.

»Beeil dich!«, drängte Elyami und warf einen besorgten Blick auf das Deck hinunter. »Es kommen immer mehr Orks über die Strickleitern. Elyamur schafft es nicht, die stählernen Verankerungen zu lösen.«

»Hm«, machte Gorin, der bereits vollauf damit beschäftigt war, dem verschlungenen Verlauf der Zauberzeichen auf den Stäben zu folgen. Die Nephilim hatten es offenbar geliebt, ihre Runen in absurden, vielfach gewundenen Mustern anzuordnen. Der alarmierende Kampflärm von unten machte die Sache nicht einfacher. Dennoch war Gorin prinzipiell in der Lage, zu lesen, was dort stand. Zauberrunen offenbarten ihren Sinn durch ihre magische Struktur, unabhängig davon, welche Sprache ihr Verfasser oder der Leser sprechen mochte.

»*Wer schenkte den Kleinlingen die Zungen?*«, las Gorin schließlich das Runenband vor.

»Was soll das denn heißen?«, drängte Elyami.

»Weiß nicht«, entgegnete Gorin. »Das steht da so.«

»Kholl«, sagte die Winterseherin.

»Was?«, fragten Gorin und Elyami gleichzeitig.

»Die Nephilim waren Riesen, und Riesen lieben Rätsel«, erklärte die Alte. »Die Antwort auf dieses Rätsel lautet: Kholl, der Buchstaben ritzte. Das war der Riese, der vor vielen Tausend Jahren die kleinen Völker eine gemeinsame Sprache und Schrift lehrte. Damals waren sie kaum mehr als Sklaven der alten Riesen. Erst durch Kholls Unterweisungen konnten sie nach und nach eigene Wege gehen. Diese Sprache wurde übrigens zur heutigen Hochsprache. Sie geht auf Thursisch, die Sprache der Riesen, zurück. Wenn die Chronisten der Menschen das auch nicht gerne erwähnen.«

»Und was heißt das für den Käfig?«, hakte Elyami nach.

»Kholl bedeutet Berg«, erklärte die Winterseherin.

Gorin nickte. Er untersuchte weiter das Gewirr der Runen, die so verschlungen angeordnet waren, dass ihre Verästelungen und Striche sich zu neuen Zeichen verschränkten, die man nicht auf den ersten Blick sah. Die Rune »Berg« entdeckte er schließlich auf einer Querstange an der Seite des Käfigs. Er berührte das Zeichen und aktivierte seine Kraft. Mit einem leisen Klacken sprang die Tür des Nephilim-Käfigs auf.

Die Winterseherin bückte sich durch die niedrige Käfigtür hindurch und trat ins Freie hinaus. Elyami wollte ihr helfen, doch die Alte wehrte sie unwirsch ab und griff stattdessen nach ihrem Saphirstab. Hoch aufgerichtet stand sie nun auf dem Absatz der Treppe und schaute in die Nacht hinaus, gestützt auf ihren Knotenstab, während der Wind durch ihr offenes weißes Haar fuhr. Nur wenn man genau hinsah, konnte man erkennen, dass ihr ausgemergelter Körper zitterte.

Gorins Herz schlug wild. Sie hatten es geschafft! Sie hatten die Winterseherin befreit, obgleich sie von einem kampfbereiten Orkheer bewacht wurde!

Die Seherin setzte dazu an, die Treppe zum Deck hinunterzusteigen. Schon bei der ersten Stufe strauchelte sie und wäre fast gestürzt.

»Wie fühlt Ihr Euch?«, fragte Elyami besorgt, während sie der Alten ihren Arm reichte. Diesmal lehnte sie ihn nicht ab.

»Zu schwach, um euch zu täuschen und *gut* zu sagen«, murrte die Seherin. »Ein Nachtalb hat mir fast alle Kraft entzogen, und die Runenflüche des Käfigs haben dafür gesorgt, dass ich mich nicht erholen konnte. Es wird eine Weile dauern, bis ich wieder für irgendetwas zu gebrauchen bin. Bis dahin müsst ihr auf eine alte Frau aufpassen. Ich hoffe, ihr habt einen Plan.«

Gorin und Elyami sahen sich an.

»Nun, wir haben uns mit der Phönixkinder-Sippe der Rot-Elben verbündet«, erklärte Gorin. »Sie haben schnelle Pferde jenseits des Lagers, mit denen wir in die Tiefen der Steppe fliehen können.«

»Und was macht ihr mit den schätzungsweise dreihundert bis vierhundert Ork-Kriegern, die inzwischen den Koloss umzingelt haben und Schlange stehen, um dieses Kastell zu entern?«, fragte die Winterseherin, als sie das Hauptdeck erreicht hatten.

Gorin warf einen Blick über die Brüstung. Unten wimmelte es von aufgebrachten Orks, die Waffen schwenkten. Galdra und die Elben hatten alle Hände voll damit zu tun, das Deck vor der heranströmenden Meute zu verteidigen.

»Die Orks waren so nicht vorgesehen«, sagte Elyami verlegen.

»Dachte ich mir«, seufzte die Alte.

Gorin schaute sich suchend um. Sein Blick fiel auf das Podest des Riesenmeisters, wo die beiden Steuerketten an hölzernen Pfählen ruhten.

»Elyami«, sagte er nachdenklich, »du hast doch den Koloss in Tiefschlaf versetzt.«

»Das habe ich«, antwortete die Elbin.

»Könntest du ihn auch wieder aufwecken?«

»Natürlich.«

»Und könntest du ihn *richtig* wecken, mit all seiner Kraft? Könntest du ihn lenken?«

Auch Elyamis Blick wanderte nun zum Podest, wo die Ketten darauf warteten, einen dreißig Meter hohen Berg aus Muskeln zu steuern.

»Ich werde es versuchen!«, sagte die Elbin mit einem lebhaften Funkeln in den Augen und eilte zum Podest. Gorin schaute ihr nach.

»Guter Plan?«, fragte er die Winterseherin.

»Das wird sich zeigen«, brummte die Alte.

VIERUNDDREISSIGSTES KAPITEL

DAS HEERLAGER DER BLUTKETTEN-ORKS AUF DEM SCHWANKENDEN KASTELL DES STAMPFENDEN KOLOSSES

DER KRIEGSKOLOSS setzte sich mit donnernden Schritten in Bewegung. Er trampelte gleichgültig über alles hinweg, was in seinem Weg lag: Fellzelte und Lagerfeuer, Plünderwölfe und Orks. Chaos und Verwüstung breiteten sich im Heerlager der Blutketten aus. Orks flohen vor den Füßen des Riesen in alle Richtungen auseinander, Zeltplanen wehten ins Feuer und gerieten in Brand, Kisten, Fässer und Waffenständer wurden plattgetreten.

Orkisches Wut- und Angstgeheul drang zu Elyami herauf. Irgendwo verhallte der Schrei eines Orks, der durch die plötzlichen Erschütterungen des stampfenden Riesen von der Strickleiter gefegt wurde. Elyamis schlanke Elbenfinger hielten die wuchtigen Steuerketten umklammert, während sie bei jedem Schritt des Kolosses mit ihrem eigenen Körper rhythmisch ihr Gewicht nach rechts oder links verlagerte.

Sie spürte eine wilde Freude über die urwüchsige Macht des Kolosses in sich, von der sie auf ihrem Podest ein Teil sein durfte. Und sie fühlte Genugtuung angesichts ihres Triumphs über die Blutketten-Orks, die der Winterseherin so übel mitgespielt hatten und durch deren Lager sie nun eine breite Schneise der Verwüstung zog. Doch zugleich lastete auch Sorge auf ihr und flüsterte ihr zu, dass sie sich vielleicht gerade übernahm. Dass sie den Koloss bald nicht mehr bändigen könnte. Dass sich unter ihren Füßen eine Kraft bewegte, die viel stärker war als sie.

Und dann war da noch etwas, leiser und gedämpfter als die anderen Empfindungen, aber nicht weniger stark. Es war eine Stimme, die sie tief in ihrem Inneren hörte, seit sie sich durch ihren Grüngesang mit dem Koloss verbunden und ihn aus seinem tiefen Schlaf geweckt hatte.

»*Drogh*«, sagte die Stimme. »*Drogh, Drogh, Drogh.*«

Bei jedem Schritt des Kolosses, immer wieder. Zunächst hielt Elyami es für eine Art Brummen im Hintergrund. Doch dann spürte sie zunehmend deutlicher, dass der Kriegskoloss zu ihr sprach. Sie blendete für einen Moment die Kämpfe um sich herum aus und konzentrierte sich auf diese Stimme, während sie die Schritte des Kolosses aus dem Lager der Blutketten auf die offene Steppe lenkte.

»*Was bedeutet Drogh?*«, fragte Elyami vorsichtig über die innere Verbindung, die sie zur Melodie des Riesen aufgebaut hatte.

»*Ich*«, grollte die Stimme des Kolosses in ihr. »*Ich Drogh. Ich bin Drogh. Drogh, der das Holzding schleppt.*«

»*Ich grüße dich, Drogh*«, gab Elyami zurück. »*Ich bin Elyami. Elyami Birkentochter. Und ich danke dir, dass du uns hilfst.*«

Die Stimme des Kolosses verstummte daraufhin, und Elyami schaute sich unsicher um. Inzwischen stand auf dem Kastell kein Ork mehr auf den Beinen. Galdra und die Rot-Elben gingen die Palisadenbrüstung auf der Suche nach Nachzüglern ab. Elyamur versuchte, die Winterseherin zum Hinsetzen zu bewegen, während Gorin eine Turmleiter hinaufstieg. Vor ihnen erstreckte sich die offene Steppe im Mondlicht bis zum Horizont. Sie hatten es tatsächlich geschafft!

»*Kleinlinge sprechen nicht mit Drogh*«, ließ sich die Stimme wieder vernehmen. »*Nein. Kleinlinge sprechen nie. Kleinlinge setzen schweres Ding auf Drogh, machen Schmerz im Kopf mit Geistergesang, ziehen an Ohren und machen noch mehr Schmerz. Aber sprechen nie.*«

Elyami ließ die Steuerketten fallen, als hätte sie sich daran verbrannt. Sie rasselten zu Boden.

»*Nun, ich spreche mit dir, Drogh*«, sagte Elyami so sanft wie möglich. »*Und es tut mir leid, dass du durch die Kettendiener leiden musstest. Ich verspreche dir, wir werden diese Schreckensherrschaft beenden!*«

Sie konnte sich nicht ansatzweise vorstellen, was es bedeuten mochte, dauerhaft in gebeugter Haltung so ein Kastell auf den Schultern zu tragen für – wie lange überhaupt? Schon seit Monaten? Seit Jahren? Bislang war der Kriegskoloss für sie so etwas wie eine Waffe auf zwei Beinen gewesen, mit einem kaum vorhandenen Bewusstsein, wie die Obsidianlinge der Schwarzglasklippen. Dass man tatsächlich mit ihm sprechen konnte, schockierte sie.

»*El-Ya-Mi*«, sagte Drogh gedehnt. »*Ist El-Ya-Mi kein Kleinling? Ist El-Ya-Mi Riesin?*«

»*Nein, Drogh*«, antwortete sie. »*Ich bin keine Riesin. Ich …*«

Wildes Kriegsgeheul durchschnitt in dem Augenblick die Nacht, durchsetzt von Hornstößen. Elyami schaute nach hinten. Aus dem zerstörten Lager der Blutketten lösten sich Dutzende von Kriegern auf windschnellen Plünderwölfen und stürmten hinter dem Koloss her. Erste Pfeile schwirrten schon durch die Luft, begleitet von Flüchen auf Orkashu. Die Orks hatten noch nicht aufgegeben. Sie wollten Rache.

»Die können uns nichts anhaben!«, rief Chasri übermütig, während Myogur damit beschäftigt war, ihre Armwunde zu verbinden.

Jetzt überholten die ersten Plünderwölfe den Kriegskoloss und versuchten, ihn einzukreisen. Elyamur machte seinen Bogen bereit, die Rot-Elben ebenso.

»*El-Ya-Mi? Was ist?*«, fragte Drogh träge.

Elyami versuchte verzweifelt, sich gleichzeitig auf den Kriegskoloss und die Wolfsreiter zu konzentrieren, deren Pfeile nun das Kastell umschwirrten.

Gorins bärtiges Gesicht erschien auf der obersten Plattform des linken Kampfturms. »Jha Rudra ist nicht hier oben!«, rief er zu den anderen herunter. »Und der Statthalter auch nicht! Ich kann sie nirgendwo finden.«

Ein Klumpen wie aus Eis breitete sich in Elyamis Bauchgegend aus. Sie hatte die Diebespriesterin fast vergessen. War sie etwa zusammen mit Darquato in die Tiefe gestürzt?

»Hat irgendjemand sie gesehen?«, rief Gorin noch einmal vom Turm.

Wie als Antwort auf seine Frage erfüllte plötzlich der Schlag mächtiger Schwingen die Luft. Elyami schaute auf. Eine der Fledernattern war zurückgekehrt.

Zugleich fielen die Wolfsreiter plötzlich zurück und verschmolzen im Rücken des Kolosses mit der Dunkelheit. Die fliegende Schlange aber begann, über dem Kastell im Nachtwind zu kreisen. In ihrem Sattel hockte eine Gestalt mit einem purpurfarbenen Umhang. Ihre brünetten Haare wurden von einem Silberreif notdürftig gebändigt, in ihrem blassen Elbengesicht blitzten amethystfarbene Augen. Die Kriegszauberin! Ein Sturmwind aus fauchenden Eiskristallen schien die Purpur-Elbin und ihr Reittier beständig zu umwehen.

Mehrere Elbenpfeile und ein Armbrustbolzen wurden auf die Fledernatter abgeschossen, doch der Eissturm fegte sie allesamt beiseite und in die Nacht hinaus.

»Euer ebenso barbarischer wie pathetischer Fluchtversuch ist hier zu Ende!«, rief die Purpur-Elbin verächtlich und deutete gebieterisch auf das Kastell.

Aus der Dunkelheit kam ein Umriss mit rabenschwarzen Schwingen herangeglitten. Elyami erkannte den nackten Körper einer Menschenfrau mit bläulich-grauer Haut. Die dürren Arme gingen in Schwingen mit nachtschwarzem Gefieder über, aus dem Gesicht einer Eule mit gebogenem Schnabel starrten große Augen voll kalten Feuers auf sie herab – die Kriegszauberin hatte ihre Strix herbeigerufen.

Lautlos wie eine nächtliche Wolke stieß sie herab, die Sichelklauen vorgestreckt. Elyami erkannte entsetzt, dass die alptraumhafte Kreatur direkt auf sie zuhielt! Doch sie war wie gelähmt und konnte nichts tun, als ihr entgegenzustarren …

Dann war plötzlich Galdra neben ihr und stieß sie zur Seite.

Hart schlug Elyami neben dem Podest auf den Knien auf. Die Klauen der Strix schlossen sich in der leeren Luft. Die Eulenfrau stieg mit einigen kräftigen Flügelschlägen empor, um sich als Nächstes auf die Zwergin zu stürzen. Galdra erwartete die Unterweltliche grimmig mit ihrer erhobenen Kristallaxt.

Ein grellblauer Blitz zuckte durch die Nacht, als die Winterseherin ihren Stab auf die Strix richtete. Diese löste sich in einer Schattenwolke auf, um dem blauen Saphirfeuer zu entgehen. Dann nahm sie wieder Gestalt an und stieg zu einem neuen Anflug auf, während Elbenpfeile wirkungslos durch ihren schwarzen Körper hindurchflogen.

Elyami sprang unterdessen auf die Füße und stellte sich wieder auf das Riesenmeister-Podest. Sie durfte die Bindung zu dem Kriegskoloss, Drogh, nicht abreißen lassen! Hastig schaute sie sich um, wohin der Riese inzwischen gestampft war.

Vor ihnen breitete sich die freie Steppe aus. Mitten in der Weite entdeckte Elyami plötzlich eine einsame Gestalt. Dort ging Patitas, der greise Ork-Bettler. Er kam aus der Richtung, aus der auch die Strix gekommen war, und hatte den Kopf in den Nacken gelegt, um nach oben zu blicken. Folgte er dem Geschöpf der Unterwelt? Mit traumwandlerischen Schritten wandelte Patitas voran, mitten in den Weg des Kriegskolosses, den er gar nicht zu bemerken schien. Obwohl er sich tief unten bewegte, konnte ihn Elyami im Mondlicht gut erkennen. Nun hielt er direkt vor dem Koloss inne und schaute hinauf.

Etwas war anders an ihm. Elyami brauchte einen Moment, um zu realisieren, was es war. Patitas ging nicht mehr gebeugt und kriecherisch, er wirkte auch nicht mehr so alt und kraftlos. Er stand hoch aufgerichtet, fast schon stolz.

Dann stieß die Strix wieder herab, und diesmal war die Winterseherin ihr Ziel. Die Alte stolperte zurück, doch sie war viel zu langsam. Entschlossen hob sie ihren Stab, während ihre Arme vor Schwäche zitterten. Die Saphire an seiner Spitze leuchteten matt auf. Ihr Feuer erstarb, bevor es richtig entfacht war. Elyami begriff, dass die Seherin einem erneuten Angriff nichts mehr entgegenzusetzen hatte. Gleich würden die schwarzen Klauen der Unterweltlichen sich um ihren Leib schließen.

Plötzlich war Elyamur dazwischen. Die Alte keuchte entsetzt, als er sich vor sie drängte und mit seinem Schwert nach der Strix schlug – die Klinge glitt wirkungslos durch ihren Körper. Dann wurde Elyamur von den Vogelklauen gepackt und vom Deck gerissen.

»Nein!«, schrie Elyami auf ihrem Podest, unfähig, etwas zu tun. Sie konnte nur beobachten, wie die Strix Elyamur mit sich trug und ihren Schnabel öffnete, bereit, seine Lebenskraft in sich hineinzusaugen.

»Nein!«, hallte es nun auch von unten durch die Nacht. Es war Patitas, der jetzt ganz dicht vor dem Kriegskoloss stand. »Lass den Elb los!«, rief er. »Er hat Patitas geholfen!«

Zögerlich flatterte die Strix auf der Stelle. Dann kehrte sie um und schwebte wieder über das Deck. Sanft setzte sie Elyamur auf der Plattform ab, ehe sie sich in den Nachthimmel aufschwang. Elyami konnte nicht glauben, was sie da sah …

»Was soll das?«, rief die Purpur-Elbin auf ihrer Fledernatter. »Vernichte die Zwillinge! Ich *befehle* es dir!«

Doch die Strix kreiste weiter über dem Kastell. Dann legte sie den Eulenkopf in den Nacken und stieß einen Schrei aus, der Elyami durch Mark und Bein ging. Die Welt wurde plötzlich grau. Sie spürte, wie ihre Kräfte schwanden. Matt sank sie auf die Knie, unfähig, auch nur das Gewicht ihres eigenen Körpers zu tragen.

»Tochter der Unterwelt!«, rief Patitas. »Bring mich nach oben!«

Warum tat er das? Die Strix stieß auf den Ork-Bettler hinab, gleich würden ihre stählernen Krallen ihn zerfetzen und seine Überreste über der Steppe verteilen … Stattdessen ergriff sie ihn behutsam an den Schultern und stieg mit langsamen, majestätischen Flügelschlägen wieder auf. Sie trug Patitas in den Klauen und setzte ihn neben der Winterseherin auf der Plattform ab, dann erhob sie sich wieder in die Lüfte.

»Hab Dank, Tochter!«, rief ihr Patitas nach. Dann klatschte er energisch in die Hände. »Erwachet! Es ist noch nicht an der Zeit!«

Elyami spürte, wie der graue Schatten der Vergänglichkeit von ihr abfiel. Schwerfällig richtete sie sich auf und versuchte, einen klaren Kopf zu bekommen.

Da vorne stand Patitas auf dem Deck, stolz aufgerichtet, ein alter, verbrauchter Orkbettler mit einem abgebrochenen Hauer – und doch so viel mehr.

Elyami sah in seine Augen. Es waren Augen wie zwei winzige Spiralnebel, die alle Farben der Schöpfung in sich einschlossen.

Die Winterseherin schaute Patitas ungläubig an.

»Nidhanas …«, flüsterte sie und beugte ihr Haupt vor dem Alten. »Aber wie … Wo bist du gewesen?«

Patitas' Lippen verzogen sich zu einem Lächeln, das vielleicht traurig war, vielleicht nachdenklich und vielleicht etwas ganz Anderes.

»Ich hatte mich verloren«, sagte er. »In diesem Körper, in dieser Welt und im schwarzen Schnaps von Quolûr. Deine Schützlinge haben mich gefunden. Oder fand ich sie?« Er schwieg einen Moment. Oben kreiste die Purpur-Elbin lauernd auf ihrer Fledernatter. »Der Anblick meiner unterweltlichen Tochter hat etwas in mir befreit«, fuhr er fort. »Ihr Schrei der Vergänglichkeit hat mich geweckt. Nun bin ich hier.«

Er schaute hinauf zu der Strix, die noch immer über dem Kastell dahinglitt.

»Du warst schon zu lange gebunden. Kehre heim zu deinen Schwestern, Kind!«, rief er ihr zu. »Kehre heim zu deinem dunklen Horst jenseits der Pforten von Dvar!«

Die Strix breitete ihre stolzen Schwingen aus und schien für einen Moment den Mond zu verdunkeln. Dann löste sie sich in einer Wolke aus Schatten auf, schwärzer als der Raum zwischen den Sternen. Sie verschmolz mit der Nacht und war wenige Herzschläge später verschwunden.

Die Kriegszauberin auf ihrer sturmumbrausten Fledernatter

brüllte einen wüsten Fluch auf Purpurwort, dann trieb sie ihr Reittier zum Angriff vor. Sie hatte ihren rechten Arm erhoben, in ihrer Hand schimmerte eine faustgroße Schneeflocke aus Kristall.

Ein dumpfes Klacken war zu hören. Plötzlich steckte ein langer stählerner Speer in der Flanke der Fledernatter. Die Schlange zuckte zusammen. Kraftlos glitt sie mitsamt der Kriegszauberin dem Boden entgegen und verschwand aus Elyamis Sichtfeld. Vom Kampfturm ertönte Gorins grimmiger Jubelruf. Die gewaltige Durchschlagskraft der Ballista hatte Vylamis Eissturm durchdrungen.

Auf dem Deck standen sich nun die Winterseherin und Patitas – nein, Nidhanas! – gegenüber, als hätte alles um sie herum keine Bedeutung.

»Ich wusste nicht, dass du noch da bist … Ich habe so viele Fragen!«, sagte die Winterseherin zu dem Alten.

»Fragen habe ich auch«, erwiderte Nidhanas ernst. »Wie ich gehört habe, hast du meiner Schwester, der Weberin, einen Orakelspruch abgetrotzt. Das war kühn, aber gefährlich. Solch ein Spruch hat immer mehr als eine Bedeutung. Wir müssen reden.«

»Ja, lasst uns reden!«, rief plötzlich eine weitere Stimme.

Elyami fuhr herum.

Es war Statthalter Darquato, der sich soeben über die Brüstung des Kastells auf die Plattform schwang. Er hatte seinen Helm verloren, sein langes schwarzes Haar peitschte offen im Wind. Seine Rüstung war an der Schulter eingedrückt, ansonsten schien er unversehrt zu sein. Der Statthalter war unbewaffnet, trug weder Schwert noch Dolch. Mit festen Schritten bewegte er sich auf Nidhanas und die Winterseherin zu.

»Es ist lange her, dass wir drei das letzte Mal aufeinandergetroffen sind«, sagte der Statthalter mit einer stählernen Stimme, die nicht seine eigene war – in ihr schwang die Macht der Unterwelt mit. Der Kettenfürst hatte die Kontrolle übernommen.

Elyami starrte die drei an. Bilder aus ihren Königsträumen

stiegen in ihr auf. Für einen Moment sah sie die Schwebenden Gärten des Silberklosters Ilyún vor sich. Sie sah eine junge Zauberin mit saphirblauen Augen im Silberschleier, einen marmorschönen Jüngling und einen stolzen Kriegszauberer in schwarzen Gewändern.

»Dáman«, sagte die Winterseherin eindringlich. »Es ist an der Zeit, loszulassen. Der wahre Herr des Rostroten Throns ist wieder da. Gib deine Macht über die Unterwelt auf, ehe nichts mehr von dir übrig ist, und die Ketten werden dich freigeben!«

Der Kettenfürst lachte freudlos auf. »Rührend, wie ergeben du ihm immer noch bist – selbst in dieser räudigen Gestalt«, höhnte er. »Doch ich glaube, du verkennst die Lage. Dein Liebster ist in diesem hässlichen Avatara gefangen, in einem Kerker aus Fleisch. Die Macht der Unterwelt untersteht ihm nicht mehr, solange ich auf dem Rostroten Thron sitze.«

»Du hast mich mit deinem Speer überrumpelt«, erwiderte Nidhanas ruhig. »Du hast mein Reich erobert, doch du wirst es nicht halten können. Erkenne, dass mein Thron zu groß ist für deine begrenzte Macht. Sonst übersteigt deine Hybris die Grenze zur Dummheit.«

Der Kettenfürst fixierte den Gefallenen kalt. »Dein verwesender Körper ist alles, was mich von der vollkommenen Kontrolle trennt. Viele Jahre habe ich dich vergeblich gesucht. Nun stehst du hier vor mir, zusammen mit den Zwillingsseelen. Odrana, du hast mir gut gedient.«

»Du kannst dich nicht gegen die göttliche Ordnung stellen und zu gewinnen hoffen«, sagte die Winterseherin. »Das ist Wahnsinn, Dáman.«

»Ich habe doch schon längst gewonnen«, erwiderte der Kettenfürst ungerührt. »Die Macht der Götter schwindet. Bald werde ich allein herrschen und auf ewig über diese Welt gebieten.«

»Der Orakelspruch besagt etwas Anderes«, sagte die Seherin.

»Das weißt du besser, alte Frau«, gab der Kettenfürst zurück. »Er zeigt eine Möglichkeit auf, mehr nicht. Und selbst wenn …

Solch ein Spruch hat immer mehr als eine Bedeutung. Sagte das nicht gerade dein weiser Gefallener?« Er grinste Nidhanas kalt an, der seinen Blick gelassen erwiderte.

»Ja, mehr als eine«, gab er zurück. »Doch unsere Handlungen bestimmen, welche Deutung die Überhand gewinnen wird. Und dein Stolz führt dich direkt in deinen Untergang.«

»Dein Fehler, das so zu sehen!«, donnerte der Kettenfürst.

Er trat einen Schritt zurück und breitete die Arme aus. Schwarze Flammen stiegen plötzlich aus seinen Handflächen auf, kalt wie die Feuer der Unterwelt.

Chasri feuerte einen Pfeil auf ihn ab, der noch in der Luft in Flammen aufging und als Asche zu Boden fiel.

»Dáman!«, rief Odrana. »Die Aura dieses Menschen ist es nicht gewohnt, magische Kraft zu kanalisieren. Du wirst deinen Diener damit verbrennen!«

»Dafür ist er mein Diener!«, triumphierte der Kettenfürst. »Du verstehst nichts von wahrer Ergebenheit. Er hat seinen Geist ganz hingegeben, damit ich ihn erfüllen kann. Die Macht des Throns verrät mir Tag für Tag neue Geheimnisse. Ich bin nicht so begrenzt, wie du glaubst, Odrana.«

Er legte den Kopf in den Nacken und schloss die Augen, während die schwarzen Flammen auf seinen Handflächen höher züngelten. Als er die Augen wieder aufschlug, waren sie glänzend schwarz, und rostrote Striemen breiteten sich auf seiner Haut aus. Es waren Kettenmuster, die bald bis hinauf zu seiner Augenpartie reichten. Dort, wo auch die ewigen Ketten auf dem Rostroten Thron in Dámans Fleisch schnitten.

Der Kettenfürst trat einen Schritt auf Nidhanas zu.

»Herbei, ihr Schatten der Unterwelt!«, rief der Gefallene. »Herbei, ihr Furien, Strigae und dunklen Archonten. Euer Herr ist zurück!«

Nichts geschah. Das Grinsen auf Darquatos Gesicht wurde breiter. »Die Pforten von Dvar sind fest verschlossen«, sagte er und näherte sich weiter.

Die Winterseherin richtete ihren Saphirstab auf ihn, doch der

Kettenfürst machte beiläufig eine wegwerfende Handbewegung. Der Stab klapperte über das Deck.

Chasri und Myogur drangen mit ihren Schwertern auf ihn ein, und der Fürst schleuderte auch sie mit einem Wink gegen einen der Kampftürme. Nun hatte er Nidhanas fast erreicht und streckte seine Hände, in denen schwarze Flammen loderten, nach ihm aus.

Elyami beobachtete mit wachsendem Schrecken, was geschah. Alles Mögliche, was sie über Dáman, über den Kettenfürsten, gehört hatte, wirbelte ihr durch den Kopf. Schließlich begann sie zu singen, leise und eindringlich. Es war jene Sommerweise über die Düfte der Wälder, mit der sie vor einiger Zeit die Dünste der Sumpflande vertrieben hatte. Doch diesmal rief sie den Geruch einer anderen Pflanze herbei.

Der Kettenfürst hatte Nidhanas inzwischen bis zur Brüstung zurückgedrängt, die Hände ausgestreckt, um den Avatara im unterweltlichen Feuer zu verbrennen. Als der schwere, trocken-süßliche Geruch von Zimt über das Kastell zog, hielt er mitten in der Bewegung inne. Er runzelte irritiert die Stirn und senkte unwillkürlich die Hände.

Das war der Moment, in dem Galdra ihn brüllend von hinten angriff. Sie packte Darquatos Hüften mit ihren kettengepanzerten Armen und stieß ihn ungebremst mit aller Kraft gegen die Brüstung. Gemeinsam kippten sie über das Geländer und stürzten vom Kastell.

Wie erstarrt blieb Elyami auf dem Deck zurück. Was war mit Galdra geschehen?

Dann entdeckte sie das Seil, das mit einem Wurfhaken an einem Pfahl festgemacht war und sich straff über das Deck spannte, bis zu der Stelle, wo die Zwergin Darquatos Körper mitgerissen hatte.

»Könntet ihr mich jetzt endlich heraufziehen?«, kam es von unten. »Ich hänge hier, im Bart!«

Elyamur und Gorin eilten sofort herbei, um das Seil einzuholen. Elyami atmete erleichtert aus, als sie einen Blick nach unten warf. Dort sah sie Galdra, die sich im Bart des Riesen festklammerte – und weiter unten, in einem der tiefen Fußabdrücke, lag ein Körper in schwarzer Rüstung mit verdrehten Gliedmaßen.

Eine Hand legte sich in diesem Moment auf ihre Schulter.

»Der wird kein Unheil mehr anrichten.«

Elyami fuhr herum. »Jha Rudra!«

Sie fiel der Diebespriesterin um den Hals, die immer noch schwer atmete. Anscheinend hatte sie sich gerade erst aufs Deck gezogen. Endlich waren sie alle wieder zusammen! Und sie hatten den Gefallenen gefunden – schon vor Wochen.

FÜNFUNDDREISSIGSTES KAPITEL

DIE RUINENSTADT TURQUARA IN DEN TIEFEN DER PHÖNIXSTEPPE

Reihen von geborstenen Säulen zeichneten sich als schwarze Umrisse vor dem dunkelblauen Himmel ab, wo langsam die Sterne verblassten und das zarte Rot des Morgens den Horizont überzog. Die Außenmauern steinerner Tempel umstanden leere Plätze, über die einsam der Wind strich. Ihre Innenräume waren leer, die Reste der Dachgiebel geschwärzt vom Ruß eines schon lange verloschenen Feuers.

Überreste von kleinen Lehmgebäuden drückten sich ringsum in weiten Kreisen ins Steppengras und gaben einen Eindruck davon, wie groß die Stadt zu ihrer Glanzzeit gewesen sein mochte. Die ehemaligen Prachtstraßen, die aus allen vier Himmelsrichtungen zum Stadtzentrum führten, waren gesäumt von mächtigen Statuen, die Zentauren darstellten. Sie präsentierten Langbögen und Kriegslanzen, die lockigen Bärte fielen ihnen weit auf die Brust herab. Doch auch vor ihnen hatte die Zeit nicht Halt gemacht: Dem einen fehlte ein Kopf, dem anderen wuchs nur noch ein Armstumpf aus dem Torso. Oder es waren lediglich leere Sockel mit abgebrochenen Hufen zu sehen, die davon kündeten, dass hier einst eine Statue gestanden hatte.

Gorin war schon bei der Ankunft aufgefallen, dass die Stadt mit exquisiter Steinmetzkunst errichtet worden war. Normalerweise hätte es ihn gereizt, sich hier weiter umzuschauen, doch die Ereignisse der Nacht hatten ihn völlig erschöpft und zugleich aufgewühlt.

Sie rasteten im Innenhof einer Ruine neben einer tiefen Zisterne, die noch immer Wasser speicherte. Die Rot-Elben hatten es sogar gewagt, im Schutz einer Mauerecke ein Feuer zu entfachen.

»Orks trauen sich für gewöhnlich nicht hierher«, hatte Dyomur gesagt. »Turquara war einst die Hauptstadt des alten Zentaurenreichs Caranophis, das von den Ork-Clans aus Komashtu zerstört wurde. Seitdem fürchten die Orks die Geister der Zentauren, die noch in den Ruinen umgehen sollen.«

Der Rotsänger war mit seinen Leuten im Laufe der Nacht zu ihnen gestoßen. Sie hatten drei Pferde mit leeren Sätteln mit sich geführt, deren Reiter nie mehr über die Steppe jagen würden. Vier weitere Elben waren zudem bei den Gegenangriffen der Wolfsreiter verwundet worden, doch schließlich war es ihnen gelungen, sich von den Orks zu lösen und zu fliehen.

Die Gestalt von Drogh, dem Kriegskoloss, stand inmitten der Ruinen auf einem freien Platz. Wenn sein tiefes Schnarchen nicht gewesen wäre, hätte man ihn ohne weiteres für ein besonders mächtiges Gebäude halten können. Seit die Last des hölzernen Kastells nicht mehr seine Schultern niederdrückte, wirkte er sogar noch ein gutes Stück größer. Gorin betrachtete ihn nachdenklich. Er glaubte, ein breites Lächeln in dem zerfurchten Gesicht des Riesen zu erkennen.

Gleich nach ihrer Ankunft bei den Ruinen von Turquara hatten sie das Kastell auf Elyamis Bitten hin geräumt und die Steuerketten aus Droghs Ohren entfernt. Dann hatte die Grünsängerin dem Koloss lange gut zugeredet, unterstützt von Dyomur, dessen Rotgesang offenbar ebenfalls zu dem Riesen durchdrang. Schließlich hatte Drogh sich aufgerichtet. Die Konstruktion aus Palisaden, Decks und Kampftürmen war von seinen Schultern gerutscht und krachend zu einem hölzernen Trümmerhaufen zerfallen. Die Rot-Elben fütterten nun das Feuer mit ihren Überresten.

Um zwei Säulen, die in der Nähe standen, hatten sich die Körper mächtiger Schlangen gewunden, die gelegentlich ihre zusammengelegten Flügel im Schlaf regten. Elyami stand gerade bei ihnen und sang leise vor sich hin. Gorin glaubte, ein reptilienhaftes Zischen aus ihrem Lied herauszuhören. Die Fledernattern waren plötzlich über dem Kastell aufgetaucht, als Turquara bereits am Horizont zu sehen gewesen war. Erst hatten sie mit einem weiteren Angriff gerechnet und ihre Schusswaffen bereitgemacht, doch dann hatten sie bemerkt, dass die Flugsättel leer waren. Die fliegenden Reptile waren einfach nur zu ihrem gewohnten Schlafplatz zurückgekehrt und hatten sich friedlich um ihre Masten geschlungen. Gorin waren die Viecher trotzdem nicht geheuer, doch Elyami hatte sich um sie gekümmert und schließlich dafür gesorgt, dass sie sich vor der Zerstörung des Kastells einen neuen Platz in den Ruinen suchten.

Langsam ließ er den Blick über das Lager schweifen. Sie hatten einige viel zu kurze Stunden der Ruhe hinter sich, in denen Gorin zu schlafen versucht hatte, doch er war einfach zu angespannt. Und den anderen schien es ähnlich zu gehen. Elyami beschäftigte sich noch mit den Schlangen, während Elyamur, Chasri und Galdra beieinandersaßen und hitzig über die Kämpfe auf dem Kastell diskutierten. Jha Rudra hatte sich zurückgezogen und hockte mit gekreuzten Beinen auf dem Boden, offenbar im Versuch zu meditieren.

»Der Kettenfürst hat mir das Leben gerettet«, hatte sie mit einem ungläubigen Lachen berichtet. »Darquato stand kurz davor, mir eine Hand abzuschlagen, während ich in den Haarsträhnen um Halt kämpfte. Dann hat er sich plötzlich umgedreht, sein Schwert fallen gelassen und mich nicht weiter beachtet. Sein Herr muss die Nähe des Gefallenen gespürt und die Kontrolle übernommen haben. Erinnert mich daran, mich bei ihm zu bedanken, bevor wir ihn stürzen.«

Nun saß sie dort, und man sah ihr kaum an, wie knapp sie dem Tode entronnen war. Gorin musste daran denken, wie der Kettenfürst damals von Nurdrin, dem Höhlengänger, Besitz ergriffen hatte. Er hatte mit derselben stahlkalten Stimme wie Darquato gesprochen. Und Duroscha hatte es nicht überlebt. Gorin war froh, dass Jha Rudra es geschafft hatte.

Einige Rot-Elben unterhielten sich am Feuer in ihrer eigenen Sprache gedämpft miteinander und warfen immer wieder scheue Seitenblicke zu jener Ruine, in die sich die Winterseherin vor einiger Zeit mit Nidhanas zum Gespräch zurückgezogen hatte. Gorin konnte noch immer nicht glauben, dass in der Gestalt eines alten Orkbettlers ein leibhaftiger Gott mit ihnen gereist war. Nachdenklich schaute auch er zu der Ruine. Er sah die Umrisse des alten Orks, der allein an einer langen Säulenreihe entlangschritt. Die Winterseherin aber kam zum Lager zurück. Sie ging gebeugt und stützte sich schwer auf ihren Stab. Elyamur hatte lange auf sie eingeredet, doch sie war nicht dazu zu bewegen gewesen, sich Ruhe zu gönnen.

Die Rot-Elben zogen sich respektvoll zurück, als sich die Zwillinge zum Gespräch mit der Seherin versammelten. Auch Jha Rudra wollte gehen, doch die Alte winkte sie heran.

»Danke«, sagte sie schließlich und schaute mit ihren tiefblauen Augen in die Runde. »Es tut gut, nicht mehr in diesem Käfig zu stecken. Auch wenn es überaus dumm war, was ihr in dieser Nacht getan habt. Man muss keine Seherin sein, um zu erkennen, dass ihr viele Fragen habt.«

»Und ich würde mich freuen, wenn Ihr sie diesmal beantwortet, ohne uns etwas zu verschweigen«, erwiderte Gorin und klang zu seiner eigenen Überraschung harscher, als er es beabsichtigt hatte.

Die Winterseherin nickte ernst. »Du hast recht, Gorin«, sagte sie. »Seht euch an. Als ich zum letzten Mal in Liráya und Tokrond zu euch gekommen bin, wart ihr halbe Kinder. Ihr kanntet nichts als die begrenzten Wege eurer Völker. Die Reise hat euch verändert. Es ist angemessen, dass ich offen zu euch spreche.«

»Gut«, sagte Elyamur. »Dann verratet uns doch, Alte mit den Schwanenfedern, was es mit den Zwillingsseelen des Orakelspruchs auf sich hat. Wer soll ihn erfüllen? Meine Schwester und ich?«

»Oder ich und mein Bruder?«, ergänzte Galdra rasch.

»Oder oblag es jenen beiden Zentauren, die von den Orks getötet wurden?«, fragte Elyami leise.

Die Winterseherin seufzte tief. »Ich weiß es nicht.«

»Was soll das heißen?«, fragte Gorin.

Ernst schaute ihn die Alte an. »Nun, das ist eine lange Geschichte. Einige Zeit, nachdem der Kettenfürst den Rostroten Thron an sich gerissen hatte, empfing ich jenen Orakelspruch, der euch nur zu gut bekannt ist. Sogleich machte ich mich auf die Suche nach Zwillingspaaren, die seinen Bedingungen entsprachen. Das kommt nicht oft vor, denn der Phönixkomet zeigt sich nur alle paar Jahre einmal. Ich habe bislang nur zwei Phönixnächte erlebt, die zugleich auch noch auf den Neumond gefallen sind. Lange bereiste ich die Reiche der Welt, wandte mich voller Unrast bald hierhin und bald dorthin und wurde schließlich als die Winterseherin bekannt, die stets nur für einen Winter an einem Ort verweilt, ehe sie wieder in die Ferne aufbricht. Ich erforschte die Geburtsumstände verschiedenster Zwillingspaare – bei Menschen und Goblins, Ogern und Gnomen, selbst bei Hügelriesen und noch einigen mehr. Immer schien irgendetwas nicht zu passen. Aber ich gab nicht auf, suchte weiter und weiter. Und schließlich wurde ich fündig, im Waldreich Liráya, bei der Birkenkindersippe, in der einige Jahre zuvor zwei Kinder geboren worden waren, in der letzten mondlosen Phönixnacht, bevor ich den Orakelspruch empfing. Ich fand euch, Elyami und Elyamur.« Die Elben schauten sich an, Galdra zupfte sich unbehaglich die Bartzöpfe. »Doch einige Jahre später stieß ich auf eine weitere Spur, der ich ebenfalls folgte: Tatsächlich waren in derselben Nacht weitere Zwillinge unter den Schwingen des Phönix geboren worden, im Festungsreich Tokrond: Galdra und Gorin. Auf euch trifft der Spruch genauso zu wie auf die beiden Elben.« Galdra nickte befriedigt. »Und das gilt auch für die beiden Zentauren Anthrite und Althros, die viele Jahre später in jener einen mondlosen Phönixnacht geboren wurden, die ich bewusst verfolgt habe. Es gelang mir recht schnell, sie zu finden. Ihr alle seid die Zwillingsseelen des Orakelspruchs.«

»Aber wer von uns wird ihn erfüllen?«, drängelte Galdra.

Die Winterseherin schaute sie eindringlich an. »Der Spruch

zeigt bloß eine Möglichkeit auf«, sagte sie. »Ihr alle habt das Potential, sie zu ergreifen. Und ihr alle habt das Potential, dabei vernichtet zu werden, wie es den beiden Zentauren durch meine Unachtsamkeit widerfahren ist. Macht euch frei von der Vorstellung, zum Erfolg auserwählt worden zu sein. Alles ergibt sich nur aus eurem Handeln. Da habt ihr die Offenheit, die ihr wolltet.«

Elyamur starrte finster ins Feuer, während Elyami nachdenklich in die Nacht hinausschaute.

»Dann werden wir eben so handeln, dass wir Erfolg haben«, sagte Galdra fest und umklammerte den Schaft ihrer Streitaxt.

»Was genau war Euer Plan?«, fragte Gorin.

Die Alte seufzte wieder. »Eigentlich sollten alle drei Zwillingspaare in Ruhe ihre Fähigkeiten entwickeln können, ehe sie die große Aufgabe angehen. Doch ich habe mir damit zu viel Zeit gelassen. Der Kettenfürst hatte von dem Orakelspruch erfahren und ließ seine Häscher nach euch suchen. Über viele Jahre gelang es mir, euch alle erfolgreich zu verbergen, aber je mehr ihr heranwuchst, umso schwieriger wurde es, euch zu beschützen. Anthrite und Althros wurden als Erste entdeckt und von den Blutketten-Orks getötet, bevor ich ihnen zu Hilfe eilen konnte. Da wusste ich, dass ich nicht mehr länger warten durfte. Die Kettenheere hatten inzwischen mit Swertengund das letzte hundertbürgische Herzogtum erobert. Schon bald würden sie nach Tokrond und Liráya greifen. Ich musste handeln und euch alle – die verbleibenden Zwillingsseelen – endlich eurer Aufgabe zuführen. Also flog ich ins Waldreich und sprach zum Rat der Jahreszeiten. Ihr wisst, was danach geschah.«

»Warum zuerst nach Liráya?«, fragte Galdra misstrauisch. »Warum nicht nach Tokrond?«

Die Winterseherin presste die Lippen aufeinander. »Ich wollte Elyami und Elyamur als Erste gegen den Kettenfürsten ins Feld führen. Ihr beide, Galdra und Gorin, solltet zunächst noch in der relativen Sicherheit des Festungsreiches verbleiben und euch bereithalten, für den Fall der Fälle …«

»Ihr meint, für den Fall, dass Elyami und ich versagen?«, fragte Elyamur spitz.

»Und Gorin und ich waren nur Eure zweite Wahl?«, fragte Galdra nicht minder aufgebracht.

»Ihr habt Offenheit verlangt«, gab die Alte ungerührt zurück. »Gegen einen Gegner wie den Kettenfürsten musste ich meine Mittel mit Bedacht einsetzen. Doch es stellte sich heraus, dass ich schon wieder nicht vorausschauend genug agiert hatte. Der Kettenfürst war bereits dabei, Liráya und Tokrond mit seinen Dienern zu infiltrieren. Ich spürte, dass sich die zwergischen Zwillingsseelen in größter Gefahr befanden. Also war ich dazu gezwungen, den Plan zu ändern und auch euch, Gorin und Galdra, ebenfalls sofort auf den Weg zu schicken, zeitgleich mit den elbischen Zwillingsseelen. In Swertenburg hätte ich euch alles erklärt. Leider sorgte die Purpur-Elbin Vylami mit ihrer Strix dafür, dass es nicht dazu kam.«

»Stattdessen wären wir fast aufeinander losgegangen, weil Ihr uns nichts von den anderen Zwillingsseelen erzählt habt«, sagte Elyamur vorwurfsvoll. Die Erklärungen der Winterseherin schienen ihn nicht zufriedenzustellen.

»Nun, ich habe euch nie gesagt, dass ihr die einzigen wärt«, erwiderte die Winterseherin. »Das war eure eigene Schlussfolgerung.«

»Die Ihr gerne in Kauf genommen habt«, sagte Gorin grimmig. »Was wäre Euer Plan gewesen, wenn wir es gemeinsam bis nach Swertenburg geschafft hätten?«

Die Alte blickte zu Jha Rudra, die bislang geschwiegen hatte. »Dann wäre unsere gute Zelja-Priesterin ins Spiel gekommen«, sagte sie. Jha Rudra schaute auf. »Ich hätte sie mit der Aufgabe betreut, euch bei der Grauen Ratte und den Widerstandsgruppen in anderen Teilen der Kettenlande für einen Angriff aus dem Hinterhalt auszubilden, so wie es gegen den Kettenfürsten nötig ist.«

»Damit hatte ich ja durchaus auch begonnen«, sagte die Priesterin mit einem Lächeln.

»Indem du sie in ihrer ersten Mission gleich in die Gewölbe der Zitadelle von Swertenburg geschickt hast, um einen streng bewachten Brutkessel zu zerstören«, seufzte die Alte. »Ich wünschte, du würdest irgendwann lernen, etwas vorsichtiger zu sein.«

»Ich bin immer vorsichtig«, gab Jha Rudra zurück. »Jedenfalls am Anfang. Ich ergreife nur gern gute Gelegenheiten. Und bislang lebe ich noch – und Ihr auch, Winterseherin.«

Die Alte schenkte ihr einen tadelnden Blick, ehe sie fortfuhr. »Während eurer Ausbildung bei der Grauen Ratte hätte ich meine Nachforschungen über die Mysterien des Rostroten Throns und die möglichen Schwächen des Kettenfürsten fortgesetzt.«

»Ihr meint Schwächen wie den Geruch von Zimt?«, unterbrach sie Elyami.

Die Winterseherin schnaubte halb verärgert und halb belustigt. »Ich weiß wohl, welche absurden Heldensagen die Geschichtenerzähler um Dáman und mich gesponnen haben«, erwiderte sie. »Aber dass Zimt eine magische Bannkraft auf ihn ausüben soll, habe ich noch nie gehört. Es stimmt, dass Dáman diesen Geruch nicht leiden kann. Als er noch ein kleiner Junge in den Gassen von Sorletta war, hat er die Zimtschnecken der Straßenverkäufer geliebt. Einmal ist er halb totgeprügelt worden, als er sich eine stehlen wollte, und seit dieser Demütigung hat er eine Abneigung gegen Zimt, mehr aber auch nicht. Dein Duftgesang schien ihn allerdings hinreichend irritiert zu haben, Elyami.«

Die Elbin nickte, wenn auch ein wenig enttäuscht.

Die Winterseherin fuhr fort: »Ich hätte also weiter nach Möglichkeiten geforscht, gegen den Kettenfürsten vorzugehen. Allerdings muss ich zugeben, dass ich bereits die meisten Quellen vergeblich ausgeschöpft habe. Selbst in so fernen Ländern wie Kta Lun oder Makhura habe ich Bibliotheken durchforstet und mit Weisen gesprochen. Vermutlich besitzt nur der wahre Meister des Throns selbst das Wissen, das wir benötigen. Es ist gut, dass ihr ihn gefunden habt. Ihr seid die Sache besser angegangen, als ich es getan hätte.«

»Ich hatte nämlich recht mit Quolûr«, konnte sich Galdra nicht verkneifen einzuwerfen.

»Und ich kann immer noch nicht glauben, dass uns ein Trinklied zu ihm geführt hat«, fügte Elyamur indigniert hinzu.

Die Winterseherin schmunzelte. »Ein Trinklied mit einem Funken Wahrheit«, sagte sie. »Der Herr der Vergänglichkeit weilt mit Vorliebe in den Sumpflanden des Ostens, wo Werden und Vergehen besonders eng beieinanderliegen.«

»Aber warum sieht er nun aus wie ein Ork?«, fragte Gorin, den dieser Umstand schon seit einer Weile beschäftigte.

»Warum nicht?«, erwiderte eine Stimme aus der Nacht. Nidhanas trat zu ihnen in den Schein des Feuers.

Elyamur sprang auf und verbeugte sich tief. Jha Rudra neigte sich ebenfalls vor und berührte mit ihrer maskenbedeckten Stirn den Boden. Gorin überlegte noch, wie er seine Reverenz erweisen sollte, als der alte Ork schon beschwichtigend die Hände hob.

»Hebt euch das für die Zeit auf, wenn meine Tempel wieder von meinem Geist erfüllt sind«, sagte er grimmig. »Vorerst bin ich so sterblich wie ihr und spüre dieselbe Kälte in meinen alten Knochen.«

Er setzte sich nah ans Feuer. Alle schauten ihn erwartungsvoll an.

»Ihr Sterblichen legt größten Wert darauf, ob jemand nun ein Ork ist oder ein Zwerg, ein Mensch oder ein Goblin«, fuhr der Alte fort. »Aus meiner Sicht allerdings ist der Unterschied verschwindend gering. Sie alle zerfallen früher oder später zu Staub. Diese Gestalt ist so gut oder schlecht wie jede andere.«

»Ich erinnere mich, dass du dich früher gerne in Schönheit gekleidet hast«, erwiderte die Winterseherin leise.

Nidhanas sagte nichts dazu und schaute ins Feuer. »Ihr wollt den Kettenfürsten stürzen«, begann er schließlich. »Das ist momentan nicht möglich. Solange er auf die Macht des Throns zurückgreifen kann, sind alle weltlichen Mittel gegen ihn wirkungslos. Wenn ihr ihn besiegen wollt, müsst ihr ihn zuerst von seinem Thron trennen.«

»Und wie machen wir das?«, fragte Galdra.

»Ihr müsst die Ketten sprengen, die den göttlichen Thron in der Welt des körperlich Greifbaren verankern«, erwiderte Nidhanas. »Allerdings gibt es nichts, was dies zu vollbringen vermag. Die Ketten sind aus demselben Material geschmiedet wie der vierzackige Speer des Kettenfürsten und unzerstörbar.«

»Unzerstörbar?«, fragte Gorin ungläubig. »Welcher Werkstoff hat diese Eigenschaft? Und wie stellt man ihn her?«

»Dáman hat sowohl den Vierzack als auch die Ketten mit der elementaren Essenz aus allen vier Quellen der Elemente geschaffen, wo sie in reiner Form vorliegen«, erklärte der Gefallene. »Die Quellen sind die vier Orte in der Welt, an denen die Macht der Unsterblichen mit eurem Kosmos des körperlich Greifbaren verbunden ist. Sie stehen in gewisser Weise dem Göttlichen und dem Sterblichen gleichermaßen nahe.« Er schwieg einen Moment nachdenklich. »Was ich euch nun verrate, ist ein Geheimnis der Unsterblichen, das nie für diese Welt bestimmt war: Die gebündelte Essenz aller vier Elemente im perfekten Gleichgewicht ergibt Mahacatur, ein Material, das von Sterblichen geführt werden kann und zugleich machtvoll genug ist, um Göttern zu schaden – wie ich selbst feststellen musste. Aus naheliegenden Gründen haben meine Geschwister und ich es bislang vermieden, dieses Wissen in den Sterblichen Landen zu verbreiten.«

Gorin nickte. Er erinnerte sich daran, wie er Ralyazurs Banndolch mit einer Unze Catur tauschiert hatte, einer kostbaren Mischung der Elemente aus künstlicher metallurgischer Fertigung. Um wie vieles mächtiger musste dieses Mahacatur sein, wenn es aus den elementaren Quellen selbst stammte.

»Wie hat der Kettenfürst das angestellt?«, fragte Elyami. »Wie konnte er Ketten aus diesem Metall schmieden?«

»Ein Metall, von dessen Existenz ich bislang auch nichts

wusste«, ergänzte die Winterseherin missmutig. »Obgleich ich ausgiebig nach Dámans Vierzack geforscht habe.«

»Ich weiß nicht, woher Dáman sein Wissen nahm«, erwiderte der Alte. »Aber ich bin mir sicher, dass er die vier Quellen der Elemente aufgesucht hat, ihnen etwas von ihrer Essenz entriss und daraus Mahacatur geschaffen hat.« Er schaute eindringlich in die Runde. »Das müsst ihr auch tun.«

Fragende Blicke wurden gewechselt.

»Auch ihr müsst zu den Quellen der Elemente reisen«, erklärte Nidhanas. »Dort müsst ihr die elementare Essenz einsammeln, um euren eigenen Vierzack damit zu schmieden. Mit seiner Macht könnt ihr die Ketten des Kettenfürsten sprengen. Wenn sie zerstört sind, ist es möglich, Dáman vom Rostroten Thron zu trennen. Dann wird er nur noch ein Sterblicher sein – wenn auch der größte Zauberer seiner Generation. In dieser Gestalt müsst ihr ihn besiegen, um eure Aufgabe zu erfüllen.«

»Das war noch nicht alles«, sagte die Winterseherin ruhig. Es war eine Aussage, keine Frage.

Nidhanas nickte. »Ja. Eure Reise zu den elementaren Quellen wird nicht einfach werden. Ihre Reinheit wurde durch Dámans Raub an ihrer Essenz beschmutzt. Die Verbindung zwischen sterblicher und göttlicher Welt ist seitdem getrübt. Das ist der Grund dafür, warum es für euch immer schwieriger wird, die Hilfe der Götter zu erflehen.«

»Also haben sie sich nicht abgewendet …«, murmelte Jha Rudra nachdenklich.

»Es muss euch gelingen, die Essenz aus den Quellen zu schöpfen«, fuhr Nidhanas fort. »Diese Essenz muss geweiht werden im heiligen Namen meiner Schwester, der Weberin Iyanuri. Dann wird euer Vierzack mit ihrem Gewebe der kosmischen Ordnung verbunden sein, ein machtvolles Gegenstück zur Waffe des Kettenfürsten, die für die Zerstörung dieser Ordnung erschaffen wurde.«

Für einen Moment herrschte Schweigen. Galdra durchbrach es als Erste.

»Gut«, brummte sie. »Wo müssen wir also hin?«

»Die elementaren Quellen liegen vor sterblichen Augen verborgen an entlegenen Orten der Welt«, sagte Nidhanas. »Und es gibt machtvolle Wächter, die ein frevlerisches Eindringen verhindern sollen. Dáman war der Erste, dem es gelang, sie zu überwinden. Doch ihr müsst es ihm nicht gleichtun. Ich werde euch mit dem nötigen Wissen ausstatten, um die Quellen sicher als Pilger zu erreichen. Zunächst einmal müsst ihr …«

Plötzlich hielt er inne. Dann stand er auf und starrte in die Dunkelheit jenseits der Flammen.

»Ich spüre Ruhelose im Zwielicht«, flüsterte er angespannt. »Seelen, für die die Pforten von Dvar verschlossen sind. Sie nähern sich.«

»Die Geister von Turquara?«, fragte die Winterseherin und erhob sich ebenfalls, fest auf ihren Stab gestützt.

Auch Gorin sprang auf die Füße, die Armbrust in den Händen. Die anderen taten es ihm gleich. Etwas war nicht in Ordnung.

»Nein«, murmelte Nidhanas, der immer noch ins Dunkel starrte. »Sie sind mächtig, aber nicht an diesen Ort gebunden. Sie …«

Plötzlich surrte etwas durch die Luft. Elyamur sprang vor und stieß Nidhanas um. Der Alte stolperte zur Seite, Elyamur wurde gegen eine Säule geschleudert. Ein Pfeil zersprang an seiner Adamantglas-Rüstung, schwarz wie die Nacht. Seine Splitter lösten sich von einem Herzschlag zum anderen in Nichts auf.

»Ein Angriff!«, brüllte Galdra und riss ihre Axt aus dem Tragriemen. »In die Ruine!«

Alle liefen zu einem nahen Torbogen, um sich tiefer in den Schutz der Mauern zurückzuziehen. Elyamur beschirmte Nidhanas, Elyami stützte die Winterseherin, die es sich notgedrungen gefallen ließ. Schon nach wenigen Schritten hielten sie inne.

»Es geht nicht weiter!«, rief Elyamur und legte die Hände auf einen Widerstand in der Luft. Dann spürte auch Gorin das Hindernis. Der Torbogen, der in das alte Gebäude führte, lag nur wenige Schritte vor ihnen, war jedoch unerreichbar. Es war, als ob sich vor ihnen eine unsichtbare Mauer erhob.

Da bemerkte Gorin einen kleinen Gegenstand, der am äußersten Rand des Lichtscheins von ihrem Lagerfeuer auf dem Boden lag. Es war ein silbernes Amulett, eingelegt mit purpurfarbenen Steinen. Eine verschlungene elbische Zauberglyphe prangte in seiner Mitte. *Bannkreis.*

»Runter!«, rief Elyamur und drückte Nidhanas zu Boden.

Ein weiterer schwarzer Pfeil zischte über sie hinweg. Diesmal konnte Gorin erkennen, woher er gekommen war. In einiger Entfernung, zwischen den geborstenen Säulen, sah er den Umriss einer Zentaurin, deren Haarmähne zu mehreren kleinen Zöpfen geflochten war. Stolz erhob sich ihr Pferdeleib auf die Hinterbeine, während sie einen neuen Pfeil einlegte. Obgleich das Morgenrot heraufzog und der Welt erste Farben schenkte, blieb die Zentaurin schwarz wie die tiefste Nacht, nicht mehr als eine dunkle Kontur. Lediglich ihre Augen leuchteten wie rotglühende Kohlestücke.

Elbisches Kriegsgeschrei gellte durch die Ruinen. Chasri und die anderen Rot-Elben kamen aus einem Nebenhof herbeigelaufen, um ihnen beizustehen. Von einer Sekunde auf die andere erhob sich ein wütender Sturmwind zwischen den Mauern. Er kam aus dem Nichts, brüllte aber so machtvoll, dass die Elbenkrieger zurückgetrieben wurden. Ein weiterer Zentaur preschte heran. Er trug seine lange Mähne offen wie eine schwarze Schleppe und schien den Sturmwind mit gebieterischen Armbewegungen vor sich her zu treiben, den Rot-Elben entgegen. Auch seine Augen waren rotglühende Punkte in der Dunkelheit.

»Althros«, flüsterte die Winterseherin mit Grauen in der Stimme. »Das sind Anthrite und Althros.«

Neben der geisterhaften Bogenschützin trat nun eine große, breitschultrige Orkfrau aus den Schatten der Säulen. Ihr Gesicht war mit einer grinsenden Schädelfratze bemalt, in der Hand trug sie eine Art Knochenzepter, das an jedem Ende in eine scharfe Sensenklinge auslief. Einige Schrumpfköpfe waren mit den Haaren an eine Kordel gebunden, die ihr quer über die Brust verlief. Die Augen zweier Schrumpfköpfe glühten in unheilvollem Rot.

Die Orkin hob den Arm und deutete mit dem Zepter auf Nidhanas. Die Schattenzentaurin spannte ihren langen Kriegsbogen. So offen und ohne Deckung, wie sie in dem Bannkreis nahe des Feuers standen, konnte sie ihr Ziel kaum verfehlen.

Die Winterseherin trat entschlossen vor den Gefallenen. »Anthrite!«, rief sie in die Nacht hinaus. »Tu das nicht! Kämpfe gegen den Bann an, der dich hält!«

Einen Herzschlag lang schien die Schattengestalt zu zögern. Dann ließ sie den Pfeil los, er zischte durch die Luft und schlug in die Schulter der Winterseherin ein. Sie stürzte nach hinten, in Nidhanas' Arme.

»Odrana«, sagte der Gefallene tadelnd, während er sie vorsichtig zu Boden gleiten ließ. »Das hättest du wissen müssen.«

»Sie hat nicht auf mein Herz gezielt«, flüsterte die Winterseherin mit einem gequälten Lächeln. »So schlecht schießt Anthrite nicht …«

Elyami feuerte wütend einen Pfeil auf die Orkin ab. Er zerbrach an einer unsichtbaren Wand wenige Schritte vom Feuer entfernt, während die Zentaurin die Grün-Elbin als neues Ziel wählte.

Elyamur hechtete dazwischen. Der Pfeil prallte hart gegen das Schulterstück seiner Rüstung und zerbarst zu einer schwarzen Wolke. Mit schmerzverzerrtem Gesicht kam der Wolkentänzer wieder auf die Füße. Gorin schnaubte. Die Schattenpfeile der Geisterzentaurin drangen zu ihnen durch, doch von innen war die Barriere offenbar undurchdringlich.

Er legte einen Magiebrecher-Bolzen in seine Armbrust ein, auch wenn er sich seiner Wirkung nicht sicher war. Dieser Bannkreis war an eine machtvolle Glyphe gebunden. Höchstwahrscheinlich nützte es nichts, wenn er den Magiebrecher einfach gegen die unsichtbare Barriere abfeuerte. Ihre Kraft zog sie aus dem Amulett. Doch er musste es versuchen. Wenn er die

Barriere mit seinem Bolzen zerstören könnte, wäre ihr Fluchtweg wieder frei.

Wieder schoss ein schwarzer Pfeil heran. Elyamur zerteilte das Geschoss mit seiner Klinge, und es zerfloss zu Schatten. Gorin fragte sich, wie lange es dem Elb noch gelingen mochte, sie so zu schützen.

Eine helle Stimme erklang zwischen den Ruinen und übertönte sogar das Tosen des Geisterwindes, den Althros' Schatten gerufen hatte. Dyomur, der Rotsänger, sang gegen die Macht des Sturms an. Gorin sah, wie er zusammen mit Chasri und Algachur herbeigelaufen kam. Offenbar erschuf sein Gesang eine Art Ruhezone inmitten des tosenden Windes, gerade groß genug für den Elb und seine zwei Begleiter.

»Dyomur!«, rief Gorin ihm zu. »Das Amulett da vorne! Wirf es zu mir!«

Der Rotsänger nickte und rannte mit Algachur an seiner Seite darauf zu, während Chasri sich umdrehte und mit ihrem Bogen auf die Orkin anlegte.

Die Geisterzentaurin wandte sich ihr zu und feuerte einen Schattenpfeil auf sie. Chasri warf sich hinter eine Mauerecke. Der Pfeil zerbarst an der Wand.

Dyomur streckte seinen Arm nach dem Amulett aus, als eine große, bullige Gestalt von der Mauerkrone heruntersprang und direkt neben ihm zum Stehen kam. Gorin erkannte einen hünenhaften Ork-Krieger mit nacktem Oberkörper und stahlbekrönten Hauern. Zahllose Knochendornen wuchsen überall zwischen seinen Muskeln aus seiner Haut und bedeckten seinen Körper wie eine groteske Rüstung. Aus seinen Unterarmen aber ragten zwei lange, tödlich scharfe Knochenklingen.

Algachur sprang mit einem Kampfschrei vor und stieß mit der Lanze nach dem Ork, doch der Blutkettenkrieger schlug die Lanzenspitze zur Seite. Dyomur griff sich das Amulett, während Algachur herumwirbelte und seinen Lanzenschaft wie einen Kampfstab auf den Schädel des Ork-Kriegers niedersausen ließ. Dieser wich mit wölfischer Gewandtheit aus und stach seinem

Gegner eine Knochenklinge tief in den Bauch. Klappernd fiel die Lanze zu Boden, als Algachur zusammensackte. Gorin sah, wie die blutige Knochenklinge aus seinem Rücken ragte.

Der Ork-Krieger hob den Arm und stemmte den Körper des Rot-Elben vom Boden, der noch immer auf seine Klinge gespießt war. Dann schleuderte er ihn mit einem verächtlichen Schnauben in Richtung Dyomur. Der Rotsänger wurde von Algachurs Leiche begraben.

Etwas fiel vor Gorin auf den Boden. Es war das Silberamulett mit der elbischen Bannglyphe. Dyomur hatte es geschafft! Gorin legte sofort seine Armbrust darauf an und jagte aus nächster Nähe seinen Magiebrecher-Bolzen auf das filigrane Schmuckstück. Es zersprang in zwei Teile. Zugleich flammte einmal rund um das Feuer ein grünliches Licht auf und verlosch sofort wieder. Die magische Barriere war zusammengebrochen.

»Lauft!«, brüllte Gorin, während er seine Armbrust schulterte. »In die Ruine! Der Weg ist frei!«

Als Elyamur die verwundete Winterseherin auf seine Arme nahm, reagierte sie abwehrend, doch Elyamur ignorierte ihren Protest. Jha Rudra beschirmte unterdessen Nidhanas, und alle stürmten zum Torbogen.

Der Ork mit den Knochenklingen kam mit schnellen Schritten heran, um ihnen den Weg abzuschneiden. Die Diebespriesterin warf ihre Wurfeisen nach ihm. Der Krieger duckte sich darunter hinweg und schleuderte aus dem Nichts ein Knochengeschoss auf Jha Rudra. Es zerriss ihre Kleidung und hinterließ einen blutigen Striemen an ihrer Hüfte.

Aus dem Augenwinkel sah Gorin, wie Chasri einen Pfeil nach dem anderen auf die Orkfrau abfeuerte. Plötzlich aufkommende Windstöße fegten die Pfeile jedoch zur Seite, gelenkt von Althros' Schattengestalt. Die Orkin hob gebieterisch ihr Knochenzepter. Dann kam sie siegesgewissen Schrittes auf die Fliehenden zu, flankiert von den beiden Geisterzentauren.

Die Grün-Elben waren inzwischen zusammen mit der Winterseherin im Schutz der Ruine verschwunden. Nidhanas folgte ihnen dichtauf. Als er gerade an Jha Rudras Seite in den Torbogen eintauchen wollte, surrte ein schimmerndes Etwas durch die Luft, und Gorin erkannte eine Schneeflocke aus feinem Kristall. Sie streifte den Gefallenen. Gorin spürte einen Hauch von Winterkälte, der sich plötzlich entfaltete, obwohl er mehrere Schritte entfernt stand. Nidhanas erstarrte mitten in der Bewegung.

»Ab heute wird deine schäbige Existenz den wahren Meister des Rostroten Throns nicht mehr daran hindern, auf seine volle Macht zurückzugreifen, Gefallener!«, rief Vylami, die elbische Kriegszauberin, deren Gestalt Gorin nun oben auf der Mauerkrone ausmachen konnte.

Eine von Galdras Wurfäxten schwirrte knapp an ihr vorbei, und die Elbin schwang sich hinunter ins Innere der Ruine, wohin die Grün-Elben mit der Winterseherin verschwunden waren.

Entschlossen näherte sich der hünenhafte Ork-Krieger dem hilflosen Gott, die Knochenklingen zum Stoß erhoben. Jha Rudra stellte sich ihm grimmig in den Weg, während sie zugleich in eine ihrer Taschen griff. Der Ork fegte sie beiläufig mit seinem Ellenbogen beiseite. Sie prallte hart gegen eine Mauer und blieb benommen auf dem Boden liegen.

Plötzlich stand Galdra direkt vor dem Blutkettenkrieger und schlug mit ihrer Kristallaxt nach ihm. Ihr Gegner parierte ihren Schlag mit einem Grinsen.

»Sieh an, ein kleiner Zwilling«, sagte der Ork und ließ Galdras Axtblatt an seiner rechten Klinge abgleiten. »Ich habe mich darauf gefreut, euch endlich zu begegnen!«

»Dann bist du noch dümmer als die vierzehn Orks heute vor dir«, knurrte sie und schlug nach seinen Knien. Der Ork sprang über ihre Axt hinweg und wandte sich Nidhanas zu.

»Für einen Zwerg mit Felsgestein im Hirn bin ich noch klug genug«, grollte er und setzte zum Schlag gegen den reglosen Gefallenen an.

Galdra rammte ihn zur Seite. Der Schlag ging ins Leere.

»Gut, dass du dich stellst, Kleine«, knurrte der Ork. »Es hätte mir keine Freude bereitet, dich auf der Flucht von hinten zu töten.«

»Keine Sorge«, schnaubte sie. »Wir werden uns in die Augen blicken, während du unter meiner Axt verblutest.«

Der Ork lachte bellend auf. Dann drang er mit seinen Klingen auf Galdra ein.

Stahl traf auf Knochen in einem verbissenen Duell. Plötzlich schleuderte der Ork mit der Linken eine gezackte Knochenscheibe nach Galdra. Die Zwergin warf sich zur Seite, sodass das Geschoss an ihrem Kopf vorbeisurrte. Der Ork aber nutzte seine Chance und stieß mit seiner rechten Knochenklinge in ihre Deckung vor. Kettenglieder flogen durch die Luft, als die Klinge den Kettenmantel an Galdras Oberarm zerschnitt und sich in ihr Fleisch grub.

Sie grunzte schmerzerfüllt, doch statt zurückzuweichen, warf sie sich mit all ihrem Gewicht gegen den Ork und brachte ihn ins Stolpern. Ihre Axt zuckte so plötzlich vor, dass er nicht mehr ausweichen konnte. Eine rote Wunde klaffte an seiner Seite.

»Du bist eine schöne Knochennadel wert«, grollte ihr Gegner, ehe er sich wieder auf sie stürzte.

Gorin erwog kurz, auf den Ork zu schießen, doch der Kampf wogte zu schnell hin und her. Nur allzu leicht hätte er seine Schwester treffen können. Stattdessen wandte er sich der Orkfrau zu, die sich ihnen mit den beiden Geisterzentauren weiter näherte.

Plötzlich stürmten Rot-Elben aus dem Dunkeln herbei. Offenbar hatten sie das Gebäude umrundet, um Althros' Sturmwind zu entgehen. Die Orkin zeigte verächtlich in ihre Richtung. Der Geisterzentaur hob wieder die Arme. Gorin feuerte einen Flammenbolzen mitten in seine Schwärze hinein, und der Schatten bäumte sich auf, als greller Feuerschein für einige Herzschläge in der Dunkelheit seines Körpers aufflammte.

Die Elben rückten weiter vor, ein erster Pfeil flog knapp an der Orkin vorbei. Gut. Sie waren nicht unbezwingbar. Sie konnten …

In diesem Moment hörte Gorin, wie Galdra entsetzt aufkeuchte. Er fuhr herum.

Der Ork-Krieger hatte die Zwergin mit einem ungestümen Angriff in den Staub gestoßen, ohne sich um den Axttreffer zu kümmern, den er dabei am Oberkörper eingesteckt hatte. Blut lief über seine Kettentätowierungen. Doch es war nicht nur sein eigenes.

Der Krieger stand direkt vor Nidhanas, der gerade zu Boden sank. Eine tiefe Wunde zog sich quer über seine Brust.

Galdra sprang brüllend auf die Füße. Auch Jha Rudra rappelte sich auf und stürzte halb stolpernd und halb kriechend auf den leblosen Gefallenen zu. Der Blutkettenkrieger aber holte noch einmal aus. Sein Knochensäbel sauste fauchend herab. Triumphierend riss der Ork etwas in die Höhe. Es war ein Arm. Ein Arm, der gerade noch zu Nidhanas' Körper gehört hatte …

Galdra attackierte den Krieger erneut mit ihrer Axt. Der Ork wandte sich ihr zu und parierte ihre Schläge, während er immer weiter zurückwich und den Arm dabei als grausige Trophäe schwenkte.

Mit wildem Kriegsgeschrei stürzten sich die Rot-Elben auf die Orkin. Die Schattenzentauren warfen sich ihnen entgegen. Gorin versuchte mit zitternden Fingern, einen weiteren Flammenbolzen einzulegen, unfähig, klar zu denken. Nidhanas war tot. Der Gefallene war nun endgültig gefallen.

Jha Rudra hatte sich inzwischen zu seinem Körper vorgekämpft und beugte sich leise murmelnd über ihn. Myogur bedrängte die Orkin wütend von der Seite. Sie wehrte seine Klinge mit ihrem Knochenzepter ab und trat ihm so fest in die Beine, dass er ins Stolpern kam. Noch ehe der Elb sich wieder gefangen hatte, drang auch schon Althros' Schatten auf ihn ein. Die Orkin aber strebte weiter voran, auf Nidhanas' Köper zu. Als sie ihn fast erreicht hatte, blickte Jha Rudra von der Leiche auf. Ihre Augen funkelten entschlossen hinter ihrer Halbmaske.

»Du kommst zu spät, Geisterbeschwörerin, wenn du seine

Seele holen willst. Zelja stiehlt vieles und soeben hat sie dich bestohlen.«

Die Orkin starrte sie perplex an. »Dreckige *Karrkut*«, zischte sie. »Ich nehme mir, was mir gehört!«

Sie ging mit ihrem Zepter auf Jha Rudra los. Die Diebespriesterin sprang auf die Füße und wich vor der Orkin zurück, während sie zugleich ihre Wurfeisen zückte.

Galdra drang währenddessen erneut auf den Ork-Krieger ein. Die Rot-Elben umringten die Schattenzentauren, die schwarz und tödlich zwischen ihnen aufragten.

Ein dumpfes Geräusch hallte durch die Nacht. Jemand brüllte mit einer Stimme, die tief wie ein dröhnendes Erdbeben klang.

»Drogh!«, erklang es. »Drogh!«

Es war das erste Mal, dass Gorin den Koloss sprechen hörte. Seine Riesengestalt ragte plötzlich direkt über ihnen auf, die fassgroßen Augen schauten interessiert auf sie herunter. Auf seiner Schulter stand eine kleine Gestalt. Gorin erkannte Dyomur, den Rotsänger.

»Orks!«, grollte Drogh angewidert.

Dann schlug er mit der flachen Hand dorthin, wo gerade die Orkfrau und die Diebespriesterin sich wie zwei Raubtiere umkreisten. Keuchend warf sich die Orkin zur Seite. Auch Jha Rudra musste sich in Sicherheit bringen.

Der Koloss hielt sich nicht mit der Orkfrau auf und griff mit erstaunlicher Geschwindigkeit nach dem Ork-Krieger. Dieser sprang zurück, um der riesenhaften Hand zu entgehen. Galdra duckte sich unter ihr weg und setzte dem Ork mit ihrer Axt nach. Er wich der Klinge nur knapp aus.

»Nicht übel …«, grollte er. »Ich freue mich auf das nächste Mal!«

Und damit verschwand er um eine Mauerecke, ehe der Riese zugreifen konnte. Die Orkin folgte ihm dichtauf. Keine drei Herzschläge später zerschmetterte Droghs riesige Faust eine Säule, vor der die Orks eben noch gestanden hatten. Der Koloss setzte ihnen nach.

Von einem Moment auf den anderen verschwanden auch die Geisterzentauren, als hätten die letzten Schatten der schwindenden Nacht sie geschluckt. Hinter der Mauerkrone tauchte ein purpurfarben schillernder Schemen auf und flog davon.

Rot und machtvoll ging in diesem Augenblick die Steppensonne über Turquara auf. Sie schien über Säulen und geborstene Mauern, über Wasserbecken und verwitterte Statuen. Sie schien auf die kleine Gruppe aus Elben, Menschen und Zwergen, die schwer atmend beieinanderstanden. Und sie schien auf den verstümmelten Körper von Nidhanas, der zwischen ihnen auf der Erde lag.

Gorin ließ seine Armbrust fallen und lief zu ihm. Elyamur kam eilig heran, die Winterseherin immer noch auf seinen Armen. Ihr Kopf lag kraftlos an seiner Schulter. Sie schien bewusstlos zu sein.

»Elyamur hat sie vor der Purpur-Elbin beschützt. Da wurde sie plötzlich ohnmächtig«, sagte Elyami tonlos.

Jha Rudra nickte finster. »Das ist nicht verwunderlich«, erwiderte sie. »Nidhanas ist tot. Und die Winterseherin ist immer noch seine Priesterin. Soeben ist das Seelenband zu dem Gott zerrissen, dem sie sich geweiht hat.«

Der Koloss kam mit schweren Schritten und leeren Händen zurück.

»Sie haben sich wie in Luft aufgelöst!«, rief Dyomur von seiner Schulter herab.

Gorin war das egal. Er schaute – wie die anderen auch – fassungslos auf Nidhanas' ergrautes Gesicht und seine glasigen Augen, die ins Leere blickten. Keine Spiralnebel waren in ihnen mehr zu erkennen, kein Funke seiner Göttlichkeit. Nur die Endgültigkeit des Todes.

Elyamur legte die Winterseherin vorsichtig ab und begann, mit Elyamis Hilfe ihre Schulterwunde zu versorgen. Jha Rudra kümmerte sich unterdessen um Galdras verletzten Arm, schaute aber immer wieder unruhig zu ihnen herüber.

»Hoffentlich erholt sie sich wieder«, sagte die Diebespriesterin. »Ich habe Sorge, dass das alles selbst für sie zu viel gewesen ist.«

Wie als Antwort darauf stöhnte die Winterseherin leise und versuchte, den Kopf zu heben. Dann schlug sie die Augen auf.

»Fort«, flüsterte sie schwach. »Nun ist er wirklich fort …« Sie atmete tief durch. »Elyamur, hilf mir bitte.«

Der Elb bettete sie vorsichtig um, sodass sie an die Mauer gelehnt halbwegs aufrecht saß. Ihr Blick fiel auf Nidhanas' Köper. Alle Farbe wich aus ihrem Gesicht.

»Möge die Schicksalsweberin Iyanuri uns alle beschützen«, flüsterte sie. »Ich habe mich immer gefragt, was den Kettenfürsten daran gehindert hat, von der vollen Macht der Unterwelt Besitz zu ergreifen. Jetzt weiß ich, dass es Nidhanas' Weiterexistenz war. Und nun hält ihn nichts mehr auf.«

Niemand sagte etwas. Elyami legte der Winterseherin mit verbissenem Schweigen einen Kräuterverband an und reichte auch Jha Rudra einige Kräuter für Galdras Armwunde.

Schließlich hielt es Gorin nicht mehr aus.

»Gibt es nun gar keine Hoffnung mehr?«, fragte er.

»Es gibt immer Hoffnung, Gorin«, antwortete die Winterseherin leise. »Das ist der Grund, warum der Verzweiflungsschrei der Strix keine Wirkung auf mich hatte. Lerne das, und dir wird es genauso gehen.«

Jha Rudra hatte inzwischen Galdras Wunde versorgt und wandte sich ihr zu. »Ihr habt recht«, sagte sie und warf der Alten beiläufig einen kleinen Lederbeutel in den Schoß. »Würdet Ihr das wohl gut für mich aufbewahren?«

Die Winterseherin schaute sie mit einem Stirnrunzeln an.

»Ich hatte befürchtet, dass die Geisterbeschwörerin Nidhanas' Kopf mitnehmen wollte, um seine Seele einzukerkern«, erklärte die Diebespriesterin. »Also habe ich sie mir selbst geholt und verwahrt. Da drin.«

Die Alte drehte den Beutel in ihrer Hand. Ein banaler Lederbeutel, in dem man höchstens einige Silbermünzen vermuten würde.

Gorin starrte Jha Rudra halb ehrfürchtig und halb entsetzt an. Er wusste, dass die Jhalai eine geschickte Diebin war. Aber sich die Seele eines Sterbenden zu greifen … Jha Rudra zuckte mit den Schultern.

»Zelja stiehlt vieles«, wiederholte sie. »Und ich bin ihre gelehrige Schülerin.«

Die Winterseherin schloss beide Hände um den Beutel. »Ganz schön frech, Rudra«, sagte sie mit belegter Stimme, dann lächelte sie. »Aber es wird der Welt viel Leid ersparen und dem Kettenfürsten Verdruss bereiten. Gut gemacht. Ich habe mich nicht in dir getäuscht.« Dann wurde ihr Tonfall wieder ernster. »Den Beutel werde ich an einem sicheren Ort verwahren, bis der Rostrote Thron wieder ungebunden ist. Dann wird sich diese Seele wieder in der göttlichen Form manifestieren, die ihr angemessen ist. Nichts ist verloren.«

»Aber er konnte uns nicht mehr sagen, was zu tun ist«, wandte Elyami zaghaft ein.

Die Winterseherin schüttelte unwirsch den Kopf. »Wir haben genug erfahren. Ihr werdet die vier Quellen der Elemente aufsuchen und jenen Vierzack schmieden, der ein Gegenstück zu Dámans Vierzack der Unterwelt darstellt und seine Ketten zu brechen vermag.«

»Nur, dass wir nicht wissen, wo diese Quellen sind und wie man dorthin kommt«, erwiderte Gorin besorgt.

»Das findet sich«, sagte die Seherin. »Ich kenne eine sehr alte und mächtige Elementaristin, von der ich einst viel gelernt habe. Wir werden sie aufsuchen.«

»Und nun?«, fragte Elyamur.

»Nun sollten wir den Körper von Patitas, dem Ork, der unser Freund war, den Flammen übergeben«, sagte Jha Rudra leise. »Nicht zu vergessen die Totenriten für die gefallenen Phönixkinder. Anschließend werden wir Ruhe brauchen. Viel Ruhe und Zeit zum Planen.«

»Nein«, erwiderte die Seherin und schüttelte den Kopf. »Keine Ruhe. Wir müssen so schnell wie möglich aufbrechen.«

Ein Schatten fiel auf sie, als Drogh, der Koloss, seinen Arm senkte. Dyomur sprang von seiner Hand und gesellte sich zu ihnen. Gorin hatte das Gefühl, dass der Koloss zu dem Elb herablächelte. Der Rotsänger wurde sehr ernst, als er den toten Nidhanas sah.

»Ich werde Drogh nach Osten über die Steppe begleiten«, verkündete er schließlich. »Zumindest so lange, bis er selbst in seine Heimat nach Drumagdhu zurückfindet. Ich denke, das sind wir Kleinlinge ihm schuldig.«

Chasri erhob sich. »Und ich werde mit den anderen Phönixkindern die restlichen Pferde aus dem Versteck holen, ehe wir zu unseren Zelten zurückkehren und von dem berichten, was in dieser Nacht geschehen ist. Ihr könnt euch bei unserer Sippe ausruhen, solange es nötig ist. Nachdem wir die Lieder unserer Toten gesungen haben, werden wir Boten zu den anderen Sippen unseres Volkes ausschicken. Schon bald werden alle Rot-Elben der Steppenlande wissen, dass es neue Hoffnung im Kampf gegen den Kettenfürsten gibt.«

»Ich dachte, du glaubst nicht an den Orakelspruch und die Zwillingsseelen?«, fragte Elyami spitz.

Chasri schaute sie erhobenen Hauptes an. »Ich habe Augen zum Sehen. Und was ich in dieser Nacht gesehen habe, war mehr als genug. Ihr könnt auf unsere Lanzen und Bögen in den Schlachten zählen, die noch kommen mögen.«

Die Winterseherin nickte ernst. »Es wird bald eine Zeit heraufziehen, in der wir auf euer Angebot zurückgreifen müssen. Doch bis dahin verhaltet euch ruhig und zieht euch in die weiten Steppen zurück. Noch immer streifen Scharen von Orks durch euer Land.«

»Die Orks«, murmelte Gorin nachdenklich. »Winterseherin, wer waren die beiden Orks, die uns angegriffen haben?«

Die Alte seufzte tief. »Das waren Rezkai, der Knochenkrieger, und seine Schwester Rekut, die Geisterbeschwörerin. Sie herrschen als Khurdrans über den Blutketten-Clan.« Sie schwieg kurz und schien nachzudenken. »Aber das war es wahrscheinlich nicht, was du wissen wolltest, Gorin. Ich habe euch Offenheit versprochen. Ja, die beiden sind Zwillinge wie ihr es seid. Sie wurden tief in den Komashtu-Steppen in jener Nacht geboren, als auch Althros und Anthrite das Licht des Phönixkometen erblickten. Sie sind Zwillingsseelen des Orkalspruchs, doch blieben sie von mir unentdeckt. Der Kettenfürst hat sich ihrer angenommen, und sie dienen nun ihm. Erst während meiner Gefangenschaft bei den Blutketten sind mir die Zusammenhänge klargeworden.«

»Wie ist das möglich?«, fragte Elyamur empört. »Dem Orakelspruch nach müssten sie Feinde des Kettenfürsten sein!«

Die Winterseherin lächelte traurig. »Erinnert ihr euch nicht an das, was Nidhanas gesagt hat? Dass jeder Orakelspruch zwei Lesarten haben kann? Das gilt auch für den meinen. Achtet auf den Wortlaut. Elyami?«

Die Grünsängerin rezitierte noch einmal die Strophe, über der sie schon so oft gebrütet hatten:

> »In mondloser Nacht, unter glühenden Schwingen des Phönix,
> soll'n Zwillingsseelen kommen auf widrige Pfade des Lebens,
> sich finden in Liebe und Streit vereint.
> Die stählernen Bande vermögen sie kühn zu zersprengen,
> den Fürsten vom Rostroten Thronsitz zu trennen,
> und Freiheit zu bringen von der Ketten Gewalt.«

Die Alte nickte. »So ist es. Der erste Teil ist klar: Er umschreibt offenkundig euch und die anderen Zwillingsseelen. Aber der zweite Teil ist interessant: Ja, die Zwillingsseelen können den Fürsten vom Thron trennen und ihn von den Ketten befreien. Aber wem wird diese Freiheit nutzen? Den Völkern, die der Kettenfürst geknechtet hat, weil er nun sterblich und besiegbar ist?«

»Oder dem Kettenfürsten selbst, der dann nicht mehr länger gefesselt ist und uneingeschränkt über die Macht der Unterwelt gebieten kann?«, führte Elyami ihren Gedankengang zu Ende.

Die Winterseherin nickte nachdrücklich. »Das ist die Frage. Der Spruch lässt beide Deutungen zu. Darum hat der Kettenfürst seine eigenen Zwillingsseelen herangezogen, die den Spruch in seinem Sinne erfüllen sollen. Ein zentaurischer Zauberer namens Kaltos, der einst mein Freund gewesen ist, hat sie für ihn erzogen und ausgebildet.«

»Aber wenn die Ketten gelöst sind, ist die Macht des Rostroten Throns doch nicht länger an den Kettenfürsten gebunden, oder?«, warf Gorin ein.

»Ich habe den Kettenfürsten vor Kurzem erst gesehen«, antwortete die Winterseherin. »Er verändert sich und vereint seine Aura mit dem Thron. Selbst sein Haar schimmert bereits rostrot. Ich fürchte, dass inzwischen sein Wille stark genug sein könnte, um den Thron auch ohne Ketten zu halten, jedenfalls, wenn er sich ganz darauf fokussiert. Er wird es darauf ankommen lassen. Und er wird seine Ork-Zwillinge ausschicken. Sie werden zu verhindern versuchen, dass ihr unsere Deutung des Spruches Realität werden lasst, und für die Erfüllung der anderen Interpretation kämpfen. Ihr werdet vermutlich bald wieder aufeinandertreffen. Die Ork-Zwillinge sind mächtig und genießen die volle Unterstützung des Kettenfürsten.«

»Die sollen nur wiederkommen«, brummte Galdra und strich über ihre Kristallaxt. »Das nächste Mal können sie nicht mehr weglaufen.«

Die Unerschütterlichkeit seiner Schwester tat Gorin gut. Selbst Elyamur schmunzelte.

»Dann lasst uns jetzt Patitas, der Nidhanas' Seele barg, die letzte Ehre erweisen und anschließend bei den Phönixkindern rasten«, sagte die Winterseherin bestimmt. »Wir haben eine lange Reise vor uns. Elyami, sorge doch dafür, dass die Fledernattern uns zur Verfügung stehen. Zur Not können sie gewiss auch drei Reiter tragen, bis ich wieder selbst fliegen kann.«

»Vielleicht solltet Ihr erst einmal wieder auf den eigenen Beinen stehen können, ehe Ihr ans Fliegen denkt, Odrana«, sagte Elyami mit einer gehobenen Augenbraue.

Gorin schaute unglücklich zu den beiden Flügelschlangen hinüber. Eisenzwerge waren nicht für die Lüfte geschaffen. Andererseits hatte er das bis vor Kurzem auch in Bezug auf Menschenstädte, Sümpfe und Steppen gedacht. Und sie waren ganz gut zurechtgekommen und noch am Leben. Er würde alles tun, was für ihre Aufgabe notwendig war. Onkel Barudrin durfte nicht umsonst gestorben sein. Galdra und er waren die Zwillingsseelen des Orakelspruchs. Ebenso wie Elyami und Elyamur.

Flammen schlugen dem Steppenhimmel über den geborstenen Säulen von Turquara entgegen, als der Körper von Patitas, dem Ork-Bettler, verbrannte. Er lag auf einem Scheiterhaufen aus Dornengesträuch und Trümmerteilen des Kastells, inmitten der steinernen Tempel, in denen man einst den alten Großkönigen des Zentaurenreichs gehuldigt hatte. Als Ornat trug er nur seinen zerschlissenen Kittel mit dem Gelben Schakal der Ausgestoßenen. Und doch war er Nidhanas – der Herr eines Throns, der verloren schien wie Turquaras alter Glanz.

Menschen, Elben, Zwerge und ein leibhaftiger Koloss standen stumm am Totenfeuer, als die Asche des Gefallenen sich im Licht einer jungen roten Sonne weit über die Phönixsteppe verteilte. Der Schmerz des Gottes war vorüber.

EPILOG

Knochen verformten sich unter Rezkais Händen, wurden fest und unzerbrechlich. Sein Blut lief dick und dunkelrot über die beinerne Klinge und tränkte sie mit der Gier nach den pochenden Herzen seiner Feinde. Rekuts Geistergesang erfüllte die Luft zusammen mit ihrem Räucherwerk, rief den Heldenmut und den Kampfgeist der Ahnen herbei und ließ ihre Macht in den Knochensäbel fließen.

Schon seit Sonnenuntergang arbeitete Rezkai mit fiebriger Verbissenheit an der Waffe, begleitet von den Beschwörungsformeln seiner Schwester. Nun dämmerte bald der Morgen heran, und das Werk näherte sich der Vollendung. Er war ein Khugasha-Knochenmeister. Die Knochenklingen seines eigenen Körpers waren stets seine einzigen Waffen gewesen. Nie hatte er einen Säbel oder eine Axt an seiner Seite getragen, denn keine Waffe war es bislang wert gewesen, sich mit ihr zu belasten. Das würde sich nun ändern. Dieser Knochensäbel, sein Meisterstück, war würdig, vom Khurdran der Blutketten geführt zu werden.

Rekuts Gesang verstummte. Die plötzliche Stille war schwer und lauernd, wie die Ruhe vor einem Gewitter über der Steppe, wenn alles Leben sich in seinen Höhlen und Löchern versteckte. Und genauso würde es sich gleich mit voller Macht entladen.

Rezkai fasste den Griff des Knochensäbels mit beiden Händen. Er schloss die Augen und atmete tief ein. Dann riss er die Klinge ruckartig herum und stieß sie sich tief in den Leib. Die Welt explodierte in grellem Schmerz, als der Säbel sich in sein Herz fraß. Sein ganzer Körper erzitterte, während der Ork all seine Kraft daransetzte, auf den Beinen zu bleiben. Er spürte, wie der Säbel sein Herzblut trank, gierig seine Lebenskraft in sich aufsaugte …

Für einen Moment schien es so, als wäre Rezkai nicht stark

genug. Der Säbel würde alles aufnehmen, würde den stolzen Khurdran der Blutketten als leblose Hülle zurücklassen …

Niemals! Der Knochenmeister musste immer mächtiger sein als die Waffe, die er mit seinem Lebensblut nährte! Brüllend zog sich Rezkai den Säbel wieder aus der Brust. Der Schmerz durchzuckte ihn noch einmal, als die urtümliche Khugasha-Kraft seine Wunde schloss und sein Herz weiterschlagen ließ. Der Säbel aber glänzte von seinem Herzblut, das ihm die letzte Weihe verliehen hatte. Die Klinge war zum Leben erwacht. Rezkai zwang sich, hoch aufgerichtet zu stehen, als er den Knochensäbel betrachtete.

Er war von makelloser Schärfe und kühn gebogen, fast wie ein verfluchtes Elbenschwert. Knapp oberhalb des Griffs jedoch entsprang ein schräger Seitendorn und schien nach den Eingeweiden der Feinde zu lechzen. Zweifellos die Waffe eines Ork-Kriegers, bedeckt von braunkrustigen Zeichen, die er im Laufe der Nacht mit seinem Blut auf die Klinge geschrieben hatte. Einige der stärksten Glyphen stammten auch von Rekut, die ihr Blut mit dem ihres Bruders vermischt hatte. Dann knurrte er entschlossen. Es war an der Zeit, die Waffe zu erproben.

Er verließ die Knochenschmiede, dicht gefolgt von Rekut. Sie eilten durch einen kurzen Gang mit rostrot beschlagenen Wänden in einen weitläufigen Kerker mit Kuppeldecke. Ein mächtiger Umriss wälzte sich brüllend auf Rezkai zu, sobald er das Gewölbe betrat, ein Berg aus Muskeln, Klauen und stahlharten Panzerschuppen. Zähne lang wie Schwerter schnappten nach Rezkai, als der junge Lindwurm ihn zu verschlingen versuchte. Der Ork-Krieger sprang zur Seite. Der Schwanz des Lindwurms peitschte heran und riss ihn fast von den Füßen. Er war unachtsam nach der langen Nacht in der Knochenschmiede, das durfte er sich nicht erlauben.

Er stürmte auf den Lindwurm zu und führte einen mächtigen Hieb auf seinen biegsamen Hals. Die Klinge traf auf die Panzerschuppen. Rezkai spürte einen harten Widerstand, dann konnte er den Schlag plötzlich durchziehen und wäre fast gestolpert. Der Kopf des Lindwurms klatschte leblos auf den Kerkerboden. Heißes schwarzes Blut sprudelte aus dem Stumpf seines Halses und ergoss sich über Rezkais Füße. Der Knochensäbel hatte dem Lindwurm mit einem einzigen Hieb den Kopf abgeschlagen. Fingerdicke Panzerschuppen waren nichts gegen seine Macht.

Rezkai starrte auf den zuckenden Körper der Bestie und konnte für einen Moment nicht glauben, was er sah. Dann hob er den Säbel hoch über seinen Kopf und stimmte ein wildes Siegesgeheul an. Kein Ork hatte jemals solch eine Waffe geführt!

»Ein Name«, flüsterte Rekut erregt hinter ihm. »Du musst ihm einen Namen geben, Bruder.«

Rezkai ergriff seine Klinge mit beiden Händen und betrachtete sie. Der Säbel war aus den Armknochen eines gefallenen Gottes gefertigt und trug einen Funken von dessen Seelenmacht in sich, körperlich und doch grenzenlos. Und die Zwillingsseelen des Orakelspruchs hatten ihr Blut auf seiner Knochenklinge vermischt. Keine andere Waffe war mit ihm vergleichbar. Keine Rüstung konnte ihm wiederstehen, ob Zwergenstahl oder Adamantglas. Der Säbel brauchte einen besonderen Namen. Einen Namen in der Hochsprache, denn alle Feinde sollten wissen, wonach seine scharfe Klinge gierte.

»*Zwillingsblut!*«, rief Rezkai und hielt die Klinge in die Höhe. Schon bald würde der Säbel sich seinen Namen redlich verdienen.

Danksagung

»Zwillingsblut – Der Kampf der Zwerge« ist der erste Roman von mir, der veröffentlicht wird. Ich bin unendlich glücklich über diese Gelegenheit. Mein Dank gilt insbesondere all jenen Menschen, die dieses Buch ermöglicht haben.

Meine Agentin Anja Koeseling hat an mich und meine Geschichten geglaubt und schließlich dieses Projekt vermittelt. Ich staune noch immer regelmäßig über ihr magisches Händchen für alle möglichen Dinge rund ums Thema Buch. Ihre Unterstützung bei meinen ersten Schritten ins Autor-Sein war und ist unbezahlbar.

Anne Rudolph hat das Projekt angenommen und seine erste Herausformung betreut. Was für ein Vertrauensvorschuss! Ich verdanke ihr viel.

Das wunderbare Lektorat von Sabine Biskup hat nicht nur wertvolle Impulse zum Buch beigetragen – ich habe dadurch auch wichtige Dinge für mein künftiges Schreiben mitgenommen. Ihr und dem Team von Bastei Lübbe sei herzlich gedankt!

Meine Familie hat mit ihrer Unterstützung dieses Buch erst möglich gemacht. Nicht nur, indem sie mir den Rücken freihielt und mich durch unser tägliches Miteinander inspirierte. Sondern auch ganz konkret durch unermüdliches Gegenlesen und zahllose Kommentare zum Text, die ihn erst richtig wachsen ließen. Gleiches gilt für alte Freunde, auch wenn sie sich nach jahrelangen gemeinsamen Fantasy-Rollenspielen nicht mehr so schnell von den Wendungen meiner Geschichten überraschen lassen.

Dass ich überhaupt noch schreibe, verdanke ich jenen lieben Menschen, die mich in Gesprächen ermutigt haben, damit weiterzumachen, und die daran glaubten, dass es irgendwann auch mit der Veröffentlichung etwas wird. Ihr hattet recht, und darüber bin ich wahnsinnig glücklich.

Danke!

ANHANG A

Wichtige Personen

ZWERGE

BARUDRIN Runenschmied, Onkel von Gorin und Galdra, genannt Duroscha (»Onkelchen«)

FALDRIN Obmann der Bierbrauer von Tokrond

FANDRA Diamantzwergin, Werodrins Frau

GALDRA Höhlengängerin, Gorins Zwillingsschwester

GOLIBRAN DER GEMÄCHLICHE Waffenschmied, einunddreißigster König von Tokrond

GORIN Runenschmied, Galdras Zwillingsbruder

NARIBRAN Obmann der Höhlengänger von Tokrond

NURDRIN Sohn von Obmann Naribran, Höhlengänger

TUKRA Obfrau der Runenschmiede von Tokrond

WERODRIN Diamantzwerg, Fernhändler aus Swertenburg

WOLDRA Diamantzwergin, Werodrins kleine Tochter

ELBEN

CHARAMUR Rot-Elb, Ältester der Phönixkinder-Sippe

CHASRI Rot-Elbin, Kriegerin, Charamurs Nichte

CYSRAMUR Purpur-Elb, Beschwörer, Schüler der Dreikopf-Akademie

DYOMUR Rot-Elb, Rotsänger, Charamurs Sohn

ELYAMI Grünsängerin, Birkenkind, Elyamurs Zwillingsschwester

ELYAMUR Wolkentänzer, Birkenkind, Elyamis Zwillingsbruder

RAYAMUR Herbstkönig der Grün-Elben, Ahornkind

SIYANDRI Winterkönigin der Grün-Elben, Tannenkind

DIE TRÄUMENDE KÖNIGIN Silber-Elbin, die Erste aller Elben, Tochter der göttlichen Weberin

UNDRAMUR Sommerkönig der Grün-Elben, Eichenkind

VYLAMI VOM DÄMMERTURM Purpur-Elbin, Kriegszauberin in den Diensten des Kettenfürsten

YURAMI Frühlingskönigin der Grün-Elben, Wildrosentochter

ORKS

DRAKSHAI Hordenführer des Reißzahn-Clans

PATITAS Ausgestoßener, alter Bettler

REKUT Geisterbeschwörerin, Khurdran des Blutketten-Clans, Rezkais Zwillingsschwester

REZKAI Khugasha-Kämpfer, Khurdran des Blutketten-Clans, Rekuts Zwillingsbruder

MENSCHEN

DÁMAN Beschwörer, Schüler der Dreikopf-Akademie

DARQUATO Statthalter der Kettenlande in Swertenburg

GUNBRECHT Unterstützer der Grauen Ratte

HILGRIF Schwertpriesterin der Kravana

JHA RUDRA Diebespriesterin der Zelja, Meisterin des Rätsel-Spielhauses von Swertenburg und Anführerin der Grauen Ratte

ODRANA Mentalistin, Schülerin der Dreikopf-Akademie

TUNGOLF GUMPEN Stadtschreiber im Rathaus von Swertenburg

DIE WINTERSEHERIN eine alte Zauberin und Seherin

GÖTTER

DWALDARIN der göttliche Schmied, Gott der Handwerkskunst, Patron der Zwerge

IYANURI die göttliche Weberin, Hüterin des Schicksals, Patronin der Elben

JHALI Gottheit der Rätsel und Geheimnisse, Patron der Jhalai

KRAVANA die göttliche Schwertmaid, Beschützerin der Sterblichen

NIDHANAS Gott der Vergänglichkeit und des Todes, König der Unterwelt

ZELJA Göttin der Diebe und Glücksritter

SONSTIGE WESEN

ALTHROS Zentaur, Windflüsterer, Anthrites Zwillingsbruder

ANTHRITE Zentaurin, Bogenschützin, Althros' Zwillingsschwester

DROGH Koloss aus Drumagdhu, von den Blutkettenorks als Kriegskoloss versklavt

GHASHRI Goblin-Schamanin, Königin der Bettler von Swertenburg

KALTOS Zentaur, Elementarist, Schüler der Dreikopf-Akademie

KURANGRA Drachin, Meisterin der Dreikopf-Akademie
RALYAZUR VOM GESPALTENEN TURM Halbelb, Zauberwerker aus Swertenburg
VANDIKRUK Gnom, König der Geschichtenerzähler von Swertenburg
XORAV Goblin, Laufbursche und Spion der Grauen Ratte

ANHANG B

Glossar

A

ADAMANTGLAS milchig-durchsichtiges Material, aus dem die Elben ihre Rüstungen fertigen; leicht und doch von großer Härte

ADLERKLAUEN-CLAN Ork-Clan von Komashtu; Clanfarben blau-grau; bekannt für die Geschwindigkeit seiner Plünderwölfe

ÄHRENFELDT Herzogtum im Menschenreich Hundertbürgen; Stammland des Königshauses

AIDIOS-KRISTALL äußerst harter Kristall aus den Gletscherminen der Kristallzwerge, ein begehrter Werkstoff

ALABASTERINSELN reiche Gewürzinseln im fernen Südosten

ALABASTERTURM eine der Turmstädte auf Yamaaz, der Insel der Purpur-Elben; Sitz der Erzhexer

ANANTA der himmelragende Götterberg

AQUAMARIN-SEE der südliche Ozean

ARCHONTEN höchste Diener der Götter, zumeist in der Gestalt von Flügelwesen

ASUQ kleine Handelsstadt am Südrand der Sumpflande

AVATARA körperliche Manifestation einer Gottheit

AZUSSRA Vulkaninsel in der Aquamarin-See, beherbergt das Königreich der Zyklopen

B

BARGHEST gefährlicher Wachhund mit einem Schuss Dämonenblut

BLAU-ELBEN Elbenvolk; befahren als Meeresnomaden die Ozeane

BLUTKETTEN-CLAN Ork-Clan von Komashtu; Clanfarbe rostrot; direkt dem Kettenfürsten unterstellt

BLÜTENMEER VON BEYÂN von gigantischen Blumen übersäte Ebene im Königreich Wâgant

BÔDRAK mächtige Stadtfestung, Königsstadt von Wâgant

BOLKROND Königreich der Granitzwerge östlich von Wâgant

C

CARBYRA Bergbaustadt in Lorvia, Heimat der größten Gemeinde von Kohlenzwergen

CARANOPHIS gefallenes Reich der Zentauren in der Phönixsteppe

CATUR teures und magisch hochwirksames Material, das durch die alchemistische Vermischung der vier Elemente in möglichst reiner Form gewonnen wird

D

DÄMMERTURM Turmstadt auf Yamaaz

DIAMANTZWERGE Zwergenvolk; bekannt für seine Goldschmiedekunst; bewohnt das Königreich Ilgrond

DOLCHKLIPPEN Gebiet windumheulter Felsengrate im zentralen Tar Uzar

DRACHENKRÖTE riesenhaftes Raub-Amphibium in den Sumpflanden

DREIKOPF-AKADEMIE Zauberschule, die von der Drachin Kurangra in den Grotten der Plankenbrecherküste betrieben wird

DREYBRÜCKEN Hauptstadt des Herzogtums Grauhöhen

DRUMAGDHU das Land der Bestie; eine wilde Ödnis nordöstlich von Komashtu

DVAR Höhle, die in die Unterwelt hinabführt

DVEGURA Handelsstadt in Wâgant, direkt vor den Toren des Zwergenreichs Ilgrond gelegen

E

EISENTUNG die Sprache der Eisenzwerge

EISENZWERGE Zwergenvolk; bekannt für Schmiedekunst und Wehrhaftigkeit; bewohnt das Königreich Tokrond

ELEMENTARISTIK die magische Kunst, die vier Elemente zu beherrschen

ESOPTRI verfluchtes Volk mit Spiegelaugen, deren Blick versteinernd wirkt; bewohnt die verwunschene Insel Esonessa

F

FÄNGGENBERG Herzogtum im Menschenreich Hundertbürgen

FELSENWYRM insektenartige Riesenwürmer, die sich durch den Fels der Berge fressen

FLEDERNATTER geflügelte Schlange; wird in Tar Uzar als fliegendes Reittier gezüchtet

FLÜGELFEE Elementargeist der Luft

FURIEN wilde Kriegerinnen der Unterwelt

G

GAR-AD-MAKAL Freihafen an der Mündung des Garûn; Teil der Kettenlande

GARHITA verbotene Hochebene rund um den Götterberg Ananta, von Geisterwesen durchstreift

GARÛN großer Fluss, der sich durch Wâgant und Tar Uzar zieht

GESPALTENER TURM Turmstadt auf Yamaaz

GIGANTENNARBEN von Schluchten durchzogenes Felsmassiv in der zentralen Phönixsteppe

GILDENPRÜFUNG Ritual im Leben eines Eisenzwergs, mit dem er seinen Platz in seiner Handwerksgilde einnimmt

GNOIANA Hauptstadt von Gnomara, Sitz des Senats

GNOMARA Republik der Gnome; bekannt für ihre Akademien; Teil der Kettenlande

GOLDTUNG die Sprache der Diamantzwerge

GRANITZWERGE das kriegerischste Zwergenvolk; bewohnt das Königreich Bolkrond

GRAUE RATTE Widerstandsgruppe gegen das Regime des Kettenfürsten in Swertenburg

GRAUGRIMM-BERGE mächtiges Grenzgebirge zwischen Hundertbürgen und Skovrik

GRAUHÖHEN Herzogtum im Menschenreich Hundertbürgen

GROTTENSPINNE giftige Riesenspinnenart in den Höhlen von Tokrond

GRÜN-ELBEN Elbenvolk; bekannt für seine enge Bindung an die Naturgeister der Wälder; bewohnt die Wälder Liráyas

GRÜNHÜTER elbische Waldläufer, die das Waldlandreich Liráya beschützen

GRÜNSÄNGER elbische Zauberbarden

GRÜNWORT die Sprache der Grün-Elben

H

HARPYIENFELS Herzogtum im Menschenreich Hundertbürgen

HARPYIENHORT Hauptstadt des Herzogtums Harpyienfels; mächtige Stadtfestung

HOHE GILDEN herrschen als Rat unter dem Vorsitz des Königs über Tokrond

HOHEWACHT Schwertkloster der Göttin Kravana in den Graugrimm-Bergen

HÖLLENHUNDE flammende Hundebestien aus der Unterwelt

HOLUNDERWEIBLEIN ein heilkundiger Waldgeist

HÖRNERMARK Herzogtum im Menschenreich Hundertbürgen

HUNDERTBÜRGEN westliches Menschenkönigreich; geprägt von zerstrittenen Adelshäusern; Teil der Kettenlande

I

ILGROND Königreich der Diamantzwerge; bekannt für seine königliche Bank und unterirdischen Basare; Teil der Kettenlande

ILIS YMRAN Inselkönigreich im Südwesten, berüchtigt für seine Korsarenflotte

ILYÛN altes Silberkloster, dem Nidhanas geweiht

INYURA elbische Streichlaute

IRRLICHTER Geisterwesen, die Reisende im Moor in die Irre führen

J

JHALAI Menschenvolk, das stets Masken trägt; lebt in eigenen Stadtvierteln in großen Städten überall auf der Welt

JHALAISU Bezeichnung des Jhalai-Viertels einer Stadt; auch Maskenviertel genannt

JÜN der geheimnisvolle Südkontinent

K

KERÂTA Königreich der Minotauren im Westen

KHUGASHA orkische Kampfkunst der Knochenmeisterschaft

KHURDRAN Titel für den Anführer eines Ork-Clans

KIKASAN von den Göttern erschlagener Urdrache, nun als Knochendrache Wächter der Unterwelt

KLIPPEN-GHOULE Untote, die in den Höhlen und Klüften der Schwarzglasklippen existieren

KOHLENZWERGE Zwergenvolk, das sein Königreich verloren hat; arbeiten meist als Tagelöhner oder Bergleute in den Menschenlanden

KOLOSSE die größten noch lebenden Riesen; vor allem in Drumagdhu heimisch

KOMASHTU das Steppenreich der Ork-Wolfsreiter; Teil der Kettenlande

KÖNIGSTRAUM Traumvision, die die Elben zuweilen von der Träumenden Königin empfangen

KORNMUHME ein Schutzgeist der Felder

KRIEGSKOLOSS ein Koloss, der als lebendige Kriegsmaschine versklavt wurde

KRISTALLSPINNE schwer gepanzerte Riesenspinnenart in den Tiefen Höhlen von Tokrond

KRISTALLZWERGE Zwergenvolk; lebt im Königreich Kurrond; schürft magische Kristalle aus dem Eis der Gletscher

KRONSTRASSE große Handelsstraße, die quer durch Hundertbürgen führt

KTA LUN Mächtiges Kaiserreich im fernen Nordosten

L

LARVAE höhere Untote aus der Unterwelt

LEMUREN niedere Schatten der Unterwelt

LICHTLOSE augenlose Bewohner der Tiefen Höhlen; suchen zuweilen als Plünderer die Hallen der Zwerge heim

LINDWURM kleinerer Verwandter der Drachen mit tierhafter Intelligenz

LIRÁYA Waldlandreich der Grün-Elben

LORVIA das südliche Menschenkönigreich, bekannt für seinen Weinanbau und seine reichen Handelshäfen; Teil der Kettenlande

M

MAHACATUR extrem seltenes, zaubermächtiges Material

MAKHURA südliches Dschungelreich, von einem bunten Völkergemisch bewohnt

MALIK Königstitel von Tar Uzar

MENTALISTIK die magische Kunst, Gedanken, Gefühle und Träume zu beeinflussen

MHONGAD geheimnisvolle Tempelstadt im fernen Jün

MITTERNACHTSMEER der nördliche Ozean

MONDENHEIM Herzogtum im Menschenreich Hundertbürgen

MONDQUARZ seltenes, matt leuchtendes Gestein

N

NACHTALB unterweltliches Geisterwesen, das als Aufhocker die Lebenskraft seiner Opfer in sich hineinsaugt

NEPHILIM altes Volk von Schattenriesen; Meister der dunklen Magie; gelten als nahezu ausgestorben

NEUNTÜRMEN die mächtige Königsburg von Hundertbürgen bei Sichelstadt

NORDLICHT-REICHE die Eisödnis des äußersten Nordens

O

OBSIDIANLINGE seltsame Steinwesen, die zwischen den Schwarzglasklippen umherstapfen

ORKASHU Sprache der Orks

P

PANZERKLAUENFISCH gefährlicher Raubfisch im Schilfmeer des Garûn

PHÖNIXKINDER eine Sippe der Rot-Elben

PHÖNIXKOMET feuerroter Komet, der nur sehr selten am Nachthimmel zu sehen ist

PHÖNIX-PFLANZE namensgebende Pflanze der Phönixsteppe; vermehrt sich durch eine kleine Flammenexplosion

PHÖNIXSTEPPE Steppengebiet zwischen Süd-Wâgant, Tar Uzar und Komashtu

PLANKENBRECHERKÜSTE schroffe Felsenküste an der Aquamarin-See, von Wracks gesäumt und von Höhlen durchzogen

PLÜNDERWÖLFE die mächtigen gelbgrauen Reittiere der Orks von Komashtu

PREDZÂN breiter Strom, der sich durch Wâgant und die Komashtu-Steppen zieht

PURPUR-ELBEN Elbenvolk; herrschen als dekadente Zauberfürsten über die Insel Yamaaz

Q

QUOLÛR größte Stadt in den Sumpflanden von Wâgant, bewohnt von Ostland-Menschen und Ranuq

R

RANUQ Froschlinge; Bewohner der Sumpflande von Wâgant

RAT DER JAHRESZEITEN Rat der vier Könige, die Liráya für die Träumende Königin regieren

REISSZAHN-CLAN Ork-Clan von Komashtu; Clanfarben blaugrün; bekannt für seine hervorragenden Jäger

ROSTROTER PALAST die Residenz des Kettenfürsten

ROSTROTER THRON Thron von Nidhanas, dem Gott der Unterwelt

ROT-ELBEN Elbenvolk; nomadische Bewohner der Steppe; gelten als stolze, furchtlose Krieger

ROTSÄNGER elbische Zauberbarden

RUNENSCHMIEDE zwergische Handwerker, die Gegenstände mit Zauberrunen versehen

S

SCHACHT DES VERGESSENS Schacht in der Königshalle von Tokrond, der angeblich direkt in die Unterwelt führt

SCHILFMEER DES GÂRUN von ausgedehnten Schilffeldern geprägte Mündungssümpfe des Flusses Garûn

SCHLANGENDOLCH-CLAN Ork-Clan von Komashtu; Clanfarben grün-gelb; bekannt für seine Künste im Schleichen und Verbergen

SCHWARZGLASKLIPPEN Ödnis aus schwarzen Obsidian-Felsen zwischen Tokrond und Liráya

SICHELSTADT Hauptstadt des Herzogtums Ährenfeldt

SILBER-ELBEN das erste Elbenvolk; inzwischen beinahe ausgestorben

SILBERSANG-FLUSS kleiner Fluss, der sich durch Liráya und Skovrik windet und schließlich ins Mitternachtsmeer mündet

SKORPION-CLAN Ork-Clan von Komashtu; Clanfarben gelb-schwarz; bekannt für seinen Umgang mit Waffengiften

SKOVRIK nördliches Menschenreich, geprägt von Bergen, Wäldern und Fjorden

SOMMERAU Herzogtum im Menschenreich Hundertbürgen

SORLETTA die Königsstadt von Lorvia; bedeutender Hafen an der Aquamarin-See

SONNENGOLD hochmagisches Mineral aus Ilgrond, dem Reich der Diamantzwerge

SPINNWEBSEIDE ein überaus feiner Stoff, der opalgleich in allen Regenbogenfarben schimmert

STAHLSTURM eine Handaxt, die an einer Kette geschwungen wird; traditionelle Zwergenwaffe

STERNENBORN Hauptstadt des Herzogtums Mondenheim

STOLLENBIER traditionelles Zwergengetränk, gebraut aus bitteren Höhlenpilzsporen

STRIGAZA Menschenreich, das von dreizehn Hexenbaroninnen regiert wird; Teil der Kettenlande

STRIX Frauengestalt mit Eulenkopf und Eulenschwingen, mächtige Tochter der Unterwelt

STUMME RITTER untote Krieger im Dienst des Kettenfürsten

SÜDPFAD große Handelsstraße in Wâgant, die von den Zentralprovinzen über die Steppen Tar Uzars bis nach Gar-ad-Makal führt

SUMPFLANDE ausgedehntes Sumpfgebiet im Königreich Wâgant

SWERTENBURG Hauptstadt des Herzogtums Swertengund

SWERTENGUND Herzogtum im Menschenreich Hundertbürgen

T

TAMOVAT Schlucht beim Götterberg Ananta, die die Pforten der Unterwelt birgt

TANNENBINGEN Herzogtum im Menschenreich Hundertbürgen

TAR UZAR Menschenkönigreich, geprägt von Steppen und Halbwüsten; Teil der Kettenlande

THUROS großer Fluss, der sich durch Hundertbürgen, Gnomara und Lorvia zieht und bei Sorletta in die Aquamarin-See mündet

TITANENBRUCH mächtige Felswand, die eine natürliche Grenze zwischen Wâgant und Komashtu bildet

TURQUARA alte Hauptstadt des Zentaurenreichs Caranophis in der Phönixsteppe; eine Ruinenstadt

TOKROND Festungsreich der Eisenzwerge

U

ÛSTRIZ Hauptstadt des Großfürstentums Ûstrizien

ÛSTRIZIEN Großfürstentum im Menschenreich Wâgant, bekannt für seine Rinderzucht

V

VAKTRA Abgrund, der die inneren Bereiche der Unterwelt beschirmt

VAULDRA Fluss in Wâgant, mündet in den Garûn

W

WÂGANT Menschenkönigreich, geprägt von ausgedehnter Wildnis; Teil der Kettenlande

WALD DER ALTEN Waldgebiet in Liráya, in das sich Elben zurückziehen, um wieder mit den Wäldern eins zu werden

WOLFSSCHÄDEL-CLAN Ork-Clan von Komashtu; Clanfarben rot-schwarz; bekannt für die Wildheit seiner Krieger

WOLKENTANZ elbische Kampfkunst, die es ermöglicht, kurzfristig durch die Luft zu laufen

Y

YAMAAZ die Heimatinsel der Purpur-Elben; beherrscht von konkurrierenden Zauberfürsten; Teil der Kettenlande

Z

ZANDRAM UZAR Palaststadt des Maliks von Tar Uzar

ZAUBERWERKER Handwerker, der Talismane und kleinere Zauberdinge herstellt

ZWIETAL Hauptstadt des Herzogtums Fänggenberg

Lesejury